GUANGMING DAO
YONGYUAN

光明到永远

时代出版传媒股份有限公司
安徽文艺出版社

汪成友◎著

汪成友，安徽桐城人，现居芜湖。安徽省作家协会会员，中国电力作家协会会员，鲁迅文学院首届电力高研班学员。芜湖市作家协会秘书长，安徽省电力作家协会副秘书长，芜湖市"鸠兹英才"，高级政工师。在《安徽文学》《河南文学》《小小说月刊》《脊梁》《金山》《微型小说选刊》《生态文化》等刊物发表小说、散文数十万字。获第三届"吴伯箫散文奖"等多个奖项。

GUANGMING DAO
YONGYUAN

光明到永远

汪成友 ◎ 著

图书在版编目（CIP）数据

光明到永远/汪成友著.--合肥：安徽文艺出版社,2024.8
ISBN 978-7-5396-8020-0

Ⅰ．①光… Ⅱ．①汪… Ⅲ．①长篇小说－中国－当代
Ⅳ．①I247.5

中国国家版本馆CIP数据核字(2024)第027531号

出 版 人：姚 巍
责任编辑：秦 雯　　　　　　　　装帧设计：张诚鑫

出版发行：安徽文艺出版社　　www.awpub.com
地　　址：合肥市翡翠路1118号　邮政编码：230071
营 销 部：(0551)63533889
印　　制：安徽联众印刷有限公司　(0551)65661327

开本：700×1000　1/16　印张：25.25　字数：450千字
版次：2024年8月第1版
印次：2024年8月第1次印刷
定价：86.00元

（如发现印装质量问题，影响阅读，请与出版社联系调换）
版权所有，侵权必究

目　　录

序　记住初始的光和让光降临的人们／李云　001

引子／001

上部

一　三年嬗变／007

二　江河合流／025

三　主客之争／038

四　天青地白／054

五　正本清源／066

六　明远之光／084

七　出师不利／103

八　否极泰来／116

中部

九　春风骀荡／133

十　洁来洁去／152

十一　花好月圆／167

十二　云淡风轻／185

十三　风雨苍黄 / 201

十四　浦江新潮 / 225

十五　劫后重生 / 241

十六　山高水长 / 256

下部

十七　勠力复春 / 269

十八　明珠蒙难 / 287

十九　魂兮归来 / 298

二十　星陨州暗 / 310

二十一　风云际会 / 321

二十二　艰难发还 / 331

二十三　风云激荡 / 339

二十四　山穷水尽 / 348

二十五　光明致远 / 370

尾声 / 395

后记 / 397

序　记住初始的光和让光降临的人们

一段时间来,文学界和评论界对安徽作家在长篇小说创作中的评价是:安徽作家写农业文明的小说得心应手,写工业文明或都市生活的小说显得力不从心。我当然不服,拿许春樵的《下一站不下》、洪放的《追风》、李凤群的《月下》等作品来辩解,然而,私下思忖,确实被誉为"文学皖军"的作家们写的此类作品还不够多,力作也很少,在全国影响力还不够大。所以,我们一直在期待有一部或多部全景式反映安徽工业发展的长篇小说横空出世,因为百年来的安徽工业发展和当今新工业文明、新型高科技创新发展,在中国民族工业发展的进程中有着诸多第一,有着可大书特书、可圈可点的骄人业绩,以及重要的人物和事件,这些都是中国现当代工业发展不可或缺的重要组成部分,而与此不相称的是小说叙述呈现的滞后性。

2024年3月中旬,作家汪成友将他的长篇小说《光明到永远》发给我后,我读得很慢,掩卷后,我的感觉是:一部反映安徽近代工业文明题材的优秀作品终于诞生了。这可能是一个好现象和好开端,也可能预示着安徽作家转型向好的迹象。

作家汪成友在其著作《光明到永远》中,用历史小说、传记文学和纯文学这三种笔调,秉持史料性、文学性和传记性,三管齐下,杂糅其中,写出一种具有多向度美学风格的新类长篇小说。长篇小说用45万字,写出了五十多年来我国民族工业——芜湖明远电灯股份有限公司从清光绪三十二年(1906)购地建厂到20世纪中叶新电厂建立,以及后续演变发展的历程,写出了一个世纪的社会之变、城市之变、企业之变、人的命运之变。并以民族资本家、安徽实业界巨子吴兴州为原型,艺术地塑造了敢为人先、坚韧不拔、勇于担当、永不言败的,以实业救国、爱国的民族资本家郑兴州这一形象,也写出了民营企业和民族资本家在各历史阶段(如晚清、民国、抗日战争、解放战争以及新中国成立初期公私合营等)的沉浮跌宕的命运和变故,还描述了石仁等共产党人保护民族企业、支持民族资本家的抗敌运动等事迹,阐明了"中国共产党救中国、救企业、救民生"的道理。

这是一部以史写志、写精神的文学作品。该小说通过郑兴州百折不挠地致力发展民族产业,通过实业来救国的行动,以写史之心,刻碑之心,艺术地塑造了有风骨、有操守、有思想、有智慧的民族资本家郑兴州的形象。作者的笔下有郑兴州和官僚买办、地方势力、地痞流氓、日本侵略者的斗智斗勇,有郑兴州引进先进的管理理念,对旧观念、旧思想的彻底改造以及对新的科学观念的吸收,有郑兴州在商战搏击中巧妙利用不同时期金融借贷政策,成功让企业起死回生的智慧表现,尤其是写出郑兴州坚决不和日本侵略者合作,不怕被杀的抗争精神,表现了大义凛然的民族气节。作品描写郑兴州在不同时期,克服不同寻常的磨难,与各种势力的斗争,让小说主人公的形象真实、立体、饱满地凸现在中国现代小说人物长廊之中。同时,通过对郑兴州等明远创业集体人物的文学书写,深层次展示了明远人的精神的铸成,即勇于担当的民族大义,敢为人先的创新精神,光明致远的不懈追求。小说对郑兴州的追求光明的心路描述,让我们感受到"追求永无止境,追求永不放弃"的道理,正如乔贝尔所说:光明的力量,来自我们内心的强大和勇气,只有勇敢追求梦想,用心创造美好,才能够获得更多的成功和幸福。而精神的特质和内核的文学呈现使该小说不同于其他小说停留在一般性故事层面的书写上,而使小说的思想性有了更丰富的内涵,也突显了小说的分量。

这是一部以文学形式揭示人性内秘境的作品。如何用文学去揭示人性的内在成因和内在肌理,是小说完成的根本任务。写小说从一定意义上来说,就是写人性在社会进程中的善恶之变,写出真实的人性之内秘境。作家汪成友深谙其道,他在写这部小说时,十分重视对小说中的每个人物人性的内在成因的挖掘和塑造。石仁以国家利益为上,坚持党性原则,敢于斗争,他的人性是正义和光明的。郑兴州的人性体现在果敢、善良、有追求、敢拼搏,有强烈的事业心和责任感上,其人性深处是积极向上地追求光明,追求事业。汪夫子的人性特点是正直、有思想、有觉悟、有知识,故此,他后来成为知识的传播者,先进思想的宣传者。而月萍和嘉慧共同的人性底色是善良温柔、知情达理、爱家爱夫,这也是我国传统知识女性的写照。作家对众多人物性格的塑造和刻画,是从人性出发,从其文化及社会背景出发的,具有其内在的逻辑性,而不是一般性处理人物,使之流于脸谱化。就是对日本侵略者、地痞流氓、官僚政客、老牌资本家等一些反面人物的性格描写,也是从人性揭示角度出发的,比如:八玉对日本天皇的愚忠和对日本帝国的盲目之爱,使他总是潜意识地认为自己高人一等,中国人在他眼里是"东亚病夫",他是不屑一顾的,所以,他对待明远人和芜湖市民是十分残暴的;被处分后,八玉对天皇感到失望,以投江来表示忠心。对野田的人性揭示,作品从他具有较丰富的专业知识和技术背景出发,赋予了他性格中善良的一面。此外,作品还塑造了谷夫、鸠占雄、吉田等众多日本人的性格,揭示了他们的人性特点。小说书写都是千人千面的,而非千人一面的。把所有人物放在人性的形成方面来考量,使每个人都有来处,明白他"为什么会这样",以及他"只能是这样"的结果,人物的命运走向才会合理,才会达到符合生活的逻辑与小说的逻辑相统一的艺术要求的高度。显然,作家汪成友在《光明到永远》这部小说中做到了。

这也是一部芜湖工业文明初始阶段的民族工业发展的个案切片透析式的文学作品。我们知道,长江重镇、皖江巨埠、鱼米之乡的芜湖,是安徽乃至长江流域工业文明发展较早的城市,也是新文化运动启蒙的重要发源地和传播地,无数仁人志士、革命者、思想家在这里传播各种先进思想,启蒙民众心智,也有不少民族资本家抱着实业救国的理想在这里创业发展,明远在此"破土"发电,郑兴州在这里实现自己"追求光明"的创业梦,有多少企业和企业家在这里兴衰成败?应该说,他们的命运沉浮和那个时代是紧密相关的,社会制度的优劣直接决定了这些企业和企业家的勃兴与消亡。读小说除了读人物命运之外,更要读造成人物命运的社会背景,小说除了娱乐功能之外,还应有社会史料价值,换句话说,具有"野史"的补充价值。其实,有时"野史稗记"更能让人看到当时社会真实的脉象和掌纹。汪成友的《光明到永远》一是写明了明远的发展史、郑兴州的创业史,以及明远几起几落过程中社会之变对其的影响,个人和民族企业在时代中的蜕变过程,以及被时代大潮所裹挟的抗争和无奈。二是写到了芜湖当时一批民族企业的发展变化。从洋货冲击下手工业的凋亡到明远电力发展后轻重工业的从无到有,及益新面粉厂、裕兴纺织厂等芜湖"两个半"烟囱的兴衰,展示了江城工商业发展的曲折历史。三是写出了芜湖当时的风土人情、方言土语、美食小吃,城市建筑、街道小巷,以及当时的经济运行的诸多细节,给我们今天再次回望和抚摸清末民初之芜湖城与芜湖人、抗日救亡之芜湖城与芜湖人、渡江战役前后之芜湖城与芜湖人、新中国成立之初至20世纪80年代之芜湖城与芜湖人的真实肌肤和面孔，提供了更加清晰且生动的图像。小说有着黑白纪录片般的胶片质感，也有着《清明上河图》工笔画般的细腻纹理，换言之，作家汪成友用文字描述完成了电影导演用摄像机和画家用画笔和色彩才能完成的任务。这是十分难得，值得赞扬的。

《光明到永远》这部小说的出现，是否可以拉开安徽长篇小说工业文明抑或是新工业题材创作的大幕，让我们拭目以待。这部面貌焕然一新的长篇作品是一个好的开端，这是不争的事实。

"即使遭遇困难和挑战，我们也不应该失去希望和信仰，因为光明当比黑暗更具有生命力和力量。"(尼尔·奥尔登·阿姆斯特朗语)这句话对人生有启发性，对文学写作该持有的态度也是如此。

让我们持光而行！与汪成友及安徽其他小说家共勉。

是为序。

李云

(安徽省作协副主席，著名诗人、小说家、评论家、剧作家)

引　子

　　冷瑟瑟的夜,悬在长街商号廊檐下盏盏昏黄的防风灯笼摇晃得让人恍惚。冬至一过,两面临江、一面依湖的芜城,犹如被撕开亵衣的少妇,一任冷硬的北风狞笑着蹂躏,纵是江淮第一商埠的十里长街,此刻也一身尘辎,灯火阑珊。

　　这是公元1903年的一个冬夜,人寥风啸的长街,逆风而来一敦实精干的年轻人,明暗灯光下,一双灼人大眼透着焦灼与不安。

　　嗒嗒、嗒嗒……硬邦邦的麻条石上的马蹄声,轻快均匀。芜城马车不多,商贾名士,多黄包车代步,只有李府的马不论多恶劣的天气、多滑硬的路面,都如闲庭信步。

　　居芜城的李鸿章家族,把城中之湖陶塘的周边地块差不多都买下了,搭铺筑舍租售,寸土寸金的长街除了他家的商号,更少不了他家的租户,"李半城"的称谓半点不虚。

　　马车在吁的一声中停住了。

　　"这不是宝兴号的郑掌柜吗?"门帘撩开,一头戴黑缎瓜皮帽、鼻梁上架着副圆眼镜的老者探头,对道边人略一拱手,"赴汤会长之宴?上车吧!"

　　"多谢刘大总管!"被称作郑掌柜的年轻人躬身揖道,"内人不适,抱歉了!"

　　"哦,不要紧吧?"

　　"老毛病了,天冷又犯了。"

　　"那就不耽误了!"厚重门帘缝里撂下这句话,马车嗒嗒离去。

　　虽世道纷乱,民生凋敝,但吴头楚尾、被《中英烟台条约》强开门户十余年的芜城,依托长江、青弋江便利水运和襟江带淮地域之利,因了千年商脉传承,商贸繁盛,市声若潮,至夜不休。全城大小商号上千户,人口近十万,超省会安庆而成安徽首城。

　　时至年底,又有本埠和皖南、江北年货购买力的加持,货物真可谓堆则如山，销则如江，市况日盛一日。作为芜城千家商户的总商会，年前繁忙异常，其中便少不了各种交际应酬。

商会本是舶来品，在清末算新事物，在万商云集的芜城，却适得其所，如鱼得水，且清廷设了商部，又颁了《察定商会章程》等谕令，商会越发正式而权威。亦官亦商、官商亨通的李鸿章之侄李仲洁自然是商会总理的不二人选，不过官居二品、曾出使西洋的他并不在意这头衔，常住上海等地的他也无暇于商会，一般事务皆由他那刘大管家和商会协理——广东米商起家、着四品衔的汤善复共同操持。

有着自己的商会，又有李、汤这样的红顶商人主事，芜城商家的腰杆子硬气不少，一般流氓地痞不敢滋扰，就连官府对商贾大户也忌让三分，且不说他们对商贸这一支柱产业本是扶持有加、乐见其成的。

云开看树色，江静听潮声。芜城商业重心在十里长街，它前接浩浩长江而集，后临长江中下游最大支流青弋江而运，长街货物进出青弋江，覆盖皖南的宣、泾、繁、南及苏南诸地，进出长江，上溯湘、赣、鄂、川，下达宁、沪、苏、杭，北至无、巢、合、蚌。

长街始筑于宋，街长十里，时跨千年，到清末已云集六七百商家，除占据龙头地位的本地徽商，东北的山货、山西的票号、江西的瓷器、江浙的丝绸，还有两广的大米、果蔬，天下百货时蔬广聚于此。

刘大管家所称的郑掌柜，名中诚，字兴州，年近三十，来芜不过三年，已是业界翘楚，所掌宝兴号是长街大货栈之一，最多时经营南北货两三百种。短时间便在这商贾云集、精英荟萃的长街崭露头角的他，是这次聚会为数不多的受邀者中最年轻的，大概也是唯一缺席的。

看马车气度安闲地远去，寒意重了一层，兴州思忖这弃席是否草率了？虽不喜交结权贵，但生意场是不嫌朋友多的，且是芜城商界大佬级别的聚会，只是一想到病恹恹的月萍孤灯寒影地候着，他便再无纠结，朔风中他紧了下"一裹圆"长袍的领口。这长袍是早上出门时月萍给换上的，说今日风大，不开衩的长袍挡风。

袖手低头，他匆匆趸入一条小巷。

逼仄的巷子尽头，是全城最宽敞的大街大马路，兴州就租住在大马路一侧的十九道门，它还有个好听的名字叫大花园，据说过去是一富商家的后花园，

"花开富贵",月萍一听这名字就喜欢上了,兴州则钟意于它的闹中取静。

大马路背依林木荫翳的范罗山,前衔一湖碧水,乃出生芜城的南宋著名词人张孝祥捐田百亩掘挖而成,蓄水防涝,灌溉农田,造福桑梓,又环湖种杨柳、芙蕖,渐成"邑中风景最佳处"。追慕陶渊明辞官归隐的张孝祥没有以家族姓氏来命名,而是仰其"不为五斗米折腰"的气节,为其取名为"陶塘"。

大马路背山面水,乃一城风水奇佳处,与依托两江货运便利、店铺鳞栉的长街自是不同。李氏筑屋开街,府衙、洋行、钱庄汇聚,酒店、客栈、浴室扎堆,与长街的百货、钟表、药材等行业泾渭分明,两者不可僭越。

与清爽滑溜的长街麻石街面不同,宽敞直溜的大马路细沙石铺面,更合寒流胃口,搅卷起沙石、灰霾、枯叶,轮番扑打着煤油路灯的防风玻璃罩。这路灯新装不久,作为衙门的德政与新奇之物曾被渲染了一番,连上海的《申报》也有报道,却在寒流的连波攻击中,可怜而徒劳地挣扎着,不多会儿差不多全熄了。

兴州啐了口沙砾,一抬头呆住了!他眨眨被风沙眯了的眼,非梦非幻,有光粲然于大马路后黑魆魆的范罗山山顶,晶莹直刺天穹。范罗山高不过两三百米,却是市中心的制高点,面江倚湖,全城风光尽览,此时夜黑若浪,山顶这光若桅灯闪烁,古城欲渡。

1876年,《中英烟台条约》签订,芜城被辟作通商口岸,大英帝国便强占此处为领事馆舍,高墙深垒,这"风水宝地"俨然成了国中之国,常有鼓乐喧嚣声传出,这些红发碧眼高鼻子的洋人在芜城百姓头顶上逍遥快活着。

这是什么神奇之光,比大马路上的煤油路灯亮百倍?大风吹不晃,倒把黑魆魆的夜裸出一块来。

对趾高气扬的外国人,兴州素无好感,洋布、洋火、洋油等日用品,因其价廉物美大行于市,长街已有众多商号代理促销,相关的传统中国手工产业纷纷破产倒闭。兴州痛心而无奈,今晚范罗山上夜生奇象,说不定是洋人玩什么新把戏。

寒风呼号声遁了,连爱妻月萍殷殷的目光也远了。这奇光异炽让兴州惴惴不安却莫名兴奋,脚步不由自主地转向那条通往范罗山的小径,原破败的沙石土路,竟是青砖铺地,树木森森,幽静雅致,夜晚也畅行无碍,官府对洋人可谓尽心竭力,荫及其道了。

夜幕下的范罗山更陌生了,高墙俨然,铁门紧闭,借了那光,见自山腰及至山顶,是三座券廊式英国乡村别墅建筑,回廊立柱,红顶白墙,高耸的烟囱、夸张的老虎窗呈现别样的异国情调来,像在举办一场盛宴,托盘侍者进出,回廊不时有西装革履的男人挽着裙裾飘飞的女士昂首而入,华服金发,强光下熠熠生辉,每当侍者打开山顶那扇金碧辉煌的大门,便有西洋音乐和喧哗声泻出……

也许眼前的刺激太过强烈,兴州怔怔地不知所往,大铁门上方哗啦打开一小窗,一高鼻蓝眼的卫兵正对他叽里咕噜吼着什么。还有洋犬焦躁的吠声,似乎门一打开,它便会张着血盆大口扑来。

他深一脚浅一脚地踩在青砖甬道上,没了强光的刺激,一切变得更模糊黑暗,突然间他胸闷气短,旺兴的宝兴变得无足轻重了,那汤会长的宴会也乏味起来。

上 部

一　三年嬗变

（一）

　　兴州租住在带院子的两层小楼的二楼，腿脚不便的房东老婆婆独居楼下。老人说是"眼缘"，租金不多要，江城多湿，楼上不那么潮冷，体弱多病的月萍宜居。

　　近日天寒，在省府安庆当差的儿子将房东老婆婆接走，兴州去了店中，小楼只余孤病的月萍。这几天寒潮脚赶脚地袭来，月萍咳嗽更甚。

　　一股冷风裹着兴州进屋，他一手扶着咳得弯下腰的月萍，一手轻拍着她的背，歉意道："候久了吧！"

　　月萍忍了咳："快坐下烘火，饭菜焖在锅里。"她脱了兴州的"一裹圆"，又抖又拍地挂好，递来热手巾。兴州敷在脸上，暖意从心底沁出，一天的疲惫及各种不快尽消，这是他每天最放松惬意的时刻。

　　"都什么好菜呀？"闻着清醇的香味，兴州觉着饿来，嬉笑着似没长大的孩子。

　　月萍那双似颦似蹙的丹凤眼瞥他一下，见他还呆呆的，便把煤油灯拨亮些。兴州习惯地抬头，暗褐色的案几上方是幅黄山松图，虬枝干劲，独立危崖，联云：

　　　　云开见山色
　　　　独立任凭风

　　笔法豪放，遒劲中带了几分少年狂，是他在芜城的绩溪老乡、芜城科学图书社年轻的掌柜汪孟邹题赠的。这汪孟邹处处讲科学，嫌"掌柜"称号封建，喜人直呼其名。油灯下松枝模糊若写意，要有范罗山那样的光就好了，那神光已隐在脑子里了，不时忽闪一下。

今天这中堂应被清扫过，并无一痕灰迹。

这当儿菜已上桌：酱黄色的绩溪粉丝，热腾腾的一品锅，居然还有好久不见的刀板香，还有自己最喜欢而只有冬天才有的"炒三冬"——冬笋、冬菇、冬木耳，这"铁三角"，好看又美味，红漆方桌少有地被摆满了。

"什么好日子，做这么多好菜？"

"你整日忙，还记得日子？"月萍嗔怪又期待地看着他，"真想不起了？"

兴州才注意到，月萍换了件紫红大袄，虽罩了花布围裙，却不显俗气，反衬出亭亭的好身材来。兴州拉着月萍有些粗糙的手，放在自己宽大的手掌上，另一只手盖了摩挲着："不是你提醒，我差点忘了，三年前的今天我们从庐州搬到芜城！"他不免感慨了，"庐州铺子开得正旺，却要变卖了去个陌生的地儿，不是你那句'树挪死，人挪活'的话垫了底，我真不一定横得下心！"他庆幸回了家，要不这么重要的日子，让带着病做了一桌子菜的月萍干等着，是不可原谅的，外面金山银山又何干！

月萍作势把他的手拍了一下："只是我了解你那颗不安分的心！知夫莫若妻，你十三岁离家到六安学徒，满师三年就做店里的经理。别人可是做梦都想不到的好事，你只做三年便辞了，只身一人到人生地不熟的庐州开店。这店开了不过三年，你心眼又活了，老说芜城'豁通'什么的。"月萍的指头在兴州宽大光净的额头上轻轻一点，"就是我不说那话，你也会盘店走人的！"兴州似被她说中了心思，搓着手嘿嘿地笑。

"没想到让我说着了，每换一地，你都如鱼得水，像老话说的，越搬越旺！"月萍目光如水，潋滟动人。

这话要在昨晚或是一两个时辰前说，定会引起兴州兴趣，此时他却意兴阑珊，又不愿坏了月萍的兴致，这过往有她太多的付出。若不是她在家伺候父母、种田插秧，用孱弱的身子顶替多病的父亲撑起他离开后的家，他能安心于外？父母离世，她又随他走南闯北，多年辛劳加水土不服，患了寒湿咳嗽之疾，每新到一处，便重上一重，竟为沉疴。

"一路有你，才有今天。每次大变时我都想，即便败了，一无所有，但只要有你，就什么都有了！"

兴州给月萍斟了点酒:"这是芜城本地酿的雪酒,陈年雪水窖成,清冽醇厚。今天是个好日子,天冷,喝点活血暖身。"月萍拗不过,只抿一点便咳嗽不已。

兴州忙抚背抹胸,见她缓些了,将炭火盆移近些,月萍却摆手:"烤多了更咳,我不冷了。"果然粉面若花,似当年的样子,"知道吗?今年我们结婚十年了!"

"看来今晚这酒得多喝几杯了!"兴州微醺,"虽父母之命、媒妁之言,但第一次见,我就喜欢,你可是全乡最好看的!"

"我可没敢细看,只觉你人有点傻乎乎的,不过不讨人厌。"月萍也被带入美好回忆中,旋即脸色暗了,"十年了,没给你生一儿半女,这身子越来越重,说不定……"月萍别过脸不说了。

病中的女人总是敏感的,兴州忙道:"今天是个好日子,不说这些了。"他夹了一块刀板香给月萍,"刀功又见长了,盐少点就更好了。"月萍却认了真:"盐少就不香了,也没了那个味!"

"咳嗽少吃盐,忘记上次大夫说的?"

"今日为你备的,都是你喜欢的,得原汁原味。"说起做菜,月萍又眉飞色舞了。

徽菜重色重油重火候,月萍不宜多吃,甚至不可多做。兴州的那个念头又冒出来:"还是请个人吧,房东婆婆不在,就算有个人陪你说说话也是好的,天越来越冷了,你也不必出门买菜了。"月萍一如既往地拒绝:"知你不愁钱了,可我这乡下丫头出身,被人伺候就一身不舒服。你倒是好好想想我说的,再娶一房,给郑家续个后,不孝有三,无后为大,再说有钱人哪个不三妻四妾?你再娶,别人一定不会说三道四的!"兴州想月萍不愿承认自己是个病人,便不好再劝,不过再娶的念头从没有动过。这两件事再说下去也不会有个结果,兴州便宽慰道:"你还年轻着呢,芜城能人大夫多,这点毛病肯定能看好。现在别乱想,安心把病治好才是根本!病好了,自然会生养。"虽不止一个大夫说她得的是痨病,兴州在情感上却不愿接受,这是城里,又不是乡下,再说还有外国人办的教会医院,他不信一个咳嗽就把人咳没了。

"你把这服药吃了,效果慢的话再换个大夫,不要灰心,我们还有许多大事要做呢!"

月萍默然,她明白丈夫雄心万丈,今年来芜城恰满三年,说不定他的心又躁

一 三年嬗变

动了,她既担心又有些激动,也想着有朝一日这身子还能好起,便咽了话,还强撑着陪兴州吃了点饭。

一阵紧一阵的西北风伴着月萍咳嗽,夜深方息,刚蒙眬入睡,却见窗外朗月初升,幽冥清冽,明月、神光、宝兴、月萍,各种景象在脑中交织,兴州少有地一夜无眠。

(二)

宝兴号不在长街最繁闹处,但边上有条直通陶塘的巷子,逛街人观景,观景人购物,外地来的,陶塘多为必去之地。人流便是财流,或破墙开店,或沿街搭建,一溜十多家特色小店,也引人流连。位于长街与小巷路口的宝兴,渐成宝地,兼兴州匠心营作,生意越发兴隆。

见兴州少有地心不在焉,管账的老柜心细说道:"郑掌柜,天冷嫂子又不舒坦了?"这老柜本姓魏,年龄比兴州大了近十岁,一顶宝蓝满平金的帽头儿压了脑后不长的辫穗子,沉稳精干,常年柜上管账,又兼长得老相,芜城人的口音"柜""魏"不分,这"老柜"的外号就流传开了,本名却被淡忘了。老柜精于会计、账册、柜面诸事,通晓街面钱庄货栈行情,还谨言慎行,最可贵的是对掌柜忠贞不贰。

兴州点头又摆头,问了一个他料想不到的事:"你见了范罗山上的光了吗?那亮的!"

"你们谁见过?"老柜又面向伙计。洋人新奇之物,兴州把昨晚见到的一幕说了。

"该不是汽油灯?加气后比煤油灯亮好多倍。"念过几年私塾的老柜对洋玩意儿不甚了了。

兴州摇头,汽油灯他见过,戏台上就有,不是那个亮法。

"那就是鬼火无疑,那山上以前埋过死人,作天变鬼就出来兴风作浪,现在又住了洋鬼子,昨晚风大天冷,阴阳二鬼相搏……"李二说得绘声绘色,他在家行二,俗名二狗子,仗着是兴州同乡,又是宝兴第一批员工,说话少拘束。

"掌柜说正事呢,不晓得正经干活去!"老柜转而对兴州,"这准是洋人的新玩意儿,我看还是找下程掌柜、刘管家这些见过大世面的人问问,或许他们知晓一二。"

老柜说的程掌柜是兴州的绩溪同乡,芜城徽商的头面人物程宝珍。

程老板号次廉,虽家境富有,却也是"十三四岁,往外一丢",这么多年深耕芜城,开钱庄、设典当,投资家具等业,生意做得风生水起。三年前因了他的劝说,兴州动了来芜城发展之心,有了次廉及诸老乡的帮衬,才使兴州能在长街立足,只不过每每说起,次廉总是淡然:"徽人在外,商业可以有竞争,人必须抱团,一荣俱荣。再说我帮你,是看中你的人品和才干,帮人也是帮己。"

程掌柜的钱庄在大马路边,这里府衙连着公署,洋行毗邻钱庄,官商勾连,中西合璧,又兼了湖光山色,饭店、旅社、戏院一应俱全,与长街相比是另一番景致的兴旺。

兴州一气儿赶到次廉的钱庄,也不等熟识的伙计通报,咚咚上了二楼,熟门熟路地来到总理室。冬日室内光线不好,程掌柜一手捏着老花眼镜,一手托着一沓报表,正倾头凑近着看,头发竟半灰了!兴州心下一怔,次廉是他面前一座不可逾越也不愿逾越的峰峦,是他永远的精神支柱,不知不觉间竟显出老态了。

次廉的惊讶没表露在脸上,实际上他脸上极少有表情,偶尔惊鸿一瞥,才让人读出不一样的他。

钱庄的掌柜大抵都有这样一张撑台面的大板桌,次廉的板桌漆面与褐色的实木已相融成深褐色,有人嫌黯旧要换,他总不肯。这紫檀厚质,敲之钝钝作响,显着厚重与稳固,象征资财与人品的笃实,那些色鲜颜亮的台面与之相较,立马显出张狂与稚嫩来。

坐在这板桌后面的人,撞千石之钟,伐雷霆之鼓,钓潜弋高,百技万变,惊魂荡心,联想到他钱庄大门上"山色千重望天低吴楚,湖光万顷观泽底蛟龙"的楹联,书法高古,意蕴精妙,这才是动辄调度几万甚至几十万两银子的大老板的心态和气度,兴州的心静下来。

次廉从高桌后迎出,坐在兴州对面的椅子上,极少人享有次廉这样的接待。早有伙计泡好上等猴魁,掩上门轻轻退出。

"昨晚聚会你没去,听刘管家说弟媳的病又犯了?"次廉大了兴州近二十岁,却以兄弟相称,兴州推让不得,也只得由着他了。

"多谢关心,已无大碍了。"

"那批广西果品的事咋样了?"

宝兴收了批南方运来的荔枝、桂圆干货，不知是质地不佳抑或是运途上出了纰漏，验货的李二当时未察异象，可两天后干货断续现了霉点，虽不细辨看不出，但兴州还是着即停售。这是笔近百两银子的买卖，宝兴亏不得，可已货银两讫。

"此事在与对方商讨之中，说不定到时候有劳程掌柜！"兴州心里一热，当时不过是随口一说，次廉却记在心了。

"昨晚我与汤会长言及此事，他已答应斡旋。他是会长协理，又是广东人，问题应不大。"

兴州向次廉一抱拳："每有难处，您总出手相助，今日有一事不明，又向您讨教了！"遂将昨晚范罗山上神光之事述说了一遍。

"不是好奇这么简单吧？"

兴州被看穿了心思，倒有些底气不足了："呵呵，什么都不清楚，云遮雾罩的，能有什么想法？"

"雾里看花才妙呢！"

兴州揣测道："这定非荒诞不经或神怪之类的东西，一定是洋人的什么新玩意儿。"顿一下，目光带着探究，"光耀如星，风雨不晦，可否大行其道？"

"果然没看错你！"

"这是姜太公在此，百无禁忌，我大着胆子乱说的。"

"这个老朽也不清楚，"见兴州脸上难掩失望之色，次廉不紧不慢地说，"不过有一人应知道。"

"谁？"

次廉啜口茶，似在品猴魁香而微甘之妙："你忘啦？"

"汪夫子！"两人几乎异口同声。

（三）

一袭长袍、一副眼镜、文质彬彬却老到的汪孟邹，便是芜城文化界名人"汪夫子"了。这雅号非笑他迂腐，恰是含了尊崇。孟邹也是兴州的同乡。绩溪邑小士多，名儒辈出，显臣如林，进则习科举，以博仕宦，退则习工商，以贾利得。孟邹少敏于学，二十岁便中秀才，算得上绩溪最年轻的秀才了。有锦绣文章，又能画善书,擅图老家黄山美景,人皆为有一幅他的徽州山水为荣,若非他投身新学与革命,不定已是新安画派的重要一员了。孟邹本少年得志,却无心功名,志亦不在陶朱事业,而是图新学,考入南京江南陆师学堂,维新思想渐深,毕业后放弃待遇优渥的职位,一心要在经济发达、风气开放的芜城创办书店。得次廉、兴州等众亲友老乡资助,筹纹银千两做股本,还帮他寻得中长街二十号这座二层砖木小楼,前街后河,运销便利,也给这淌金流银的长街平添股书香气。

汪夫子的书社与别家不同,书架上少见流行的线装古籍,铺排的是上海、北京等地出版的新思潮、新文化书刊,文化启蒙,科学救国。夫子在图书社社名前冠以"科学"二字,在江城甚至是全国也别无二家。

长街上有此书社,若万丈红尘中的一股清流,多少青春迷惘的灵魂有了皈依之处。书社存续的三十来年,一直是芜城新文化、新思想的播种者,也是革命者的秘密据点之一。

与商号华饰重装、金玉其外的门脸不同,汪夫子这间不甚起眼的书店,门口只有块白底黑字的"科学图书社"木牌,若不施粉黛的处子,静立闹市一隅。那字出自夫子手笔,工整端方,显出"科学"的严谨认真来。

"两位大驾光临,有失远迎!"

着件棉袍的夫子迎出,作揖后做了个请的手势。楼上有成捆没打开的书,弥散着油墨香,中间的一张大长桌收拾得还算整洁。

兴州把昨晚的奇遇说了一遍,次廉道:"我们来请教你这学问人,这洋人又搞什么新玩意儿,是不是你门口那'科学'什么的?"

"这个我见过,应是电灯!"

"电灯?!"

夫子肯定地点头:"从你说的迹象看,应是电灯,早上几个买书的学生也说起这事,没想到你们这么关注。"

"电灯是什么东西?比煤油灯还亮?还不怕风?是何用法?"

"有种机器,利用磁力发电,发出来的电可照明……"

兴州连声迭问,夫子摊着两手:"这是门科学,我略懂皮毛,不过西洋人都用了几十年,上海、北京也都用上了,上海的路灯大都用电照明的。"

"路灯都用电,那该多亮堂啊!"兴州想象着马路上五光十色、金光敞亮的样子,兴奋又不无遗憾,"上海都用了的好东西,我们竟不知道!"

"上海还有家叫申新的电厂,电都从那里供的。"

"有专门的电厂?电从电厂供?"兴州捋着思路,又冒出更多问题来,"电厂造电,再往外卖,这电厂怎么个建法?这电又怎么个造法?"

"那不叫造电,叫发电,电是通过发电机发出来的。"夫子又耐心解释,"城市要用电,须先建电厂,不过即使是小电厂也投资大,还要有技术、设备,关键要有一批懂电的人,门槛不是一般的高哦!但电力是个新兴行业,前途无量……"夫子蓦然省悟:两商界巨子一早匆匆来,差不多把我这个"伪科学"问倒了,怕有什么企图吧?

次廉道:"兴州老弟昨晚才见的,我是连见也没见过,哪能看一眼就怀孕的?"兴州被次廉的话逗乐了,他兴冲冲而来,但愈了解愈是没底:"这办电不是开个铺子那么简单,连个子丑寅卯都没搞清,有想法也是乱想。"

(四)

明清以来,徽商占据了全国商业的"半壁江山",有"南徽北晋",乃至"无徽不成镇"之说,他们多从事盐业、典当和钱庄以及流通、建筑、饮食等传统行业,像夫子这样做文化行业的已属凤毛麟角,更不消说要进入一知半解、资金和技术密集型的新兴电力领域了。

夫子明白,商海中摸爬滚打的他们,在各自的行业中已差不多做到极致,亟待寻找一个新突破口,特别是兴州,年轻、睿智、有担当,又处投资扩张期。夫子也理解他们的谨慎和踌躇,不过这电力可是现代文明的基石,是工业发展的引擎,如果说他孜孜以求的民主、科学要改变的是人们的思想,那电力改变的就是社会的发展方式乃至人们的生活方式,两者合力,才有社会的巨变。

只有让他们明晓办电的"理""义",才能让深富"理""义"情怀的徽商更勇于承担,像自己开这科学图书社一样。在某种意义上,他们是同道人。

夫子推下眼镜,又呷口茶,这是他开讲的前奏。

"电力源于19世纪70年代的欧洲,是西方工业革命的产物,当我们还在大刀长矛冷兵器捉对厮杀、肩扛手提日出而作时,西方已开始以热兵器取代冷兵器、机器取代人力了。"也许觉得过于遥远和抽象,夫子又回到他们所关心的,"电能是种物质,电力是门科学,它需要很高的科技水平和良好的大工业基础,芜城没这基础,更缺这方面人才……不过,"夫子指点迷津,"可以实行'拿来主义',直白地讲,就是购买洋人的机器,搜罗专才,建厂发电。一俟功成,不仅获利颇丰,于社会、国家都是功德无量之事,芜城乃至江淮大地上现代文明的第一缕曙光或将从你们手中升起!"

"这叫'电'的东西,这么神奇?"兴州心有所动,次廉却神色凝重,每逢大的决策他都是这表情。

夫子绘声绘色:"有了电,马路亮了,百姓晚上再也不用摸黑了,社会各业都可用电了,那该省多少人工?社会和实业发展的方式因之大变,这不是利国利民的大好事吗?如果电力在全国普及,国富兵强的新时代就此开始了!"

夫子觉得还该添点硬柴,他凛然而立,指向江边:"兄台昨晚看到的范罗山,还有陶沟到弋矶山,芜城最好、码头最多的一段江岸,四百多亩的良港土地,被英、法、日、美、俄等列强强占,他们赶走原居民,开领馆、辟码头、设海关、建教堂,连洋行都开到大马路上了!"

从当初的愤愤不平,到司空见惯、见怪不怪,但今日夫子振聋发聩,让兴州和次廉那渐次麻木的心又苏醒了,颀长瘦弱的夫子从没像今天这般轩宇昂伟。

"他们的轮船垄断了航运,源源不断地把日用品和其他产品倾销而来,我们传统的小手工业者纷纷破产,农产品没了销路,他们便压价收购。过去有句老话叫'铁到芜城自成钢',芜城的冶炼全国有名,可洋货的冲击,红火的冶炼厂倒了一大半,剩下的几家也是半死不活,而我们和睦山、马鞍山的铁矿石被日本人趁机强取豪夺,廉价夺取中国的原材料,加工后卖给国人又大肆赚取国人钱财,这叫经济侵略!"

夫子越说越激动:"如果再无动于衷,再不有所改变,我们仰仗洋人鼻息过活的日子就不远了!"

"我钱庄上原有不少小业主来周转和借贷的,现在少多了,破产的也多,连本金也收不回来了!"次廉深以为忧,兴州更觉胸口堵,长街南北货商像他这样坚持做土特产的极少了,大部分商号都转卖洋货,且洋货越多,生意越好,本地的传统手工业品完全不是对手,他忧心忡忡却无奈,毕竟洋人的产品新颖精巧。

"这还披了层市场竞争的外衣,而毒害国人的鸦片就是赤裸裸的掠杀了!"夫子愤愤地说,"洋人贩卖鸦片本就伤天害理,可还嫌长途贩运不便,竟迫使村民毁稻种罂粟,反抗不从的,让官府出面弹压。这罪恶之花便遍及江淮,芜城一夜间冒出鸦片馆无数，多少精壮男人躺在那里变成了废物！而从芜城转运到安徽其他各地的鸦片每年动辄百万担，祸害了多少江淮儿女，毁了多少家庭！"

夫子眼里是灼人的光："他们通过殖民完成了工业化，而我们还处农耕时代，官员昏聩，制度落后，与他们相比是大人和稚童的悬殊，他们坚信真理在大炮的射程之内，千里迢迢打上门来，又要来殖民我们！这世道没公正，只能靠实力，那种闭关锁国、自成一统、自我陶醉的日子已经过去了，现在的中国，政治上被洋人操控，经济上被掠夺，文化上被愚弄，已国将不国了！"

"不是还有大清政府嘛！"次廉冷冷地道。

"这大清对外只知割地赔款，巴结讨好洋人，对内贪污腐败，横征暴敛，气数快尽了！"夫子一脸不屑。

兴州年幼家贫，但族中有免费书读，孝亲爱国思想深植于心。

"孟老弟，我念书不多，国家兴亡，匹夫有责的理还是懂的，且我们徽商最讲一个'理'字，又重一个'义'字，这危亡之际，总不可无动于衷！"他的目光和次廉相遇，似借了力道，声壮气足起来。

"兴州老哥说得好！"夫子似总结又似点题，"我们能做的也必须做的事有两件：唤醒民众，实业救国！"他阐述开来，"办书店，传播进步思想，唤醒千万万民众，我和我的朋友们在做；两位兴办实业，振兴国货，富国强民，从经济基础上促社会变革发展，洋人就再也不敢拿我们怎么样了。"他期待地看着二人，"万千实业中，兴办电厂尤为重要，电力是社会进步和文明发展的阶梯，犹如原始社会发现了火一样！"

兴州自忖做了十几年的生意，也算做到头了，可国将不国，哀鸿遍野，这生意能做多久？就是做得下去，不过口袋中多点银子罢了，一人富、几家足又有多大意义？办电则不同，成了富家，亦可报国，不负先贤父母之教，这才是大丈夫所为，何不冒险一试？他虽对电力一无所知，前途叵测，不过当初不也是身无分文闯天下的？若不成功，大不了带月萍回乡种地！

"你同学、朋友有没有上海申新的？我想尽快去上海！"

"该去看看，这边有我。"次廉又一次站在了他背后。

"两大佬联手，大功可成矣！"夫子比他们还要高兴，"我有个同学在上海邮局做事，他曾说认识申新电厂的人，你带我的信找他，无不成之理。"

（五）

　　六百余里之外的上海，与水陆交通便利的芜城并非遥不可及，长江水路有英商的"怡和"和日本的"日丸"等大轮往返。"怡和"宽大舒适，航速也快，但票价不菲，日轮根本不作考虑。公路出行倒是经济，但须在南京转车，也朝发夕至，只是颠簸一天，辛苦多了。

　　锡常经济较之内陆的安徽发达得多，车达常州地界，已满当当一车人，吴侬软语让兴州有一种人在异乡之感，却还是在颠簸中渐入梦乡。

　　梦中见到了申新的"技正"，面目虽模糊，却一见如故，正相谈甚洽，被惊叫声吵醒。

　　"坏塌（的）啦！车子坏塌（的）啦！"兴州本能地摸下腰，碎银还在，裤腰里有张五十两的银票，昨晚月萍把银票缝在裤腰内边，临出门才说，这让他不带也不成。包袱里除几件换洗衣服，就是月萍起早烙的挞粿，香脆又抵饱，是徽州人出远门的必备食品。

　　司机捣鼓半天，车头突突吐出几口浓烟来，车身嗡嗡地震动。"好啦！好啦！"欢喜声未落，车子又泄气不动了，冬日夕阳里，司机额头上晶晶地亮，竟是细密的汗。

　　"我来看看！"一颀长中年男子与司机低语几句，司机有些狐疑，不过还是打开车头前盖，那人这摸摸那看看，粗实的辫子往脖子上一绕，哧溜仰面躺进车头底下，刚才叽叽喳喳的乘客都憋着气，似一同用着力，下面有瓮声瓮气的声音，司机利索地递着扳手等工具。

　　张着大嘴的车头让兴州见识了汽车的真面目，管线、机器像五脏，少说也有几百号零件，要把它们组合成一辆能跑的汽车，一个少不得，一点错不得，谈何容易？可要是建座电厂呢？兴州觉出野外冬日傍晚渐深的寒来。

　　那人一身灰土地从车底下钻出来，司机进了驾驶室发动了车子，一阵嗡嗡声后，便是均匀的隆隆声。众人捧月似的簇拥那人上车，有递毛巾、送小吃的，中年汉子不断抱拳以礼，在欢快的吴侬软语中，车子逐着天际浓重的火烧云重新启程。

　　抵沪夜已深，一刻不敢耽误，一辆洋车将兴州拉往申新电厂。

一　三年嬗变

十里洋场名不虚传,此辰光即便是芜城的大马路也已悄无人迹,但这里仍熙攘喧闹,印象深的便是沿街的路灯了。方木杆上斜一铁杆,杆顶弯一驼背半圆,罩一白底铁帽,笼着黄灿灿的路灯,似仆人躬身提着灯笼为你照亮。街灯都这么有情趣,更不用说饭店、马戏团、戏院门口那些各式各样的灯和光怪陆离的灯光,兴州看得有些痴了。

电才是夜上海的主角。从路灯到哐当哐当拖着长辫子的电车,从五光十色的夜市到各大卖场、戏院,电让上海成了不夜城,电让这个东方大都市有了灵魂。

小旅舍与申新不过隔条两丈来宽的马路,僻而不静,这电厂的轰鸣声如摇篮曲,兴州一夜酣睡。晨起漱洗毕,兴州打开包袱,挞粿已硬冷,但月萍在里面加了火腿、韭菜。此时兴州一口热水,一口挞粿,齿颊留香,这确实是差旅难得的美味了。

辗转到夫子朋友的单位,一打听对方已外出公干,三五日方回,兴州留下信和自己的住址怏怏而返。在申新电厂门口,被门警堵个正着,兴州好言好语只换来硬邦邦一句话:"不能进!"

兴州反躬自顾,一件洗得看不出底色的棉袍,一双沾满尘土的老棉鞋,一顶皱巴巴的瓜皮小帽,兼一口难懂的徽腔土调,活脱脱一个外地乡下人,到电厂想干什么?若自己做门警也一样警惕,大上海的电都靠它呢,容不得半点闪失。

这天兴州一进门,店老板递来一封电报,以为是夫子的朋友发的,哆嗦着拆开,却见是"货赔速归"四字。

货赔之事虽有次廉与老柜,可定夺还得自己,上百两银子呢。这边不见希望,那边火急火燎,兴州不甘,这次空手,什么时候再来就另说了,不定办电之事就此夭折,万一夫子朋友这两天回来了呢?

沪上冬日冷湿,挞粿吃完,兴州也失了吃饭的胃口,宽衣上床,碰着缝着银票的裤腰。临走前的晚上,看着油灯下细眯着眼缝补的月萍,他便许下愿:定把那范罗山的光引来,把煤油灯换成电灯,让众多如月萍一样在晚上劳作的人不再费眼。可到底还是让她失望了,失望的还有次廉和夫子,更失望的还是自己。伴着荡人心旌的音乐的范罗山灯光是那样刺眼,还有那狼狗的狂吠声和卫兵凶狠而鄙夷的眼神……明天再去邮局,若无音信,哪怕翻墙也进电厂看一眼!

他终于进了一个新奇世界:高阔的厂房,各式簇新锃亮的设备,隆隆作响的机器,许多人穿梭忙碌……这不是电厂吗?我终于来了!眼前这戴着眼镜、低头在小本上记着什么的人,该是老柜吧?不,该叫技正的。

"先生,"见那技正抬头,兴州急抱拳,"我是从芜城专程来的,也想做这行,能否讨教一二……"话音未落,两个门警模样的人冲来,连推带拽地往外赶他,他再挣扎喊叫也挣脱不了。

兴州惊醒,胸口两股热汗淋淋,额头发烫,挣扎着起床倒口水,竹壳水瓶空空如也。

(六)

兴州是被敲门声惊醒的,一个激灵要下床,却趔趄不稳,拍门声更急了,兴州趿屣而出,门口除神情紧张的店掌柜,还有两人,其中一位竟是那天的修车人!

"先生可是芜城的郑掌柜?在下是孟邹的同学、沪北邮局的刘少鸿!"一个戴着新式呢帽的年轻人向一脸诧异的兴州抱拳道,"外出数日,让您久等,着实抱歉!"

兴州顾不得衣衫不整,打拱还礼:"哪里哪里,我贸然上门,多有打扰了!"

"这位是我的老乡,申新电厂'技正'姜先生!"少鸿侧身把一边的中年人介绍给兴州。抢在姜先生弯腰之前,兴州一个长揖:"有劳姜技正亲自登门,衣衫不整,不成体统,多有得罪!"姜先生尚未答话,少鸿快人快语:"古有曹公倒屣见许攸,今有郑掌柜敲衣迎技正,佳缘佳话啊!"连带着店掌柜齐声笑了。

店掌柜猜度他们似在谈一桩大买卖,也客气起来:"既是贵客来访,不妨在下面客厅小坐,那里宽敞些。"

"也好,我们在下面等郑掌柜。"少鸿应了,和姜先生下了楼。

少鸿领着去家早餐店,门面不大,里面却别有乾坤,大厅十多张桌子熙攘坐满了喝茶、吃早点的食客,不时有单手举着托盘的跑堂穿梭其间。少鸿领着上了二楼的雅间,果然清静了许多,桌椅古意十足,眉目清朗的小哥斟茶倒水,少鸿自作主张,小吃、面点点上一通。

一会儿便上来了云片糕、枣泥、绿豆糕等茶点,又泡上一壶上好的碧螺春,香气氤氲中引来了无数话题。兴州讲了路上那段奇遇,少鸿惊诧,连姜先生也不敢相信是真的,连连拱手:"出丑了,出丑了!一脸油污、一身灰的,弄了好久,耽误郑掌柜时间了!"

兴州慨然:"要不是姜先生出手,说不定撂路上了,这次又遇着先生,您真是我命中贵人啊!"

"要是那时认识了,才叫一个巧呢,不过好事多磨,现在认识也不迟。姜先生,字中浩,申新电厂技术大拿,他一直很忙,架不住我再三请求,才抽出时间。"少鸿既是介绍又少不得把姜先生夸一番。姜先生反不好意思:"两位不要抬举我了,那天探亲回来,顺手帮一下,帮别人就是帮自己嘛!"聊天中兴州知姜先生留德归来,老家在常州,那日是探望高堂老母后回沪。

兴州想对他多些了解,就把话头引到时局上。少鸿出语率直:"都说大上海是洋码头,其实是洋人发财的码头,十里洋场,就是洋人享乐的场子,他们眼里的地大物博,不过是他们产品的倾销地和原材料供应地!"

这少鸿虽衣饰、做派与夫子大不同,思想却是一脉贯通的,连说话语气都差不多。

姜先生平静的语气里含了忧虑:"江浙蚕丝业发达,洋人先以高价广收,我们的缫丝厂收不到丝,他们机器、缫丝好,价格低,两厢逼压,乡里缫丝厂少有不倒的,此时洋人便压价了,几经折腾,本土缫丝业凋零,洋人一统天下。"

"芜城何尝不是这样?口岸一开,各业破产倒闭不说,洋人还怂恿乡民种大烟,又穷又毒,民不聊生啊!我这次来大上海就是请贤问能,想做点实业,与洋人争一争,为社会、为民生做点实事。"兴州把自己办电之事扼要说了,临了恳切道,"我知此路多艰,我又是个门外汉,千里迢迢专程请先生襄助!"说罢,起身左手搭右手,对着姜先生深深一拜。

姜先生忙起身还礼,说"不敢、不敢"。他已从少鸿处闻听兴州办电之事,这年头放下风头正劲的商贸不做,冒倾家荡产之险去投资风险极大的电力,非常人所能。细看他接人待物、举止谈吐,倒像是个办大事的人。

"郑掌柜有志于实业报国,欲与洋人比高下,姜某敬佩!"他清下嗓子,"郑掌柜礼贤下士,千里迢迢而来,令姜某惶恐,姜某才疏学浅,又……"

"姜先生的本领,在大上海乃至全国都是一流的,您不必过谦!"少鸿有些急了。兴州心下明白,现八字不见一撇,不能凭一面之缘、一腔热血让人家和自己去冒险。电力人才稀缺,大电厂独当一面的将才,更可遇不可求,若聘得更好,若不能,退而求其次,出谋划策,做个编外军师也好。正待细说,有轻轻敲门声,端着热气腾腾的托盘的跑堂立在门口,少鸿忙道:"再大的事先放一放,郑掌柜尝下沪上风味!"

(七)

芜城开埠已久,商旅汇集,各地风味荟萃,算得上美食之城了,可比起上海,食物不仅口味有别,在精加工方面也逊色不少。就说这碗"鸡火干丝",可见了真功夫,主料无非是鸡丝、开洋和豆干,用的是"蓑衣刀法",将食材切得细如发丝,抖开放入高汤中,丰盈、饱胀,撒上蘑菇丁和细葱,清亮滑爽,那鲜香在舌头上化开,没等人品出味道,便化没了,兀地显出自己的粗俗来。

一山更比一山高啊。

兴州将挞粿吃完,就在街摊上买面条、馄饨凑合。面对这精细早点,他感受着大上海的雅致与柔情,也许只有品尝了当地的美食,才算深入这个城市的腠理。

兴州是讲究食不言的,更不喜那种拉七扯八吃半天的饭局,只是惦着电厂之事,见中浩亦未承诺,食不甘味,辜负了少鸿的一番好意。

姜先生也无茶客的慢条斯理,知眼色的少鸿唤来跑堂小哥,收残局上茶点。夫子的这个经新式教育的朋友,少了旧书生的迂腐,又经上海滩历练,圆熟得很,怪不得夫子会把这大事托付于他。

见到姜中浩这位技正,自不会入宝山而空手归,兴州且将中浩是否承诺之事放下,细细请教起办电之事来。中浩倒是愣了一下,电力是个复杂庞大的系统,有发、供、用三大环节,尤以发电为根本,也最难,涉及设备、基建、运行等,仅设备一项,就有采购、托运、安装、运维等环节,因承相接,每一环节都重要,其中运维更纷繁复杂,不是一两句说清的。若照本宣科,外行的兴州会更糊涂,还可能萌生退意,但也不可轻描淡写、避重就轻。他略加思考,把那些深奥的原理、新奇的名词和冗长的介绍归纳减缩作几步:一是集资购买设备,二是征地建厂房,三是培训工人,四是架线供电。

"就、就这些?"对姜先生的粗线条简图,兴州不过瘾。中浩却有了底,这郑掌柜是精细人,实心做这行。

茶汤碧绿，活色生香，姜先生轻饮一口，不待少鸿动手，兴州亲自为姜先生续上。

姜先生道："筹资我不多说了。"兴州听了点头。

"设备包括发电机、锅炉等，以英、德为佳。还有征地，一开始规模可能不大，要留有余地，没有三四十亩做不了。此两项没十万两银子做不下来……还有一点，电力是个高危行业，一定把安全放在首位！"兴州听了心下一紧："有多大危险性？是机器还是对人？"

"是设备就会坏，电看不见闻不着，不说一般接电户，就是我们专业的，若一时麻痹也会触电，非死即伤，安全是电力行业的笼中虎，一定得看得牢牢的！"中浩少有地肃然。

"这些做妥帖了，郑掌柜大业庶几可成矣！"见兴州蹙眉，姜先生想缓和下气氛。

茶过二滚，渐渐品出味来。

"郑掌柜办电，虽有风险，却是英雄慧眼，有天时地利人和之便。"不待兴州发问，中浩条分缕析，"现在发电技术、设备都较成熟，但国内电厂不过沪、京等五家而已，芜城没有，甚至安徽空白，但中国正处几千年未有之大变局，工业化是个大趋势，即使一时难有起色，但单单照明市场就很大，这是所谓的天时。"

"那地利呢？"不仅是兴州，连少鸿也被吸引了。

"安徽是产煤大省，淮北烈山煤矿开采已久，比起上海远距离运输成本低廉，当然，若有条直达铁路的话，就更好了。另外芜城商业发达，既是中部开放最早的城市，也是安徽人口最多的城市，电力发展环境是安徽最好的！"

"姜先生的视野开阔，连芜城的地理环境、安徽的自然资源都通盘考虑了！"少鸿由衷赞道。

"建电厂可是件几十万两银子的大事，不周全考虑还行？"中浩依然微笑着，口气却重了。

"至于人和，无须赘言了。郑掌柜是徽商，徽商财力雄厚，又合力抱团；郑掌柜年富力强，稳重却不保守，没有比您更合适的了。"

姜先生应做了不少功课，这让少鸿倍有面子。

兴州却是怅然有失。这姜先生不单纯是一个技术专家，还胸有丘壑，又与自己志趣相投，若一起创业打江山，必事半功倍。

"快中午了,换个地儿请姜先生和少鸿老弟喝一杯,聊表心意!"月萍缝在裤腰的五十两银票,让兴州更有底气。

"早餐还没消食呢,再说现在吃午饭有点早。"中浩略一沉吟,"既然郑掌柜真心办电,我就带你们去看下申新吧。只是那里规矩多,一般不许外人参观,我们只能走马观花,有个直观感受就好。"

(八)

厂区比想象的更阔大。锅炉房、汽轮机室、控制室、煤场……一组组形状各异、高大威猛却又精巧坚固的机器,用巨蟒似的管道、粗细不一的线路、各种奇奇怪怪的钟表一样的东西串联作一个整体。在几层楼高的机器前,他们像小人国的小矮人。

在大机器的噪音里,姜先生边招呼边讲解,兴州听不清,听清了也不懂,用心力记下一些陌生名词,眼睛又不够用了。这慑人的威势和巨大的嘈杂声里,一个概念倏然而出,这就叫现代大工业!

这就是那个神奇的电的出生地,也许所有的生命都一样,出生时伴了阵痛和呻吟,当然更是快乐和希望。兴州脑子涨痛着,却也兴奋着,因为他离它又近了一步,虽然步子是踌躇甚至怯怯的。

不知转了多长时间,也记不清去了哪些厂房,当兴州晕乎乎来到一栋整洁的西式大楼前时,他明白在厂区"走马观花"的这一趟结束了。

在大楼一层尽头的一间挂有"设备室"牌子的房间,两个年轻人摆弄着一组机器。中浩和他们用上海话低语几句,两人看了眼兴州他们,点点头。

"这是我的两位工友,都是大学毕业,做技术的。他们演示一下电机发电的工作原理,你们不要靠得太近。"

"是给我们看怎么发电的吧,太谢谢了!"刚见识了大机器的粗犷豪迈,又有实验室的精微揭示,虽是外行,兴州也明白这种演示,大上海也应仅此一处,太意外也太珍贵了。

"这是十马力的小型蒸汽机,"姜先生介绍,"与大机器工作同理,只是功率不同。"年轻人把一组机器摆弄好,让他们站远些。

一位用电线把两盏电灯连起,另一位打开那台小蒸汽机阀门,那个叫"发电机"的叶片急速转作一团雾。兴州双眼又被闪烁的灯丝吸引,微弱弧光渐由红转白,灯丝晶亮不可直视,大白天竟把每个人都扯起巨大的黑影来,那光比范罗山上的电光还耀目。

好久,兴州眼前还幻白一片。

"电是这样发出的?电灯有这样亮?"兴州心中有十万个为什么。

"是的。看似复杂的东西,原理大多很简单。"姜先生深入浅出地介绍了切割磁力线发电的原理。兴州似懂非懂,可眼见为实,从原理到实践相互印证,兴州更踏实了。

中午,兴州在一家徽菜馆宴请姜先生、少鸿,其间收到次廉的电报,电报上说宝兴霉变干果一事已处置,对方认赔大部分损失。双喜临门,兴州要开怀畅饮,无奈姜先生下午有班,不可饮酒。

"好酒不怕晚,待电厂开业时痛快喝!"

"到时我专程来请先生,不可食言哦!"

"这酒是喝定了!"两双手握住,一旁的少鸿鼓起掌来。

二　江河合流

（一）

"近海鱼盐富，濒淮粟麦饶。"作为"江东首邑""吴楚名区"的芜城，自秦开埠，以襟江带河之地利，又得皖江流域最早开放城市的天时，人才、资金、思想和文化在此碰撞、融合、生发，市面繁荣，思想开放、文化昌明，领内地风气之先，有"小上海"之誉。见多识广、不囿传统的芜城人里，已有人慧眼相中电力这一新兴产业，谋划筹作的，便是曾任芜城佐杂官、现为一旅舍老板的张中峥。

中峥幼时家贫，私塾读了两年便辍学拜师学篾匠，只一样与他人不同，他丢了篾刀便捧书，昼青竹夜青灯，过目成诵，竟至高中。宦海浮沉，中峥不肯伏低做小，老之将至，仍一佐杂之吏。炎凉阅尽，厌倦官场生涯，大清国运颓丧，洋人、洋货蜂入，百姓命如草芥，就连这大小官吏也摇尾乞怜甘当洋奴，更令他心灰意冷，终挂冠而去，在临长街的巷子觅一佳处做旅馆，清茶一盏朝南坐，远旅近客自上门，倒也逍遥。

但这朝等清风暮随夕阳的日子久了，心中又不甘起来，官场载沉载浮，又有同洋人打交道的经历，中峥的眼光与一般小业主自是不同，深思盘算及与亲友商议，将东山再起的目标锁定在电力这前无古人的大业上，临老要玩把大的。这一年是世纪之交的公元1900年。

这一年远在庐州的郑兴州应了次廉等之邀，卖了旺铺，举家迁入"豁通"的芜城，并在寸土寸金的长街上扎下根。两个有缘人同年皆有不凡之举，而宝兴距中峥的小旅馆不过一箭之地，本可因缘际会，竟素无交集。

羁绊中峥的是资金，虽游说了李氏等城中诸名门望族及同僚旧友，但多被婉拒。中峥一则暗嘲他们的闭塞与保守，二则暗喜，众生芸芸，动这"奇技淫巧"

心思的竟少到无。长街精英荟萃,衙门官吏无数,知电来龙去脉的有几人?像他这样观赏过上海十里洋场五光十色的路灯,又去过范罗山英国人发电机房的又有几人?捻数茎黄白短须,竟自得地笑了。

可他还是笑得大意了。1904年初的上海《中外日报》上,在不起眼的位置上刊发的百字新闻让他血冲脑门,在门外亮处看了数遍,每个字都识得,脑子半天却都是空的。"外埠消息,芜城近有某绅拟招股一万五千金,在此间创建电灯公司,现已集有八十股,计银八千金,一俟股份集齐,即秉请地方官立案,购机先行试办。"

天无二日,一城不可有两家电厂,更不用说一条街上有两排电杆,蛛网般供电线了。

要不归附这某绅名下,要不某绅归于我,当初辞官为民,不就是人争一口气,宁为鸡头,不为牛后?可某绅定非等闲之辈,也可能不是一人,自己年老力怯,疏于实业,且孤军作战,想想便怯了三分。原本指望觅条密道,曲径通幽通达人生巅峰,现觉得何等幼稚,这世上从不会有侥幸的成功,特别是像他这样来自贫寒阶层的。

不过一盏茶的时间,张中峥就冷静了。虽某绅声势浩大,但募资不及自己,且所言的立案、购机不过意向之中,未走在自己前面。

购机器、建电厂、架线路,得方方面面支持协同,想想官场那些旁门左道、洋人的奸诈手段,即便自己不从中作梗,也够他们折腾了。而自己不仅与昔日同僚暗通款曲,更庆幸拉了"李半城"入了大股,那刘大管家是多年的老友,与自己又是利益共同体,鹿死谁手,尚无定论,便诡诡然坐定,门外喧闹,店内清寂依旧。

(二)

沪上归来,兴州同次廉、夫子又议,认为可大胆一闯。夫子是文化人,只做顾问,拿主意、定盘子的还是程、郑二人。次廉产业多,年岁渐高,诸事便落兴州身上。宝兴的事务交由老柜,兴州只点个卯,有时几天不照面。一圈跑下来,关节不少,棘手的有两处,让他费思量。

其一便是搭架子。依申新的模式和姜先生、夫子的说法,未来的电厂应是股份公司形式,与沿袭已久的师徒店铺模式相比,是种全新甚而陌生的架构。

什么产权明晰、职责分明、管理科学，还有什么股东会、董事会、监事会、经理层等等。兴州泡在夫子的图书社，又拿了几本"科学"图书，一番恶补，再回味在申新的见闻，渐渐品咂出些味来。

办电募股集资，大小数百股东，须有个股东会；众多股东中，得有几个"懂事"的大股东领头主持，因之有了董事会；谁来管理这样一个比店铺大得多也复杂得多的厂子？就得聘请和依赖管理层了，而行使监督权的便是监事会。不仅次廉，连兴州也犯晕的是，这大股东与管理层不是一回事，出资人哪怕占了大股，也不一定行使管理权，而一股没有的人也可做总理。

"究竟董事权大还是总理权大？"次廉有些摸不着头脑。夫子道："总理是董事会聘任的，但董事会一般不干涉总理职责范围内的事。"

"那是婆媳关系了？"兴州的插话让夫子笑了："有点像，婆婆定调子，媳妇跑腿子，若真是婆媳关系的话，那董事会要做个开明的婆婆，抓大放小，总理要做个尽心尽责的媳妇……"

"既要学西洋人办电，就得按规矩来，'中学为体，西学为用'嘛！"兴州有了心得，新式设备固然重要，可再套用传统的师徒或店铺式的老套路行事，换汤不换药，着新鞋走老路，可能会把路走死。

达成共识后的管理模式可通过试错来逐步建立和完善，而眼下最迫切也是最大的难题便是筹资了。中浩匡算过，即使买两台125千瓦的小机组加上购地、建房，至少也得十万两银子，这可是笔巨款！

芜城万商集聚，分属米业、木业等十三个行业分会，各分会往来并不密切，即便在思想和风气较为开放的芜城，公众对电力多茫然无知，哪怕是各业的精英。不熟不做，且是见都没见过的，还是西洋的"奇技淫巧"，他们更不会轻易投银子的。

芜城徽商甚众，但并不一定头寸宽裕。营商之道不全仗资金多寡，而在于流动快。许多商号做的是代销、批发生意，资金占用不多，但只要商家信誉好、货品对路，便可"一本万利"，而一有资金，便又去扩大经营，精明的徽商更是把这一招用到了极致，因而不少徽商生意越做越大，富甲一方，但富余资金并不多。对商人而言，若大把银子躺在账上，便是种浪费。

近年洋商一强独大，硬生生抢去许多业务，包括徽商在内的各商家元气耗伤，有的周转不灵，钱庄放贷谨慎，市面银根紧缩。虽很多商家对程、郑信任乃至推崇,但在商言商,人好不及钱好,对隔了一层的电力,要挤出真金白银去投,且风险自担、盈亏不保,不免踌躇。

商议的结果是跳出芜城这小圈子,目光外展到全省乃至江浙沪。汪夫子便以某报驻芜访员的身份写了这条消息,通过少鸿的关系发出。一则新闻并未引来多少投资者,倒激起芜城人的街谈巷议,也让张中峥这一竞争对手浮出了水面。

(三)

商会汤协理传过几次话后,两方共识渐多,择了吉日在陶塘的烟雨墩商议。

真谈联合,却踌躇了。办电本是摸着石头过河,上阵亲兄弟,打仗父子兵,以兴州和次廉及其他徽商的协力同心,尚可一搏,可半途来了个极少交谊的张中峥,且是个在官府打过滚、商场不安生的主儿,与他一起拼未来,难免忐忑,也使风险陡增。

"合作是必须的,做好了就是化敌为友,多一分力总是好的!"兴州宁可烦在开局,也不愿有个死缠烂打的对手一路死磕。

"做不好呢?"次廉总想得复杂些,"如他像孙悟空钻进铁扇公主肚子胡搅蛮缠怎么办?"

"家有千口,主事一人,两家合作,只要我们主事,他就翻不了天!"兴州殷殷地说,"不管哪方面,您来主这个事最合适!"次廉猛吸一口烟斗,又当当磕了烟灰,似下了决断:"此事因你而发,也一直由你操心主持,你领头才名副其实,你也有这个能力。至于张掌柜,要是懂得为公司发展计,就该和我一样,老实做个股东,少烦神还有股息拿,何乐而不为?他也这岁数了,该顺天应命,何必赤膊上阵?有人带他赚银子,他做个甩手掌柜不开心?"

"我?您开玩笑了!"在次廉面前,兴州更愿意做个冲锋陷阵的将士,便力劝道,"这家您当才服众,张中峥无话可说。"次廉还是摇头:"办电是件前无古人的大事,又不是会客吃席,论资排辈,这得有一位想干事、干成事的人主导,全身心地投入。我老了,有心无力,又有一大摊生意要打理,岂可尸位素餐,误了大事?至于张中峥是否服我,我看也未必。"见兴州满眼的失望与疑惑,又道,"若非利益之争的闲职,也许有可能,你想他连佐杂官都不满足的人,会在这样的大事上让步?且不说他处心积虑已久了。"

"那让张中峥来挑这个头?"虽是征询的口吻,却着实惊着了次廉,他陌生地盯着兴州,不知他何以突然大逆转。

相对于谁主导,兴州更在意电能否办成。对现代公司制度研究后,他信制度的力量,更信人心向背,似乎不太担心张中峥大权在握会将公司引入歧途,至多走点弯路罢了,不如给次机会,也许这就是兴州与众不同的地方。

"你放心把银子交给他?"次廉激他。

兴州没直接回答他:"重要的是有无一个健全的公司制,夫子说了,董事会是票决制,总理是董事会任命的,这制度的精要处就是一人说了未必算,亮点是相互制衡。"

次廉不是一下子被说服的:"西洋讲究以制度管人,搞的是民主那套,民众有基础,可我们讲人治,几千年的传统深入骨髓了,怕不是说变就变的;再说制度还不是由人定、由人执行?大权在握,翻脸不认,这样的事可见得多了,当下的中国,尤其是开化了的芜城,无权做不得事,成大业者必有权!"兴州默然,却又道:"股东皆为利来,没人拿自己的银子开玩笑,若糟蹋股东的银子,便犯了众怒,肯定做不长久!"

"你是有备而来啊!"次廉上下审视着兴州,释然而叹有兴州在,多少个张中峥都不是对手。

(四)

烟雨墩原是一掘湖堆土处,今却成百亩陶塘绝佳风景。拱桥接岸,墩上高低杨柳,终年婆娑,有栋飞檐白墙的二层小楼隐现。这处李氏产业被人租来开了一家叫知春堂的茶馆,生意却是不温不火的。

入二层正中茶室,临窗伫望,碧水漾漾,泛起层叠的浪,不是水,是新生的荷叶,正是田田舒展的时候,茎叶相连,一叶推着一叶,迭向远处。兴州想,秋后定有好藕生成。

入茶房似入画境,中间一张楠木条桌,不论坐哪边,都满眼绿意,清风盈怀,张中峥算是费心了。

次廉、兴州坐定,胖胖的汤协理就迎到张中峥一行,并行的竟是李府的刘大管家。

"二位久等了!"中峥对程、郑抱拳。茶房殷勤地端来茶水、点心:茶是极品猴魁,两叶一枪;茶点有四时干果、对江的桃李,当然少不了时兴的花花绿绿的外国糖果,琳琅满目中竟有一方玲珑细密的云片糕。

汤协理郑重地介绍一番,说到刘管家时,特加了句"李指挥已经认了大股",颇有弦外之音。

"今儿是黄道吉日,张掌柜挑个雅静地儿,静心商议办电大计。作为商会协理,我乐观其成,希望两方精诚合作,共襄盛举,让芜城早见光明,造福社会桑梓,亦乃我商界之荣光……"汤协理虽力显公允与热情,但话里话外不无张中峥的影子。

"诸位欲开风气之先,谋光明伟业,图实业救国宏愿,可敬可佩,汤某在此预祝各位大志必竟,大业早成!"这捐班四品、广潮两帮米业总董的汤协理预热现场气氛之后便打住,"为让你们安心商谈,我先行告退,办了会务便来。"说完便躬身作揖,两个茶房也随之下楼。

高大雕花格子门闭得严实,知春堂便有了初夏的湿热。一方倚仗既贵且富、炙手可热的李氏家族,另一方是徽商的老将新锐,虽为协理却无一文投资的他,做了该做的,不愿再于现场蹚这浑水。

茶饮过三,果品五味,中峥的府绸长褂沁出点点汗迹,刘管家用杯盖在沿口轻抚两下,摘了那副当年随李指挥出洋时买的墨镜,翻下眼皮不看其中的任何一位。"今天诸位是来议大事的,闲话就不说了。"他自顾呷着茶,"我想有些事你们都不便说,我主家作为投资人,只希望把这件大事办妥了,我就起个头,今日只议两事,一是今后的筹划,二是谁来领这个头。"

"刘公所言极是!"程次廉承接转合,"我们谈合作,虽说是两家,可也代表了背后的股东,今后会更多,该按股份制来做,既集思广益防偏差,也合电厂这大实业运作体例,还益于今后募股。这事定了,其他就不难办!"次廉巧妙地把话题转到己方的关注上,先议这事,后面可进退自如。

漂洋过海见多识广的刘管家对股份制自有耳闻,但西学这新玩意儿由大山里来的老翁徽腔徽调地道出,多少有些违和感,他们也懂什么股份制?他瞟了眼边上阴了脸的中峥,是被这意外一击激怒了,还是蒙圈了?他谨慎缜密,独缺这方面的,忙忙碌碌却总摸不准对方路数。

管家隐隐不快,他大概还是把这公司当衙门、把老板当官做吧?这里可有老爷子大把白花花的银子呢！对于资本来说，他们不过是跑腿的，不过是高低之分，勤懒之别。

虽与中峥交识已久，但大局和私谊他是拎得清的。现代化的大厂，不可承袭作坊式的运作方式。他虽对程次廉转移话题不快，但次廉所言并非无稽之谈，且一个股份制就巧妙回答了自己所提的两点，可见程、郑二人是精明且谋事的。

刘管家瞄眼张中峥："张掌柜的意思……?"张中峥干瘦的脸上挤出点笑来："两家合作，选好当家人才是首要，人定了制度才能定，不可弄反了！"

"运作模式与管理人选择关联极大，模式定了，才会定下合适的领头人及管理层。"兴州继而解释，"一家公众募资的现代化大厂，制度好比框架，是支撑公司的纲，纲举目可张，人可以变动，制度纲常不变，股东才有信心，两方合作才有基础和保障，为公司长久发展和两方合作成功计，须先定制度后选人……"

张中峥干巴的脸上交替出现漠然与不耐烦的神色，瞟眼刘管家，见他重新架了墨镜，听得津津有味，只得硬着头皮听下去。

"以我了解，大部分股东倾向于股份制公司的模式，它在西洋广泛应用，上海申新等电厂也莫不如此……"兴州最后道，"至于领头人，建议二老领衔，我定全力协助！"

中峥瞬时脸开。兴州不当头儿，老病之身的次廉志不在此，应不会赤膊相争。

架了墨镜的刘管家看不出有什么表情，他原本为中峥保驾护航的，毕竟"自己人"掌管更放心，以未来计，以兴州的才华和为人，更配领头，可对方意不在此，刘管家便生了莫名的失落来，转念又想，未来的公司有兴州这样懂进退的俊才，又是中峥领首，于己是妥了，就看从未独当一面过的中峥能否有容人雅量了，刘管家想到这又怔怔的。

"制度和人孰先孰后，各有利弊。"张中峥不想落了下风，见刘管家面带不悦，显了大度来，"不过郑掌柜也言之有理，电厂算是舶来品，当然依西洋律制更妥。至于领头人，兴州年轻有为，要勇于担当嘛！"

"芜城办电，中峥执念于先，又募股在后，就费心领个头吧。"次廉见中峥已退一步，且有李氏家族支持，便不想为此事纠缠。刘管家推了下挂在鼻尖上的墨镜："既然两位大度逊让，张掌柜你就多担当一点吧，不过电厂之事，你们三人还要协力同心。"

（五）

张中峥似才想起被冷落已久的茶点，一番热情招呼，那茶房适时现身。热水滚茶，又有各味糕点、生鲜果品，本应胃口顿开，却或因刚才的劳神耗精，一下缓不过气来，连遂了意的中峥也不得其味。原来这茶点适配的是有闲时光、有趣灵魂。

张中峥欠下身子："承蒙各位抬爱，让我领这个头。张某不才，唯有热心。"他看向次廉又转向兴州，庄重地说，"电厂大业，前无古人，千头万绪，千难万苦，我朽木难支，刚才已征得刘大总管意愿，请次廉屈就总理，兴州做协理，我等齐心协力，共谋大业，万勿推辞！"

"两位可能觉得这任命方式不妥，"见两人默然，刘管家似解释又似安抚，"按股份制公司要求，应先有股东会，再由董事会任命，但现初创阶段，一时还难完全依法合规，有许多事要办，先把架子搭了。"

"刘总管是大股东代表，可代表董事会的意见了，我做这个领头人，征询了大股东意见聘任二位，也算是基本合规了，哈哈！"张中峥干笑着，似得意于他对股份制的巧妙解读与运用。

这刘管家身份太不一般了，不仅代李指挥和汤协理共行商会之职能，更是大股东代表，其眼力亦非常人能比。谁领头，他的话都不可不听，兴州隐隐不安却又不无安慰。

次廉的话翻了新篇："今天不仅谈成了合作大事，还定了运作模式和人事，着实可贺！既身负重托，定当尽心竭力，共图大业，让芜城电灯早日亮起！"

中峥掰了云片糕分递着："有两位相帮，更有刘总管力挺，我们公司一定会步步高的！"兴州觉得乘此机会，集思广益，给公司取个名字，提议道："'名不正，言不顺'，今天算是公司初创日了，我想公司该有个名字，不如就此议了。"

"老弟此议我赞同，这名字应响亮些，中峥有劳各位了！"

众人咬文嚼字起来。

"电，《说文解字》上从雨从电，与光呀、闪呀的近义……"刘管家此时更像个老学究。

"那就叫'耀江'？浅显了些。"中峥自己否了，"'明光'呢？这名字有些意思……"

"好像淮北有这个地名。"次廉摇头。

"叫'玉兔'怎么样？"不知谁嘀咕了一句，兴州眼前遽尔亮起轮明月，远近高低，一片光明，月缺又圆，永昼无夜……

"我有了，"兴州双目熠熠，"就叫'明远'如何？"

"明远？永远光明！好意境！"向来迷信的中峥禁不住叫好。

"日月神光，光明致远！雅俗共赏，意蕴深远！"次廉极少这样诗意的。刘管家也点头，一个只念过私塾的人，却有点睛神笔，定怀不世之才，他对兴州的好感又加一分。

兴州的心中是幅美轮美奂的景致：一盏盏电灯把芜城大街小巷点亮，像大上海一样，自此月儿不再有阴晴圆缺，时序再无昼夜之分，江淮神州，华灯灿灿，光明不熄，生生不息！

此时雕花茶室大门开启，赶回的汤协理抱拳以贺："恭喜各位了，强强联手，有如浩浩长江与绵延青弋江合流，汤汤荡荡，大业可期，此乃商界之喜，也是芜城大事，今晚商会做东，好好庆贺一番！"

"不过草创阶段，未到举杯之时，这庆宴还是留待以后吧！"次廉是一贯的冷静和低调。中峥却不干了："汤协理这是代表商会为明远庆生，这好意我们要领，不过不要商会掏钱，算在我个人头上！"中峥是真高兴。

两天后的晚上，芜城最有名的满江春大酒楼，筵开数席，军、政、商界头面人物悉数到场，觥筹交错，奢华体面。张中峥致祝酒词，这是他当了多年佐杂官从未有过的风头，不过也将还未成立的明远公司张扬了出去，后来发现，这几十两银子的花费还是记在了公司账上。

（六）

晚清国门洞开，开得眼界的国人窥见现代文明的曙光，在"亡国论"的警醒下，志士仁人奋力维新，中部省份的安徽也力推新政：开办新式学堂，创设警察局，兴建铁路，开采矿藏，派遣留学生……洋务运动在江淮方兴未艾。

只是这些做派和热闹都需白花花的银子做后盾。农耕为主的安徽，传统的农业、手工业破产凋敝，财政捉襟见肘，寅吃卯粮。臃肿的官僚系统和驻军开支庞大，又得上缴《辛丑条约》分摊的数十万两银子的赔款，政府愈加横征暴敛、搜刮民膏，因此不论官府还是民间，资金都十分紧张。而电厂是耗银子的"老虎机"，没大笔银子喂，不过空想，资金是明远的首难。

最近众人碰头，话题离不了银子。原想通过官府筹资、钱庄借款，但都因资金紧缺、利率奇高而一一作罢，官、商界募股，也应者寥寥。

"老弟呀，你和次廉兄都是名商巨贾，又有众多徽商朋友，这筹资大任就有劳二位了！"中峥两手摊开，一副无能为力的样子。原以为把声势造出去，从暗到明，便有大把银子进账，不料无论往昔衙门老友，还是近年新交，不是含糊其词就是躲躲闪闪，他连碰几个钉子。

"张老板在芜城经营多年，人脉深厚，是我这外来户所不能比的，不过筹资是头等大事，我会勉力而为的！"兴州道。在一锅里搅匀，不再叫掌柜而叫老板、总理、协理了，这也是股份制公司的新叫法。

是缺银子吗？马路上的钱齐腰深呢，这滚滚人流，流的不是人、不是物，是白花花的银子啊！可这银子怎就不流入这个前途无限、利国利民的好项目上来呢？

兴州思忖难解时，店里传来少有的吵嚷声，似乎二狗子在与客人争执，这在长街店家是极少的。"人无笑脸休开店，货不停留利自生。"对联虽老，却被长街商户奉作圭臬。再挑剔和难缠的客人，店员都不会抱怨，更别说兴州这声誉极好的大店了。虽然很快让老柜平息了，但郁闷中的兴州还是到前台，对仍愤愤的二狗子瞪了一眼。

二狗子做事还凑合，就是爱喝点酒，又仗着与兴州是老乡关系，兼着兴州的宽仁，一贯摆着老资格，这些天兴州光顾忙明远，这小子大概旧习又犯了。

长街老板对店员的管束自有一套流传甚久、约定俗成的规矩。不论是店员还是三年不到的学徒，接人待物即使有不当之处，只要不特别出格，老板一般只拿眼看着，留痕在心，极少有当着客人面指责的。不过这并不意味着对店员的放任，这"红点""黑点"一年累积着，到来年正月初七晚上的"上七"定事时，一并奖惩。

长街的伙计多是外地人，不少是跟随老板闯天下的同乡旧友，过了学徒期，每年春节便可回家与亲人团聚一次。过年回来开工的前一个晚上，也就是新年正月初七之夜,老板会宴请所有伙计,老板客气之至,店员却忐忑不安。此时谁被老板暗送一个红包,或被老板恭请到上座,这顿饭便是在东家最后的晚餐了,餐毕便自动卷起铺盖打道回府。

年往岁更,每年新春长街都有店员苦笑着离开东家的宴席,爆竹硝烟未散,过年气息尚浓,长而阴冷的麻石街上又多了一个踯躅无助的背影,在无人角落处揾一把伤心泪,或就此回乡,或痛定思痛在寒风里再起步,长街就在这样的故事中延宕兴盛。

兴州几年都没"上七"定事。响鼓不用重敲,众人用命把宝兴做得风生水起。如今他总觉店里气氛不对,有种陌生感,虽然他还"宝"着它,它却不如原来那样"兴"了。他不得不承认这样一个令他沮丧的事实,自己一门心思办电厂,员工的心慢慢散了,遽尔心中咯噔一下,那潜在心底已久的念头似再难压抑了,真要到那一步吗?他不忍再待下去,和老柜招呼一声便匆匆走了。

(七)

自从房东老太移居安庆,小院更静谧孤寒,院墙边那丛修竹梢头扬起而歌,又羞答答地垂下,似怀了疾风暴雨般的心思。这竹,风愈劲,枝愈奋;雨愈疾,叶愈翠。兴州喜不自禁,这修竹是他跋山涉水地从老家移栽而来的,如土生般蓬勃,每次回来,必多看几眼。

楼上有轻轻的咳嗽声,兴州轻步而上,梳妆台前月萍正从摊开的包裹里挑出块米白色的丝绸,这是去年他在上海跑了几个绸庄挑的。

月萍展捏了两头拎起围在腰上,对镜转一圈,少有的端庄雅气,又捧着轻贴在脸上,头仰起,似在感受它的丝滑与细腻。此时月萍似朵清新出水的白莲花,寂寞却热烈地开着,又如一泓浅浅的山泉,明媚而澄澈……

兴州悄然退至楼下,大声道:"这家老板娘何在?过路的讨口水喝哦!"

下楼来的月萍,脸上有少见的红晕,嗔道:"真讨厌,怎么这么早就回来了?还路人?"兴州不放心道:"大白天的门也不关?"

"程太太刚走,我送了你买的丝绸,程太太也是喜欢的,一说话就忘关门了。"这程太太便是次廉夫人,也是徽州人,两人在一起有说不完的话,月萍身子不便,程夫人常来宽慰,是通家之好。

"程太太带了好多老家的干菜，还有我腌的鳜鱼也差不多了，我做两个菜，这些日子你可瘦多了！"

兴州跟着去厨房，一沾上锅台，微凉的感觉顺着指尖瞬间传遍全身，冬未至，水已寒，月萍又如何受得了！

鳜鱼腌制七八天，鳃艳肉嫩，鱼鳞未脱，红烧正当时。兴州脱了大褂，剖鱼漂洗改刀。

"你出去透个气，这里油烟味重。"

"这鳜鱼难得，火候不好就白瞎了，我添把火！"难得兴州下厨，月萍自不会离开。兴州起油锅，吱吱冒青烟时下蒜头、姜片煸香，刺溜一声鱼滑入锅，那冷水热油便爆竹般沿鱼身爆响起，厨房生动起来。兴州将鱼略煎一下，撒一把次廉太太送来的老家的冬笋片，又放入已备好的五花肉，让月萍加了火力，少顷淋酱油少许，加白糖一勺，再洒上几滴陈年花雕。

"文火炖着就行，你就等着尝尝我的手艺吧！"

缕缕醇香溢出，月萍吸着鼻子："菜烧得好的，都是男人。我天天烧饭做菜，就烧不出这个味！"

"你是天天做，我是难得做一回，有新鲜感。"

"十三四岁，往外一丢"的兴州，辗转多地，虽一方水土养一方人，可少时味觉留下的记忆如烙印一般深，学徒时便在小菜馆点份绩溪粉丝以慰乡情，及至做经理、当老板，有自己的居所，闲暇时做两个家乡菜，再邀好友下盘棋，渐成他业余两大爱好，厨艺见长，棋艺出众。

月萍不再让兴州插手，忙活一阵，蛋饺、绩溪粉丝几个兴州喜欢的菜就上了桌，最后出锅的是臭鳜鱼。月萍撒了点葱叶，又浇了点猪油，男人菜烧得再好，也是粗粝的，经了女人手，才活色生香起来，这香鲜透骨、鱼酥肉烂、汤汁浓醇的臭鳜鱼热腾腾地摆在眼前，是家乡也是岁月的味道，那鲜香从舌尖到心底一路漾开。

月萍捧着茶杯，乐滋滋地看兴州喝酒吃菜，踧踖的是对这好久不见的地道绩溪风味，兴州却意兴阑珊，食不甘味，似乎那兴劲儿都用在煎烧的时候了。

"看眉头皱的，还是那个电的事？"

"知夫莫如妻呀，正有要事相商呢！"兴州放下筷子。

月萍心下忐忑，当初要从庐州迁来时，他也和她"商议"来的。

"是请保姆还是换大夫?"月萍打趣着,想化开眼下的凝重。兴州却是喃喃的:"我想把宝兴出手!"

"什么!怎么了?宝兴不是做得好好的?"月萍嗓子干干的,"钱……不……够?"

"一则心无二用,电厂和宝兴,可能两个都做不好;二则银子难筹,别人不是没钱,是观望,我不杀身成仁,自断后路,别人不信、不跟……"

月萍沉默着,猛地爆出剧烈的大咳来,兴州忙抚背轻拍:"你若不想,宝兴便留着,我也不舍呢,再想其他办法,天无绝人之路……"

"还是依你吧!"月萍竭力止了咳,"我晓得你,若有别的法子,你会动宝兴?"

月萍又连咳起来,兴州搂住了,怎么这么薄啊,像片秋风中的叶子!他极想说点什么,竟找不出合适的词,又觉说什么都多余。倒是月萍水静风停:"跟你这么多年,晓得你心大,做什么尽管去做,大不了一起回高迁种田!"

怀中女人凛然伟岸起来。

"真的不怕我们一无所有?"原想着如何说服妻子的兴州此时竟有了后怕。

月萍坐挺了,热辣辣地看他:"真做不成,你也就死心了。不过我信你,你是天下最能耐的男人!"

月萍又拿来一只酒杯:"今天陪你喝点!"只是一小口,月萍却已脸泛桃花,眼波流转。他似又见到楼上的那幕,那个山乡最俊美的妹子又回来了。

一定得干出个样子来!一定要给月萍找个帮手,冬天要到了,不可再下冷水了!一大口雪酒火辣辣直扑腔壁,他暗暗发着狠。

三　主客之争

（一）

一条惊人的消息在长街、在大马路、在芜城政商各界炸开，也给街谈巷议添了猛料：长街红人郑兴州要出手宝兴了！

"这长街的买卖只听说是做倒了才卖，没听说旺时卖呀？"

"说是手头紧，靓女先嫁嘛！"

"不是宝兴资金紧，是办电银子不凑手！"

"那电厂肯定赚钱，要不这做一事成一事的郑掌柜会卖宝兴？"

"没见满大街募股呢，十两银子一股，有银子就投点，跟郑掌柜不会有错……"

最初的震惊、兴奋乃至钦佩后，张中峥却不安了，抱团的徽商和破釜沉舟的郑兴州，于自己是把双刃剑，他们现已亮出锐利的锋刃了，久必为患！当时若不是刘管家坚持，自己便兼了总理一职，由老迈的次廉做协理，就不会有郑兴州什么事了。

次廉却不意外。当初兴州征询时，次廉虽不赞同，可明白他已有了主张，换作自己是不会如此决绝不留后路的，再说卖宝兴也太可惜了，商人的本能让次廉心里突突的，若投资发财，买宝兴便是个稳赚不赔的机会！当初是自己给了兴州指点和资助，兴州才有了宝兴，现在一个要卖，一个要买，算是公平交易了，比那虚幻的电厂可靠、稳妥得多。他手中有笔原本投资家具厂的银子，若买了宝兴，既解兴州乃至明远之急，又得了个稳赚钱的宝号，两好之举。

次廉当然不会这样做，甚至为这"一念之差"而羞赧，只是让早早放出风去，既为宝兴卖个好价，也为明远多造舆论。

看兴州匆匆而去的背影,电厂的影子在次廉眼里清晰起来。推窗见湖,湖边那块缀着零散屋舍的荒地显出与平日不同的景致来,这是他们相中的宝地。他听得见自己血脉中久违的奔涌声,那一刻他决定用投资家具厂的这笔银子追投电厂,加上原有的股份,他便是明远数一数二的大股东,他不激动,却也是从未有的笃定,那风险随宝兴而去了。

先有商界翘楚郑兴州卖名号宝兴转投明远,又有芜城巨贾、徽商大佬程次廉改弦易辙加投明远做了大股东,芜城商界轩然波起。次廉和兴州借着同乡聚会等时机,着力推介引导,同乡帮同乡,加上各路资金追捧,明远募股渐入佳境。

(二)

面对滚滚而来的银子,张中峥不乏溢美之词,却又如一只灵敏的猎犬,不放过一丝可疑的气息。但并未发现二人离经叛道的蛛丝马迹,便暗嘲自己太过谨慎,神经兮兮,只是一睁眼,便是他俩的影子,不可遏制地又胡思乱想起来。

募股数年,浮头的油舀尽了,原本觉得把烦琐且几年无多进展的募股重任交与他们,既卸下大包袱,又让程、郑的精力耗在这上头。可他又失算了,自断后路的兴州不仅打开了募资局面,也名声大噪,天下人只知郑兴州而不识他张中峥,次廉更是不声不响做了第一大股东,若真行了股份制之实,中峥必被架空。

当然,他也没闲着。

乘着兴州、次廉掀起的募股势头,他把购地建厂、机器设备购置等大小事项一一放出风去。

建厂得有材料,买机器得找中间人。这些日子,亲朋故旧乃至八竿子打不着的都快把门槛踏破了,小旅馆访客多过房客,他不胜其烦却美滋滋的。不是希望这样被人捧着吗?过去曲意逢迎,仰人鼻息,现在被人追捧,仰之弥高啊!当然不只是精神上的,远近亲疏,无不允诺事成后有不菲的回报,着急的已带着礼物上门了,在客栈密室和大小酒席上他含意不明地点头,应诺多少人已记不清了,只是从未拒绝过,人多才好抬价嘛。估摸着将这些回扣入资参股,即使比不了程、郑、李这些大股东,但也不是个小数目了,谈股论资,董事会该有他的一席之地,他这董事长的头衔也就水到渠成、名正言顺了。

只是他仍惴惴的。

名声在外的明远该有个落脚处了。以程、郑二人节敛之性，绝不会花笔银子建个临时筹备处，便可"顺势"设在他家客栈中，楼下那两间不好租的客房充作临时办公点。你郑兴州卖店募股闹的动静再大，程、李股份再多，这牌子挂在我张中峥的客栈，全城的人都知这明远是我开的，且一切往来都在我眼皮底下，也好控制。他让刘管家过足了几次大烟瘾——这是刘管家的最爱，张中峥屡试不爽，果然刘管家又点了头。

得搞个大的挂牌仪式，请一群政界、商界名流，让昔日同僚刮目相看。最近抛头露面的场合大增，他的临场发挥可咸可甜，可这次还是少有地构思起那天的讲辞，是热烈煽情些还是佶屈聱牙些……

碰头会上，当他轻描淡写地说了筹备处一事时，气息一下子凝住不动了，不过是知会一声，程、郑沉默有顷，似早有准备地抛出另一套方案，又一次蛊惑了刘管家，竟连中峥自己也找不出反对的理由来。

"陶塘北头有片荒地，是开挖陶塘时堆土之处，约四十亩……"

"一个挂牌之处，要那样大？又偏，还有住家，又拆又建，费钱费力，有这必要吗？"不待兴州说完，中峥连着冷嘲。连刘管家也觉得过了："让兴州说完嘛！"

"若仅是挂牌或临时办公点，确实不相宜，不过……"兴州意味深长地看向张中峥，"若把它和未来的电厂连起来，就……"兴州欲说还休，张中峥还惘然中，刘管家已坐直身子，比过足了大烟瘾还来神。兴州迎了刘管家的锐目："我和程总理勘察多次，这块地建电厂足够，且离长街不过一湖，距大马路更是一箭之远，供电距离短。再说它临陶塘，发电取水极便，处城郊接合部，地价低廉……"

"是兴州慧眼识得的，"次廉补充，"这筹备处按电厂办公楼标准建，换个牌子就是明远大楼。"

"你们徽商眼光果然了得，明远有生根之地啦！"没人再提张中峥的方案，刘管家得顾及一下这领头人的面子，递话过来，"张老板的意思呢？"

"以芜城商贸兴盛势头，这块临湖近街之地早晚被人看上，要买就尽快。"中峥见刘管家见利寡情，不如顺水推舟，要不就孤了，且不说这方案精妙到一时找不出瑕疵来。

众人讶然又欣然，中峥冷不防道："远水解不了近渴，为尽快运转，从现在起到筹备处挂牌前,我腾间客房,作明远洽谈、联系等公干用。"

次廉不置可否,兴州默然,刘管家戴上墨镜,对接下来的具体事务,他兴趣不多,丢了句"衙门方面有难事吱一声",就坐上他那辆精致的马车先走了,三人又议一阵才散。

（三）

有李氏家族等的暗通款曲,张中峥也尽其手段,购地等种种烦琐手续倒也顺畅,马路工程局会办许道员对这荒芜之地终能变现窃喜不已,这对正闹钱荒的衙门不啻一场及时雨,少不了提醒几句:此地低湿松软,建房不易;所卖仅限于荒地部分,另外十余亩,有大小住户十余家,须逐户洽谈购买,其间纠纷诉讼,概与本局无关。

不过俩月,一座独立的西式二层小楼便与不远处大马路鳞次栉比的楼宇辉映顾盼,花岗石基座,水泥框架结构,方正有型,阔门高窗,白墙平顶,最吸人眼球的是一楼宽大的门厅,立有两根合抱粗的罗马柱,妥妥的西洋范儿,前陶塘若砥,后赭山如黛,无不合风水五行。

楼上下大小办公室十数间,会议室、门房、储藏室、开水炉一应俱全,这极具英伦范儿的小楼,虽招致非议,不过自落成之日,观者如堵。一直念叨造价贵了的张中峥,见了二楼为他备的宽大办公室,兼拱形落地高窗,也改了口:"尽显洋气,彰显贵气,赚了人气,这银子花得值价!"

"从楼两边延出一堵大围墙,把买的二十多亩地围了,再去和住户谈,把那半也买了。"兴州两臂张开做了一个大圆的手势,明远将诞生在这大圈中。

"这是下一步的事,"中峥目光还黏着这楼,是越看越顺眼了,"得搞个大声势的挂牌仪式,方方面面的都请到场,把明远的声势造足!"

揭牌仪式是"张中峥式"的,烦冗而喧闹。一通锣鼓铿锵、腾挪欢跃的狮舞暖场,一身簇新、一脸亢奋的张中峥携一群政、商名流依次亮相,工商局的郑会办和总商会的汤协理并列正中,张中峥和刘总管立于两边,场面蔚为大观。台下观者如云,人到年老始风光,似乎一辈子都为着这一天,中峥恍然若梦,猛地觉得明远成功与否已不那么重要,这样风光一回什么都值了。

次廉为司仪,郑会办和汤协理作为政、商界代表致辞毕,张中峥跨前一步,对着郑、汤等人和台下各一鞠躬,便开始了早已备好的致辞。台下哄哄的,又听不懂他那文白夹杂的长词,注意力早转到楼房乃至来宾的衣饰和仪态上。他不恼不急,顿挫有致到最末一句,又是一鞠,方与郑、汤共同揭了覆在牌子上的大红绸花,飘着漆香的白底木牌上,印刻着"芜城明远电灯公司"八个端庄黑字,生辉耀目。

兴州第一请的是姜先生,明远能到这步,中浩功不可没,姜先生才是明远不可或缺之人,可来去少则三四日,姜先生遗憾未能成行。

此刻兴州虽怅然,可在二楼会议室的他已忙得脚下生风,股东茶叙在即,他将做投资推介,这才是他眼里挂牌的重头戏。来宾特别是徽商比预想的多,不少从合肥、安庆甚至是青阳、旌德远道而来,他主动提出负责这摊子,让次廉主持,中峥乐得同意。

当一众商贾在次廉引导下穿越敞亮的西式大厅,踏上厚重的大理石台阶,足音跫跫如重鼓,在明远这座西式小楼上久远回响。及至二楼大开间的会客室,众商脸上无不溢满了惊羡与兴奋之色,好奇心和投资欲被激活,因此在次廉把来自宣州的周淑培、安庆的黄佩之、休宁的胡应莲等徽商介绍之后,兴州便成了焦点。他倒是笃定从容,从电力的特点、功用到电厂的建造及众人关心的风险等问题一一做了介绍与回应。

周淑培、黄佩之等却有了更多的疑问,疑问越多,兴趣越大,他们都是当地数一数二的徽商巨子,对风水宝地芜城渴慕已久,若电厂合了他们的胃口,出手应不是小数目,兴州尽其所知作答。楼下曲终人散,这边端茶递水的伙计穿梭忙碌,及至饭间不少来宾还追问连连,不仅外行的次廉答不上话,略知一二的中峥也语焉不详,全赖兴州释疑解惑,一时兴州竟成席上活跃之人,连主位的中峥也不免被冷落。

挂牌后不过两个月,竟募得两千余股,市内商贾政要入股甚众,外地徽商也颇踊跃,加上前期两家所募,已超五千股,漕平银计五万余两,徽商占大半,周淑培、黄佩之、胡应莲等也成了明远的大股东。

(四)

宝兴转出,兴州的心空了,回头路没了,又似"十三四岁,往外一丢"闯荡创业时,可时光倥偬,头上已白发暗生了。

所得银两全认了股。除按协议留下几个得力的店员外,老柜、二狗子在内的十多个伙计相跟着到了明远,老柜去了由张中峥把持的会计室,他不能拒纳次廉和兴州同荐的老柜。余下的去做募股和后勤。兴州还不忘带上相跟三载的藤椅和桌子,放在与次廉共用的办公室里。二楼不仅有会计室等重要科室,还有他们三人的办公室,张中峥一室独大,桌椅一律新配,他与次廉有各自的生意打理,并不常来。因了兴州和他带来的伙计,明远筹办处才运转起来。

从登报发消息,到与张中峥合作,及至购地挂牌,一晃两载,兴州慨叹时间之快,更隐隐不安于共事之难。中峥愈少主见,愈喜插手,兴州须不断申辩才得施行,磨破嘴皮才勉强有了共识,更少不了妥协与等待。所幸刘管家及诸多大股东信赖有加,诸事才渐渐上轨,募股虽快,只是在当初的勃发后渐趋式微,徽商、富贾,本地、外地,办法似已穷尽。

那日兴州正待出门游说,门卫领进一胖一瘦两人,矮胖子着洋服,蒜头鼻下的短髭像贴上去的,粗短却精致,小眼阴鸷,一看便知是日本人,身后是个戴窄边黑礼帽的瘦高个儿,该是译员或随从吧。兴州心下蹊跷,他从未与日本人有何瓜葛,不知他们来此何干,不过还是起身相迎:"在下郑兴州,请问来客有何指教?"

"这是我们池浅洋行经理八玉先生!鄙人姓朱,该行买办,请郑老板多关照!"瘦高个一哈腰,纯熟的日式礼节。

这池浅洋行是进入芜城最早也是最大的日本洋行,兴州知它是日本百货进入芜城的主推手,难道对电力也怀不轨之心?似看出兴州的疑惑,朱买办得意道:"池浅洋行是大日本国最老也是芜城最大的洋行,虽只在芜经营轻工产品,但它的业务包罗万象,代理日本各大株式会社的轻、重工业产品,只不过芜城、芜城……"

"你是说日本的重工业产品在芜没用武之地吧!"兴州不客气地打断了他。兴州对买办并无偏见,可朱买办开口闭口大日本国,兴州听了如吞了苍蝇般恶心,他见不得朱买办那身媚骨。

"我们池浅洋行对郑老板的电厂有兴趣,有意同明远合作。"见朱买办不得劲,八玉大咧咧地开门见山。

"愿闻其详!"兴州道。八玉一口流利的汉语让兴州多少有些意外。

"郑先生正在募股,听说并不如意,"八玉得意地笑,"和我们合作,余下的我们全买了!"

"你们全买?"兴州以为听错了。

"不错,是全部!"八玉皮笑肉不笑地盯着郑兴州,短髭翕动着,像两条蠕动的毛毛虫。兴州却无期待中的激动和感恩,微笑着反问:"八玉先生没看我们的招股书?白纸黑字写着,只有大清国国民才有资格购买,其他国籍人士一概谢绝!"

"当然知道。"八玉奸笑着,"你们中国有句俗语叫'此一时,彼一时',还有句话叫'事在人为',我没记错的话,你们募股已两年了,若加上张先生的筹备时间,就更久了。"八玉小眼里含了讥笑,"这么久了,未及一半,按这进度,再等个十年八载?"他昂了头,有种居高临下的神态,"现在中国外债重重,国内贫困,就拿安徽来说吧,也只有芜城要好点……"

"谢谢八玉先生的好意,没其他事的话,我就送客了!"兴州强压着不快,端起茶杯。

"郑老板可能误会了,八玉先生没看轻明远的意思,要不也不会亲自登门了!"朱买办赶紧打圆场,"池浅入股明远,也是为明远早日投产,为了中日亲善。"

"为了中日友好?你友好的事做得太多了吧!"兴州豹目如电,朱买办似蛇被打了七寸矮下三分,低头喝茶不敢对视。日本兵在芜城大马路上狂啸挑衅、长街上日货如山、日舰在长江横冲直闯的一幕幕涌现,比起西洋人,日本人野心大得多,也险恶得多。在明远成立之初,兴州他们便约法三章,不许外国人持股,哪怕是一股!

兴州转向八玉:"八玉先生,实不相瞒,募资并不尽如人意,但相信我们可以解决。我在此声明,明远进展有序,任何时候都不可坏了规矩!"

兴州又觉得意犹未尽:"我中华虽然现在穷,但相信不会永远贫弱下去。"兴州将目光投向深远处,"即使富强了,也绝不倚强凌弱,靠武力掠夺财富、霸占他国土地!"

八玉两条短髭像被蜇着翕动一下,脸上却浮了笑来:"我赞赏郑先生的契约精神和民族情怀,作为一个生活在中国多年并十分仰慕中国文化的人,我完全理解中国人,特别是郑先生这样的人的心情。"八玉的恭维让兴州觉得对方是个难缠的对手,果然话锋一转,又回来了,"我有个办法,既可让明远融资成功,又不让郑老板违章。"

"郑某洗耳恭听!"

八玉扭着肥短脖子瞟了眼朱买办:"我想以朱君名义入股,贵公司不会拒绝中国人入股吧?"

"你是说你们出钱,以朱买办名义入股?"

"差不多是这个意思!"八玉诡异一笑,"这就是你们中国人常说的'明修栈道,暗度陈仓'。"

兴州显然没想到日本人无耻却又自大到把阴谋变阳谋,却也不动声色:"我们只认人,不认钱,只要朱买办带银票入股,绝不拒绝!"八玉正要得意,兴州又道,"不过声明在先,股份永远不能过户给外国人,如果朱先生千古或者其他需要,也只能由其亲属或其他中国人继承、购买并行使权利。"

"这、这……"八玉笑得勉强,"我们研究一下。"

"走好不送!"兴州微笑着端起茶杯。走到门口的八玉猛折身,对着郑兴州就是一鞠:"郑先生是我遇到最值得敬佩的中国人,相信你的明远一定能成功,不过我们也一定会再见面的!"

"只要是朋友,我们一定欢迎!"

一胖一瘦两个身影消失在大门外,窗前的兴州还在回味着八玉的每一句话、每个动作甚至表情,细思难安。这八玉对明远的了解胜过我们自己,那狼样的眼睛时刻窥探着,见我们一有空当或者短处,便会扑来。下一个突破点在哪?资金、机器还是张中峥、次廉?须做个通报,以防被各个击破。可八玉背后是日本政府,明远背后又有谁呢?

(五)

好些日子没见汪夫子了。挂牌那天夫子来贺,还送了"光明致远"的条幅,现裱了挂在他与次廉办公室的墙上,没事瞅一眼,有时又几天不敢正眼看。

这天兴州看着看着,一抬腿上了长街。

自卖了宝兴,兴州一则事多,一则不想惹心思,有意无意地长街来得少了,汇入这摩肩接踵的人流,竟恍如有隔世之感,又是一年春节近,若宝兴在,定忙得脚不沾地吧。正想着,冷不防他的胳膊被人攥住了:"郑老板这是去哪儿?"兴州扭头,竟是汪夫子,一身出门的打扮,诧异间,夫子又打趣道,"不比从前了,年底有闲逛街,故地重游啊!"兴州抬头,竟不知不觉快到宝兴了!

"找你不着,正郁闷着呢!"兴州上下打量着夫子,"见我来了要走?"

"去沪上进批新书,都是教授、大家办的杂志,好着呢!"汪夫子扬下手上的票,"一会儿就上船!"

兴州拦了辆黄包车,汪夫子一骗腿儿大咧咧地坐上,嘴还不饶人:"现在请人办事,不请吃饭,只请坐车,资本家也吝啬起来了!"兴州挤了上去:"居有书,出有车,游有暇,这日子羡煞人也!"两人扯几句闲篇,就在颠簸的车上聊起了募股和八玉的事来。

"九九归一,募足了股既解了明远之忧,也断了日本人的图谋!"夫子旁观者清。

"募股不顺啊!"兴州叹道。夫子附耳数语,兴州半信半疑。

"我在上海盘桓几日,你们商议妥了,就打电报给少鸿,一切给你办得妥妥的!"汪夫子下车前又给了兴州一个定心丸。

半月后,也就是1906年12月底的上海《申报》上,刊了明远的招股广告,用了招惹眼目的粗黑大字作题。

"本公司为皖唯一一家电灯公司,已禀商部在案,现已募银五万余两,拟集漕平银十万两,作一万股,每股十两,合鹰洋十四元七角。"稿子经汪夫子和姜先生润色,其中"已禀商部在案,现已募银五万余两"等语为后添的。

下面是重点:"公司对股东分红派息之外,对于代招股票者,每代招一百股,即奖励五股,代招若奇零,可与他人凑领,一体给息分红。"此代招之法便是汪夫子的妙招:以适当报酬诚招代理,变一人募为众人招,等于在上海设了无数代招点。又听了姜先生的意见,加了上海的新招式:"公司另设优先股三千股,计股银三万两,官息与寻常股相同,红利则加二成,分派十年……"为营造某种气氛,规定"优先股认购以一月为限,满额即止"。

虽花费不薄,但兴州还是在《申报》连登三日,在芜城又印了说明传单广为散发,吸引市井散户。一波宣传攻势后,筹备处函电不断,更有外地徽商车马劳顿,独自或组团来芜考察。

（六）

这日次廉刚在椅子上坐定,中峥就将他和兴州召去,说府衙收到日本政府照会,认定中国公司歧视日本企业,不许日资入股,严重破坏贸易公平自由,已影响了中日关系大局,后果概由中方负责……

"岂有此理!"不待张中峥说完,兴州涨红了脸,"我们一民营公司,谁入股还碍得着隔海重洋的外国人了?真乃强盗逻辑!"

"别理他,看能把我们怎样!商部都注册了,还把我们注销了不成?"一向持重的次廉也少有的高声。

"这日本人的抗议是闹着玩的?"张中峥莫测高深的样子,"都说官府怕洋人,可不是随便说说的,昨日下午府衙大人传我问话,让我摆平,闹不好要吃官司的!"他用余光扫了眼兴州,"我们可以拒绝洋人,可不能不听官府的,而官府又要听洋人的!"

张中峥压低声音:"日本人在芜城设领事馆了,这领事不是别人,正是八玉!"

"他?!"兴州和次廉对望了一眼。

"你们也知道的,日本人没什么事干不出来的!"张中峥起了个话头,却端了茶杯,摆头吹着上面的热气。

"是前些年的事了,也是我任上的经历。"张中峥不轻不重地放下茶杯,那是只景德镇产的盖茶杯,白底蓝花,薄如磬,润如脂,却茶垢积得快看不出本色了。

不管兴州、次廉有无听古之心,张中峥还是饶有兴味地讲开了:"各国洋行在中国做生意,无一例外贴印花税票,可芜城只有日商不贴。"见提了他俩胃口,张中峥更绘声绘色,"你们想这是违律大事啊,府衙层层上报,这样大清和日本就打起了嘴皮官司。"

"结果呢?"兴州受不了他的装腔作势。

"日本人要不不理不睬,要不好不容易回函,却是一句'日本人做生意何以要贴中国印花',把衙门的人噎个半死,最后就不了了之。"

"你和日本人讲理,他们亮刀!只要他们想要,就没有得不到的!"张中峥以这句意味深长的话作结尾。

"张老板定有应对妙策了吧?"兴州要让张中峥亮观点,而不是引导别人把他的意思说出来。

"还能怎样?胳膊拧得过大腿?"张中峥带了恼意,却让人觉得他也无可奈何。

"让日本人参股?"次廉硬颈,"日本人进来我就退出!"

"电厂有大模样了,我劝您冷静行事!"张中峥语带不恭。次廉拧着眉:"说到做到!连章程都成废纸的公司有什么干头?再说不是有日本人的资金在等着吗?正好给他们腾地儿!"

"日本人还真不缺钱呢!"张中峥从没像今天这般刚硬,对资格、名望高他一头的次廉也没好辞色。兴州有种不好的预感,但眼下必须缓和:"事缓则圆,今天就到这里,过两天再议,日本人和府衙不会马上来逼命吧?"

(七)

"你不是最反对日资进来的,怎么又和稀泥了?"一回他们的办公室,次廉忍不住了。

"你不觉得张某人今天有些蹊跷?"兴州掩了门,给次廉的茶杯续了水,"这里定有文章,您老三思!"

兴州又点解道:"他既是在压,也是在激,所以我们更不能退股!"次廉还是愤愤的:"和日本人共事,我坚决不干!"

曾投过矿山的他,与日企短兵相接,日企勾结官方几乎零成本拿矿,铁矿粉比市场价低得多,次廉投的这些国内企业无法与之竞争,遍体鳞伤地退了。这惨痛教训让他决意在生意场上远离日本人和日企,哪怕是做了第一大股东且十分看好的明远。

他很快清醒了:"你说张中峥在玩激将法?我们退股,正合他们之意,明远就成他们的了!"

"张中峥两个意思,一是压我们接受日股,此计不成,你我哪怕一人退股,他便有了可乘之机!"

"他是打错了算盘!"次廉冷笑着,"就算我们离开了,这明远是他张某人说了算的?张中峥这是在引狼入室,引火烧身,他能是日本人的对手,能玩得过八玉？他这样搞，明远迟早是日本人的！"

次廉洞烛幽微，兴州接着分析道："日资进来，哪怕一股，明远也不得安生。再说日本人会真金白银投入来为我们搞基础建设？为何这么多年不做，我们开始办时也不投，现在明远有模样了，才急吼吼进来？甚至不惜动用政府的力量？"

"现在风险最小，收益最大？"次廉循了兴州的思路。

"既是为利，更为了控制！"

"控制？"

兴州洞烛其奸："电力是公共性的基础产业，控制一个城市的电力，就可控制社会经济的命脉，等于控制了一个城市的命门，日本人的心狠着呢，手长着呢！"

"还是你看得透啊！"次廉一怔，眼前的兴州已不复是以前的他了。

"日本人进来，说不定把明远半死不活地吊着，绝不会是为了芜城经济社会发展。再说采购机器设备、技术维护，哪一项不来钱？他们投的钱很快就回本了，当然能赚钱又能控制，是日本人最希望的了，可大至一个国家，小至芜城，经济命脉岂可受制于人？且还是心怀叵测的日本人！"兴州的分析让次廉警觉起来："看来我不可退股，不能把明远拱手相让！再说我已退了不止一次，退一次，日本人逼进一步，还能退到哪里呢？"

"现在不仅不能退，还得抓紧时间募股！"

"你是想把股募足了，让他们无处下叉？"次廉庆幸，有这样的兴州，谅你张中峥，就是八玉也未必有胜算。

"你不说我差点忘了，二街开酱坊的胡老大，祖上也是我们绩溪的，昨日递话要入股，我过来就和你说这个事的，却被张某人喊去了，不但忘了这事，差点还退了股！"次廉还有些悻悻的。

对胡老大，兴州多少了解些，其爷爷辈就离了绩溪到芜城闯荡，靠了晒酱手艺扎下根须，传承光大，芜城无处不胡酱，只是他家专做一业，对参股电力兴趣无多，定是次廉费了不少口舌。

"入股多少？"

"他这样的不投则已，一投不少于这个数！"次廉伸着两个指头。

"两千两？！程总你居功至伟！"

"人家对你们的传单琢磨了半天,找我打听才下决心的。"

"我也有个好消息,到昨天我们那三千优先股已售罄,普通股也卖了近两千股,加上这胡老大的,我们只短五六千两了,再加把劲,这股就募成了,谁也别再有什么非分之想了!"

"按这进度,一旬半月,五六千两不是问题!"次廉大松了口气,拎了沉沉的烟枪,点上,舒坦地吐了烟圈。这烟杆是象牙的,烟嘴以鎏金衔口,镶了翡翠,全城无他,也是次廉的个人象征。

兴州却蹙了眉:"宣传告示有个时效性,这几天只有零星小股了,且眼下为非常时期,为免夜长梦多,最好一两天就了了!"

"这样急?"次廉吃惊地看着兴州,"芜城相熟不相熟的,差不多搜罗殆尽,一下子从哪弄这么多银子?"

"张中峥留了话,只等个一两天!"兴州轻淡的口气,"卖宝兴时留了点,家里坛坛罐罐还能扫点,多少凑点。"次廉决然不信:"卖宝兴的银票你直接交公司了,你家那点底子我还不清楚?一定在打月萍那点首饰的主意了吧?"

次廉声音重了:"你已没了宝兴,再把家里搜干刮净,你不吃饭,月萍还得吃药呢!"

"能凑点是点,总不能眼睁睁看明远落入日本人之手!"

"说了半天肚子空了,午饭一起吃?"

"程总在施缓兵之计吧?"

次廉却是认真的:"你不常说事缓则圆嘛,我是'缓兵',可计将安出,还要听你高见。你是'士别三日,刮目相看',论理头头是道,视野更是大不同了,我和中峥都是坐井观天,真正地落伍了,明远就看你的了!"

"我这三板斧也是从汪夫子还有姜先生那儿偷艺来的,半桶水乱晃,真论做事,得看程总你的,你刚才退股的态度,我钦佩!"

"我想是个中国人都会这样做的,且有约在先,不卖外国人的。"

"这倒是提醒了我,真的不济,可以用这个借口再拖一拖。"

(八)

张中峥坐立不安,前一秒兴奋,后一秒紧张,再一秒便茫然,越来越抵近成功,可又似乎越来越玄。文不过寻章摘句,官不过府佐小吏,商不过小栈穷守,他这辈子在这不上不下间腾挪浮沉,做梦都渴盼有次轰轰烈烈的成功,做个一呼云集的主宰,为此他喜上了那些壮怀激烈、金戈铁马、出将入相的武戏,更不惜改弦易辙,弃官从商,又在耳顺之年,剑走偏锋,投身电力,成,便咸鱼翻身,败,也不失为人生最后一搏。

路子算是蹚对了,但虽开门纳新,却当家不能做主,全不是当初设想的浓淡相宜、起止由心的人生。可天无绝人之路,八玉在兴州处碰钉子的第二天晚上,便与他"偶遇"在嘈杂热闹的戏院。

中峥自然不去贵了数倍的包厢,熙攘的厅堂,一壶茶、一碟茶点、几位老友,台上大戏,台下小戏,是最适宜的了。当英勇神武的穆桂英在鼓点铿锵中大战数十回合,酣畅淋漓大胜收兵,青凛凛骤然定格时,爆出的喝彩中杂有聒耳的嬉笑声,这可是坏规矩。循声侧首,不知何时现身的八玉对他捻髭而笑,那撮翕动若虫豸的短髭让他腻歪,出于礼貌他还是作了个揖,以前官场打过照面,见识过这个日本洋行经理,近日又闻对方有意染指明远,还是谨慎为好。

这一揖让他方寸全乱。

八玉承诺他所想要的:资金、设备甚至技工,可让明远尽快投产;八玉信誓旦旦,拥他做董事长、总经理,至高地位,至于去日本考察机器,采购设备拿花红,更是些许小事。明远有这样的支持不是很好嘛!郑兴州他们何以拒绝呢?不是愚蠢,便是被狭隘的民族情感蒙了眼,从人文讲,有说日本人是秦始皇派到东瀛的六百童子的后代,文字可看通,同文同种呢!再说西洋哪怕蕞尔小国,谁没欺侮过?用他们的与用日本的区别何在?且东洋比西洋近得多,运费少且交货快,在商言商才是好商人,才是对股东的银子负责。

当然,日本人寻上门来,一定有他们的目的和野心。与程、郑内讧,不论胜负,明远还是国人的,日本人来了,明远可就不好说了,自己不定成了引狼入室的汉奸,他虽渴望成功,但不想老了还弄个身败名裂。

可拂了这睚眦必报的八玉的面子,日本人施压,官府追责,自己是替罪羊无疑,说不定鸡飞蛋打,就算撑过这关,依程、郑这帮徽商的力量与手段,不借助日本人的势力,终究位子不保,败谁不是个败呢!

张中峥在踌躇难定间,被郑会办召去,才知日本人放了大招,对明远志在必得。他紧张中竟有些兴奋,逢此变局,谁都不能轻视自己,浑水摸鱼总比现在一边倒强。可日本人的手段又让他不敢往深处想,晚上那朱买办又带了八玉的口头保证来,他明白已入彀中,一番辗转反侧,想了个两全其美的法子:让东洋人进来,却不占大股。两虎一笼,自己反倒左右逢源,成了双方都离不开的人,这才掌控大局。因此那日一早他对程、郑名为商议,实则施压,虽未完全如愿,但程、郑二人最后也未置可否,好在限定了时间,不怕他们不就范。

神经松弛了的张中峥只觉得头重脚轻,咽干口燥,茶已凉透,倒也祛火爽口,连灌两大口,寒战立起,上热下冷,他明白是感冒了。这些日子与各方明争暗斗,殚思竭虑,本已孱弱的身体越发不支,遽尔觉得自己真的是老了!

(九)

张中峥一躺便是两日。第三天一早他阴郁个脸到明远,程、郑二人已一脸喜色地候着他了,果然是特大的好消息,股已募足,兴州随手递上的是份"明远募股成功"的消息稿。

张中峥脑子倏尔空了,见他步态踉跄,两人这才注意到他神色不对,兴州扶他一把,在太师椅上坐了——他亲挑的宝座。

"身子不比从前啦!"他自嘲着掩饰,心里却开了锅,既怨自己这几日一门心思都放在与八玉的合作上,对募股进展不甚了了,又恨身体不争气,关键时刻掉链子,更气财务室的亲信,对此重大消息竟一无所知!当然又恨又怕的还是眼前这二人,几乎一夜间,就把剩下的股份包圆了,还有什么他们做不成?他不知为这五千两银子,程、郑两家已倾其所有,连胡老大,远在外地的周淑培、黄佩之、胡应莲等徽商也各自搜罗,终将银票在今日一早汇到老柜所理账下,中峥那亲信还被蒙在鼓里。

"报馆还等着回话呢。"

"这样的好消息应尽快让外界特别是股东知道才是!"两人一唱一和,中峥才意识到自己手里还捏着他们递来的一张纸,这寥寥几行字一发出去,便宣告八玉和自己的好梦破灭,失了八玉之力,胜败已定,拒发又无正当理由,且作为明远的领头人,该对他们大加褒奖才对。

"一两天把几千两银子募齐了,大费周章了吧?这下日本人可找不到借口了,你们劳苦功高呀!"他的话怎么也不像祝贺,"这消息我看还是缓发为好!"

"是有什么不妥？"

张中峥缓过来："涉及洋人的大事，衙门在盯着，不通报一声你敢随便发？"

"还是中峥虑事周全。不过公司发个稿子，衙门也管？再说刘管家也无异议。"听了次廉的话，中峥似挨了一闷棍：这程、郑二人不仅诡异地毕了募股之事，还绕过自己与刘管家挂上了，本来靠着刘管家，他还能与程、郑掰手腕，现在他们勾连一体，他是靠山山倒、靠人人跑，真正的众叛亲离了！

"是要发的，不过衙门也得报告一声，官样文章少不了。"张中峥的口气变了。

他只能寄希望于日本人的神功了！费了心机延宕，再借洋人和衙门之力颠覆这局面。八玉曾口出狂言，此次不入股，大日本帝国将向清廷提出外交照会！日本人一撒泼，鸡毛便是令箭。

中峥失算了。明远募股终结，八玉已找不到"抗议"的借口，对于欲壑难填的日本，整个中国甚至南亚次大陆都是其觊觎对象，有无数个更大、更毒辣的计划，只待时机了，眼下不必为一不见经传的小电厂大动干戈，影响大局，控制明远还有很多其他的办法。再说即便有了资金，没有机器又不懂技术，几个老古董能玩转现代大工厂？即便都不成问题，中国人擅长的内斗也会耗死他们。

张中峥急急在官府与洋人之间跌撞奔走之时，上海某报却在《埠外消息》栏中刊发一条简讯："据本报芜城消息，前日大张旗鼓登报募股的明远电灯公司，近日股份已募集完毕，即将进入买地购机阶段……"

这虽与交与他的稿子有些许不同，但张中峥断定就是他们干的！本欲责问，可从往常交锋看，他们定会推到报社驻芜访员身上，他还不至于傻到追根求源这访员是谁。他悻悻地将报纸摔到地下，颓然倒仰在有着精细如意云纹的太师椅上，据说这雕刻师就来自"三雕"故乡徽州，瘦小的他却觉得硌得慌。

四　天青地白

（一）

　　三年，十二万两漕平银终募齐。大小股东逾百，有商贸巨贾、政客官绅，也有市井百姓，遍及芜城和本省其他地区及江浙沪等地。一月有余，翘首以盼的股东大会仍杳无音信。

　　"明远是首次召开股东大会，要细致筹划。"催多了，张中峥不耐烦了，"股东大会就是个形式，主事的还不是我们？要紧的是把征地、买机器设备诸事做好，会上也好向股东有个交代！"

　　"你这是把股东大会当摆设、走秀场，本末倒置！"次廉也越来越直接。

　　"做出实绩来向股东报告，怎么说不重视？"中峥诡辩，"股东大会要开，实事更要干，不要避实就虚！"

　　"张老板，当初不过是十来个股东几千股而已，大小事我们可以商议着做，现在一万多股，股东一百人众，投银子的人有权知晓我们做什么和怎么做，更有权说出他们的愿望和要求，他们已是大多数，我们不能也无法代表他们！"兴州加重语气，"建股份制，开股东大会，是我们联手的条件，也是我们募股时对股东的承诺。现股已募足，股东人数已定，就该开股东大会，报告公司募股及组建情况，健全公司章程，选举董事会成员，聘任总理，建章立制，确定下一步工作重点和目标，这是眼下诸事中的当务之急、重中之重。股东大会迟迟不开，股东已议论纷纷，一拖再拖，岂不失信于股东、乱了人心？再说这些大事未定，名不正言不顺，又岂能静下心来做事？师出无名，又如何把事做好？"

　　中峥见这二人轮着，明着是劝谏，实则逼宫，可自己竟一句冠冕堂皇的话也无，又恼又恨，愈加词不达意，只得摆了副倾听的架势。本以为近日又请刘管家抽了几次大烟,能让刘管家又摇摆过来,可在明面上他却不是程、郑的对手,这明远名为他掌舵,可议起事来常是二对一,永远占不上理。不如遂了股份制的那套东西,至少刘管家能进董事会,还能制衡一下,老捂着,得罪的就不是程、郑二人,而是一百多个股东,是大忌。

张中峥脸上浮起大度的笑:"既然你们都这么认为,那下月就找个时间开吧,不过眼前的事还要办好,要不股东质询起来就尴尬了。"

"还到下月?已拖了一个月了!"次廉愤愤往外走。

"首次股东大会,须万无一失,好多股东是外地的,光通知就要提前半个月,事缓则圆嘛!"张中峥总算找到了出气理儿了。

"迟迟不肯开,怕保不住这领头位子!"回到他们的办公室,次廉再无顾忌。

"可迟早得面对,越扭扭捏捏对他越不利。"兴州若有所思。

"他把拆迁征地的痲痢头事派给你,买机器设备的美差归他,还美其名曰各司其职,就他一老夫子,懂什么洋设备?"次廉深吸一口烟,很响地咳着痰。他的烟瘾是越发大了,和兴州一起时,少不了自控些。

"拆迁的事也要人做的,以他之乎者也那套,未必能做好。"

"你倒不挑肥拣瘦的!"次廉苦笑,"以后你就明白了,你笑脸围人家转,那边呢?是笑脸围他转,他大笔一挥就能签个大合同,股东大会前就可出成果。你一年半载也未必能谈成,股东大会他就会占了先!"

"若他用琢磨人的劲去琢磨事,那才值当!"

"是啊,你说这以后怎么共事?"

"不是共事那么简单,搞好明远才是大事!"兴州不无忧心,座下的藤椅吱呀呀叫唤起来。

"若是选你呢?"次廉把烟灰磕净,纳了新丝,直视兴州,"这可是关乎明远和众多股东身家性命的大事,切不可推三阻四,有妇人之仁哦!"次廉终于把烟点了,从呛人烟气里挣出来的声音带着焦灼味。

兴州不是没思量过,但于情于理都不应自己领这头:"资历上,您和张老板都比我高,从能力、品行和所占股份来讲,您比张老板更合适,我的角色就是做个下手,明远有您程老板这'明'主才可致'远'!"

次廉那红木烟斗少有地在桌上敲着:"上次也这样你推我让,才让张某人捡了个便宜,这次可不能再这样了。这不是争权夺利,是对明远负责,是对一百多掏了真金白银的大小股东负责!"两人在此问题上谁也说服不了谁,就看股东大会上的选择了。

(二)

股东大会会期愈近,张中峥愈焦躁,戏楼久未光顾,连相好的那点事也无趣了。相比明远那座洋气雅致的小楼,宽大簇新的办公室,他更愿待在暗黢黢的旅馆里,在杂沓的脚步和客旅的南腔北调中,品浓涩的茶,看不变的街景,小楼一统,不惊不乍。不似明远那楼,虽宇新堂亮,但每个角落都似有双不怀好意的眼,到处是喋喋指摘他的声音,陷在阴谋和阳谋里,如芒在背,坐立不安。

去明远勤了,可除了会计室的心腹来汇报一下,其他人特别是程、郑二人极少过来,而他与二人不过一墙之隔。试着几天不来,也无人找他视事,他不过是一散人!而这里的一切却在忙碌而有序地运转。

这晚中峥刚上床,有伙计敲门,说有个叫八玉的先生拜见。中峥不由得邪火上蹿,自被这八玉缠上,自己就触了霉运,关键时他缩头,又在这敏感关头登门,他不是八玉,而是个彻头彻尾的——王八蛋!

八玉不待他请便登堂入室,摘了黑呢帽,就是一鞠。日本人就这样,哪怕再瞧不起你,甚至坑你,也摆出道德礼貌的样子来。

"八玉先生,购买机器之事,可否暂缓几日?"中峥知道他为何事而来。

已有欧美多家洋行抛了橄榄枝,合同立马可签,他之所以观望,是等洋人的好处,可西洋人死脑筋,只一味吹捧设备,那方面全无动静。可即使这样,他也不想在这敏感时刻与日本人勾连。

"我知道张君在为股东大会劳神。"张中峥听了更心生厌恶,股东大会是他的暗疾,谁也不让提起,换别人,他早发作了。八玉无视中峥愈加阴郁的脸:"张老板应抓住这股东大会前的机会,把合同签了!"

"现在签合同?和你们?"张中峥眼里有种硬生生的光,这光带着怒意和八玉的目光对视,说是对抗更合适些,有八玉不熟悉的坚硬,让八玉有些心惊。然而,这点光亮瞬间便熄了,中峥又低下头喝茶。

八玉僵硬的脸上便挤出一丝笑:"大日本方面现无入股要求,池浅洋行与明远就是单纯的商贸关系,你们缺设备,而我们正好有,且设备的价格、交货期和后期的服务都优于西洋人。"见张中峥静如止水，八玉凑近了身子神秘道，"事成之后，定有回报！"他伸了两个指头。

"两个点？"张中峥眼里亮闪了一下。

"还会邀请先生去日本考察，日本的姑娘樱花一样美哦！"八玉淫邪地笑着。张中峥厌恶地别过脸，心思却活了，发电机、锅炉，还有其他设备，少说也是大几万两银子的生意，回扣不少了，可眼睛一转，天下没这样的好事，日本人会傻成这样？

"价格低，又那个，"张中峥避了那两个字，"做亏本生意？"

"张君不愧为聪明人！"见张中峥着了道，若不说实话，生性多疑的张中峥反而不踏实，八玉索性挑明了，"先签约汽轮机，低价，让张老板给股东一个交代，后面的设备嘛，"八玉诡秘一笑，"价格当然不是这样了，还有零件、服务等费用，多着呢，只要你们采用了我们的机器，哈哈，我们就会永远合作下去的！"

张中峥不吱声，八玉知道这诗书出身的张某人也混得俗了，又压低声音："张君，我现在还暂代池浅洋行的经理，要签便趁早，新的经理快到任了！"中峥这才想起，他已是日本驻芜的领事了，照理是不能再任洋行经理的。

八玉那张油乎乎的脸消失许久，张中峥还是静不下，最终被自己说服：这银子见不得光，但生意反水也属正常，比做内应让他们入股道德上可"干净"多了，里外不过是个"贪"字，但绝无"汉奸"污名。不都说"做官要廉，行商要贪"？现当官都贪鄙成风，何况本为利来的商人？有这笔银子，日子便是另外样子了！

与八玉的合作是势在必行，但这样的大事怎么也得和程、郑通个气，可这两人视日本人为仇寇，上次谈入股就碰个大钉子，这次不如索性瞒天过海，反正是自己的一亩三分地，大印在手，生米煮了熟饭！只是这样一来就与程、郑二人彻底决裂了，刘管家对他也没了好印象，股东大会就更别有什么指望了，张中峥又踌躇了。

（三）

股东大会一旦开了，注定不是个小场面。地点被张中峥"钦定"在他常去消遣的南门大戏院。这是芜城最时尚奢华的戏台，帝王将相、才子佳人轮番登台，生旦净末丑各展其功，不仅芜城市民和南来北往的商旅流连忘返，连碧眼金发的洋人也津津乐道,咿咿呀呀中开始和结束了多少交易!

张中峥是当仁不让的主角,更不用说这是决定他荣辱和命运的选举大事。在郑兴州要言不烦地介绍筹资后,便是张中峥的长篇宏论。除大谈自己的发起之功,还把募股、筹备处建立、公司挂牌等统揽名下,而说起自己如何领头破日本人蛮横入股明远的阴谋,更绘声绘色,虽赢得一通掌声,但前排的刘管家、次廉都蹙了眉。

进入角色的他用了不小篇幅给股东描绘明远辉煌远景,洋洋洒洒几乎讲了一个时辰,竟无片纸底稿。他自己也未料到,在台下听了大半辈子戏的他,一登台竟不输任何一位大师!

原定于上午的董事会选举不得不延至下午,意犹未尽的张中峥抢了主持人次廉的话头宣布,为答谢股东多年来的支持与厚爱,中午备下薄酒,下午投票后还有一场梅派传人的大戏,弄得会场又是一片掌声,主角、配角一人兼饰,次廉倒无话可说了。

成功地将投票延迟到饭后,这样又可发挥他多年练就的酒场神功,拿下更多的人。虽同不少本地股东暗通款曲,但大股东多为徽商,针扎不入、水泼不进,可源自徽州的京剧是徽商们的最爱,中峥便不惜重金从上海延请了一位京剧名角,解了自己多年的饥渴,更搔到了大股东们的痒处,还不用自己掏腰包,程、郑想反对都说不出口。

把这沪上名角的档期与股东大会会期衔接,及会场租赁、日程安排,乃至午宴、夜宵等大小事项,均由张中峥精细策划,告之程、郑已是银票付讫。不想因枝节小事再影响延宕已久的股东大会,程、郑只是默然以示不满,连董事人数这样的大事,他俩也默认了张中峥将五人增至七人的要求,希望董事会中有张中峥的一席之地。

一切都按他谋划了无数遍的脚本在演,下面该有结果了!在最后关头他没和八玉签合约,没和程、郑撕破脸,只要进了董事会,以徽商的仁义和刘管家的支持,他以领头人的身份做这个董事长应水到渠成,那他就是明远名副其实的掌门人了,姜子牙八十挂帅,他七十还不到呢!

不说要股份制议事,做了董事长,就可名正言顺地掌控明远了!

午餐觥筹交错间,酒气熏人的他不忘让杂役把下午茶点备好,票决后他要被股东簇拥着,享受海派名角的视听盛宴。台上他是主角,台下也是,今天台上的名角是配角,自己才是这舞台真正的主角!

<h2 style="text-align:center">(四)</h2>

下午开场,酡红着脸的张中峥台上又颐指气使一番,打躬作揖头重脚轻地退至台下。老柜在台侧设一桌,置笔墨和选票,股东次第上前,取票打钩,再投入主席台正中的票箱。未"民主"过的股东一听就会,次序井然。张中峥跷着兰花指的手在腿上弹着的,是下午名角唱段的旋律,他烂熟于心,若不是次廉、刘管家分坐左右,他还会乘酒兴哼起来。

浮在云端的张中峥并不过分在意票决的结果,到目前为止,一切都在掌控之中,以往的匠心和今天的表演,像是洋服上的拉链起了头,只需顺势一提便严丝合缝了,自己的名字排在第一个并非没有可能,那可是实实在在压了程、郑一头了!可作为统计复核的财务心腹和老柜却一遍遍复核,甚至起了争执,张中峥竟忘了自己是候选人,凭借领头人的身份,以与年岁不相称的步子噌噌上了戏台,劈手夺过他们记录统计的纸!

今天的戏台他上得过于勤了!

他魔怔了,连兴州、次廉也大感意外,有人事后诸葛亮,认为若上午演说后即票决,张中峥大概率入董,毕竟他是明远首创人之一,亦非庸才。但中午的酒池肉林和重金延请名角,把他好大喜功、虚荣排场的官场陋习暴露乃至放大,节衣缩食投资的股东心生不满,不放心把明远交给一个善于宫斗又好虚荣、鲜有实绩却巧言令色的人手中。深知内情的大股东特别是徽商,早识得张中峥的真面目,定会找个适当之人来掌管自己的银子。

除刘管家和另一本地大户外,程次廉、郑兴州、周淑培、胡应莲等一众徽商入选,连最后入股的胡老大也位居其中,张中峥只排第九!

演出如期举行。老生的唱腔沉稳悠长,青衣的戏服楚楚动人,丑角的扮相滑稽可笑,武旦的花枪凌厉泼辣。前折是金戈铁马,后曲是才子佳人,把喜欢的、不喜欢的人都看得痴了,原是那心里就藏了喜的。那耗尽心思请来名角,也是芜城最铁杆的票友张中峥,却在家中独自向隅。

丝竹声声,余音清澈,听那嗓音高亮、念白铿锵,定是那名角老生的拿手戏《群英会》了!中峥百味莫辨,费尽心机攒了一个局,却是给他人搭的台,贻笑天下了!

兴州建议,对外敞开卖票,因一票难求,晚上又加演一场,伴着名角的旋风,明远也成了街谈巷议的热点。

本应随后召开的董事会一再延迟,让周淑培、胡应莲等外地董事盘桓难归,起因还是张中峥。兴州之意,能否在会上对张中峥有个安排?他未进董事会,若再没个说得过去的安排,似对参与明远创建的他太过薄情。可回想一年来的共事,合作的少,不合作的多,次廉觉得不该有妇人之仁:"他把明远作手段,我们以明远为目的,实乃道不同不相为谋,留他必后患无穷!"他的观点引起大部分董事特别是徽籍董事的共鸣,最后还是刘管家说了话,做总理他年岁不合适,就让他协理明远事务吧!

赌气离开会场的张中峥觉得大势已去,这辈子就这样不咸不淡、不上不下了!只是还未到家就后悔不迭,就是败了,也败得磊落,输个敞亮,何以如此沉不住气,落荒而走,输选又输人?前后判若两人,让人笑话,也给了那些不投自己的人以口实。

一想起这帮徽商,他就气不打一处来,以大股东优势,搞什么股东大会这套洋把戏,把自己这个创建人、合伙方"合法"踢出局,他们坐享其成,怪不得当初谈合作时,程、郑二人对领头人并不在意,大谈劳什子公司运作形式,原是在唱请君入瓮的大戏呢!

果然现在他们又心虚了,假惺惺地让我去做个什么协理,你说做大太太的有转身再做小妾的?让我出局还不够,还要来羞辱我一番,让我张某人为你们鞍前马后?张中峥心里堵得慌,端起茶杯就灌一大口,却全然忘了伙计刚加了热水,一口热茶喷溅出。张中峥抓起青瓷茶杯,举过头顶却又颓然放下,这可是景德镇的好瓷,只好骂那个倒霉的小伙计一通解气。

是夜,中峥房里突起一声,狼嚎一样瘆人。被惊醒的小伙计耳尖,不知何处有京胡声从暗夜里穿越而来,此时恰停在一个余韵绵长的尾韵上,又被暗夜吞没了。

(五)

张中峥的拒绝倒是扫清了董事会的最后一道障碍。酝酿后众人推程次廉为明远董事长,总理人选上却费番口舌,程次廉以董事长的身份提议郑兴州出任总理,虽得到董事支持,兴州却坚辞。

"办电乃前无古人之伟业,晚辈才疏学浅,难堪总理大任;再者明远初创,事务繁杂,且与社会各界交涉甚多,除各位董事转圜相助,董事长、总理一人兼任能更好统筹内外事务,我愿追其前后,效鞍马之劳……"

董事会遂聘程次廉为总理,郑兴州为协理,明远电灯公司原临时机构即日解散,所有权利、事务移交给新的管理机构。

这一切张中峥一概不认。选举就是个花招,不管花样如何变,他与程、郑的合伙性质不能变,他这个公司创始人的地位不可变,印章不交,办公室不搬,对外仍打着明远掌门人的旗号。

两套人马互不买账,令出多门,老柜的消息更让二人不安:之前以洪荒之力募的十多万两银子,多在钱庄以短期的形式存放,虽然薪资、办公和零星采购需一点头寸,但如此巨额资金"浮"着,不光利息少一大块,且一个指令可随时调走,张中峥是否有订购设备的举动,或有其他企图?还有,万一他暗中以明远的名义在各大钱庄借款调头寸,这债务及风险则概由明远承担。熟悉钱庄的次廉还担心,张中峥是否与钱庄暗度陈仓,存款明短实长,中饱私囊。

两人让老柜盯紧钱庄的银子,又利用各种关系打探张中峥的动向,得知张中峥的一个心腹已去上海,可能与订购日本设备有关,而他的亲友早对明远基建垂涎三尺、势在必得……

"当断必断,不可心慈手软了!"次廉将烟灰磕个干净,"张中峥冥顽不化,不知进退,为一己之私,随时都可做出不利于公司的事来!"兴州虑及得更多:"外界知道我们机构更新的不多,特别是江浙沪地区,若他以公司的名义签合约,我们得承担后果!"

兴州建议公司制新章,登报作废原印章,公告新的公司管理机构名单,在上海报章刊发声明,整顿公司二级组织机构,重新任命二级机构负责人,把张中峥的心腹从会计室清除……

兴州一气儿说了几条,也是次廉想做的,不过如此一来,就和张中峥彻底撕破脸皮了,次廉不免踌躇:"还是先礼后兵,我先找他再谈一次,若他仍我行我素,就按你这几条办。此外也要把方案通报董事会。"

"还是董事长想得更周全些。"兴州估计谈不出个所以然来,觉得这尴尬的事还是自己去做比较好。次廉摇头："虽说这是件苦差,还是觍着我这张老脸走一趟,毕竟他为电业风雨同舟过。"

一周后即1907年7月6日,一则以明远电灯公司总理程次廉、协理郑兴州名义发出的声明刊发于《申报》,明远算是该报的常客了。

"芜城明远电灯公司由次廉、兴州认定巨股,并召集多股,遵照部章创设开办。"经汪夫子润笔,不过数言便将新公司设立、大股东及领头人情况交代清楚,转而直奔主题。

"初议购买机器由张中峥经理,然中峥办事未能一秉大公,次廉、兴州既任其职,不得不邀股东重议,所有口办各件暂拟缓办,如中峥私向各行号或有订货借款等情,本公司概不承认。"粗看公司陷入内斗,细看则柳暗花明,公司最大发展障碍已被合法排除,各项工作依规而进;即便对前负责人之错,也只是以"未能一秉大公"而带过。

不过就是这样和风温情的一纸声明,已置张中峥于虚无,其在明远的各项权利被夺殆尽,而在再次拒"襄理明远各项事务"后,张中峥已知分道扬镳不可避免,总理的一纸文书,免去了人事、会计两个部门的主管,次廉的人负责人事,老柜负责会计庶务,各管理权易手,临时股东大会又以绝对多数通过了辞退张中峥的决议,张中峥只是明远的一个普通的股东,且是个没有什么话语权的小股东!

人生有些路,志同未必道合。那些邀约同行的人,虽一起相伴走过了雨季,但终有一天会在某个渡口离散。

（六）

官沟沿二十六号,是座独门独院的两层小楼,青石基座,斗拱飞檐,正门有道影壁,正中阴刻一大大的"和"字,这便是芜城最有名的陈亚文大律师的文笔师爷汪心清的居所。一律师的文笔师爷有如此豪宅,令人匪夷所思,只是此人学贯中西,文笔如刀,陈大律师所有官司的状词无一不出自他的手。

古人打官司,多凭借诉状,深得三昧的汪师爷,让陈律师代理的案子胜多输少,渐渐他的名气大过律师本人,不少官司是师爷首肯后陈律师才接手,师爷不点头,多大冤屈,也多掩心息诉。

张中峥两番登门,另有不菲酬谢,师爷却摇头如鼓,但少不了点化几句:"官司诉的是律,循的是理,却并不求公,也不讲情。"见张中峥似懂非懂仍不甘心,又道:"公司制虽是舶来品,但是经工商部认可并颁律实施的,而创始人的名利却无明律保护,依法循制,这官司当无胜赢之理,张老板何必再费银两、撕破脸皮对簿公堂呢?"见中峥眉头拧作了一处,便把"创始人是谁还两说"这话咽下去。

"难不成我就忍了这口气,让他们鸠占鹊巢不成?"

"公司是你们共创的,谈不上鸠占鹊巢。"同城之人,又是风头正劲的明远,孰是孰非,师爷洞若观火,这张中峥强词夺理,又执念于心,不如给他指条道儿吧。

"张老板,诉讼这理已难辩,至于情嘛……"师爷欲言又止,张中峥却一点即通,告辞出来,又见壁照"和"字,心生感慨:生不求人便是福,无处说理徒奈何!看着中峥苍老、失落的背影,师爷心情复杂地叹了口气,做他这行,各种人、各种冤见得太多,心麻木了,虽豪庭深宅,名满江城,却并无多少快乐可言,唯以"和"字慰己明人。

俗世红尘,是非纠葛,纷乱于心,却非有理可讲,有冤可申。若要不败,唯有不争;若得富福,唯有大度。度己方能度人,修己方可胜人,和人方可胜天,不知中峥悟否?

张中峥跨出汪府的那刻,便萌了"上访"的念头,郑议常总办是自己的旧僚,明远正属他衙门管辖,自己多少提携过他,上次典礼,又封一个大包,于情于理,他都该帮自己一回,这些天净想着打官司,竟把这终南捷径给忘了!他笔不加点,连夜修书一封,少不了将这个往昔部下、同僚曲意赞了一番,将程、郑的种种阴谋和自己万般冤屈汇于笔端,他甚至被自己的文才感动了。

翌日早,张中峥便袖了十两银票和这封书信直奔衙门。弃官后,求人办事便添了一个习惯,总携多少不等的银子,话得体又有"礼",没理也占三分先,这是他佐官时的体会,只不过那时是别人孝敬他,现在却是觍着脸送人,还怕别人不收。中峥掂量,虽说这郑总办是旧日同僚,可如今求他办事,不但银子不可省,少了还拿不出手。

一切还是原来的样子,他面皮老老地进,门差却拦了,细看却是陌生的,半天才回话说郑老爷不在,再问就两眼朝天、鼻孔冲人了。中峥只得留了书信,请交郑观察。

在芜城,最风光体面又最不敢大意的衙门便是商务局了。且不说芜城的兴衰全赖商贸,但凡芜城商贸有一点风吹草动,便天下皆知。让总办更头痛的是,这商贸一旦做久做大,又有了组织,商人便不再恭逊胆小。就拿总商会来说,下辖米业、钱业、杂货、典当、砻坊、酱业、竹木等十三个行业,简称"十三帮",如今又有电力等十大直属行业,囊括了芜城所有的商业和手工业,从业人员数万,省内省外,中外夹杂,三教九流,鱼龙混杂,大意不得。

这样的组织本已尾大不掉,让郑观察又喜又怕的是他们的领头人。总理是大名鼎鼎的李鸿章之侄李仲洁,协理是两广米业总董汤善福,前者曾出使外洋,实授二品,后者也是捐四品,自己虽捐了个四品道台,被称观察,可毕竟不是实职。他主政的这些年,抱着无过便是功、无乱便是治之宗旨,无为而治,虚与委蛇,总能逢凶化吉,不仅坐稳了位子,还能在时局纷乱、列强纷扰之际,大抵维持了芜城商贸繁荣之势,赢下不少口碑。

对明远纷争了如指掌的他,未雨绸缪,张中峥这个昔日同僚上门,自是难得一见,再大的"情",也比不了"势"。对他熬油秉烛写的控诉信,他"观"而不"察",提笔便是现成的:"委托商会秉公调处。"斟酌后复加一言:"复文到日再行核办。"延宕三五日后,才派人送至商会。

(七)

李仲洁指挥挂商会总理之衔,却常年在外,偶尔回芜也只听下报告,极少理事。不过明远纷争,既属商会内务,又涉家族利益,他少不得要有个意见,却也踌躇。

李氏家族属意洋务,自己出洋开过眼界,认定电力是比肩地产的新兴产业,将风行天下。张中峥募资办电,已拥有芜城大半物产的他,又把电力作为新的投资方向,这张中峥志大才疏,几年无多大动静,后与徽商合作,才有了今天。本是明了的事,可张毕竟是李家的老熟人,前期也做了些事,因此如何处理又有些棘手。

商会本是协调税收、摊派捐款,兼办会员开、歇业登记,维护会员利益当然是商会职能之一,但极少插手会员企业内部事务,且涉自家利益,怎么处置都难免留下口实。这郑观察真是个滑头,把这难题推与商会,这不是把自己推到了风口浪尖?

"滑头耍到我李某人头上来了,哼!"呈文被撂在酸枝大案上。

"按说郑观察是不该这么做的,"刘管家一边看着老爷脸色,一边斟酌着词语,"不过也有他的苦衷。"

"苦衷?"李指挥端起的茶杯又放下,有些不满地看着刘管家。

刘管家又趋前一步:"老爷您想,这明远是我们商会十大直属行业之首,中崝与我们交往已久,更重要的是老爷在明远有投资,您还是明远的大股东、董事,虽说是公司纠纷,可也视同我们家事,'清官难断家务事',作为一个四品的商务局总办,又岂敢染指?不如做个顺水人情。"

"他还是个滑头,让我们出面做恶人。"李指挥虽还不满,但口气已缓了。

"这个恶人不全是我们做,最后还得商务局办的。"

"是呈文'再行核办'?"李指挥觉得自己还不是老糊涂。

"老爷明察!不过此事大可不必闹到对簿公堂的地步,我们完全有招在商会即可化解。"刘管家附在老爷耳边,如此这般说了一通。

"张真不是那块料?"刘管家迟疑了一下还是点了头:"论人是极精明的,不过若做电厂,与程、郑不可比,一山二虎,明远非黄了不可!"李指挥不再犹疑,商场亦战场,掺杂不了任何私人情感。

这刘管家分得清情与理,步子没偏,看来委托他来打理芜城的资产是值得的:"不愧跟了我这么多年,就按这路数办吧。"

"都是跟着老爷耳濡目染的。"刘管家不敢把得意放在脸上,"老爷要去外地随时可以动身!"

"手头上的几件事办了要去沪上,家里的就由你来主张。"李指挥明白这是管家让他置身事外,虽然他并不在乎这些。

"我会随时报告的!"刘管家轻轻地掩了门退出,这室内清醇的异香,让他脚跟发软,喷嚏也忍了好久。

四　天青地白

五　正本清源

（一）

程、郑二人整理门户，精兵简政，将人事、会计合并，由老柜负责，少了扯皮；设总务室，总揽买地、物资、后勤诸事。主管一时难寻，兴州兼了，那些跟随多年的宝兴伙计，忠心且懂人情世故，很快适应了新岗位，大字不识的几人，安排做些跑腿打杂之事。

还有就是建章立制了。张中峥大权独揽，自不需要碍手碍脚的劳什子规章，连公司的叫法也不一，对外函件有叫明远电厂的，有称电灯公司的，询了汪夫子，在"商办芜城明远电灯公司"名称中又加了"股份有限"四字，全称便是"商办芜城明远电灯股份有限公司"。

"这'有限公司'四字很重要，"夫子解释，"不论公司经营好坏，公司只负有限责任，这必须和股东说清楚。"

一公司名称有这么多讲究，章程让老柜不敢下笔了，好在以前有个简章，兴州的手笔，也是股东会过了的，老柜有了底，从科学图书社借了书，旁征博引，少不了程、郑的指点提要，几易其稿，夫子看了也点头。

《章程》分《总则》《股份》《股东会》等八章，计二十八条，涵盖了股东、公司、管理层等各自职责和义务，对股东会、董事会、监事会召开时间、次数和公司的运作等都做了规定和规范。《总则》第六条重申"本公司股东以有大清国籍之中国公民为限"，是兴州嘱咐将其从《股份》那章挪到前面《总则》的。

至于公司的商标，兴州觉得应是"明远"的诠释和延伸，互作表里。明远之光，若日月朗照，暗夜如昼，万物澄明，若此说来，图标以满月为好，细想不妥，这月盈则亏，该半圆为佳，不过这剩下的一半该做什么呢？

"不是白,自然是黑了!"次廉笑道。是啊,这月亮一半是亮的,一半便是暗,黑白轮回,即便月如弦,却光亮不熄,光明致远,太有寓意了!

"不如就黑白月亮好了!"兴州的话得了众人认同。那芜城最好的国画家,深得其髓,寥寥几笔,一黑一白的月亮被幻化成头大尾小、头尾衔抱的太极图案,兴州觉得这缠绵相拥的黑白月亮,白的又似袅袅婷婷的月萍,和黑的自己相依相偎……

名称、章程、商标还有公司的各种制度,获股东会一致通过,他们将相关资料上报,申请大清农工商部的核照与批文。

（二）

与百货咸集、飞翠流丹的长街不同,南关口附近的花街低矮狭长,是个体业主与贩夫走卒的聚集地,拥有一技之长的艺人或破产的乡民流落于此,以卖艺或做苦力为生。洋货轻巧耐用,来城里觅活路的手艺人,只余铁匠、篾匠、木匠等手工营生和小吃生意勉力维生,这边铁匠铺叮叮当当,那厢早点铺炉火正旺,更有早起的乡人肩挑手提带了露水的菜蔬沿街叫卖,灰扑扑的街巷,弥散的是久远的淡泊祥和之气。

张中峥感兴趣的是麻子阿福的豆腐店,他家臭豆腐厚朴,余得香嫩,每块只售四文,只是买要趁早。邻家是包子豆浆店,正墙栊龛里有个佩十字的外国老头像。张中峥有时携了刘管家,不过一人来的更多些,盘子里叠两块臭豆腐,浇上一勺水大椒,黑中带红,小臭大鲜,再配上一碗干丝面,三只小包子,在外国老头仁慈的目光下吃得有滋有味。

这原是中峥惬意的"一、二、三"张式早餐,现在却食之无味,没了明远,肚中撑得再多也空落落的,日子浑噩不兴,客栈半死不活,这早点却还是要吃的。

移步便是个篾匠铺,一老一少头也不抬地破篾编筐,青竹锯梢削节,老师傅刀口亮闪闪地对了茬口,也斜着眼,用了巧力,哗啦啦从头到尾劈成对等的两半,两半合起,看也不看地兜头又是一刀,行云流水般,这大拇指粗的竹子瞬间变作宽窄均匀的四瓣。

"好刀功!"中峥心下一动。

这竹是江北有名的贵竹,修长柔韧,以两三年为佳,小的编筐,粗大的是编篾席的好料。腿边已有一堆这般大小的竹片,他一片在手,削节刮平,开始更细致地剖篾了。

一层粉青,二层嫩黄,三层金黄,第四层是最底层,是易腐断的浅白。是年少的青、年青的金、中年的黄、年老的白,竹子的一生瞬时绽放。篾片在半拃宽的篾刀口唑唑游走,似那竹片本是四层粘的,只把它揭开罢了,那老者的目光犀利若刀,看出几层便可揭几层。不过一忽,这薄如纸、亮如晶、韧若筋的篾片,就在老者脚下铺出一片金黄来。

吸引中峥目光的还有蹲着编席子的那半大孩子,青衣小帽,脸上有着与年龄不相称的静气与专注。编席可是篾匠中技术最高的活儿了,拼的是腰功,熟知其中三昧的中峥清楚那久蹲不起的个中滋味,几圈下来,便瘫坐如泥。可这大半天工夫,孩子没直过腰,长长的篾片闪着绸缎般的光泽,在他细小而灵巧的手中眼花缭乱地跳跃着,这孩子似蹲在一片金黄色的飞毯上。剖篾老者不时叮嘱几句,听口音是从江北那边过来的。

张中峥似见着小时候的自己,也这样握着一把沉重的大篾刀,开竹剖篾,不是细篾刺破指头,便是力度掌控不住,进刀快了伤手,慢了剖不开,一手伤痕,遍身竹屑,细长的胳膊挽起片片带刺的篾,半天直不了腰,稍有出错,便是师傅的呵斥……若非吃了这么多苦,也不会有后来的发愤攻书,那眼前的这老者就是最好的自己了。

他心中的块垒消了许多,在挂满竹制品的四壁,看中了一床篾席,过几天让伙计来拿。

(三)

有幌子在风中高扬,中间那"铁"字惹眼,风卷起,背面大大的篆书"算"字半掩。命无玄机何卜卦,运走背字算命迟。本欲走开的张中峥却拨分人群,见正中团坐的那人戴青缎小帽,红缎子夹袍外面套了件玄色团花马褂,马褂上横着条金表链,果然是传得邪乎的"胡铁口"模样!黑眼镜遮住了大半颜面,据说"铁口"盲目。

病急乱投医,无聊才算命,且听这"铁口"如何胡说。

"先生乃贵人,价格翻倍!"

"此话怎讲?"张中峥明白这是这行惯用的伎俩,心里却受用。

"'手如绵,有闲钱。'先生之手丰而柔,非富即贵!"胡铁口斩钉截铁。

"百无一用的书生,何来富贵?"张中峥苦笑。

胡铁口在他额前、脸颊、下巴摸按,捏泥人似的:"先生相貌清奇,非凡人之相,读书可以致仕,经商一准发财,只是……"

铁口欲言又止。

"只是什么?"张中峥渐渐入巷,"说得准,价钱好说!"

"先生爽快!"铁口把宽边墨镜按稳妥了,"我可就照直说了!"指头停在中峥的脸颊处,"此处陷下,聚财不留财,与人相处不易。"手滑向中峥的鼻子,"脸狭鼻大,相书称为'孤峰独耸',是孤傲而唯我独尊之人,执理不容他人置喙。我说得对吗?"若对方愤而否之,便会转话。

张中峥不语,铁口滔滔:"先生鼻大坚挺,旺财之相,若颧骨高耸,则位高权重,还会财源亨通。"铁口又触他的颧骨处,"惜先生鼻高而颧骨低,有位难持,有财难聚啊!"

听对方鼻息渐重,铁口转口:"以先生之相,虽不大富大贵,但能官能商,银子不愁,若放下身段,天伦之乐陶陶。"

"顺天安命,无欲无求,是吧?"中峥不甘。但铁口就是铁口:"但凡鼻颧不配、孤峰独耸两者有一,都该安分守己,两者兼之,更不可造次!先生眉心窄而小,这般面相之人,敏感而多疑,又有主张,与人相处不易,但其内心也颇受煎熬,患得患失……"

拿人钱财,与人消灾,铁口颇通文墨,迷魂汤也因人而异:孔子讲中庸,老子喜无为,庄子好逍遥,墨子曰非攻,世间万理,求真不易,糊涂更难,无非是个"和"字,可破名缰利锁,便有气象万千。佛曰:"凡事太尽,缘分势必早尽……"他蓦然想起汪府壁照上的那个"和"字,原来天下文章,念来念去竟只是一个"和"字!

张中峥把碎银子掼在桌上,作揖道:"领教、领教,'铁口'名不虚传!"回客栈,抬头又见那大大的"客"字,当初寻了诸多名字皆不适意,便单用一"客"字做店名,曾得意之,此刻醍醐灌顶:半文半白,非文坛骚客;挂冠而去,乃官场过客;主事明远,却易主为客。

独自莫凭栏,无限江山;流水落花春去也,天上人间!年少时的熟词只这几句清晰，又如此契合自己的心境，想起"胡铁口"临别赠言："藤杖一条，提得起才放得下；禅门两扇，看不破便打不开！"看破了，谁不是人世过客？这世间没一件东西你带得走的！

"年少便识世事艰，左手诗书右手稼。丢却箧刀笼出鸟，振翅难越万重山！"他随口吟了几句，颓然道，"一切是命，与己和了，便是与天和了，罢了，罢了！"

两天后的傍晚，又有汤协理、刘管家邀至烟雨楼，二人说了什么不知道，只听得中峥倚窗喃喃："独上危楼看落晖，昏鸦归去远烟微。湖光洗得秋容净，怎奈江南雁又飞！"然后便对着一桌山珍海味，自斟自饮，大醉而归。

坊间传言，那"胡铁口"并非全瞎，摸骨看相也非徒有虚名，有人使了银子，诸多劝诫之语借"铁口"道来，才有一击即溃之功效。

公元1908年5月17日，安徽巡抚冯煦核准大清农工商部对该公司的批文："讼案既已，自应核准立案，以兴实业，并将注册执照附发转给祇领。"历时数载的内争尘埃落定，安徽首家、全国第六家电力公司——商办芜城明远电灯股份有限公司终于拿到"准生证"，可开张营运了！就在这年，领大清二品衔的李仲洁辞去芜城商会总理之职，协理汤善福接任。此时总理已改称会长，此名称便一直延续下来。

（四）

鸦片战争后，随招展着各色图案旗子的帝国军舰而至的，是潮涌般的商品，还有大小洋行。1887年的《中英烟台条约》及后来的一系列不平等条约，又将这些洋行从沿海散布内地。不大的芜城竟有二三十家，又层层代理，触角毛细血管般布满内陆乡镇，业务也从代购商品、设备扩展至加工制造、航运、保险、金融诸多方面，推销相关工业品获取无风险利润，又可利用技术和设备加以控制。它们与那些挂了十字的、足迹遍布穷乡僻壤的传教士是物质与精神的两手，在经济和文化上牢牢地攫住贫弱的中国。

已是大股东之一的汤会长甫一上任，便邀刘管家陪程、郑去设在范罗山的英国洋行。曾随李指挥出洋的刘管家，是芜城少有的见过世面、懂洋规矩的人。

洋行为坐落在半山腰的一栋西式洋房，券廊式砖木结构，拱形布局，山墙和外墙都有外露的木质构架，砖石勒脚，却无横梁，绿树丛中可见高高的烟囱和夸张的老虎窗,迥异于飞檐翘角的徽式建筑。

虽早有通报,又是汤会长的手签,但红脖子卫兵仍对证件翻查半天,又弯下高大的身子探看后才放马车上山。

"进中国自己的地盘,还受这气!"虽不似那夜的枪指狗吠,但来谈生意也如临大敌,兴州气不顺。

"可能是领事馆在这里的缘故吧。"汤会长宽慰着。

次廉也不解:"这洋行和领事馆在一起,做生意还是做官?"

"这叫'官商'!洋行有领事馆做依托,势大;领事馆不便出面的事可由洋行来做,手长!"刘管家见多识广。

"到底还是心虚!"兴州忘不了卫兵紧张兮兮的样子。

"靠山近,风水好,又不需另花钱,洋人也俗着呢!"汤会长在商言商。

"刘大管家,还是给我们介绍下洋人的礼节吧,临时抱佛脚也好。"次廉说的才是眼下最迫切的事。

"国人见面打躬作揖,且上下有别;洋人简单,握手即可,也有拥抱的。"刘管家有经验,"到屋子里得脱帽,见洋人婆子要站起来,洋人不仅不重男轻女,且对女人特别礼貌……"

马车停在券廊尽头,着洋式礼服的听差将他们延入客厅。金色的枝形吊灯,奶白色调的装饰,深红色的地板,他们仿佛置身另一个世界,步子不自觉地轻了。这门卫既不奉茶,更无敬烟,带上门便离开了。

里间出来两个黄毛碧眼的洋人,为首那大腹便便的洋人一见刘管家就伸出带毛的双手:"哈啰,刘,又见面了!"还搂肩与刘管家拥抱了一下,他与刘管家熟,还会说中国话,这让程、郑很是好奇,也生出几分亲近感来。刘管家介绍,此人是洋行主管哈德逊先生,他在英国的老相识,边上是他的助手。又把他们逐一介绍给洋人,郑兴州行了刚学到的握手之礼,那个叫哈德逊的只蜻蜓点水般地碰下,即便第一次握手,兴州也明白这是种轻视和傲慢。

几人分宾主对坐,助手兼做翻译。作为现代工业发祥地之一的英国,他们对自己的蒸汽轮机和锅炉自信满满,价格也比前几天走访的西班牙、法国等国的高一筹。

"贵国设备精良,希望价格有商量,明远是家民营公司,财力有限。"刘管家实话实说。

"电力设备更应关注质量,你们中国有句话很好,叫便宜没好货!"哈德逊耸了耸肩。

郑兴州查阅了汪夫子店里的相关图书,又致信姜先生,但了解的不过一鳞半爪,连陆运还是海运都由洋人说了算。从绅士般微笑中醒来的郑兴州明白,主动和优势在他们这方,他们可以多跑几家,所能谈判的只是折扣、到货时间、付款方式等枝节性的东西。

"如有意向,我们会先向上海的总行汇报。"哈德逊先生晃着金色的大脑袋,"只要我们报上去,都没大问题的。"他笑得优雅,"之后便是签订合同了。"

助手拉了下屋角的一根绳子,叮叮当当铃声响起,有个金发碧眼的高挑美女托了圆盘婷婷进来,在每人前面放一盛着琥珀色液体的高脚酒杯。哈德逊擎着杯子对着助手说了一通,那助手也端起酒杯对众人道:"主管先生说了,这笔生意若谈成,是该行在芜首笔电器生意,哈德逊先生看在与刘管家多年交情的分儿上,愿把代理费减少百分之五!"这洋人也入乡随俗,颇通世故,他们跟着举杯。兴州轻抿一小口,这酒虽颜色深红诱人,入口却凉滑微涩,忍不住蹙了眉。这杯酒是洋人庆贺合作愉快的,并无菜肴,酒杯一举,便是谈判结束了。

下一站是坐落在江边的德国西门子洋行,这里一岸的码头,半街的洋行。最先打开芜城之门的英国,将这江边的四百余亩土地强设为租界,德、意、美、日、俄等帝国"利益均沾"。英国驻芜城领事柯迪廉便领头,与芜城道台童德璋重签了《租界章程》十条,将租界扩至七百一十九亩,从陶沟到弋矶山这段芜城最好的江岸全被强占。一时间,列强在芜城分田分地,筑码头,设洋行,建货仓,不仅渔民、市民禁入,连长江航运也被洋人垄断。

面江的西门子洋行静谧高冷,门卫肃穆如雕,若非汤会长引导,定会被当作西洋国某个神秘而森严的所在。

客厅有两名高大的德国人相迎,并无夸张的开场白,也无浑身异香的美女、圆肚子酒瓶的香槟,自称鲁尼的工程师引他们到一张摊满图文资料的长桌边。虽不懂洋文,可排列井然的实物图片却让他们耳目一新,鲁尼对着图片用半生不熟的中文介绍,似科普,磕磕绊绊,甚至言不达意。有现场经验的郑兴州听懂了大概,次廉、汤会长也频点头。

助手展开一幅标了密密洋字的大地图,各样的线条绘的是兴州没见过的世界。鲁尼用铅笔画了个大半圆:"我们有自己的轮船公司,产品可海运到吴淞口,再接驳江运来芜。"他挺直身子,"我们的航运十分安全,每个环节都有很好的计划和准备。"蓝色的眸子不乏激情,"我们德意志是欧洲当然也是世界上制造业最发达、最先进的国家,我们的技艺代表着世界最高水平!"

"鲁尼先生,"兴州学了洋人称谓,"是否包含设备安装和维修?"

"郑先生,这点您不用担心!"一次例行的介绍,对方就记住了自己,郑兴州对差不多年龄的鲁尼高看一眼。

"买我们的机器,特别是这样的大宗设备,我们不仅负责指导安装,还负责教会如何使用。运行中设备出了问题,我行负责提供配件,当然这要另外付费的。"

"筹建厂房时,能否提供指导呢?"郑兴州的问题突兀新奇。俩德国人对视一下,还是鲁尼作答:"这是个很有趣的问题,虽然还无先例,不过考虑到电厂的特殊性和贵公司的实际,我们愿意在建厂时提供一些技术上的建议,使贵公司厂房更符合设备和发电要求。"

尽管没像英国洋行那样优惠,综合报价也稍高,但他们的保障服务更让初涉这行的程、郑心安,这也使得他们难以取舍起来。又去了其他几家,还是这两家更令人满意些,他们决定开个董事会,并听下姜先生和汪夫子的意见,毕竟是一笔涉及数万银子的大买卖。

(五)

时序入秋,大江如练,百舸争流,酷热难耐的日子已过,明远也好消息不断。

欧洲多国洋行发来的报价,以英、德最全,有单台设备的,有系列全套的。姜先生属意英、德,力荐德国西门子设备,这与兴州在科学图书社查阅资料所得结论大抵相同。

兴州和姜先生形成共识,为分散风险,且为今后发展计,应德、英各买其强,董事会准了:购置德国西门子汽轮机两台,英国康帮引擎两部,装机容量250千瓦。以芜城十万之众和长街、大马路商业及官府、洋人照明之需,少于这容量,不敷使用,也形不成规模效应。汪师爷全程参与合同签订,对预付款、货品质量、保修期及到货时间都有细致规定,且有中、英文两个版本,各签字盖印留存。

买地也开了个好头。

依兴州之意,"这第一户要选好,首炮要响"。老柜把十九户的情况又捋一遍,分难易两类,领兴州看现场,在一老屋前止步,瓦沟落月,檐隙生风,露了底色的木门上垂了把锈迹斑斑的大铜锁,应好久没人住了。

"户主郑大宝住十里铺?"

老柜未及答话,二狗子嚷嚷:"这家伙我晓得,城里乡下两头跑,这房子破烂成这样了,他无钱也无心修,宁可在大烟馆过夜也不住这。今年年成不好,大烟馆过夜待不住了,澡堂子过夜是常有的。"

"你这么清楚?"兴州瞥了眼二狗子。

老柜笑了:"都是常客,面熟着呢。"

"若是大烟鬼,银子再多只会害了他,外面混的,缠上了,说不定是个无底洞。"老柜道。

兴州沉吟片刻:"癞痢头先剃,就他家了!"

二狗子领老柜到堂子巷,此巷因芜城最早也颇有名气的合鑫池澡堂子而得名,那时澡堂子着实简陋,不过是一米多的大铁锅,粗糠焖烧,一管连通水池,像头上拖一根大辫子。有更简易的,直接在大锅边砌一圈台子,浴客坐台边以巾蘸水揩身而已,净身不易,只图蒸腾之快。二狗子指认混杂在锅台边一溜擦身之人里的大宝,一个被风月和大烟掏空身子的孱弱男子,白皙的身子在这片黝黑躯体中晃眼而另类。

一听歪倒倒的房子有人买,且是风头劲的明远,这比吸了鸦片还提神。年成不好,手气又背,欠下的赌债追索甚急,可祖上的百亩良田卖了十之八九,再卖,一大家子得喝西北风了。躲到这最低档的浴室,烟瘾难忍,柳春园李寡妇那张俏脸也越发模糊了。

"三十五两,一文没的少!"大宝咬死了价。

"就你那人不住、鸟做窝的破屋,早一文不值,加上地最多也就值个二十两,别想横心思!"昔日的朋友二狗子已看扁他了。

"这房子是我祖上传下的,前湖后山,风水宝地呢!"大宝气咻咻的,"要不是我最近手头紧,三十五两还不卖呢!"说完脖子一梗,歪在一边睡了。

老柜见人多嘴杂,须换个地儿,两个对他一个,不信拿不下,于是对二狗子耳语几句。二狗子立马嬉皮笑脸:"哥呀,睡这多硌着呀,里面的雅间才合郑公子身份,有话慢慢聊,再找个师傅捏捏脚,松松骨,人生在世,不就图个快活吗?"

"想动我心思呀？去哪里也一个大子不能少！"大宝嘴上推托，身子已不由自主地挪了。这雅间已有些日子没进了，有侍者捧着铁盒子进来，大宝熟练地夹出一小袋茶叶来，是熟悉的毛峰清香味，一把长嘴铜壶在一米开外对着茶杯来了个"凤凰三点头"，杯外滴水不洒，这便是"仙人过桥"。大宝撇撇嘴，心想比不上左右开弓同冲一碗的"二龙戏珠"，最精彩的是"海底捞月"，远远地见大拇指一剔，茶盖便翻了筋斗一丝不差地飞扣在茶壶上，这绝活大宝也只见过几回，咣当之声已作了绝响。二狗子找了个熟识的大师傅，如此这般交代一通，又叫碗虾子面。大宝顾不了脸面，呼哧呼哧吃个底朝天，手在空中一比画，一个热乎乎的湿毛巾把子飞到手上，胡乱揩下油乎乎的嘴，闭眼享受大师傅的轻捏急敲，李寡妇那张俏脸浮起，这大师傅的手糙了许多。

"不吃不喝，不抽不嫖，躲到这里人不人鬼不鬼的，还是风流倜傥的郑大公子吗？"二狗子搔着他的痒处，又戳了他的痛处。进了雅间的大宝再也回不去了："不是我不给朋友面子，这杀价也太狠点了吧？"

"你才狠呢，两间破屋，一张口三十五两，当我们冤大头吧？要是我们老板觉着你没诚心，不要了，雪一压，顶漏墙倒，你得花银子修……"老柜见识到二狗子的伶牙俐齿，把个大宝唬得一愣一愣的。

大师傅把住后脖，用掌心环着推，见大宝酥软过瘾，便道："照讲几位老板谈事本没我说话的份，两位都是熟客，我多句嘴。"

场上混的大宝抢先道："大师傅见识广，说话自然公道！"

"我是个推拿的，说不上路子别见怪，权当消遣罢了。"

"谁不晓得你是这里的老资格，就快点说吧！"大师傅在肩胛处下了暗劲，大宝痛得耸起，旋即是莫名的畅快，该是好久没捏了。大宝悟出是在传导着什么暗信，越发信他。

"若依我，就二八得了！"

"二八？"几人重复着。

"你们都是老板，二八、二八，你发他也发，两家同发嘛！"

能在这里混饭吃的都是人精，老柜估摸着三十两拿下算烧高香了，却蹙了眉道："按说大师傅的话不可不听，可老板已有交代……"

"二十八两还不成？不是大师傅金口，我才不干呢！房子烂了还有地，有口气在，谁也别动它一根指头！"要不是被逼债，大宝说不定就翻脸了。

"二八就二八吧,我来个先斩后奏。大师傅说得在理,成了生意又讨个好彩头。"二狗子赶紧圆场。

四人三方议定,第二日上午到汪师爷府上签约,场面上的人没有不知汪师爷的,大宝心里也稳了。

（六）

翌日一早,大宝就雇车带着弟弟小宝——一个二十来岁的纨绔青年及一众亲友自乡郊浩荡而来,与在汪府门口的老柜、二狗子碰面,又在客厅与汪师爷、郑兴州见过。

汪师爷有态度没观点地就交易诸项一一询过双方,均无异议,少顷一纸契约便成。师爷清下嗓子,四下静穆,也不看人,两手当空一展,着墨迹未干的公文高声诵读:"立杜卖……"不过三字便停,余光对了大宝他们,"这'杜卖'二字何意可曾知晓?"见他们面面相觑,便耐下心解释,"意思卖了就不允许赎回,清楚了?"大宝、小宝直点头,嘴里充着好汉:"这我明白,卖了自然不会赎回的!"

师爷继续:"郑大宝今因正用缺乏,将祖遗庄基一所,计约一亩,坐落下十五铺,央中说合,卖与明远电灯公司名下,永远为业,时值本洋二十八元整。"

师爷歇口气,也让众人回味,见无异议,又字正腔圆:"自卖之后,听凭买主支配,与卖主无涉,如有亲族纷争皆归卖主一面承担,恐后无凭,立此杜卖字为据……"后面就是地块四至,师爷也抑扬顿挫地念完。

"双方可有异议?"

郑兴州自然无异议,把李寡妇嫩白身子想了数遍的大宝忙摇头。

"卖主画押!"大宝上前接了师爷的毛笔,抖抖地在自己名下画了个十字,横短竖细,递给小宝,小宝也爽快地画了,比大宝的略小些。

"中人画押!"师爷的话便是律令,大宝的族长和昨日的大师傅也画了押,师爷又在契约下面空白处署上"光绪三十二年九月二十二日"的字样,此地契便正式生效。明远买地首功告成,兴州与老柜交换下眼神,二狗子更是得意在脸上。

常例当以银票支付,兴州却让老柜带了现银,当二十八两银子白花花、沉甸甸地呈现面前,大宝两眼放光,众亲友一阵骚动,这便是兴州要的效果,也正合大宝心意,还债、抽大烟、女人,当然免不了要请亲友大吃一顿……这笔银子的花法大宝昨晚已想破了脑袋,有了现银就省了兑现的麻烦,他急急系上口袋,却被师爷止住了:"这位兄弟,本师爷有句话要送与你!"

见师爷肃穆,大宝捏紧袋口,脸上是惶惑的笑。

"这些年乡下遭灾,这银子该精打细算,别花在不该花的地方!"

大宝尴尬地杵着,脸红一阵、青一阵,亲友齐声道:"师爷所言极是,我们当督促他们。"

大宝一行千恩万谢地走了,兴州上前施礼:"师爷业精仁义,着意点化,郑某敬佩!有关明远之事,今后还得有劳汪师爷!"师爷还礼:"郑老板言过了,汪某也是红尘中人,当事人皆我衣食父母,虽操诣理循规之业,亦应怀仁爱之心,他能否听得进、做得到,就看造化了。明远实业,乃利国利民之壮举,汪某定当尽心竭力!"

兴州让老柜拿些铜钱给二狗子,算是大师傅的酬劳。二狗子见老柜在场,略一踌躇还是全给了。大师傅赶紧袖着,一番谢后离开。

(七)

郑家老屋里几件破旧家什,拉回不够车费,又怕颠散了,兴州令人找来几辆板车,披红挂绿,在爆竹阵阵中出门,直奔旧家具行,七七八八竟得了好几两银子。大宝感激,见人就说郑老板好,邻居和路人见了,无不赞明远仁义。

借郑大宝之势,一月签五搬四,每户都风光迁出,明远落了好声名,没搬的人则倍感压力,陆续又有几户签约。本以为拔起萝卜带起泥,后面会越来越快,没料快半月了,却再无签约,更别说搬了。

老柜说价格上可灵活些,余下的是些不好说话的主。二狗子说都是些吃打不吃捧、感恩不怀德的刁民,又想着带人恐吓一番。兴州领人逐户询问,理由五花八门,主因是买卖的时差问题。

这剩下的多是江北等周边来城里讨生活的乡民,除身力气,别无长技,可这年头城里别样都缺,独不缺卖苦力的,明远厚道,给的银子够买房子了,但也要等签约搬迁后方能到手,那边等钱买房搬家,这边不走不兑,城中又无亲友投靠,若租房周转,又多费笔银子,且不知租处,便成死结。这样的有十来户。

议几回也无良策,二狗子搜罗了老旧房子的行情,芜城流动人口多,但城市发展也快,买套房子特别是旧房子还是很便捷的。兴州大胆设想:签约后,可否有个把月的宽展期,等他们用这笔银子买房再交房？随即又摇头,这空前绝后的做法风险太大了！万一有人拿了银子赖着不走,岂不鸡飞蛋打？若打官司,明远未必耗得起。

汪师爷却拍案定了:"虽有你说的那种可能,但只要在契约里写上'月后不搬,地产及不动产等物业即归明远'便可,真有不开眼的打官司,也是鸡蛋碰石头！"

"这么有把握？"虽对师爷信赖,但这等大事得心中有底,把风险降至最低。

"你们是为他们想,有理有据,再说明远股东个个了得,谁去打这必输的官司呢？"

"关键有您这个大名鼎鼎的汪师爷！"

"还要加上一条,此规定三月内有效。年前庶几可成矣！"

"还是师爷高明！"兴州开颜笑了。

有了这过时不候的宽仁条件,拟搬迁户急着寻房,一有相中,便与明远签约,老柜查实了才付银子。住户是银子一手进、一手出,房子是先进后出,一进一出,极省时间,拆迁户花费不多,甚至一文不花就搬至城内,有的还住上新房,自是十分高兴。不出两月,这十多签约户便搬迁一空,兴州长舒了一口气。

迁后的房子很快被夷作平地,瓦砾中的一钉一木被拾荒者刨干搜净。兴州让二狗子找来泥瓦匠拉起一座围墙,把这片地和原来已买的荒地圈连一起,明远楼便是这椭圆中绾起的一个漂亮的结。

(八)

有浓郁鲜醇香气随着厨房的雾气漫溢,兴州夸张地耸着鼻子:"又有新花样？"

"别添乱,外边歇着。"叮叮当当忙着的月萍只给他一个背影,又似护了一个秘密,兴州便在案几上抽本书,坐桌边翻看。

这些书多从科学图书社借的,夫子所荐,有孙文的,有陈独秀的。夫子说做实业也要懂点政治,他不以为然,可也看了进去,敞亮了许多,做事也更迫切了——"能力越大,责任越大！"书上这么说的,他对"天下兴亡,匹夫有责"这几个字蓦然有了更深的理解。

"哎哟哟,忙了一天又看书,脑子不看坏了?"

"脑子看不坏,眼倒是看坏了。"兴州揉着酸胀的眼,笑嘻嘻地看着月萍,油灯的光笼着她,毛茸茸一层,眉宇间透着喜气,全不似久病之人。月萍被看得不好意思,回道:"什么时候明远发电了,什么时候就不费眼了。"她把书放回原位,又把煤油灯头挑大点,喜滋滋道,"早上去菜场,见青弋江过来的船上下了几篓大蟹,个个金毛青背,八爪挺立,一喜欢买了六只,三只顺路送给程嫂子了。"

"你又不吃,买这个干吗?再说蒸煮弄半天。"兴州高兴又心痛。

"你瘦几圈了,买只蟹子加个餐,这样好的不多见。"说话间,几样炒菜上了桌,中间大盘是三只螃蟹,每只有四五两。

芜城江河交汇,湖荡众多,水质清纯,螃蟹个儿大膏腴,为皖之一绝。月萍体弱多病,不胜寒凉,兴州便自觉断了此物。今日月萍先斩后奏,且是三只。兴州正待取食,兀地想起湖边那孤零的小屋,是唯一未迁走的一户,那跌伤卧床不起的卢家大婶和她那十岁的大眼睛女儿,定嗷嗷待哺、饥肠辘辘吧?此户不决,食之无味啊!

月萍递来一小碟醋,许是浓烈的酸气刺激了她,又咳了。兴州怜爱地拍着她的后背,倏地冒出一个念头,把母女俩接来暂住?解决了她们的去处,那块地便再也没了人家,月萍这边又有人陪。房主久居安庆,有意把房子卖与他们,只是他手头拮据,此事才搁下。可心又蓦然一紧,且不说月萍乐不乐意,真把这孤儿寡母放家里了,外面闲话可少不了,他摇摇头。

"味道不好?"月萍自责,"好久没做了。"兴州还是摇头。

"到底怎么了?还想着地的事?"月萍不解,"不是说搬得差不多了?"

"还有一户人家呢,也是最难的。不说这个了。"

"说说看嘛,什么样的人把郑大老板难住?"

"还真是个棘手的事。"兴州越是欲说还休,月萍越好奇着急。

"这可不是个好听的故事。这户主叫卢婶,听说夫君卢书生风流俊雅,写得一手好文章,博得小家碧玉卢小姐的欢心,郎才女貌,琴瑟和鸣。只是书生屡试不中,加上家道中落,抑郁成病,卢婶百般抚慰,无奈日重一日,最后撒手西去……"

"好可怜啊!"月萍悲己悯人。

"可怜的还在后头呢!"兴州道,"上月卢嫂在陶塘洗衣,不留神滑了一跤,骨折了!"

"多灾多难哦,你们可得帮帮人家!"

"一班大男人怎么个帮法?我们仁至义尽,把她家放在最后,可不能无限期地拖。她动不了,别说找房子,就是弄口热的都没办法,还带个小女孩……"

"明天我就去看看她们,可别把小孩饿坏了!"越是病弱之人,越能体味这痛苦的滋味。

"那边冷湿风大,你受得了?再说这是公司的事,你别掺和了。"

"才说的男人不便,又不让我去,是不是和那寡妇有什么呀?"月萍一脸坏笑。兴州又窘又急:"天地良心,一个下不了床的大婶哎,你想哪里去了?"月萍扑哧一声乐了:"开个玩笑还当真了,你什么人我不晓得?"

"那就中午去,捎带着送点吃的。"兴州双手一拱,拖着京剧长腔,"有劳娘子了!"

"还不快吃?蟹凉了就腥了。"

"一定把它们统统干掉!"兴州胃口大好,不多会儿三只蟹子便成一堆干净的壳了。

(九)

外场垣残瓦砾,卢家却纤尘不染,虽陈设简旧,却也精致。开门的是个十来岁小姑娘,滴溜溜的大眼好奇地打量着来人。

"好漂亮的小姑娘!妈妈在家吗?"月萍蹲在扎了两只小辫的孩子前,满眼的怜爱。里屋一跛一瘸出来个挂拐杖的妇人,面相不过四十,却被一头浅灰的发扮老了,脸上不矜不戚,让月萍顿生敬意。

"卢婶,这是郑老板太太,特来看你们的。"同来的老柜介绍。卢婶便要施礼,月萍拦了:"婶子有所不便,再说也比我大,该我拜你才对。"说着便道了万福,卢嫂连说不敢,小女孩懂事地搬来凳子。见她们已相识,老柜便施礼告辞。

她们很快有了许多话题,月萍最关心的便是卢婶的腿了,仿佛磕在自身上。这芜城大老板的太太朴素亲切,无一毫倨傲施舍之态,倒一副柔弱的样子,虽是初见,卢婶便觉可亲可信。

自此月萍便有了挂念,三天两头往卢婶处,不是几碟小菜便是几件衣服,秋冬之交,正解了卢家换季之愁,她们间的情感浓酽得一家人似的。这天兴州回家,月萍把刚起的念头说与兴州,她为这绝妙想法兴奋着。

"接来一起住?"兴州迟疑着。

"反正楼下也空着,有她们,这院子也热闹些。你不说我孤单吗?她家有大有小,我都喜欢!"

"不怕外人闲话?"见月萍是认真的,兴州说了自己的顾虑。

"闲话?什么闲话!一个瘸子,一个小毛孩,有什么闲话?再说这房子是老太太的,她们和老太太租的房子,我们不过是牵个线……卢婶让我给她打听租房了,这地方她会满意的!"

"她没亲戚?"

"夫家已没什么人了,娘家倒有个舅舅,家贫房小,也少来往。"

"总觉得哪里不妥,容我再想想。"

"你可以等,明远可等不了!"

第二天傍晚回家,院子里就有了笑声,除了月萍,竟有卢婶和小女孩!这烟火人间,人才是最宝贵的,往日静寂的院子喧闹有生气,是多少钱财都换不来的,兴州情绪莫名高涨。卢婶试着站起敛衽,月萍拦了:"又不是头次见,不必多礼。"又对兴州挤眼睛,"卢婶好不容易答应来陪我了,今后一家人了,别怠慢人家了啊!"

这卢婶还是拄着拐杖站起,头上抿着很紧的发髻,把那灰色掩去多半,那件旗袍夹袄也十分合体,抬手万福时,兴州瞥见袖口有浅浅磨毛。

"谢谢郑老板一家的热心,我们又残又小的,过来是给你们添麻烦了。夫人三番五次相邀,我们一时找不到去处,老不搬又怕误了你们的日子,今日过来看看,若是不妥,我们就……"

"哪里话呀,你们过来,既帮明远,又帮内人,也是帮我,一举数得的好事呢!"该来也好,不该来也罢,反正来了,兴州顺水推舟。月萍一块石头落了地:"明日找几个人把婶子的家搬来,这边楼下我清理好了,只等婶子来住了。"

"这事交老柜他们就行了,公司有专门做这事的,婶子不必操心!"与其遮遮掩掩,不如大方让公司来做,卢婶拿了银子,往后住哪里便由她自己了。

兴州突然轻松了,这才注意到,有双眼睛怯生生看着自己,可一遇到自己的眼神,就慌张躲了。兴州觉得有趣:"哦,这里还有个小妹妹呢,叫什么名字啊?"

"我叫嘉慧!"女孩脆生生地应着,大眼睛忽闪闪的,又低下头绞着手帕,惹得众人都笑了。

这名字不错,兴州心中暗道。

(十)

"明天就叫大老李他们进场,不必再等了!"大老李是芜城建筑界标志性人物,大字识不得几个,可有双看啥会啥的眼睛和一手纯熟的技艺,从一学徒变成江城建筑界的老大不过十来年的工夫,范罗山和江边一带的西式建筑,多出自他的施工队。电厂厂房虽有不同,但以他的技术和经历,加上德国工程师指导,珠联璧合,可保无虞。

"不还有一户没谈妥吗?"老柜疑惑了。

"是胡家的坟吧?死人比活人的还贵,不等了,先干!"

"胡家人闹起来可不是玩的!"老柜不明白一向谨慎的老板何以胆大到敢挖人祖坟的地步,且是这样一座难缠的家族祖坟!

"眼看着冬天就来了,三九前地基不打好,雨雪加上过年,开工就是明年了,耽误不得呀!"兴州似没把那坟当回事,也不知中间有座坟的工地如何开工。

兴州让大老李把开工场面搞得喧闹非凡,又在围墙邻闹市处竖个大牌子,绘了明远建筑图,打眼一看便见坟茔边有条运煤的小铁轨,轨上还有辆喷着浓烟的小火车,坟茔另侧紧挨着高大的厂房,不用想也知这样高的厂房地基得挖多深了。

看这设计,应是弃了胡家祖坟这方寸之地。别说二狗子,老柜也蒙了,没听说有小火车这码事,真建小火车道,别说一大笔银子,就连这道怎么铺、火车哪里买都未曾议过。至于说放弃,似无可能,再不迷信的人也知道,厂区不可能留座坟的,可也说不准,性格执拗的老板指不定真这样干,他夫人不就把那母女劝家里去了?

不过三天,老不露头的胡家人不稳当了,先是管家寻来,可工地、办公室都难觅兴州踪迹;至汪师爷处,师爷不冷不热,语焉不详。胡家人明白,明远开工已势不可挡,不把这块地当回事也是真,祖坟做了工地,办烟熏火燎的劳什子电厂,一家人自不能善罢甘休。

只是真和这财大气粗、势力盘根错节的明远打官司,又惴惴的,也许明远就等着对簿公堂呢?那时也许连先前应允的银子也拿不到,还被律令迁坟,后人面上无光,更辱没了先人。可拖着不动,上有小火车轰隆隆,下有高墙阻了风水,祖宗在地下不宁,对胡家后代也极为不利……

胡家辈分最高、须髯皆白的胡少白亲自登门,央师爷居间调和。师爷似万般无奈地应了,少不了讥屑:"这胡家人真怪,被人求着不成,非得求人才成。"

两方聚在汪府,千呼万唤不露面的胡老爷子与郑兴州揖手相见,似未曾有过嫌隙,你恭我敬。这姗姗来迟的明远的最后一份契约,一盏茶的工夫就由汪师爷拟好了。

"立杜卖,山地宗人胡少白等,今有祖坟一处,坐落下十五铺,因逼近铁路,不忍不迁。当今合族议允,迁于江北吉壤,所剩之地央中说合,出杜卖于明远电灯公司,永远执业……自卖之后,听凭买主挑土造房,如有他人争气、纠葛等情,均归卖主一面承管,与买主无涉,恐后无凭,立此杜卖字为据。"落款为光绪三十二年十二月。

是夜,程、郑及汪师爷一干人等,聚在烟雨墩酒楼,李府菊花锅奇鲜,江城雪酒清洌,虽非山珍海味,然个个醉态可掬。

六　明远之光

（一）

　　开工典礼不过是一通喧天的炮仗、一段铿锵的龙灯舞，这是大老李邀来暖场的。见惯了中外各种大场面的芜城人颇不尽兴，观瞻过挂牌仪式的更是失望，可这短促且很快归于平静的喧闹，却惊扰了江边、山端各领事馆、海关洋人的神经，这中国腹地、扬子江流域第一座电厂的动工，让鹰鼻的洋人嗅出了某种不安的气息，明远也被列入重点跟踪的对象。英国在芜海关给政府的一份报告中这样写道："去年报告中所述及的发电厂征地已经结束，不过定自欧洲的机器尚未到达……"报告还特地注明，"该公司资本为白银十万两，每股一百两，股东均系华人。"也许这也是他们关注的原因之一吧。这样的报告每年一次，重大情况则随时报告。

　　全面搜集当地的政治、军事和经济、物产乃至风土人情的信息，是领事馆、海关甚至是洋行的一项重要却常被人忽视的职责。他们鉴于自己的身份和面孔，收买了不少当地人充作线人、细作，深入穷乡僻壤。

　　而相比于洋行，芜城传教士已成一景，多打了行医治病的幌子，易被人接受，却常作了许多恶来。一妇女眼疾迟迟未愈，却被称作"洋和尚"的传教士奸污致孕，眼看城里待不下去了，传教士又披了道袍、挂了十字跑到乡下，和族长说只要一牛皮宽的地做教堂，族长暗忖，一块牛皮之地何其小，许之。传教士却将牛皮裁作细细的一条，把祠堂边近十亩地给框了进去，建的教堂比祠堂还堂皇。

　　就是这些开口闭口上帝却享受"法外治权"的传教士，在中国遭受日寇侵略的战乱之际，偷盗国宝大熊猫十二只，九只殒命在偷运到英国的途中，幸存的幼年大熊猫被颈圈缚住,放任狼狗撕咬,可怜的熊猫抱头翻滚,围观者却无不拍掌叫好,不过一年,剩下的三只熊猫也被折磨至死!

洋行与无孔不入的传教士各有分工,却配合默契,织就一道网罗天地的信息巨网。

有了这样详尽的情报,洋人对中国了如指掌,《中英烟台条约》把与云南事件风马牛不相及但地理位置十分重要的芜城纳入开放口岸,就不奇怪了。

20世纪初,芜城有领事馆近十家,外国洋行二十七家。众多领事馆中,唯东洋日本的领事馆与众不同,不与其他领事馆相邻,而是建在远离市中心的青弋江岸一座孤零零的高墩上,楼高不过两层,却有高达丈余的围墙箍紧围实。这围墙有内外三层:外层是钢筋泥浆,防风雨侵蚀,还可阻挡射来的枪弹;中间层是厚实的水泥;核心层是青砖横砌的实心墙,用糯米汁粘结。地下室按防空洞标准构建,楼顶有通讯天线,设有瞭望塔,常以灯光与江面上的日本军舰联络……与其说是领事馆,不如说是设在中国内地的军事要塞和情报站。

芜城江段常有日本军舰游弋停靠,荷枪实弹的日本士兵,呼号顿足,穿街过巷,有时竟径至明远大门外,狂呼"天皇万岁!大东亚共荣",滋扰生事。兴州多次向官府报告,衙门只是一次次让他少安毋躁,警告一旦生发事端,他们也无能为力。衙门内朋友告诉他,日本士兵就是要挑起事端,以阻明远施工,并力图把事闹大,以达其不可告人之目的。兴州只好大门紧闭,让二狗子带着几个伙计日夜巡查,以备不测。

(二)

1908年新春的一个晚上,空气中还洋溢着燃放鞭炮的硫黄硝烟气息,还有未冷却下来的热闹。在临湖的一小酒馆,夫子与兴州酒至半酣,夫子忽然放低了声音:"吴樾冒死炸北洋五大臣之事听说过吧?"这轰动全国的大事兴州怎不知呢?且不说还为这壮举敬佩着。

"可知这位反清志士吴樾先生,就是我们安徽桐城人,且是从我的小二楼动身去京完成这一壮举的?"

夫子沉浸在对英雄的敬仰中:"就在我的小二楼上,吴樾志士来拜会革命前辈,也是他的安庆老乡独秀先生,提出炸死慈禧太后,推翻清廷统治的计划,赢得了在座的香港同盟会会长赵声的支持,两人还为谁去执行这计划起了争执。"

兴州知道自己喜欢的《安徽俗话报》是独秀先生主编的。这份"救亡图存、开通民智"的白话文报纸,1904 年 3 月在省府所在地安庆创办后,当局如临大敌,被通缉的陈独秀只得来到风气开放得多的芜城。他蛰居在图书社二楼,与汪夫子一箪食、一壶浆,一主编,一发行,谁承想报纸销量激增,并在上海、南京、武汉等地设代销点,很快成为在全国有很大影响力的媒体。

兴州没料到的是,这等惊天动地的革命壮举的源头竟在一个小二楼。

"他们争着去?"兴州大睁着眼,似看见两位志士为革命争相献身的场景。

赵声说自己更熟悉炸弹制作,理应是他去做这件大事;吴樾认为赵声留下来创建一个新中国更合适。争执不下,吴樾慨然道:"舍生一搏与艰难缔造,孰为难易?"赵声不假思索:"当然是前者易而后者难。"吴樾笑了:"既然如此,我为其易,留其难以待君!"

夫子举一杯酒,仰头而尽,脸上是少有的清肃之气:"行前,独秀先生在小二楼置酒相送,明知此去必死,可席间吴樾志士慷慨而歌,豪气干云,全无儿女沾巾之态,可敬可嘉!只是慈禧风闻有人要暗杀她,厚宫深帏,深居简出,吴樾只得选择暗杀出访五大臣,事败而亡,可歌可泣!"

"我们就用这杯酒,来祭奠这位杀身成仁的安徽老乡、反清志士吧!"兴州与夫子面北而立,洒酒于地。

"没料想就在芜城,就在身边,我们老乡乃至我们同胞中还有这样一群人,为国为民,抛家舍业,乃至争相牺牲!"兴州身上静止了许久的东西,似被这酒点燃了,顺着血管流淌,继而奔涌起来,脸上发烫,却不是酒精的热,"他们求的是全国的大光明,我想的不过是照亮大马路;他们争着献身为天下,大义赴死,我却终日碌碌,烦恼丛生。因为我只见眼下,摸不清方向,心里的灯没亮,哪给得了别人光呢?"

"兴州兄,你能说出这样的话来,说明你的思想已至新境界了,后面那句,太有哲理了!我们四万万同胞只有醒过来,抱成团,同仇敌忾,为中华复兴同心共振,不管是清廷还是洋人,又奈我何?中国也定有个光明的未来,光明致远!"夫子厚厚的镜片后目光灼人,"你办实业,不仅为自己,还为了社会和国家,为在工业上能与洋人抗衡,为国人争气。一个实业家能这样做就很了不起了。独秀先生和我通讯时还夸过你呢,说你是实业救国的榜样。"兴州没想到名扬天下的陈先生会注意到自己:"不知道陈先生得空不,我能否拜见他?"夫子颇为遗憾:"独秀先生已离芜到沪。"夫子顿了一下,似乎下了决心,"兴州老兄,也许我以后也要追随独秀先生去上海了!"

"什么!你也要走?"兴州手一抖,酒洒了大半。夫子告诉他,去上海是早已有之的打算,只待各方面条件成熟了便成行,他要在上海办图书社,不但卖书,还准备搞出版发行。

"生无一堆土,要有四海心。"兴州明白,对于一个有着大追求的人,芜城毕竟太小了,只有引领潮头的大上海才是他们施展抱负之地。夫子和他的科学图书社已为自己开启了思想上的天目,眺望到了中国多彩的明天,也让明远之光多了分绚丽。现在他需在更大的舞台,为更多的国人开启民智,只有像夫子这样的人多了,中国才有希望,兴州释然了。

兴州的声音如酒一样醇厚:"先生和你的图书社对我帮助莫大矣,对明远的帮助就更大了,说真心话,不想你走,但作为老乡和朋友,我支持你到上海这大码头闯一闯,从这小二楼走出的,都注定要干一番大事业的!改日我约次廉设局为你钱行!"夫子也动了情:"说到帮助,当初没你们,图书社也办不了,更不要说有今天的外向发展了!"

夫子目光投向远处:"我还年轻,该离开小二楼这个温暖的巢了,独秀先生也希望我去。只是这边还有些事要处理,那边也未准备好,一时半会儿未必能成行。"

(三)

自卢婶和嘉慧来了,这家才有了烟火气。嘉慧心灵手巧,把卢婶伺候妥帖后,就帮月萍上街买菜。这嘉慧人小鬼大,什么事一学便会,小嘴儿还叽叽喳喳个不停,这才是日子该有的样子。

只是咳嗽连连时,月萍才知自己骨骨节节都痛,这辈子怕再也挣脱不了病魔了吧,便一下子没了劲头。兴州一见月萍这恹恹无力的样子,便不自觉地把她抱紧了,她像片薄薄的颤抖着的叶子,一松手就随风飘了。

"眼看明远越来越有样子了,我却一日比不得一日,怕是陪你不到头了!"灯光幽幽的,月萍也幽幽的。

"人活一口气,有这口气在,人就在!就如明远,两三年前,你觉得会有今天这样子吗?"

"我这口气憋很久了,怕是要泄了!"

这老天太薄情,明远才起了头,却就要夺我的月萍?!兴州心里倏然一亮:"可千万别泄气了,不仅我离不开你,明远也离不开你呢!"

"又糊弄我,一病弱女人能为明远做什么?"

"你劝卢婶来家,便是为明远立了一功!还有比这更大的,且将伴着明远的始终!"

月萍奇怪地看他:"你这嘴今天是抹了蜜了,有什么好的尽管说。"

兴州笑眯眯的:"明远的黑白月亮商标是什么意思?"

"什么意思?"月萍的眸子有了神,"与我有关?"

"你的名字里有个月,我这商标有两个月呢!"

月萍目光黯了:"你'借'了我这个月字?可不好哦,我这月常被云遮的!"

兴州信心满满的样子:"就是云遮月也不过一时。这黑白月亮做商标,那白可以让黑亮起来,而黑却衬得白更加皎白,不论月黑月白、月圆月亏,明远之光都皎月样照得透亮……"

兴州本不是巧言善辩之人,可情深自有感染力,月萍似见一轮满月盈盈,天地间一片澄明,这月便是明远,也有自己的影子……

俏皮的神情又回到月萍脸上:"我看你说得不对!"

"怎么不对?"

月萍扑哧笑了:"那黑白月亮分明是两人!"

"两人?"

月萍那瘦削的指头在兴州宽大脑门上一点:"傻瓜!你这黑黑的,就是那个黑月亮,我嘛,"月萍娇羞一笑,"自然就是那个白月亮咯!"虽然当初就含了这层意思,可从月萍嘴里说出来,别有番情趣。

"你看黑白月亮头尾相交,分明是说我俩相亲相爱,永不分离……"兴州没想到明远的商标还可这样解读,更体味到她强烈的生的意愿,有了这愿望和深挚的爱,她怎会轻易离去?

"你一说我觉得真像呢,你这灵秀又好心肠的人会有天佑的!"

"你这实诚人也学会哄人了!"虽是安慰话,月萍也受用,又想起什么来,"要说起聪明伶俐,楼下小嘉慧才是,懂事、手巧,把她妈照料得妥妥的,女红什么的一学就上手,只是个睁眼瞎,可惜了!"兴州眼前浮起一双灵动的大眼来,每次都羞涩地一笑,待他招呼,却又低了头做事,要不就没了人影,兴州心里少有地漾起涟漪,回来都隐了心愿,看那晶亮大眼闪在哪里,若是不见,就会怅怅的。

"这有什么难的?现在新式学堂不少,让她上学就是了!"

"我也说了,卢婶不肯,说孩子她爸是被读书害的,还说女孩子以后找个人嫁了,断文识字干吗?"

"是卢婶身体没好要人照料,还是担心学费?"兴州若有所思。

"上次你找的中医瞧了,卢婶走路利索多了,再说不是还有我嘛!"说起嘉慧,月萍忘了自己是个病人。

"学费的事,我们代出,还有这房子前些天我们买下了,房租就不收了。"

"我明天就和卢婶说!"

"这么急?等她身体好了再说也不迟。"

"嘉慧都十好几岁了,再等就学不进去了,再说要开学了!"

第二天一早,月萍就和卢婶说了嘉慧上学的事。卢婶饮食渐周,又有大夫医治和嘉慧、月萍的照料,脸圆润起来,这是一种周详安定生活的沉淀。只是那勤勉自敛还是一如既往,她粗衣大袄,把自己往老里穿,仿佛不这样,就对不起死去的秀才似的。遗憾的是在老房子拖延了时日,伤腿永远恢复不到从前了。

月萍不是第一次劝,又说是兴州的意思,卢婶不好坚持:"我也知道世道变了,不分男女,读书认字总归是好的。"不过卢婶却要自交学费,房租更是不能免。

"房子已买下了,闲着也浪费,嘉慧又帮了我许多,怎好再收房租?"见卢婶还是不肯,月萍便道,"我身子不好,以后要你们照顾的地方多着呢。再说兴州和学校熟,打个招呼就进了,不用交学费。"

卢婶知道再说便显得生分了,心想等腿脚便了,说不定找了房子就搬了。不几天嘉慧就背了书包,入的是专招女生的学校,名门望族的女孩子都在这里,学费不菲,兴州代交了。一换校服,嘉慧就像变一个人似的,不仅月萍,连卢婶脸上也现了久违的笑,卢婶心里又把郑家谢上一回。

六　明远之光

（四）

　　与征地的文火慢工不同，地皮在手，工地一天一个样子，断墙瓦砾、杂草野树，几日后便荡然无存，曾经的市井人家和野草丛生、鼠鸟乐园的荒地，现在地净垄平，有如装扮一新的新娘，静待她的如意郎君。

　　尽管李庆梁带的是芜城最棒的队伍，但建电厂毕竟是首次，楼体抗震要求高，地基更深固，且高达数十丈的单层宽体巨屋，芜城绝无仅有，还有四十多米高的巨型烟囱、曲折回环的抽排水系统，以及各种复杂而又精巧的内部结构……

　　与鲁尼、哈德逊的交流并不顺畅。"我只要晓得江沙掺多少洋灰、楼房造几层就好了，可洋人却咕噜着什么地面压强，要弄清土质，还要开挖一个大塘，布上曲里拐弯的一堆管线……洋楼我也做过，却没这些门道，也没人懂这些。"大老李大着嗓门抱怨。

　　兴州和李庆梁有合约，次年 8 月前须完工。出了问题，李庆梁自要担当，但受损最大的还是明远，要让连电是个什么样子都懵懂的大老李这班人一晚上脱胎换骨、突飞猛进几无可能，唯有鲁尼早接地气、放下身架多帮衬了。

　　细查与两洋行签的合约，对技术指导这块只是笼统的一两句话，并无细则，注意力都集中在设备质量、价格和供货时间上了，不能不说是个失误，也缺经验。兴州转而却笑了，合同相关条款中有"供货方负责建筑和安装指导"之语，一语藏了千言，他又有了底气。

　　好不容易让鲁尼到工地，可这家伙怎么也不去现场，翻译告诉郑兴州，无安全防护进现场万万不可，至少也得有个安全帽。至于安全帽是什么样，翻译比画了半天也没讲清楚。

　　"你们，这里没的！"鲁尼急了，瓮声瓮气蹦出几个中文词。兴州蓦然记起参观申新电厂时，见到工人戴的那种帽子，莫非就是安全帽？心却凉了，这东西莫说明远，就是芜城市面上也难觅。

　　"你们做技术指导服务，当然要到工地，怎么不配？"老柜反将一军，鲁尼摊手耸肩，嘴里咕噜着。翻译说，技术服务根本不需要到工地，至于设备安装，到时有厂里技术员过来。老柜还要说什么，兴州摆摆手："长街上有家专卖帽子的店铺,记得有种藤条帽,和安全帽差不多,你快让人买些!"不多会儿,二狗子气喘吁吁拎来一串藤条帽,鲁尼好奇地又看又摸,挑一顶大号的扣上,竟合适,蹙着的眉头舒展开了。

兴州也拣顶大号的戴上,转身对着大老李:"你们工人以后也得有这个,至少在明远的工地上得戴!"鲁尼大概也听明白了,着意看了眼兴州。一行人在工地上转转停停,鲁尼不顾泥泞下到沟中察看,助手做着记录。

"土质松软,含水量高,每处又有些微差别,地基复杂。"鲁尼脸绷紧了,"测量和计算的难度大,很难及时拿出数据。"

"以往我们只提供一个标准压强数据,由施工方根据这数据来完成工单转换。"助手解释。

"要不告诉怎么做,要不给我们图纸!"大老李嗓门又大了。

"你们缺一项重要的东西,设计!"鲁尼没被李庆梁的情绪左右。

"我们建房子无数,从没什么设计,现场一看,什么都在脑子里。"大老李嗓门一如既往地响,末尾时有个不自觉的下滑。他不是没有设计,而是对着这些陌生而奇异的设备,那粗疏的设计对不上号。

鲁尼摇摇头不说话。

摆在面前的是张只有他们自己看得懂的简陋施工图,可厂房总平面设计图、厂房剖面图、各车间设计图等一概不见。

"鲁尼先生,贵行在芜多年,对所在地建筑情况该有所了解,合同规定技术上的事概由你们负责,你觉得把几个数据给他们就能造出符合要求的现代化厂房吗?是负责、守诺的表现?"兴州把"负责"和"守诺"两个词加了重音,现在唯一的办法就是让洋人入乡随俗,提供缺失的图纸。哪怕是别处的图纸也可以借鉴一下,他丝毫不怀疑李庆梁的施工队这方面的能力。

鲁尼感受到了这个小个子咄咄逼人的气势和东方人的雄辩,他还是不紧不慢:"技术指导不是设计,合同更没要求提供设计,若这样费用要另加,这些图很贵的。"兴州脑子嗡地一下,对方是利用我方经验缺乏和工作疏漏布下了陷阱。

"那先生可否解释下'负责建筑和安装指导'包括哪些内容?"

"这……"鲁尼一时语塞,他不喜欢对方咄咄逼人、志在必得的样子。

"在我们看来,技术负责就是给我们解决施工包括设备安装方面的难题,否则何以叫负责?现在难题来了,你们却推三阻四!"鲁尼有些喘不过气来,脑子

六 明远之光

里"指导、服务"与"负责"概念混搅着,他不得不感叹中文的深奥。

"我们不会做这方面的设计,当然可以提供别处的设计做参考,注意,仅仅是参考,毕竟每个地方的地理环境不同……"鲁尼显然放弃了辩解,毕竟这是他在芜城的第一笔大单,在上海总部也排得上号的,且同类的设计图应不缺乏。

"加班费用,可酌情考虑。"兴州不穷追猛打,"设计这事必须合力来做,还要考虑后面的扩建,现有设计把这些因素都要考虑进去。"

"还有扩建?"鲁尼觉得一个连厂房还未建成的电厂谈扩建未免有些不可思议。

"芜城商贸发达,人口众多且呈净增长,两台机组怎么够?不仅要扩建二期,说不定还有三期,明远将是扬子江流域最大的民营电厂,"兴州目光坚定又意味深长,"将来合作机会还是很多的!"

这大脑袋的东方人的执着和率真让鲁尼有些喜欢了,郑是个难以打交道的人,可也是个易相处的人。

"我们会考虑你们的要求。"鲁尼看了眼助手,"我们会尽快拿出这些设计图纸,只是……"他欲言又止。

"那真得好好感谢了!不过,一份图纸不会马上生出一片高楼,若遇技术难题,相信二位还会全力以赴。"

"郑先生,您是谈判高手,我喜欢和您这样的人打交道。希望扩建时,郑先生能想起我们的优良设备和我们无可比拟的延伸服务,合作愉快!"鲁尼伸出手来,兴州握住:"合作长久!"

看着鲁尼他们离开的背影,所有人都松了口气,大老李更喜形于色:"郑老板了不起,当初听他们的口气,我觉得没希望了,除非加银子!"

"银子得掏点,毕竟不是件小事,下一步还要和他们签个补充合同,用法律的形式固定下来。"兴州顿下又道,"和西洋人打交道,既要讲法,也要讲利,光讲感情没用,你越矮他就越高!"

(五)

图纸之事,让兴州更意识到人才的可贵。

据鲁尼提供的电厂操作规范和中浩的介绍,仅技工和专业管理人员就得四五十人,再加上外线、运煤及后勤服务等,共计七八十人的规模,这些人的招募、培训和管理该如何来做?

这边人才难觅,那边人可盈门,明远风风火火办起,亲友、股东频频递话,这些已难拒绝,衙门里那些先前出了力、今后用得着的脸色就不得不看了,岗位还得拣好的挑,兴州觉得须向次廉报告,议个规矩。张中峥离开,兴州催次廉搬到中峥的办公室,眼下诸事繁杂,身为董事长、总理的次廉来得勤了。

兴州还未开口,次廉却抢了先:"兴州你来得正好,我正要找你,我想辞了这总理之职,你接任,我要召开董事会来议下。"

这太出乎意外了,听次廉的口气,不像开玩笑。

"董事长,是不是最近发生了什么?还是哪些地方做得不妥?"兴州搔着大脑袋,"最近忙着买地和开工,好多事没及时报告……"

像上次在钱庄一样,次廉从大板桌后起身,拉着兴州并坐在沙发上:"不是你做得不好,是你做得太好了,征地这等难事你两三个月就办得妥妥的,施工图纸一事解决得堪称完美,明远诸事顺遂,如日东升,也是我离开这位子最适宜的时候了。"

"能做这些事,无一不是您的指教帮衬。就说买地,多少人情关隘,赖您疏通打点,有您掌帅统筹,我才有底气,也无后顾之忧,若没您在前面顶着,后面撑着,我事事难啊!"

"言重啦!"次廉与兴州并了肩,"兴州,你能力怎样,我心里清楚,股东、员工也心知肚明,没你明远能有今天?当初股东为何选你而不选张某人?人心有杆秤嘛!"次廉摆手,不让兴州插话。

"当初我做这个总理,一则因你力推,二则我怕它落入张中峥之手,这位子本来就是你的,也只有你最合适,我今天不过是把它还回罢了。能力越大,责任越大,这不是张中峥眼里的权位,是责任,是你对股东和社会应承担的责任!"

"我跑腿干事马马虎虎,掌全盘、发号施令,真不够格呢,这责任真扛不动!"坐在次廉身边的兴州不自觉地塌了肩。

次廉拍下他的肩:"什么事都有个熟悉到习惯的过程,再说这总理也不是高高在上,我早已放手与你,你所承担的,早是总理之责了!"次廉烟斗在手,"我们相交十余年,你是绩溪老乡中我最看好的,唯你能担明远这重担,这也是其他董事的意见,你不可再推让了!"

"您已和他们说了?"兴州更为忐忑。

"这样大的事当然要事先通气,承他们的情,同意让我这把老骨头松松劲!"见兴州还要推托,他放下烟斗,加重语气,"当仁不让,大丈夫所为!若不考虑正在基建,明远即将开业,要不是怕你忙不过来,我连董事长也一并卸了!我又老又病,你就不能帮我担点担子?再说我还有好几处产业要打理,实在难以把精力都放在明远,恋栈不走,于公于私都不利……"

有束阳光从云隙中挣脱出,照在次廉脸上,深深浅浅的沟壑,有几点老年斑格外惹眼,兴州的心倏地柔软了。

"此事先不多说了,我有事要报告呢!"兴州说了人事问题,临了道,"厂子已开建,员工之事须抓紧,要不到时候抓瞎。"

"你怎么看的?"次廉明白此事处理不好或着手太迟,到时无人可用,还会造成嫌隙,他也收到不少股东的推介信。

"议个办法,既不驳股东的面子,又不让社会闲杂人员进来,以技工为主,大字不识的文盲严控。"兴州只有个大概想法。

"这也是我的意思,等会儿议个周全之策,再上董事会。"

"这事上会?"

"当然,推荐的人不少是大股东,在会上议议有好处。"

(六)

半月后次廉主持召开董事会,次廉提议本应总理做的汇报改由兴州报告,理由是这段时间明远的主要工作是兴州在做,报告更全面。兴州虽觉不妥,但还是要言不烦地把这半年来的工作说个大概,难繁之处,只略略带过,倒是感谢股东支持征地的话说了不少。董事们对明远诸项工作进展满意,更觉兴州办事得体,做人实在又不贪功,次廉又以总理身份做了补充,对兴州买地、开工诸事倍加赞赏,众人对兴州又多一层肯定。

次廉还以总理身份概述了明远选人方案,是那天和兴州商议的:优先接收有文化,特别是懂电的年轻人,望各位董事、股东代为推荐,另将招收新式学校电专业毕业生,学员入厂后由洋行工程师做培训,这也是兴州和鲁尼商定的技术服务补充条款中增加的内容。

董事会最后一项也是最重要的,是总理易人,众人对次廉劳苦功高和高风亮节不吝溢美之词,认为郑兴州接任总理是实至名归,对他接任后的明远前景抱有期待。

兴州深知这是条荆棘坎坷之路,他想起了吴樾那"舍生一搏与艰难缔造,孰为难易"的话来,既不能如义士舍命一搏,唯有抖擞精神,拼却一生艰难缔造,不负次廉和其他股东的期盼,蹚出条光明永远的大道来。

为符合时下流行的称谓,董事会将总理改称为总经理,至于协理即副总经理一职,待有合适人选后,由兴州报董事会任命。

兴州办公室未动,陈设如常,一张漆色斑驳的桌子,配一落屁股便吱呀叫唤的老藤椅,倒也是琴瑟和鸣了,墙上那幅"光明致远"的字,落拓不羁,纵逸豪放,抬头便见。

只有那支掉毛分叉的旧毛笔,被老柜不打招呼地换了支新狼毫,这是他来芜城时买的,笔走龙蛇,财若流水,笔端峥嵘岁月稠。

办公室与工地不过一墙之隔,惯跑现场的郑兴州颇不习惯这批文书、听报告、发号施令的老板模式,又不喜迎来送往、吃喝应酬那套。他让老柜拟了个新规,上午办公会客,各科室有事说事,下午去现场和外界联系,这让他畅快多了。

不再兼任总经理的次廉,每礼拜少不了来几次,常和兴州去工地,他指着头上的藤条帽:"兴州,你这个土'安全帽'还真像回事嘛!"

"可不是嘛,郑老板发明了'安全帽',还让我的伙计戴上,让我费银子、费神。"大老李貌似埋怨,脸上却挂着笑,"可小碰小擦少了,更没脑子被打破的事了,我是离不开这东西啦!"兴州倒是实话实说:"这得谢鲁尼,洋人刻板,但确有独到之处。我们做电厂,得守规矩,讲科学。"

"不是说要'师夷之长'吗?这方面得学,不能乡里狮子乡里舞了。"次廉有同感。

"董事长,这让我想起学员培训的事来。"他们在临近陶塘的一空地歇息,清风入怀,湖水澄碧,兴州却皱了眉头,"电力学员只招了不到十人,毕业生不多是个原因,主要是府衙和股东介绍的多,能识文断字的基本都收了,现在谁介绍都不敢收了。"

"再有推介,就推我那儿,反正我老了,不怕得罪人!"次廉知道兴州刚接任,不好驳面子，特别是那些背景深的。

"关键时候还得老帅出马！"

阳光笼罩在他们身上一层暖，兴州心里也是暖暖的。

"懂专业的有点少啊！"次廉目光流连在这肩扛手提的工地上，话里透着担忧。

"眼下只能抓培训了，请鲁尼他们一周讲两个半天，主讲设备和操作。这些学员以后就是老师了，不管是新学员还是老员工，也不论做哪行的，都得来听，我自己带头。"

"能让我们也派人听听？"一旁的李庆梁插话。

"你们掺和些什么呀？"次廉笑了。

"董事长，这大老李精得很，想不花钱学艺，图谋长着呢！"

"郑老板过奖了。吃一堑，长一智，我们吃百家饭的，多门手艺多条活路，再说明远还要扩建，到时候我们就不抓瞎啦！"

"照你这么说是为明远计了，不同意都不行啊！"次廉满意地点点头，"有空我也来听听，要不就是'以其昏昏，使人昭昭'了。"他看向兴州，"我突然有个想法，有空我俩得给他们讲讲明远创建史，说说目标和理想，让他们明白怎样才能做明远好员工！"

"还是董事长想得远，技术要懂，办电的理更要明，这样的员工才是明远所需的，也是明远兴旺的保障，今后我还是要多向您报告！"

"还让不让我轻松一点？你是总经理，遇事拿主张就好，不必事事报告的。"

兴州嘿嘿地笑："这习惯一时还改不了，再说向董事长报告，也理所当然。"

"那就要事知情，其他自行处理吧，别弄得我下次不敢来了。"

三人又对工程进度、设备到位和安装时间做了一番估算，郑兴州很有信心："一切顺利的话，8月，最迟不超过9月就可投运！"

"我希望八月十五之前大马路能够亮起电灯，让明远的电灯和八月十五的月亮比比看谁更亮！"次廉朗声道。

（七）

时间有时像个跛足老人，每一小步都难挨，有时又像是长了翅膀，倏尔而去。五载寒来暑往,1908年8月,赭山之麓,四十五米高的六角烟囱冲天耸起,巍巍乎云淡风轻;陶塘湖畔,数座高约三丈的巨型厂房霸气而立。昔日郊外荒野之地,蜕变作芜城近代工业的摇篮,这里即将电光石火、云蒸霞蔚、气象万千!

当年英国的《芜湖关华洋贸易报告》中描述详尽:"去年《报告》中述及之发电厂已筑成,公司所需引电机器系由德国运来,其余机器并蒸汽炉系英国运来,不日调试发电……"百年后由合肥工业大学、同济大学联合发布的一份调研报告更是笔酣墨饱:"明远电厂厂房为芜城本地工匠建造,其发电房是安徽近代最早的钢筋混凝土框架结构厂房,不仅开了安徽电力发展史的先河,其建造的发电房在安徽近代工业建筑发展史上也具有里程碑式的意义!"

虽孜孜以求多年,但当它矗立在这片古老土地上时,其缔造者们还是被其庞大的体量、眼花缭乱的设备和粗犷却精妙的组合而惊骇!

这本土的建造,若非亲历,鲁尼难以想象出自这些一身尘土、目不识丁、连安全帽都不知何物的"泥瓦匠"之手,他对郑兴州和眼前的其他中国人不得不另眼相看,乃至讶然!这些甚至食不果腹、衣不蔽体的中国人,无师自通地"翻译"了他们有着高深学历和经验丰富的技术人员才能设计的图纸,并近乎完美地还原成一座活生生的电厂!他不知该惊喜还是惊惧,哪怕是矗立在眼前也觉得不是真的。

厂房验收合格,漂洋过海的设备如期运至,随设备而来的厂家技术人员在做设备的安装、调试,一水的蓝色工装,一色的蓝闪闪圆顶帽,带子系牢下巴,比鲁尼头上的藤条帽洋气多了,这该是鲁尼说的那种安全帽了吧?可他咋不换呢?

中国人筑的厂房与万里之外的洋机器的脾性多少有些不合,洋人耿直,多不迁就,哪怕是墙壁预留的管道大了一丝丝,排水的渠道小了一毫毫,都得按规矩重来,李庆梁的人日夜不离工地,甘心听凭差遣。

郑兴州带一批人做帮手,这可是难得的现场学习机会。几年前在申新,不过走马观花、浮光掠影,现在都真切地呈现在眼前,是自己的了!抚之叹之,恍然如梦,不时与次廉相视而笑。以前所有的忙碌、冤屈、纷争,随风散去;经历的挫顿、所做的牺牲、所受的煎熬,瞬间变得美好起来。他们战胜了一切,更是战胜了自己,他们开创了一个新的时代,并将继续绘写新的历史,心中却如陶塘湖水平静无澜。

六　明远之光

战栗的期待中,点火试车一次成功!在锅炉巨大的轰鸣和大小机器隆隆的合奏里,各种仪表在震颤中翘起指针,悬在车间顶上的灯泡瞬间刺亮了人们的眼睛,车间从没这么透亮过!这个世界也未曾这样透亮过!一贯内敛的国人此时也嗷嗷地大叫着。猝不及防地,兴州被鲁尼抱起,一瞬间喘不过气来,这家伙的气力真大!

次日便是中秋,次廉、兴州决定来个灯月会,给江城人一个惊喜,也为明远壮势。是夜月圆无风,长街、大马路上市民云集,防风煤油路灯已不见,代之的是铁罩下的玻璃灯泡,小巧新奇,是那年兴州在大上海见到的式样。

"这就是电灯,明远的电灯!"

"这小东西会亮?能照亮大街?"

"它不怕风雨?"

拥在电杆下的人们好奇又混沌,后面的推搡着往前挤,前面的守牢了位置不肯错过这一瞬,一溜电杆下都簇拥了一团人,衙门不得不出警维持秩序。

那玉盘似乎意识到什么,隐入近身的薄云间。杆下的人等之不及,有人掰了月饼正细品,突兀地华灯齐放,马路豁亮,众人笼在金黄的光晕里,脸上涂了柔和晶灿的光,黝黑或微黄的脸上连皱纹里都是笑,那月饼从笑着的大嘴里掉下,手忙脚乱地接住,爆出一阵嬉笑来。众人的心情随着灿灿的灯光都亮了,喧嚷打闹着,大马路上从未有过的生动,灯光倒映在陶塘里,沉寂千年的湖水漾起粼粼波光,千年古城醒了……范罗山孤灯淹于其中,这月儿终究耐不住,探了头窥探这人间奇迹,灯月辉映,天上地下,皎洁无垠。

半月前,兴州带人架通了芜城主马路和衙门及名门大户的线路,人们多不以为意,没想今晚竟大放光明,芜城度过了一个不眠之夜。

秋风刚过,万物丰盈,正式发电日定在九月初七,刘铁口算定的吉日。这天正是西洋历的10月1日,谁曾料,三十九年后的这天,正是新中国的诞辰,九死的明远在这天赢得新生,真正的黄道吉日了!

短短半月,芜城便有数百户申请入火,兴州带人日赶夜地架线装灯,到正式送电之日,芜城用户已破两千户!

点灯仪式简单却不乏新意。董事、用户代表、新朋故旧汇聚,衙门和英、德等国洋行也派员前来,打躬作揖,握手拥抱,各施其礼,长袍马褂、西装革履相谈甚洽。闻了风声的市民百姓,早把搭在明远楼前的主席台围个水泄不通。二狗子神情紧张,领着几个伙计来回巡查,不时虚张声势吆喝几声。

仪式上有个陌生而又熟悉的身影,便是张中峥,兴州力主邀来的。张中峥磨蹭好久还是来了,穿了压箱底的绸缎马褂,见人就揖,一脸风轻云淡的笑。

上午十点,铿锵锣鼓后,工商局、马路局的总办,商会会长和次廉、兴州等依次登台。台后竖着两根缠了彩纸的木杆,用根电线连成一道彩门,中间悬只大灯泡,红绸子做的灯绳在秋风里起起落落,火辣晃眼。

次廉致辞简明,是明远一贯的干练务实作风,随后工商局郑总办满面春风地祝福。与工商局、马路局总办推辞礼让不同,英、德两国洋行的大班谁也不甘被"代表"。哈德逊左手拿下礼帽平端,右手从左至右夸张地画了个半圆再收贴回胸,配以一个九十度的深躬,赢得一阵喝彩,几句祝福恭维后,利索地把自家的机器夸了一通,临了还出人意料地用中文说了声"谢谢大家",算是抢尽了风头,也给现场带来一个小高潮。

兴州躬身作请,次廉与一众嘉宾齐拉绸带,即使大白天,那灯泡也光耀刺眼。老柜点了万响长鞭,一串礼花爆响在顶天摩云的六角烟囱上头,像把那柱喷涌的浓烟点亮,也将暗沉沉的天映亮。二狗子领一干人齐声喝彩,陶塘畔震耳喧阗,一派欢腾,江淮大地第一盏电灯就此长明,扬子江流域首家电灯公司开张大吉!

这简朴却别具特色的点灯仪式被街谈巷议了好久,洋人能说中国话更是让人津津乐道。明远宣布,头三天电灯免费,更炽热了明远和电灯的话题,有说明远仁义的,也有说财大气粗的,还有羡慕嫉妒的,只是江城上下已无人不知晓这个可让灯如月、夜如昼的神奇明远了。

不出半月,又有近千户入火,时有报载:"明远总装机容量到两百五十千瓦,开业时主要供长街、大马路一带商户和居民之用,所有康衢要道之灯计二百盏,各商号及茶楼酒肆之订购者三千盏。"

(八)

十九道门的郑家小楼亮堂了。一楼兼作饭厅的堂屋安了电灯,楼上卧室也接上灯头,晚上便大不同,起居梳妆,缝补劳作,月萍便利许多。兴州迟归,月萍也不觉孤苦,是兴州才有这亮如昼的灯,这灯便是兴州,一拉灯绳,温煦的光如他的笑,让心暖暖的,亮灿灿的。

楼下卢婶住的厢房也拉了盏灯,卢婶觉得奢侈,母女二人日落而息,油灯便够了,这电费也是一块心病。

除大户、商家装表接火外,明远最初实行的是包灯制,包灯制又分半夜和整夜两种,价格差一半。包灯制接火便捷,计费简明,在明远设备和经验都不足的初始阶段,不失为一种简便快捷的市场开拓之道。

郑家虽装了电表,但三只灯头并无分开计费,得知灯钱由兴州统付,卢婶更不肯了,只说年岁大了,用煤油灯习惯,电灯晃眼。月萍快人快语:"这些日子我们处得一家一样了,分什么你我?再说一个灯头一个月又要得几文钱?晚上没电灯,嘉慧怎么写作业?可别把小姑娘眼睛熬坏了!还有那煤油灯烟重,屋子熏黑了没事,把小姑娘熏个大花脸,怎么上学见人?"卢婶总算不提了,除了嘉慧做作业,卢婶还是习惯煤油灯,弄得月萍哭笑不得。

亮了电灯的堂屋是另一个样子,铮亮的方桌透了琥珀色的光,这前主人应是有些来历的。正墙上汪夫子那幅"黄山松涛图",曲干虬枝,气韵生动,云海也翻卷出气势来,兴州少不得赞叹夫子的才情和胸襟,看来诗书画确是相通的。

香气袅袅的大小菜碟摆满桌子,月萍拿了酒,用兴奋的口气说:"看看,卢婶和我还有嘉慧一起做的!"

"这么多菜,可难为卢婶她们了!"

"明远开张了,家里也点上电灯了,得贺一下,忙一下午呢,可不许说不好吃哦!"灯光下,那个喜气爽快的月萍又回来了,这改变是卢婶她们来了后才有的。

"哪有这样强人所难的?"卢婶一边用围裙揩手,一边帮兴州解围,"我也不晓得郑老板的口味,帮着做几个家常菜,拿不出手的。"

"卢婶就别再客气了!"月萍道,"你不知,从买菜到刀工还有火候,卢婶和嘉慧都好用心着呢,说电灯可亮了,今晚的菜不仅要好吃,还要好看!"

卢婶笑着:"煤油灯看不清,这有电灯了,没点看相可不行了。"

"你这电灯,害得我们女人烧饭做事多花不少心思呢!"月萍打趣着。嘉慧也捂着小嘴笑了。

兴州憨厚地笑,倏地发现,卢婶那头惹眼的灰发已黑多灰少,即便在瓦亮的电灯下,不细究也看不出了。

这桌菜可称得上兴州家的"满汉全席"了,既有月萍拿手的绩溪土菜,也有平日难得上桌的清蒸鳜鱼、红皮烤鸭,最惹眼的便是那炒三丝,选的红萝卜、白干子、精瘦肉这"铁三角",刀工精,灯下色艳,一点也不输徽菜的炒三冬,无疑出自卢婶之手。这几样菜算不得珍馐,却成全了一个男人俗世的幸福。

"样子不比馆子的差,闻着这味儿就比馆子里的香,卢婶,真的谢了!"兴州拉开椅子让道,"累一天了,那腿可受累了,快坐下吃饭吧!"

"郑老板请的大夫瞧好了,腿脚早不碍事了,站锅台也没觉得累。"卢婶小步快走给兴州看。

"咦,嘉慧呢?"月萍拿眼看卢婶。

"小孩子拣点菜在厢房吃就好了,女孩子从小要懂规矩。"

"卢婶啊,你太过讲礼数了!"不等月萍说话,兴州笑着抢了先,"现在讲新政,还兴过去那套?"又道,"卢婶以后别再'老板、老板'地喊了,我比你小,辈分该比你低,叫名字好了,叫'老板'就生分了,我一身的不自在呢。"

"'家无常礼',早该不分彼此了,卢婶这把我们当外人呢。"月萍说着去了厢房,把温书的嘉慧拽来。嘉慧羞答答打了个招呼,余光扫了一下兴州,低头规矩坐了。四人各一方,嘉慧的位子正对了上首的兴州,虽隔了一张桌子,却是莫名的不自在。

月萍取了红酒:"这洋酒度数低,说女人也能喝,今日大喜,喝红酒喜庆!"接着便不由分说地给每人倒了半杯,嘉慧推辞不过,便只盖了杯底,算是满堂红了。

开业大吉,诸事顺遂,兴州心情大好,又被丰盛食物的滋味和酒精刺激,话语不多的他竟也妙语如珠,开业的趣事,讲的、听的人都津津有味,特别是洋人说中国话、行中国礼,听者更觉稀奇,把这一桌珍馐都冷落了。嘉慧眼里闪了崇拜的光,兴州注意到,话不多的嘉慧,席间大方起立敬酒,只是菜吃得少,只拣近处的菜。这学没白上。

最后上的是瓦罐鸡,浮了一层黄亮的汤,把各样的菜都比了下去。月萍把两条鸡腿给了卢婶和兴州,又拦了嘉慧的手,把一只鸡翅放在她碗里。"剩下的这只是你的了!"众口一词。月萍也不推,接了卢婶夹的鸡翅膀:"吃鸡也有讲究的,可不是随便给的呢!"

"说来听听,看是不是编的?"兴州凑兴道。

"男人吃鸡腿,有劲跑天下!"

六 明远之光 | 101

"那我呢？一个走路都不利索的女人能跑多快？"卢婶打趣。

这可难不倒月萍："婶子吃了腿好得快！"

"腿已好多了，要不是遇着郑老板一家，说不定……"

"卢婶，我说了，叫名字好。"兴州突然觉得这称呼刺耳。

"一个屋檐下，这叫得话都不好说了！"月萍也接口道。

"还想听你下文呢！"卢婶不置可否。月萍又笑吟吟的："女孩子吃鸡翅会梳头，打扮得漂漂亮亮的……"一句话把嘉慧说得红了脸。兴州用眼神止住了月萍："快别说了，你的鸡翅也要吃了！"

"这个自然，我也要梳头呢！"说话间月萍飞快地瞄了兴州一眼。

七　出师不利

（一）

　　作为当代工业之本和现代文明之基的电力,自出世便自觉不自觉地负了照亮世界的使命,可这"绝世美人"被"打包"后懵懵懂懂地运到这个古老东方帝国,在沿海城市及内地大城市还勉强过活,在闭塞落后的中西部,则水土不服。这病弱"美人"竟不顾严苛生存条件和人们的冷眼嫌弃,凭了蕙质兰心,试图去影响乃至改变他们的生活方式及思想观念,一场新兴工业文明和烂熟的农业文明冲突在即,交锋多以冷漠、敌视等不合作的方式进行,以群体性事件的爆发为标志达到高潮。

　　两台一百二十五千瓦三相交流发电机发出的电,可供六七千只灯头之用,五千盏是底线,否则亏钱。拥有近十万民众的芜城,更有店面及衙门、洋行等近千家,却没料三千只灯头后,如遇着了天花板,再也冲不上去,即使断续有接火申请,也不乏点一两个月便退的,还有用了不缴费的,让兴州他们无奈。

　　人们对这看不见、摸不着却能发刺目之光的神秘之物满是疑惧,市井流言,这发异光的妖物对小孩极危险,只消看上一眼,魂魄便被摄去,老人们见明远人上门,便关门闭户……即便装了电灯的人家,对电力也多是一知半解,一大户院子里,滴溜溜立一排盛满水的大缸,一问,竟作电灯灭火之用!

　　"要说这电灯装不下去,还有洋人的手段!"众人长吁短叹,老柜却语出惊人。

　　"这账怎算到洋人头上?洋人装灯的可不少!"二狗子不以为然。

　　"你是只知其一,不知其二。"老柜悠悠道出原委来。

　　百姓自古点的是香油灯,大户人家还有点蜡烛的,洋人可乐坏了,大轮小轮运来洋油这东西，本想荡平天下，一统江山，没料想并没多少人买账，后油库失了火，烧红了半边天，差点死了人，百姓更不敢用了。

"这火可真大，烧了差不多小半天，奇怪的是洋人只远远站着看，像烧的不是自家的！"员工中有芜城本地的，说起这事至今不解。

"这是救不了，索性随他了，还显出一种财大气粗的势子来。"二狗子是旁观者清。

老柜接了他的话："起初对明远应是不屑的，眼见着我们明远日长夜大，洋人急了，先是八玉插手入股，被老板化解了，便放下身子，入乡随俗，除了那个圆肚玻璃罩的'洋台灯'外，还模仿香油灯，在空墨水瓶里加根灯芯做成了简易灯具，免费发放，小瓶里还盛了洋油，一点即亮，比香油灯好得不是一两点，这一传十，十传百，便流行了。等习惯了油灯，这油就得掏银子买了，但总比电便宜些，买油的排起了长队，烧了一个油罐却立起五个更大的，这就明白当初洋人为何不救也不急了吧！"

寂然中老柜似在下结论："有这么多油灯打底占了先，我们还没有伸展拳脚，路就堵死了。"

兴州何尝不知？这边电灯稀落，那边洋油生意极盛，英美法俄在芜各有销卖煤油的洋行，又搞什么代理制，一级级批发代理到乡村。芜城一地的年销量达数万吨，他们赚得盆丰钵满，大小蜡烛厂商破产倒闭，也给刚出襁褓的明远以致命一击。

不过他却是达观的："洋油的行销在于它的物美价廉，也在于那'墨水瓶'之变。虾有虾路，鳖有鳖路。沪杭大城市，电力不也是产销两旺吗？我们大可不必过于悲观！"

（二）

就在兴州寻求撬动市场的"墨水瓶"之变，以求更多用户时，一次轰动芜城的冲突遽然爆发，起因是电价。

按老柜他们的细密测算，综合人工、设备、燃料、损耗及应支付的股息等，即使满发满供，每度电也得0.22两银子才可维持。起初用户对此价格并无多少直观感受，及至月底结账，哪怕是半夜的包灯用户至少也得掏二三两银子，是煤油灯和蜡烛的数倍，一般家庭承受不起，有的又点起煤油灯。商家灯头多，灯费也高，但已感受电灯诸多益处的商家，已回不到过去，唯有力压明远降价。

商家与普通百姓不同的是，他们有组织，有利便同仇敌忾，一份数十户商家要求降价的请愿书呈到郑总办案头，领头的便是在长街颇具声望的胡、杜两位掌柜。

有了上次处理程、张之争经验的郑总办蹙了眉头，继而会心一笑，此案自然又由商会"协处"了，李指挥不再是会长，他更少了顾忌，不过他信着四品衔的汤会长定能将此事摆平。汤会长既是明远大股东，又是芜城所有商户利益的代言人，这里有颇多玩味之处，总办可以看一曲好戏了。

"总办，总办，总是不办！"商会与工商局唇齿相依，却不时磕碰得酸爽，汤会长愤愤的，急了也会反噬一口的，可一想是"家事"，没理由撕破面皮，便打起精神接了，毕竟这是他就任会长以来的首件要事，商界瞩目。但此番与程、张之争不同，那是明远内部之争，可置之事外就事论事，此次却是自己、明远还有芜城近千户商家的利益纠葛，稍有不慎，便会导致一方乃至几方不满。他不会让郑某人看笑话，还要在所有商家面前立威。

挑头的胡、杜二位掌柜颇有来头。前者是长街最大绸布庄的老板，洋货侵入前，冠盖皖南，辐射扬子江流域，曾捐万金以赈灾民，博得"胡万民"雅号。专做药材的山西杜老板，虽非本地人，却与官府、士绅、三教九流交游甚广，脾气又冲。这两人一文一武，软硬不吃，只是这洋布洋药铺货满街，两家生意腰斩，才急眼了。明远官商云集，树大根深，论势力更强一等，却深处困局，股东分红压力甚大，股东提价呼声日隆，降价自然是无稽之谈，细掂量，竟找不出折中或妥协的招来，索性晾他几日。

两天后，胡、杜二人愤愤上门："明远竟下了停电函告，说三日内不清电费，便停电歇火！"杜老板更是火冒冒的："这明远对我们的要求高高挂起，变本加厉以停电要挟，说店大欺客是轻的了！"他目光灼亮，"明远财大气粗，我们也不是吓大的，这天下还没个讲理的地方了？！"咣当一下，将茶盅蹾在桌上，茶汤险些溢了。

汤善福面上依旧不咸不淡的，话里却有了距离："明远收费，可有依据？明远仗势欺人，又有何凭？若真如此，何不去法堂诉它一个欺诈之罪？免得受了冤气！"

七　出师不利　｜　105

"汤会长别见外,杜老弟是口不择言,我们来这里,是请汤会长主持公道!"胡掌柜觉得不是摊牌的时候,商人最忌意气用事的。

汤善福却有意挫他们的锐气,冷着个脸:"谢谢抬爱!想必你们也知道,我虽是商会主持,却也是明远股东,若出面协调,容易里外不是人。无奈这郑总办把你们的呈帖批来,让我进退两难,若双方都不冷静,愚兄便无能为力了,你们另请贤明吧!"说罢端了茶杯,这便是要送客了。

"汤会长德高望重,办事公允,连郑总办都须仰仗,此事还有劳会长居中协调!杜某人失礼,望会长海涵!"这杜掌柜本想敲山震虎,却没料汤某人就汤下面,撂挑走人,唯有自己转圜了。

汤会长不动声色便下一城,也见好就收:"杜掌柜过谦了,调解会员之争,乃本会长应负之责,只是各方但凭一个'理'字,切莫斗气争狠,火上添油!"见俩人闷声,话锋一转,"这电价之争,各有其理,却没设身处地为对方去想,所以愈闹愈僵。"

汤善福便敞开了:"拿明远来讲,外界以为是独家经营,日进斗金,其实是赔本赚吆喝,接火数本不足,连盈亏点都未到。听说这些日子又有不少退火的,本以为开业了会有回报,哪知开机一天便亏一日,可电与别业又有不同,开机便不可随意停火,还得忍痛往里填银子。这股东意见纷纷,嚷嚷着加价的不在少数,程、郑压力不是一般的大。你们以为这样一闹,明远便降?降了商家的,居户的降不降?若全城电价普降,明远岂不亏死?"

"没想开业便落了窘境,也是难为兴州了!"过去一条街上低头不见抬头见,"胡万民"多少生出些同情来。原以为明远一家独大,随意定价,谁知都有苦衷。杜掌柜也心萌悔意,却仍有些不服气:"也许我们行事欠周,但明远也不能嘴大说了算,用停电要挟,有这样做生意的?"

"明远的电价可是早有明示?当初你们可曾订立合约?公示昭昭,有约在先,现在说高了不想交了,在商会里说是失理,往大了说是失约违法!都是在生意场摸爬滚打几十年的人了……"汤会长啜口茶,把有些刺耳的下句给咽下了,眼前二人,一个拖了浮肿的眼袋,显了老气来,一个是愁眉立目,含了戾气,不过是几年的工夫,却像全然换了个人,心下一软,口气轻了,"人家停电有理有据,你们这一闹倒是失身份了!"汤会长这话似乎对着胡掌柜来的,胡掌柜心气便又泄了三分,毕竟有个"胡万民"的光环,杜掌柜似有冤屈:"当初我们也不知一度电能点多久,一个月下来,竟五六两银子朝上!"

"你们只算出的账,没算进的账!"汤善福觉得此人有些拎不清了,"街巷有路灯,店铺有电灯,长街人气是不是旺多了?就说你那药店吧,点个煤油灯,黑灯瞎火的,谁看得清?几人上门?现在一扯灯绳就亮堂堂的,虽说每月多几两银子的电费,可说不定会多挣十几两,不会没算过这笔账吧?商业电费相比百姓的照明电费,真心不贵,既照了亮,又带了财,关了门来说,不仅不能降,还可加点,店铺的电价和百姓的照明电价本不该一个样!"

见他们错愕的样子,知其防线已溃,汤善福却不休:"你们也可以不点电灯,不过相信你们不会这样做的。"

"那有什么?过去点煤油灯日子不是一样过?"似是玩笑口气,可见杜掌柜并未完全服气。胡掌柜明白,他那中药材店受洋药影响小点,自己的绸布店是大不同,要是晚上点了几盏煤油灯,更是副衰相,别说顾客,就连伙计也觉得丧气。

"且不说没电灯生意大减,你还丢不起那个人!别的店灯火通明,只有你的店一灯如萤;别家灯绳一拉就亮,你家点个煤油灯,也不怕夫人孩子笑话?还是长街响当当的大老板呢!"

"这,这⋯⋯"

汤会长知道击中了好摆谱的杜掌柜的痛处,若要让他彻底死心,得换个思路:"明远现在被洋人围追堵截,洋油灯占了大部分市场,我们同胞还起内讧,岂不令亲者痛仇者快?"这话引起胡、杜两掌柜共鸣,同声声讨起政府腐败、洋人横行、洋货倾销等时局,倒把初衷给忘了。

几天后,汤会长把双方约在江南春酒楼,觥筹交错,各退一步,一场或恐波及全市的电价风波算是平息了。

(三)

"程董事长要退股了?!"兴州像被什么击中了,心脏猛地跳了一下,就卡在那里不动了,身子颓然后仰,失神的大眼里是少有的疑惧。老柜嗫嚅道:"我只是听说,他没通知办理的。"

电价危机虽缓,涨价之路却被堵死了,灯头数增加乏力,电厂却不能停机,巨大的锅炉就像是欲壑难填的销金窟,每天把大把银子吞噬着,怀疑和沮丧的情绪弥散,各种退股传言甚嚣尘上,可万没想到竟有次廉!兴州怔怔地望着远处,这话若从另一个人嘴里说出来,他定会把那人大骂一通的。

"你把门带上,我单独待会儿!"兴州的嗓子变得尖而干。

老藤椅吱吱呀呀痛苦地呻吟,兴州脑子里是一幅幅温情的场面,往事历历……这不是真的,定是老柜弄错了,或是别有用心的人有意透露给老柜的。

起楼时植的小树似一夜之间蹿高了,叶间筛下花眼光斑,高高低低的叶子让层层阴影叠加,竟有了一片暗。

先辞总理,又欲退董事长之位,是急流勇退还是其他?他从未怀疑过老柜的判断力。

窗外便是高挺的六角烟囱,那缓缓汇入天际的烟雾总把他的目光引向辽远,现在却有种黑云压城的憋闷,电机轰鸣声也聒噪起来。这辛苦发的电,不少被白白浪费掉了,烧的不是黑亮亮的煤,而是白亮亮的银子啊!

他倏然省悟,作为明远最大股东,次廉在物质和精神上已承受不起这几无尽头的亏损,次廉不止一次说,名下厂矿在洋货冲击下岌岌可危,钱庄寅吃卯粮,快周转不灵了。先退总理,再退股份,是集中精力振兴家业,是止损,在商言商,次廉此举并不令人费解,他有自己的苦衷。

兴州直愣愣的目光落在墙上"光明致远"那条幅上,蓦然间这几个字跃动起来,变幻成一组组画面:老家伏地躬耕的双亲、街上衣衫褴褛的流民、颐指气使的洋人和江面上耀武扬威的日舰,还有颟顸奸诈的官僚……

他倚躺不住,缓步窗前,寥廓晴空,倏地有声音破空而来:"舍生一搏与艰难缔造,孰为难易?"

"我为其易,留其难以待君!"

自己不再是初出茅庐的懵懂小子,也不是长街上三尺柜台的小掌柜,纵不能如吴樾那样舍生取义,也要义无反顾。做大事没有导师和帮手难,但一味倚了别人,背靠大树,成大事也难,也非自己的风格。次廉帮了很多,但不能靠一辈子,没有他说不定没明远,但明远要走下去,靠的不是某个人。

他有了主张,次廉若真张了口,再难他也不会劝阻。有人星夜赶考,有人告老还乡,人生有些路、有些事,注定只能一个人走,一人独自承担,虽有无尽的失落与无奈,却是现实。

遮风挡雨的外衣丢了,说不定倒练出个好体魄来。

几次遇见,次廉目光游离,脸上却是风平水静的。兴州倒不安了,他注意到那标志性的玉嘴烟斗不见了,佝偻着远去的背影,是孑然的、虚幻的,让他有种去扶的冲动。次廉定是遇到解不了的难处,也一定囿于明远的处境及情面,开不了口。不论实业还是钱庄,无非缺银子周转,兴州便搜罗了这几年的家资,让卢婶以她的名字存到次廉的钱庄,注明两年期的,又约了老柜等过去宝兴的十多个伙计,把家资闲钱存了,多少可缓下头寸之荒。

兴州征询了姜先生和发电、外线技工的意见,决定停开一台汽轮机,单机、单锅炉运行,成本减下不少,老柜细算,庶几保本了!

"电价风波平了,明远扭亏了,老板临危不乱,算无遗策啊!"老柜喜道。

"十户之邑,必有良士。"兴州似总结,又似鼓气,"自己不倒,别人很难把你打倒的!"又压低声音,"把消息放出去,不几天,你那里就没人缠着退股了。"

"开一停一的消息一出,我就清静多啦。"

"下一步要加大对线路班人员的培训,让他们利用一切和用户打交道的机会多做宣扬;我们这些人也要去跑街,居户明白了,点电灯的就多了,定会在洋油灯一统天下中撕开一个口子来!"

他"噗"地吹去棋盒上的浮灰,招呼老柜道:"好久没摸了,今日三局两胜!"

(四)

兴州的方子虽有效,但治标不治本,因缺味"主药"——银子!

新用户零散,装表接火又需一笔购买线路器材的银子,这投入长久才有回报,偏远的地方只能弃了;矿上风闻资金紧张,对明远是款到煤运,老柜须雷打不动地预留笔货款;股东久未分红,明远压力与日俱增……电费若收缴不及时,便捉襟见肘,兴州不得不宣布员工半饷,自己分文不取。

明远已人心浮动,大股东或官员介绍、冲着优厚待遇而来的员工,更牢骚满腹,有不打招呼便开溜的。兴州拆东墙补西墙,自己一有空便戴着柳条帽下电房,他憋着一股力,抡圆了大锹,煤做扇形扑入炉膛,化作了电火,布袍沾了粉尘,脸上汗迹斑驳,与卸煤工并无二样。

兴州倒是熟悉了发电的每一环节,对每台机器的声音也熟悉了。虽半饷,

七 出师不利 | 109

气氛却是活跃的,总经理一起抡大锹更让员工激动且快活。

"又铲煤了吧?"一进门,月萍就拿鸡毛掸子上下前后拍打个仔细,一盆水洗得浑汤一般,又换一盆。

只要去车间,兴州回家前总拍打一番,自以为干净,却没一次瞒过去。

"就凭你身上那股机油味!"

"没脂粉味就好!"兴州嘻嘻的,纵天大的事,在多病的月萍前,他都乐呵呵的。月萍乜斜着眼:"有想法了?有话早说哦!"

"岂敢,岂敢!我是男女授受不亲的!"

月萍指头在兴州宽亮的脑门上戳了一下:"你可没那个闲心!"

"知我者,夫人也!"

月萍声音涩涩的:"其实我也蛮喜欢这味道的。"很快又变了声,"快脱下来洗了,别一大老板还一身味道,我喜欢,别人可不一定看得惯。"

"机油味怎么啦?没这味那还叫电厂?我身上没这个味就算不得明远的老板!"

"累一天了,快吃饭吧,今晚给你加个汤呢!"

"这不有了鸡蛋青菜汤了?"

"别多问,等会儿就晓得了。"

兴州也不细究,抡了半日大锹,肚子早空了,风卷残云般吃个干净,月萍既欢喜又心痛着。

"我都吃完了,还不见你加的汤呢!"兴州打了个饱嗝。

"我这是开心汤,只能看不能喝的。"月萍小心从贴身口袋里取出一个小包,层层打开,竟是张纸。

"银票?!"兴州声音变了,展开一看,竟是一百两!

"是不是很开心呀?"月萍盈了笑意。

兴州遽尔明白了什么,果然月萍戴的金钗还有玉手镯什么的都不见了!那奁盒应也空了,这些年积蓄的都没了。

"上次与八玉之争,你就当了一回,赎回没几天,又当了!明远再不济,还有我们男人,怎么着也不能这样一而再,再而三地当呀!"

月萍知道伤他自尊了,细声软语道:"不是你没本事,是时运不济,都说不是你,明远早没今天了!你我结发夫妻,你有难处,我不该帮着想法子?秦琼还卖过马呢。再说我身子不好,这穿金戴银的,又沉又坠,现在反轻松了!"

"明远那样大,在乎这一点?传出去别人怎么看?"

"要是人人都凑点,明远就一定有救!"月萍显出女人坚强的一面,"什么时候了,还在乎这点面子?明远没了,那才叫没面子呢!还说那白月亮是我呢,我也是明远的人了,尽点力不该?这黄货是摆奁里落灰好,还是变现了放明远值价?我听说程老板连玉嘴烟袋也当了呢!"见兴州表情复杂,赶紧道,"明远好了,等着你给我买更好的呢!"说完将银票塞进兴州口袋,又按了按,"说是开心汤,差点弄得不开心了!"兴州一手搂过瘦弱无骨的月萍,另一只手攥着她细细的手腕,却什么也说不出来。

(五)

"加股,记个账!"兴州淡淡的,老柜却惊着了,金额虽不大,却破了这多日的入股荒;又疑惑了,老板才凑了银两存在次廉的钱庄,缓了程董之急,以他的了解,老板家断断拿不出这银子的。他不便多问,立即高调办理了手续,还逢人便说老板大手笔添资加股,果然断续有人加股添资,不几天有近千两银子进账,加上收上来的电费,便是笔不小的款项了。老柜留下煤款,余下的补了员工的欠饷。

兴州明白这针强心剂维持不了多久,若明远再陷窘境,欠薪、退股,甚至工潮或将难免,那时怕将不再停一开一,也许是全停熄火了……茶几上散落着三五棋子,是局残棋,昨夜值班下的。

昨晚的残局是一卒对老柜一马,平局收场,已属幸运,兴州却耿耿于怀:"哪怕多个小卒,也大功告成!"言语间捏一卒子,要按在对方老将边上,却听有人叫:"不带这样赖皮的!"抬头见是老柜,便悻悻的:"不是你手快,我那只过河卒子怎会被你偷吃?"

两人为昨晚的棋局又争了,老柜抽身:"老板雅趣,大白天还在布局谋篇?"兴州苦笑着说了眼下的忧,临了道:"停一台机,理论上可保本,可一算人工和线路上的跑冒滴漏,又是亏的。要堵漏洞,加人工不说,还得衙门支持、社会理解、用户自觉,难啊!"

"适当的线损是允许的,关键不能老保本维持,踩钢丝久了,难保不晃下来!"老柜也锁了眉头。

"不坐以待毙,得新架线路再铺摊子,又是笔银子;用户增加,一台机不够,开两台又浪费。"兴州摩挲着那枚卒子,"现在银子就像这卒子,有它就可一击制胜!"

"若说是银子,我倒是有个办法。"

"有何锦囊妙计?快快道来!"收不抵支,扩股是雷声大雨点小,作为财务总管的老柜应心知肚明,不过兴州眼里还是盈了期待的光。

"一个字,借!"老柜摸出炮,"啪"地架在马后,"隔子打子,借力打力!"兴州眼一亮,又黯了:"市面资金紧,连次廉的钱庄都岌岌可危,谁肯贷?再说眼下这利率,说是高利贷也不为过,借了如何还?"老柜早已虑及:"明远资产优良,负债率极低,前景又好,关键是有你这个好领头人,明远若开口,钱是跑着来的!"说到自己的专长,老柜不遑多让,"现在做实业,少有不贷的,至于利息,当然得讨价还价,不管怎么说,有银子才能把握住机会。"

"不借吧,等死,借吧,说不定找死!"兴州举棋不定。

"有老板您,再加上银子,明远定不会死!"

兴州那枚"卒子"久未放下:"莫急,容我三思!"

(六)

晚清的钱庄早就不守收钱放钱的本分了,洋货涌入,各路生意难做,连带着钱庄的风险急遽放大,碰上一两个贷家倒闭,这钱庄就危了。收钱放钱利薄,却还是明面私下各种手段竞争,逼钱庄老板铤而走险,用手里的银子,做起低买高卖的投机生意。若瞅准了时机,少不了赚得盆满钵满的;可若看走眼或遇了天灾人祸,便赔个底朝天,倒闭关张的不是一两家。

唯有长街那些百货店铺,虽惨淡经营,不能一夜暴富,却鲜有倒闭的。即便这样,钱庄还是一家家地开,投机风炽,现有了明远这样一个投资、投机相宜的机会,本以为只要放出话来,那钱庄的跑街便会挤破门头,老板亲自登门也未可知,那时便可着劲儿压价挑了。可风声是放了,几天竟无一人上门,不得已一家家拜访,二十来家钱庄跑过,虽多感兴趣,但月息鲜有低于九分的,新开的小钱庄也要八分,最高的是官办大清银行,那胖嘟嘟的行长竟开出十分息,老柜呷在嘴里的茶惊得差点喷了。

"现在市面不稳,银根紧缩,有点银子宁可捂在手里,也比投砸了强,明远现在的股东都未必看好,更别说对电力一知半解甚至一窍不通的钱庄了,没理由冒这么大险,利息高点也正常!"听了老柜灰心又憋屈的介绍,兴州并不意外。

"若贷的话,鑫源、恒泰两家不错,月息居中,头寸足、信誉好。"老柜挑了中意的两家,意思各贷一部分,既是制衡,又满足明远需求。"只可惜董事长的茂鑫不旺,要不也可贷点。"老柜惋惜着。

"茂鑫就不考虑了,若有银子,董事长早拿出来了。"兴州的观点与老柜大不同,"论信誉和实力,还有比大清银行好的?"

"利息它最高,根本不是做生意的样子!"一想起胖行长那盛气的样子,老柜就气不打一处来。

"若降到八呢,可以贷了?"

"那当然好了,可死板板的大清银行能降?"老板的想法让人匪夷所思,兴州不在意老柜的诘问,反觉他忠义可嘉,彼此交心已久,索性和他说透点。

"借贷当然要比息差,但不能唯息差,要看息差背后的东西。"兴州看着有些迷惘的老柜,"这大清银行是官办,自然把风险问题放第一,甚至不惜以高息把生意挡在门外,宁可不做,也不可做错。"

"老板是说他们有意为之,有生意也不想做?"

兴州道:"对他们来说,控制风险、保了头上的乌纱帽才是首要的,至于生意做多做少并不多在意。"见老柜似有所悟,兴州又在这"官办"上做起文章来,"你想过没?若明远到期不能偿还,该如何?"不待老柜回答,又道,"官办可延期,甚至还可借新还旧,行长点头便可;若钱庄的银子,那可都是私人老板的心头肉,有这么好说话?"

老柜直拍脑袋:"亏我在这行混了这么多年,这里头的弯弯绕竟一无所知!我只想着借钱,老板已想到怎么还钱了,棋高一着啊!"兴州道:"这大清银行开办才几年,里面别别窍几人晓得?我这几天也是找路子才摸着点门道,只是这些摆不上台面上的话只有你知我知。"老柜更觉得老板没把自己当外人,主动请缨再去大清银行一趟,他不想老板去看那个胖行长的脸色。兴州拍着他的肩:"时辰不早了,明早我们一起去会他。"老柜还想说什么,兴州又指了茶几,"回家前再来两盘,今日定分个输赢!"

七 出师不利

(七)

说是谈判,更像是熟人叙旧。那个胖得几乎没有脖子的倪行长见了兴州,弥勒佛似的笑,茶叙闲聊间,便达成了月息八分的借贷意向,只待董事会审批即可签约了。前倨后恭,老柜不知兴州走的是郑总办的路子,且这郑总办、倪行长都有花红可得。

兴州却是心事重重的。

因讨论借款事宜,兴州让老柜列席董事会,除记录外,还以备问询。

在静到冷的会场,兴州报告了借款的案由、数额和用途,一贯话不高声的董事们炸锅了。

"募了十二万,没见一分红利,又借一万?"

"这样高息,拿什么来还?"

"不负债都歪歪倒,以后付本还息,还要发饷分红,郑经理有何高招妙策,贷后便起死回生?"

"这是董事会,诸位是股东,更是董事,要为明远大局计!"次廉发声撑场。借贷实属无奈,此时下策就是上策,关键是董事不能乱。

"我敢问一句郑总,若这笔款子投下去不起效,是否续贷?会不会成了无底洞,让股东血本无归?"绩溪老乡周淑培还是没忍住,他是这次与会的唯一的外地董事。

这一问聚来了各样目光,兴州感受到了它的力道。

"诸位的心情我十分理解,换作我也一样焦虑,明远现在只是勉力维持,原因不再赘述。目前这种窘境的主要责任在我,我诚恳并随时接受各位董事及股东的质询!"

众人情绪和缓下来,都是做事创业的人,知道水深水浅,明远维持不亏已属不易,借贷本身说明兴州有心做好,应同舟共济,而非一味指责否定。

"当初募集的资金在购地皮、买机器、建厂房后已所剩无几,也符合预算,并无超支和浪费,所有账目明细都清楚可查!"兴州看了一眼低头记录的老柜。

"我可以插句话?"见次廉点头,老柜清下嗓子,"我补充点财务上的情况。公司基建、设备等账目齐备,上次董事会已做报告,随时可查可究。"他顿了一下,声音变得干巴起来,"刚才郑总说现在是靠电费在维持,不知道诸位董事注意到'勉力'二字没有?虽只开一台机,可人员没法减,收支不平衡,不上则下,剩下的那台机子能转到哪天真不好说,为了维持,郑老板夫人把首饰当了……"

"别扯远了,这是月萍自愿的!"兴州打断了老柜,他不想以这种悲情的方式来获取议案的通过,董事会的决策需要审慎和理性。不过老柜的话似石子投湖,引得涟漪不止,次廉关切有加:"你差不多山穷水尽了,有事还须众人一起扛!"

"董事长放心,还没到揭不开锅的时候,还是就事论事,议下借贷方案吧。"

"这态势,贷款是势在必行了?"回到原来的话题,口气已大不同了。兴州道:"不借贷,还有两条路:或顺其自然,或扩股投资。"众人相觑不语,顺其自然极可能亏损关门,扩股便是再从口袋掏银子,圈内的人着急出去,圈外的人谁会贸然入瓮?

兴州先看下次廉,又端视全场:"我们都投了不少,与其这样半死不活地等,不如奋力一搏,众志成城不言弃,什么事情都可能发生!"见众心摇摆,索性把话说绝,"万一明远真的不行了,我在明远的所有权益全部放弃!明远的负债不高,诸位损失并不大;若大家对我不信任,也可随时另请高明,在下毫无怨言!"

不知是被兴州的气势震住,还是为他破釜沉舟、抛家舍业的勇气所动,虽贷后前景仍觉渺茫,但兴州说得不无道理,众人也信兴州的眼光和才智。周淑培慨然道:"与其坐以待毙,不如拼一下,相信郑总一定不会让广大股东失望的!"

"这方案有风险,却是主动、积极的应对,眼下唯一要做的就是同舟共济,共克时艰,我也同意!"见无反对,次廉习惯地做个敲烟斗的势子,却发觉手上空着,不过这不妨碍他一锤定音。

八　否极泰来

（一）

兴州回家没个准头，再精心做的饭菜，扒拉几口便匆匆出门。远远地看他的背影，前倾着，似要走得快些，却被长长的影子拽着，月萍眼睛起了雾，自己和明远似两只大秤砣，硬生生把个撼山伏虎的汉子压弯了。她大咳，闻声来的卢家母女扶她进堂屋坐了。

"阿萍，这样不行啊！明远的事操心不上，把身子照顾好了，让老板少分神，就是最好的帮衬了！"卢婶娓娓地劝。月萍喃喃："婶子说得何尝不是？这一日三餐不定时，夜里要不睡不着，要不半夜醒，还常说些梦话，这明远没怎么的，他要先倒了！唉，都是我害的啊！"一气儿说了这么多话，又咳出泪来。嘉慧拿方白净的手帕轻轻地揩了，切切道："嫂子身体要紧，至于郑老板，无须过分担心，书上说了，成大事者，'必先苦其心志，劳其筋骨，饿其体肤，空乏其身'，郑老板天庭饱满，地阁方圆，定能逢凶化吉、遇难呈祥……"话还未说完，月萍便破涕笑了。嘉慧又说起上学的趣事来："学校也有电了，阴雨天再也不怕看不见黑板上的字了，好多同学家也点电灯了，还没用的天天回家吵，说是煤油灯熏眼睛，做功课做出个大花脸来！"把月萍笑咳了。

卢婶却唠叨起来："这孩子老大不小了还没心没肺的，净说些我们听不懂的，和她死去的老子一个样！"也许想起九泉之下的夫君，卢婶心有戚戚，便又数落起女儿来，"一天到晚半文半白的，不缠脚，也不学女红，长大了怎么寻得了婆家？"一句话把嘉慧说得小脸涨红，嘟着个小嘴犟道："我多大了还裹脚？大不了哪里也不去，就陪着妈和嫂子，那才好呢！"

"看这孩子，把脑子念坏了，赶紧歇了回来做针线活是正经！"

"妹子可不许这么说嘉慧!"月萍揽了嘉慧,见这俏生生一张小脸,细细的腰身,不由得心生怜爱,"这么好的妹子,又知书识礼,一般人想娶我还不答应呢!"陡然冒出的念头让她头晕心跳,捏紧嘉慧嫩藕似的手臂,对嘉慧又似对卢婶,目光却落在了远处,"妹子好好读书,婆家的事包我身上了,娶她得先过我这关!"

"好,嘉慧的事就拜托你了,省得我操心,我现在说话不灵了。"

"你们急什么呀?我还小着呢!"嘉慧红着脸往厢房里去,"我说过了,哪都不去,就在这里!"

"好呀,到时候别后悔就行了!"月萍冲着嘉慧的背影嘻嘻笑了。

(二)

一万两银子到账,明远如蔫苗遇水般活泛了,购电煤、购器材、补工钱,老柜算盘噼哩啪啦打得响亮。兴州领人勘察架线,不出一月,全城几条主要街巷都立杆拉了电线,茶肆酒楼、学校、旅馆等也接火点上电灯,一台机不敷用,开两台却是大马拉小车,负荷多在夜间,开开停停,耗损不小。

现在满打满算不到五千户,再增一两千户,一时半会儿也难。原来计划的银子便近一半滞留在账上,银行那边还得付高息。

开源有限,又走节流老路了,车马费取消了,加班费减半,茶点费更是奢望,雷打不动的房租补助也没了,租不起房的工友借厂房一角打起了地铺。一人起头,群而效之,兴州只能睁只眼闭只眼。这未必全是坏事,员工流失严重,原来的上下夜两班制变作一个大夜班,上下班咫尺之间,倒便捷了。

奋力冲杀一番又折回原处,甚至更为不堪,至少原来还没负债,兴州开始怀疑借贷的决定是否过于草率,当初怎么就没预判到这一机不足、两机富余的窘境?进而怀疑这办电是否地点、时机适当,当初的抉择是否意气用事。一旦开始否定自己,一切便如多米诺骨牌,瞬间便哗啦啦倾倒个彻底。面对越积越高的负债和看不到逆转的未来,兴州不免悯然起来。

兴州的习惯,高兴或闲暇了便拉人来两盘;困惑或沉郁了便去车间,寒风簌簌的冬夜,一台台机器或高吟或低唱,工友们或驻足聆听或穿梭巡视,空气里满是劳作紧张的气息,在这铿锵的车间和大嗓门的工友中,他的心绪澄明轻快起来。

他没听领班报告,只需看一眼甚至闻一下气息,心便定了。设备正常,煤火充足,员工精神尚可,几次动荡,剩下的多为宝兴的老伙计和新来的电校生,那些靠裙带关系、图高薪安逸来的差不多溜光了。比起高价精密的机器,这些不离不弃、踏实肯干的工友才宝贵着呢,他们才是明远的中坚和最可依赖的力量。

"我来出出汗!"他甩下棉袍,从一个身形有些单薄的年轻人手中要过煤铲,煤带了力道呈扇面泼洒开来,瞬间在炉膛中化作烈焰,吐了废气,舍了废渣,涅槃重生。大音希声,大象无形,这新生命体虽无形骸,看不见摸不着,却强大得能点亮一切,改变一切!他脑子一亮,人生莫不如此,若不在这世间大炉膛中炙烤淬炼,岂能绽放自己,照亮别人?更不能像吴樾那些志士时时刻刻激励他人了,便如这优质的淮南煤,不过一辈子默默无闻地深埋于地下……

"小朱子,还傻站着?让老板歇会儿!"二狗子不知啥时蹿过来,虚张声势地对那文弱青年嚷着。有些细密的汗了,兴州也不坚持:"这个耗力气,悠着点!"

"没事,老板,我气力够着呢!"这面生的年轻人挥动了铲子,手法还不够老到,有细屑洒落。这煤进了炉膛才是金子,落下混了尘土,便是被扫除的垃圾了。

"他先前在线路,现在那边活不多,这里缺人,借来帮忙的。"二狗子介绍着,看小朱奋力的样子,兴州原本凝重的心又活泛了,对众人大声道,"只要舍得气力,在明远就有饭吃!"

"跟着老板,不但有饭吃,还有酒有肉呢!"二狗子信口道,众人一片应和声里,有哧哧的偷笑声。

兴州心一紧,盯着二狗子:"还住厂里?"二狗子脸上有丝不易察觉的慌乱,脱了柳条帽,挠着散了的辫梢,支支吾吾:"老板知道我单身一个,外面租房贵还不划算,再说住车间里上班又近……"

"去你狗窝看看!"

"哎呀呀,我那可真是狗窝,乱糟糟的,还有股怪味!"

"总不会养了一窝狗崽子吧?"兴州朝车间角落走,帆布隔成的一角便是他们的窝铺,兴州在此下过棋。

"老板又笑我了,这老光棍儿的狗窝就不要看了吧?"二狗子真的急了。

都上夜班了,空荡荡的通铺还算齐整,现在他们只能白天休息,大白天真睡觉的没几个,兴州虽也知道,但无良策,不能老盯着。空气中弥散着酒精的味道,二狗子床铺前,横竖躺着几只酒瓶。

"昨儿个有个小兄弟生日,外面叫了个锅子……"

"当班任何情况下都不许喝酒,当耳旁风了?!"

"这、这不是人情难却,天气又冷,一时就、就……"一贯伶牙俐齿,又喜摆老资格的二狗子结巴了,"下次再也不敢了!"

"下次再被我看见,卷铺盖回老家,别说不讲情面!"兴州那点好情绪一下子败了!

(三)

门外便是陶塘,一弯冷月傍着这泓千年碧水,与火热的车间相比是另一个世界。远处飘来若有若无的笛声,柔软地在心底划过,勾人无限心思。扑通一声,有鱼儿跃起又落下,击碎了平静。那亮白的月光,随着涟漪一道道地扩散,又一点点地被湖面的幽暗吞噬了。

兴州依旧无法静下,二狗仗着是老乡,又是老伙计,自觉特殊,犯些小错也罢了,三令五申之下却依然聚众喝酒,说不定不是第一次了,人若不能克己,便被欲望所克,兴州对有灵性的二狗子至少是不厌的,以后就让他自惯自吧。现在的明远已不容半点闪失,特别是安全上。

他不想带着一怀愁绪出现在月萍面前,便信步湖边。

"朝渡藤溪霜落后,夜过麾岭月明中。"王安石题咏故乡的诗句在溶溶月色中清晰起来,引项南望,故乡的月今夜也是一样的明吧?

可眼下的月光凛凛的,带着夜露的寒,洒在身上是层冷白,有风搅动着岸边枯枝残叶窸窸窣窣地响,这细碎的动感却延拓出陶塘恒久的静谧来。这湖已走过几生几世,深重苍老,连带着心气极高的兴州也霜意重重地老了,他极想乘着那缥缈的笛声,越过鱼形华阳、船形龙川,穿过起伏有致的坎头村、襟山依水的上庄,来到那枕山、面屏、环水的高迁,听一片乡音俚语,沐一腔和风徽韵,沉浸于翚岭老松的盎然与笃定,忘情于岭下清冽溪水的嬉戏……

"新岭迢迢,翚岭高高,走新岭,要歇夜,过翚岭,摘蟠桃……"他不自禁以浓重的绩溪口音吟哦起家乡儿歌来,却是股酸涩味儿,翚岭无数次地攀越,蟠桃又在何处?

兴州突发奇想，这凝了家乡万山精气的溪水，千折百回，是否有如自己一样，终归汇入青弋江，再流入长江……若真如此，这百亩陶塘与长江暗通，这汤汤湖水，是否融有故乡犟岭溪水？

兴州弯了腰，掬盈盈一捧，冰心彻骨，却清洌甘醇，大有家乡味道！这蕴含家乡一脉香溪的湖水，被隆隆泵入机房，做了明远不竭的动力之源……兴州心跳加快，仿佛喝的不是凉冰冰的湖水，而是老家的纯粮佳酿，精气神借这圣水一一还魂，听觉、视觉格外灵敏，那飘忽幽怨的笛声，被丝竹鼓点簇拥，牵出袅袅的花腔来。因了这电，汤会长前不久将陶塘边的知春堂茶馆改建成芜城数一数二的大戏院，这三面临水的好去处，此时该是高朋满座，华灯齐放，台上音容笑貌，纤毫毕现，戏迷大呼过瘾呢！

再放眼对岸，大马路上路灯明亮，行人不断，小贩声喧，灿若闹市，极似繁闹的大上海。忆起那晚与月萍同游的喧闹和兴奋，那快板刘该编了不少新段子吧？他被这五光十色的新世界迷住了，感动了，心蓦然紧了，若因了明远，这一切不复存在，那将是怎样的一个世界？

"舍生一搏与艰难缔造，孰为难易？"自己不能像吴樾那样"舍生一搏"、血溅五步，但若在"艰难缔造"上屡战屡败乃至泄气畏缩，不要说无颜见江东父老、革命先贤，也无面目立世！

夜已深，咫尺之外的明远厂房依旧一片通明，兴州裹紧棉袍，匆匆往家赶去，寒夜孤衾，月萍怕已等得急了。

（四）

挨过这奇寒又多事的冬天，便是公元1911年之春，明远惨淡运营的第三个年头。事不过三，无论国家社稷还是明远电力，都注定有翻天覆地的大事发生，是转运之年，铁口信誓旦旦。

年头便现出异象来，一如既往的春荒被少见的连场淫雨演变成连片内涝，连固若金汤的万春圩也多处溃破，原各自独立又暗径相通的江、河、湖已浑作一体，鱼米之乡顿成泽国。农作物受涝，手工业破产，少了农业的支撑和乡村的市场，芜城商铺倒闭潮起，实业减人，灾民嗷嗷待哺，市民啼饥号寒。

食不足，寝难安，电灯便可有可无了，尽管兴州他们千方百计，也止不住灯头数下滑的势头。那些亮灯的,灯费多一拖再拖。若升斗小民,还可催促;可府衙县宰也堂而皇之地拖欠,即便给当差小吏些甜头,也只交个几成应付一下。

凭着去年下半年贷的一万两银子和收来的电费,勉强糊过年关,春节鞭炮硝烟还未散尽,老柜这里又油尽灯残了。兴州欲做最后一搏,咬牙向大清银行再贷一万,可这回胖行长却把头摇得拨浪鼓似的:"贵公司贷的万两银子分文未还,岂可再贷?这春荒淫雨年头,银根紧张,周息已九分了,明远还得起?"

老柜回来说了,还直摇头:"这破天荒的高息,每日一睁眼就欠银行上百两银子,明远的利润不够利钱,我们成大清银行的伙计了!"兴州没料到利息涨得如此离谱,只是他的视角仍与众不同:"你说这么高的利息,为何有人敢贷呢?"

"病急乱投医嘛!"

"哪个行业有这样高的利润?有这样高收益,那银子还不追着去,谁还冒死去贷?"

"这……这我倒真没想过。"老柜一时语塞,他也无心探讨,"那贷还是不贷呢?"

兴州踌躇了。

这月的煤款和员工的薪资无着落,存煤不过一周,天灾人祸,税赋又加三成,贷了是饮鸩止渴,不贷可能活不过月底。兴州那老藤椅吱呀叫唤了半日,议定先贷五千救急。

"上会?"老柜是忐忑的语气。

"此事已上过会议,这次不过是续贷。"兴州与其说是说服别人,不如说是安慰自己,上次好说歹说才同意借一万的,且利息又高了,如再上会,还有下文吗?他得冒这个险,也须担这个责。他还有个两全之法,真到最后关头,大不了债转股,反正明远要扩股增资。至于大清银行,长期持有明远,定是笔合算的买卖,反正它有不少银子周转的。

明远再高息举债的消息弥散开,有急着开股东会质询的,更多人变着法儿退股,老柜的财务室乌烟瘴气。好在这里的员工是宝兴最精明的伙计,个个是不急不躁的好脾气,弄得这些人毫无办法。

退股不成,换股风渐起,起初还在八九折之间,有人放风,说明远高息借了又贷,早运转不灵,资不抵债,股票再不脱手,就是张废纸。更有甚者,说股东还要承担连带还债责任,人心惶惶,沽售者众,接盘者寡,最低竟折半,老柜这里股

八 否极泰来

票换名者络绎不绝。他着急又心痛,此风不止,股东受损,明远也会军心大乱,说不定有人浑水摸鱼,想成为大股东,进而控制明远。

好在兴州及时有了对策:一是让老柜拟个通告,告知股东实情,让他们慎重选择;二是每月仅最后一天办理股东更名、过户手续,特殊情况需经董事长、总经理签字批准。

"办法虽好,只不过老板的麻烦就多了。"一想到成群的人拥到兴州办公室吵嚷,老柜不免担心。

兴州似早有预见:"把楼下的安保室改为接待室,有关公司的生产、经营及用户咨询等,都在这里接待、解释。"

"这样就妥了,不过得有人领头。"

"那个在卸煤班帮忙的小朱怎样?"

"老板真有眼力!"曾负责招聘的老柜对他印象颇深,"他叫朱军,线路、发电都做过,对公司各方面都有了解,让铲煤就铲煤,没有比他更合适的了。"

"你要多帮他,如果有指名见我的,我会下来的。"

"不是特殊情况不会让老板出头的。"

"不要怕,闹事的没几个,大部分是讲理的,越躲,他们越觉得有鬼,就越会出事!"

(五)

这些日子楼上安静了不少,买卖明远股票的风潮式微,几个不退不休的股东和炒家,赖在接待室,兴州出面,也被缠上。

那日正闹着,一瘸一拐地来了个着蓝对襟罩褂、包头巾的妇人,这不是卢婶吗?卢婶对他使了个眼色,诡诡然坐下:"谁是管事的?"

"呵呵,连瘸子也来退,看郑某人怎么打发!"有人幸灾乐祸。

"我是买股的!"卢婶掀开层层衣襟,从贴身荷包中掏出一个素帕小包,这不是那天晚上吃饭时嘉慧用过的吗?藕白一样的手指捏了它贴一贴嘴唇,被兴州见了,却是过目不忘。

"只有五十两,不嫌少吧?"卢婶有点难为情地对迎来的小朱道。

"还有买股的,脑子和腿一起坏掉了吧?"

"大婶买啊,我有,要多少有多少!"

"买我的,我打折!"

"我半价!"

一群人一窝蜂地围上来。

兴州上前护住卢婶:"大婶是到明远公司买股票,你们别掺和了!"

"我只在公司买,其他人的再便宜我也不要!"卢婶把话说死,那些人悻悻地退去一边。

"大婶,我们现在不卖股票,要等股东大会同意增资扩股才行,您还是先回吧,什么时候卖了,我们会发通告的!"兴州这番话,那些嚷嚷着退股的人听得蒙了,连小朱也糊涂了,只有办事刚回的老柜明白是怎么回事,卢婶他认识。

"这位大婶,我们老板说了,现在明远股票不买不卖,您还是先回吧!"

"你们欺负人不是?银子是少点,可也是我们少吃俭用省下的,指望买了明远的股,靠它生息养老呢!再说我这来一趟容易吗?今天不卖我就不走了!"

小朱觉得该说点什么了:"老板,要不打个条子盖章先收了?等扩股时再补个证书……"

"证不证的无所谓,这样大公司还赖我这点银子?只要你们收下就好!"卢婶似乎对这个方案很满意。兴州和老柜对视一眼,又故作不满地看了眼小朱,沉吟间,边上这些人不干了:"我们退股你们不肯,人家送银子也不收,你们不是缺银子吗?就是不缺银子也不能负了这片心呀!"

"守规矩不错,可不能板板六十四,明远缺银子快断顿了,送上门的却不收,你们真心想把明远搞好?"

"怎么不想把明远搞好?这明远是大家的,若股东都像你们这样,一有风吹草动就嚷着退股,这明远能搞好?比比这位大婶,你们还好意思叫男子汉?又好意思说自己是明远的股东?"兴州疾言厉色,出了这些天受的窝囊气,还着实给他们上了一课。

兴州见他们讪讪的,便放缓了语气:"越是难时越要同舟共济,而不是争着提前下船,结果是谁也下不去,船倾人亡!这么便宜卖,坏了明远声誉不说,损失最大的还是你们自己,到时候加价都买不回来!你们以为大婶不懂行情是吧?你们才是真的傻!"

小小接待室是少有的安静。

"按郑老板的口气,这明远还有奔头?"

"电是新兴产业,到上海、南京看看,哪家哪户不点电灯的?眼下守住了,好戏定在后头!我说过的,若是明远破产了,我郑兴州分文不取!"兴州转而对老柜道,"难得大婶对明远如此厚爱,就破一回例,先收下股金,以后补证,计息从本月开始。"

"就信了郑老板一回,这股票我先不卖了!"

"郑老板说得在理,我也不卖了,至少不能这样贱卖了!"

大婶办手续时,众人散了。

晚上兴州回去,免不了把月萍埋怨一通,月萍一脸冤枉:"这事我还真不知情,卢婶回来才说给我听的,还夸了你一通,说你见机行事,能言善辩,把那些人好好开导了一通,全不是在家里寡言的样子,嘉慧也抿着小嘴笑呢。"

"唉,先是你,现在又是她们,我欠你们太多了!"兴州搔着大脑袋,"下楼我都不好意思见她们了!"

"什么你们我们的,一个屋檐下就是一家人呢,往后不要分得太清了!"月萍话里有话,兴州只是点头,未解其中深意。

(六)

"章老板的益新完了!"

那晚,巡过车间的兴州见老柜室内的灯还亮着,便招呼走两盘,已多日没摸棋子了,手痒痒得不行,兴州惯用的"当头炮"未架起,怔忡的老柜便冒出这话来。

"什么!益新出事了?"兴州手上那枚红炮差点掉下,章维堃是芜城实业界的传奇人物,他的益新面粉厂更是声名远播,明远、益新并称为芜城的"两个烟囱",之后投资三十万两白银的裕中纱厂也只享得"半个烟囱"的名头,如今这资格最老、风头正劲的益新眨眼间"完了",怎不令兴州震惊!

"快说说是怎么回事!"兴州弃了子,"你等我是为了告诉我这事?"老柜的脸也是苍青的:"下午起火的,这火烧的啊!"老柜摇着头。不消细说,兴州便能想象得到满是小麦、面粉的仓库和砖木结构的厂房被大火吞噬是个怎样的结果。

"人没事吧?"

"听说章老爷拼命扑进火堆,幸被几个儿子抢出,人没大事,不过六十多岁的人,烟熏火燎,又气又急,怎么也得将息几日。"

"明日一早召各班长和技术员开会,严明纪律,尤其要对上班前喝酒、迟到早退、吃里爬外等各种违纪行为严加惩处!"想起二狗子床前东倒西歪的酒瓶,兴州心就悬了。

"明天抽个时间,去看下章老板。"

"我现在就去车间看看,今晚负荷不大,防有人大意。"

"我刚从车间过来,等会儿我们去重申一下纪律,你是老芜城人了,对章老板应很了解的吧?"对被誉为芜城"实业界第一人"的章先生,兴州与他交集不多,却敬仰有加。

"说来话长,这章老板可是个人物了,他的兴业之路与老板不同,却一样难!"老柜给兴州和自己杯中续了水,浓墨样的夜里,章老板兴业的前世今生渐渐清晰了。

"这章老板乃浙江吴兴人,其父据说是名臣左宗棠的幕僚。他自小聪明好学,仕途顺达,先任无为知县,治理有方,不久便做了无为知州,官当得好好的,却挂印不干了!"

"这是为何?"念过几年私塾的老柜讲古格外有趣,兴州不自觉倾了身子。

"坊间有一个传说,"老柜喝了口茶,"说这天章老爷审案回家,突发奇想,说厨子偷吃了半条鱼。"

"章老爷清廉,衣食节俭,虽拖家带口,烧鱼却只做半条。"怕兴州不解,老柜解释。兴州心头一动,天下竟有这等廉官,倒是应了做官要廉的话。

"厨子当然不认,他便威胁:'我平时过堂用的那些招你是知道的,要不试试?'厨子心思活动了,不就半条鱼吗?也不是大罪,不如招了,免受皮肉之苦……"

"招了?"

"招了,章老爷忙扶起厨子,称是个玩笑,着实抚慰了一番。"

"这么做有他的目的吧?"

"老板说的是!"老柜又喝口茶,"章老爷自省审过那么多案子,少不了严叱酷刑,棍下不定有多少冤屈,自己却得意扬扬,加官晋爵,越想越不安,找个由头挂冠去了。"

"故事虽好,总觉得牵强。"

"我也不信,后来有人看到章氏家谱中有'验吏治冤狱有悟,遂弃官经商'之语,才觉此说不全是捕风捉影。"

兴州沉吟道:"章老板年少得志,扶摇直上,却反躬自省,抽身自洁,最是难得。"

"这事可能是个由头,说不定章老板早看不惯官场那一套,加上风气已开,经商办实业悄然成风,便辞官投身早已看好的面粉业,只是办实业之难,是他所始料未及的!"

"你又给我留下一个悬念了,不过你已讲了半个时辰,该歇歇了,我去车间看看。"

"我陪你去吧!"

兴州递给他一只藤条帽,一起下楼去了。

(七)

大概益新火灾消息已传开,又见老板夤夜复至,连带着老柜也少有地现身车间,且阴着脸,人人都打起十二分的精神来,一向口无遮拦、松松垮垮的二狗子也不想撞在枪口上,规矩得过分。兴州没再去查看他的"狗窝",适当的尊重胜过严看死守,紧张而嘈杂的环境,绷得太紧更易出事。

再到楼上已近子时,新的一天又将开始,两人无倦意,添茶再叙。

这芜城实业巨子的创业历程本已神奇,老柜的版本更饶有兴味。

"这章先生辞官办实业,有说是清朝第一人,一时朝野瞩目,不过他有备而来,不仅筹办面粉厂之事已深思熟虑,连益新这个名字也早定下了。"

"这名字确有新意。"兴州想起明远的起名。

"益新,益以创新、益创益新!"

"弃政从商,志在创新,不落窠臼的人生啊!"兴州肃敬。老柜似受到鼓舞,更绘声绘色了。

"办厂得有地,章老板早就瞄了块好地,就在长江、青弋江合流的宝塔根,舟船可泊停厂门口,麦、粉进出极便,一个转身就是繁闹的长街,是难得的风水宝地。章老板择了吉日要动工,芜城官绅却齐齐反对,说宝塔镇河妖,在此处动土会坏了芜城风水,还有人说面粉厂的烟囱须童男童女活祭,这分明就是不讲理了。章老板没办法,只好顺青弋江一路下移到老城厢东边金马门外的芦苇荒滩之上,本以为这化外之地没人再反对,可就在厂房筑成、机器到位、烟囱高立之际,众多小面粉主齐向府衙请愿,说此厂一开,他们便走投无路,道尹借口不予注册,工厂不予开工!"

"既是反对,何以到此时,这不是故意刁难吗?"兴州愤然。

"可不是嘛,这章老板血本已下,此时闹事,可是置人于死地的阴招啊!再说这洋货倾销这么多年,毁了多少行当,夺了多少家庭生计,衙门都不敢放一个屁!更可气的,洋面粉满大街都是,小面粉厂主不闹事,而自己人搞实业,却置之死地而后快。唉,一言难尽啊!"

"一定有人在背后使坏!"

"可不是嘛,这使坏的不是别人,就是连官府也惹不起的洋大人!"老柜愤愤地道,"章老板的面粉厂一旦开碾,成本比漂洋过海来的洋面粉低多了,这高价洋面粉就没了销路,至少芜城乃至皖南的市场要丢了。洋人能不急?表面是中国人在生事,背后是洋人操控,特别是最后一招,让章老板十多万银子打了水漂,彻底断了建面粉厂的念头,何其狠毒!"

"洋人做生意,背后是政府撑腰,一旦市场不灵光,就露出狰狞的獠牙!而大清衙门,对洋人是只哈巴狗,成天围着他们转,对自己的同胞,则是只恶狗,整天嗅着找破绽,一不留神就被狠咬一口!"

"老板说得太对了,底层百姓,穷不聊生,有点实力、思想开化的人想做点事,却处处受限,到处碰壁,这是个怎样的世道?!"老柜发完牢骚,见时候不早,平复下自己的情绪,把故事结了尾。

"这章老板也是人精,找了个英国洋行的犹太跑堂到厂子看大门,有了这个'洋人'在门口晃荡,他名正言顺地以外国人的名义办理了注册,益新摇身一变成了'外资企业',衙门只能捏着鼻子不说话。又上下活动关节,拿了营业执照,这益新才算开了工。章老板发奋图强,所产飞鹰牌面粉名扬四海,听说纯利一年就两万两银子呢!只可惜遭了这场大火,多年的道行毁于一旦,唉!"老柜一声长叹。

"明天,不,今天我们就去探望前辈!时辰不早了,都回去眯会儿,等会儿还要开会呢!"两人又到车间查看一番,便各自回家了。

兴州做梦也没料到,他们这一举动竟成了明远命运的转折点!

(八)

章老板的宅子门脸不宽,前进后院,前檐部设廊。檐下有一缸荷花,高低错落的荷叶间,有三两茎花苞,数尾小金鱼嬉戏于这青绿间。

这不是兴州常见的徽式建筑,青砖砌筑的圆形柱,方形柱脚,覆斗式柱头,两柱之上是青砖券顶,最大的不同是屋顶。高踞屋顶正背两端的是精致的鸱吻,龙头鱼身,尾似鸱鸟朝天,又称脊背兽,喜登高望远,喷水如降雨,镇火报平安,可见屋主人防火意识之强。屋脊之上,有狮子、海马等卫脊之兽,领头的是"仙人骑马",立在外垂脊背末端,也叫"走投无路",然物极必反,只能骑风飞走,绝处逢生。

兴州脚步顿了顿,这章老板有多少次的"走投无路",可都逢凶化吉了,但愿这次更是"仙人骑马",追云逐北。

听闻兴州登门,章老板不顾家人阻拦,亲自迎之,眉宇间未见委顿之气,兴州又添几分敬重。章老板是前辈,曾为六品实授之官,兴州欲行跪拜之礼,被章老板之子拦了,章老板连声道:"免礼、免礼,平日最不待见这繁文缛节了,且我不过一平头百姓,这火让我一贫如洗,郑老板第一个登门,宽仁厚德,章某该倒屣相迎了!"兴州忙揖手施礼:"章老板乃芜城实业界翘楚,益新名震天下,早有拜望之心,只因俗务所羁,惊悉益新遭飞来之灾,痛心疾首,特来拜慰!"

维垫把他们迎至大堂,分左右坐下,话题自然离不开这火灾。章老板倒也坦然:"实不相瞒,这场火灾,倒是烧个干净!"又粲然一笑,"许多人觉得我章某一蹶不振,终于把我打趴下了,可这时候,郑老板不惧霉晦,登门看望老翁,便知天不灭曹!"

早闻这章老板才高志洁,杀伐果断,见面更知其高邈桀骜,言语精妙,寥寥几言,既夸了兴州,亦将穷且益坚、愈挫愈奋的心声袒露无遗,兴州大为折服:"章老板执念在心,雄韬伟略,让郑某仰之弥高,受教无穷,相信章老板一定能跨过这小沟小坎,重振大业的!"

"都说郑老板是业界奇才,其人品道德更胜一筹,做小事看机智,成大业看道德,明远定会有如日中天之时!"章先生对兴州赞赏有加。

两人相谈甚欢,一旁的老柜不断使眼色,兴州方止了话头告辞:"今日先生小恙在身,不便久扰,他日再来叨扰!"

"本无大碍,郑老板一来,又好了大半,待忙过手头之事,必去贵府拜访!"维堃送至门口,那缸荷叶正摇曳多姿。

中　部

中篇

九　春风骀荡

（一）

　　春涝后,继之溽热少雨的夏,乡野庄稼都是副焦渴走水的样子。

　　老天是成心与人过不去了,投陶塘了断的比哪年的都多,兴州让人在取水口又加了一道栅栏,搭个凉棚派人日夜看护。

　　革命党起义的消息一日三传,大小官员如坐针毡,心思都放在对时局的研判和小道消息的探听上,市面失稳,社会似到了末世。遍地饥馑无人问,更别说偷电欠费些许小事了,无表接火,已不能止,电费收个五成已谢天谢地,虽已停一台机,却仍入不敷出。兴州、老柜几个月没领饷了,各项开支精到不可再减,第二批贷的五千两银子所剩无几,若不是汪夫子和次廉凑的银子,明远早断炊了!

　　秋天依序而至,可午间还是灼热炙人。街市依旧太平,仍是大清的天下,缓过劲来的官们,可着劲儿抓乱党,对社会、经济自是无心无力,对明远整治偷窃电的再三请求置若罔闻,连自身的电费也一拖再拖,倒是大清银行逼债的嗓门一天比一天高,而李氏家族在芜势力每况愈下,刘管家一病不起,少了官府说话的明远,更为不堪。

　　月萍又折腾至后夜才睡,天不亮又醒,若不是兴州按住,还挣扎着起床。月萍爱干净,有一丁点儿力气,便里里外外地擦洗,但终归弱不禁风,只得恹恹地躺下。

　　嘉慧端粥上来。学堂已关,嘉慧也无心再读,照料月萍便是她的日常,早餐稀粥咸菜、面条疙瘩,花样不断,连带兴州也沾光。

　　月萍坐不住,兴州扶着,嘉慧一匙匙轻巧地喂,月萍不喜这样,可不忍拂了俩人的意,只得张口。才出坛的咸豇豆,黄亮亮、脆生生的,月萍竟吃了小半碗,头上、颈上出了津津的汗。嘉慧备了温毛巾,将她额角、嘴边的汗揩了,又看下兴州:"楼下稀饭凉了,吃了上班,嫂子这里有我。"月萍也催促着,兴州犹不放心。"嫂子快不高兴了,你就走吧!"嘉慧的口气不自觉地变了。

卢婶熬的稀饭黏稠,浮着米油,锅沿有圈米汤风干的白壳子,当然还有油条和小菜,兴州却吃得没章法,眼前不时浮着月萍蜡黄瘦尖的脸,还有嘉慧的眼神。这眼神,他从月萍眼里无数次读出,没了隔阂,少了谦让,亲人般不设防……冷不防舌头被牙齿狠狠咬了一下,痛得他大张嘴吸气。卢婶见了,不由得心痛:"这世道,老板家也多天不尝荤腥了!"

快到厂门口的兴州被人拦了,是门卫。

"老板现在不要去厂里,好多人在门口闹事,领头的胖老太好张狂的,指名要见你!"

"为什么事?"

门卫答非所问:"朱军头被打破了,老柜让我在这等,让老板千万不要过去!"

"报警了没?"

"她带了帮二刁蛋,这些人不好惹!"门卫心有余悸,又愤愤的,"早报警了,快半个时辰了,也没见一个警察的影子!"

"你再报一次,说我郑兴州请他们来,再通知卸煤班的工友来几个人!"

"那你呢?"

"快去做事!"这伙计一听,知有不祥,小跑去了。

(二)

兴州抻抻衣襟大步地走,这是明远的大门,焉有总经理不入之理!老远就听见喧闹声,接待室里三层、外三层聚了人,一个蓬头散发的老婆子拍手跳脚地骂,老柜无力地解释着什么,边上一拨黑衣泼皮起哄,见兴州分开人群挤进来,老柜大惊。兴州迎向老太:"在下郑兴州,老太找的可是我?"老婆子怔了一下,混浊的鱼泡眼突露凶光,一双干瘦的手猛地封住郑兴州的领子:"你可露面了,骗子、无赖,骗老娘钱不还,把好好的厂子搞倒了……"那些黑衣人也恶煞般围上来,指头乱点,口沫迸飞。

"有话好说,有话好说!"老柜几个人忙用身子护着兴州。老太婆死活不放,黑衣人趁机推搡起哄,兴州高声道:"大家来明远,必定有话说,不如到楼上坐下,好作协商……"

"协商个屁!"一叉腰的黑衣人粗横地打断兴州,"乖乖把太婆的股票退了,老子今朝便宜了你,要不刚才那小子就是你的下场!"

兴州这才见头发沾血的小朱,怒火直冲脑际,但还是强压着:"各位,这股票是不能退的,章程上说得明明白白……"

"明远要倒了,郑兴州耍无赖了!"老婆子扯嗓子又号起来。黑衣人中一高出兴州一头的大块头似听到号令,直瞪郑兴州:"你没吃过亏吧,老子倒要看看是你嘴硬还是老子拳头硬!"攥紧的拳头就要砸下,嘈杂的现场瞬间寂静。郑兴州猛地挣脱老婆子,双目瞪圆:"谁敢?!"黑衣人一怔,拳头在离兴州额头两三厘米处颤抖着。

"谁敢动我们老板!"

"哪个不要命的在明远门口撒野?"

一阵呐喊,呼啦啦一阵风似卷过来一群手持铁锹、身似黑塔的卸煤工,一堵墙似的立在跟前,片片铁锹光闪闪,泼皮们哪见过这阵势,立马乱了,泼婆子也惊得张大了嘴,立马号起:"不得了了,郑兴州打人了,明远打人啦!"可任她再撒泼打滚,也无人理会。

眼见明远的人越聚越多,围观的也颇多指责,那大块头更怕警察来要吃官司,将攥了拳头的手合了掌,对兴州作揖讪笑:"久闻郑老板大名,我一时糊涂,你大人不记小人过。今日有言,往后绝不迈入明远地界一步!"说完领了那群黑衣人要溜。老婆子拍手大骂:"一帮饭桶,见到几个煤黑子就吓成这样,回头把银子都吐出来!"老婆子这一叫唤,这班二刁蛋更觉脸面无光,正待脚底抹油开溜,却被一班警察堵个正着,为首的指挥把两拨人分开,呵斥各自不得擅动。此人是马副署,与兴州、老柜有一面之缘,口碑颇佳,老柜忙上前报告,说这伙人无理取闹,冲击明远接待室,打伤接待负责人,连郑老板也差点被打。

马副署看了满头鲜血躺着的小朱,铁青着脸走到黑衣人前,声音不高却瘆人:"又是你们几个,嗯?"一挥手道,"押走!"

"谁敢?吃豹子胆了?也不打听打听我是谁?!"一直喋喋不休的老婆子横

九 春风骀荡 | 135

在副署前,冷冷地将马副署从头到脚地打量一番,猛地像鸡叼毛似的,把刚才撒泼打滚沾的一身灰抖个乌烟瘴气,呛得副署退后几步。马副署不由得发问:"你哪位?"

"我哪个?别看你披了这身皮人五人六的,说出来吓你一跳!我儿子是日本领事的翻译官,知道吧?就是那个叫八玉的日本领事!"她昂了头,悠然地往脑后篦着乱发,"别说你这跑腿的,就是府衙的老爷见了,也哈咿哈咿的!"一口吐沫脆生生唾在警官脚前。

"你儿子替日本人做事,这些人是你儿子找的吧?"副署貌似温和了许多。

"算你没被猪油蒙了心,不是我儿子,谁有那么大能耐叫得动他们?不过也都是些废物,不顶用!"说完回过头来狠狠瞪了他们一眼,黑衣人一个个别过脑袋。

"儿子帮小日本干事还有脸说?"

"有其母必有其子,蛇鼠一窝嘛!"

"怪不得那么撒泼,原来有日本人撑腰!"

周围的目光愈加鄙视和不屑。

"还是日本人有势力,警察也尿了!"有人泄气了,兴州却暗暗佩服,若不是马副署机智,还真不知这闹剧的幕后主使竟是八玉!

那副署依旧带了笑:"既然老人家有这么大后台,那也麻烦去趟警署做个证吧!"

"你这黑狗子还想逮老娘?"

"再说一遍加你一条侮辱警察、妨碍公务罪!"副署说罢对边上的警察一扬手,"还愣着干什么!"早憋一肚子气的警察一拥而上,杀猪样叫唤的老婆子连推带拽着被带走了,那些二刀蛋更是低头哈腰被押走了。

马副署对兴州道:"郑老板受惊了,不过你们这边也须有人去做个证明。"

"我自始至终在场,情况我最了解!"老柜忙应道。兴州对马副署一抱拳:"马警官善恶分明,果断敢为,郑某敬佩!"

"郑老板谬赞了,马某不过跑街当差,依职行事而已,现公务在身,日后再叙!"

老婆子当天便被开释,但撂下老脸闹了半天不仅未占一丝便宜,还进了警署,里外尽失。黑衣人真如所说的那样,再也没在明远地面上闹过事,而明远

"铁锹队"却由此声名远扬,郑兴州还被安了个"铁锹队"队长的名号,黑白两道都尊崇,这倒是兴州所没料到的。至于朱军,不过是受了些皮外伤,敷了几服跌打膏后便痊愈了。

（三）

几天后老婆子又来了,后面不是青皮二刁蛋,却是些老头、老太,天天坐在明远门口,这天居然闯进兴州办公室。

"你不是狠吗？还叫人抓我呀！"老婆子一屁股坐在兴州对面的凳子上。

兴州的脸上看不出表情："若是退股,本公司恕不办理,章程上写着呢。若无他事,请离开这里,这是办公之地！"

"什么狗屁章程,都是你们几个人糊弄我们银子的！今天不退大爷我就不走了！"后面的瞎眼老头扯着嗓子嚷。

"那银子可是我们的命根子,不退可怎么活？"有人眼泪巴巴的。

"我们都饿死在这里算了！"

"都说郑大老板的办公地如何如何的,不过破桌烂椅和一班吃干饭的,这明远怎能搞好？"老婆子一巴掌重重拍在兴州的办公桌上,纸笔墨震得跳起。见兴州不为所动,她更放肆了："刚才郑大老板还说了,这办公重地,小民不得入内,哈哈！"那张老脸凑近兴州,浓浊的口臭随了口沫直扑兴州面门,"我今日就来了,嘿嘿,还不想走了,你能怎的！快搬救兵找那个姓马的呀,怕你还蒙在鼓里吧,这姓马的不管用了！再叫人来抓的可是你了,没想到吧……"

可令那老妇人诧异的是,这郑兴州老僧入定般靠在那把吱吱作响的藤椅上,脸上浮了怪诞的笑,似进入了极乐境界。是的,他把所经历的坎坷和所遭的苦难积起,只需一踮脚尖就能跨进天堂了！老婆子的叫嚣如蚊蝇嗡嗡,老柜费力的劝解似画外音,他双目微闭,不去想或去求什么结局,结局或早在那里。

蒙眬中似有天外来音："你们有多少股,卖给我得了！"言语不高,屋子却瞬间静寂下来。

这声音不熟,又似在哪里听过。

"啊！章老板！"兴州惊得立起,"什么风把章老板你给吹来了！"他四下环顾,显得尴尬,"看我这里乱糟糟的,连坐的地方也没有。"转对老柜,"快把会议室打开,那里宽敞!"

维堃却摆手:"不费那个事了,一个卖,一个买,就在这里成交,一会儿的事!"

真有人买,还是远近闻名的章老板,有人踌躇了,老婆子也愣了神,精心组的局又得流产,顿觉这郑兴州就是她的死穴,碰一次死一次,不由得气急败坏:"不管张老板、李老板,掏出银子来才是真老板,要买就一起买,不要买一个、不买一个的,还不打一点折扣!"

章老板对着同来的账房:"和他们办手续吧,就按他们的条件!"老柜见势大声道:"有请了各位,今天正好可办股票交割!"老婆子马脸上吊着的那坨肉颤了一下,便稳住了:"我们就是来退股的,这郑大老板叽叽歪歪了半天赖着不退,还是章老板爽气!"临出门却不忘损他们一把,"我们退个干净,谁想发财就去发财,再也不买这歪歪倒的什么公司了,还明远呢,我看是离倒不远了!"

屋子爽静了,兴州又施了礼:"章老板真是我的贵人,今日出手,解了我的燃眉之急,还除了一大隐患!"便将其中缘由说了个大概。

"这事我多少知道些。"受够了官府和洋人夹板气的章先生与兴州同仇敌忾,"当初听说这恶婆天天闹,就觉此事蹊跷,后风闻与日本人有勾连,正好我也想买明远的股,他们闹着卖,我是寻上门来买,这不是各取所需、皆大欢喜嘛!"

"章老板刚遭大灾,还为明远出手,大恩大德,小弟没齿难忘!"兴州明白,这些合起来少不了两三千两银子。

"我遇灾,郑老板第一个登门,明远有难处,我岂有漠视之理?患难里识人,你这个朋友我交定了!"他把引得江浙同乡资金、灾后重建之事简要说了,又道,"我买明远股票,也不全是帮你,这是我公司发展计策之一,我是来和郑老板谈合作的!"

"合作?你我合作?"兴州这些日子身心交瘁,以为听差了,"章老板是做食品的,我是搞电的,我们合作?"

"哈哈,怪我没有说清楚!"维堃解释道,"磨面需要动力,以前都是人工推拽,后改作蒸汽动力,快了十几倍,若是用了明远的电呢?"他笑吟吟地看着兴州。

兴州的大眼放了光来,差点从老藤椅上弹起:"啊!好主意!这下我的电是不愁卖不掉了!对你我都是天大的好事啊!"维堃微微笑了:"郑老板果然聪慧过人,一点就透!"

"还聪明呢,以前可没想到啊!浪费了好多机会!"兴州直拍自己的大脑门。

维垫却道:"我之前已用了蒸汽动力机器,即使你想到了我也用不了,这一改造可得大把银子呢,轻易变不得的。可这一把火烧个彻底,我从西洋买了新机器,是英国亨利西蒙磨粉机器厂最新式的磨粉机,那可是亨利公司卖到亚太的第一台机器,英国人很高兴,拍了照片,发了消息,还准备把照片放到他们公司的年鉴上呢……"

"这是越烧越旺啊!"兴州由衷高兴。

"哈哈,我旺你也旺了!"

"我旺?对对,我们一起旺!"兴州的情绪似过山车,从极悲到极乐。

"这次我不再自己搞动力系统,麻烦,也不安全,还不如像英国厂家一样,直接采用电力。我估算过,设备、人工和精力加一起,还真不如用你的电合算,再说也算是帮了你,解决你的市场容量不足的问题,真正的两美了!"

维垫侃侃而谈,兴州飞快地盘算着,按益新之需,他一家面粉厂就顶电灯千户,这已足以让明远扭亏为盈了,全市还有好几家米粮加工厂,若有一半用了我的电,那明远可就两机全开了……

"一念天堂,一念地狱啊!"兴州掐着大腿,痛得想哭!

"郑老板,你这是怎么了?"

"能到今天这一步,着实太难了!"他不想掩饰,"章老板,恐怕你都不知道益新帮了我多大忙!不仅给了我千盏灯的容量,更给了一个金点子!按这路子走,明远就能出头了,我现在知道什么叫喜从天降了!怎么谢你也不为过啊!"

"郑老板高抬我了!"维垫为能帮到明远高兴,话却客观,"可不敢把这功归于我,即使不是我,你以后也会走这条路的。"他捻须而叹,"这年头办实业,官府什么的谁也指靠不上,不知有多少明枪暗箭,若我们不相帮着,这两只烟囱迟早要倒!"

"章老板所言极是!"两人同气同声,"这洋人非我族类,居心叵测尚可理解,可有那么一帮子人,有的还漂洋过海镀了层金粉的,却数典忘祖,为蝇头小利,甘做走狗,整起同胞来更狠更准,我都不知道他们良心去哪里了!"想起这翻译一家三番五次闹事,兴州感慨着。

"这些人,有奶便是娘,有的天生贱骨头,见洋大人就跪了,当然也有不少人被洗脑甘当走狗而扬扬自得的。"维堃在官场见得多了,目光更犀利些。

两人议起时局人事,话头止不住,维堃忽然手拍额头:"差点把正事给忘了,我新厂设备已在安装,只等电了!"

"下午就做计划,明天我带人给益新架条专线,三天之内保管送电到厂,绝不误贵厂开业大事!"

"两位老板都是有胆识办大事的,芜城的两只烟囱是越烧越旺了!"和维堃的账房相偕回来的老柜的话,引得众人开心地笑了。

老柜面露喜色,看来老婆子没再兴妖作怪。

(四)

维堃的新工厂,机器代替手工,电力替代劳力,省了蒸汽设备,还少了相关配套房和操作工,省钱省力,功率提升数倍,真是"益创益新"了!兴州畅想,若芜城所有的厂子都以电做动力,芜城的实业便不再是传统的手工作业了,实业升级换代指日可待,不论是效率还是质量、价格,或可与洋货一拼,实业兴国不再是句空话,这也是他舍业冒险投身电业的初衷之一,只是被范罗山那束灯光眯了眼,落了窠臼,一味沉湎点亮暗夜、与月争辉的情怀之中,还在公司名称中加了"电灯"二字,耕云种月,孜孜以求,却差点断送明远,也延宕了芜城产业升级的大好时光,兴州大有今是而昨非之感。

不过好饭不怕晚,现在要做的是,赶紧叩开芜城所有实业厂家的大门,把电送到他们的车间、厂房!

他的目光首先瞄向投资五万两银子以上的实业。

他与老柜粗略摸排,达以上投资规模且可做动力系统改造的,便有裕源织麻公司、锦裕织布厂、丰盛榨油厂、江丰碾米厂等五家,而投资四十二万两银子的裕源织麻公司,为另外几家投资数额之和,也是棉麻行业的老大,在芜城实业界举足轻重,如拿下它,加上益新,明远的发展将是令人震撼的。

兴州却又惴惴的,毕竟是破旧立新,不是每家都如益新那样"益创益新"。裕源织麻公司经理张广银是极有主见之人,从学徒到总经理,他步步为营,极少冒险。是先攻下这个制高点带动其余四家,还是先攻城拔寨,拿下小厂,先分后总?兴州选了前者。

张经理对郑兴州一行倒是热情,但谈及动力系统改造,却疑惑又茫然。兴州便从电力的形成、特点讲起,到电力的发、供直到采用后的诸多益处,费了半天唇舌,张经理却摇头:"这织麻纺布有一定之规,几代人沿袭传承,轻易不作改变的。再说芜城大小棉麻实业数十家,没听说有用电做动力的,裕源摊子大,若有不测,覆水难收。即便真如您所说的那样,但眼下生产正常,改造少不了再投一笔银子,现在银根这样紧,局势又不稳,股东是不会为这个他们没听说过的项目投钱的。"张经理端起茶杯,"多谢郑老板好意,您还是去别家看看吧!"

下午兴州再次拜访,门房通报许久,才有一主管模样的人出来,称张经理外出,下午不回公司了。

翌日,张府朱漆大门一开,只见门外立一人,帽子上闪着晶亮的晨露,眼神却是灼亮的,这张老板也是摸爬滚打多年才有今天的,心头一热,忙着让座看茶,兴州却拱手道:"一大早叨扰张老板,想耽误您个把时辰去益新走走,那章老板也是极欢迎的!"

"既是如此,恭敬不如从命了!"

老远就见益新面粉厂的铜质招牌,宽厚的门楣上镶嵌着"山辉川楣"四个石刻大字,维垫的手笔,古拙苍道,未入其中,便先折服了三分。

维垫亲作引导,但见各式机器嗡嗡有声,麦子从一个敞口铁盒徐缓而入,经过各种管道和机器,在另一车间便是雪白的面粉泻出,全然不是那人拉肩扛、粉尘弥漫的场景。不仅广银,连兴州也怔住了。

"就这么简单?"广银捻粉在手,放一点在嘴里,这粉与人工、畜力磨出的一样甜香,却更细腻均匀了。

"不单简便,而且更快速,出粉率也高!"维垫看向兴州,"除了洋人的新机器,那就得感谢郑老板的电了!"

维垫领他们到配电房,既不见庞大的蒸汽设备,更无嗡嗡震得头晕的机器声,当然也没混合着机油的呛鼻味道,如果说那蒸汽机像是个脾气火暴的大汉,那此刻他们一定是误入安静整洁的女子闺房,静心才探得细若游丝的电流声。

"这么静?"

"张老板有所不知,"维垫对兴州微笑着,"这得再谢郑老板了,他把这噪音还有更大更复杂的设备都集中到他的厂房里了,到我们这里就是无声无息的电流了!"

"干净,动力又强,是不是比蒸汽又高一档?"

"这是当然,电力来源于机械,可电气化比机械化又进了一步。"

广银奇问,维堃妙答,郑兴州不知这章维堃对电力乃至当今世界工业了解如此深刻,也对益新理解更深了一层。

顺着兴州的指点,广银见到几根电线,从窗外电杆引入室内一个装有各种表针的铁皮柜中,柜子发出柔和的嗡嗡声,似在向人们示意它们正兀自忙碌着。张老板好奇地这里摸摸、那里按按,兴州笑着制止了:"秘密都在这里呢,可不能随便动!"一旁的维堃解释:"这是高压电,不可随便触碰的,就因了这柜子,过去十来个人操作的蒸汽车间就不需要了!"

比洋人大楼还高的厂房,各种叫不出名字的新式机器,安静整洁却动力无尽的配电室……这就是工厂?我那个叫什么呢?缠绕已久的心结蓦然解开了,只有这样的厂子才能生产出驰名全国的"飞鹰"面粉,而投资是它几倍的裕源却只能惨淡经营!广银暗自感慨。

"谢谢章老板,更要谢郑老板!若不是你的坚持,我差点失了这个开洋荤的机会。没想到工厂还可以这样开,我算是看清与洋人的差距了,也明白我们的产品为什么竞争不过人家了!"

"我这设备不算最好的,洋人用的应比这要先进。古人说'见贤思齐',现在讲'洋为中用',我们这些做实业的,也该换换脑子了,要不差距只会越拉越大,也对不起投资人哦!"

维堃的话意味深长。兴州也有感悟:"我们中国人一点不比外国人笨,管理能力一样出色,益新便是现成的例子。外国的面粉现在不仅在芜城乃至在安徽甚至是扬子江流域都卖不动了,张老板的裕源要是改造了,也是一片新天地!"

心若一片湖,张广银的心之湖定一波一澜涟漪不止,沉默有顷:"要全改成章老板这样怕不行,且不说有没有这样的机器,就是有了也一下子凑不齐这么多银子。不过动力系统改用电,可以一试,回头我就给董事会报告,和章老板一样搞个配电室,郑老板一定要像对章老板一样支持我哦!"

"借句洋人的话,'顾客就是我们的上帝'!不管是立早章还是弓长张,我是一口说不出两个章(张)字来的!"兴州一高兴,也幽默起来。

"张老板要建了配电房,就一步跨到电气化了,是如虎添翼啊!"维堃也为之高兴。

"哈哈,看了章老板的益新,才知什么叫'山辉川楣',这境界我可比不了!"

"我俩就别'内讧'了,"维埜笑对兴州,"我们得唯郑老板马首是瞻,没他的'光明',我们怎'致远'呢?"

(五)

裕源公司的接电申请两天后便到兴州案头,略遗憾的是,动力只改一半,这样一个芜城巨无霸级别的厂子,动力全改,等于把自家的生死全交由他人掌控,留一半也是小心明智之举。即使一半也让兴州高兴,它一半的容量也仅次于益新这样的大户了,照样有示范效应,服务做好了,效能一比,另一半迟早也会动的。像上次一样,兴州带人架了一条专线,朱军监理的配电房一礼拜就完工了。

一个月后,同丰碾米厂、江丰碾米厂等三家投资过五万两银子的企业的动力也都改用电能。锦裕织布厂等五家中等企业也有意向,只是资金等方面的原因,一时难定,郑兴州便说服他们将车间和办公场所改用电力照明,算是把一只脚先伸了进去。

芜城实业用电量首次超过电灯负荷,明远又双机发电。没了退股的纠缠,老柜更忙了,选招了十多个技校生,算是缓了员工短缺之急。

"我们过去是捧着金饭碗讨饭啊!"看着老柜送来的月盈报表,兴州喟叹。

"实业用电当初也有过尝试,可吃了几次闭门羹之后便没再坚持。"老柜似惋惜,更是为兴州辩解。兴州却不这样看,他指了指自己的脑袋:"关键是在这里!在夫子那看过一本书,上面讲产品改变生活,当时我不甚明白,现在才懂,有好产品,还要懂得推销,借以改变社会和生活……"老柜转到电力上:"老板是说业主没想到的,我们应该想到,还要花力气去推广。"

"要没章老板施以援手,我们怕现在还是焦头烂额,或许……"兴州不忘朋友情,更为明远能有今天而庆幸。老柜却不这样看:"当然得谢人,不过也得谢天谢地,世事纷繁,皆有一定之规,凡事都是因缘际会。"

"什么时候你也如此深奥了?"

"求仁得仁嘛!要不是益新大火后你第一个登门,这章老板在千头万绪的重建中怎会想到明远?还有,"老柜把声音放低,"若不是这场火灾,益新也不会置已有的动力系统不顾,花笔银子重起炉灶做引电改造,所以这是老板的精诚感天动地,就像大鼓书上说的,公子有难,小姐搭救……"

"前雅后俗,罢了、罢了!"兴州笑着打断他,"做事讲天理,做人要有品,再遭厄运,仁义之心不能泯;虽处逆境,奋进之心不可息;自己不倒,别人就无法把你打倒!"

"老板说得太好了,我看可作明远人的修身守则了!"

兴州哈哈一笑:"老柜过誉了,守则之类的东西,还是找秀才来搞为好。再说修养之事,贵在个人经历与自省,若外力强为,反为不美,也就谈不上修养了。"益新的厂容厂貌和人文精神让他折服,他深以为好的企业就该是这个样子,明远要做的还很多。

明远扭亏为盈,股东、员工一派欢欣,但兴州、次廉、老柜诸人仍满腹心事,八分高息几乎把明远辛苦赚来的利润吞噬光,偿还本金便无从谈起,只图个外表荣欣,实如老柜所言,在为大清银行打工,上至总经理,下到见习生,不过是银行大小伙计。

最好也最根本的办法是扩股,增发的银子还本付息,一清百了。

"公司大好,市场无限,增资扩股,有理有据,一旦还清旧债,等于双倍赢利。"老柜的想法,兴州认同,却多少有些担心,这投资多年,好不容易公司赢利了,股东眼巴巴盼分红,却等来增资的消息,股东难以接受,自己也于心不忍,之前吵闹退股的场景历历在目,并非全无理取闹。还有就是退股风波刚过,此时扩股,市场是否响应?

"迟一天可就多了一天息,股东和工友就多一层负担,慈不掌兵,义不理财!"老柜急了。

"可总觉得哪里有些不妥,再说董事会和股东大会能不能通过也是两说,缓缓吧,我觉得市场还有的挖。"

他想起前些天的一个发现来,作为全国"四大米市"之一,芜城碾米的大小砻坊上百家,均以人力或畜力做动力,每户动力不大,但百来户又相当于一个益新的用电负荷了,且改造耗费不大,只是要费些唇舌。

"这事虽琐碎,但朱军应担当得了,他年轻有文化,又是线路班的头儿,压点担子有好处。"本以为老柜会出个点子,甚至自告奋勇地做了,一旦他把这块拿下,兴州更有底气在董事会上提名他做协理了,谁知他没接茬,还把这样的美事推给了年轻人。这么多年了,兴州觉得还不完全了解这个一心跟着自己的老伙计,忍不住多看他两眼,可老柜一脸寡淡,难道他没看出我的良苦用心,或者他根本就没有那方面的想法?

(六)

明远逆袭,月萍也似打了剂强心针,又有嘉慧的贴身照料,咳嗽也平缓些了,便想打起精神做些兴州喜欢的徽菜庆贺下,却被卢婶母女劝住了。月萍此次犯病,不同以往,不仅未出院门一步,重时连楼也下不了,家里买、汰、烧大小诸事,全赖卢婶母女操持,她们清晨即起,洒扫门庭,楼上楼下、房前屋后,一以贯之保持了月萍喜爱的素爽清净。

嘉慧识文断字,丢下书包,拿起剪刀,铰个细柳闻莺、燕子双飞,传神又俏皮,贴在窗棂上,展翅欲飞,月萍喜爱,连兴州也多看两眼。月萍乘势把钥匙交给嘉慧好几把,放碎银子的柜子也不落锁,买菜家用,任凭支取,卢婶事无巨细一一报账,月萍说头痛不听,卢婶便让嘉慧一笔笔记了。她们刻意保持着一线距离,把兴州家的饭菜做好了,才做自己的,吃饭更是分开。

及至月萍难以下床,饮食起居都需人照料,禁不住月萍恳求,卢婶不再单独开伙,却也很少和兴州一起吃饭,似这样,既能不辜郑家的好心,又一檐两室,自律自尊。

近日卢婶变得爱拜菩萨,清早就拖条不甚灵便的腿,上香叩拜,虽无红鱼青磬,倒也灯火香烟,清肃庄严,见嘉慧在侧,拉她同拜。

"我们女人家,求神拜佛,总归有好处的。"

"什么好处? 所求皆应了?"

卢婶赶紧斥道:"小小年纪,不要在神灵面前乱说话!"又有些自得,"怎么没好处? 我们礼佛诵经,克己行善,菩萨慈航普度,一切都在因果里。你月萍嫂子身子不是见好了? 明远也变样了,你敢说菩萨不灵?"嘉慧扑哧一声乐了:"这么说嫂子和明远都是你吃斋念佛转运的?"

"心诚则灵,他们是我们母女的恩人,他们落难,只能求神佛保佑!"

嘉慧脸上现了与年龄不相称的深思表情来,待妈拜过,她也有样学样,双手合十,两目微闭,虔诚拜了三下,正待起身,闻得楼梯响,月萍拖着病体扶着楼梯颤颤地下来了,嘉慧忙上前扶住。

月萍觉得自己这病犯得值！老天有眼,有缘遇着卢婶母女,几年朝夕相处,月萍敬卢婶的坚韧与善良,更喜这聪慧纯真的慧妹子,眼见着她一日日长大,越发水灵标致,竟有饶舌媒婆上门打听了。而自己的身子是一天不如一天,再不把此事挑明,让这只金凤凰飞了,才叫死不瞑目呢!

她留心嘉慧的生辰八字,悄悄找了城南算命的"刘铁口",竟与兴州八字相合!她记得"刘铁口"如是说:"若能婚配,子多业兴,乃天作之合!"她忍不住又问:"年龄大点呢?"那"刘铁口"只说了八字:"老夫少妻,琴瑟和鸣。"听得月萍又心酸又激动。

她得寻个机缘。

"难得你们一片好心,天天求神祈福,今天我也来拜一拜,让菩萨保佑你们母女平安,诸事顺意!"及待下得楼来,月萍对着菩萨伏地三拜,口中念念有词。

"你身子不便,就不必行礼,心中有佛就行了。"卢婶让嘉慧去厨房,那里熬着药。月萍拉着卢婶的手,一声"婶子"就哽咽了:"你们整日围着我忙,何日是个头啊?真是难为你们了!"

"快别这么说,谁没个落难的时候?真要说谢,该谢的是你们!当年那荒地就我孤零零一户,我又跌断了腿,要不是你们,我们母女还不知有没有今日呢!一家人可不说两家话啊!"卢婶眼里有雾,好美好善的人儿,瘦得只剩下一双大眼,天妒红颜、人好命薄啊!月萍幽幽地说:"要是一家人就好了,哪天我走了,兴州也有人照顾了!"卢婶一个激灵,忙着安慰:"可别乱想了,病去如抽丝,你能下床了,会慢慢好的。这明远也好了,你们的好日子在后头呢!"

"卢婶别净拣好的说,我晓得自己的病,不过一年半载的事!"月萍失神的大眼望向远处,"老天只给我这么多阳寿,我也知足了,只是没给兴州留下一儿半女,留下他孤零零一个人……"月萍又啜泣起来,卢婶劝慰不及,自个儿也泪落不止。

原以为到郑家不过短住,可郑家待她们母女如亲人,不说找不到合适的住处,就是有了地方,也舍不得离开,反正租房子,哪里不是住呢?身子有寄,心亦有所系,安土重迁,腿脚不便的她便渐渐断了再找他处的念头,只是月萍的心思有些让她为难。

女儿一天天长大,出落得一枝花似的,卢婶且喜且愁。月萍不止一次或明或暗露了喜欢的意思,这"喜欢"让她颇矛盾甚至抵触,且不说兴州已有妻室,且与嘉慧年岁差距不小,真那样难免有人说闲话,说她们母女是看上人家的钱财,赖着不走,她是万万不可接受的。

可月萍病成这样,想走也不是时候,她几次把话咽了。世上难寻这样的痴情人了,痴到能舍了夫君,却又放不下夫君。对这样的月萍,怎可一口否了呢?等她病好了自然断了这念头,到时候再走不迟。只是真情消融得了一切藩篱与阻隔,遇到郑老板特别是月萍,再硬的心也化了。兴州话不多,心却细,做事有恒心,是干大事的人,也是个好丈夫,若孩子有这样的依靠,也是她的福分,但一切为时过早,还有嘉慧大了,又懂事,该怎么办自己拿主意吧。

她再次打太极:"老话讲'车到山前必有路',好好养病才是正道!"

(七)

月萍坐了会儿便觉累了,嘉慧扶她上楼躺下。

"嫂子又伤心了吧?这对身体可不好,明远又好了,开心才对。"

"你是不知啊,我这病是一年重似一年,只把他拖老了!"

"不许这样说了,我要你长命百岁,我们一起快快乐乐的。"嘉慧噘起小嘴,一副不高兴的样子,"再说你那个'他'也没那么老嘛!"

"你以前不还喊过他'叔'的吗?其实他也不比你大多少。"

"喊'叔'就把他喊老了?"嘉慧一副怯怯的样子,她忘了小时怎么叫的,只是懂事后,一和他那英气逼人的大眼相视,心儿就小鹿似的跳,多是羞涩地一笑,连话也不多说的。这男人是座山,她是高山仰止,最近伺候月萍多了,免不了接触,才不那么生分,觉得自己是家中的一员,至于什么身份,倒浑不在意了。

"那喊什么?总不至于喊名字吧?"嘉慧有点急了。

"喊名字好啊!起名字就给叫的,他有什么了不起,名字还喊不得?"月萍一本正经起来。嘉慧把头摇得拨浪鼓似的:"不好,不好!怎么说也是芜城名人,大老板,哪能直呼其名?被外人听了,说没家教。再说这名字是有名、有字、有号,不同场合叫法不一样,不同的人叫法也不同,不可随便乱叫的!"

"识字的人就是讲究多,我看不必这么多麻烦,不如就叫他——"

月萍故意卖个关子。

"到底叫什么呀?"

九 春风骀荡 | 147

"哥哥嘛!"月萍尽量显得很随意。"哥——哥?"嘉慧觉得有些拗口,颇似黄梅戏腔调,未落音,两人齐笑了。月萍又咳了,是笑咳的,嘉慧拍着她的背,学着黄梅腔:"嫂——嫂,可好些了?"月萍咳出泪来:"你这小精怪,真招人疼,我是男的就把你娶了!"

"好啊,我就伺候嫂子一辈子,还有我妈,她腿不好,我走了,她孤单一人怎么办?"

月萍定定地看着嘉慧,都说穷人的孩子早当家,自小失了父亲,尝尽人间冷暖的嘉慧,外表温婉可人,可心智早已成熟了,自己眼里只有兴州,而她却想得更周全。

"妹妹是长大了!"看着有些窘的嘉慧,月萍索性把话说得更直白些,"这家里每个人都离不了你,特别是我!"她拉着嘉慧嫩生生的手,"你要帮我分担,说不定这家以后就靠你了!"

嘉慧先是低了头,又慢慢抬起,撩了短发到耳后,自上学后她就理了这学生头,与闺阁女子形象大不同。

"嫂子高抬我了,我哪识什么心数,只觉得我妈这辈子不易,你们对我们又太好,这辈子也还不下这情。嫂子有什么只管讲,只把我当妹妹好了!"

"我早把你当亲妹了,今日你亲口说了,可不许赖账啊!"

"妹妹笨手笨脚的,不会的姐可要教我。"

"妹妹聪明着呢,又上过洋学堂,胜老姐百倍,只怕你细皮嫩肉,受不了这苦。"

"说了半天,到底是什么?净吓唬妹妹。"嘉慧娇嗔道。

"看这天也凉了,做针线活手也不出汗了,往年这时都要给他做双棉鞋了,这会儿我戳不进针,拉不动线,帮我纳双鞋底可好?"

"我以为是什么大不了的事呢!"嘉慧不以为然,又羞涩了,"我针走不平,我妈说狗啃似的。"

"我信你会纳得好的,没有人不喜欢的!"月萍捉了嘉慧的手,那手微微地颤,一时无话。月萍仰了头,那眼里框了喜,又蓄了泪,这鞋子大概自己穿不上了。

（八）

  1911年，季节的参数悄然而变，春涝夏干，水深火热，民不聊生，革命党剿而不灭，反作燎原之势，明远苦撑之际，一场声势浩大的保路运动在四川勃兴。10月10日，武昌起义爆发，清廷震荡，10月31日，曾于1908年起义失败的安庆炮营再度起义，11月8日，安徽宣布独立，次日芜城便宣布独立。

  北方几个尚未宣布独立的省市，也人心浮动，清廷不得不在1912年由隆裕太后宣布退位，统治中国两百余年的清政府退出历史舞台。

  改天换地之时局让郑兴州、章维堃、张广银这些实业界人士兴奋又紧张，明远铁锹队声名在外，兴州还是让朱军加强厂内外安保工作，老柜的财务室也有人昼夜值班，自己更吃住在厂里。

  这日兴州正一身煤尘地在厂里抡大锹，忽传外面有人找，竟是多日不见的汪夫子。

  "明远大老板就这副灰头灰脸的样子？现在可是'共和'啦！"见兴州还木木的，又道，"没见我有变？"

  "什么变化？"

  夫子晃了下脑袋。

  "啊！你剃发啦？"兴州紧张地四下张望，又上下打量，这遮耳短发虽瞅着有些扎眼，但大清辫子更不伦不类，剪后清爽多了。

  "别看了，快把这辫子剪了，要不就成遗老遗少啦！"夫子又把革命成功、清廷倒台等大好消息说个大概，"现在不再是清人当政，这辫子就用不着留啦！"兴州听了自然高兴："这'共和'就是好，再也不用拖这不男不女的辫子了。"又恨恨道，"单凭'留发不留头'这点，大清早就该亡！"

  "好处还多着呢，革命成功，改天换地，你明远也跟着沾光，还有个天大的好消息要告诉你呢！"

  "什么好消息？"

  "就在这北风口子上说话？怎么也得有点酒啊！"

  兴州拍着身上的煤尘，又摸摸辫子："不把它解决掉？"夫子有些急不可待："都排着队呢！现在去也轮不上，不如先去酒馆，迟了可没位子了！"

九 春风骀荡

还是常聚的那间小馆子,夫子没点惯常点的徽菜,而是要了李鸿章杂烩和当家菜红烧青鱼块,又让掌柜温了酒。

"这要让我出血呢!"不过杂烩而已,只因沾了李鸿章的名号档次就上去了,海参、鸡肉、鱼肉、热火腿、鱿鱼、干贝、冬菇……小馆子料不全,但海参、鸡肉、鱼肉、热火腿是必备的。

"呵呵,这杂烩我可馋了好久,这次如愿以偿了,清廷总算做了件好事!"夫子并不理会兴州叫苦,"等会儿你会添菜呢!"

"不如现在就加了,光杂烩和鱼块喝酒也没劲,我也好久没端酒盅了!"兴州添了两个小炒、一个羹汤,漆色斑驳的桌子上便活色生香了。汪夫子用手揩着眼镜上的雾气,夸张地吸着鼻子:"看样子我得把这个惊天好消息告诉你了!"夫子大喝一口酒,筷头在杂烩里准确地夹了海参,"这大清银行倒闭了!"

"倒了?倒了!"兴州一时没明白这和自己有何关联,倏然,若厚密的云层扯起一道闪电,"那债务呢?"

"大清银行不存了,债务一笔勾销了呀,'皮之不存,毛将焉附'嘛!"夫子这次嚼的是火腿,含糊不清道。

"真正的大好消息,你可真忍得住啊!"兴州木然地端了酒杯就往嘴里倒,却发现是空的,自顾满上,与夫子比画一下,又往嘴里灌,却失了准头,那酒顺了腮帮子滴到领子上,但兴州并不揩,一身酒香。

"明远有救了啊!"这声音苍老嘶哑,却裂帛云天,惊得人们扭头看,夫子却是静的,渐渐地,那笑着的脸上也挂了泪!

"欠债不还,好像自古没这个理吧?那可是笔一两万两的银子呢!"似醒过来的兴州又不踏实了。汪夫子端坐了:"老兄,这大清倒了,大清银行关了,还钱给谁?给那个胖行长吗?他早溜之大吉了,谁知道他贪了多少?这些贪官污吏,不知做了多少丧尽天良的坏事,革命党正找他们算账呢!"

"照你这么说,今后再也不用给大清银行送银票了?哈哈,我明远有出头之日了!"兴州心稳了,两人你来我往,一壶酒很快见了底。

"这家伙做了两套账,你还的利息多进了他私人腰包,真算起来,这两年明远本息还得差不多了,要还钱该找那个行长才是!"

"我明远危如累卵,可他竟下得了手,可诛可杀!大清有这帮贪吏,焉能不倒!"

夫子却笑了:"我看这行长倒做了件好事,知大清行将末路,把银子贷给明远,为这笔银子寻到了一个好去处,算是为民做了一点好事,他不过收点辛苦费罢了,你该谢他才是!"

"记得你说过,一旦革命成功了,明远说不定就有了转机,果然是高人啊!"兴州眼里的夫子,身上有层看不透的东西。

"我不过消息灵通些,真正的高人还是你!"夫子抹下那还不顺溜的短发,眼光诡异着,"选最高息的大清银行,不是高人做不到!知你贷了大清银行的银子,我才有那句话的,不过这只是一方面,"夫子又抹了下刚铰的头发,却还有一绺参着,"革命成功了,百废待兴,作为工业之母的电力,明远该大展拳脚了!"

当初选择大清银行,当然是看中它官办身份,只想着延期好说话,绝无赖账不还的意思,不过夫子的话也没错,若贷了钱庄的呢,不是债务依旧吗?明远是幸运的,而夫子呢?"共和"就在眼前,新政府呼之欲出,革命志士鲜血没白流,有比这更让他们高兴的吗?兴州举起酒杯:"夫子,革命成功了,才是我明远发展之本,你和你的科学图书社功莫大焉,那些志士仁人也该含笑九泉了,我酒量有限,但陪你喝个痛快!"

"今日不醉,还待何时?"夫子一手摇摇晃晃地举起酒杯,一手去弹落在颈脖子里的碎发,"干了!"

是夜,兴州鼾声高歌低吟,把月萍吵得一夜未眠竟也不觉。

九 春风骀荡

十　洁来洁去

（一）

　　1913年癸丑春节是民国第二个新春，是明远人第一个喜庆牛气的年。旧年，轻装上阵的明远，适逢社会风气大开、各业生发，两台电机齐开满发，既引得各业欣荣，明远也赢利丰硕，员工薪足饷满，股东分红不菲，这喜庆在正月初七晚达高潮。

　　芜城无人不知，这天晚上便是老板"上七"定事之时，或去或留，全凭老板"定事"。

　　明远名义上为现代企业治理模式，但员工多为店员、伙计出身，老总、董事多出自老板、掌柜，这承袭已久、驾轻就熟的店铺管理方式自然被移植了，只是明远初创，命途多舛，兴州又为人宽厚，极少"上七"开除员工，故这"上七"演变为每年一度老板与员工的联谊会餐。

　　今晚的筵席更值得期待。

　　地点便费了心思。明远已近百十号人，能容下这么多人的餐厅不多，菜品也众口难调，老柜的主意，既是癸丑牛年，吃牛肉最合时宜，这一年都牛气冲天。

　　芜城做牛肉好的，非老字号的金隆兴莫属了，且他家餐厅一楼轩敞，摆十来桌绰绰有余。老柜让人在大厅加装两只百瓦电灯，异域气息浓郁的大厅愈加金碧辉煌，众人对这场面多第一次见，放不开手脚。

　　时针指向晚上七点，一行人抱拳施礼走向大厅首席，除董事外，竟有张中峥的身影！

　　"头发全白了，精神头还是足的。"

　　"精神当然好了，这么风光的场面，郑老板都没忘了他！"

"毕竟也是明远元老嘛!"

张中峥成了晚会最吸睛的人。

首座的次廉抱拳朗声道:"牛年新春,程某在此给诸位拜个晚年,祝各位阖家欢乐,万事顺遂,更祝明远牛势连年!"

华灯下是张张红彤彤的脸,次廉精神矍铄:"去年,有数百年之大变局的天时,兼有江湖襟连之地利,当然最重要的是人和,郑总经理审时度势,各位齐心协力,明远咸鱼翻身,殊为不易,我想此时郑总经理一定有许多话要说!"

偌大餐厅静了。浓密的短发、亮闪闪的大脑门、目光灼亮,除了脚上的一双新棉鞋,兴州着装与往常无异。人们见到与平日不一样的老板,却又还是那个飞锹铲煤、摸子争胜的老板。

兴州先给董事长和董事们一鞠躬,又向其他人一鞠躬:"十年前,范罗山上只有英租界一束孤光,十年后,芜城已是不夜天!"十年创业,甘苦自知,郑兴州一带而过,"明远能有今天,除享改朝换代之国运,最感谢的就是各位同人!在明远难以为继之时不离不弃,在养家糊口尚不足时仍协力同心,有你们才有今日的明远!"

他转向主桌上的董事:"我更要谢董事长和各位董事股东,明知风险仍鼎力以赴,终守得云开见日月!"他那弓腰铲煤的身子此刻挺得直直的,带了绩溪口音的话却无人不懂,"只要我们自己不倒,明远就定能光明致远!"

掌声中,兴州躬身请起张中峥,面向众人:"同样不能忘了这老前辈,张先生为明远创建所做的努力应当被铭记,明远会永远记住为它流过汗水的每一人!"

"我也想讲两句!"或被现场气氛感染,或许早有话说,中峥坦然面对着各种目光,"我感谢程董事长、郑经理,没忘了我这老朽——一个老明远人!"他清下嗓子,"明远有今天这盛势,我这个老人有许多话想说,但最想说的只有一句,谢谢你们!"说完便弯腰鞠了一躬,他脸上写满了风霜,法令纹里却盛满了笑意。

掌声虽不够热烈,他还是哽咽了:"我老了,不能为明远做点什么了,不过有生之年看到了兴盛的明远,看到了精气神足的你们,我知足了!其难无比,其业无比,明远定会光明致远!"

见兴州扶中峥坐定,老柜一扬手:"起菜!"着一色围裙的跑堂手举托盘,从两侧鱼贯而出,酒香飘起。

(二)

　　身子虽时好时坏,但这半年月萍和卢婶她们多半是开心的,自十年前被范罗山那束神奇之光迷住,印象中兴州的神经没一天不紧绷着,近来似返"老"还童了,面白了,也显出年轻来。

　　有了分红,薪水也正常了,兴州第一要做的是把月萍的首饰什么的赎了,月萍不以为然:"我这病秧子一身珠光宝气也没意思,再说成天金钗满头,累不?"兴州径直去了当铺,已过了当期,银子得多掏些了,多赚银子还让人谢,兴州觉得这老板有些不同,回头又多看了眼,那人却道:"先生可是明远的?首饰一直留着呢,果然最近都赎了,可不简单呢!"

　　这第二件便是修房子了。这屋子上了年岁,风侵雨蚀,虫粉蚁蚀,楼板看似完好,内里多半蛀空了,楼梯磨蚀尤多,不仅月萍,连兴州上下楼梯也小心着。

　　正值年关,月萍身子又弱,不宜动土,只把楼梯换了,又顺了月萍的意思,腾出一楼储物间,四墙出新,置新床,换上玻璃亮窗,加了灯头。这储物间改造后比厢房略小,但窗明几净,敷设崭新,卢婶推却不过,让嘉慧搬了进去。

　　月萍让人在长街最好的绸缎店配了新被褥,嘉慧又贴了窗花,加了帷帐,巧手收拾,便是一间秀雅小巧的闺房。月萍叹道:"'佛要金装,人要衣装',却不知屋要人装,再不起眼的屋子有二八佳人,光景也大不同,往日放杂物真正可惜了!"兴州觉得这样念书方便了,想让嘉慧把那辍了的学续上,各样学校又兴起,只是卢婶母女齐齐反对才作罢。

　　第三件便是置办年货礼品。以往过年不过应景而已,今年不同,怎么说郑兴州也是全城最红火的公司的大老板,免不了迎来送往,不过这无须兴州劳神,女人们做这些事来,周密又得体,不几天,卢婶便把鸡、鸭、鱼、肉这些菜品备得一应俱全。

　　只不过这年节礼品,月萍少不了亲力亲为,强撑身子与卢婶母女连逛几日,多选档次适中的,虽大包小包,所费银子却也不多。月萍还悄悄坐了黄包车,到了长街最高档的大鹏绸布庄,给卢婶扯了一段呢缎,又到号称长街第一银楼的宝城银楼,给嘉慧选了一对漂亮的镯子,办完这两件事,已累得连楼梯也上不去了。

自月萍病重，两家便不再分灶吃饭，但三人和兴州同桌吃饭不多。过年这段日子，益新、裕源等厂家停产放假，明远只开一台机，兴州三餐也正常了许多，一起吃饭也多起来。这嘉慧自上次月萍说笑后，似乎有了心思，吃饭时夹点菜到院子里，即便不离桌，也是低头吃饭，连月萍嫂子的目光也不敢对视。偏偏这段时间兴州兴致极高，常讲些奇闻趣事，嘉慧这心思一半在碗里，一半在话里，忍俊不禁时便咽口饭，眼角却是飞快地瞄下说话的人，即便是这样的热闹，她也常是最后一个端碗，最先一个搁下筷子的。

（三）

大年初一一早，清寒中月萍起床梳妆，昨晚卢婶母女被兄嫂接去过年，月萍不好强留，自卢婶在兴州家安顿下来，兄嫂来得勤了。

家里陡然冷清了，虽然她们走前做了满满一桌子菜，但两人都兴味阑珊，随便吃些便上楼，那新换的楼梯却格外响。在满世界的鞭炮声里，亮了通宵电灯，两人说了许多细腻的话儿，月萍觉得每一刻都好珍贵，子时放开门炮时，也强撑着下楼，见她们俩屋里的灯都亮着，才知她们回来了，心里莫名地饱胀着。

不过略施粉黛，又戴上几件赎回的首饰，除了瘦些，便看不出是个病人，兴州盘桓谛视，竟起了幻觉，这眼前袅袅婷婷的依旧是二十年前那个月萍，朝拜父母晚见妻，其乐融融，可惜物是人非，不仅父母早已作古，月萍也……

"傻看着什么？"月萍眼里有潋滟的光，又扭身镜前镜后地看了，抻袖牵领，这衣服很久没穿，不熨帖，有些宽松了。

"还不起来拜年！"

"这么早给谁拜年？"除了父母家人，初一是不兴出门拜年的。

"卢婶啊！你忘啦？"月萍低声道，"卢婶早起来了，在楼下厨房忙着呢！"卢婶天天买、汰、烧，伺候月萍，年初一该道声谢的。

厨房里飘来又醇又厚的香，供台上香烟缭绕，显然卢婶已拜过，月萍拉着兴州一起拜了，口里默念有词，兴州取了香，点了，与卢婶母女的合插一起。卢婶母女也是打扮簇新，嘉慧着紫红紧身小袄，山高水低，灯光下，眉目镀了毛茸茸的一层影，亦幻亦真，美得不可方物，不过是一个除夕，竟有如此大变，兴州的目光不免多停会儿，她们见了兴州夫妇齐声道喜，嘉慧还弯腰施了个万福。

月萍一边扶起嘉慧,一边对卢婶道:"原本是给你拜年的,他却笨嘴笨舌,被你们抢了先。"

"哪里呀,是该给你们道喜的,新年大吉!"

"一年忙通头,今朝得坐下歇息!"她把卢婶按在椅子上,解开带下来的包袱,拿出备好的布料,两人拉扯好一会儿,怕累了月萍,卢婶只得接了。

月萍又从内衣口袋拿出那对镯子,非要嘉慧戴上不可,嘉慧正要推辞,月萍却假装虎起了脸:"大年初一,不兴拉扯,让嫂子不高兴!"嘉慧红着脸戴上,原是水色极好的翡翠,烁烁的光,从嘉慧圆润的形容中析出,显出它的珍贵来,雪白的腕子配着绿色玉镯,月萍比自己戴了还高兴:"我估摸着买的,没想怪抬人的。"

"来了,鸡汤面!"不知何时,兴州进了厨房,系了围裙,样子有些可掬。这一天、一个月也是一年的第一餐,马虎不得,每人碗里卧了三个昨晚和猪头肉一起熬得喷香筋道的鸡蛋,翘着一只鸡大腿。挑一筷头挂面,再浇一勺鲜亮的鸡汤,这鸡蛋叫元宝,面条叫长寿面,吃了发财又康健,扬子江流域,不论贫富,年初一早餐必备。

"哎哟,大年初一,怎好让老板下厨?"卢婶忙接了,又喜道,"这面条真清丝,真没看出来你还有这本事!"

月萍笑了:"婶子不知,他以前下面条、做菜都有两下子呢,现有这么多人伺候,懒了!今日也该我们歇歇,让他跑下腿,要不这好手艺就荒废了。"

"那就听你的。我陪你月萍嫂子说会儿话,嘉慧去凑个手。"这嘉慧却不动,对着妈使着眼色,卢婶一拍额头,"看我这记性,差点忘了,快把那个拿来!"

嘉慧回房取一布包来,卢婶打开,是两双直贡呢面的千层底布鞋:"这鞋底嘉慧就纳个把月,不知合脚不?"月萍喜不自禁,不住摩挲着:"好结实的底儿,这针脚又小又密,平直得一线儿似的,没想到妹妹有这好手艺,怕花了不少心思呢!"她揽过嘉慧,捏着她的纤细的手,翻过来覆过去的,"好妹子,这细皮嫩肉的,没少受罪吧?"嘉慧声音脆脆的:"给嫂子的一点心意,步步平安,一生吉祥!"

"哦,还有呢?"月萍坏笑着。嘉慧脸更红了:"那就步步莲花,祉猷并茂!"说完低头绞手谁也不看。

"这笔头也拿得,针头也拿得,真正秀外慧中了!"兴州咧着厚嘴唇,他明白这后一句的意思,不知该怎么夸这个仿佛一夜长大的"妹子",又实在道,"比皮鞋好,透气、保暖还耐穿,我最中意了,谢谢卢婶,也谢谢嘉慧!"

"既是喜欢,还不换上,新年穿新鞋,走新路!"月萍对着又要去厨房的兴州道。

兴州便揩了手,局促地脱了旧鞋再换新鞋,月萍蹲下前后捏着,前趾饱满,后跟紧绷,脸上喜滋滋的:"'一脚搭上是草鞋,三天穿不上是好鞋。'甭看有点紧,过几天就舍不得脱的!"兴州谁也不看,只是含糊地说着好,一转身又去了厨房,背后便是一串笑。

一同拜了祖,又给神台上添了香火,嘉慧备的三碗四碟便上了桌。除了兴州,她们"元宝"都只吃了一个,那鸡腿月萍是无论如何也吃不下,最后让到兴州碗里。几人吃得热热闹闹,全然不是昨晚的光景,月萍至此无一声咳,这让兴州比什么都开心,这阖家之乐好久没享受了,要是再有个满地跑的孩子就完美了。

这些日子"年饱",兴州吃下月萍的鸡腿,便觉撑了。

"还有'元宝'吧?我带些到厂里,今天还有十几个工友值班呢!"

"昨晚我妈煮了好多,我去装了来。"不一会儿,嘉慧从厨房捧了个圆肚子陶罐,兴州揭开一看,足有二三十个,"知你要带厂里去,嫂子让我们特地多煮些。"

兴州提着陶罐,足蹬新鞋,出院门,迎面灿灿的是新春第一缕阳光,后面被三个女人的目光聚了焦。

(四)

"吃了年饭,望着田畈。"从点火试车到现在已五个年头,芜城灯头过五千,投资万两银子以上的实业差不多都通了电,两台汽轮机满勤发供,既不用挨家挨户请求接火,更无须仰人鼻息借贷买煤,到月便满薪,每季差不多都有分红,风水真轮流转了。

日子若三月春风,慵懒又撩人,各种欲念似陶塘柳的芽头,不经意中缠满一枝。

"车间工人要加工钱,线路工人夜间抢修要补贴,楼上公勤人员要更换桌椅……"老柜竭力不带情绪。

"还有哪些?"

"有出主意在厂里建宿舍的,议得最多的是建个食堂,反正后面还有几块空地……"

"股东这边呢？"

"有股东说银子不经花，年一过口袋又瘪了，鼓噪着再分次'特别红利'，以弥补多年来的亏欠。"老柜说罢长长吐了口气。

"这些做了，还剩下银子吗？"

"不是剩不剩，是够不够！"

"不能说都没道理，欠了多年的债，也该还了。"兴州的态度让人捉摸不透。

"先议下，哪些是必须的，又可以解决得了的。"

"线路抢修夜班费该有。现在线路可不比以前了，户数增加不少，大街小巷都是，那些厂矿实业户，更不敢有一点马虎！"见兴州领首，老柜又弹下兴州那已颜色莫辨且斑痕点点的桌面，"这桌子老掉牙了，有损明远形象，又被那恶婆子拍打过，晦气得很，还有你这把老藤椅，我怕有一天被你坐散架了！"

"线路工抢修的夜班费这块该解决，据实报销；至于我的桌椅，"兴州摇晃下座椅，藤椅吱吱有声，兴州显得惬意，"椅子老了，可也最随我，叫声都随心。这椅子出自南关口篾匠店老师傅之手，好料好手艺，老师傅过世了，这么好的藤椅不好找了。至于我这桌子，"兴州也显出不舍来，"那老婆子怎么摇晃兀自不动，算是有历验了，得留着，时刻提醒着那被人追着退股的辰光，有意义呢！"见老柜一脸无奈，便作了让步，"藤椅要不找个师傅修一下？楼上不进新人不置新。"

见老柜还想说什么，兴州摆手道："知你好心，但我换了个老板桌、虎皮椅，不说股东怎么看，下面人见了，说不准都想换点什么。你知道我们的办公设备都因陋就简的，车间和线路的工友难免生出更多的要求来。"

兴州搔下头上的短发："比起我的桌子，最该解决的是食堂的问题，电厂日夜不休，不少工人是外地的，办个食堂确是必要。"

"这事连着事的，建房子不说，还要买菜做饭，天天花银子。"

他不能不提醒老板，一次性福利好做，天长日久的福利易被视作理所当然，还有可能成为公司的包袱。

"这上面花点钱值得！"他想起了维垫窗明几净的厂子来，须趁着势头好时，把此事解决，二狗子在车间喝酒等问题便可以杜绝了。

"上次建房还有点剩料，搭个食堂绰绰有余。"

兴州停下又叮嘱道，"伙食费个人拿一半，公司补一半，还有食堂严禁喝酒，就是个吃饭的地方!"老柜应着便欲离开,兴州似意犹未尽,"唉,现在都围着两台125分干吃净,忘了当初是怎样四处求人的,恨不得把裤子都当了!"想起那段不堪的日子,老柜也唏嘘:"古人云,'共患难易,同甘难',明远好了,有点想法也难免。当初的甘苦又有几人知、几人记呢?"

兴州还是副深思的样子:"若只盯眼前,该满足了,可一有风吹草动,没点厚度的明远说不定又有闪失!"

"老板的意思是想……"老柜咀嚼着"厚度"这词儿,老板在育一个大心思?明远的棋局又将怎样虎踞龙盘、鹰飞枭伏?

"改朝换代快两年了,各业待兴,各路资金冒头,听说投资三十万的纱厂正筹办,政府也乐见其成。你说他们都在发力,而芜城只一家电厂,容量已近饱和,不主动便被动,明远可不能拖后腿啊!"兴州眼里透着焦虑,"人随春好,春与人宜,不绿不枝的可有负这大好春光啊!"

兴州的眼光已被高高的六角烟囱上飘逸的云烟牵拽至无垠的蔚蓝,从上俯视,明远便小了。

市面上明远股票行情一路走高,那些早早脱手甚至五折斩仓的后悔至极,被老婆子忽悠卖股的街坊可是恨死她了。小股东也有嚷嚷着增资扩股,好占多些份额;大股东却捧碗吃饭,一心守望着分红派息,不愿再担风险掏银子,也不想外人来稀释了股权。兴州孤掌难鸣,只能停下来等。老柜劝他,做大何尝不美,但得身子骨硬了,这也是一种"厚度",明远"大病初愈",调理好再发力不迟。

老藤椅吱吱呀呀里,这思路也捋顺了:不论做大还是做强,第一是资金,有银子才能成事,每年资本公积有上万两银子,不过这点银子远不够,还得适时发新股,当然股东只限于中国籍。

第二便是人了。当初力排众议招了十几个技校生,加上老柜招的十多人,现已挑起明远大梁,要扩展,不仅发电,还有线路、修配、营运等都需人才补充和储备,技工人数至少翻番。

这第三便是管理了。近百人的厂子,生产、市场、安全等大小事自己事必躬亲,又挂念着月萍,纵三头六臂,难免挂万漏一,而安全这事儿是万万疏忽不得的。兴州一直想找个副手,一度看好老柜,但不懂生产是他的硬伤,"野心"不大才是他的软肋,遇有名利之事,总让给朱军等年轻人,但这拨人表现突出的不

十 洁来洁去

多。明远要发展,领头人是关键,这生产流程、管理机制里的道道儿多着呢,也最难摸透,明远不过是现代企业幌子下的大作坊式工厂,得有个明理的人来番脱胎换骨的改造。

还有其他羁绊与难题,但这三点夯实了,明远大抵便有了"厚度",不会一有"风寒"就"感冒"了。

(五)

月萍的病是再也缓不得了。

自去年加重,兼过年劳作,春天便沉疴难起了,遍访芜城名医,试了各种汤剂,却药石难济,兴州和嘉慧力劝她去教会开的弋矶山医院,那是安徽最早也最先进的西医院,已知命息心的月萍,死活不肯。

卢婶便劝:"有道治不如养,医不如药,医官的方子大同小异,何不到张恒春药房看看?这张家药房有名医坐堂,现场抓药,那药可是名声在外的!"怕她不信,卢婶说了个事,说是乡里有个童养媳暴病死了,娘家人来闹,婆家拿出了张恒春药房的处方,娘家人知其吃过张恒春的药都救不活,没话说了,一场风波遂告平息。

郑兴州算是"外来户",但对这春秋鼎盛的张恒春还是略知一二的,张家世代治药,1850年,有个叫张文全的张家后代携千两纹银来水陆码头芜城开店,货真价实,生意兴盛,和北京的同仁堂、杭州的庆余堂和汉口的叶开泰齐名,被誉为全国三个半中药店之一。

张恒春每年宰杀雄鹿自制鹿药时,必邀众人围观,以昭信誉。他家的羚羊角,每只必有角尖,圆角不售。据说他家常年派人到产地直购,采买的药材,上柜前才甄别,劣质一律销毁,次等改作烟熏驱虫之用,只有最优质的才门市售卖。自制的六神丸、牛黄清心丸等均按古法炮制,张贴自家商标为证。

以往大夫开方,多在自家药房取药,少量取自张恒春,卢婶言之凿凿,何不往药堂走一遭,有奇迹发生也不可知。月萍心知无力回天,虽千般不愿,可架不住众人轮番劝说。

张恒春药店在中长街,并非张家无力跻身黄金地段的长街,而是此处闹中取静,既利大夫把脉,店员抓药,又取药、购物两便。

黄包车停处,见石基高户,上嵌"张恒春"金字招牌,传说是清代大书法家石秀峰的手笔,每个字润笔费不少于百两。

兴州与嘉慧将月萍左搀右扶,进得店堂,两侧立有"修合无人见,诚心有天知"的金字竖匾,中间一双面柜台,十余伙计,一律长衫,两旁恭立,但闻药石迷香,不闻人声喧扰,月萍的眼目也活泛了。

早有经理迎来,引至二楼,屏风后面,一长髯老者微笑起身,不待介绍,老者便拱手:"想必是郑老板和夫人了!鄙人姓左,单一个齐字,恭候有顷了!"

眼前便是大名鼎鼎的左大医师,不出诊久矣,兴州趋前一躬:"兴州和内人见过左大夫,有劳先生久候,诚惶诚恐!"

复坐下,左大医师便道:"我已老朽,本息医归隐,无奈恒春老板是我多年至交,说有贵客来诊,没想到是郑太太,我对郑老板也敬慕已久,医治郑太太之疾,老朽定尽全力!"兴州又起身施礼:"左先生医术,江淮无出其右,今日有劳岐黄圣手,我之荣光,更是内人之幸!"

左先生不过东一句、西一句拉着家常,不时察言观色,对月萍及兴州的饮食起居、爱好禀性便了解个大致。这时左先生才给月萍搭脉观舌,有时不过三言两语,有时又极其详尽,月萍咳息间一一作答,却也精要清晰。

左先生慢慢提了笔来,竟然是遒劲的柳体,兴州自然看得明白:血燕、百合、蛤蚧、山茱萸、山药、茯苓、白术、黄精、甘草种种,十至三十克不等。

"夫人久咳不愈,致阳、阴、气、血皆亏,形容枯槁,日劳夜躁,且咽干颧赤,灼热盗汗,白带精稀,月事淅沥,便秘崩漏。唯有先养阴,兼养气血,再养阳,徐徐调养之,切勿操之过急,否则适得其反!"左先生又道,"此药吃法不同,取药后我自有交代。"

不多会儿,嘉慧便提一包药上来,共十四服,每个小包都盖有校对章,想必核了又核,兴州心里又稳了一分,做事若此,焉有不成之理!

"这药要选三斤左右的老母鸡,宰杀后从后面掏尽肠肚,把药填入蒸煮,谓之鸡药。"见兴州一脸惊诧,左先生解释道,"药石补阴,鸡属温阳,鸡是药引,亦是补药,互为表里,阴阳兼补,对夫人这样四虚之至的病人,最为宜当,此乃张恒春独创也最为畅销的一种药。"

本没抱多少希望,却请到芜城最有名望的大夫,开的药虽多常见,但方子和剂量还是和以往有所不同,药材更是上佳,兼有新颖别致的吃法,把苦药变成香

十 洁来洁去

喷喷的鸡汤。月萍施了万福同左先生告辞,便徐徐下楼,只要嘉慧相将着。

兴州欲与先生辞别,却见他失了刚才的笑意,顿寒生脚下:"左先生,内人的病……"左先生捻须默然,良久才吟道:"太高人愈妒,过洁世同嫌哪!"

"先生,医者父母心,内人的病我多少有些数,有什么您尽管讲,多一日便是一日!"兴州把话说到这步田地,左先生低叹一声:"夫人这病,已不是一般的痨咳,而是癌肿之兆,即便杏坛高手,也难复春!"见兴州脸色苍灰,换了口吻,"依病理,已拖不到现在,可她耳聪目明,精神尚佳,便不可以常理待之。"

兴州眼放光芒:"这么说她还有救?"

"这药先吃半个月,到时再来换方子,且看这三个月吧!"说完便是端起茶杯,兴州只好拜别。

(六)

晨光照亮笋尖的点点露珠,引了卢婶的脚步,兴冲冲地要掰了笋子炒蛋,是碗不可多得的时鲜,一定让月萍胃口大动。月萍忙摆手,嘉慧也劝,好好的生命,就让它摇曳多姿吧,卢婶悻悻收了手,对嘉慧阴了脸:"识几个字是吧,都不说人话了!"月萍和嘉慧一起笑了。

庭院暖阳暄软,街面上的大小声响、车马喧嚣进不来,连同许多情势,也一并被挡在了外头,嘉慧拿一方丝巾,半掩了恹恹欲睡的月萍嫂子的脸。院子意恬境澹,嘉慧发着呆,继而燥热,一种不可名状的思绪让她坐立难安,极想松开这裹得紧实的衽襟。

日头东升西落,悄然已是生命第十七个春天,再不是那安心读书或嬉笑无忧的小女孩了,从母亲的眼神、月萍嫂子的暗示中,她隐约觉得些什么,这让她烦乱着,常怨这天黑得太早,更怕这寂静落寞的春光,让人不得不想那些理还乱的事来。

在有限的生活圈里,那个人是除父亲之外接触最多也是了解最多的男人了。父亲去世早,影像模糊,而那个人却是越来越牢地占据着她的心,她惊慌、羞怯,却驱赶不了。那敦实如山的背影,温暖可靠,目光不经意地触碰,便有种不可名状的悸动和慌乱,她觉得是迎着火焰去逐那一缕迷幻的蓝,害怕又向往。

她辨不清这是什么样的感情,像晕开的墨,边界模糊,捉摸不定,亦真亦幻,有时候竟觉得是罪。当面对病怏怏却目光殷殷的月萍,又是不忍与无奈,如翩翩雪花,舞蹈着变轨,可最终还会循着轨迹飘落,积了片无垠的白来。

打个盹儿后的月萍有了精神,嘉慧见了自是欢喜:"嫂子气色好多了,左大夫医术高超,再吃两服药,就能一起逛街了,像去年那样。"月萍的眸子亮了下,又黯了:"刚才做梦回了老家,见了过世的父母,他们孤单着呢!"

"梦见亲人说明病就快好了,吉兆呢!"嘉慧安慰着。

"上过洋学的人也迷信?"月萍似早看开了,转了话题,"妹子,上次有人给你说媒了?"嘉慧怪妈多嘴,脸上满是嫌弃:"舅妈瞎操心,一花里胡哨的公子,早让妈给回了!"月萍本想诈她一下,却真有其事。

"'一家养女万家求',我妹子漂亮、稳重,知书识礼,女红、家事无一不能,无一不精,要不在这深闺待着,早被抢了呢!"

"嫂子可是嫌我吃闲饭、碍手碍脚的,急着赶我走?"

"赶你?哼!我天天守着院门,不让'闲人'进呢!"月萍亦真亦假,见嘉慧不恼,又道,"你这样的花冠妙人儿,一定得有个好前程,随便一个人嫁了,我这关就过不去,还不如留在郑家呢!"

见月萍尖瘦的脸上泛着潮红,又是气短的样子,嘉慧急道:"天底下没比嫂子更疼我的人了,我哪都不去,就在这伺候嫂子一辈子!"

"傻丫头,又哄我开心呢,男婚女嫁,天经地义,哪能伺候我一辈子?我可是作下大孽了!再说伺候一辈子,你不烦我都烦呢!"嘉慧要说什么,月萍对着她的耳朵神秘道,"有个人需要你伺候一辈子!"

"谁呀?"脱口而出的嘉慧意识到自己犯傻了。月萍抿嘴悄悄道:"远在天边,近在眼前!"嘉慧脸赤,噘着小嘴:"嫂子就喜欢拿我开心,再也不理你了,哼!"月萍捉住嘉慧的手,巴巴地望着:"妹子,我说的可都是真心话,也是我想了好久的事!我这是回光返照,真到了那一天,这郑家大小事只有交给你我才放心,也只有你才担当得了……"

月萍话未完,嘴便被嘉慧的手轻轻捂了,嘉慧眼里盈了泪:"好嫂子,快别说了,好好养身子才是正道,你才是这个家的主心骨,我不过是个什么都不懂的毛丫头,全赖嫂子指教呢!"

"都十七了,在我们老家,怀里都指不定抱着孩子了!"月萍见嘉慧脸若红霞,更是怜爱,"你若应了,我这病说不定就好了;若是不理了,我天天郁着个心

十 洁来洁去 | 163

事,这病好得了?"嘉慧没想到三十好几的嫂子也这样"赖皮",忍不住好气又好笑:"嫂子,你可不能这样逼我,我真的还小,还不懂事,也没多想这事,再说……"

"我知你嫌他岁数大了,可也不到四十,是男人的夏,火力最盛时;我也知你不图钱财,单说他的人品,我生病这些年,不赌不嫖,连娶小的心也无,和那些花天酒地的男人比,谁更可靠?至于他的性情,相处这么些年,不急不躁,稳稳当当,是个能做大事的人……"

"哎呀呀,嫂子你别再说了!哪有这样急着给自己的丈夫寻人的?"嘉慧又急又羞,她知月萍嫂子一片诚心,怕没个说法,真伤了她的心,可应了,也不是一个姑娘家能说得出口的,再说还不知晓他的意思呢,便含糊道,"婚姻大事,向来是父母之命,媒妁之言,嫂子待我恩重如山,我的婚姻,嫂子点头才算,不过我真的还小,只想好好陪嫂子,帮妈妈多做点事!"

"有这句话,我可把心放在肚子里了!"月萍长长叹了一口气,脸上盈了疲惫却满足的笑,"嘉慧妹妹,你是我前世修来的福气,更是他的福气!"

这天夜里,月萍又惊醒了,使劲地喘气,大睁着双眼,兴州揩她汗湿得一绺绺打结的发,发现她痴痴地凝视着自己,似乎用尽了全身的力,最终无力地伏在他怀里,幽幽地恸哭起来。这哭声击穿了他,一瞬间觉得身体有无数个洞,他只是默默地抱紧她,感觉着湿湿的热气,将这些空洞又一个个填补起来。

(七)

月萍现在是药汁不咽,连咳嗽也无力,醒了,便一双眼盯着人看,全靠点米汤系了口气。兴州又请左先生亲自出诊。先生视她咳声不绝,先痰后血,血尽则痰,浓晦胶黏,知她肺肾两经已绝,便下得楼来,缄默无言,提笔在手,思之再三,摇头作罢。

兴州恳求:"先生好歹开个方子吧!四十不到的人啊!"左先生重新坐了,开的无非是养血补气之方:"这药取与不取,已无大碍,夫人虽比我预想的好,怕也难挨过这个苦夏,有空就多陪陪吧!"

兴州忙拉了左先生的手:"难道还有左先生想不出的法子?怎么也得救救她呀!她还年轻啊,老天没眼啊!"左先生慢慢抽出被攥痛的手:"我不过延时而已,岂可逆天!"转而又道,"切勿在夫人面前悲悲切切,那是害她了!"说完便揖手而别,连诊金也拒收了。

兴州亲自去张恒春药店抓了药,熬了大半个时辰,兴冲冲端上楼来,月萍却不张口,一阵剧咳后,格外地平静:"我这辈子除了吃饭便是吃药,想来这饭还没药吃得多,就让我安生几日吧!"兴州心如刀绞,面上却佯怪道:"左大夫都说要好了,怎的一下子没了信心?不过歇几天也好,嘉慧把燕窝蒸得差不多了,等会儿喝点。"

"别费心力了,神仙也救不了,我只要你陪我说说话,比什么灵汤妙药都好!"

芜城北边有座名弋矶山的小丘,临江望湖,无尘俗之扰,1887 年,美国人郝怀仁以教会名义在此挂牌行医,后用"庚子赔款"建了座包括地下室在内的四层医院,施医兴教。这所安徽当时最好的西医院,从医生到护工,都得信教,每个周日都在院内参加礼拜。

兴州曾不顾月萍反对带她来过,听说要开刀,月萍死也不肯。看着昏沉沉的月萍,兴州决意再去弋矶山一趟,一如明远当年向大清银行借贷,若能向老天再借个哪怕是一年半载,用了自己的命作息又如何!瘦骨嶙峋的月萍被一张竹床抬着,一行人一路小跑到了这座有些神秘的医院,门口高高的十字架,时刻有倾折下来的感觉。接诊的依旧是上次那个洋大夫,口罩遮了大半个脸,远远看病人一眼,便摇头不迭,拗不过郑兴州一行人的劝说,他让人把月萍推进了一间暗室。

"抱歉,已失去手术的意义了!"那洋大夫做个无奈的手势,"治疗已不起任何效果,只会增加患者痛苦。"醒来的月萍用最后一点气力抓着兴州的手:"带我回家,我不想死在这里!"

月萍病重,探望的人不断,兴州大都没让上楼。次廉夫妇来时,月萍撑着与他们见最后一面,临别时单独留下了程夫人。

程夫人倾下身子,月萍气若游丝:"……一事托付,应了我才放心走!"程夫人啜泣道:"大妹子的事,我没有办不到的!"月萍便喘息着说了兴州与嘉慧之事,殷殷嘱道:"大姐定要做成这个红媒,成了,我到那边也就放心了!"说完,似放下了,也似用尽了阳世间最后一丝力气,歪倒在枕头上。

程夫人大惊,兴州、次廉等人听到动静,疾奔上楼,嘉慧扶着妈妈也挤到床

十 洁来洁去 | 165

边。兴州抱着尚有体温的月萍，泣不成声地喊："月萍、萍，你醒醒啊……"嘉慧也扑上前，紧紧抓着月萍的手哭喊着，月萍终于睁开眼睛，定定地看着众人，最后眼光落在兴州脸上："别把我送走，把我放在神山上，那儿高，也不远，我看见大烟囱，也就看到了你们……"

　　嘉慧的手被月萍攥着，她的另一只手张着，被兴州两手合握住。

　　有一束光，极微弱地在月萍大大的眼睛上跳动了一下，有人伸出手，轻轻地将她的眼睛合上了，一刹那，脸上泛起了浅浅的光，焕发出异乎寻常的美。

　　是夜皓月无垠，院里那丛翠竹垂首肃穆，铁画银钩，嘉慧看得呆了，在香案前前所未有地虔诚地三叩九拜，心里面有些东西，在一点点粉碎。

　　嘉慧觉得成熟自此夜始。

十一　花好月圆

（一）

月萍入土为安，兴州倒在留着月萍气息的床上，昏睡数日，还说胡话，左先生看了却淡定："虚火上逆，情志迷乱，吃了汤药便无大碍。"卢婶母女才放下心来。

愈后的兴州似变了一人，寡言少语，两眼怔怔的。虽每天准时上下班，但多把自己关在屋子里，诸事无趣，连老柜也少见。

手下人难免松懈，二狗子酒瘾愈重，班前也喝，一次锅炉压力异常，可他醉眼蒙眬地辨不清数字，致锅炉故障，三分之一城区停电！所幸夜深，大多数厂子和酒楼、戏院都已歇息，但对外界的影响仍不小，兴州虽痛恨不已，但只罚他停薪两月，未如别人料想的那样开了他。

小楼满是月萍的影子和气息，兴州的心却越发地空，一样吃睡，连菜的味道样式都一样，却味同嚼蜡，换下的衣服习惯性地放一旁，第二天出门，衣服已洗净晾在院子里，兴州却不自在起来。

自己和她们走得端、行得正，但晚上院门一关，不是一家也是一屋，难免飞短流长。自己鳏夫一个，可那嘉慧如花似玉，切不可玷污了她的名声。

虽然月萍生前不止一次说过嘉慧的好，要他们以后在一起，但兴州不过是当玩笑来听的。他没料月萍会早早离世，可他心里除了月萍已装不下别人。即便嘉慧出脱得亭亭玉立，但还是他眼里原来的小妹妹，面对青春貌美的嘉慧，自己哪怕有一丝邪念，都是对月萍不恭，对嘉慧不尊，也会让人耻笑。

兴州曾想找个老妈子，一则不知何处觅得，再则就是若有合适的，便是撵卢婶母女出门，这切切不可。像是片林子，一棵大树倒了，边上的也被伐了，这山便荒芜了。他早从心里认可他们就是一家人,不管什么关系,她们已是这家庭的一部分,月萍走后,这感觉愈强烈,对她们愈是依赖,她们的身上有月萍的影子。若她们走了,那月萍就是真的离开了,这家也散了。

家事无解,唯弈解忧。兴州吃了晚饭便借口去厂里,夜半方归,后干脆在办公室支个简易床,下棋晚了,就地过夜。

这日晚饭后兴州照例出门,被门口的嘉慧拦了:"晚上又不回?"兴州含糊应了一声,跨门要走,嘉慧却没让开的意思。

"夜夜值班?"

"厂里出了点事,耽误不得的!"兴州觉得今晚嘉慧有点反常。

"你整日整夜在厂里还出事,过去不这样反出事?"

这话逆耳,不像出自嘉慧之口,可一见她那和自己一样被痛苦炙灼的眼神,兴州便把头扭过去。

"你心里装着嫂子,我们也无时不念想着她,可嫂子毕竟走了这么久了!"沉疴须下猛药,"知道外面的人怎么说你吗?"见兴州茫然而惊讶的样子,嘉慧直言,"都说明远的老板为一个女人活着,老婆不在了,明远就倒了一半了……"

兴州不怒反笑:"说得对,这明远是倒了一半,黑白月亮,鱼形太极,没了白,光有黑,岂不是只剩下一半了!再说我为一个女人活着有什么错吗?她是我老婆,也为明远尽过力的!"

"呵呵,这样说来外面人说得没错,没她你活不了,这明远也不行了!"知道自己的话刺痛了兴州,可嘉慧还是加了把火,终于把兴州激怒了,那双瘆人的眼睛冒着火,可一碰到嘉慧那黑亮的眸子,又黯了:"哼,简直岂有此理,不要理会这些!"

可嘉慧却是咄咄的:"他们说得没理?半个城的电都停了,事还小?"兴州勃然作色,张了张口竟无言以对。看着兴州黑黄的脸,嘉慧和缓下来:"看你胡子拉碴,像个明远老板的样子?是嫂子想看到的样子?就算是为了嫂子,也该振作了,嫂子可在神山上看着呢!"

嘉慧终于把这些天积着的话全倒出,却把这个走南闯北、飞鹰逐兔的兴州惊住了,这个平日碰面总倾头一笑的嘉慧,竟与柔弱的月萍不同,雅而直,柔有刚,话不多却不乏主见,不过护爱之心倒是一样拳拳可鉴。

"见你这样子,知道我和妈心里有多着急?是不是哪里做得不好?是不是不该待下去了？可见你这样，又不忍心一走了之，至少现在不能离开，要不怎对得起嫂子？我是应过她的……"嘉慧声音越来越低，脸扭向一边。

（二）

刚把厨房收拾停当的卢婶忙把嘉慧拽到一边，对兴州道："嘉慧这孩子打小任性，口无遮拦，说了什么你可别往心里去啊！"

"婶子，我以前也把她当小孩子，今晚却见了不一样的嘉慧，她说得句句在理，倒把我说醒了。"

这是他俩第一次面对面，第一次交锋，兴州便稀里哗啦地败下，却有种痛快淋漓之感。

"她一个小孩子懂什么呀！"卢婶也劝，"按说你的事也轮不着我们操心，可你整天失魂落魄的，我们看着也难受。"见兴州并无反感才接着说，"你对月萍一时丢不下也是常情，可男人顶天立地，你堂堂明远老板，全城的电都靠你呢！别人可以喘口气儿，你可不能；别人放瘫，你什么时候都得立着！"这卢婶平日话不多，可话立得住。

"带件夹袄，晚上凉！"嘉慧递来衣服，"没事早回，门掩着的！"

"晚上就你俩，怎好不关门？"兴州惊疑着，"今晚不出去了，老柜在，没大事的。"他把院门闩了，小院子又严实得像个家了。

上得楼来，卧房变得差点认不出了，原来的蚊帐、被枕已换，紫纱蚊帐内隐见玄绿的缎面薄被，齐整的两折，轻轻一拉，盈溢着阳光和胰子味道的被子便羞涩而温柔地展开，他顿觉出身上的浊垢来。

床头柜里满满当当的药书、药方换作了线装书，还有几本电工原理的书，下面的柜子，放的是来自汪夫子处的书籍，随手一翻，竟有独秀先生编的《安徽俗话报》，虽是以前的，兴州竟看了进去，却被轻声唤起，端着银耳莲子羹的嘉慧笑吟吟地立着，兴州竟以为月萍再世。

"没经主人的同意，就擅自变了，不喜欢就换回，原来的我洗净留着了。"嘉慧的温柔总藏在伶牙俐齿里。他本想矜持一下，出口却变成了："你做的，没有不好的！"嘉慧以手掩嘴："大男人也会耍嘴皮子了！"递碗过去，"银耳莲子熬的，清火安神，不冷不热一口喝。"

十一 花好月圆

兴州像个听话的大孩子,捧了便喝,甜糯爽滑,好久没吃的美味了,不免好奇:"你熬的还是婶子熬的?"嘉慧虎了脸:"你管谁熬的,好喝就快喝了,我要下去了,时间久了妈要说呢!"兴州意识到什么,大口喝个干净,连称"好羹、好羹"。嘉慧莞尔:"早点睡觉,记着关灯!"嘉慧下楼的步子轻捷却稳实,兴州的心随之怦怦地跳,恍惚中,嘉慧和月萍的影子合了,可又大不相同。晚上悠悠一梦,月萍盈盈走来,浅浅地笑,细看又似嘉慧,兴州不由得大喊:"月萍!月萍!是你吗?"月萍不答,转身欲走,他便去追,手舞足蹈,最后还是醒了,心中怅然,觉得不该这么快把月萍忘了。

原来那个郑兴州慢慢地回来了,依例上午议事办公,下午带着朱军跑街,晚上戴着藤条帽去车间,两机两炉,运转平稳。这些天他把嘉慧放在床头柜里的电工手册都啃了个遍,在现场对照机器,又刨根问底,对发供电的原理算是摸清吃透了。

(三)

就在中国各大军阀大打出手之际,一场同盟国与协约国之间的大战开打了。这长达四年的战争,西方列强把主要精力投入战争绞杀中,无暇东顾,给已摆脱腐朽清廷统治的中国一个绝好的发展机遇。

作为用电大户的益新,瞅准难得机遇,增资扩股,让"船到之处,便有'飞鹰'",北上京津,南下两广,行销大半个中国,这"飞鹰"还振翅高翔,于万里之外、狼烟四起的欧洲立足,竟成抢手货,一向以时货倾销天下的西洋人,终于尝到反噬的滋味。

益格鲁-撒克逊人扯了"自由竞争"的面纱,各国洋行一致拒绝为之服务,英、法领事竟勒令这家中国民营企业减产,且不准销往欧洲。章维垄据理力争,洋人鼻子冒着冷气:"你们中国是个弱国,不配和我们谈市场竞争!"维垄不甘受缚,洋人便威胁地方政府,此招屡试不爽,政府当即严令益新不得超过洋人规定的产量,"如有超过,将章维垄关押"。外跪内残,民国不过是翻版的清廷。

但战争削弱了帝国主义轻工产品的制造能力,洋人的压制和倾销一旦放松,过去备受冲击的众多手工业再次兴起,连以往极少的机械铸造、纺织、食品等现代企业也破茧而出,第一家机械厂——投资五万银圆的王福江铁工厂悄然创设,同兴、吴永昌铁工厂和同福翻砂厂火热募股中,裕中纱厂在紧锣密鼓地筹建,还不包括已有企业的扩建。若这些实业悉数建成和扩容成功,加上尚未使用电力的数十家加工稻米的砻坊,明远两台机组远不敷使用,更不用说还要满足日益增多的照明需求。

无限春光里的兴州,觉得强管理、揽人才、增"厚度"是长久之计,及时出手添"广度"是当务之急,董事会须有共识,给这些筹建企业一个明确的电力保障,让它们采用电动力设计方案。

"我估算这新增容量不少,扩至百万容量为佳,新购设备,扩建厂房,扩招员工,没三四十万是做不下来的!"兴州矛盾着。

老柜也蹙了眉,这相当于明远一扩三的大手笔方案,那些只啃老本分红吃息的股东听了定会炸锅。可依老板的性格,看准了的事是一定会去做的,且是攸关明远前程的大事。

"唉,我们民营企业,是没娘的野孩子,抓到一把才能吃一口,没了就饿着,真正的死生不问,赋多税重!"老柜之叹引得兴州之慨:"洋人为什么强大?不是本领比我们强,只因实业后面站着政府,公司在外吃亏了,政府为他们强出头,甚至大打出手,我们恰相反,益新就是最好的例子!"

"从大清到北洋,都一瓢货,换汤不换药,靠他们是靠得笔直!"老柜对政治不感兴趣,对官府更无好感,他明白此事最终还只能蜻蜓吃尾巴——自吃自!

"银子的事难解却也简单,一是近几年不分红,二是动用这几年的资本公积,再不够就增资扩股。可这每一条做起来都难。"

老柜说的兴州也盘算过,即便不分红,动用资本公积,也不及所需一半,大头还得靠募股,从给股东银子到让股东掏银子,能否为股东特别是大股东接受?不过眼下已无更好的办法。

"还是交由董事会定,这样的大事必须上会的!"兴州像是对老柜也是对自己说,他的眉头又拧起来。

要说服大小股东,得有第一手资料,凭据说话。兴州要带朱军跑厂子,看有多少与电力相关联的行业,生产状况如何,多少家采用人工,多少家采用电力,摸清市场容量,对董事会的决策很重要。

芜城此时大小实业近百家,跑一遍没个十天半个月不行,且不说有厂子门难进,家底子保密,不过若这些都摸清了,那芜城的工业家底也就明了了,电厂怎么做也就有底了。

他让老柜带人统计发电时数、负荷变化情况、功率因素等,根据企业的用电状况,分析他们的用电特征……老柜不专业,但以他的用心、可靠及综合素质,没有比他更合适的人了。

赔了笑脸,费去无数唇舌,兴州他们摸准了芜城年轻工业的脉搏,也把光怪陆离的世象看个透。与浮光掠影所见的大相径庭,改朝换代并未改变底层人多少命运,民生依旧艰辛,不过也有一些变化和亮点。

重工业:自1900年的恒江机器厂到近期的恒升机器厂和同福翻砂厂,有厂六家,从业近三百人,不过除恒升、同福两家较大、使用机器生产外,余下规模小,均以人工作动力,但重工业一旦使用电力,便是耗电大户,不可小觑。

轻工业:主要有纺织、火柴、肥皂、粮食及加工业,纺织和食品加工是用电大户,仅裕中纱厂一家需要的电力,就是明远所发电力的总和,所有奢坊若采用电力,又需电力上千瓦。

居民生活照明:芜城人口超十万两,除现有五千用户外,有接火意向的有三千,未来有望达一万。

……

以目前市场计,电力缺口超一半,远期需求缺70%以上,最少需增加发电量六百万千瓦,需银子十万,折合银圆二十五万……

这是老柜见到的最翔实的报告了,也最令人信服,没有"大概""差不多""也许"等字眼,更无花哨的笔墨,每一个数字都是铁脚板跑出来的,每一个结论无不是考证与深思熟虑的结果。

(四)

董事会前半程快且顺畅,他们对郑兴州及治下的明远不吝赞誉之词,后半程也是此次会议的重点——讨论扩建融资,此时出现令人窒息的沉默。

"郑经理所说募股的急迫性和增容后的好前景,我是信的!"石台的陈董打破静默,他也是当初为防八玉入股凑了银票包圆最后五千两银子的股东之一。"鄙人只忧一点,就是当下的局势!"而见有人颔首,他延伸开来,"军阀混战,局势不稳,这是人祸,若遇天灾,我们的银子还不打了水漂?倒是郑总'做厚'明远的想法我举双手赞同,'做大'是否缓一缓为好?"

"明远在安徽也是老大了,在全国也排得上号的,走稳当些,每年都有回报,比什么都强!"董事们有自己的实业要做,明远不过是他们的投资标的之一,有稳定分红便可,大可不必冒大风险掏钱再扩产。

"从投资到投运得几年时间。现在看准的东西,到时候说不定就不是那回事了,要是开一停一,就不好对股东交代了!至于引领工商业发展,照亮芜城,此高调不必多唱!"与前面两位相比,这位余董专业得多,也更犀利,他的话勾起人们不愉快的回忆,气氛陡然紧张起来。

"旧账就不必再翻了吧!谁都能料事如神,那不成了诸葛亮?再说要不是有两台机子,各位现在能有这么多分红?事看全程,不可限于一时一段!"次廉有些看不下去了。

"余董事说得不无道理!"兴州不想回避,"当初上两台机子,一次性投入有些大。但上两台而不是一台,也是征询了包括洋行工程师和上海专家后得出的结论,上一台,投资节省不多,单价成本更高,电价高,开户便少,连一台也可能开不下去,连生存都是问题,更别说分红回报了!"兴州的话入情入理,余董张了张嘴又止住了。

兴州也不掩饰:"眼睛若不老盯在灯头上,一开始就奔实业这块,资金等难题会少很多,回报率也高些。"

"办电可是开天辟地头一回,谁也不是天生就懂的,再说当初实业还不成气候。"

"若不是郑总抓住益新这机会,明远怕没了今天呢!"兴州越是自责,众人越是肯定。

兴州不失时机道:"正因了实业动力这一新用途,扩容才是当务之急,单裕中纱厂一家就把明远的电力包圆了,可现在全流失了,心疼啊!天予不取,必受其咎,若第一次错在没重视动力用电这块,那现在将要犯另一个错误,面对极盛的电力需求,我们没有及时扩大投资,失去赚钱的机会不说,还拖了芜城发展的后腿,若迟迟未有响应,再生一家电厂也未必没有可能!"

见众人警觉,兴州又细加分析道:"目前看,虽军阀混战,但江淮一带相对平静,芜城位置好,发展趋势不可逆,电力投资需一定的超前性,现在布局,快则一两年后新机便可投产,而芜城也将迎来第二波工业发展的高潮,那样既发展了自己,又为社会和工业发展助力,各位又可以多分红,一举数得,何乐而不为?"兴州又让老柜把那报告给董事传看,众人无不赞叹兴州做事辛苦牢靠,连余董眼里也含了敬意,可一触及几年将没有分红进账且还须掏银子这核心问题,众人又缄默了。

"刚才董事长、郑经理和各位前辈高旨宏论,后生我冒昧说下个人之见,只为请教!"说话的是个着西服的年轻人,在老人居多的董事会,有种崭新感,他虽第一次参会,众人却并不陌生,他是原董事周淑培的儿子周协之,上海江淮大学毕业,在家乡绩溪办过教育,现在宣城经营着煤油公司和南北货公司。

众人目光里,这个总带了微笑、有着一双细长眼睛的年轻人有些局促,却是有备而来:"既是前景看好,可内生动力不足,何不跳出来,把眼光投到外圈?"协之把股东不愿再掏钱说成了"内生动力不足",又把众人的目光引过来,"得知会上将议此事,我来前已同宣城几位富商接触,他们多看好明远,其中一位答应投一两万两银子!"

"啧啧,这么多!"

"皖南这些年安而少患,务农重谷,商贾胡貊,利之所聚,不可估量啊!"

"你们本地的守着好市口,又投资又自己做生意,我们外地的错过上次募股机会,现在见明远兴旺,自然要投了。"陈董响应道,"我回去联络一下,说不定也有投的。"

"这叫旁观者清啊,我等畏首畏尾,外面的已等不及了!"众人兴奋中透着焦灼。

"这些资金明远不引来,若真有人再办家电厂,必定投了去!"有人想起兴州说的那芜城再生一家电厂的传言来。

"可不是这样的?现在各大实业对电力这块很有兴趣呢!"

"业界有什么新动向了?"次廉将那久违的玉嘴烟斗又含上了。

"同实业界接触中,不少公司有个愿望,就是参股明远!"兴州解释了参股的一般做法,接着道,"这既是看好明远,也强化了对他们供电的保障,还享受我们发展的成果,同样对方发展好了,电量需求就大,一举多得呢,当然控股权在我。"

"这叫互惠互利。"

"有这些大实业的参股,又有新富商入股,再加散户购买,明远扩容的资金差不离了。"

"这样做有没有损害我们原股东的利益呢?"一片乐观中,余董事依旧冷冷的。

"我们把不分红的资金和历年的公积金都投了,那这些新进入的投资人或者叫新股东是不是侵占了我们老股东的权益?"

"是啊,这不声不响地占我们便宜了!"

"守了那么多年,担了多少风险,他们一来就享受!"众人又是一边倒,见差不多能通过的议案又要搁浅,做笔记的老柜焦虑地看着兴州。

"我倒有个办法,"说话的又是协之,"本财年继续分红,不过所分之红折算成股票,这样公司既不需付出真金白银,各位股东权益也不受侵害。"余董事较了真:"公积金呢?"

"可折算成股,按比例分摊。"老柜忍不住插嘴道。

"诸位议了一上午,扩容事大,中午休息再酝酿一下,下午再议。"次廉不想"趁热打铁",他需要大家冷静思考,多加论证。

(五)

会一散,次廉便让兴州到他办公室,显然有话要说。

"是不是有点出乎意料?明明是看得很准、对各方都有利的事却难被理解和赞同,明远好了却保守了,再做点事很难。"次廉感慨着,显然兴州会前与他通过气。

"比想象的好。"

"你能这样看我就放心了,上午表决也可,不过我想给他们点时间,事关公司未来和股东利益,多议有好处。"

"理会越辩越明的,上午的议论,已越来越接近目标了,特别是董事长您的引导,十分关键,协之也不错,后生可畏啊!"

"协之有其父遗风,但现在说的不是他,也不是明远增容之事。"

"那是什么事,这样急?"兴州诧异。

"你的终身大事,你该把婚结了!"次廉像换了个人,长辈、挚友、董事长几重身份叠加着,是不容置疑的口气。

十一 花好月圆 | 175

"结婚？我都什么年纪了？再说和谁结婚？这事比厂里扩容大事还重要？"兴州脑子里闪过嘉慧和月萍的脸，心跳陡然加快了。

"你和嘉慧这层窗户纸也该捅破了！"兴州的一串问号反让次廉有了底，"月萍临走时，把你们的大事托付给我们，我们老两口子就是你们的媒人！这些日子我那老婆子白天吃不香，晚上睡不宁，说月萍又托梦了，怪她没尽力。"他磕下烟灰，装了新丝，"这事怎么也该办了，月萍走了一年多，你都快四十了，早的都快抱孙子了，你膝下还是光净净的，你不急我都急！再说也不能把嘉慧耽误了，人家姑娘也十八了！"次廉一口气说了这么多，连咳起来。

"我郑兴州不知何德何能，让两个女人对我这样好！"兴州的声音沙了。

"既是这样，就不可辜负了，趁着扩容之前，把家里先'增容'了，好让你心无旁骛来做这件大事。这可不全是家事，也关乎明远，一个连家都没成的老板谁会信任？就是月萍没托我们，我这个董事长也要过问！"

"可,可我……"

"可你什么？现在一帆风顺，大老板了，看不上嘉慧了？"见兴州吞吞吐吐，次廉声音高了。

"哪里啊，是怕她看不上我！我这岁数了，又有过婚姻，她可是十八的大闺女，论人品、相貌、才艺，没有一样不上佳的……"

"知道了还不急不慌的？嘉慧那头，包在我老太婆身上，我就包你这头！"见兴州坐直了身子，他又戏谑道，"我们这两头忙的，不过是要讨杯喜酒喝。"

"董事长您这是拉郎配，有杯茶喝就不错了。"兴州给次廉才浅的杯子又满上。

次廉却拿了烟斗又放下，脸上不见了刚才的笑意。

"董事长又有何吩咐？"

次廉把烟斗含了，说话便有些含糊，兴州听了，却惊骇了！

"兴州啊，下次别再这样叫我了，这董事长我守到现在，已越来越吃力了，明远正在一个新起点，亟须一个在管理层、经营层都占主导的人来统领，会少许多阻力，快刀斩乱麻做好该做的事。就说这次扩容吧，按你的意思，机器若早买了，也不至于发生裕中纱厂巨量电力流失之事，心疼啊！"次廉又咳起来，"我们这些董事，对明远有里外之分，只对自家企业上心，多不在一线，年岁又大，不论思想还是脑筋都不灵了，一班昏聩遗老正襟危坐在那里挑三拣四，误了多少正事啊!"

"家有一老,似有一宝,中峥先生过世了,刘管家也西归了,若您再撒手,这明远就塌了半边天了!"兴州终于插上话,却被次廉摆手止住了:"不管怎么说,这次该交给你了,理由我上次都已说过了,这次万毋推辞!"又悠悠道,"权力就像烈酒,无人不喜,可不胜酒力的人贪杯,只会被伤,又像副重担,只有硬骨头挑,我这把老骨头,再压就垮了……"兴州摊着两手急道:"这么多年,您挂帅,我先锋,您掌舵,我撑篙,明远大船才乘风破浪,遇难呈祥,您在,便是乾坤定海。就拿今日上午的会来说,关键时刻还不是您老一言九鼎?再说这么多年了,于公于私,我都习惯了有您……"

次廉深深地吸了一口,烟斗最后一撮丝也刺啦啦燃起,那烟九曲回肠,他才缓缓吐出,带了肺腑之气,那话也发自肺腑:"我意已定,怕影响了扩容大事会前才没和你说,现议案通过在即,明远方兴未艾,该是我急流勇退之时!"次廉缓缓嘘开茶杯口的那团热气,"这些年了,明远大小事无不是你主持操劳,我不过参谋而已,甚至还临危动摇过,谁都明白你才是明远的主事。即便是这次的议案,也是因了你才会通过的,股东不会因了我的一句话或面子就拿他们的银子不作数的。至于说到我俩的友情,那你更该应了,我现在也是药不离口了,你总不希望我像张、刘那样撒手西归吧,再说我还是董事呢……"

次廉的脸是苍灰的老,那深深浅浅的皱纹里,有知足,有认命,有断舍离的淡然,兴州熟识这脸上的每一条纹路,现在却又陌生起来。

下午的会,除余董保留意见外,其余都对扩容方案投了赞成票,大半董事表达了新股认购意向,讨论的重点放在招股、购买机器、招收新员工这些后续事项上,但没作具体限定,适当留白,会让管理层做得更好,对兴州的团队他们是信任和满意的。最后董事会还不顾兴州的反对,通过了次廉辞去董事长而由兴州接任的临时议案,明远真正进入了兴州时代!

(六)

扩容大事有了定夺,明远又顺利实现了新老交替,次廉高兴,自己做东晚上在倚陶轩请董事们聚餐,酒酣耳热之际,兴州家里的"增容"大事成了热门话题,多喜临身,兴州少不了多喝几杯,可这喜又似打了折扣:一则双任在肩,便再无可推挡之处,心下忐忑;二则这扩容方案也未尽人意,按兴州的意思,一扩至顶,上百万的容量,可有了董事长之变,又见磋商之难,便定下折了半的缩小版,不咸不淡的。

晚上家里气氛便有些异样,红漆方桌上四菜一汤,细看竟有自己的心头好——绩溪粉丝,从月萍去后便再也没见着。兴州内疚着:"晚上吃饭是临时定的,没说一声,让你们久等了!不过这粉丝真不错,卢婶的手艺越来越高了!"

"我哪里做得了,是嘉慧炒的。"灯下,粉丝黄亮油润,还撒了青翠香葱,挑起,细长柔软里蕴了香气,兴州酒后的舌头也被唤醒了,筋道爽滑的滋味在齿颊漫溢,是暌违已久的味道:"又韧又糯,不过用猪油炒,比正宗的绩溪粉丝还强!"

"嘉慧说你血压高,少吃油腻的东西,特别是猪油,她试了几次才做成的。"

这嘉慧伶牙俐齿里隐着颗玲珑心,不仅疼人,还是个有心人,隔了很久的头晕,自己都忘了,她却记心上了。兴州那甜蜜,从眼角的细纹里溢出,扭头四顾,却不见嘉慧的影子。

"有点感冒,回房歇了。"

"要不要找大夫看下?"

"只是一点风寒,睡一觉就好了。"

兴州放心不下:"感冒也大意不得,别再下冷水了!"

"你放心吧,我把她照顾得好好的!"

兴州靠在床头,顺手拿过一本书,半天看不进一个字,满页都晃动着嘉慧的影子,次廉夫人今天来过吗?应没这么快的,可今晚又多少有些异样,这嘉慧怎么突然感冒了?有意避开了?看来次廉说这段日子他们该分开,是有道理的。

兴州还似在梦幻中,朝夕相处,几乎从未往这方面想过。想必嘉慧以前也没这个念头,一起开个玩笑也是纯洁的,只是后来嘉慧越来越避着他了,应是月萍已对她说些什么了。兴州脑子乱乱的,理不出个脉络来,男女私情方面,他是迟钝的,也没那个闲情,风花雪月不仅得有银子,也得有闲日。

月萍走后,嘉慧似有很大不同,那晚后,他们的关系微妙起来,是有距离的客气,今晚的情形更是特别,他感觉到某种东西的临近,是害怕的,却又是期待的,一种流淌全身的热,让兴州的心错乱着,眼前是嘉慧的一颦一笑,她的含怒带嗔,与月萍不一样的温淑……他不得不承认,不知何时,嘉慧已被自己一点一滴地种植于心,在活泼泼地滋长。难怪月萍走后这么久,自己依旧这样不紧不慢继续着日子,小灯盈窗,筑梦守望,他的梦就在这里,从来没出这个小院子,以至于这么多日子从没多看外面的女人一眼,间或有介绍的或搔首弄姿、频送秋波的,也从未动过心……

男人的爱一旦苏醒,便失了火似的,兴州辗转难宁,谛听着,期盼楼梯声响,又嘲笑自己的呆,既是"感冒",便断无上来之理,即便平日晚上,嘉慧也是极少上楼的,那晚算是个例外,兴州觉得此刻这楼梯便是天堑,连下楼喝水也忍了。

（七）

不几日,协之那边便有好消息,一洪姓巨商,也是绩溪老乡,做商贸、客栈生意三十余年,颇丰积蓄,一人认购了两万银圆的股,受之带动,宣城一地便有近四万入账,而协之也加了两千。芜城本地招股也颇有起色,收了两万多。企业方面有益新等两家协议草签,只待双方董事会通过。原股东增资和社会募股,加上历年公积金和未来几年的分红,老柜估摸着十来万银圆不成问题,增容所需资金大头算是落地了。兴州与次廉商议后开了次临时董事会,董事们被募股情势鼓舞,一致同意把当期分红改作股金,次廉、兴州等当场递交了银票,连余董事也掏了五百银圆,董事一个不落地参与配股,给全体股东带了好头,也是给第一次以董事长身份主持会议的兴州一个支持。

益新等企业的入股申请及向英、德购买设备等事项在会上通过。因兴州一身兼二职,增加一个副经理确有必要,郑、程意将老柜、协之列作候选人,只是老柜坚辞不受,协之作为唯一候选人当选为副经理,协助兴州购买设备、扩建厂房,任命通过时,兴州瞄一眼做记录的老柜,见他表情是一贯的泰然。

协之将宣城的生意交与家人打理,一心经办扩建之事。喝过洋墨水的他,与洋人打交道,比兴州他们便利得多,即使是相对陌生的土建工程,也一点即通,这让兴州放心不少,索性把招股增资的事也一并交由他统筹,兴州便可继续潜心于原来的电厂。

平均年龄四十不到的经管团队在芜城产业界并不多见,后面还有一个实力强大且与政商各界关系密切的董事会,这样的明远自然被各界看好。明远股票一时大卖,会计室加班加点,老柜几次爽了兴州的象棋之约。

兴州的另一件大事却延下了,直到这天次廉又来他的办公室,这原是次廉的办公室。次廉辞了董事长后便收拾东西把办公室退了，兴州安排给协之，协之决意不从，因无多余之地，兴州只得搬到宽敞得多的董事长室，却将老桌、旧椅带着，还不忘把"光明致远"的条幅取下，江南多湿，潮气泅漫，仍淋漓生动。协之让人重新裱了，挂在正面墙上。

次廉四顾，虽遗存了自己的影子，却是兴州的风格，欣然道："虽是恋旧，但毕竟气象一新啊！"兴州哦了一声，见次廉眉角眼梢盈了喜气，知道这是话里有话啊，那事有好消息了！

"恭喜！你又要做单身汉了！"

"单身汉？"兴州心下一凉，旋即躬身作谢。

"做你的媒人，我倒是轻轻松松，不过人家那边，我们老两口的鞋子可是跑坏了几双，门槛不知踏破了几道呢！"次廉便把夫人如何化解卢婶母女的各种担忧、说通女方亲友的经过说了，临了道，"说我们是媒人，其实月萍占了多半，有月萍的日久铺垫和真情打动，你们又相知相悦，她们母女倒没多为难，只是那些亲友特别是嘉慧的老舅，可有些难讲话，一会儿说你是大老板，高攀不起，一会儿又拿年龄说事，可'舅舅大于天啊'！卢婶为难，我们也不能怠慢，不过几次接触，我这心算放下了。"

"这么有把握？"兴州的心却不踏实起来。

"无非你出点血罢了！"

兴州对嘉慧这老舅多少知道些，他虽做点小买卖，但只勉强糊口，曾让他来电厂打杂，稳定且收入可靠，他却不愿上班受管束，卢婶也不想她这个兄弟给兴州添烦。谁知不是冤家不聚头，细想也释然，虽然卢婶母女落难时极少见这舅舅的影子，可逮了这机会，提些要求属人之常情，若舅家人太好说话，倒显得外甥女不金贵了，只是他大概还不知道，自己这个"大老板"，也有身无分文时。

"若要求不过分，便随了他。"兴州不想在枝节上纠缠，既是开亲，那就一家人了。

"所以我说这事差不多大功告成了！"

兴州斟杯茶，恭敬奉上："谢媒茶一杯，不够再添！"

"好你个兴州，我们老两口跑断腿、说破嘴，就得一杯茶饮？"次廉故作不快。

"就在倚陶轩，今晚单请二老，我立马去订！"

"这点小事已代你做了，人可不是我们几个。"次廉一副媒人做到底的势头，

"我们已作了主张,让你们见个面,来之前顺便把酒席订了,就在今晚,天大的事都得推了!"

兴州觉得自己是被推着走,细想"丑媳妇见公婆"是迟早的事,明远扩建事繁,如此紧凑安排,也是情理之中,暗笑这次廉即便转行做媒人也甩他人几条街。

(八)

这倚陶轩临湖而建,湖景入窗,清风濯面,便有"倚陶"之名,外面风雅古静,内饰精致奢华,着水陆风情,是江城上等聚会之所。嘉慧舅舅仿佛椅子上长了刺,若非外甥女婿嫁大事,且嫁的是全城风头正健的大老板,他一辈子怕也无缘此地,更不用说品尝这见都没见过,更叫不出名儿的山珍海味了。

再看兴州,剑眉朗目,阔口隆鼻,三庭八卦,饱满丰厚,一副贵气,若嘉慧嫁于他,夫富妻荣,外甥女有福,娘家显贵,且郎情妾意,自己不如做个好人,定少不了自己的好处。今晚江城两个有头有脸的大老板一请一陪,便是他日吹嘘的资本,面子、里子都有了,原先的刁难之语自然咽了回去。舅舅的势子自然也端不住,若不是卢婶不断使眼色,怕早已喝得酩酊大醉了,次廉、兴州也都将心放回肚中。

眼下便是修筑爱巢了。嘉慧欲将风雨漫漶的西墙加固,楼上隔个书房,兴州搔着松针似的短发:"不过摆几本书充充门面,就不附庸风雅搞什么书房了吧?"嘉慧自有说法:"你是明远老板,在芜城也算有头脸的人,怎能连间书房也无?再说有贵客来访,都不兴在客厅大堂,要到书房的,才显得对人重视。"与月萍的千般缱绻不同,嘉慧看准的事会坚持,还能让兴州折服。

"隔这么多贮藏室?"这嘉慧的计划中,楼上楼下要各加一间。卢婶笑得有点诡秘:"你一个大男人,有些事不明白,以后就知晓了。"兴州似懂非懂,索性放手了。

可这方案被大老李一口否了:"我一般只按主家要求做事,郑老板和我铁,我才破了这戒!"大老李先是表心迹。

"你是建筑界老大,请你就由你定夺。"

"有郑老板这话,我就直说了!"大老李眯着眼,这房子便不再是房子,而是一堵堵墙、一座座木架和一楞楞瓦,"这房子当年建得还算讲究,可好木也怕蚁啃,好墙最忌雨侵,好瓦难敌霜冻,好房难耐年久。虽外表还算规整,可墙已大眼小洞,大梁蚁蚀不止一处,芜城常发大水,地基腐蚀不固。"随他指点,兴州三人见墙角下霉斑点点,细缝暗隙处处,显得一副破旧之态。

大老李的嗓门更直了:"楼上叠床架屋,楼下修修补补,就撞了我们这行的大忌——朽木上雕花,出来的房子头重脚轻,再花工夫,三五年也成了危楼,不仅坏了我大老李的名声,也于主家不旺……"

见卢婶母女面露紧张之色,兴州也将信将疑,大老李刹住,附耳兴州:"这楼有一大缺陷,门向不对!大门正对院门,直进直出,不聚财不说,外邪还易入侵,原本可在外门加壁照的,可门口便是巷子,只能改门向了。上次修缮就准备改的,可当时说不宜大动,现在可别失了机会。"

虽是小声,但原本就不避她们的,再说这大老李何曾低声细语说过话?卢婶、嘉慧自然听得清。嘉慧却担心,这房子一拆,费银子不说,月萍的遗迹也全无了,且门向一改,怕是月萍认不得门了,不仅兴州,自己也于心不忍,便悄声对兴州道:"能不能让李老板有个两全其美的法子,既保了楼,又安稳顺遂?"大老李听出嘉慧的弦外之意,越加敬服嘉慧的贤惠,越要为他们将来负责,不等兴州说话便抢了先:"百年之树成材,百年之屋作灰,这等老房子推倒重建已是惯例,当然也可先修着住上几年再作打算,最后还免不了一拆!眼下省点银子,今后要花大价钱。至于拆下的东西,屋内的陈设,我们会做记号,可按旧复原的,门向也是内动外不动的。"

"就听李老板的吧!"兴州明白嘉慧的好心,但大老李说得也在理,新人、新屋、新气象,记住一个人不是生活在其影子里。

"我有几处工地在做,郑老板定了,我便抽最好的师傅,一月可成,两月装修,再空放两三月便能入住。我建完这个楼,其他工程一概不接,一心一意做明远的扩建,让郑老板放心!"

"不会时间错不开吧?可别把明远的事误了,时机不等人!"

"我盘算过,时间接得上,明远的图纸还有一两个月才交来,就是别处停了,也不可误了你们的事!"

兴州估摸着,机器才下订单,制造连带运输,得一年半载,建厂房的时间应充裕。"这次机组更大,扩建比初建标准高,当然你们也今非昔比,定会做得更好,到时由协之和你们细谈。"两人边走边聊,大老李告诉兴州,会在一楼留个暗门,设一暗道,出口处在墙根的通气窗,只要卸下不大的气窗,便可悄悄出入,这是大户人家的惯常做法,虽然只有他们两人,但这次大老李的声音轻得只有兴州一人听得见。

(九)

翌日卢婶母女就回舅家,兴州也在办公室安了床,当晚的菜肴算得上丰盛,嘉慧还破例给兴州备了壶酒,兴州却意兴阑珊,两杯后便有些醉意,摇晃着上楼了。

这是住在老屋的最后一晚,兴州亮了灯,上下看不够,似把这一切印刻了,推倒重来,以月萍的脾性该不会说什么,自己却颇为不舍。

新人、新房,甚至要新婚了,却沉湎以往,又觉有愧于嘉慧。她该经历了多少曲折矛盾的心路历程,有多大的勇气才能无视种种流言和各样目光,勇敢地站在自己身边?这让他感激,更是愧疚,这亏欠一辈子也还不了。

迷糊中觉得有人在给自己披被子,一睁眼,竟是嘉慧。见他醒了,她打趣道:"这么大人睡觉像个孩子,还打被子!"又道,"你没吃饭,我做了点羹汤,等会儿你喝了,以后可没这么好的事了,晚上还有人服侍你。"床头柜上,有碗黏稠瓷亮的银耳百合羹,翻升起香醇的热气,后面是张盈盈笑脸,一种干渴啃噬着喉管,他兀地坐起,也不用调羹,咕嘟咕嘟不歇气地喝光了,两眼生光,盯看着嘉慧,见她眼似秋波肤胜雪,红唇一点色生香,像画里走出的,一种流淌全身的热,如游走的蛇。

"好!"他说。

"好好睡觉,明天一大早就来人了!"嘉慧脸上泛着红,拿起空碗扭身欲走。

"能陪我说说话吗?喝了莲子羹不能马上睡的。"兴州的眼神让嘉慧欲罢不能,眼里的小火苗让她心悸,脸上却是副随意的样子:"又不是见不了,馋了就来我舅家,表现好呢,我做几个菜送到你办公室,反正不让你饿着,再说明远不是有食堂吗?"

"我都发烧了也不问下!"

"发烧了?"嘉慧忙撂下碗,葱白一样的手指轻触兴州额头,又弹开,真的有点烫！正待发问，手指却被一双大手攥住了，嘉慧大骇，却挣脱不出，又不便叫喊，又羞又急："你不是发烧，是脑子发昏！"兴州嬉笑着却不放，嘉慧便虎着脸，"再不放手我喊了，妈还在楼下呢！"兴州赶紧松了，嘉慧一边抚摸着被捏红的小手，一边嗔怪道，"坏人！骗我过来，原有不轨之心，不过总还有个怕的！"

兴州静息细听，楼下并无声息，胆子又大起来，脸却戚戚的："你马上是我娘子了，还这样生分？再说要分开好久的，我也不好老往你舅家跑，见一次多不易！"见兴州这样，嘉慧心又软了，款款坐下，莞尔说道："我以为你回来就是吃饭，吃完饭就看书、睡觉，眼里根本没有我这个人存在的！"眼前的嘉慧红唇殷殷，眉眼如画，兴州只觉血往上涌，轰地一下脑子一片空白，待清醒时，发现嘉慧被自己紧箍怀中，嘉慧的脸红一阵、白一阵，不停地挣扎，胳膊上留下一条指甲印来，欲上最高处，径已被云封，兴州彻底松下了。

"酒多了！"兴州懊悔地拍着自己的大脑门，又伸手去安抚暗暗垂泪的嘉慧，却被划拉开了："你们这些男人口吃山珍，手揽美色，原以为你是个正人君子，没想到也是个凡夫俗子，禁不住酒色之扰！"

"原是考验我的呀？我上当了！不过天地良心，除了月萍和你，我从没碰过其他女人，除你们两人，没其他人让我动过心！"

"这时口吐莲花了，以前可是目中无人呢！"嘉慧并不看他，口气却缓了。

"你一直在我心里好吧！以前把你当作小妹妹的，及至后来……"

"后来怎么了？"

"后来，后来他们都这样说，加上月萍劝，我才拿了另一种眼光看你，觉得你蕙质兰心，是我下半辈子最可信赖和依靠的人，可一直不敢造次，怕骇着你了……"

"还有你不敢的！"这个把自己包裹得紧紧的、沉默得像山一样的男人第一次对自己敞开心扉，让她感动又幸福，那些流言蜚语和曾经的犹豫一如轻烟般消弭。

"好好睡觉，别胡思乱想，是你的迟早是你的。"兴州见她不生气了，又活过来，指着床边，"这还空着呢。"嘉慧撇撇嘴："这是狼窝，我离远点。"

"往后得生一窝狼崽呢！"兴州冲着嘉慧袅袅而去的背影道。

十二　云淡风轻

（一）

汪夫子赴沪在即,兴州在倚陶轩为他饯行,同来的还有店员程敷谋。

满当当一桌子菜中,有盘叫"掌上明珠"的首见,夫子点的。虾肉泥捏的小丸子,放在粘满面粉的鸭掌上,又均匀铺上鹌鹑蛋,两边粘了火腿末,这样的"鸭掌"放入盘中,上屉蒸熟,淋上鸡汁,方有了这"掌上明珠"。

夫子话毕,兴州喟叹:"我等粗人只求个味道,你们文人却整出色香味的道道来,敬一杯!"夫子微笑:"我不过略懂皮毛,祖师爷是脍不厌细的孔老夫子,我不厌其烦介绍这道菜是有用意的。"

"愿闻其详!"兴州也文雅起来。

"我这一走,不知何日归,老哥与嫂子的喜酒我不定能喝上,点这菜是聊表心意,中年得娇妻,你定会把她当作'掌上明珠'的!这边荣升董事长,那边喜迎娇妻,事业、人生双喜!"兴州心头一热:"这菜选料精,制作又繁,我只知其美味,不知夫子另有美意。"想起这么多年的患难与共,感慨系之,"你我同乡,更是挚友,这么多年不知帮我多少,明远有今日,你这引路'明珠'功不可没!"

"夫子当年在芜白手起家,幸得郑老板诸同乡襄助,才能做些自己想做的事,若说帮助,还是依仗老兄的多!"他指着一旁的程敷谋,"我走了,书店交与他打理,他也是我们绩溪老乡,学业有成,精明干练,还赖老兄多关照!"这程敷谋不过而立之年,却持重老成,微笑立起,先敬兴州,再敬夫子:"程某不才,幸得汪老板提携,又有郑董事长关照,定当承志维新,把图书社发扬光大!"

夫子又议了一番军阀混战、洋人大战的时政:"原以为推翻了清廷,革命便告成功,谁知军阀混战,天下难以共和,改朝未必换代,没有民众思想的觉醒和转变,不过是换个人坐龙廷而已,须在更深层次更广区域唤醒民众,鼓吹革命。我已在上海公共租界租下房子,要开家图书馆,还要做出版,这样才能出陈先生、孙先生的书以及许多自己想出的书,并以上海为中心,向全国辐射……"夫子滔滔,在这年轻老乡身上,兴州看到了与众不同的那类人,为理想、为国家,舍生取义,奋斗不息,也许他们才代表着中国的未来,便擎了酒杯:"夫子理想远大,兼济天下,这酒就祝夫子马到成功,宏图大展!"夫子饮尽:"我不过是文化醒世,你是实业救国,殊途而同归。如果实业界都如你这样,何愁家国不强?"

说起实业,夫子也有自己的视野:"眼下西方各国兵戎相见,国内战乱不休,貌似环境不好,却也是控制最松的时候,且长江流域尚不是主战区,应是各业发展的难得佳期,就看眼光和胆量了!"

兴州把董事会通过增资扩容的议案说个大概,夫子连声称好,又大有深意道:"我说的发展机遇,不限于某一行业,眼光可以更开阔些!"兴州知夫子又有宏论要发。

"就是一业为主,多业并进,若木之成林,水之成湖。"夫子目视远方,仿佛那里有个五光十色的世界,"西方正在或已完成了农业向工业国的转型,而我们才刚起步,重工业、轻工业等各行各业几乎空白。你们这些先一步跨入实业界的老板,有钱、有历验,又有人脉,就如富翁进了肉铺子,肥瘦任选,肉骨随挑……"

"记得上次我说过的通信业,若做个电话公司,投资不大,却家家所需,前景可期。现在连长途电话都有了,说不定以后我们在电话里就能聊了!"夫子旧话重提,兴州也是眼前一亮,这电话他在上海见过,对着话筒说话,老远地方的人都听得到,且这电话既不像电力那样大费周章,又是社会生活所需,符合发展潮流,明远上下和对外联系也方便多了。电话设备须进口,不过交给洋行一并办理即可。兴州心有所动,却出言谨慎:"本埠商贸发达,电话是一定会和电灯一样普及的,只是我一窍不通,不知从何处下手啊!"

"相比电力,这是小儿科了,敷谋给郑老板找几本书,包你一看就会,一做就成,到时候我在上海等你的电话哦!"

"你如三国的徐庶,临别还出了个好主意,只要明远做好了,这电话会搞,其他合适的项目也会做,为那个什么转型尽点力。"

（二）

范罗山的惊鸿一瞥，让兴州义无反顾地投入那片粲然中，开启了人生和事业的光明之旅，夫子临别之言，又让他怦然心动了！

晚上，在办公室临时支起的小床的吱呀声中，郑兴州把从科学图书社拿来的介绍交换机原理的小册子翻个遍。这个叫"德律风"的东西，同电力有若干相通，若让朱军带几人去做，应不会太难，至于投入，不过是交换机和电话线的费用，但同电力一样，需架杆放线，耗工不说，且是笔不小的投资。

踌躇间兴州眼前蓦然一亮，难道不可以利用现成的电杆？他从床上跃起，趿了拖鞋来回匆匆地走，又翻看有关章节，虽无成例，也无明文禁忌，但一个强电、一个弱电同架一根杆子上，走同一通道，大不了上下隔几尺距离罢了，这法子若行，不仅无须勘察征地施工，连电杆都一并省了，电灯亮处便有电话铃响，有别家不可比的优势！

电话杆线是电力杆线的二次利用，习焉不察的兴州脑洞大开：若能办些耗电量大的厂子，特别是芜城极少且急需的重工业，如机械厂、电镀厂、五金厂……此刻兴州一如夫子所言，如富翁进了肉铺子，肥瘦任选、肉骨随挑了，鸡唱三遍，还兴奋异常。

面馆的伙计准时送来早点：一笼汤包、一碗鲜虾面，又从屉中取出小碟，放两块臭干子，淋一勺水磨大椒，浓黑深红。

再低廉普通的食物，称了胃口，便是人生至味。兴州夹起那鲜亮的汤包，轻咬一角，浓白醇香的汤汁漫涌出一天的好心情来，未及细品，这汤汁便携了饱满弹牙的肉馅滑下肚，再挑一筷头虾子面，鲜得眉毛要掉下来，这至荤至鲜、至嫩至柔轮番冲击味觉，蘸了大椒的臭干子完成了对味蕾的深度挖掘与狂野挑逗，味蕾便狂欢至醉。此时兴州风格一变，再不怜香惜玉，大口咽那玲珑汤包，筷头挑起长面条吞得响亮，再鼓了腮帮子嚼那外酥里嫩的干子，在红与黑的深度陶醉里，一口面汤相伴送下，瞬间肌肤毛孔洞开，全身舒坦。这等大荤大素、大红大黑，这样的恣睢与酣畅，在家是享受不到的，这单身生活也有想不到的妙处。他血压高，小笼包极少进门，这才几天，兴州腰围就粗了一圈，嘉慧见了，怕少不了一通数落。

兴州看中的就要办。明远扩建尚未开工，正好打个时间差，朱军却一脸蒙圈，让他牵头，却只是摇头，兴州难免失望，若协之或老柜，断不会如此。不过也有一类人，不喜大话说在前，承诺有限，结果却无限，给人惊喜，细想还是太过谨慎。看他仍旧单薄的身板，兴州想他早上的面条、稀饭一定是文明而规矩的，自己要做的是增强他的自信，育他独领一面的能力。

"这电话与电力一字之差，多少相通些，你这科班出身的比我这门外汉差？"他递给朱军昨晚看的书，"好好看，明天答复我！"见他仍面有难色，怕是懂得越多胆子越小，只得改口，"你只管技术，弄通原理就成，设备采购、安装都有西门子公司的人做，其他的有我！"

大老李做事，一卯对一榫，建房事多，不时需主家定夺。嘉慧虽是闺门中人，但见解一点也不差，当断则断，恰到好处，大老李暗叹她的好眼力，她与兴州结作连理，那才叫一个珠联璧合、比翼合飞呢！有吃不准之事，便只问嘉慧，嘉慧定不下的，才差人报与兴州，可回复总是"你们看着办"。久了，嘉慧便不再报，自己拿不准的，便与大老李商量，不出一月，这栋在原址而建的二层小楼便成了。上梁那日，兴州不知从哪里又钻出来，招待客人，酬酢热闹一番，又没了踪影。

新屋既成，装潢、打家具一箩筐事，可兴州还是那句话，偶尔露个面也显得极满意的样子。大老李明白，这一半是放手嘉慧，一半是信任自己。油漆、粉刷、打光、上色，大老李的人做得细心又精致；配家具、装饰房间，卢婶与嘉慧眼光独特却也精打细算。一月小楼便装潢告吉，只待通风透气后，择吉日良辰搬入。

电话局进展则不尽人意。朱军毕竟学生出身，首次主持，瞻前顾后，一切与洋行谈判、选址、厂房建设、人员遴选等均需兴州出面或点头。这是兴州二次创业的开篇之作，兴州还把它视作扩建前的牛刀小试，大意不得，故而只得把新房一事放在一边。

渐渐地，朱军也放开手脚，谈判据理力争，货比三家，选址精当合理。他还借了所学经验，精心测定两线安全距离，让兴州设想变现实。至于无电线杆处的电话线架设，更是他的拿手活，一月后便拉起了四通八达的电话线网。那边新屋落成，这边电话局也八九不离十了。

（三）

　　这年冬天西北风似走秀，雪粒金子样珍贵，可腊月十八一早，却悄无声息地飘起零散的雪花来，院子里薄薄的一层，显得那竹子润碧生姿，街巷里孩童的欢闹声传来，带着喜气活力。晚上，连风也息了，雪下得恣意而密实，噗噗地打在贴着大红"喜"字的窗纸上，和着酒令喧闹，令人心旌摇荡，那酒香混着爆竹硝烟喜气，游动铺张，氤氲不去。

　　送走最后一拨客人，兴州在一对大红烛中颤颤地挑开嘉慧的盖头，却一瞥惊鸿，这嘉慧目似秋水，眉比远山，肤若白雪，玉容仪姿。兴州呆呆地、慢慢地靠近了，笨笨地不知手放哪里，半晌道："你还空着肚吧，我去弄点酒菜来。"

　　"你好久没下厨房了，还是我来吧。"

　　按旧俗，卢婶回了娘家，现在这楼里便是二人世界。

　　"你是新娘子，三天不能下厨的！"不一会儿兴州便端了托盘上来，三菜一汤外加一瓶雪酒，恐新娘子受凉，又去楼下搬来一只火盆。

　　炭火毕剥，烛光盈窗，映着墙上一个大大的烫金"喜"字，两边是夫子托敷谋送的一副对联，书法高古，联语精妙：

　　　箫吹楼上凤律归昌
　　　瑟鼓房中凫翔静好

　　一对新人，浅吟低唱，情到深处，便相拥入衾。窗外银装素裹，雪落竹低，室内烛光摇曳，一声娇吟，一个崭新的世界破茧而出……

　　婚礼鞭炮硝烟还未散尽，来自英国的电话设备便到了码头。这种磁石式交换机系统，于现在是原始笨拙了，但其时却新奇，对线路要求低，信号衰竭少，通话距离还不短，很适合芜城这种用户不多却又分散的城市使用。朱军招了两个接线生，轮班坐在红灯闪烁的交换机屏前拔下又插上，又聘两个技工负责技术维护，自己则带人查线巡视，这筹办了半年、"两边看不见，讲话听得见"的芜城首个电话局，赶在农历新年前夕开张，作为过年的时兴玩意儿，装机者争先恐后。

电灯、电话,江城人数千年的生活在悄然而变,兴州也由此开启了他多业发展之路。能力越大,责任越大,他记着夫子的话,他在为那个伟大的转变尽一份心力。

明远公司部门车间都扯了电话线,十九道门的新家也装了电话。嘉慧虽念过几年书,可电话这洋玩意儿也是第一次见,突如其来的铃声吓她一跳,把兴州教的用法忘到一边,待抓起话筒,却是反的。兴州晚上回来,她还当作趣事说笑了一通。不过很快她就离不开了,有事没事给兴州去个电话,有时故意不说话,想象他干着急的样儿心里发笑。舅家也给装了,腿脚不便的卢婶足不出户便和娘家人说上话了,日子越来越有滋味了。

(四)

这是1920年2月初,新年刚过,街巷里时有爆竹的脆响,那硝烟里遗存了新年的喜气。装潢一新的倚陶轩迎来了一群不寻常的客人:执掌芜城一方兵权的"皖南镇守使"马联甲,声势显赫的芜城"道尹"竹君如,县知事余涵南,移官为商的开明士绅濮秋,称雄芜城商界的大亨潘伯和,还有崔亮功、郑又新、徐士桐等商界名人。

兴州假新年联谊之名,邀了芜城政、商界头面人物一聚。一番寒暄后,兴州点题:"今日聚会,一则是给各位拜个晚年,二则是一年之计在于春,躬逢盛世,想着该投资点什么好,不如边吃边议。"

坐兴州上首的马联甲大着嗓门:"郑大老板,明远日进斗金,电话局生意兴隆,去年添了大头儿子,莫非今年夫人又有喜了,想办个厂子作礼?"

兴州倒也实诚:"实不相瞒,夫人又有了,这城南的'铁口'看了,说又是小子!不过也比不得你们呀,一个个妻妾成群,儿孙满堂,我郑某年近四十才当爹,谁有福咪?"

"可喜可贺啊!你这夫人旺夫、旺业,去年头胎,这电话局就成了,今年想办个什么厂子,我们也搭个顺风车?"颇为迷信的潘伯和又满了杯,众人也举杯共贺,话题又回到投资上,各讲一行,似有道理,可一细究,又不得要领。

余知县清清嗓子:"诸位各有高论,不过做实业芜城没谁比郑董事长更在行的了,又自带喜气,今晚设宴,囊中必有妙计!"兴州忙摆手:"知县大人言重了,一年之计在于春,兴州原本是借了这新年新气,与各位商讨良策的,投资良机易逝,诸位有意,不妨有钱出钱,有力出力,既为利,也是富国济民……"

"这办实业的好处我们自然懂,究竟做哪一行呢?"马镇守有些急了,作为这商贸重镇的镇守使,他的胃口早不在吃几个空饷,又不好明目张胆办实业,只能跟着这帮实业家获利。

"马镇守,心急吃不上热豆腐,这投资的事不比战场上冲冲杀杀,得有勇有谋!"久不发声的道尹竹君如话里不无讥屑。

兴州明白席上的军政首领、过气政客,都奔着那个"利"字来的,隔行如隔山,别指望他们议出个子丑寅卯来,若真听了他们的主意,那无异于向盲人问路了,可要生意做大、多业发展却少不了他们。这世道就没有脱开关节、静安一隅埋头做生意的。

既邀了这些大佬名流,做的当然不是一般的小生意,当瞄准时下潮流,还得和洋货掰个手腕。

"现在洋人输入货物最多、销路最广的,便是俗称的'五洋':洋烟、洋火、洋蜡烛、洋肥皂、洋油。这'五洋'之中,洋烟不必去做,洋油做不了,蜡烛本土就有,剩下的只有洋火、洋肥皂了。"

兴州抽丝剥茧,众人豁然。徐士桐赞同道:"郑老板所言极是,这'五洋'当中,可做的只有这'两洋'。不过肥皂流程多,性状也不稳定,没有相当技术做不好,勉强而成,也难与洋货竞争,不如做洋火,正好我有一个朋友从东洋回来,他在东洋就是做这个的,技术肯定没问题……"瞌睡有人送枕头,人们也不探究郑兴州和徐士桐何以这么巧合,便围绕如何做洋火热切议论起来,还是兴州作了总结:"洋火投资不算太大,但家家少不了,销路不愁,只要把握了质量,回报少不了,还可吸纳几百人就业,公私两利!"他还存了雄心,若此举功成,便在洋货一统天下的轻工用品上打开一个口子,为国货的竞争引一条道来。

"那就有劳郑老板定盘子,拿方案,下次再议!"余知县总喜一锤定音。

"我虽拿不出多少银子来,但用得着的地方绝不惜力!"军权在握的马镇守当即表态。竹君如却不买账:"谁不知这年头有枪就有银子?马镇守别在这里装穷了,还指望着你认大股呢!"道尹戏谑之言,彻底断了马镇守以"力"(枪)代银拿干股的念头。马镇守干笑两声:"郑老板有言,有钱出钱,有力出力,总之我们都支持把厂子办起来!"

半月后原班人马又聚倚陶轩,议郑兴州与徐士桐拟的方案:股金十万银圆,年产火柴两万件(每件1440盒),地址便选在东郊青弋江的大砻坊,地价便宜,水陆交通便利,厂房和仓库面积两千平方米,砖木结构,庙宇样式……

"虽说是规划,可我已望见厂子了,郑老板做事,余某佩服!"余知县率先表态。马镇守大咧咧道:"生产上的我不懂,不过我信郑老板!"

"方案算得上完备了,可名不正则言不顺,这等规模的火柴厂,怎能没个名字?"道尹依旧不紧不慢的。

"名字郑老板倒是备了几个,有叫'大昌'的,在下觉得不错,郑老板的意思是听听诸位的意见再说。"不等兴州说话,徐士桐先亮底。

"大昌大昌,'五世其昌'!兴州也是,这等好名字还藏着掖着,让我们费脑子!"

"余知县果然学贯古今,展布经纶!"见知县点题破意,兴州不免奉承两句,还自贬道,"为起个名字,郑某搜肠刮肚,想破了脑袋,却不敢亮,怕贻笑大方呢。"众人笑过,都觉这名字再贴切不过了,又把产品的品牌定作"松老牌",取松柏延年长久之意,与大昌互为表里。

酒酣耳热,十万股金被认购一空,连嚷嚷手头紧的马镇守也认了五千。众人推郑兴州为董事长兼总经理。兴州提议徐士桐为业务厂长,主持厂务,也是一致通过。

兴州踌躇满志:"今日大昌算是成立了,承蒙各位抬爱,由我和士桐共同理事,定尽绵薄心力。我想诸位也会协力同心,大昌定当五世其昌,松老更是长生不老!"

"二公子快出世了吧!"

"那是双喜临门了,我们一起干了这杯喜酒吧!"众人嬉笑声中,十多只酒杯叮叮当当碰在了一起。

这段日子兴州是从未有过的忙且快乐着。

去年创设的电话局用户已破三百,赢利可观;大昌火柴厂7月如期动工,年底按时调试,一次试车成功。在大昌轻快的马达声中,兴州合资创办的恒升机器厂和恒升里房产公司也先后挂牌。恒升机器厂是当时少数几个采用机器而非人工,并以电能为动力的近代化工厂之一,有工人一百余,是芜城乃至安徽重工第一大厂,也是用电大户。无论是大昌还是恒升,其血脉都一直延续到20世纪八九十年代，成为芜城轻、重工业代表性的企业。

若加上以前交叉持股的益新等，兴州已直接或间接拥有、参股企业近十家，涉足轻、重工业以及食品加工、房地产建设、交通运输等多个领域，成为冠领江城、蜚声江淮的实业巨子。兴州几乎以半年一个的速度，拷贝着西洋近代工业，不仅夺回了部分被占的市场，带动了五六百人就业，还让芜城的民族工业就此生发开来，这是兴州最为看重也最为欣慰的。

（五）

嘉慧一年一个连生三个大胖小子，兴州喜不自胜，原以为后继无人、孤老终生，不料同明远一样，穷到极处便否极泰来，老天给了他一个可以从头再来的人生，三个儿子依次取名为子健、子行、子强，子行健，自强不息！

新居外形变化不大，内局大不同，楼上隔开的三小间，除书房外，另两间都安装了小床。按嘉慧新潮育儿法，孩子分开单睡，楼下嘉慧的小屋住了子健，奶奶照看，俩小的睡楼上，嘉慧就近照料。

"你准备得这样周到，难不成未卜先知？"那晚兴州酬酢回来，微醺的他待收拾停当了的嘉慧上床后，嬉笑着问，当初嘉慧要隔这么多单间时可是一脸神秘的。嘉慧略低下头，又瞅他一眼："是自夸还是嫉妒啊？"兴州不答，只是靠得更近了，迷恋地嗅着嘉慧身上的奶香。嘉慧噘了嘴："儿子再多有什么用？又不是你亲儿子。"

"不是我亲儿子还是谁的？！不是我谁这么大能耐生一溜？！"

"明远才是你'大儿子'，电话局、火柴厂、机器厂什么的，才是你的'亲儿子'！"她往外面搡他，"你在外伺候好你那些'儿子'，我在家伺候我这些宝宝，井水不犯河水。"

虽是朝忙事业晚见妻，可兴州仍是衣来伸手、饭来张口，而嘉慧不仅带大怀小，还要照料自己这个"老"的，每晚上床免不了哈欠连天，但哪怕睡得再香，闻得孩子啼哭，嘉慧也是拉灯便起，几年一直如此。他把嘉慧的手握在自己粗大的手掌里，竟同自己的一样粗糙了，又细看她的脸，也不再精致，只觉喉咙涩涩的："大的哭，小的叫，还有个不哭不闹在呆笑，你的宝宝可比我的难伺候多了！"

掌中那双手软下了，兴州劝道："我郑家的男孩个个调皮，你和奶奶辛苦了，我又成天不着家的,找个帮佣吧。"

"什么时候都不忘夸下自己!"嘉慧把手挣出来,"儿子还是自带的好,奶奶身体也无大碍,我们两个大的,应付得了三个小的。倒是你呀,一个明远不够烦的,又搞那么多厂子,就是银子够了,精力也不够啊!"

"嫌我老了?"兴州鼓起二头肌,一块块肌肉小鼠似的蹿动。嘉慧用手打了一下,似碰到铁疙瘩上,身子却软和了:"有你这老子,儿子不顽皮都难!"

两人嬉戏一阵子,兴州觉得一天的疲劳消去多半。嘉慧的心思还在孩子身上:"老话说,只愁生不愁长。老大年把要上学了,听程太说,现在流行请家庭教师,我们家三个呢,你整天不着家,我这点墨水又怕耽误了。"自清末教禁一开,学校、私塾一家家开,家庭教师也应运而生,有点家资的没有不请的。

"这个我有考虑,请什么样的人得想好了,只是现在还早了些。"兴州不想孩子早早读孔诵经,被禁锢了,选一个什么样的教师,他得去问科学图书社的程敷谋。

(六)

刚从第一次世界大战泥沼里挣脱出的西欧列强,顾不上擦一把满脸的狼烟污淖,便转头再度扑来。作为战胜国之一的中国不仅一无所获,连战败国德国在山东胶州的租界地和特权也被强行转让给日本,而日本早利用西洋人无暇东顾的机会,在政治、经济甚至是军事上全面渗透,中华民族再次面临被掠夺蹂躏甚至肢解的命运,五四爱国运动由此爆发。

芜城的五四运动的切入点是抵制日货。芜城的洋货比例也以日货最高,日军舰在长江耀武扬威,市民反日情绪高涨。

5月7日,在被陈独秀派遣回芜的革命活动家高语罕和学生领袖蒋光慈的带领下,芜城在安徽率先发起了响应五四、抵制日货的大游行,吸引众多市民和爱国商家的共鸣和参与,商家热情尤高。

长街洋纱号、杂货业号、药业号不再售卖日本货,但总商会会长汤善福态度暧昧,商界统一抵制行动受挫,奸商趁机将日货改头换面出售,引得更多商家和市民愤慨。6月8日,不顾马联甲恫吓,长街商家联手罢市,"市声若潮、彻夜不息"的长街家家关门,铺铺歇业,行人寥寥。马联甲恼怒至极,当即宣布戒严,兵封长街各路口通道,禁止商民往来,连挑水进街也被拒,扬言一日不开市,一日就不解除封锁,困死商户。商号则集体发誓,与其亡国死于异族之手,不如今日死于马联甲之手!双方针锋相对,互不退让。

对于长街商号的义举,兴州既兴奋又不无焦虑,也由此看清马联甲一伙假道学、真卖国、贪婪残忍的真面目,因此在接到对长街停电的命令后,虚与委蛇,并不执行。长街已断水,若再断电,生活更为不堪,也给了土匪流氓以可乘之机,甚至不排除兵匪趁火打劫的可能。一萤电火在,希望便在,支持便在,穿空而过的银线把封锁中的长街商户与外界连通起来。

与手握兵权的流氓硬抗,受伤害的一定是商户,里面的卖不出,外面的进不来,生鲜商号损失就更大了。据传马联甲并非围而不打,猫戏老鼠一番,而是已暗做准备,要抓为首的杀一儆百。这些商户多无靠山,会长汤善福态度不明,虽有学生声援,但霸蛮的马联甲自不理会。

虽与长街商户无直接利害关系,但郑兴州还是坐不住了。马联甲对兴州拒不停电甚为不满,对上门力陈利害、晓以大义的兴州冷冷道:"我是个军人,不晓得什么爱不爱国,只知道以服从命令为天职!"同去的翠文中学美籍华人张校长可没给他面子:"马镇守说得不对!我是美国人,美国人认为保卫国家是军队的天职,学生、商人爱国也是保卫国家,军人不但不应干涉他们,还应该保卫他们!"一席话让马联甲张口结舌却不敢造次。

兴州借势劝解:"外面舆情滔滔,底下民怨沸沸,就是镇守的兵也不定齐心,何必逆天下大势,做这等全国绝无仅有围困义举商户之事呢?"见马联甲心有所动,又附耳道,"镇守有所不知,你的兵围了长街,大昌的好几种材料都停了呢!"

"真的?我怎不知?"马联甲失声道。

"马镇守连我的话也不信?大昌的货料多在长街商号中转,要不是仓库还有点存货,怕要停工呢!"

翌日晨,长街各出口的虎狼兵卒如被一阵风吹了似的不见影迹,商家仍坚持了三天,才渐次开门营业,此事震动全省,连京沪各地报刊都有报道。安徽各地由此掀起声势浩大的抵制日货运动,一直延宕半年之久,日货在皖销量一落千丈。

（七）

　　这人世便是一长串交易，在长街一切都是买卖，唯这科学图书社店堂不供财神，不设香炉，在红尘喧嚣的长街显得异类。里面的多是年轻人，或走动或翻阅，都静静的，他们在与贤者对话，为灵魂寻找安栖地。《新青年》《新潮》等新式书刊摆在显眼处，兴州每次来，再乱的心也静下了。程敷谋引他至楼上。

　　四处仍是成摞的新书刊，码放却有条理得多。

　　发生在长街的这场针锋相对的斗争给兴州以极大的震撼，也引他深思。原以为推翻帝制，大兴实业，便复兴在望。可现实比过去更糟，洋人横行依旧，洋货倾销如昨，军阀混战加剧，百姓生计艰难，电灯户数增添寥寥，若非走了动力这条路，明远不知死几回了。其他实业也在有个热闹的开头后，只能勉力支撑，这实业救国之路似越走越窄，连自己也失了当初的心气。过去他对陈独秀、汪夫子所鼓吹的革命虽心有所动，却并不完全赞同，此时觉得这也许是治世的一剂良方，夫子不在，不过这程敷谋也是个有学问的人，或可解惑。

　　"前些天街上的热闹，老弟这里怕是出力不少吧？"

　　"天下之大，已摆不下一张平静的书桌了！"敷谋是忧戚的口气，见兴州也是一脑门心事，不由得道，"郑老板不去做新公司，倒关心起政治了？"兴州目光忡忡：" 不是我关心政治，是政治关照我。若是脑子没变，乱象不止，厂子办得越多倒得越快，就是办好了又有多大益处？照样被官贪、被洋人欺！敷谋，这次我见识了青年学生的力量，也感受到了商家的爱国热情，可总觉得缺点什么。"敷谋直言："光是学生和商人不行，别说他们还没联作一体。"

　　兴州见势道："青年学子每次都走在前面，读书才能明事理，可眼下许多人大字不识一个，工都打不上。我有个想法，办个识字班或工读学校什么的，让人们受教明理，总比糊涂过日子强。爱国少了工人、市民不行！"

　　敷谋击节而赞："早闻郑老板是位爱国、正义的大实业家，却没料您想得这样深，不止于一钵一饭，而要办学校送文化，拯救人的灵魂和思想，这是实业报国，文化惠民，善之莫大矣！"

　　兴州不喜被高抬："我就想让工友和市民们识几个字，不做睁眼瞎，这也是我们徽商的传统。"

敷谋拍下脑袋:"巧了,前些天还有人说过要办类似的学校,正苦于没有资金和场地,现在可是妥了!"

"是谁?可否引见一下?"说话间,楼梯上有咔咔响,敷谋兴奋道:"天遂人愿,我所说的也是你想要见的人来了!"

随脚步声上来的是位着西装戴眼镜的年轻人,朗眉星目,后掠的分头显得青春而帅气,兴州似在哪里见过。敷谋激动道:"今日太巧了,两大人物造访,蓬荜生辉,我介绍一下……"

"不劳介绍了,这位莫非就是闻名的爱国实业家郑先生?夫子和敷谋不止一次提到过您!"这说话的声音和神态让兴州眼睛一亮,这不是那次他路过大马路时在集会上见到的慷慨陈词的年轻人吗?当时兴州被吸引着听了好大一会儿,没想今日巧遇了。

"我想起来了,先生就是那位演说家!我听过你的演讲,句句打动人,今日算是幸会了!"

"承蒙夸奖!鄙人姓高,字语罕,不喜人云亦云。"

"省立五中的高督学,久闻大名了!"

"他是独秀先生的好友,《新青年》杂志的主要撰稿人,这次芜城的爱国活动就是高老师他们领头发起的!"显然敷谋与他更熟。

兴州伸出手来:"果然英雄出少年!"高语罕跨前握住:"有郑老板这样的爱国实业家,才是国家之幸。这次先生出马,纾解长街之困,后辈敬佩有加!"

敷谋笑着:"一个实业家,一个革命家,这客我不请都不行了!"兴州道:"思想家可是胜过实业家的,创造财富再多,抵不上能改变人灵魂和思维的思想者,这客我请定了,再说我还有事相求呢!"三人说笑着到了倚陶轩,要了一个小间,推窗见湖,别有一番景致。

高语罕本是安徽人,早年毕业于日本早稻田大学,参加过陈独秀的岳王会并参与安庆马炮营起义,后经李大钊介绍加入中国共产党,是中共早期的五十名党员之一。这次他受陈独秀派遣回芜开展革命活动,是芜城学联的灵魂人物,也是安徽学生运动的领袖。

席间少不了议论当前的局势,语罕又是一番宣传鼓动,兴州被他描绘的精彩世界,也被他的气势与激情感染,想起吴樾、汪夫子来。

"以往觉得学生运动会引起社会不稳,现在才知不破不立。我同孟邹先生交往日久,他和科学图书社让我受益良多。"

"汪先生和科学图书社是芜城宣传革命、传播思想的一面旗帜。革命若要成功,首要是唤醒大众。除了汪先生,郑老板及更多工农大众参与进来更有意义!"

高先生的话让兴州想起办校的事:"我对孟邹说过一个愿望,我有能力时,将投资兴学,为社会做点事,这也是徽商的传统,我想他们不仅要有饭吃,还要有文化。文明人多了,社会才好发展,我们做实业才有更多人才。只是缺先生,二位如有合适人选,请多加推荐。"

"郑老板果然是位有大襟怀、大作为的爱国实业家!启民智、转民风,教育尤为重要。没经过宣传和教化的大众,虽有朴素的善恶观,可易人云亦云。一旦缺了内核和灵魂,如同行尸走肉。国家亦同,我华夏没有这公理主义的筋骨,便是一只苟活的睡狮,任群狼割壤裂疆,国将不国,可一旦启蒙受教,大众觉醒,便若春水汤汤,又如飞瀑击石,淋漓生动,势不可当,古老中华苏醒复兴在望……"语罕如遇知音,少不得激情生发一番,临了道,"不知郑老板要办哪方面的教育?"

"我想先办个平民夜校,让学徒、工人和那些流入城市的平民读书认字;有可能的话再办个技校,让年轻人有一技之长;再有条件的话在老家办所完小。"

"郑老板的办学蓝图一点不比做实业逊色,办平民夜校,受惠的是平民百姓,我也一直想做,我们完全可以联手!"语罕兴奋,敷谋也献计献策:"校舍我看徽州会馆就可以利用,郑老板还是徽州会馆的会长呢!我也可以去兼课的。"

"图书社很重要,白天售卖、晚上整理,你还是把这块阵地守好。至于教师,我们是最不缺的,我和希平都可以兼任!"语罕所说的希平,是他的好友——省立五中的校长,也是位激情澎湃的革命者。

"你们一个校长、一个校监,哪敢劳你们大驾?再说你们社会工作那么多,不怕耽误?"兴州不怕出钱,只是怕请了遗老遗少或洋奴跪族,误人子弟,那样不如不办,现在有了这样的老师,不仅授业,更是传道,喜不自禁,可又怕影响他们的神圣工作。

"与工农大众打成一片,传播知识和革命理想,是我们工作的重要部分,想做却没做好,这次运动使我们更深地领悟到发动工农的重要性。您办这个学校,是帮我们大忙了,应好好谢您才对!"

语罕的话打消了兴州的顾虑，三人就教师、教材、教室等具体事务又议了一番，大致妥当才罢。

（八）

徽州同乡会在芜建有徽州公学，作为同乡会会长的郑兴州，一面出资充实徽州公学的资产，一面出银两做平民夜校教师、教具、教材之资，招收社会青年、企业工友、商店店员入学。

这所由高、刘兼任教员的夜校，教人读书识字学文化，也是思想启蒙和政治教育之所。这些学贯中西、立场鲜明的老师，剖析时局，针砭时弊，宣传新思想，教学的内容涉及政治、哲学、文化、家庭诸多方面。高语罕把他在夜校的这些讲义辑成《白话书信》，交由汪夫子所在的亚东图书馆出版，成为宣传马列主义、传播革命思想的入门读物，两年再版八次。

夜校一席难求，兴州举资再开新学。1920年4月，他将赭山脚下废弃的观音松舍，修葺成校舍十六间，聘教师十余人，开办了芜城唯一的一所工读学校，设置木科、藤科、漆科等实用课程，半天学习，半天实践。晚上明远员工入学读书，也有他厂工友，学校不收学杂费，还免费提供笔墨纸张和课本，一时传作佳话。

高语罕等也在此开思想政治课，讲授《白话书信》等政治读物。与平民夜校不同，工读学校是较正规的技能学校，学生多为交不起学费的平民子弟，可塑性强，改变社会的思想强烈。高、刘与学员打成一片，领他们做各种社会调查，了解社会各阶层现状特别是底层百姓的艰辛，激发学员的爱国情怀和革命激情。

在深度调查了芜城人力车夫一天劳作十四小时却养不活自己的悲惨境况后，高语罕将调查结果写成《芜城人力车夫状况》一文，刊载在陈独秀主编的《新青年》上，一时洛阳纸贵。受其影响，学生领袖之一的阿英专门去南京，调查那里的人力车夫情况，撰写了调查报告《南京胶皮车夫状况》，刊发在1920年10月17日上海共产党刊物《劳动界》上，反响热烈。

这集技能培训与思想教育于一体、课堂教学与社会大课堂调研并举的新颖教学方式，使青年人学有一技之长，更培养了他们观察世界和独立思考的能力，不少人由此走上了革命道路，中共党员、黄埔学员、北伐烈士曹渊便是他们中的杰出代表。

念过几年蒙馆的兴州,深感幼年读书的重要,他的目光越千山,落回重峦叠翠的家乡,那里还没一所小学,他似见了孩子期盼的目光,不论贫富、不分男女的孩童们坐进窗明几净的教室,已刻不容缓。

1922年阳春三月,春山苍苍,春水漾漾,烟雾绕村,兴州携嘉慧和子健,回到梦开始的地方。正是油菜花盛开的时节,河有万弯多碧水,田无一垛不黄花,终于暂别凡尘俗务,投进阔别多年的家乡的怀抱,跪谒了父母坟茔,又拜望了月萍家人和父老乡亲,兴州便由族长引着,匆匆赶往由他捐资两千银圆兴建的兴州小学。校长程老是位前清秀才,满腹经纶,还是丹青高手,入选了当时的《中国书画名人录》。兴州聘得大儒担纲,引得一众学养深厚的老师来投,师资力量竟优于十余里之外的县城小学。

须髯飘飘、兴致盎然的程老先生,领着他们把这万余平方米的校园走个遍。教室读书声盈耳,操场笑语声喧闹,小园百花竞妍,甬道柳枝婆娑,抬望眼,群岭郁郁,溪水潺潺。

"乡里孩子都上学了吧?"

"学校条件好,族里的孩子全上学了,四乡八里的孩子也慕了名来,程老正为生源太多而愁呢。"族长语气是自豪的。程校长道:"族长把祠堂腾出,不论本族外族,低年级孩子都放在那里。祠堂宽敞明亮,是读书胜地。在这里的都是高年级学生。"兴州拱手道:"有劳各位师长来回跑了!"

"得天下英才而育之,又遇热心家乡教育的郑老板,是我等之幸,何劳之有!"

"有大儒执掌,又有族人支持,兴州小学一定育涵光大。不管生源多少,还是那句话,一律不收学费,男孩可学,女童也一样!"兴州继而又道,"我将拨出专款做学校发展基金,另将我在明远公司部分股息每年大约五百五十块银圆作为学校日杂开支,若不够,我另行捐助,绝不可让学校受一点影响!"

有兴州慷慨捐助和乡人的勉力维持,学校年年桃李,岁岁芬芳,直至抗战爆发,明远被日寇侵占,学校因资金断绝而停。几年之后当地政府出资续办,兴州小学得以继续造福乡梓。

兴州还听从汪夫子建议,在绩溪县城创办惠民染织传习所,设厂招工,解决绩溪山多田少、富余劳动力就业难题,此乃后话。

这一年,芜城商会十三棒无记名投票,郑兴州被选作商会副会长。

十三　风雨苍黄

（一）

　　第二轮募资已结，新老股本加上历年资本公积的七万银圆，升值后股本达五十万银圆，是芜城数一数二的实业了。

　　扩建作为明远的头等大事，是比初建更庞杂的大工程。

　　拟购的主设备容量达 640 千伏安，首期两台主设备容量之和尚不及其一半，其容量和性能在全国也是领先的，与之配套的是一台数丈高的大锅炉，仅此两项设备就需十余万银圆。

　　让这些巨无霸在明远安身立命，须再建一座巨大的发电机房和锅炉房。设备洋人造，这"两房"须自建，这不仅在芜城，即便在安徽也无成例可援。一、二期共 890 千伏安的主变容量，供电能力和范围也增至一倍以上，协之和朱军拟算过，须新建配电房十四座，架设线路二十余条……

　　扩建无小事，不可一股脑放手给年轻的协之，也不可全信大老李的"经验"。兴州再次出现在除日本以外的各大洋行，身边不再是一众长袍马褂的老者，而是西装革履懂洋文的协之，从容且有的放矢得多，最终选订了德国西门子 800 千伏安（640 千瓦）发电机，出于分散风险和质量等综合考量，选购了英国拔伯葛 5 吨/小时的锅炉。在和西门子洋行的协议中，厂房设计、设备安装等均由该行提供技术指导，而该行当即指派工程师鲁尼、门鲁等负责。因一战等影响，西欧特别是德国的生产能力恢复仍需时日，设备交付周期延长。

　　兴州与差不多是朋友的鲁尼、门鲁第二次握手便掰起了手腕，上次是在工地，这次设计时便"撑"上了。兴州必求极致的性格，连严谨的德国人也耐受不住，对兴州事必躬亲的作风也颇有微词。而兴州对德国人不管什么节骨眼儿，时间一到便歇息的工作习惯也不以为然。协之让他放心，"厂房设计、材料选用等，有套严谨科学的标准，他们驾轻就熟了，要信他们，出了问题也由他们负责。"

兴州鼻子哼了一声："机器我不懂，建筑我多少还懂点！洋人对当地的地质水文又知晓多少？对芜城的地理气候知道得比我多？能按照西方标准照套？我不想到时砌出座水土不服的德国化厂房来。"

"首期也是他们指导设计的，不是很好吗？"协之不明白兴州此次何以如此较真。

"这次能和首期比？这房子宽大好几倍，功能也不同。再说首期房子裂缝、渗水等问题不少，修补是常事，这次不可再错！"继而兴州又道，"这不是追究责任问题，而是不能出事。机房一旦出问题，损失可大了，打官司能打过洋人？就算他们输了，可时间谁赔给我们？错过这时机，我们辛苦募资扩容就失去意义了。"

"是我想得简单，也太书生气了。"见协之已有认识，兴州换了口吻："哪行都有门道，做我们这行就必须各方面都懂点。你年轻，有知识，上手肯定很快，我只是把好头道关，以后的事还是你来督察。你把大老李叫来，让他一起听听！"

（二）

这也许是这些学富五车的洋工程师第一次聆听一个一天洋学堂也没上过的人"聊设计"。屈尊就座后，鲁尼也蹙了眉头，不知是憋屈还是在凝思。

"我想机房要实用、耐用，当然美观一些更好。"听了翻译，除鲁尼外，另两个德国人差点失声笑了，这算什么要求呢？

"其一，建材以就地取材为主，当然部分主材可外购。其二，屋顶以双波顶为宜，江南多雨潮湿，宜开拱形窗和高窗，一期厂房有潮湿闷热之感。其三，也是最重要的，节约用地，为以后三期甚至更多扩建留有余地。"鲁尼脸上瞬间现出惊讶的表情，他盯着兴州，实在读不透这个谜一样的中国人，兴州则继续着，"其四，必须做好降噪设计。市区范围不断扩大，这里有可能变成闹市区，如不在设计时就加以考虑，将来可能面临搬迁压力……"

协之有时找不到恰当的词而译得有些磕巴，但德国人却变得专注甚至恭敬起来,虽没一个专业术语,但不少是可取的,是他们忽略甚至不知情的。也许中国人祖祖辈辈同泥土打交道,他们都是天生的建筑大师,拥有神秘而奇妙的东方智慧,自皇宫到民居的建筑都具东方神韵,实用、美学兼具。忙着翻译的协之也暗暗吃惊,他不知建座厂房有如此多的讲究,更敬佩郑兴州的多才多思,而喝过洋墨水的自己有时却很浅薄。

"郑先生的意见非常具有建设性,对设计大有益处。"鲁尼表达谢意后并不掩饰自己的意见,"不过,锅炉房、汽轮机房的大小及它们之间的距离有严格限定,节地有限,当然您的意见我会尽量考虑。"

"按之前的测算,此次扩建之后,再次扩建厂地非常紧张。"一边的门鲁道,"也有另外的办法,例如再征地,或者拆除一期的部分建筑,当然这一切是建立在还有第三期的基础上。"说完不顾鲁尼投来不满的眼光,耸着肩晃着金发脑袋。

"这位先生认为我们到此为止了?"兴州的目光变得犀利。

"是的!"门鲁被盯得有些发毛,可他不想收回自己的观点,"以目前中国的战乱局势、低效的生产力及低下的消费能力,我认为一、二期容量已经足够了,甚至……"

"这与我们讨论的话题关系不大,请不必浪费时间了!"鲁尼匆忙打断同伴的话,"这只是他的个人观点,请郑先生不必介怀!"兴州此时变得好斗,他对着门鲁,又似乎对着所有人说:"不错,一些地方是有战乱,那是改朝换代后的阵痛,你们不也是战乱才结束?为什么你们很快能恢复,我们就原地踏步?我们还很落后,但中国正经历三千年未有之大变局,你们不久就会惊讶地发现,昔日的'东亚病夫'会变成一条中国龙,以令人想不到的速度发展。就像我们明远一样,曾几度濒临破产,可谁也没料到今天竟要扩建了!"

"这位先生应是到中国不久,对中国的历史和现状不甚了解。纵观世界文明发展史,四大古老文明,唯我中华文明依旧,国体延续,中华民族的向心力和凝聚力无与伦比,即便屡遭侵害,也会自强不息。眼下虽灾难深重,但终有强大的那一天!"协之也慷慨激昂起来。

"抱歉,我见到的也许是表象,"门鲁为一时口舌之快歉疚,"对中国的文化和美食我十分仰慕,中国这头睡狮一定会醒。"

"郑董事长的公司叫明远,寓意着光明到永远,"鲁尼算不得一个"中国通"，可他了解眼前这个中国人，也熟悉这费了他心劲的明远，"有了像郑先生、周先生这样的人，中国的前途一定是光明的，明远也定会光明久远，我们的友谊和合作也一定会加深。若扩建三期的话还希望由我们来做，毕竟我们是'一回生，二回熟，三回就是老朋友了'！"鲁尼热情地伸过手来，"郑先生，我为有你这样的中国朋友高兴，愿我们合作愉快！厂房的设计我们会听从你们的意见，并尽快完成，届时再征求你们的意见，后报上海总行。"

兴州也把刚才的不快放在一边："谢谢你对我们国家的祝福，也为你对明远理念的理解和认同而欣慰，也许这是你们能够做得那么好的原因之一吧！"他指着协之对他们道，"今后就由周副经理与你们联系，相信我们一定还有下次的合作机会！"

二十天后的第二次会面，德国人带来了一堆草图，蓝色纸面上是看不懂的圈圈和线条，当然还有洋文，看来这半个多月他们真没闲着。

鲁尼开门见山："郑总经理，周副经理，根据贵公司购买设备的规格及你们的要求，我们设计的建筑草图已绘制，现交流一下。一、汽轮发电机房为钢筋混凝土架构，砖墙围护；锅炉房为砖木架构。两者所需的钢筋和花旗松均为进口。二、平面布局和空间组织。发电机房平面为长方形，东西向短而南北向长，东西向为单跨，跨度 15 米，外部宽度 16 米，南北长 234 米，有六开间，开间尺寸不一，厂房设有拱形窗或高窗，双波顶……"

鲁尼似乎不闻大老李愈加重浊的呼吸，继续着："三、混凝土墙高 10 米，均不到顶，上部设吊车梁，发电房围护结构为青砖墙，厚度 0.7 米，确保安全与隔音……"

在鲁尼的指点中，纸上的圈圈与线条在兴州眼里立起，变作两座高大而规格不等的主厂房，不仅使用混凝土、钢筋、花旗松这些新材料，还有单跨、人字梁、双波顶、围护结构等新工艺。大老李心里愈加没底，一遇着兴州的目光，又换回他一贯的不以为然的神貌来。兴州道："贵行是尽心了，也采纳了我们不少建议。设计我是外行，周副经理告诉过我，应相信你们的职业水平和素养，今天看来，至少感觉不错！"

兴州的坦率甚至赞美没让鲁尼轻松，对这位中国"老朋友"他太了解了，果然话锋一转，兴州提了个他没料到的问题："能否把图纸留下，让我们观摩消化下？"见鲁尼面露难色，便笑着解释，"我们第一次接触这样的工程，得了解消化，别无他意。如不便,我们也不勉为其难。"

"施工图肯定要给你们的,但这只是草图,还未申报批准,不过……"鲁尼与门鲁他们交换了一下眼神,"'老朋友'的请求我们不能不考虑,图纸可以留下,但不能耽搁太久,因为……"

"明天就给你们送过去!"

"谢谢!"鲁尼身子挺得直直的,"我们有协议,贵公司厂房建设的有关技术问题和图纸解读,概由我方负责,我们会全程跟踪的。"

"这可好了!"不等兴州说话,大老李的大嗓门就嗡嗡地响了,又对着兴州讪笑,"还是郑老板虑事周到!其实也不是不行,技工看图早没问题了,不过这是你郑大老板的厂子,不敢大意,现在有了这个保险,应万无一失了!"

"那好吧,晚上你们把图纸看清啰,我一百瓦的大灯亮着!"

一夜灯火通明,他们不仅琢磨出些道道儿来,还发现设计上的一些不合理之处,虽是些枝节问题,但第二天还图时门鲁还是答应修改。临了他们告诉协之,制图、晒图、审批得到上海的总部,没一两个月的时间成不了,协之并不催促,因为相关建筑材料的进口、大老李的技术消化和人员准备,也需数月时间。

(三)

"两房"初定,配电房和线路便是它的"手足"与"耳目",与"两房"在厂内建设不同,这得在全市布建十多座配电站,架设超过原来线路总里程的新供电线路,遍及大街小巷,点多线长,境况复杂。兴州把电话局的朱军等全调回,由他负责配电站具体建设。

这日上午,兴州刚送走一批访客,朱军跌撞着闯入:"郑总不好了,工地上打起来了!"

"谁打人?有人受伤了没有?"兴州看着灰头土脸的朱军,"你没事吧?细细说!"

朱军喘息着道:"这北平路四十三号不过是座二十来平方米的荒芜小院,是建配电站的绝佳位置,可主家开口就是一百大洋,说明远现在有钱了,这点银子不过九牛一毛。今天再谈,话不投机,从后面屋中蹿出几个拿铁棍、梭镖的二刁蛋,逢人就打,我让兄弟们快跑,自己挨了几下,还好没大碍。"

"人都安全撤回来了?"兴州关切地问。

"都回来了,却是不敢再去了。"

眼下的朱军还保有书生的意气,连带着手下也"君子"起来,无疑是要在当下碰壁的。他的"铁锹生涯"还是短了些。

"敢把我明远铁锹队不放在眼里,太嚣张了!"兴州的座椅吱呀呀响,"先休整一下,等周副经理出差回来,再作主张。"

很快摸清了他们的底。院子的主人是李氏弟兄,老大跑船,通三教九流,老小无业,整日和一批二刁蛋厮混,这次肇事的便是这老小。若这两人,不过是疥癣之疾,但他们有个在警界任职的伯父,职级不低,据说是此人散布谣言,说上次帮兴州摆平那恶婆子的周警官是赤党,这李某在副局长之争中胜了周,周警官不屑沉瀣一气,真的南下投了革命党,兴州也失了一个警界好友。

硬碰?是下策。让马联甲或余知县出面?小题大做了,且兴州已看清了马、余之流,与之冷淡有些时日了。交了这笔款子,退一步海阔天空?那下一个呢?且兴州不想这样窝囊,更不愿与这个用卑鄙手段挤走正直周警官的人苟且。

摊开朱军拿来的十四个站点分布图,兴州发现除这四十三号的小院,周遭是大小商行和居民密集区,不远是洋人的租界,也是用电大户,明远不太可能在这寸土寸金处征购民舍,而洋人租界更是针插不进,也许李某是看出其中的门道才漫天要价的。这距本部最近的配电站受阻,不仅明远失面子,也给其他十三个配电站的建造开了坏头。

"找个中间人,也许要不了这么多。"朱军也看出其不可替代性,想把损失减少。

"给的价格不低了,再让,又生出新的借口来,而且第一站就让,后面的呢?还要不要立杆架线了?"兴州不退,也在培养朱军不畏缩的勇气,就像对协之的传教一样。

"那该怎么办?"

"不可替代!不可替代?"兴州捏一粒棋子在手,啪地重重按下,"有了!"随后对着朱军耳语几句。朱军先是瞪大了眼,继而直点头:"好主意,我这就去办!"

"把这十四个站点的设计图拿来!"既然过问,便一管到底,朱军难住了:"什么图？大老李的人说了，这二三十平方米的小房子，现场看一眼，肚子里就有了。"

兴州一股无名之火蹿起："配电站岂止是建间小屋，里面有许多电器和线路，没图怎么施工？以后如何检修、改造？熟悉的人不在了怎么办？"他盯着朱军，"你是科班出身，也不按照规矩办事？电力是讲科学的，我们也算是家正规公司了，做事得按规矩来！不能只图方便省事，我希望是你影响他们，改变他们，而不是相反！"

"图画好后给周副经理审，再送鲁尼先生看一下，听听他们的意见。"看着朱军匆匆外出的背影，兴州有些无奈，也许朱军天生就是个做副手的料吧。等协之回来让他找个人，找间房，专做资料，所有的图纸、记录、协议包括报刊有关文字、图片什么的，都收集分类保管好。

（四）

自有了电话，那黑色的话绳把郑兴州更多地系在办公桌前，这圆溜溜的话筒连接着厂内外的世界。那天听筒里传来带洋泾浜味的乡音，兴州的心海倏地涌起一片潮来，对着话筒嚷："夫子吗？你在哪？"

"哈哈，聪明人也有犯晕之时！"话筒里，夫子的声音有点失真，兴州却似乎见到了汪夫子兴奋的样子，"我打电话来，不是到了芜城？你电话局还没开通长途呢！"虽被揶揄了一通，兴州还是高兴着："当初是依你之见，才弄这个的，不过还真做对了。我为你接风，好谢你这个指路人！"

中长街二十号那间门脸逼仄的书社今日大不同，门楣上那"二十周年店庆"几个大字喜庆而张扬，那酣畅洒脱劲儿是夫子墨宝无疑；门口立块简陋的木板，上面是行跳跃的行书："店庆一律八折！"

好家伙，这书店不知不觉已做了二十年，怪不得老夫子要从沪上赶回！只是他口风太紧，兴州正要折回长街买点什么，已被夫子瞧见，抱拳嬉道："大实业家踯躅不进，可是迎驾迟了？多有得罪！"兴州又喜又怨："喜庆大事，也不告知一声，害我空手，失礼了！"

"不不，今晚我和我的店员都空腹以待呢！"夫子说完便响亮地笑，是种久羁而放的感觉。

店堂果然不同,横梁及四壁,或悬或贴名家名人的贺词,夫子如数家珍,兴州和众人一起驻足观赏起来。

"芜湖长街,方丈危楼……"独秀先生在此度过依靠一日两碗稀饭而编辑《俗话报》的艰辛岁月,这"方丈危楼"里,酿起一场席卷宇内的文化及革命风暴,他和夫子及书社的情感是这满满一页文字盛不下的。徽州老乡胡适仅著一言:"给文化做了二十年的媒婆!"深得其髓又意韵无尽。陶行知步其韵,这"赈济了二十年的学术饥荒"之语更赞誉有加。还有章士钊、陶孟等大家的题字。平日敬佩其人其文,今日看到他们或洋洋洒洒或惜墨如金的真迹,青年学子个个甘之如饴,小小图书社,终日人流不断,不少就是冲着他们的题字来的,激动之余,少不了买些他们的作品。图书八折而售,几个伙计忙起来连吃个囫囵饭的时间也无。

兴州第一次发现,夫子还是个精明的书商。

楼上又乱了。夫子指点着地板、桌上一摞摞《新青年》《劳动报》《青年评论》等书刊,以自豪的口吻说:"都是我们亚东印的,你刚才见到致贺的大家,他们的书都在我们亚东出版过,十分畅销,特别是像《新青年》这样的杂志。"敷谋也喜滋滋地说:"现在亚东出版的都是名家名作,全国有一百八十余家连锁书店,是一个文化的'大媒婆'了!"

兴州敬重与感激着:"二十年前敢开这样一个书店,宣传所谓'乱党'思想和洋人的奇技淫巧,不仅芜城,安徽除你没第二家!话说回来,要没你这新思想,也不一定有明远,有了也难以坚持,你这'文化的媒婆',口角春风,生出片实业的林子来!"

"老哥之言,比一楼的更上了一层,是我喜欢的贺词。这几年你多子多厂,连文采也让人刮目相看呢!"夫子为书社庆,也为兴州喜,虽在十里洋场风光,可何曾忘了芜城这第二故乡的日月,更忘不了兴州他们,"我俩同来自那片天地,同具忧国忧民情怀,只不过我选择了文化,你做的是实业,没有老哥和同乡的实业支撑,我的文化也缥缈得很,我们是相依而兴,殊途同归。"

"可人是要有思想的,得有精神支撑。二十年了,你和你的科学图书社越做越大,许多人在这里寻着了一条通往科学光明的路,你对社会的贡献是我不可比的!"

"几年不见,你思想也愈加精进成熟,怪不得明远越来越兴,还长袖善舞,遍涉轻重各业，不唯赚钱，还与洋人抗衡争高低！"

"还是做文化的重要，实业至多是解决口袋的问题，可文化是解决脑袋的问题，人不能没有思想，可也不能胡思乱想。"

夫子的目光投向窗外的远处，慢慢地聚了，半晌才缓缓道："清末名士、大思想家龚自珍有名言：欲亡其国，必先亡其史；欲灭其族，必先灭其文化。我偏了徽州人经商之路去做文化，除去新思想的影响，也多少因了这话。"

夫子像换了一个人，说话比先前慢一拍："以前在芜城，总觉得在文化上做了些革旧鼎新的事，可到了沪上，接触广了，才知所谓的新文化也不尽然新，片面的、激进的思想不少，而所谓的旧文化倒是也有许多可取之处。我所在的亚东除出版科学进步的文化书刊，也整理刊印了不少古典文化名著，中华文化的根脉不可断啊！"

临了夫子又悠悠道："不到大地方，你都不知道'汉奸文化''太监文化'和鄙视中华文化之风何其盛！比起西洋、东洋的经济渗透、军事侵略，其文化侵蚀才是最可怕的，连一些出名的大学教授和文化人都嚷嚷着要取消汉字了，可见荼毒之深！"

"这些人里有部分是爱国之深才对传统中国文化恨之切，有些人是恨不得全盘西化，连身上这层黄皮肤也恨不得揭了！"敷谋道。

想起朱翻译那勾腰献媚的样子，兴州也气不打一处来："有人就是天生的贱骨头，见洋人就跪，见同胞就欺，还扬扬得意，自觉高人一等。"

"还与当政者有关，文化要扶持与引导，绝不可放任自流，你要文化多元，思想开放，域外各种思想文化就乘虚而入，有些是被有意灌输，觉今是而昨非，或妄自菲薄。要知道国人大多相信纸上的东西，说什么信什么，把世人的思想搞乱了，中华民族的根脉就几难赓续了！"

"官衙建了又修，可官怕洋人的传统却越来越根深蒂固了。现政府也是一个德行！"兴州鼻子哼了一声。

夫子道："所以我的思想也因时而变，早些年鼓吹维新，后又倾向民主，现在又有不同了……"

"为什么？"兴州好奇地打断他，在他眼里，夫子的思想一贯正确前卫，"现又信仰什么？"

"我发现现在没了皇帝，可有了更多的'土皇帝'；洋人、官员依旧横行跋扈，百姓依旧受穷,如果硬找点变化,也只不过少了根辫子罢了!再这样下去,连我们中华民族的根也要被刨了,也许用不了多久,中国之大,中华历史之久,怕是找不到一本古典名著来读了,中华文明也将不复存在!"夫子的话引得敷谋共鸣:"是啊,若再不改变,中华民族就有亡国灭种的危险!"

"当局是甭指望了,要正本清源,彻底改变,只有靠共产党了!"他转向兴州,凛然道,"你问我现在的信仰?我要大声地讲,我现在只信共产党,也就是共产主义!它能给我们带来一个崭新的中国、崭新的思想!这是独秀先生的主张,他现在是共产党的总书记!"

"共产党?独秀先生现在是总书记了?"兴州觉得变化太快了,自己对党派并无多少了解,但孙中山、陈独秀一直是他所尊崇的,是他亘古心原上的两盏灯,如那夜范罗山那束刺亮业途的神奇之光。

既是独秀先生的主张,便一定有他的道理。

"这是个什么样的党呢?"

"这不是一两句能说得清楚的,简单地讲,就是为穷苦人谋利益、为社会谋正义、为民族谋复兴、让百姓过上好日子的组织,你以后会慢慢知道的。"

"我们的社会,总有一批人为社稷、为百姓在谋划、在流血,我郑兴州虽未能参与其中,但心敬佩之!"

"每个人参与的方式和路径不同。你办实业,拒洋资,兴国货,谋就业,做教育,也是强国济民,和共产党的许多主张不谋而合。我们都以不同的方式为国家做事。"

"理论的东西我不太懂,我只知踏实做好手头的事,哪个社会、政党都需实业繁盛。"

"为国奉献不一定都要上街喊口号,每个人做好自己的事,国家就有希望!"夫子赞道。

相识相知已久,现又聚少离多,夫子推心置腹:"兴州兄,作为局外人,我觉得不管外面有多少公司,明远才是你的根本!"他进一步分析,"国家越发展,社会越进步,对电力的需求就会越大,电力是各行业之母,是工业的血液,光是这一行就有的做!反过来,电力的发展也会潜移默化地推动社会的进步。"他好心提醒,"虽然你现在是各业布局、全面发力,但战线太长,难免首尾难顾,且时局不稳,更应小心谨慎……"

兴州心头一热道："肺腑之言,定时省之!"起身又道,"每次见面,我必有受益,不唯精神与思想! 时候不早了,我们倚陶轩再叙!"

"我俩没必要去那么高档的地方,原来那地方就很好!"

"叫上所有的兄弟,同喜同庆嘛。"

"那让老兄破费了!"夫子一拍脑袋,"我又有个想法,你投了那么多企业,何不开个徽菜馆呢?一则把八大菜系之一的徽菜发扬光大,二则我们徽州老乡聚餐会面也有个好去处。"

"说不定下次你回来就有了,不做则已,一做便要最好的。"

楼下读者少了很多,夫子索性关了门,几辆黄包车向灯火灿明处鱼贯而去。

(五)

1926年7月,国民革命军自广州兴师北伐,以摧枯拉朽之势席卷了大半个中国,而早在4月,在中共总书记陈独秀指示下,中共芜城第一个党组织——中共芜城特别支部成立,直属中共中央领导。在中共特别支部的推动下,各群众组织应运而生,且多被中共和国民党左派掌控,市总工会会长朱麻为中共党员,高语罕是学联的核心,国民党市党部的七名执委中,有胡浩川、钱杏邨等多名中共党员,连一向保守的商会,也急流勇进,汤善福总会长位置不保,郑兴州取而代之的呼声渐高⋯⋯

滔滔革命洪流下却逆流汹涌。

1927年1月3日晚,农历新年前的长街喧腾熙攘,芜城人的年货采买集此一街,是人流也是钱流,芜城及周边的银子都若两江之水在这千米长街中涌动。人潮灯影里,几乎没人注意到渐渐多了些身背麻袋的不明身份之人,他们不买不卖,在银楼、钟表、绸布、百货商铺附近游荡,眼光凶狠而贪婪。晚上七时整,正是长街采买交易高峰,这伙人似有统一号令,卸了麻袋,抽出乌黑的枪来,凄厉的枪声在这千年第一街爆响,路人还未从震惊中反应过来,路灯已被击灭,失了路灯的长街,显出它的黑暗来,行人商旅或呆立或奔逃,手中的财物多易手,稍有反抗,便被一枪托砸倒,熙攘祥和变风声鹤唳不过瞬间。晨启昏闭,上下过多少回门板的伙计,此时却哆哆嗦嗦不会了,银楼的伙计手脚算快,可再厚实的门板在枪刀子弹前也显出它的薄弱与不堪来,更不用说那罩着金银的一层玻璃了,枪托一路砸下去,拿了那装枪的麻袋,倒也不分粗细大小,也不论长短形制不同,不慌不忙地将财货倾倒进去。

清醒过来的老板忙加阻止,年底前他将所有的资金都砸在这批货上,若被抢可就破产了!涕泪交加、作揖下跪也无济于事,当他抱住一双抓满黄金的贼手时,一颗子弹从后脑勺飞入,这个勤俭、守法了大半辈子的老板大睁着眼倒下了!一个挥舞着手枪的家伙狞笑着:"谁拦就是他的下场!"店员和没来得及逃走的顾客呆若木鸡,几位女客小声啜泣起来。他们将银楼洗劫一空之后,令这些女客站成一排,挨个搜身,可怜这些大姑娘、小嫂子的金银首饰被搜罗个干净,身子还被里外摸个遍,在令人窒息的血腥气里,她们只得以手掩面,任其凌辱!

这公开抢劫长达一小时,把这个千年闹市、阛阓之盛的长街差不多"搬"空了,各商家损失的物品价值银圆数百万,仅余昌钟表店被抢夺走的钟表就装了整整四麻袋!有两人被暴徒开枪打死!劫后长街,米粮撒地,门烂铺空,恓惶满目,蹊跷的是,在这一小时大摇大摆的抢劫中,竟无一个军警到场制止!因策划、实施这场浩劫的就是臭名昭彰的"反正将军"陈元及他的匪兵!

这陈元出身直系,后投了奉系,再投孙传芳,军阀混战中他赶走皖南镇守使马联甲,成了皖军总司令。北伐军步步逼近,他进驻芜城负隅顽抗,行前还杀了一名中共党员和两位国民党左派"祭旗",到芜不过十天,便发动了这场史无前例骇人听闻的大抢劫!

芜城大小官吏,在军阀枪口下,噤若寒蝉,安徽乃至扬子江流域最具活力也最发达的芜城,陷入一片死寂悲愤中!

而这沾满了中共和国民党党员及芜城百姓鲜血的"反正将军",却抢杀有"功",被蒋介石任命为国民革命军第三十七军长兼北路军总指挥,诡诡然于3月6日在芜城举行不知第几次的"反正"就职典礼。

时代总在最危急和最关键时把智勇者推向舞台中央,在最近的一次商会选举中,郑兴州取代汤善福就任芜城也是安徽最大商会的会长,而迎接新会长的,不是权杖和荣耀,而是长街的一片哀鸿!

为庆祝芜城光复,迎接北伐大军,当局急需一个稳定繁荣的市面,当务之急是长街复市。其间,政府多次倡议,商户应者却寥寥,已救过长街一回的兴州,新官上任,各方对他抱有更多的期待。

兴州逐一走访，商户心态复杂：有惶然不敢开业者，有愤然不愿开业者，有被抢光后无本开业者……同仇共诉的，都是惩戒肇事者，赔偿被抢损失，另外要有切实保障，使他们安心营生。

"商不与官斗，人不与财怄。"兴州多加抚慰，又召所属的十三个行业协会商议，同政府、警界联络，更少不了与总工会沟通，多番斡旋后便提出三点救市之法：政府、商会首脑出面对长街商户逐一致歉慰问。警察加强治安守护，由共产党控制的总工会成立警卫团，加强全城治安保卫，另在长街店员工会中，选派精干店员数十人成立护卫队，配发武器，在长街日夜巡视。这配置武器一条，可是兴州磨破了嘴皮、跑了多次才有的结果，手上有了自己的武装，商户便有所倚仗。组织钱业协会，对被抢而无力经营的商户低息放款……至于惩戒肇事者，赔偿损失，无异于缘木求鱼。能有这三点已是兴州多方奔走的最好结果，最终为商户接受，死水一潭的长街渐渐活泛起来。同业十三家协会商议，决定把复业日期定在陈元投降"反正"之日，既示商家宽怀，也借此给这摇身一变为安徽军政首脑的惯匪一个自新之机，更为北伐军进城营造一个祥和兴盛的氛围。

是日一早，兴州便携十三个行业协会会长来到长街，还邀市政相关首脑一同给商户捧场。长街已做大清扫，又洒了清水，抢劫痕迹掩去不少，不少商家在门前燃放鞭炮，既是迎接他们，更是驱魔避邪；各街口有警察佩械守卫，街上有自卫队巡查，秩序井然，不少商家还打折优惠，吸引了不少客户，两个月零四天，历经巨大浩劫的长街终又开街复业。

"还是郑会长有办法啊，上任没几天就让一条死街恢复了元气！"长街死而复生，新任县知事吴侑少不了美言几句。

"可不是嘛！郑公办实业是巨擘，掌商会也是天才啊！"国民党市党部的胡浩川主任也赞道。

"郑会长是商业天才、实业奇才、政界干才！"市党部委员钱杏邨话毕，吴知县朗声道："杏邨秀才才高八斗，总结得好！商会有郑会长执掌，芜城商业中兴在望，乃芜城之幸啊！"

兴州这才插上话："长街是我市的脸面，商家的饭碗，绝不可荒废了。能这么快恢复，是政府主导、各界襄助之果，岂独一人之功！"又指了两边商户，"最该谢的是这些商家了，不计前嫌，掩心息愤，重振十里商街以迎北伐大军！"众人称是，吴知事一抬腕："差点把那事忘了，还是快点过去，要不那位将军一不高兴又不知要做出什么事来!"众人这才想起今日也是那著名的"反正将军"又一次"反正登基"之日了。

"你们过去吧,我的位置在这里,就不凑那热闹了!"兴州抱拳。

"秃子最忌'光'字,他们才抢了长街,你商会会长不露面,陈某人说不定怀恨在心。为了这些商户就忍辱前行吧,再说你以为我们想去啊!"浩川之语,众人附和,兴州却凛然道:"就是为了这些商户才不可去,人被杀,财被抢,连个道歉也无,我这商会会长还为之庆贺?!"

(六)

翌日上午,程潜率国民革命军江右军抵达芜城。兵马未到,粮秣先行,筹粮筹款、组织商家慰问,诸多事宜由市总商会统筹负责。兴州在业界素有声望,近日长街复市深得人心,又有共产党人和国民党左派的支持,因此以会长之名振臂一招,自应者云集,不仅粮款齐备,还组织了慰劳队、输送队、粮秣队随军慰问。

胡主任又有诸多委派,不仅要兴州保障欢迎国民北伐军大会场的用电,还得组织各行业代表与会,最让兴州为难的,是要他作为各界代表上台致欢迎辞。

"我郑某做点实事还行,让我在这千人大会上,特别是在欢迎北伐军这么隆重的场合做代表说话,太勉为其难了!"

"当初你破釜沉舟创建明远,今又殚精竭虑复兴长街,办实业、做教育,服务社会、造福乡梓,无所不能,这次做代表讲个话,怎忸怩了?这可是莫大的荣誉,别人想争也争不到呢!"

"正因如此,兴州才不堪此任,到时候说不定丢了芜城的面子,再说我忙得脚不沾地,还是政府或者你们党部的人最合适!"胡主任并不见外:"我们国民党党部过去是地下组织,现在北伐军来了,已公开了,我们欢迎自己人哪有你来说好呢?再说代表的范围也不同,你是商会会长,誉满江淮,没有谁比你更能够代表芜城乃至安徽各界各业了,这是我和杏邨他们一起研究的,也是经过北伐军江右军政治部批准的,是革命交给你的光荣而重要的任务,只能做好,不可推辞!"

胡主任把话说这份上,兴州便不好推辞了。

"胡主任是知道的,我郑某不过念了几年蒙馆,上台说什么呀?"胡主任扑哧一声差点笑出来:"原来你是担心这个!"他从口袋掏出张纸,"已准备好了,到时候照本宣科便是了!"

兴州大大松了一口气:"既是这样,便滥竽充数一回了。"

"这不是普通的讲话,是代表着芜城乃至安徽人民对北伐军、对革命的态度,意义大着呢!"一旁的安徽省党部主任委员周范文强调。

"你们放心吧!我郑兴州虽是做实业的,但革命的道理还略懂点,这辈子最敬佩的就是孙总理和独秀先生了!我不应则罢,应下的事定会尽力的!"郑兴州正色道。

看过稿子,才知表态早了,讲稿虽面面俱到,细嚼却又什么都没有,晚上又抑扬顿挫试了几遍,让子健他们笑场了。

"何不找敷谋看看?说不定能帮到你。"嘉慧一语惊醒梦中人。兴州披衣,直奔长街图书社。见黉夜来访的兴州只为一篇官样文章,敷谋笑了:"郑会长此次是大出风头了,不过你这样咬文嚼字,把美事变成了苦差,何苦来哉!"

"这可是代表了芜城百姓商家的心声,大意不得!"敷谋拗不过兴州的认真劲儿,把稿子看了:"虽是些套话、空话,不过也热情洋溢,时髦应景。"

"你就给我加点实话、心里话吧,这些话说着拗口!"敷谋摆手:"这怕有不妥,这些话看似无物,可各方面照应妥帖;该说什么、不该说什么,有一定之规,党部给你拟的稿子,就是定了调儿,不可以随便改的。"

"那得把我们芜城的特色,特别是长街点出来,也好让革命军对芜城另眼相待,要不每到一地都是些千篇一律的官话,还不把长官们的耳朵听出茧来?会场上的代表也不满意啊!"

这兴州要是入了仕途,定有一番大作为,敷谋沉吟少顷,在第二段开头加了几句"北伐军至,万象更新;党政军文,各维其责;士农工商,各业齐兴;千年长街,咸得复兴"等语,便停笔挠头:"也不过是些歌颂之词,实在不好再加了!"兴州虽觉意犹未尽,但点了长街,让台上的"反正将军"听听也好,便不再为难他,再说自己对政治了解不多,若改多了,指不定捅下什么娄子来。

"知道为何选定你做十万市民代表致辞吗?"敷谋眨着眼问得有些神秘,"这国民党市党部多是国民党左派,不少还是共产党人,有什么样的人,才会选什么样的代表。"见兴州愣愣的,敷谋又道,"被他们选上的人,不仅有名望,还秉公正义,是极光荣的!"兴州恍然,早觉得他们与众不同。

"你怎么知道的呢?"兴州话一出口便觉得多余了。敷谋狡黠地笑:"我这里可是科学图书社啊!"他有意把"科学"两个字说得重些。

"我看不是科学图书社,是革命图书社!"兴州一句笑言,却让敷谋警觉了:"我这里颜色有些亮了,可得低调些。现各派纷争,国民党打的联俄、联共、扶助农工旗号,内里早不是那回事了,不仅与共产党阋于墙,就是国民党内部,又有左右派之分,复杂着呢!"联想到与陈匪沆瀣一气的蒋某人,这样的党、这样的人怎可负起复兴大任? 兴州也是忡忡的:"这些年翻天覆地,战乱连年,好不容易北伐军兴,可大业未竟,便兄弟阋于墙,百姓期盼的海晏河清又到何时?"

"从陈某人被委以重任便可看出端倪了,可没料到里面更为不堪!"

"蒋介石不就是黄浦江流氓起家的吗? 是青洪帮支持的军阀,他早已背叛了中山先生的三民主义了,有什么事做不出呢?"敷谋少见的愤然,转又安慰兴州,"郑会长不必多虑,世界大势,浩浩汤汤,顺之者昌,逆之者亡,社会总是向前发展的,不是少数流氓野心家能改变得了的!"兴州点点头:"政治太复杂,我不懂,可我知道做任何事,有手腕更需怀仁义,有雄心更得有良心!"

第二天上午的欢迎大会以市党部胡主任率众向孙中山遗像三鞠躬始。一袭长袍、精神饱满的郑兴州立在麦克风前,向主席台和听众席各一鞠躬,便掌声四起。兴州镇定了情绪,他那带了绩溪腔的激情致辞便被话筒放送到偌大露天会场的每一角落。

"北伐军至,万象更新;党政军文,各维其责;士农工商,各业其兴;千年长街,咸得复兴……"在最初的紧张后,兴州神态自若,连讲稿也不看,待讲完最后一句,会场短暂静默后便是爆豆般的掌声。当他向主席台致意时,不仅胡浩川、周范文满意地向他点头,连坐正中的程潜将军也微笑颔首,只有一边的陈元目光阴鸷,吊着个脸。

周范文、钱杏邨也先后作了热情洋溢的致辞,钱杏邨提出的拥护国民政府,扩大反英、反奉运动,驱奉军出皖和改组芜湖政府等八项主张,获大会一致通过。

北伐江右军在芜停留不过十天,芜城就如兴州致辞中所说的那样,肃慎求治,气象万新,民间组织群起,土豪劣绅、贪官污吏逃匿一空,党群组织深孚众望,政治渐趋稳定。3月16日,江右军奉命向南京进击,由商会等发起组织的粮秭等七个支前队随军进发,担任向导、提供军需,且不收任何报酬。3月22日,北伐军攻克南京,七支前队伍方班师回芜。

（七）

　　4月初一个春风沉醉的晚上,新开张的第一春大酒店彩画欢门,厅院廊庑,灯烛荧煌,吊窗之外,花竹掩映,它已取代倚陶轩成为达官贵人宴会首选之所。三楼最豪华的包厢里,正高谈阔论,首席怡然而坐的是县知事吴侑,左右是商会会长郑兴州、银行的张行长、公安局高局长等要员,还有新成立各协会团体负责人。北伐军过,时局渐安,吴知事方抽出身来宴请各界头面人物,一则感谢各界的支持奉献,二则一些新成立团体负责人尚不熟悉,借此联络感情。

　　菜品五湖四海,斑驳恣肆,只是尚未入味,包厢大门就咣的一声被踹开,吴知事正待发作,却见闯进一队手持长短枪的士卒,为首者个子不高,军官模样,拿着盒子炮指点着满席酒菜冷笑道:"老子马上要上前方北伐卖命,你们这些官僚、富翁却在这里花天酒地!"吴知事正色道:"你们是哪部分的?要干什么?无故带枪冲撞干涉地方,可知军纪?"

　　"你就是那个狗屁吴县长吧?你这肠肥脑满样儿,一看就是个贪官,还敢跟我讲什么军纪?"小个子军官把枪口冲着众人,"告诉你们,我们是陈总指挥的部下,奉总指挥令,今天要一百万大洋的开拔费,限明日上午十一时前交出!"

　　"什么?你们不是把今年的丁漕税三百万元都已经全部提前支取了吗?怎么又要一百万?这芜城连年灾害,百姓生计艰难,府库早已空空如也……"吴知事又气又急,他现在明白什么叫秀才遇到兵,不,是秀才遇到匪了!

　　"嘿嘿,府库没银子还在这里大吃大喝?你唬老子呢!谁不晓得这江南富庶,一把土也能捏出二两银子来,更不用说你芜城这个大码头了!"小个子眼露凶光,"不交出来,一个也别想走!"见有人左右张望,他一脚踏在椅子上,没料腿比椅子高不了多少,一个趔趄差点跌倒了,恼羞成怒道,"实话告诉你们,这大酒店已被围得铁桶一般,一只苍蝇都休想飞出去!"

　　"你们敢绑架县长?这是目无法纪,犯上作乱!"一旁青帮出身的高局长壮着胆子道。小个子皮笑肉不笑:"有人出头啊!我连县长都不怕,怕你一个青皮混子的小局长不成!来人啊,给我绑了!还有那个商会会长、银行行长什么的,统统绑了,什么时候交钱什么时候放人!"士兵拿出早备好的绳索,咋呼着要绑人。

郑兴州明白如上次一样,这是蓄谋已久的,只不过上次抢劫的是长街商户,这次是敲诈到政府和银行、商会头上!躲不是他的性格,便迎上去:"这位长官,敝人是商会会长郑兴州,开拔费一事,容我们细细商量,若把人都抓了,谁去筹钱?"小个子冷眼打量着:"好啊,有你郑大会长出面应承,我就放心了,明日上午交钱!"

"支援贵军北伐义不容辞,只是这一百万实在太多了,时间又不过半日,怎么也筹不来的!"

兴州心中已有了主意,同兵匪理论,无论如何是说不通的。他们要得这么急,说明开拔在即,只有一个"拖"字方可破得。

"这位兄弟,你看这样如何?今晚我们就通知各行业负责人到商会协商,到时候一定给你回话!"

小个子眼珠子骨碌碌转了半天,心想这些头头脑脑不可久禁,今晚就算把他们整死也拿不出这一百万来,不如借坡下驴,便伴笑道:"郑会长在芜城可是个响当当的人物了,那日在台上口口声声支持北伐,可让我等仰视了,今日就信你一回,明日上午不见一百万,只找郑会长和吴县长!"说罢手一挥,摔门而去,竟又折回,众人不知所措,却一个个被轰了出去,他们敞衣歪帽,急不可待地胡吃海喝起来。

吴知事本想与众人商议一番,转瞬之间,这些人便如水银泻地般消失了,连咋咋呼呼的高局长也不见影子,只得向兴州哭丧着脸道:"郑会长,此事只能拜托老兄了!我是把库里银子扫干刮净才有这三百万送瘟神的,现在我两手空空,一文钱也没了!若拿不出银子,保不齐又要闹出什么大事来,商家说不定又得遭殃,郑会长一定要想想办法,救民于水火啊!"一个堂堂知事,平日颐指气使不可一世,大事临头,却全无主张,只想着怎么推诿塞责,怪不得这陈某人敢一抢再抢,这次竟把枪指到这个县太爷头上!

"吴知事,恕我直言,这陈某匪性难改是一方面,可与政府对他们太过纵容也不无关系,上次明火执仗地抢劫杀人却没任何惩处,官反而越做越大,助长了他的嚣张气焰,现在居然敢用枪指着你的脑袋,天下有这样的军队?又有这样的政府?再说我们满足了他这一次,确定没有下一次了?"

吴知事脸上红一阵、白一阵:"郑会长,你说的我都明白,可我吴某不过是一小县长,无兵无势,奈何得了他?是蒋委员长给他加官晋爵,让他飞扬跋扈,祸害一方的,我等如百姓一样只能被鱼肉了。此事还看在芜城十多万百姓和众多商户的分上,请郑会长出手相助吧!也只有你郑会长有办法!"说完便是一个深揖。

(八)

第二天上午,芜城十三个行业协会会长齐聚总商会。虽用乌洞洞的枪口指着,可不吃不喝六小时过去了,这帮兵匪一百万的开拔费一个子儿也没拿到,更让随后赶到的陈旅长气急败坏的是,芜城总商会会长也就是昨晚信誓旦旦作保的郑兴州,却迟迟不到,这些人竟无一知其下落,派到他家和明远的兵也难觅其踪迹。

虽然商会门口架了机关枪,岗哨林立,如临大敌,但群龙无首,陈旅长拿他们也没办法。

"知道你们一时拿这么多钱有困难,你们就交一半五十万,再不交就别怪我不客气了!不要忘记长街那两个老板怎么死的!"陈旅长气势汹汹地掏出手枪,还哗啦一声拉开枪栓。

只是这招并无大用,有人哭丧了脸:"陈旅长开开恩一枪把我们打死吧!我们做点小生意,今日这个抢,明天那个逼,洋人欺、官府压,交不完的皇粮国税,遭不尽的兵匪贼寇,日子早就没法过了,若能吃个枪子,也就一了百了了!"众人也无不悲愤共情:"今日不是被打死,就是绝食饿死,反正这银圆是一个也掏不出了!"

对着寻死觅活的一群人,陈旅长竟一时也想不出个好主意来。昨晚聚餐之人非富即贵,贪生怕死,今日之人都是些整日摸爬滚打讨生活、视钱如命的中小商人,平日一分一厘地计较,要立马从他们的钢牙铁嘴里掏五十万银圆来,真不是件容易的事。虽然这些人命如草芥,可总不能真把他们都"突突"了,毕竟陈总指挥现在打的可是国民革命军旗号,可开拔在即,再不捞点就竹篮打水一场空了。

此时卫兵来报,说门口街道拥来大批民众,嚷嚷着要放人。陈旅长恨得牙痒痒的,一定是郑兴州躲在幕后操纵的!他把枪拍在桌上:"老子再说最后一次,只交十万!再不交就别怪我陈某翻脸无情了!"

他的咆哮似落在夜的旷野中,被浓稠的夜色吞没了。他气急败坏地对着屋顶就是一枪,可这些人除了抬下眼皮看下崩落的灰尘,并无多大反应。他着实怒了:"老子的人打杀惯了,这长街的老板也不是没杀过,你们的什么狗屁县长老子也捆过,就你们这些人,还没办法对付?"他冲着手下一挥手,"都给绑了,每人先打二十鞭子!"此时有人不紧不慢地起身:"鄙人姓高,是商会副会长,要绑先绑我吧!"见陈旅长一愣,又慢条斯理道,"虽然陈旅长怜惜我们商户,数目降了不少,不过十万银圆也不是个小数目,一下子凑齐不易,所以不敢立马答应,这大洋我们得一家家收,至少得一两天时间。"

"那我宽限一日,明天此时交来!否则休怪我不客气!"陈旅长舞着短枪,声色俱厉道。

在离商会不远的科学图书社二楼的一个小间内,几人正密议着,其中就有那陈旅长挖地三尺要找的郑兴州,左右是市总工会会长、共产党人朱麻和国民党市党部胡浩川主任。那边进展与料想的一致,但室内依旧空气紧张、凝重。

"已降到十五万了!"当电话里传来这消息时,兴州与朱、胡对视了一下:"告诉高副会长,可按预案应承下来,只是还要拖时间。"几个人一直绷紧的神经松下了。按事先商定,若降至十万左右,便可先应了再相机行事,谁也不能保证这帮兵匪一无所获时会不会恼羞成怒大开杀戒,毕竟人命才是最重要的,再说相比一百万的狮子大开口,十万已是个低得多的数字了。

自一开始兴州就没打算付这笔高额勒索费,也付不出,便连夜召集高副会长及十三行商议并安排妥当后,第二天一早便来敷谋这里,与朱、胡密会。

"'开拔费'降到十分之一,代表又被放回,郑会长手段高妙!"

"都是众人的主意。只要人脱离虎口就好,至于银子,那就让他们等着吧!"兴州早有应对,"明日他们就滚了,这时再来个没有会长签字盖章便取不了钱的借口,让他们抓瞎去吧!想招儿都来不及了!"兴州还是做了最坏的打算,"长街这几日已加强了戒备,必要时关张歇业,避了这风头再说。"

浩川赞道:"郑会长这棋局,看似步步招架,实则以退为进,处处陷阱,直至将死这个陈匪!"

"郑会长说得没错,人不能见,钱不能给!不过——"朱会长看着胡浩川,

"一个好汉三个帮,下一步是不是该我们有所行动了?"

"呵呵,朱会长也是有备而来啊!"

"陈匪来芜多日,从上到下,从民到官,莫不被欺的,莫不被抢的,鸡犬不宁,天怒人怨。反观我们呢?没有不让的,没有不忍的。唯有兴州,软中带硬,柔中有刚,弄得这陈某人狐狸没逮到还弄得一身臊。我看该趁热打铁,变被动作主动,发动全市十万市民来场大游行,把他的罪恶昭示天下,让他拿不到一文钱,还要被驱赶出去!"

"果然是好主意,与在下不谋而合!"胡浩川击节称妙,"据我们得到的消息,陈某的部队今晚到明天上午得全部开拔,天时、地利、人和全在我们这边,该是我们行动的时候了,我们三家坐下来好好商议驱陈方案!"

"要送瘟神,并让他们永不踏足芜城一步,就要发动全市各界力量,把声势造得大大的!"朱麻接着就把组织全市工人、学生和市民大游行,让报馆刊发陈匪劣迹、驱逐陈匪的文章及张贴宣传标语等计划说了,临了道,"陈匪作恶多端,人神共愤,虽然他有枪杆子,但邪不压正,我们只要振臂一呼,必应者云集!"

"宣传的事就由我们党部负责,另外要开一个全市各界人士参加的驱陈大会,规模不能少于千人!"

"店员及工商各界会员游行的事由我们商会来安排,另外我建议从明天一早开始,全市罢市,不达目的不开门!"一个声势浩大的驱陈计划完善起来,三人又补充了一些细节,便分头准备去了。

一夜之间,大街小巷及电线杆上贴满了黄绿色的驱陈标语,满街是印有陈匪劣迹的传单。翌日晨,不见大小商家开门营业,倒是举了标语、喊着口号的各路学生宣传队开始在街头宣讲,工人纠察队和警察上街维持秩序……

上午十时,在总工会大礼堂开过驱陈誓师大会的各路队伍齐聚大马路,淅沥小雨变作瓢泼大雨,但依然浇不灭人们的驱陈热情,沿途不断有市民加入,前头已抵达北平路,后面中山路还密密麻麻站满了人,游行人数过万!他们一路呼喊倒陈口号,来到北平路邮局门口时,有人检举邮政局头儿扣发了发往南京当局和全国各大报馆的讨陈电报,愤怒群众当即冲进邮局,抓来他们的头儿押在游行队伍的前头。

据可靠消息,江边停着陈元准备逃离的小轮,当排山倒海的游行队伍来到时,雨雾茫茫,码头已无轮船踪影。码头工人说,就在驱陈大会召开之际,陈某就召回了还在企图寻找郑兴州盖章拿钱的陈旅长,带着卫队登船溜之大吉了,这伙恶贯满盈的兵匪终究没勒索到一文钱,也再没踏上芜城地界一步!

(九)

　　作为南京京畿重地的芜城,革命热情高涨,让"革命"起家的蒋介石坐卧不宁。刚组织制造了"三一七""三二三"九江、安庆惨案,走一路杀一路的蒋某人,乘军舰顺流而下至芜城江面,拟下船时见岸上人潮涌动,口号如雷,一听竟是"打倒新军阀""打倒帝国主义!",惶惶然如陈元一样灰头土脸地溜了,芜城从此成了他的心头恨,对革命人士如鲠在喉,不杀不快。即便在南京政府成立前三天这百事缠身之时,蒋某人还把芜城的青帮头子——公安局局长高某密召去南京,面授机宜,并拨给高五百杆枪和数万发子弹,另把同情芜城革命的北伐军调开,换上自己的嫡系驻守,把大屠杀的时间定在4月18日——这个南京蒋介石反动政府成立之日,用共产党人和国民党左派的鲜血为他们"祭旗"!

　　4月16日夜,风雨如晦,熙攘的长街也寥落起来,一个匆匆的身影踅进图书社,正清理书籍的敷谋认出这眼镜蒙了水汽、绺绺发梢上滴着水珠的人是老朋友钱杏邨。钱杏邨来不及擦拭雨水,便示意敷谋上二楼:"时局有变,立即把马列和进步书籍清理干净!"他环视一周,"《独秀文存》《共产主义ABC》等都要收起,楼下的也一样,要一件件清理!今晚就清理完,越快越好!"临出门时又顺手拿了本书,遮着头,拒了敷谋递来的伞。

　　翌日晨,书社前门被枪托砸开,睡眼惺忪的店员一伸头,见前后门布满了荷枪实弹的士兵和警察。来人不由分说,把敷谋和几个店员控制了,一阵翻箱倒柜,一无所获。领头的用枪点着敷谋脑袋:"是不是有人通风报信?"敷谋一脸无辜:"什么通风报信?我都不知道你们查什么,我们还在睡觉,你们就把我们吵醒了!"

　　"不说实话是吧?给我带走,等会儿就知道说谎的滋味了!"临出门还带了几本相关的书做"罪证"。

　　不过十来天,兴州他们还未从拒勒索、驱陈匪的喜庆气氛里静下,政治气候已急转直下。大街小巷的革命标语不见了,代之的是"拥蒋反共"的口号,不时有地痞流氓狂呼"打倒跨党分子""枪毙共产党"等口号招摇过市。凭直觉,一场腥风血雨将至,不过这次的对象可能不再是长街的商户,也非商会,正如敷谋所说,蒋某人已翻脸了,目标极可能就是曾与自己并肩战斗,并被寄予厚望的共产党和国民党左派。果然几天后坏消息不断:市总工会会长朱麻等十七名共产党人被捕,国民党市党部胡浩川主任去职,工会、农会、学生会等组织被解散,而敷谋被抓的消息更让他心急如焚。

"我得去会会这个高局长了!"兴州着急上火地要出门,嘉慧拦了:"现在到处抓人,你过去和共产党人天天在一起,避嫌还来不及,你倒好,还送上门去!"兴州无畏:"我无党无派,谁做正事、做好事我就和谁一起!再说要抓你躲得了?"

"你和这个高局长有多熟?不就是那晚在第一春吃个饭吗?"

"当初若不是我,他就被陈匪的兵绑了,别看他现在蹦得欢!"

"他们是知道感恩戴德的人?再说此一时彼一时,人家现在是蒋介石的红人,忙着抓人立功,你却让人家放人,你就是有再大的恩,比得了蒋介石吗?"嘉慧一席话没阻拦住兴州:"救人如救火,早一分也是好的。青帮本是流氓,一旦入了蒋某人的彀,就如陈匪一样没人性,早一点虽不一定能刀下留人,但至少可以让他们少受点罪。"嘉慧见说服不了他,只能退而求其次:"怎么见他?"

"这个我早有准备!"兴州不屑道,"这些流氓地痞,别的不爱,只爱色!"嘉慧一脸嫌恶:"这兵荒马乱的,他还有这个心思?"

"呵呵,他什么时候都不耽误的,不过我说的色不是那个'色',那个'色'我是没办法满足的。"嘉慧才明白这个"色"指的是黄澄澄的金条。

"什么时候了还打哑谜,把家里的两根都带上吧,成色足着呢!"

"都说我大方,却不知我后面有个大方的娘子呢!"

嘉慧叹口气:"这银子要用到该用的地方,才物有所值!"

三天后敷谋因证据不足,走了遍程序,就由人取保了。但为朱麻说情却碰了钉子,高某推说人已被解押到省城安庆,自己无能为力。不几日就传来朱会长和中共芜湖特委秘书长等共产党员在安庆受尽酷刑而就义的噩耗。让兴州且敬且叹的是,在芜城"四一八"大清洗之前,打入国民党青帮的李克农、钱杏邨等人就已探得消息,并将一批已暴露的同志疏散开。朱麻明知自己已暴露却坚决要求留下继续斗争,最终落于敌手,并抵御了敌人的诱惑,受尽酷刑后慷慨赴死!

一场风暴过后,又多了些淋漓的鲜血,街市在狞笑和嗟叹中复归于静,但已不复昨日的模样。

科学图书社照旧营业,柜面难觅敏感书刊,熟客却不难买到,这里依旧是青年爱国人士了解时局、寻求真理的场所,直至1937年日寇大轰炸,这里被焚才关门。敷谋去了沪上为夫子打点生意。

北伐军犹如一股清风,奋力掀开阴霾天空的一角,可瞬间天空又被更厚重的乌云覆盖。兴州伫立窗前,往日那高挺的六角烟囱虚幻起来。

十四　浦江新潮

（一）

年底，协之主持的明远二期扩建主体工程完工。展现在兴州眼前的是座高 19 米、宽 16 米、长 234 米的庞然巨筑，是身形庞大的汽轮机安身之所，左右分别是建筑面积 300 平方米、高 12 米和建筑面积 600 平方米、高 10 米的锅炉房。在这组建筑前，身高马大的鲁尼也显渺小。

"这该是我们在贵国内陆建的最奇妙的厂房了，最和谐的设计、最适宜的材料、最有格调的建筑，当然还有最满意的进度。"不苟言笑的德国人也不乏诗意而夸张的语言，"更重要的是我们坦诚而美妙的合作，这是我们共同的作品，是上帝的杰作！"兴州注意到，自从上次"争吵"后，鲁尼口中"中国""你们"这类字眼少了，"贵国"一词说得溜多了，语气也不再冷硬。

"没有你们的技术、合作和契约精神，明远还不知是个什么样子呢！"中国人的谦虚是骨子里的，兴州的感谢也是实在的。鲁尼的表情却复杂起来，这一瞬即逝的不安没逃过兴州的眼睛，他故意对大老李道："装修多久能完成？别让新设备无处安身哦！"

"两个月保证拿下，绝不会误事！"大老李永远是中气十足的。

"鲁尼先生，交货不会有问题吧？"

鲁尼不敢接兴州的目光："实在抱歉，董事长先生，可能要推迟一点点，不过当初是有免责条款的，不可控因素太多……"

"发生了战争还是水灾、地震？"兴州讥道。

"欧洲又战云密布了，所有的战争机器又开动了，一场新的战争不可避免，唯一不确定的就是规模了！"鲁尼情绪低落，这是以往从未见过的。

他深蓝色的眸子里注满了忧戚与不安:"中国有郑先生这样的人就不会亡,倒是我们自己,深深地沉溺在人性的弱点里,终归要为自己的贪婪和狂妄买单!"

"大象打架,草地遭殃!用我们中国话说叫'城门失火,殃及池鱼'。"

"郑董事长,我已尽一切努力,但您明白的,一个人、一家企业,甚至是一个群体,在疯狂的国家机器面前是多么渺小和无力!"见郑兴州一脸凝重,鲁尼两肩又端直了,"明远设备已在生产之中,明年一定会运到,无论如何,请不要怀疑我们德国人的契约精神!"

兴州脑海中又浮现不久前那血雨腥风的一幕。这是个动乱、混战、失了伦常的世道,没有世外桃源,即便退到实业界,战争、政治的阴影也无处不在,不分国度、种族和层级界别。自己和鲁尼都被裹挟其中,深受其害。

不过也有令兴州高兴的消息——十四个配电房全部建成。"两房"已筑,"手足"齐备。

"所有的配电房都在20至25平方米之间,高6至7米,全部采用砖墙砌筑,除个别站点是混凝土平顶房,其余十三座都是波浪铁皮顶,遮风挡雨还透气……"协之摊开图纸,指点着细细报来,临了道,"所有的站点资料都建档保存,包括已建的和以前的建设资料也都收集整理,专屋专人保管。"

因兴州催促,鲁尼函电回复,1928年底设备远涉重洋而至,耽搁时间不长。新老机组发电容量达到2160千瓦时,电力充沛,加之新年,芜城新老用电户过万,年三十晚上,差不多三分之一的家庭在亮堂堂的电灯下团圆守岁。也从这时节开始,供电由过去每天的6小时翻倍至12小时,全市纺织、机械、轻工、粮食等几乎所有采用机器的企业,都采用了电能动力,实业、商业、照明三分天下。明远已从当初提供单一电灯照明的小电厂,嬗变为一家为居民提供照明、为实业提供动力、为社会提供服务的新型公共基础企业。电力也从一个不被众人接受的"魔怪",变成了众人和社会都离不开的光明"天使"。明远已从懵懂少年变成一个活力四射、前程无限的青年。

也就在这一年,兴州提议并经股东大会批准,将沿用了二十四年之久的明远电灯股份有限公司,更名为明远电力股份有限责任公司。

（二）

明远更名之际，兴州的第四个儿子呱呱坠地。和嘉慧结婚不到十年，便有了四个孩子，都是男丁，上天似把欠兴州的连本带利都还上了，兴州免不了在孩子满月那天摆上两桌。酒量不大的他，那晚多喝了几杯，醉眼蒙眬地上了楼，见月子里的嘉慧正在卧室奶宝宝，老大、老二聚在楼梯口亲热地叫着爸，才一岁多的老三已经被奶奶在楼下哄着入睡了。摸着两个孩子大大的脑袋，兴州恍然若梦。

"今晚你还带老二睡，别过来挤宝宝了！"嘉慧似感觉到了什么。

"今天宝宝满月了，还分？"

"我怕宝宝晚上闹夜吵你，又怕你乱动惊着他。"

今晚嘉慧着了件奶白色丝绸无袖衫，头发被松松地绾在后面，慵懒中有种家常的清新。不同年龄段有不同韵味，像幅隽永的长卷，每帧画面都精彩。

"自有了老四，都一个月没给上床了。"

"四个小的白天吵，晚上又加一个老的，还让人安生不？"嘉慧嗔怪着，脸颊浮现久违的红晕。那一低头里，他看见嘉慧眼角有细细的鱼尾纹析出，那里藏了辛劳。现在的她少了分娴雅，却多了丝柔情，却不完全是对他的。她有时兴奋，有时又情绪低落。

"是不是我变老了丑了？"她仰起脸，目光游离。

"你每段时光都是美的！"

"那就是变老了呗！我都不敢细细照镜子了，也没那闲工夫。"

嘉慧终于静下来了，这么多年的岁月都被一个比一个调皮的孩子缠去了，没了自我，对兴州也不如以前温柔了。也许是岁月，也许是这个家，还有女人的直觉，她觉得自己变唠叨了："这芜城也就这么大，天上地下，再难做的事你也办了，再恶的人你也斗了，岂不闻月满则亏？书上说了，毁掉我们的不是自己憎恶的，而恰恰是自己喜爱的。五十的人了，该见好就收了，外守着明远大家，内守着这四个小子的小家，功德圆满，人生圆满。"

兴州的目光透过轻慢的蚊帐，望向窗外被明远照亮的街市，又回落在宝宝的脸上，见宝宝细柔的额发黏腻地耷拉下一绺，额上有薄薄的汗，便轻轻地擦了

十四 浦江新潮

道:"这些年我都忘记这个家了,更没在孩子身上多花时间,只因有了你和奶奶。"他倏地想起了什么,是兴奋的口气,"今晚和他们说好了,请个家庭教师,叫汪菊生,也是我们徽州人,大学毕业,五中的老师。孩子的教育不可误了,不过你的事也未必就少了。"

嘉慧却敏感起来:"莫非是老骥伏枥,壮心不已?"

"还是贤妻了解为夫。外面呢,是身不由己;家里呢,"兴州张开五个指头,嬉笑着,"五子登科才是圆满。"

"什么?你还要一个?"嘉慧瞪圆了眼,"你还真人老心不老呢,都四个了,还嫌少?"兴州将她轻揽入怀:"姜子牙八十还挂帅出征,我五十不到呢!"

见嘉慧默默的,兴州忙道:"你若不想了,四个也好,事事如意嘛!"嘉慧幽幽地说:"你是常有理,一会儿'五子登科',一会儿又'事事如意'。不过若真的有了,我倒希望是个女儿,好打扮又听话,老了也有人陪着说说话。"

"那可不是你我说了能算的,说不定又是个儿子呢?"兴州又扬了胳膊亮起"老鼠包"来。嘉慧忍不住在"老鼠包"上拧了一下,却滑溜溜失了手:"还真是个'老当益壮,志在千里'呢!"

"不是有多大雄心,只是不想半途而废。"

嘉慧蜷缩在兴州怀里,听得见他那沉缓却雄健的心跳,抵近了,如鼙鼓撞击着她,令她有一丝慌,也有一丝醉。她用低得几乎听不见的声音道:"跟着你就没想过什么舒坦的日子。家里有我,还有妈,现在又多了一个老师,你放心做你喜欢的吧!"既不能改变他,那就尽可能为他、为这家多做些,让他少些后顾之忧。奇怪的是,说这些的时候,眼中竟噙了大大的一滴泪,嘉慧连忙擦了。

兴州没再说话,灯影里嘉慧竟与另一人的形象重合了,这让他的心蓦然疼了一下。窗外,夜色更浓了。

(三)

日拱一卒,功不唐捐。兴州没摸棋子好久了,一闲下,便火烧火燎一刻也不能等,对手自然是老柜。

兴州噼噼啪啪摆子,老柜不紧不慢道:"厂子最近苗头有些不对!"兴州两眼还在棋上,老柜继续道,"扩建后厂子有百多号人了。人多了,再行老法子,就有些不灵光了。"兴州听完,手上的"马"就悬在了半空。

"这来路就五花八门,有电校的,有股东和官人荐的,还有我们宝兴转来的,绩溪老乡占了多半。老板是力求所长地安排,但有人倚着身后的背景,老二不服老大,或倚老卖老,专业的电校生反不受待见,处处吃瘪。"兴州浓眉蹙起,那捏着棋子的手不自觉地加了力。

"这电厂是讲科学的,懂的叫不动不懂的,甚至不懂的、一知半解的倒指挥懂的,凭经验蛮干、乱干,行之不远,已出过大小几次事故了,只是未到机损人伤的地步。"

"竟有这等事?须得严查!"兴州捏着棋子的手重重拍下,那"马"滚落于地。

"害群之马不可不惩!"老柜俯身拾起,吹了灰尘还与兴州,"不过事情不止一桩,间隔不短,若件件查去,有的已查无实证,还闹得人心浮动,且查一件隐一件会闹出更多事来。"

"还有其他方面的吧?"前些日子兴州将精力放在商会上,协之在忙扩建,生产上有意无意地放松了。

"其实不光厂子这一块,"既然老板已发问,老柜便索性说了,"电费这块,猫儿腻也多。有怕费事的,收多少是多少,狠人的不敢收,亲友的打马虎眼;有的欺上瞒下,收了也说没收,回收率有个七八成算好的了,对偷电、漏电睁只眼闭只眼;还有购煤、日常采买,都学会了做两本账,窟窿大着呢!"

兴州把自己关在屋里。他有一习惯,遇到问题总爱一个人"笃思之",自己没想透的事,不到会上说,若自己有了主意,倒不妨多听听别人的意见。

他想起曾盛极一时、连洋人都畏惧三分的益新,章老板去世,这面粉厂便人浮于事,又派系林立,最终资不抵债,若非另一个掌管铁矿的儿子资助,怕早倒闭了。裕中纱厂更糟心,这个当时芜城投资最大、安徽第二的大厂,只赢利一年半后,就连着亏了,日纱倾销是一方面,管理失当也是败因之一,几次转手,仍无起色。就连自己参股的大昌,也经营惨淡。

芜城的两个半烟囱,竟有一个半在苟延残喘!

这些实业其兴也勃,其势也大,其亡也速。老藤椅吱吱呀呀叫唤着,兴州把刻入骨子里的长街师徒模式又捋了一遍:掌柜多为店员出身,谙熟经营之道,学徒、店员少则两三人,多不过十来人,眼皮子底下待着,还有一个"定七"的撒手

十四 浦江新潮 | 229

铜等着。管理管理，一个眼神就是管，顾客满意就是理，可明远人过一百，可谓形形色色，人盯人行不通。表现不好的大都有背景，"定七"也是有名无实。

靠制度？明远成立伊始便照葫芦画瓢立了套西洋公司制度，这便是所谓的管理的"理"吧，多年来也一直在坚持，可效果不尽如人意，扩建之后更是问题丛生。

可洋人的厂子大得多，人更多，他们也循着这"理"的，何以越管越兴，越做越大？这西门子公司，第一次买的是它的机器，这次还是它家的，且愈加先进。掏银子把洋机器买来，把大厂房建起来，循"理"去管，效果却是大相径庭，其中的奥秘又在哪里呢？

芜城哪里可取"洋经"呢？那只能是科学图书社了。

敷谋的图书社依旧顾客盈门。有心人或熟客，总能买到"擦边球"的书刊，连汪菊生也常带回几本，给孩子们宣讲。

"这个敷谋，还是没变！"兴州不知是担心还是夸奖，看来上次事件并没吓住他。

"郑会长，您这可把我难倒了！"见兴州到来，敷谋喜不自禁，上次若不是兴州及时出手，他不知道要吃多少皮肉之苦，可要找西洋管理方面的书籍，却为难了，"您是第一个要这类书籍的人，我们也没进这方面的书。"蓦然想起了什么，"我到楼上找找看，上次汪总从上海发来的图书中，有一两本这样的书，说专门给您备的，上次那事后，给耽搁了！"敷谋终于找到一本《西洋管理学杂编》，他拍拍上面的灰，"这书我粗略看过，对管理还是有参考意义的。不过做企业的，靠书本终归有些玄，我看不如找个懂技术又会现代管理，最好管理过电厂的人！"

一语惊醒梦中人！

（四）

时隔近三十载，郑兴州第二次踏足上海滩，这个东方的巴黎更炫目繁华了。汪夫子在繁华市区给他备好了酒店，可他还是住到申新电厂边的那个小旅舍，老板换了新人，但店面依旧，似故人在望。登上吱吱作响的楼梯，再次打开那个208室，窗外隆隆机器声如昨，呼吸的仿佛还是二十多年前的空气，潮湿中带着丝丝煤尘的味道，心瞬间安了。

姜先生心中颇为不宁。

与第一次比,郑先生已从一腔理想的青年变成一个600多万容量电厂的老板,果然是想做事,能做事,且做成事之人。聊以自慰的,不仅初次见面自己就倾囊而告,而且在设备选型、安装全程都做了悉心指点,这明远已有自己一份心血,虽远在上海,却无时不在牵挂着。

少鸿已告之此行目的,明远处于非上即下关键之际,亟待他出马辅佐。只是姜先生明白自己已是半百之人,过了创业建功的血勇之年,离开的又是当下中国最繁华的大上海,舍弃申新得之不易的岗位及优渥的待遇,到一陌生内陆之地,少不得犹豫,且老家还有高堂需照顾,若到了更远的芜城,来回更是不便。

夫子举杯:"姜先生,适才听少鸿说,您升做车间主管了,恭喜恭喜!"少鸿接上:"这厢升职,那厢郑老板又求贤而至,双喜啊!"姜先生本不胜酒力,但难拒兴州他们的热情,已多喝几杯,脸若关公,"不过领个头做事而已,年过五十,知天命了!"

"姜先生过谦了,"兴州为姜先生喜,却知完成自己的使命又添了一分难,纳贤之心更切了,"以先生之才,又值当打之年,该有更大作为!"

"姜先生学贯中西,又擅实干,是当今不可多得的电力贤才,在申新从一而终,自然不错。"夫子会意,边鼓频敲,"但古人云,树挪死,人挪活。若换个地方,定又是一番新天地!"

"各位盛情厚爱,中浩在此先谢了!"话到这份上,他不能再遮遮掩掩,"申新待我不薄,若一走了之,有些不忍;且我年岁渐高,再去他乡开疆拓土,力有不逮;再就是家有老母、妻子,也该征求她们的意见,毕竟芜城离老家更远些。"

"姜先生忠人厚主,在下敬佩!"兴州诚意尽释,"先生若来明远,生产技术这块由先生说了算;至于报酬,月薪不低于我本人!家眷来芜,一切安家所费皆由公司支出。至于您说的交通不便,我有同感,我拟办家汽车运输公司,其中便有芜城到南京的班线,可送先生往返……"兴州又把明远的问题和盘托出,临了恳切道,"这现代企业的管理,我们是门外汉,明远积弊已久,目前的团队难以解决,翘首以待先生!"

"这条件太优厚了,我愧不敢当!再说我也不是神医,难以手到病除、妙手回春。"

"姜先生,说明远是您和郑老板他们合力打造的也不为过,现明远面临成长的烦恼,于情于理您该出山了。"夫子又以情怀义理来激励,"您现在掌一车间,到明远便是一厂,更能施展才华;于社会,说小了是振兴明远,说大了是经时济世,为国效力!"不愧是文化大佬,夫子又吟道,"'平生好具经时策,盘马秋风怒挽弓!'姜先生,这机会,失去未必再有,兴州这样的知己,一生也遇不上几个,何去何从,才情兼具的姜先生会做出合适的选择!"

"'男儿何不带吴钩,收取关山五十州!'郑老板翘首以待,明远等您挑大梁,切莫再犹豫了!"少鸿和他打交道多,话说得更直白。

"安土重迁,姜先生斟酌也是应该的,再听听老人家的意见。"见夫子、少鸿下力紧,兴州便要松一松,"姜先生来,我们是好搭档;姜先生来不了,我们依然是好朋友、好知己,您是明远的终身顾问!"

中浩已微酣:"我年轻时也是热血的,年龄渐长便渐淡了。申新待我不薄,便有在此安身立命之打算。蒙各位看重,我惶恐又感动,心也不甘起来。"可又踌躇了,"但希望越大,失望越大,到了明远若做不好,误了郑董事长和明远,那我就是罪人了!"

"就怕这座庙太小,容不下姜先生呢!"兴州大喜。夫子也为兴州和明远高兴:"今天将是明远最值得纪念的日子,明远来了诸葛,便孔孔皆明,光明致远!"

中浩忙摆手:"诸位夸我太过了。不过我只要去了,定会兢兢业业!"

众人朵颐生光,看来都得醉一回了。

兴州悬着的心终于放下,晚上夫子陪着,逛了十里洋场的夜景,可没去大世界"白相相",而是找个茶馆,与夫子倾心夜谈,归后却失眠了,既为姜先生的到来兴奋着,却也因了夫子的话而困惑,有说不出的怅然。

"国民党已弃了中山先生的'三民主义',蒋介石已成独夫民贼,没什么指望了,共产党还弱小,独秀先生不是总书记了……"

"那谁代表未来的中国呢?"

"国民党虽一家独大,可已堕落不堪,未来我还是看好共产党。共产党的主张、纲领是为劳苦大众的。不过真要是共产党掌权,你可就是资本家了啊!"说完夫子便看着他。

"共产党也要富国强兵,也须发展实业。至于我个人,有口饭吃就好了,当然明远要能够传承下去就更好了!"兴州看着镜片后夫子那似笑非笑的眼睛,"我也是穷苦人出身,天下人有饭吃总比一家人有饭吃强!"

"哈哈,没料想你思想这样进步,若不知根知底,还以为你是共产党呢,怪不得倒陈运动搞得轰轰烈烈,连上海的舆论都关注叫好呢!"

"我是依良心做事。若我思想有进步,定有你和你的图书社的功劳,还有你们介绍的家庭教师,据说是共青团员,没少给我上课哦!"

朱麻等人的音容笑貌犹在眼前耳边,他们为了追求莲命都可抛,他又何惜自己这一亩三分地呢?所创未必所持,所持未必所有。此刻晨曦初露,已经放下的他睡意袭来,楼下小老板唤声殷急,十六铺码头的船可误不得。

(五)

姜中浩谢绝申新挽留,说服妻儿老母,半月后便来明远。郑兴州备了三室一厅的寓所,家眷同住也绰绰有余,生活用品皆备,中浩大有宾至如归之感。

兴州搬离了那宽大的办公室,中浩坚辞:"我的办公室比董事长的还大,又这等布置,于心何安?再说也不需这样大的地方,我的位子在车间。"

"这屋子空好久了,你不用,岂不浪费?再说这楼上也满了。"兴州好有道理。协之也劝:"生产这块,图纸资料多,开会人多,没个大点的办公室还真不行!"中浩搓着手:"郑总你们待我如上宾,倒是让我如坐针毡。带我去车间看看吧,我办公室坐不惯的。"

兴州便引他到车间:"见笑了,我大部分家当都在这里了,设备不可和申新比,行家看门道,毛病一览无余了。"

"一家人不说两家话。明远的设备、厂房比我想象的好很多,这新设备可以说是国内一流;再说管理吧,别的不论,窗明几净,归置齐整,一线工友也精神,一看就是有底蕴的。明远离煤矿近,成本比申新低,若再加把劲,定会大放光明!"

中浩眼里有活,极认同明远的理念,且信心十足。兴州脚步轻快了许多,一回办公室便宣布:"即日起聘姜先生为明远副经理、总工程师,待董事会通过后正式下文。"又做了分工,"明远生产、技术由中浩负责,基建、外线协之统领,财务和物资有老柜,我是你们的总后勤!"

"初来乍到,摸不清锅灶,我还是从技术做起,生产这块还是您勉为其难地负责吧,有什么建议我会直言不讳的。"中浩知道生产对电厂意味着什么。兴州固然信任他,可人生地不熟,全面接手过于仓促,而电厂可是一刻也马虎不得的。兴州知他谨慎,鼓励道:"你一大电厂的车间主管,还管不了我这小电厂的几台机器、百十号人?再说这生产和技术本密不可分,要我这个外行还来插一竿子?"兴州清了下喉咙,"你生产、技术一起管,大胆放心地做,把大电厂的先进经验引来,一切有我保驾护航!"

中浩不好再推:"这些天先熟悉下,有想法再向郑总报告。"

"在我这里,特别是你我之间,不用'报告'之类的字眼,生产上的事你自己拿主意就好了,要我和其他人支持协助的,就一起商议。别的方面也需建言献策。"兴州是真心信任,做事不喜繁文缛节,全无老板颐指气使的派头。中浩虽感职繁责重,却并不拘谨压抑。

(六)

"大机组,十二小时供电,可还是一班制,且白班连着夜班,后半夜工人就迷糊了,不出事也难!"为听取意见好整改,兴州把协之、老柜还有朱军都找来,中浩也把一月来的所见所思和盘托出,解决班次问题乃当务之急。

"以前有人反映过。一是对这方面不是很懂,主要还是人手紧。新机子上来了要加人,要分两班,多一倍人都不止,不说成本,一下子也难以招到这么多人,电校生本来就少,各地都抢,另外还有住宿、吃饭问题要解决。"老柜解释。

"你说得不无道理,但人力成本是不能省的!"谦逊的中浩却不含糊,"以在下私见,工人不仅数量缺,素质也不齐。一则添人,一则淘汰,流水不腐;收入也不可一抹平,得有高有低,要建立班长负责制……"

"中浩呀,你一来就看出这么多问题,内行就是不一样!我们是见怪不怪了!"兴州闻之则喜,"生产纪律一定要整顿,明远不可有特殊员工,福利也要跟上。班次问题,我想你再说细些,只要生产需要,加多少人都成!"

"扩建已告一段落,可以调剂几个来。"协之表态。

"人不需加一倍,"中浩已有方案,"现新老两套机组,两套人马,各管各的。除少数特殊岗位外,大部分可以通用通管,如抄表巡视的,完全可以几台机器一同巡抄,不必各管一段,还有油务、检验等相关相近的都可以统一来做……"中浩的运管方式,有些是兴州他们打破脑袋也想不出的,有些是他们想过却不敢试的。

"大机组上来，几近满负荷，发多少就吃多少，我们没余量了，市场是不是就没余地呢？"

"市场的胃口大着呢，不过扩建刚结束，再说这个意义不大。"朱军快人快语。

"我们不可能满足每一用户每一时段的需求，特别是尖峰时段的需求，我想说的是，除下午到前半夜的十二小时，其他时段呢？"中浩微笑着看向大家。

"再延供电时长？"连兴州都是疑惑的语气，这发电时间刚增至十二小时，再调整？

中浩看出他们的疑窦："我拜读了郑总的调查报告，这是我读到的最朴实、最有内涵、对电力发展极有价值的报告！芜城位置为江淮最佳，工商业历史悠久，正厚积薄发，将来前景无量。我也据此走访接触了一些用户，特别是企业用户，他们不少想在上午九点后就开工的，可无电可用，还有餐饮等业，上午甚至早上就开门营业，若此时大放光明，输能送电，一定是极受欢迎的！"

"姜副总的意思是把发电时间再提早几小时，工人两班制运行？我也听过抱怨，说供电时间把他们限制了，只能跟着我们转。"协之的语气是兴奋的。这副总年岁不大，也非专业出身，但灵慧有见识；老柜老成持重，颇具匠心。兴州团队人才济济，且和兴州一样诚直宽厚，与他们同舟共济，中浩宽心，也更有信心。

"周副总语中肯綮，供电时间和人员同步增加，这成本就不增反减了。"中浩说着话，一束透过云层缝隙而来的阳光投来，屋内外俱敞亮了。

"增加发电时间和调整班次，我也设想过，只是没把两者关联起来，姜副总果然慧眼，此举公司、社会双赢！此次招工，只收电校生，老柜负责，培训后即由姜副总调整班次，班组长人选也由姜副总定夺。"

中浩没料这样大的事就这样定了。

"车间的劳动纪律等问题，也由姜副总整治，我们全力协助。我们再议下电费的事，姜副总也要发表高见哦！"看来兴州要毕其功于一役，恨不得事事都寻个新法子来。

中浩本不习惯坐而论道，可现在的身份、职责不同了，且兴州又点了他的将，便只好留下。

十四　浦江新潮　｜　235

老柜的报告触目惊心,电费竟有三四成的流失,怪不得兴州这么急着商议了。

有人建言要武力征收,更有建言招募青皮二刁蛋"以毒攻毒",另外,走官府上层路线也是选项之一。

兴州微笑着看协之和中浩,协之清下嗓子:"线路这块我分管,各位见解不无道理,只是这以暴制暴,不解决问题,还损了明远形象,与其指望那些混混,还不如依靠员工,实行电费包收制。"

中浩有言在先:"电费之事我所知甚少,也没什么经验。"

"姜副总的加供、加人的'双加'之法极妙,电费上也定有高招。"朱军已折服了。

"这里是言而不拘的,哪怕讲点想法也成。"听兴州如此说,中浩只得道:"我就务虚吧。"

"第一个观点是人性。"见众人有些怔,中浩便省了名词花头,"现在的收费是君子式的,先用电,后交钱,拖欠不交也没有办法,或成本太大而无法施行……"

"遇到狠人头,难听话都不敢讲!"朱军那苦是压了很久了。

"像刚才小朱说的,不是人人都是良善君子,久而久之,那些规矩交钱的也觉得吃了亏,劣币逐良币,回收率越来越低。"

"计将安出?"有人急寻破解之法。

中浩不紧不慢:"周副总的主意很好,员工中也有不是谦谦君子的,一味提醒、督促也不一定奏效,若把电费承包了,奖勤罚懒,有责有利就有积极性了。但对那些非君子的用户该如何呢?

"这是我要说的第二点,要纠偏。少数用户有模糊认识,他们只与某个收费员有关联,把这个收费员打服吓怕了,就可不交费,而事实上也往往如此。

"我们该让他们也让整个社会认识到,用电不付钱,不仅与某个人有关,更与明远有关,甚至是与整个社会有关,破坏了社会的公序良俗,是盗窃,是违法!"

"报案?这法子用了多次,可警察不管啊!"朱军愤愤的。

"那就上法院!偷电按盗窃罪论处,可判刑坐牢,或罚五百大洋!几次判下来,这风就刹住了,没有惩戒就没有矫正!"此时中浩的口气是肃正的。

"若法院还不管呢?"有人顶真,中浩不语。

"姜副总务虚更务实,"兴州总结,"电费的事,按刚才所议,先礼后兵。先要把话讲明,偷电犯法,欠费不交也是违法,还有就是要保留好证据,必要时让法院判几个,震慑一下。警法界我去跑。"

"内控也重要,周副总说的承包很有见地,把电费回收与工资挂上钩,逐月逐人考核!"兴州又道。

"一月少个几块,有人不在乎,他可能在对方那里得到更多。"老柜插言。

"那就罚重些,若连续三个月回收率低于平均数的,工资减半,再这样三个月就开了! 周副总领朱军搞个细则。"

(七)

厂区一角新建的简易宿舍,让车间不再有鼾声和烟火味,像个车间的样子了,二狗子和外地的工友们终有了一个窝。可二狗子却不满了,班组长两人一间,而他这样一二十年工龄的却是三人间。因扩建停办的食堂也恢复了,菜品丰富不贵,但不许喝酒可把二狗子憋屈坏了。班组打乱重组,一无技术,二无文化,二狗子只能做抄表、巡视工作,薪资比不了班长,比技术岗位的也低,加了工龄补贴,勉强与过去拉平。这薪水就是面子、地位。过去他可是与班长等薪的,班头儿也令不了他,反处处看他眼色。现在他就一抄表的,上班签到,交接班要记录,巡查要到位,中途不许溜号,不能聊天,更不许酒后上班……这新政就是冲他来的!

这感觉非他独有,那些有背景却缺文惜力耍脾气的多今不如昔,摆谱没人理,被规章约束,还被年轻的班长支使,地位、收入都掉了个儿,原因和祸首就是那个新来的姜中浩! 以前因背景、地域和利益不同,他们钩心斗角,特别是以二狗子为首的徽州帮与以刘老三为首的合肥帮互相排斥攻讦,现在一团和气了。因有了姜中浩这个共同敌人,他们同仇敌忾要把这姓姜的撵回黄浦江!

今晚二狗子当值,可半天不见影子,这不是他第一次迟到,只是从未像这次这样晚。被叫来时,二狗子带了醉意和班长撑起来,见中浩来了也是无所谓的样子。中浩对聚拢的人群大声道:"大家各就各位,不得脱岗!"又对二狗子道,"你喝酒了,不可以当班,天冷你回吧,这班由别人顶了。"

"我喝两口暖暖身子,要罚要打你看着办吧!"中浩没接茬,班长拿起了巡检本,众人也各自回岗了。

新政对二狗子这样的人也多有安抚之策,岗位调整了,收入没减少。事后中浩不止一次找过二狗子,二狗子要么绷个脸不言语,要么酒气冲天,前言不搭后语。中浩明白一切源于新政。迁就他们,新政就得半途而废;继续推下去,二狗子这班人又是绕不过的坎。对此他多少有些估计不足,可事已至此,停下已不可能,以二狗子的文化和品性,本不适合车间一线工作,可后勤、门卫之类的,收入更没法与车间一线比,即便对他做特别安排,可类似的其他人呢?

就在中浩拟报兴州时,一起差点炉毁人亡的事故发生了!

刘老三下午当班时发现锅炉温度异常且伴异响。这刘老三是合肥人,仗着老乡在官府,又有把子气力,当仁不让地成了合肥帮"帮主",与二狗子领头的徽州帮水火不容,不过"反姜"的目标倒是一致的。他捐弃了前嫌和二狗子媾和,笼络一批人处处与新政作对,但几次事情都没闹大,灌醉当班的二狗子这事也被姜某人化解了,越想越觉此人可怕。今日巡查时他见锅炉异常,本想报告,但一想晚上接班的是二狗子,他照例会喝酒,便隐下了。果然晚上醉眼蒙眬的二狗子晃了一趟就寻个僻静处梦回酒乡了,直到人们大呼小叫,才知锅炉因供水不足差点烧穿了!

万幸的是,这是投运已久的老锅炉,当班的班长多个心眼察觉出异常,避免了一场炉毁人亡的大事故!

"是我大意了,没有看好!"中浩没说是"看好"锅炉还是人,但兴州明白,不论是锅炉还是人,都不是中浩甚至自己"看"得住的。

"不是你的问题,是我的问题,也是你所说的人性问题,太迁就了,这些事总归要大爆发一次,不动真格不行了!"

(八)

一个月后便是春节了,初七定事的日子又到了。不明就里的员工还以为像往年一样,不过是吃吃喝喝、热热闹闹的大会餐罢了,一接通知,个个喜洋洋的,二狗子、刘老三更是兴奋,毕竟一年才轮一回,大碗喝酒,大块吃肉,且是头人宴请的。

头桌除了兴州、协之并无其他董事，众人也不奇怪，次廉身子不便，外地董事自不能来，张中峥已病逝。多了一个姜中浩，和协之分坐兴州两边，也合常理。

老柜简单几句开场白后，便宣布酒席开始。有人早动筷了，这些年二狗子也悟出了，这初七宴便如人生，不过"吃喝"两字，七碗八碟的菜，喝到烂醉的酒，老板讲话，都是些吉利之言，左耳进，右耳出，今年索性连这场面话也不说，直接开吃，极合了他们胃口，不知这算不算"新政"？

刘老三这边安静得不像是吃酒席。这郑老板在此重要场合一反常态一言不发，正应了那句"好戏在后头"的话，要么不说，要说的肯定是狠话，再说前不久锅炉出了那么大一事故，不会就此悄无声息。看二狗子那帮人已酩酊大醉，吆五喝六露出狂狷相。"哼哼，说不定下面就有你好看的了！"刘老三抿一口酒，又对身边人使个眼色。

兴州领班子一干人挨桌敬酒，这酒席便入了高潮，二狗子一帮人都团着舌头说话，摇摇晃晃站不稳当。

兴州没回主桌，而是立定前台，这是以前"定七"的模式，酒酣食饱后掌柜才言语："各位工友兄弟，借今天这个日子，我代表董事会和管理层给各位拜个晚年！"说完便是屈腰抱拳，深深一拜，喝酒划拳的都静下了，因老板话里提起不少人的名字，都大大地夸奖了一番，这酒宴与往年味道有些不同了。

"去年明远的发电量、售电量还有损耗等诸多指标为史上最好，且二期扩建如期投产，工友们功不可没，刚才点名字的，每月加大洋一块，所有人都有红包！"短暂静息后，先是几声接着便是连作一片的掌声，以及裹了口齿不清的叫好声。刘老三心里一紧，明远成立后"定七"从未有奖赏之举，若有红包，那定是循了旧例。被酒燥热的身子袭来一股寒意，莫不是打酒摆子了吧？

"除感谢诸位工友，更要谢两人，就是姜副总和周副总！"兴州说着便带头鼓掌，更大的掌声送给不断作揖的两位。

"工友弟兄们，明远风风雨雨二十余载，我们有三台机组，两千多瓦的发电容量。"兴州脸上敛了笑意，"现在设备新了，容量大了，待遇好了，可事故也多了，浪费严重了，效率低了！"兴州表情肃然，"明远是公司制企业，可表里两张皮，穿新鞋走老路，只能越走越窄！"偌大厅堂里只有兴州的声音。

"我们求新、求变，力邀大上海老大哥申新电厂的姜先生来主持生产和改革,"兴州句句铿锵,"可就有那么一些人,身无一技,不听号令,不守规矩,对上明顶暗抗,对内拉帮结派,上班玩忽职守,造成极严重后果,影响到了明远的生产安全和发展大计。本指望他们见好就收,适可而止,所以过去'定七'不过走个形式,只栽花,不栽刺,却让有些人得寸进尺,不知进退,兴风作浪。今年若再这样,我郑兴州就对不起全体股东,也对不起在座的各位,将是明远的罪人!"

兴州灼亮的目光掠过全场:"有五人表现不合明远新规,吃了这顿饭就不用再来了,我留个情面不点名字,若是红包比别人多一倍,就可以另谋高就了……"

即便已团了舌头的二狗子,也明白老板在说什么,迎着各样目光,故作镇定。自己与老板同乡同村,老板又重乡情,即使自己这些年小错不断,也只是责罚而已,且不是没伤人毁炉嘛,至多扣钱罚款,不会摔自己饭碗的,便向那些人回个白眼,可兴州下面的话让他的希望彻底破灭了。

"明远要生存、要发展,就不能死守那些不合时宜的旧规制,就须有一套合乎股份公司机制、适应现代企业发展的新制!姜副总制定诸多改革措施及规章,是为明远量身定做的,无一不利于我们的发展,无一不切合明远的实际,无一不符合现今的潮流!也得到全体董事的一致赞同,我借此强调,姜副总所说的,就是我郑某人所说的,他的要求就是明远的规章!最后我拜托留下来的同人务必尽心尽责,协力同心,依制做事,切勿生乱生事!也祝离开的各位万事如意,宏图再展!现在我请姜副总给大家说几句,大家欢迎!"不仅是二狗子,刘老三见到这幕,也知大势已去,姜副总说了些什么、周围的掌声他们已经听不清了……

初八,明远开工首日,中浩提早半个小时到车间,见第一班工友已到齐,正由班长带着做准备,刺头儿不见了,迎接他的是张张热情的笑脸。不远处一身工装的兴州正朝这边走来,中浩忙迎过去,有人发现他俩的安全帽是同色的。难得一见的阳光从气窗照射进来,在清凛凛的空气中洒下一层暖。随着两人阳光里的手势,那停了七天的主锅炉又轰鸣起来,新一年的希望又被点燃了……

十五 劫后重生

（一）

芜城两江交汇，地卑而湿，水患频繁，1931 年春天连天暴雨，芜城人多不以为意，不料这自珠江远涉到江淮的雨，竟喧宾夺主，连绵数月在长江流域盘桓不去，终酿成 20 世纪中国最大水灾，芜城尤重。时有报载："长江巨浪汹涌，内河洪水澎湃，全市宛如一片大湖……赭山顶端四望，唯见茫茫汪洋，不分畛域；长街、二街均泡在数尺水中，中山桥上可以推舟行船……"

江堤破之前，时而暴雨倾盆，时而烈日炎炎，市内一切照常，明远也勉力维持发电。8 月 25 日下午，本晴空如碧，闷热无比，可瞬时疾风骤起，芜城气候多雨少风，本以是一过之旋风，竟越刮越猛，兼以雷声大作，暴雨倾注，一时电线乱舞，纸叶纷飞，行人乱奔。飓风雷雨竟肆虐一个多小时，扭断了多处电杆，扯着导线狂舞，虽然兴州下令全城停电，但还是有令人心悸的噩耗传来，山陕会馆门口的人群密集处，有四人触电而亡！

据现场赶回的朱军报告，他们非接触明远电线致死，而是同杆架设的电话线断裂后碰到明远高压线带电致死，明远公司并不负直接责任。

因了南京政府对电话统一经营的严令，郑兴州的电话局已并入南京当局交通部下属的"部办"芜城电话局，私营改作官办。但他们只是把资产统拢合并了事，对各家使用的铅线并未改良，一直沿用至今。这使用多年的裸露铅线，已破旧不堪，早生险象，兴州多次与之交涉，对方仗着"部办"护身符，借口"话线电弱，不会伤人"，不作整改。兴州又着人去南京交通部力争，交通部重弹"话线不会伤人"的老调，还振振有词"南京、上海皆有明线，鲜闻肇祸"，再拒明远"双方同时改革"的建议。如今沿用了十多年的老旧铅线经不起飓风暴雨的撕扯蹂躏，终致惨祸。

"现在说这个已无意义了！电话局不会认的，他们是官办嘴大，且是电话线、电线纠缠一起，我们有理也说不清。"兴州知眼下不是理论是非时，"受害者家人只知是电死的，他们不会找电话局，极有可能来明远！"略一沉吟即做安排，"协之与老柜带人守门口，不能让他们冲击电厂；中浩到车间，指挥停机停炉；所有员工到岗到位，保设备并协防门口，立即与政府和公安局联络。"话毕，楼下已吵嚷一片，众人从窗子向下探看，不由得倒吸一口凉气：风雨中数十人聚在门口，四具蒙着白布的尸首被门板抬着要闯明远大门，几个门卫奋力阻拦，在激愤的人群里，门卫像旋涡中的几片树叶。

"我带人去挡！"老柜匆匆出去，被兴州喊住了："放他们进门，不得进厂区！"人群已经冲过门口的警卫，协之一众好说歹说他们才把尸首停放在门口的接待室里。

"大风作祟，天降不幸，各位少安毋躁，请各家出一主事来楼上商谈……"老柜的声音被一片咆哮声淹没：

"赔我老妈！"

"赔我儿子！"

"姓郑的滚下来磕头……"

失了理智的人开始向大厅冲击，被赶来的工人拦住，双方从谩骂到推搡。又一拨工人从车间赶到，不过门外也有各色人等在聚集，有的还带着棍棒家什，明远铁锹队也在朱军的带领下严阵以待，可再亮的铁锹，也比不得撕裂心肺哭喊的力量。雨直灌下来，把人向大厅逼，风吼得人心悸，连带着要把这座西洋小楼抹去！

"明远的人都退后，让家属到大厅避雨！"兴州来了，老柜忙挤到他身边，几个铁锹队队员铁塔一样护卫左右。协之一个眼色，工人们哗啦啦退守在楼梯口。兴州深鞠一躬："各位父老街邻，你们的亲人遭此横祸，我十分悲痛，非常理解各位的心情，大家能否静静，听我说两句？"

"甭废话，赔我们家人命来！"

"一命抵一命！"

"郑兴州磕头谢罪！"几个披头散发的女人号啕着冲兴州扑来。协之低声道："现不是讲理的时候，你在这里他们闹得更凶，我们在下面挡着，你回避下！"

"我们去接待室!"协之愣了下,又明白了什么,带几个队员跟着。兴州来到一具遗体前,双手合十,跪地三拜,如此者四,又朝众人半腰一鞠:"此次大难,既有天灾,也有人祸!到现场的该清楚,是电话线断裂被大风吹搭到明远电线上,导致这场悲剧。我们已经多次同电话局交涉,也到南京交通部请求整改,可都无果而归!"

"我们不信!"

"死人了就扯皮,推卸责任!"

"人是电死的,就找郑兴州!"

人群又骚动起来,不过兴州的声音盖过了风雨声:"是非黑白一定会清明的,但不管怎么说,这事与明远有关,我向大家保证,各位的赔付要求,先由我明远承担,至于以后如何,与大家无关!"人群又嗡嗡开了,有人高声道:"郑老板,口说无凭,我们把人抬走了,就不是这话了!"

协之向前一步抱拳:"在下是明远公司副经理周协之,负责线路这块的,这事我负责到底!若有假话唯我是问!这雨大风狂,听说江堤就要破了,各位忍心把亲人放在这里?还是入土为安吧!"一股旋风夹杂着暴雨横劈过来,众人惊呼着拥向大厅,有人跌倒了,哭号声又起,兴州及工人忙着搀起安慰。一位胡子上滴着泥水的老者哀声道:"我老伴今日也惨遭不幸,丢下我走了!"人们辨不清老者脸上是雨水还是泪,"她是怎么死的,我眼睁睁看得清楚,是被细铅线缠住身子电死的,要不是有人拉我一把,我就陪着去了!"雨点噼啪打在脸上,老人似乎无感,"要论责任,明远不是全责,可两位老板都担了责,若别人我不一定信,但郑老板我信!各位就听我这个老头子一句吧,明远就是要跑,也是跑了和尚跑不了庙,快把人送上山,要是破堤了,不光他们入不了土,我们都没地儿跑啊……"

这时有人喊警察来了,果然一辆警车直冲过来,驾驶室侧门一打开,一个领头模样的就跳下,他先是分开人群到尸首边鞠了一躬,便扯嗓子大嚷:"各位,政府有令,汛期江堤危急,特殊时期,任何人不得聚众闹事,违者立即逮捕!"他环视下众人,"情况紧急,诸位要是对逝者负责的话,就立即抬着他们上山吧,别被大水冲走了,做了不肖子孙!"

"风大雨大,到处漫水,抬行不便,用我们明远的大卡车送,又快又安全!"这万国牌大卡车刚买不久,作码头到电厂运煤之用,芜城也没几部,兴州招手,"快

十五 劫后重生 | 243

让他们把车开来!"众人不再理论,哭叫中手忙脚乱动起来,不消片刻,连肆虐的风雨也息了。

(二)

杆线损坏,借口水灾欠费者众,加上灾期的停发、少供以及对死者家属的巨额赔偿,持续了三个多月的水灾给明远带来的各种损失超五万银圆!

最难挨的还是那些身无长物、拖儿带女的灾民,大水日久不退,无以果腹,兼日晒水蒸、瘟气流行,扑街夭折无数,尸骨随水漂流。

本该赈灾济民、灾后重建的蒋介石政府却热衷内战。1925至1930年,每年战火波及十余省,即使是20世纪最大洪灾的1931年,国民党还抽调二十万大军,搜刮了一千多万帑币作军费,两次"围剿"江西共产党根据地,而对受灾最重、嗷嗷待哺的安徽灾民,只拨区区三十万元,就这点救命钱,还被陈调元挪用不发。据不完全统计,仅皖北一地,就饿死六万余众,皖南重灾区,死者人数无人敢统计。

兴州和中浩、协之等一边商议尽快恢复供电,一边捐钱捐衣、搭棚施粥。水滞不去,煤炭等发电原料及抢修物资运转不进,杆线修复队伍出不去。老柜献策,不如找大老李做几个大木盆,比造小划子省事,载的不比它少,可划可推,救急没有比它更好的。兴州让大老李做了几只,果然可载可运,又做了十只,交通难题解决,明远总算开了机。

洪水盘踞,街如湖,盆若舟,大小木盆是市民出行和商家货运的主要载具,兴州上下班,也是腰盆接送。

这日兴州刚到办公室,有人慌张来报,明远的盆子被人砸了!

"谁砸的?为何砸?"

"砸盆子的不认识,更无纠纷发生,周副经理让我先来报告,他去现场了。"不一会儿,协之、老柜也急急地来了。

"这砸盆子的是黄包车工人,他们分上下两路:上路从北门、长街到国货路,主要砸的是袁大人的盆子;下路从明远公司的十三道门开始,到北平路、大马路,砸明远和沿路几家的盆子。两队人马在国货路会集。"老柜言简意赅。

"大马路现在叫中山路了!"协之不忘纠正他。

"我说顺口了。"老柜知道,有个叫孙中山的大人物在大马路作过演讲,政府便把大马路改称中山路了,老辈芜城人仍习惯叫大马路。

"俗话说穷不和富斗,民不与官斗,袁大人可是芜城最大的帮会首领,徒子徒孙据说有千余,连官府都忌他三分,可一群拉黄包车的怎么和他斗上了?"协之来芜城两三年了,对芜城的情况多少了解些。

"我们明远的股东也都是有头有脸的人,和什么样的人没斗过?也没落过下风,这次他们怎单单从两个狠角色头上开刀呢?"一向精明的老柜也疑惑了。

"还是去下面看看吧。"乒乒的敲击声夹杂着喝彩声清晰传来,兴州早坐不稳当了。

明远公司门口不远处,两只簇新的大盆被翻扣水中,几个赤膊汉子一边喊着"我们要吃饭!我们要活命!",一边挥着榔头可劲儿砸,两个运煤的明远工人手足无措站在那里。大老李下料实在,几个汉子弄了半天,不过敲烂了几块木板,一群人远远近近地看着,有叫好的,也有惋惜的。领头的胡子拉碴的那大个子,住得应离兴州家不远,兴州常在巷子里遇见,还坐过他的车,再不堪的路,都跑得平稳轻快,这人不讲价,却也不乱收钱。

见兴州他们蹚水过来,大个子并不慌张,挥手让那些人停了,冲兴州一抱拳:"郑老板海涵!我们与明远无冤无仇,只是大水淹了这么多日子,黄包车人的活路早断了,一家大小饿得吃土了,政府也不问,实在没办法才出此下策啊!"

"是啊,郑老板,但凡有点活路,也不至于砸明远的盆子啊!"几个衣不蔽体的手下也齐齐道。

"再没了活路也不该砸我们的盆子啊!这怎么运煤?没煤怎么发电?"协之同情又恼怒。

"砸盆子不是让你们为难,更不是不让明远开工,砸了盆子,以后运输的事我们包了,保证不误事!"大个子倒也坦率。余下的也都歉意地笑:"就是挣两个活命钱,讨口饭吃,郑老板莫怪!"

"甭听他们的,刚才不是我们让了,差点就伤人了!"一个运煤工友还心有余悸。兴州背后呼啦啦来了一群人,肯定又是铁锹队的。不过这黄包车工会会员有两千人众,是当下芜城最大也是最有斗争力的组织,敢啃芜城这两块硬骨头,自然不怕事大。再说这些车夫居无定所、食不果腹,是最底层的人,即便受人唆使,也实属无奈。兴州可以和流氓地痞斗,甚至和军阀兵匪抗争,但对这些砸盆

十五 劫后重生 | 245

子的穷苦兄弟恨不起来,现在不是穷不与富斗,而是"富"不与穷斗,明远损失虽重,但毕竟还有口饭吃。

烈日炎炎,上炙下蒸,浑水中的兴州反倒平静了,他与协之、老柜交换下眼神,便拿定了主意:"各位兄弟谋生不易,此次大水灾,又断了生路,雪上加霜……"

"郑老板,别说好听的,就说给不给砸吧!"从各处拥来的黄包车夫越来越密。

"为什么要砸呢?"兴州制止了铁锹队队员们的冲动,"这新木盆砸了多可惜,拿去用不好?你们不是要给明远运煤吗?"

"郑老板要把这新木盆送我们?"大个子瞪圆了眼。

"明远有十几只这样的盆子,崭崭新的,全拿去,砸了就可惜了!"

众人莫不喜出望外,大个子手一扬:"伙计们听好了,这郑老板,不,是郑大善人赏一口饭吃,我们无以为报,一齐给郑老板鞠个躬吧!"浑浊的水面上,是片蓬乱的头发和黧黑的颈脖,兴州一个趔趄,忙鞠躬还礼。

"郑老板,凡明远的货物,只要经手我们的,按八折收!"

"我们都听大个子的!"

兴州抱拳:"谢谢众兄弟了!运费是你们该得的辛苦钱,既要交份子,还得养家糊口,明远岂可短少?只要你们运输及时就好。"

"这个自然,明远的货,我们第一个运,再忙也不敢耽误!"大个子对手下一挥手,"盆子翻过来!"众人在一、二、三的欢呼中,把大木盆又翻过身来,荡起一片快乐的浪花。

"有请郑老板上盆子!"几个人不由分说,连拉带抱地把兴州和协之几个人送上盆子,大个子在前首,几人合力把盆子推到明远门口麻袋垒起的坝前,这幕不仅让看热闹的人直拍手,连赶来的警察也大松了口气。

这边干戈化玉帛,袁老大那边却和他们打成一团,警察抓了二十多个黄包车夫,晚上就放了。这黄包车夫闹事,背后定是高人指点,打虎迎头上,黑白两道各选人气最盛的一家,两大龙头服软,街面上所有盆子一夜之间全无影踪,黄包车协会木盆一统天下。大个子很守信,给明远运货从不拖拉,他也成了兴州的朋友,兴州知他姓黄。

（三）

  大水三个月方退，厂区清淤，设备保养，设施维修，杆线重建，忙得恨不得多生只手来，兴州却有些心不在焉，他有项更紧要的大事，便是长街的灾后重建。

  始建于宋的十里长街，盛名于外，之前很长一段时间不过是条"土街"，人多时尘土没脚面，雨天泥粘袍，后卵石铺面，但高低坎坷，不便交通。清中期官府拨款，商家集资，购近郊荆山麻石，凿条石铺之，才人畅其行、货畅其流。轮车长年碾压，岁月磨蚀，石板两边沟深槽凹，作为会长的兴州早有整饬之心，此次长街水深过膝，长久冲蚀浸泡，板松石裂，水沟淤塞，不但货运困难，徒手步行也摇晃滑溜。

  重修这万商云集的千年老街，上要对得起这名号，下须传得了子孙，质量是头等大事。这日于长街行走，看鳞次栉比的商家，想他们与自己一样，都是各自行业的精英翘楚，兴州倏地有了主张：何不积众之力，各取其长，各司其职，岂不事半功倍！

  总商会主导的长街重修筹备处做如下分工：市政建设委员会和商会负责规划，长街正裕布店张经理掌管经费，银钱出纳是张恒春的王经理，至于经费来源，各方协商后确定以房铺捐附加的名义向长街各商家和房东征取。

  1932年春节一过，街巷还弥散着鞭炮燃放的硝烟气息，在未冷却的热闹里，两千人的施工队伍浩荡开进，两千米长街，在兴州开了第一锤后，一百二十位凿手同时开锤，叮叮当当、火星迸溅，古街开肠破肚，去腐生肌。主锤的手艺优势最为关键，郑兴州从全市二十余家石匠店中招标遴选了汪义兴、胡家、雷祥记三家，这一百多位主锤是这三家从本地及合肥、巢湖等地招募的，个个是一等一的好手艺；铺街的麻石，选取的是更为优质的枞阳花山麻石，畜拉船运而来；拆下来的旧石条，锉平沟槽，铺砌街沿，并无浪费。至于困扰众多商户的施工停业之忧，也自有妙方：逐段施工，且施工期不封街，施工段内，搭好跳板，便于人货流通。

  施工上给施工队留有较大自主权，但施工质量则由商会和市政建设委员会共同把诊。麻石逐块验收，不论街面还是地下涵道，逐米测检，费用逐项审核，每笔公开……长街的一砖一石、一涵一管，账目上的一进一出，兴州莫不了然于胸,只是明远的事,渐渐淡远模糊,偶尔来趟明远,也是电话追身,报告不断。好在有中浩、协之和老柜,明远的恢复工作不曾中断,渐至灾前水平。

一年半后的1933年夏,庞大的长街修复工程如期落下最后一锤。粗疏看,重屋高阶,角檐翼然,长街是"旧"的,可从里到外又都是新的,中心路面由一色长3.5尺、宽1.2尺的麻石砌成,两边各铺厚石板至街沿;下水涵洞一水儿青砖砌就,上接街沿两侧阴沟,下通青弋江,这长街的钱财便若这满江之水,滚涌而至,而街面上即便暴雨倾注,也无一汪积水!这项浩繁工程,花费不过两万五千银圆,一年半告成,工无一返,人无一伤,钱无一费,店无一停,修复之日,又是龙灯又是庙会,热闹三天三宿,众商家恨不得把郑兴州当作财神来供。

这麻石街面被日本铁蹄践踏过,解放战火的硝烟洗礼过,更经历改革开放春风的沐浴、滚滚车流和匆匆的脚步中,可曾有人停下谛听那虽久远但仍回荡在历史上空的一锤一号?熙来攘往的红尘之中,可曾有人参悟起修筑者的良苦用心?可时光磨蚀不去、洪水冲淹不倒、兵燹火焚不了的长街,那每一条麻石缝里都嵌着神奇传说,每一面粉墙翘角上都挑着一个悠长希望的长街,竟躲不过21世纪初房产商的铁铲!千年长街自此杳无踪影,弋江春波静,中江塔影孤!

(四)

兴州抖搂一身石屑尘土,难得在那老藤椅上坐下,明远线路的整改大事又摆上案头。

"交通部终于应了我们那个线路'双整改'方案,借机对线路做一次推倒重来的整改,让送电能力和安全性双提升,不再有伤人断供之虞!"这段时间协之上下奔波打通了交通部这个难关,他不想浪费这难得的机会。

兴州不无担忧:"说通了南京的官老爷,可是大功一件,不过这么多线路要他们配合,这电话局衙门,协调难,协作就更难了!"

"郑总放心,不过是多跑腿,赔小心,顺毛捋,有时得破费些,有时也得耍点无赖。"协之竟也"油滑"了。

"原怕你书念多了脸皮薄,现在看来还是读书人心眼多!"老柜也赞起协之的"无赖"来。

"对君子行之以礼,对小人则不必拘礼。"兴州见中浩还没言语,"你不能只在一亩三分地上转悠,发多了供不出胀肚子哦。"中浩苦笑:"这次车间也进水了,自顾不暇呢。"

"有敷衍之嫌呀,说到底,这线路可是你'两宫'的'手足'呢!"老柜打趣道。

"上海若有成例可循,我们就可少走弯路呢!我有很多设想,可思来想去还是走不出修修补补的整改老路。"协之的目光也是殷殷的。

中浩轻咳一声清下嗓子,在车间待久了总觉嗓子不舒服:"线路再整改也免不了有天灾人祸,哪怕投入再多,设备材料再先进。"

兴州给中浩添了茶水。

"我们惯常的线路是架空线,投资相对较少,好维修,但穿街走巷,栉风沐雨,像只睡兽,平时蔫驯,可一旦外界刺激过度,会发脾气伤人。"

"姜副总的意思是用笼子囚了?"老柜笑了。

中浩认真地点头,啜口茶:"不是一只笼子,是一串!"

兴州、协之对望一眼,斗室盈了茶香来。

"不论人事与物理,无不否极泰来、对立统一,有天便有地,有矛便有盾,不会任凭谁无法无天,无拘无束……"

"姜副总就别卖关子了!"协之也过来斟茶。

"这法子也简单,不过是不走寻常路,还有一层老板们得下得了血本。"

"上天入地,莫非从地下走?"老柜话一出口即知失言了,他怎么也想不通这电怎能像土行孙一样钻天入地,兴州也懵懂地看着中浩。

"就从地下走!只不过投资大,维修也烦,好处是没有风吹日晒,不怕风暴洪水,极少发生触电事故,想找麻烦都没地儿找去。"中浩把电线如何土行孙般穿越地下科普了一番,兴州他们算是开眼了。

"姜副总这办法安全方面是无虞了,我也无须和电话局这批无赖扯皮,就是投资大点!"协之喜中有忧。

"市中心、人群密集区走地下,其他地方杆线加固!"

兴州一锤定音,众人并无反对,中浩似言而未尽,兴州道:"姜副总是好事成双,刚才不过是个引子呢!"

中浩迟疑了一下,随即笑了:"董事长格局就是大,我自以为杆线入地已是个天大的工程了,但在老板眼里不过是个小儿科,那下面就说点大手笔的。"

"上次扩建,新机组的制造和运输,误了时间,不少用电申请压下了,我们少赚了还被人骂,很不值呢!"

"你有所不知,为那次扩建,老板先是鞋底跑通了几双,把大小企业访了个遍,后又在董事会上舌战群儒,按老板的意思,早几年就扩建了!"

兴州晃着他那大脑袋:"老柜也会用典了,《三国演义》看多了吧?不过'舌战'这话不妥啊,次廉、协之不都是支持的嘛,真反对的也就个别,不过也能理解。"

"先知先觉总是少数,多数人都明白了,机会也就失了!"中浩似有所指,"大水过后,百废待兴,用电高峰接踵而至,三机全开也不敷使用,再说电力要适度超前,留有余地才好!"

"芜城也算得上龙兴之地,水毁水生,且这生的档次和规模又不同了,这段时间申请的人又多了,光修复后的长街,电量就加了两成。用户对我们不能二十四小时供电不满,家里、店里得备着蜡烛、煤油灯几套灯具。业界也有意见,说接火用电得等个一年半载,总不能现在办厂,还像过去那样人拉畜拽吧?接了火的,电力不保证,牢骚怪话听得耳朵起茧子了。"说起用电,协之最有发言权了。

"芜城作为安徽最大、经济最发达的城市,实业发展不输江浙之地,看电量之差,就知道潜力有多大!回头看下明远,容量不够,设备也不堪再用,两台小机组已运行二十多年,老化不说,出力也不足;锅炉上次受损,带病运行,若后备力量不及时顶上,说不定就一台单机运行,这就危了!"中浩并非危言耸听。

"需增加多少容量?"兴州浓眉抖了一下。

"再上几百容量的小机组就没意思了,至少得上千瓦,大机组、大容量,可靠又经济,还免得年年跟着市场屁股后面搞扩容。"中浩也底气不足,"电缆下地,机组扩容,没有十几二十万银子下不来!"

中浩的方案一定是好的,也是上次"半"扩容的延续,可好犁费地,大灾后明远的银子都被水泄尽了。

兴州的心又骤然亮了,就是上次的妥协,才有今日之憾,这次是背水一战了。

"一场大水,我们直接损失五六万,若设备好了,容量大了,几年也就挣回来了。"老柜话一落,兴州接上:"电力是大投入、大产出,用在设备和扩容上的钱,总归有回报;若只用不养,只图眼前,就被动落后了,不论从公司还是社会角度,都宁可备而不用,不可用而无备!"老柜对兴州挤眉弄眼:"老板压了四次合计十九万股息没发,早有此打算了吧?"

"原是做整改线路用的,可惜动手迟了,要不也不会有那样的事了!"一年多了,兴州还为那死去的四个人惋惜自责。

"也不全怪我们,不是交通部官僚、电话局扯皮,我们早就……"兴州摆手:"无论如何这错不可再犯,线路整改和扩容并进。老柜通知半个月后开董事会。"

(五)

距上次扩建不过两三年时间,却出乎兴州等人的意料,明远史上规模最大、耗资最多的改扩建方案没费多大唇舌就在董事会上通过了。

众股东翘首以待具体举措时,兴州却做了一个令所有人意外的决定:外出考察!

明远创设数十载,不少人竟未能走出去看下外面的世界,更不用说去向同业学习取经了,决策、行动都囿于自身小圈子打转转。中浩到来,管而有"理",良策迭出,让兴州更懂得这见多识广、兼收并蓄的重要。但明远仅一两个明白人不行,必须是管理层、股东董事还有政府相关方面都能做个明白人,在整改及扩建方案出台前出行,磨刀不误砍柴工,有了中浩,江浙那边联系也便利。

人员及地点选择颇费了些心思:不仅有次廉和一名安庆的董事,还有协之、中浩、老柜等管理层及朱军等两个班长,另给工商、建委、公安负责人发帖。中浩联系妥了南京及沪杭等地电厂,十天的行程排得满满的。

中浩、协之分别做正、副领队。

"郑总领着出去更好!"中浩并非谦虚,以兴州的名望、资历,会有更深入的交流,收获更多。

"电厂不可一日无人,再说江浙沪我去过不止一次,明远的未来靠的是你们,多观摩学习,多交业界朋友!"

协之报告,管理层、董事已准备就绪,建委这块由分管的副主任参加,工商局局长是携家眷的,公安的高局长脱不开身,让小舅子代行……兴州笑了,他这舅子是刑警队的副队长,常把正队长的事给干了。

"就没一个当正经的,应了?"

"来了就好,这几天考察,可能还会出幺蛾子,只要不出格,一律应了。"兴州看着协之,"姜副总打前站去了,你只管带着人去好了。这次学习考察,不是走走逛逛,每天下来得有个总结,回来后也得有个书面报告,越翔实越好!"

天下电厂本一家,又有兴州的名望和中浩事先铺垫,这半官半商的考察团每到一厂,对方无不倾情相待,倾囊相授,车间设备尽可观摩,那班随行官员,也开了眼界。按兴州吩咐,有关会面介绍之后,便少不了安排访幽觅胜,只是在每次游览之际,都要带他们看下当地的杆线布立、变电站设置情况,算是公私兼顾了。

眼见为实,每到之处,无不清爽整洁,员工衣冠齐整,礼貌有加。虽技术、设备并无代差,但管理流程和细节,优于明远处不少,大容量机组在能耗、功率等方面的优势,让他们对扩容更有了紧迫感。

旁搜远荐,此行结识了一批电业界的风云人物,其中便有全国民营电业联合会副主席兼浙江分会主席李彦士先生。这位德国法学博士,曾任北大、辅仁大学教授,主持了当时江南第一大电厂——戚墅堰电厂的建设,并担任过南京、吴兴等大电厂的厂长,对二十四小时供电、两部制电价、用电稽查、改包灯制为表灯制等系列电力新举措颇有心得。李先生也对明远及其创建者郑兴州耳熟能详,英雄相惜。彦士先生还分享了他刚应邀赴德国柏林出席第二次世界动力大会的情形,对世界电力发展现状和最新电力技术也了如指掌。

十日之行,俱有详尽报告,回来后兴州又召中浩、协之一众座谈。

"明远和它们相比如何?"

协之道:"设备上有差距,管理上各有特色。"兴州又转向中浩,中浩没直接回答:"此行最大的收获是开阔了眼界,观念不同了。"

"过去哪知电可犁田,还可抽水浇地,用处太多了!"老柜兴致勃勃,"城里还渴着呢,乡里又嗷嗷待哺了,这电是越来越不够用了!"

"这输电技术也是花样翻新,除市区的地下电缆,还有乡村的长距离输电技术,城里的电可以下乡了。还有南京、上海等地电话线已不再用铅丝,而是镍等金属,抗拉性等方面进了一大步!"协之念念不忘他的杆线。

"出去一趟长见识不少,我都有些后悔没一起去了!"兴州转而道,"扩容和整改方针已定,具体怎么做,各抒己见。"

"老板是要我们交'作业'呢,明远的银子不是那么好花的。"老柜朝中浩、协之会心一笑。

"电力应用大有可为,形势逼人。过去觉得杆线整治势在必行,现在觉得扩容也势在必行!"协之说感想,中浩则连计划都有了:"按五年一个等级规划的话,目前至少应再增 640 千瓦汽轮发电机一台和锅炉一座,若像江浙沪那样二十四小时供电,这等容量电机便需两台。电力趋势是大机组、大容量,买两台不如买一台 1520 千瓦发电机,一台功率就有 1900 千伏安,一步到位。若再配套两台出力每小时 6 吨的锅炉,明远至少十年无须增容!"老柜坐不住了:"毛估二十万出头,加上线路的小二十万,一共四十万,这二十万缺口哪弄去?"

"电力是靠资金喂饱的行业,小打小闹只是修修补补。"此次出行,协之眼界开阔起来,"一次性投资虽大,但年年爬起来搞基建,总投资大得多,还搞不出什么名堂。至于资金来源,无非三个方面:股东红利、募股集资、银行贷款。"

"口袋都被大水洗得像脸一样干净了,现在筹钱,怕不易吧?"老柜谨慎着。

"事在人为嘛!上次明远募股,有不少大佬加入,这些年收入可观,起了示范作用,常有人打听扩股这事呢,毕竟电力投资的回报还是不错!"协之的话似乎添了兴州的信心,他对协之道:"宣城、徽州那边你根基深,说不定还像洪老板那样有钱又有眼光的大户!"

"有,这人说不定您也认识呢!"协之知兴州出来得早,但对徽州的名人大户应是了解的,"梦飞先生该不陌生吧?"

"你说的是当过国民党'二大'代表,又参加过共产党八一南昌义举的常梦飞?"见协之点头,兴州有些激动了,"他是我们绩溪老乡,做过绩溪教育会会长,据说是仰慕岳飞,才将名字改为梦飞的,是位有胆有识之士,我早听说过,只是无缘一见。他若投资加盟,是明远之幸啊!"

"他对您是敬佩有加呢,这次我一定把他引来!"

"他来投资,说不定还是大股东呢!"兴州想得更远。

常梦飞可能会引得一批人入股,但二十万不是个小数目,兴州担忧着老柜的担忧,但此事已箭在弦上,兴州的老藤椅吱吱呀呀一阵叫唤,才道:"兹事体大,上股东大会吧!"

上次兴州以"铁板鞋"换来的一份报告在董事会涉险过关,这次兴州团队的一份外调报告又抬升了众人的目光,大小股东也心旌摇荡。其实哪怕没那行云流水般的笔墨,作为芜城和安徽商会会长的兴州,抗捐驱匪、修复长街,声誉中天,而明远虽遭水淹却益兴,又有地下电缆和农村城乡电力应用远景鼓舞,再加上几年来投资分红实利,引臂一呼自是应者一片,因此虽有不同声音,但扩容和整改方案还是以较大优势通过了。

兴州着即分派:"利用已有资金,杆线整治即刻动工,着电话局改铅丝为镍线,协之主责;扩容资金由我和老柜统筹,扩容具体事宜由中浩负责推进,协之协之!"他目力千钧,"这两项,特别是扩容关乎明远未来。赢了,前途一片光明;输了,极可能是灭顶之灾!诸位当协力同心,定不负股东和社会的挚望!"兴州不大的办公室中空气陡然密沉起来,窗外,紫红的夕阳被远山托住,远方若诗,远眺入神,却忽地跌落,所有人都有那么一刻的恍惚。老柜拉亮灯头:"老板,大事已定,该分个胜负了。"

(六)

这郑兴州和他的明远对芜城西门子洋行来说完全是个意外。如其他内陆那些赶浪头的实业一样,明远当初并不被看好,西门子洋行原想不过是卖给明远一笔设备,让他们尝下洋荤,命长的再卖他们点零配件,然后,就没然后了。明远却是个例外,一而再,再而三地扩容买设备,且一笔大过一笔,这三等小行生意红火得赶得上江浙沪那些大行了,明远也从当初不知名的小厂一跃成为中国二等电厂。西门子洋行名利双收,谈判自是风淡云清。

令兴州意外的是,该行应承购买设备的资金可由他们垫付,利息比银行贷款还低!协之点解:"现在西洋与战时不同,特别是德国,生产力超战前水平,不造军火造设备,生产力过剩,对优质客户贷款也就不足为奇了,不过是多揽生意罢了!"兴州觉得协之出去一趟,眼界开阔不少,只是这洋行贷款,非笼络客户这么简单,而是赚了设备的钱再赚一笔利息,且这贷款是以明远资产作抵押的,洋人铁面无情,恪守契约,这等于赌了明远的身家性命!不过眼下明远最缺资金,货款一家,反更为保险,且不说那利息还低些。

"合同条款可看细了,请汪大主笔审,不,不是主笔是律师了,洋人只讲合约不讲感情的!"汪主笔名头早超了主家律师,他干脆扯旗单干,名正言顺,越发地火了。此次扩建,兴州处处小心,事事谨慎,谈判愈顺愈不踏实,对协之叮嘱有加,也没少麻烦这当红大律师,费用自是水涨船高。

"我自谨记在心,我还要看他们的报关单、提单、保险单等,再烦琐一步也不可少的。"

"协之办事是越来越牢靠了!"对很少当面褒扬人的老总的肯定,协之是响鼓无须重敲:"线杆整改和厂房改建两件大事,郑总都委我以重任,我岂敢有丝毫马虎?如您所言,此事攸关明远成败!"

"你是我们当中最年轻的,自然事事打头阵,多磨砺有益处。你和我年轻时一样,遇事不畏缩,文化水平比我高,以后明远靠的就是你们这批人了,不好好磨炼你们是我的失职啊!"

"岂敢与您比?郑总雄才大略,又是实干家,政商各界没有不佩服的!那鲁尼也私下说了,只敢贷给明远,这样的优惠也只有明远、只有郑总才能享有。"

"哈哈,洋大人也学会溜须拍马这套了。"

不几日,常梦飞的银票就到了,数目不小,兴州对协之道:"这算得上大股东了,要劝他进董事会!"

"要他做董事?他会乐意的。上次言谈之间,他对明远很有卓见,对您更赞赏有加,英雄相惜啊!"

"我不过是个做实业的,他才是叱咤天下、志向高远的大英雄!"兴州若有所思,"协之,我常想明远明面上被资金所困,其实人才对我们更重要,你看,"他做了一个手势,"有了中浩、你加上老柜,明远就顺畅多了。"他的目光越过六角烟囱落在了远处,"有大视野的经营管理的贤才明远不可或缺,也需要梦飞这样有政治远见、有抱负的社会贤达!"

协之随兴州的目光向远处眺望,听兴州喃喃道:"这明远机器隆隆,厂兴业旺,可我常有种感觉,自烟囱冒烟的那天起,明远就不是我郑兴州的了,也不是几个大股东的,它是我们的孩子,可又是公众的、社会的;我们掌管它,既要循了那个'理',也得顺天顺地顺了民意,董事会、股东会也不可随意妄为。"见协之一副思虑的样子,兴州浅浅地笑了,"这事儿想明白了,才豁达敞亮,随心所欲不逾矩,做人做事才顺达。"

"我只要追随郑总就好了。"

兴州摇头:"别总学我,这境界我也难以企及。"

十六　山高水长

（一）

　　嘉慧的肚子又隆起，兴州喜悦之余不免自责。这二八少女自嫁了自己，一气儿生了四个大胖小子，那穿着阴丹士林蓝旗袍袅袅婷婷的样子只能在记忆中去找寻了。自己更与过去不同，早上犯晕，晚上清醒，失眠隔三岔五，嘉慧不止一次提醒，凡事不可过度，别血压又高了，可忙起来哪顾得了。过去是一枪一骑冲锋陷阵，现在是拖着一驾马车征战，道阻且长，常有力不从心之感。

　　这是个风雨之夜，待几个孩子入睡已晚上十点多了，挺着大肚子的嘉慧带一身疲惫刚躺下，一声霹雳把体弱的老四惊得哭闹起来，连带把老三、老二吵醒了，夫妇俩再次上床已是一小时后了。

　　"这是最后一个了，不管男女！"

　　嘉慧嘴一撇："这可不是你的性格，你认了的事，何曾轻言放弃过？再说多子多福呀！"兴州拉过嘉慧的手，是这双手撑起了这个家，让自己放心站在台前，享有所有的风光。

　　"上天待我不薄，给了我你，你又给了我五子，做人要知足，要惜福！"兴州挪下枕头，让嘉慧躺得舒服些，又给她捏颈，"大水后商会、明远的事一桩接一桩的，等忙完这阵子，我早点回家，为你和妈分担一点！"

　　嘉慧喃喃："你不会停的，你不会的！明远扩建了又扩建，商会有做不尽的事，即便这次扩建完了，又有其他事要做；明远做完了，说不定又要投其他厂子，这么多年了，我了解你，你停不下来的！除非……"嘉慧欲言又止。

　　是的，嘉慧比自己还了解自己，不过这次他是打定主意："知道这次为什么冒借贷风险扩容整改吗？就是要把明远做得大大的、理得妥妥的，然后交给协之他们,像一个母亲,把女儿养到十八岁,打扮得漂漂亮亮出嫁一样,你说那心里多美啊!"嘉慧眼里闪过一丝惊喜,又黯然:"哄我开心罢了。"

"不会的,这次弄好了,我就不过问具体事务了,班子成熟了,交给他们我放心,这点我要学次廉,到时我晚出早归,相妻教子。"说着冷不防亲了嘉慧一下,嘉慧护着腹,身子不自主地往里挪:"都五十多了,还不收些,别动了胎气!"突然又想起什么来,"你说教孩子,我倒想起来了,这汪老师突然要走,说要到很远的地方去。"

"是啊,孩子们都喜欢他,可惜要走了!我也少了个朋友!"兴州揉捏着自己宽大的脑门,不无惋惜道。

菊生来后,这家里不仅常书声琅琅,孩子们也文雅懂事多了,老大子健,不过十来岁的毛头小子,对各党派都能说出个一二三来,一副忧国忧民的样子。欣欣然的兴州却被敷谋告之,作为优秀共青团员的菊生,被组织抽调去莫斯科,到苏联共产主义大学深造。

"我让敷谋再找一个老师,我有五子,还指望'登科'呢!"

"你有操不完的心!"

夜幕慢慢地席卷上来,被闪电划破,风雨赶夜路而来。

(二)

1932年底,砸下十九万银圆的芜城电力杆线整体升级工程拧紧了最后一根横档的螺丝:长街、中山路等繁华地段,杆线改走地下电缆,三芯铠装铅包绝缘6.6千伏电缆,已是当时最先进水平。架空线一律用拉力更强的铜线,外包一层纱布,涂防腐材料,成了百毒不侵的"风雨线",享誉一时。

线路转角处拉力大,弃木杆改用水泥杆,通衢要道选用更强固的铁塔;街角转弯处,垒耐冲击的水泥墩作电杆基座;狭窄街道木杆拉线绊人,大代价改用水泥杆。

让兴州、协之头疼的话线难题,被朱军一妙招化解,只不过将它们调换一下位置:电话线置于电线之下,铅线换成镍线,风险便大为降低了。

没了杆线穿行的长街天空幽蓝高远,马头墙参差,中山路的天更是辽远深邃,阳光下的行道树,层叠着深浅与明暗,似回到了以前,可每间铺室、每个车间都有电流在律动，是更现代的社会。而以往的拐角仄巷，则杆线凌空，铁塔高耸，成街巷一景。兴州自是欣慰，见多识广的建委陈主任也少不得赞叹："郑会长，你先是把长街修复了，现在又把芜城都整美了，这电缆入地，不过上海、南京这样的大城市才试行，我们这中小城市，只是想想而已，明远却做到了，不仅保了安全，更为我芜城争了面子！"

兴州他们更为开心的是，投资二十余万的第三期扩容工程竣工，一次点火成功。至此明远已有大小机组四台，锅炉四座，装机容量达 2410 千瓦，"两宫"隆盛，手足强健，血脉顺畅，除通向一、二号配电站的线路因距离近保留 2.3 千伏运行外，余下全升压至 6.6 千伏，首次实现二十四小时不间断供电，发电容量、输电容量、安全系数都名列全国中等电厂前列，被誉为全国"二等电厂最完备者"！

时人赞曰：

　　铁塔撼苍穹
　　电缆钻地行
　　上天又入地
　　只为不伤人

又有诗赞道：

　　仰看烟囱势参天
　　阅尽沧桑不知年
　　三度扩容举巨债
　　只唯明远梦长圆

报章赞美诗众，这两首虽不甚工整，用语浅显，但兴州甚喜，吟之再三，对老柜道："毕竟还有懂我明远之人，公道自在人心！"老柜对辞章并不喜好，见兴州好心情，忙展纸布子，兴州啪地打个当头炮："最懂我的还是老柜！"

嘉慧十月分娩，又是个胖小子！她难免失望，可兴州眉间眼角都是笑，他可是"五子登科"了，这个年届六十的"大"丈夫！

纵是再多柔情,满室稚子,也难留已甲子年华的他的脚步。如嘉慧所料,明远再次扩容后,兴州依旧"多情",其后数年,又兴办和参股了江南汽车运输公司、同庆楼菜馆等多家实业。芜城大小公司也莫不以兴州参股投资为荣,最多时他一身兼十多家企业的董事长、董事。对自己的欲罢不能和食言而肥,兴州笑言是嘉慧生了五子,养家压力剧增而致。

作为芜城名气最响,也是安徽最成功的实业家,他以芜城商会会长的身份当选安徽省商会会长、全国工商联合会的执委。

时来天地皆同力,过于突兀、梦幻,他恍惚进而怅然。省商会会长的贺宴结束,兴州未以酣睡酬己,却是整夜烧心焦渴。天欲破晓,似梦非梦之间,久未入梦的月萍袅袅而来,眉目含愁,久视无言。他欲展伸两臂,却怎么也抽不出手来,及至他奋力挣起,刚刚还瓦蓝的黎明却阴黑下来,似倒回夜中,月萍也不知所终。

兴州骇然,一睁眼嘉慧正焦灼地注视着自己:"怎么了,狂呼乱叫、手舞足蹈的? 看你一身冷汗,是不是这些日子太辛劳了?"兴州茫然不知作答,人有不虞之誉,有求全之毁,一种隐隐的不安袭上心头。

(三)

商兴酒肆盛。江城商旅交集,汇集各地佳肴美食,因江淮地腴,水味山珍,各种美食一则角力碰撞,一则融合生发,南腔北味,花样翻新。紧邻八大菜系之一的徽菜发源地的芜城,徽菜是"正室原配",光明正大,可被各种美味惯坏了的舌头,惦记的是那些得口舌之快的鲜辣之味,倒把这醇和味正的"正室"给冷落了,竟至于悄无声息。占据外来商家大头的徽商,竟难觅一家像样的徽菜馆,不仅让在芜徽人聚会少了一个适宜场所,更是乡情难慰。旅芜同乡会会长的兴州,自觉失职了,又想起以前与夫子的临别之诺,便急迫起来。

要在这百川争流的江城饮食界争个一席之地,以至发扬光大,兴州的徽菜馆须得在这烟熏火燎的烟火气里引一股清流来。饮食若至文化界面,当然得问敷谋了,文人没有不爱美食的,且他也是徽人。果然敷谋听得此事,眼放精光:"好呀,好呀,汪总和我等着这天久矣,我瞄了个地方,这就去看!"

兴州相跟着到了二街。这二街是近年兴起的一条商业街,左邻长街,右邻陶塘,天时地利,繁盛仅次长街,俗称二街。敷谋似忘了选址之事,在一面馆前止步:"他家的面筋道、料足,是我吃早餐的不二之地,老板也是我们徽州老乡。"说话间就见一老板模样的老者出来招呼:"程老板,两位里面请!"

"今天不光来吃面,还要看你的店面。"

"这不是郑大老板吗?小店有幸啊!"店老板两手搓着,可劲地把他们往店里让。

"这位老板认识我?"

"隔壁是徽州公学,前些年郑老板办识字班,可没少来这里,只是无缘相识,今日幸会了!"说完老者抱拳作礼,又叫老板娘过来相见。

兴州还礼:"听口音也是徽州老乡,生意不错吧?"老者一脸深浅皱纹:"凑合吧,年岁大了,一早三四点就得起床,身子受不了。"说完咳嗽两声。

"郑老板有意办个徽菜馆,我上次也和你说过的,你可算是等到了!"敷谋为他们两人高兴。

"那可是好事啊,我们徽州人也该有个吃家乡菜的正经馆子了!就怕我这地儿小点。"面馆朝街,后厨、仓储俱全,店堂后面还有个紧挨着陶塘的大院子,几只鸡在叽叽着啄食,临湖的石墩上伏一只猫,正瞅着湖边嬉戏的小鱼儿,那眼睛是骨碌碌的亮。

藏风为佳,得水为上,前街后院又临湖,没有比这更合适的地儿了,若把边上的那家小杂货店盘下就轩敞了。

"长街无酒店,这儿毗邻长街又近湖,位置没的说,若有个大师傅,就齐了!"敷谋对自己的眼力颇相信,却半真半假道,"若真做了大酒店,我早上得饿肚子了!"

兴州道:"真的做了,定老少不欺,丰俭由人,绝苦不了程老板的肚子!"众人齐声笑了。

兴州的性格,看中了便等不得,且明远扩建已毕,长街修葺一新,正有闲有力。但凡沾了"徽"字,就不能同乡会会长一人说了算,积众智众力同办才好。便邀徽籍商贾大户十余人集资合股,众人公推"醉春酒家"面点名师、徽人程裕有出任经理,起名"同鑫楼"。

这股份制伙同出资,看似人人有责,主事却只能一二人,有兴州牵头,其他股东乐得放手,有的只因了兴州才跟的。兴州的秉性是事必极致,不仅谋全局,乃至楼道设计、厅厢名称、后面的亭台水榭也斟酌再三,害得大老李的草图三日一改,五天一变。这日大老李见兴州又有交代,便隐忍不住:"贵府翻建你图无一张、人无一个,一言相托罢了,现不过一酒楼,本夫建造无数,用得着这般推敲反复?"

兴州倒认了真:"家室不过数人之居,酒楼乃徽人众望,全城品评,岂可相提并论?我要建个普通百姓和官商名士皆宜的食府,恢宏徽菜名气,已觅得这得天独厚之所,当精益求精,让见多识广的食客乐得掏银子,也让你造的酒楼一个胜似一个!"程经理也半真半假道:"李老板有所不知,这些日子郑老板和我议菜品特色更是认真执念。既突出传统,又要改良,还须早、中、晚不同,四季各异;既要有家常便饭、经济小吃,又要有山珍海味,还不可腻俗平庸,我这点手艺是难以应付了,明日便启程去武汉同庆楼拜师学艺了!"

"这武汉同庆楼可是大招牌的老店,天下没有不知晓的,郑老板真要把徽菜馆当另一个明远来办了!"大老李乐和着,"如此看来,这图纸再变我也认了,哪日这馆子成了,夸的还是我大老李的手艺呢!"兴州抱拳:"二位都是各自行业的大拿,怎么做当然以你们为主,我只以食客身份提点意见罢了,有劳了!"

不过半年,那寒碜的早点面馆经大老李的巧手天工,妙变作了一座前楼后院、面街襟湖的大酒楼,程裕有也学成归来,红白案厨艺大增不说,眼界也开阔不少,他建议兴州:"这'同鑫楼'店名倒是不赖,可普通百姓认作是有钱人的酒店,有点品位的又觉得俗,还不好记,不如改成我学艺的那家,也叫'同庆楼'好了,既喜庆,又不嫌贫爱富,关键是名声在外,一开业就是名店!"兴州眼一亮,只担心武汉那边是否乐意。

裕有却是肯定的口气:"回来之前已同他们说了,他们乐于千里之外有个同名大酒店,算是扩大了影响,只是让我们别把这店办孬了,坏了名声。"兴州不由得对他高看一眼,裕有这人是选对了,始于聪慧、终于敦厚的样子,功夫不囿在那红白案上,心里笃定了:"这要谢他们,名字就是脸面,人家肯把这个授予我们,多是因了你的表现,也是对我们的勉励。房子是徽式的,菜品有徽州特色,服务像他们一样规范,别坍人家的面子!至于名字,其他股东无异议就这样定了。"

不日,正门便悬了横匾,上有"同庆楼"三字的遒劲行楷,两边侧挂朱漆洒金楹联,三边回栏环绕。内进是堂皇大厅,在进门一侧,有处假山,小巧拱桥之下,甚而可闻潺潺流水声，涤清了俗尘的喧嚣。一条弯曲的水榭，造就了曲径通幽的意象，后园是三雕的亭台飞阁，与前楼后湖呼应，若诗意栖居的徽州别墅，及至楼上才是大小包厢，以徽州山水人文著名。开业之前，兴州让人在报上连登广告三日，配以各色菜肴图片，开业之日，便宾朋满座，雅俗齐集。兴州满面春风，迎来送往；裕有领了众厨蒸煮煎炒，使了浑身解数。

先是这盘碟便与众不同，清一色在景德镇定做，不论白瓷还是青花，底面都烧制"同庆楼"三个精美篆字，连底端都藏了高雅。品过那徽州的云雾茶，香酥鸡、八宝鸭、红烧划水、芙蓉鱼翅齐齐上桌，老饕也咂舌。当然更少不了徽州的山珍特产。即便是各大菜馆都推的"百花鱼肚"，也大有新意：片形鱼肚上摆了鱼丸，再改刀作花瓣；将雕刻成花蕊状的徽州三鲜的冬笋、冬菇和火腿及豆苗等拼盘成各式花色图案，拱卫鱼肚，白色腰盘便成了香味扑鼻、颜色艳丽的一朵奇葩；细看大花之中又有众多自成一体的小花。这便是争奇斗艳、芳香四溢却又不失徽菜特色的"百花鱼肚"，也是裕有的拿手菜。食客先是不忍下箸，怕露了怯，继而朵颐生香，吮指不已。

至于早餐，蟹黄汤包、长鱼面、肴肉大面、煮干丝，不一而足，食客尤多，敷谋更是乐此不疲。

荤可浓烈入骨，素则清浅若无，一年后同庆楼便有了以徽菜为主、兼收并取各家特色的上百种花色菜肴，"虽十客各欲一味，亦自不妨"，高、中、低档自选，闻香下马，知味停车，自早至晚，食客盈门，同庆楼是芜城最具特色也最为兴旺的大酒店，且经久不衰，为郑兴州创办的遗存下来不多的企业之一。新中国成立后，多位中外领导人曾在此品尝佳肴。1999年，同庆楼被商贸部认定为"中华老字号"，在全国开有多家分店，此乃后话。

（四）

明远虽又进入负债经营模式，可满发满供，产销同旺，二十四小时不间断发供。让股东更有底气的是，如今管而有"理"、上下同欲、设备精当，绝非第一次借款大清银行时的恹恹之相，不过两年，企业的盈利加上扩股，让西门子洋行贷款余额，从二十余万直降至十五万，依这势头，三五年后这债便清了，明远又可轻装上阵，那便是虎狼之势了。

这世事最经不得计划,运行二十四年的蒸汽轮机坏了。

兴州赶至现场,中浩和几个技术人员一脸油污,工作服湿漉漉的。

"大轴断了,其他问题还有三四处。"中浩深叹,"没法再修,只能换了!"

"若不是你们精心维护,早出事了。"兴州明白是当初维护不到位留了隐患,但现在发生故障,对明远是致命的。

中浩的心思还在设备上:"这汽轮机芜城没有,上海也不一定有,毕竟是二三十年前的老东西了。"

兴州眉心一跳:这一号机得停不少日子了!换这核心部件得几千大洋,现负债累累,又不得不停机,损失是惨重的。

晚上回家,嘉慧递来一封信:"老家来的,'家书抵万金'哦!"家乡的信函多寄至公司,这直接捎家里的,定是急难事。一看果然是封求救信。从四月份插秧到七月份收禾,往常雨水丰沛的徽州老家竟连旱四月,早稻颗粒无收,晚稻秧栽不活,众乡亲嗷嗷待哺……

"逆天了,春夏连旱四个月,老天这是要灭人啊!"兴州叹了口气,把信给嘉慧。嘉慧一看急了:"快汇些钱接济下,日子总要过的!"

"唉!国家内战,小日本占了东三省,人祸天灾,天下没有世外桃源啊!"老家山多地少,众多徽州子孙外出讨生活,现在连这点田也绝收,荒年如何度过?自兴州兴办义学,家乡人便极少求救的,这次应该是山穷水尽了。嘉慧发现兴州叹气多了,额上的皱纹重了,背前倾着,似紧着身子往前赶,可步子越来越沉了。

嘉慧觉得自己该多分担些:"老大、老二、老三都上学了,两个小的有我和奶奶带就行,家庭教师不必请了,能省一点是一点。"兴州苦笑:"省这点银子是杯水车薪,不寻个法子一劳永逸地解决了,以后有饥荒还得挨饿。"

"有什么办法防得了老天?"嘉慧嘟囔着,兴州的眉头却舒展了。

"我想在芜城、宣城购一百担大米,运回老家……"

"量大,路途又远,还是捐钱好,他们吃什么自己好买。"

兴州搔着变得稀疏的短发:"这米是借给他们吃的,不是无偿的。"

"借,你还要他们还?"嘉慧不认识似的看着兴州。兴州笑了:"我是那样的人?今年借的米,第二年收成了折成稻子还……"

"还不是还?"嘉慧更疑惑了。

"不是还给我,我也不要这些稻子,"兴州觉得口拙,抿口茶,一气儿说了他的打算,"我想建个义仓把这稻子存了,谁家粮食不够,可随时借,第二年收稻子时还,这样不管遇着什么样的大灾,家乡人都有饭吃了!"

"这点子妙!像银行一样,有借有还,还不要付息,但这事谁去管?"

兴州显然考虑过了:"由宗祠推选十人,做义仓管理委员会,四年改选一次,名单报县政府备案,另外每一百斤稻子多收四斤,作为鼠耗和管理费……"

"要是那户人家第二年遇难事了,不但还不了稻子,连饭都没的吃了怎么办?"女人的心总是细些。

"不是有个管理委员会嘛,他们评估下,若情况属实,不仅免债,还可续借!"

"那不是越来越少了吗?"兴州把嘉慧的小手放到自己的大手掌里:"不是真揭不开锅,不会借了不还的,再说真那样,不还有我们吗?到时候给他们补上不就妥了?"嘉慧的大眼睛里贮满了爱还有崇拜,指头在他宽大的脑门上摁了一下:"人家说头大聪明,我算是信了,这点子也想得出!"兴州只是勉强一笑。

兴州的义仓如设想那样不仅助乡人度过了当年灾荒,还有借有还,成了家乡人永远的后备粮仓。直至1949年解放,有了政府的保障,义仓已无存续必要,才一次全部借出,张榜公布后关闭。

(五)

腊八粥尝过,过年的话题便密了,不断有股东递话或信函,明着暗着要分红。

自扩建这"分红"的字眼就淡了,但每到年关,多少会意思一下。愿望贮下了,越久发酵越酽,今年大旱,市面吃紧,大小股东无不指望着。

可一号机搅了局,把本准备过年分的一点股息搭了进去,消息不胫而走,大院内外,舆情汹汹,有迁怒于兴州管理不善的,更有翻了扩建旧篇,指责兴州一味贪大求洋,把小步稳走的明远拖入债务泥潭不能自拔,为一己风光害得众人瘪了口袋的。

口风如刀,杀人于无形,唯一的解法就是拿出真金白银。兴州和老柜把账面查个反复,心和天气一样冷,年关各样税费要结付,官府等各路关节要打点,煤矿、运输及其他关联户要润滑……募股几乎停滞了,唯一收入便是电费了,但过年厂企长假,收入少一大块,百姓灯费又不好催收,手头这点资金,即便春节停机,也不够分次红的,且年关停电,明远史上未有,年三十晚上灯不亮,那还叫明远吗!

"现在工人多了不少,工资和补贴也是个不小的数目……"老柜话未完,兴州就否了:"过年少在他们身上打主意,背后都是一个个家,一双双眼巴望着!"

"若红利减半,倒还差不多,可煤钱还是没着落。"老柜两难了。

"春节用电少一半不止,煤款也会减半,我那份先存着,且作煤钱,不够的话,"兴州沉吟有顷,"和矿上打个招呼,正月一过,两个月的电费收了,一准还!"

老柜心里咯噔一下,兴州不分红,这一家八口年怎么过?虽说他每月有工薪,但要不办了学,要不资助了穷人,前些日子听说给家乡买了一百担大米度饥荒,这手头怕是够紧了,且那兴州小学的五百大洋可是雷打不动的,要不明年春可开不了学哇!再则向煤矿赊账,更不是兴州的风格,这等于露了自己的怯,这在以前是不可想象的,可见真的山穷水尽了。

除夕夜,兴州照例去厂区巡查,中浩、协之回老家过年,更是不敢大意。工人劲头不错,没一点酒气,兴州宽慰不少,一番祝福叮嘱后,又到厂区宿舍,这里灯明舍亮,不时传来划拳猜令声。今晚食堂加餐,不取分文,有家属的,打饭菜回家吃团圆饭,单身职工也几人凑一起过个热闹年。兴州心里怔怔的,这二狗子不知在哪里,大过年的一定在喝酒吧?

兴州被连敬了几杯,头重脚轻上了二楼办公室。年三十晚上,这电灯公司董事长兼总经理的办公室,该大放光明才是,他却没像往年那样亮灯,脑子涨涨地半倚半躺在那破旧的藤椅上,倦倦欲睡。

单台机的声音从未像今夜这样弱气,溺在这越来越喧嚣的鞭炮声里,他有些不习惯,却恋上了这种"暗"与"隐"。许多不好看、不想看的东西隐了,这暗与闹似层厚实的甲胄,把自己包裹隔绝,可以不理那似乎永远也做不尽的事,永远还不了的债,也不必变换表情去应对各色人等。此刻他便是芸芸众生的一分子,有琐碎的痛苦,也享俗世的快乐。他似放下了一切,回归于混沌之中,只有躯体,没有思想,除呼吸以外都按下暂停键,甚至一呼一吸也可不去管它。他愿意这样一动不动,松下绷了一年的筋骨,卸下淤积的抑郁与沉重。

时空就此定格多美妙啊!可再过半个小时,不,只有十几分钟便是新年了,翻过这一页,洋人、股东、供货商……狰狞的、扭曲的、讥讽的,还有同情的……

各种面孔扎堆于前,喋喋不休地说着本金、利息、红利、福利,还有安慰……

鞭炮声炽烈起来,通天炮的声威让他心惊,他发现是自己越来越敏感了。新年的脚步已迫近了,几分钟后自己就六十有三了,本想落下浓墨重彩的最后一笔,却霜意重重地老了!忍不住打了个寒噤,脑子里想着不可再这样和衣躺着,身体却滞重得起不来,悲凉也是有重量的,硕大的脑袋终于寻着了椅背,在沸成一锅粥的爆竹声中恹恹睡去。

他是被一阵急促的拍门声惊醒的,似乎是子健急切的声音,兴州摸索着拉亮了灯,裹了棉袍开门,果然是焦急又兴奋的子健:"爸,都等着你放开门炮呢!电话打不通,妈好急!"兴州才看到桌子上一片狼藉,话筒也掉落在一边,定是刚才微醺时碰落的。

这个世界还有人需要我,万千灯火里还有个温暖的家在等着,还有……父子俩大略整理下便回赶,雪落无声,天地混沌,出厂门时兴州脚一滑,一双有力的手从后面抱住,兴州这才发现子健什么时候和自己个头一样高了,是大小伙子了!哦,翻过年他就十六了,这个年纪的自己,在外已闯荡三年了!

"你知道我一定在这,黑灯瞎火的?"兴州问得不经意。

"门卫说你进厂了,我就知你在这里!"子健瓮声瓮气的,还有些自得。兴州停了脚步,回头看儿子,爆竹烟花映出的是张生动的脸,嘴角冒出茸茸短髭,那心气又起了。

这是芜城近些年少见的雪,一如年中罕有的旱,连黄包车也难觅。兴州回头,身后便是明远那高耸的六角烟囱,气定神闲地吐着烟,并不为人世间繁盛烟火所动,又似以一己之力撑起了这除夕夜空绚丽繁花,里外观之,竟如此不同。兴州挪不动步子,子健搀了他胳膊,慢慢往回走,走了几步兴州又扭头看,子健也昂了脑袋看,浓密雪片里,烟囱渐渐远了,缥缈起来。

下 部

十七　勠力复春

（一）

"最好也最应该的就是涨价，该当机立断了！"年关一过，兴州引众人商议，协之观点鲜明，"这几十年，物价涨三四成算少的了，与电最直接的煤价与人工涨幅更大，电价却少变动，要不是我们采用了大机组早就亏了！"中浩也赞同："我们花巨资改善了供电条件和质量，又增加了人手，从价格形成的角度，成本增加，质量改善，服务提升，价格上当然要有反映。"老柜却谨慎："我细测过，哪怕一度加一分，支付利息就有了，再加上盈利还本，不几年就能翻身，可眼下不是涝就是旱，内、外战胶着打，芜城的那一个半烟囱都上气不接下气的，百姓更叫苦连天，涨得动？"

"再不涨明远就先死了，各方损失更大！"

"这世道涨价，只有一个法子，就是政府撑腰，工商局发通告！"

"有工商局通告更好，没有就自己涨！反正我们民营企业，从来没人问的。"

……

协之、中浩与老柜各执一词，兴州也纠结着。如协之所言，以市场论，这价早该涨了，可电力是公共基础类的特殊商品，价格变动必引起各方关注。在这兵荒马乱、民怨深重之时，市民和业界大小用户定会齐声反对，政府也肯定不希望明远生乱生变，哪管你电厂亏本与否。他曾放过风声，可大小官宦没一个支持的，更别说为明远站台了。

"涨价是险路，不涨价是死路！"兴州想起当初长街电费风潮，还是咬了牙拍板。

虽如老柜所言每度不过加价一分，却也是千夫所指，连标榜清流的《工商时报》等报刊，为迎合读者，也充作反方喉舌，郑兴州一时陷入舆论旋涡。让他心寒的是，昔日称兄道弟的县长，全不念兴州冒死出头替他抗匪拒勒之情，面不见，电话也不接，装聋作哑不说，还暗中指使工商局向兴州施压，令其收回成命。

政府态度暧昧不清，用户自不把涨价当回事，按原价缴费算好的，有的趁机鼓噪不交，明远涨价成一纸空文，还演变成场闹剧。

"郑会长，恕小弟直言，这涨价的时机不对啊！狐狸没逮着，还……"同庆楼二楼的一间小包房里，兴州、协之和敷谋仨老乡喝着闷酒，敷谋洞烛世态，"现在涨价，只一个用处，就是把百姓对政府的怨气、对社会的失望都引到自己身上！"

"你说是引火烧身？"兴州若有所悟，"怪不得我涨价前政府态度模棱两可，真做了，又压我们恢复原价，原来还有这手在里面！"协之两眼布满了血丝："按这意思，我们不该涨价，一张破网只用不补，几台机器包打天下？"敷谋理解他们的无奈和愤懑，也替他们惋惜："举巨债改造的明远，让市民及各业享用二十四小时全天候的电力服务，各方好评如潮，且时局还算平稳，社会处上升势头，那时涨，说不定百姓能接受，即使有异议也成不了气候。"

"照这么说，涨价迟反错了？"满嘴酒气的协之嘴上不服，可那声音是渐渐低了，涨价的机会是永远地失去了。

"郑老板拘于一个'仁'字，不涨价独身撑天下，可生意就是生意，不是慈善，用户和社会并不体会你的良苦用心，所以……"

敷谋知道他们既为债务所忧，更被现实社会所伤，此时更需理性地分析："按价值规律，早该涨了，但须厂家、用户、监管三方良性互动，现在政府缺位，用户受利益驱使或对电力的了解有限，对涨价不认同，虽价格扭曲，电企却孤掌难鸣。"

"不是政府缺位，是政府不公，逃避责任，价格之争成了电企与用户的利益互搏！"协之道。

"不论苏联还是欧美，这种公共基础性的行业，国营并不鲜见，即便是民营私有，政府也有各种典章制度监管的，保护的是双方利益。"受兴州的影响，坐拥书城的敷谋也成了电业的半个专家，对国内外电力行业态势多有了解。

"别说是政府自营了，就是政府秉公管理也好啊！哪像我们这无娘的孩子，死生由命，无依无靠！"兴州心里不是滋味，克己为仁，天下熙攘只为利，他对人性多少有些失望，也笑自己对官府的幻想。

"政府不作为,市场又失灵,企业和用户坐不到一条凳子上,这是办电人的悲哀! 也是实业倒闭的本因。现政府只代表大资本家、军阀和四大家族利益,鱼肉百姓,捕杀异己,芜城共产党被抓了一茬又一茬,红顶子都是血染的啊!"敷谋的话总那么一针见血。

"不收人心,靠刀把子维持得了几时? 就陈某人这流氓还把安徽省主席之位坐得稳稳的,可知这政府是什么样的了!"兴州愤愤而不屑。

"那你说国共何以势不两立、水火不容呢? 当初孙总理不是要联俄联共,扶助农工吗?"协之有些不解。

"蒋某人代表的是财阀利益,而共产党为底层劳动者说话,道不同,当然不相与谋了!"

协之还有疑惑:"若共产党得势,我们是不是要被'革命'呢?"这话让兴州想起离沪前夜与夫子的那次长谈,只是那时觉得一切尚远,而现在国民党已愈加堕落,蒋介石原形毕露,世道人心已大不同。

迎着两人探寻的目光,敷谋笑了:"首先声明我不是共产党,我不能代表他们来回答。据我所闻,共产党是尊重知识、尊重劳动和创造的,也是最讲公平正义的。即便在苏区,对地主、资本家也不是一概打倒,他们有个法宝叫统一战线,就是团结一切爱国人士,包括地主、资本家的。共产党中的好多干部是出身地主、资本家家庭。再说你们办实业的根本目的不就是发展自己、奉献社会、富国强兵吗? 这和共产党的目标是相近的……"

"若共产党如你所说的那般,我宁愿把企业交给他们,我吃点利息就行了,而不像现在这样整天疲于奔命,累得像狗!"受夫子多次洗礼的兴州,对共产党、革命的理解比协之深刻得多,敷谋这席话倒让他坦然了。

"今年就是狗年嘛!"协之的话让三人苦涩地笑了。

"这是后话,眼下的关键是如何弄笔资金,否则煤款没法付,大机组开不了,债越积越多啊!"

"加价此路已死,我还是到皖南徽州走走,看徽商还有没有钱投!"协之虽说得干脆,但兴州听出有些底气不足。

"你到皖南,我到省城安庆,那里也有徽州老乡。另外还要用我这个省商会会长的身份,向政府建言,灾荒之年对工商业轻徭薄赋,现在利润一大半都被各种税费拿走了,死人身上都要刮层皮!"

"您这么大岁数了还去跑?还是我先行一步,回来再说吧。"

"我不跑死,明远就得饿死,只要能化到钱,舍了老命也值!"

谁知兴州一语成谶!

(二)

兴州的安庆之行,正值七月。

协之刚从皖南回来,虽有数千银子进账,却不过杯水车薪,芜城募股更是寥寥。

"除了筹钱减税,还约了老乡程士范先生,他在主持修筑淮南到江对面裕溪口的铁路。"

这裕溪口曾与上海吴淞口、南京浦口、武汉汉口并称为"长江四口",吞吐江淮。

"程先生做人磊落,为士之范,是不可多得的人才。"协之道,"当年他以第一名的成绩被北洋大学土木工程系录取,毕业便留校任教,后在江苏省建设厅任职。"对绩溪老乡,特别是梦飞、士范这样的政企名人,协之熟稔。

兴州更属意这条路:"听说这铁路两百多里,投资四百多万,不仅连贯安徽南北,还能将淮南的煤运抵芜湖,再水运出省。"

"明远的煤运成本对半降,可惜现在才动工!"中浩叹道。

"是啊,哪怕早两年,明远也不至于这样。要不是债台高筑,我还想入股呢,到时候运输有保障,还能坐享分红。"兴州可劲摇着大蒲扇,远景可期,眼下只是望梅止渴。

"我离开这段日子,各司其职,顺利与否,一周可返。"

"这安庆又叫宜城,郑总此去适'宜',回来便可'庆'祝了!"协之话未落音,老柜却喃喃道:"'安'全就好!"

一早就闷热,餐后兴州头似蒸笼,子健备了热手巾把子递上。除夕夜后,兴州看他眼光便有些不同,正值暑期,本欲带他一起见下世面,又可相帮着,但到底囿于公事,又罢了。此时一身出门打扮的财务室会计石仁出现在门口,给兴州、嘉慧问好。

"有事?"

"陪郑总出差。"

"唉,这个老柜,乱做主!"兴州嘀咕一声,却没反对。这石仁三十来岁,做事沉稳,是汪夫子自上海荐的,绩溪老乡,还是北大高才生,听说在上海开过药店,做过生意,不知为何要回家乡谋事。老柜一见就截了去,他也没让老柜失望,非专业出身的石仁很快就把财务那套繁杂的东西弄清爽了,人又活泛,老柜已视其为财务室接班人,这次安排他随行,既是照顾兴州,也有让兴州近距离考察之意。

有懂医又精明稳当的小石随着,嘉慧心算是放下了一半。自嘉慧听说他要出远门,是少有的不安,昨晚无眠,兴州却一夜鼾声,忍不住推他,兴州翻个身又鼾声不断。

码头不过两箭之地,兴州便省了黄包车钱。一高一矮身影已远,可兴州那汗湿的背影仍在嘉慧眼前摇晃,不知是眼花还是咋了,最近老觉得兴州走路有些摇摆了。快快地正待关门,蓦地云翳蔽日,路人尚在迟疑,暴雨便已倾下,闪电引着雷声助威加力。虽说夏日雨下得贼,可这一大早暴雨如瀑真还不多。子健拿了油伞要奔出去,嘉慧顿了一下还是拦了:"不要送伞!"把"伞"字咬得很重。子健恋恋地放了伞,和妈一起看滂沱大雨发呆。

安庆处内陆,多年却是省府所在地,府衙气象森严,富商大贾不在少数,囿于交通闭塞和经济萎靡,投资遽缩,几位徽商念了旧情,勉强达成一万银圆的意向募股协议。

兴州与小老乡程士范却是一见如故,自要倾心长谈。士范建铁路别出心裁,将外国使用过的钢轨,内外侧调换,把已磨损的一侧朝外,未磨损的朝内,造价剧降。士范信心满满:两年后淮南铁路即可通车,这该是世界上同等里程造价最低、通车时间最快的铁路了,此路一通,明远的煤炭运费也是降半啊!见士范对明远颇有了解,对电业颇有见地,兴州便有延揽之意,约定日后再见。

兴州落脚的小旅馆,房间放两张床便无多余之地,棉纱蚊帐罩得一团闷热,因了那成把抓的蚊子,又不敢撩起。

兴州已决定翌日回芜,府衙嵯峨,官气森森,辗转蹉跎,不仅明远借贷之事被拒,连减税之事也被搪塞。有人告之,现在税赋虽多,可穷人更多,许多税费有名无实,府库空虚,对于明远这样的大烟囱,不加征已是万幸了!

天色熹微,沉寂不久的万物又喧闹起来,早上头晕,晚上清醒,已有些日子

十七 勠力复春 | 273

了，那晚的鼾声，是安慰嘉慧的。

几天烈日下奔波，连黄包车也少坐，可那些场合，又不得不强打精神。幸有了小石这年轻人，交涉、跑腿、备材料，无不利索伶俐，即便见的是省府官员，他也落落大方，见过大世面的样子，欣赏之余，兴州对他的身世更好奇起来。今夜是在安庆的最后一晚，他不想再劳烦石仁，便又用了对嘉慧的那套假寐应付过去，可巨债压身，两求皆空，饱受衙门轻慢侮蔑之气，焦灼难眠。裁人、降薪、单机运行？又要走那条老路？可现在的芜城已非昔日，路的尽头便是死路！

难不成要我明远熄火他们才善罢甘休？转而一想又是多情，即使明远烟囱倒了，他们会再找小点的，遍杀不留，竭泽而渔！

这府衙里的，多神气活现，可屋角廊边，沉淀着死气；见面无不微笑作礼，背了身子却是一股煞气，越往深处，煞气越重。

一破晓便是炫目的日光，又是个燥热难耐天，石仁已轻手轻脚起来，悄悄做回程准备了。兴州欲起，眼一黑，身子似浮了起来，自知不妙，却喊不出，撩帐门的手软软垂下……

（三）

"郑兴州中风了！"这消息惊诧着芜城大街小巷，虽是大白天，但许多人不免要拉下开关，看电灯是否亮着。

"抱歉，没有更多办法，也许只能这样躺着了！"在弋矶山医院，面对嘉慧一遍遍的追询，洋大夫摇头耸肩，其表情、动作像极了上次接诊月萍的大夫。见众人没散开的意思，洋大夫解释道："高血压，脑血管破裂，已过最佳抢救期……庆幸的是发病时没乱动，从安庆到芜城长途移动，没加深伤害，已了不起了，甚至可以说是个奇迹，否则情况更糟！"话毕熟练地在胸口画了个十字。

人们才注意到一旁始终自责着的石仁，嘉慧泪眼婆娑："大兄弟，幸是你陪着去的！"石仁两眼通红："老板娘，我没照顾好郑总，那晚不该睡的，他早有症状了，我大意了……"

"你不要太自责了，洋大夫也说了，不是你临场处理正确且一路小心护送，郑老板就不是这样子了！"协之安慰了石仁，又扭头对老柜道，"还是你心细，派懂医的石兄弟跟着。"

老柜眼角红赤,头发几天白了一半。

洋大夫开张单子给护士:"收院吧!"

兴州醒来是翌日午后,似睡了一个长长的午觉,眼里竟有了神采,眼神定格在嘉慧脸上。

"醒了!醒过来了!"嘉慧俯身,两手按住兴州的两只胳膊,一声"你啊"就哽咽了。

"病人需要安静,思维也没有完全恢复。"那洋大夫闻声过来,又按下口罩,"这位女士不能让病人情绪激动,否则病人血压会升高,有二次中风的可能!"

"他还能说话吧?还能站起吧?"嘉慧不知问几次了。

"目前恢复不错,就看后期的护理和病人的心态了。"

嘉慧拭了眼角的泪,使劲点头:"谢谢,我知道怎么做了!"

"有不明白的地方,护士会告诉你的!"大夫虽高大,但每次来去都悄无声息。

这个似醒非醒的男人,她命中注定的男人!自那秋日,裹挟一身麦栗色的秋阳推开她的家门,老屋瞬间豁亮了,充实了,那敦厚的笑和宽厚的背被秋光打包植进她幼小的心田,分蘖出叔叔、大哥的枝丫后,却长成一棵叫老公的树来,打那时起她就离不开了,这是一棵怎样葳蕤的大树啊,给全城庇着荫呢。

这大树訇然倒下,树横了便永远直立不了,不再遥指蓝天,枝揽风云,他可能永远这样躺着,口不言,手不动……这个在芜城曾风头最劲的男人,永远回归那座小楼了,完完全全归属于自己了!她见过他炽热的夏,融于他凝练的秋,现在,要扶他涉过凛冽的冬了,会一起迎来他们那个缺失的春吗?她搬起他的大手,在脸上摩挲着,又捧起那双大脚,渐次用力地揉、捏、敲着,这是护士告之的,这双大脚还会穿上自己做的布鞋,纵行天下吗?两行清泪又不听话地滚落,不知为他还是为自己。这个满面沧桑的男人,就在自己怀里,如婴儿般地憨笑。

半月后,在已恢复了大部分神志并能简单会话的兴州的坚持下,他们离开了这里。

"他恢复的程度出乎意料,与他的意志和你的照料不无关系。"嘉慧已知晓,这洋大夫就是这家医院院长,他似乎对中医并不排斥,"出院后还要吃药护理,中医不妨一试。"又低首画个十字,"愿上帝保佑!"嘉慧躬身谢过。出院了,对她和他们来说一切不过刚开始,且病将伴随一生,她觉得自己也是一棵树了!

（四）

　　次廉现身明远的次数多起来，中浩、协之及老柜等协力维持，明远渐稳，但缺少主心骨的不安及对明远前途的担忧仍纷扰人心。让管理层更忧心的是，董事长、总经理已不能视事，但那笔巨债并未消失，鲁尼已调离芜城，继任的德国人加大了追债力度，他们对没了郑兴州的明远评价悲观，滚雪球般的债务如一座吸力巨大的风洞，随时会把明远吞噬。

　　外界特别是银行也前恭后倨。皖南包括安庆已谈妥的入股意向，也作一纸空文。

　　"这洋人当初就是用心险恶，低息取得贷款权，却不展期，就是看中了我们明远！"老柜愤然。

　　"有人愿意给我们'解困'呢！"协之冷笑，"前几日八玉派那个朱翻译来谈'合作'，被顶回去了！"

　　"这才是乘人之危、用心险恶呢，不理他就对了！"中浩道。

　　"这叫贼心不死！明远一有波折，这王八羔子就蹦出来了。"老柜对八玉记忆犹新。

　　院子里秋阳不老。

　　躺在堂屋竹床上的兴州，比众人想象的要好些。

　　"资……资金！"兴州嘴唇翕动着，声音细弱，每个字却清晰，"省内不行……江浙沪；银行不行，就财团……"显然是深思了的。

　　协之豁然："郑总，上次去江浙，浙江电业联合会主席李彦士先生就对我们明远有好感，他们背后的江浙财团实力强，若和他们谈，说不定能找到一条解困之路！"

　　"江浙沪资金多，喜投实业，又多人才，跳出安徽到长三角，不失为一条上策！"中浩也赞成。

　　"老板点一水，就是条新道，不能在省里、市里打转转了！"老柜也兴奋着。

　　"协之、老柜去……谈！中浩守家。"一丝涎水猝不及防从嘴角垂下，嘉慧用手巾揩净了，兴州意犹未尽，"市里银行……也谈，两、两……方备着！"众人齐点头，又说了会儿话才告辞。嘉慧送至院门口，灿灿秋日里，几缕乱发从发髻中挣脱出，纷乱地飘着，眉宇间有些苍青，脸上却是端穆的。老柜递过一张庄票，被她坚拒了："带着去江浙吧，谈成了比什么药都管用！"

谈判是迅捷和直接的：对方也就是浙沪财团承担十五万元的债务，并提供生产、经营所需的流动资金，明远须以经营及人事权作抵押，现在的管理层将由财团派人取代，郑兴州不再任总经理，财团派来的人要进董事会，至于郑兴州是否续任董事长，对方并无明确要求。

"我们非常敬佩郑总，但他已不能视事，不论从人道上、公司经营上还是说服我方董事会上，总经理一职都由我方担任为宜。"对方强调，一定会派出双方都认可的人，"一旦收回投资，将交回经营权和人事权，我想这个方案兼顾了双方的利益……"对方透露，前来接管的极可能就是大名鼎鼎的李彦士！

"我觉得他们还是有很大诚意的。"协之向兴州报告时又不无担心，"人事、经营权全交，极可能失去对明远的控制，明远还是原来的明远吗？"见兴州面无表情，低声道，"您不任总经理，即便还是董事长，会不会被架空？"

"经营权可以给，人事权不能放，明远是老板带着我们辛苦打拼来的，连人都没法管了，那明远还是我们的吗？"这应不仅是老柜的担心。

"光有经营权，没人事权，人都不听你的，怎么生产、经营？"中浩持了异见，"要力保郑总董事长的位子，一则休养生息，一则抓大放小，管住该管的，活水养鱼，给他们一个好的经营环境。"

"明远……还在吗？"兴州问了个冷不防，协之他们面面相觑，还是老柜明白："老板是说'明远'这名号吧？"他挠着头，"这可真还没顾得上谈……"见兴州变了脸色，忙宽慰着，"对方没提此事，可见并无改名之意，且按他们说的收回投资离开，是帮明远，至多是借鸡生蛋而已，不仅无改名的必要，反得打明远的旗号，毕竟芜城没有比明远更响的旗号了，没有比老板更得人心的了。不过老板倒是提醒了，下次得明确了，不管怎么说，'明远'旗号不可丢！"

兴州默然。

两权分离，资金断不敢来，救明远就成了一句空话。两权交与李彦士他们，眼下可能阵痛，长远看却是好事，高手掌门，是明远之幸。退一万步，即便结果不如所愿，也比落入外族强！若最充沛的资金、享誉海内外的人才都救不活明远，那就是明远的劫数了！宝贵的资金、高端的人才，错过了，老天不会再给第二次机会的！至于自己，与其赖在位子上做摆设，还不如退到董事会，是否任董事长也不必在意,只要明远还是明远便好。倒是中浩、协之、老柜他们怎么办?还有,如果对方裁人怎么办?跟了自己那么多年的工友如何安排?

兴州清醒着,也悲悔着,到底还是自己管理无方,贪大求洋,才让明远和大家买了单!

"要不缓一缓?或人事权不放?"协之打破沉寂道。

"应了!"

"应了?!"众人错愕,"什么都交了,万一对方有什么小九九甚至不良居心该怎么办?"老柜急道。

"前怕狼后怕虎的,开……开董事会!"

这些日子兴州日不休,夜不寐,焦渴瘦削。

脉弦、面黄、便溏诸多症状让探望的徐大夫讶然。左先生驾鹤西归,徐大夫是他的高足。

嘉慧宽慰:"不干你的事,也不干药之事,是明远遇事了,他正在解着呢!"

徐大夫道:"会长血压高,若情绪波动,不眠不休,再发便有性命之虞了!"嘉慧叹道:"他宁可自己没了,也不能让明远没了!"

"可不能由着他,他因这个才病的!"徐大夫忧急着。嘉慧却笃定:"他要做的事一定得做成,若让他放下明远,便失了魂,那才真要他的命呢!不如放开了,做好了便放下了,那时药石才有效……"

"不管问题解决与否,都不可再由着他了!"徐大夫打断她的话。

"今天喝药顺多了,晚上应能睡个好觉了。"在兴州床边开的临时董事会才结束,兴州的提议通过,明远算是渡过此劫了。嘉慧虽不懂医,却明白中医"情志致病"之理,徐大夫这才放心:"有你这样的贤内助,是会长的福气!"

(五)

几日静思,连细节也有了:对方两至三人进董事会,同时邀常梦飞加入。

人事方面,兴州退出管理层,甚至不做董事长,但中浩、协之还有老柜及石仁要留用,不得随意辞退员工。财务室须对董事会负责,有直接向董事会报告之权;管理层须半年向董事会汇报一次,重大事项随时报告。

董事会人数过半,管理层有原明远的人,钱袋子受控,风险降至最低,是否捆住对方手脚呢？管理层由对方主掌,董事会不干涉正常的生产运营,财务室的越级报告,不过是董事会了解资金动向和经营情况……兴州双目微闭,人是静的,心是静的,这是明远最大的诚意,他也把自己呈在祭堂上！

这份由兴州口述、子健整理的草案,连老柜看了也少了忧心,只觉得老板牺牲太多,太过豁通了。至于他们几人能否留用,则有些吃不准。

"这是周全稳妥的了,对明远至关重要,不过……"中浩少有地磕巴了,"嗯,这个……"

"姜副总有补充？"见中浩温暾暾的,老柜有点急了。中浩连连咳着,眼睛不看任何人:"受郑总之邀来明远,现在我已技穷力竭,明远有今天之难,我有一份深重责任,我愧疚难安……"

"明远之变,更多的是社会和政府外部的原因,且现在不是探讨这个的时候……"

中浩摆手,他不能让协之打断了自己:"现有浙江高人接手,比我更懂生产,更比我年轻,一定会把明远做得更好。我夹在中间,用处无多,说不定会影响双方的合作。再说我也一甲子多的人了,身体大不如前,在外大半辈子,现在该回去给病床上八十多的老母尽点孝心了。请郑总准了,遂了我回家养老的心愿,于公于私都有利……"中浩长出一口气,鼻息却是粗重的。

堂屋里的时光遽然凝住了,老柜急道:"姜副总把我的话抢先讲了,我比你大六个年头,早想交班了,本觉得这次是个机会,没料你捷足先登了。"兴州嘴唇翕动,两手颤动。协之对老柜频使眼色,面有愠色:"老柜也来添乱？都走,留郑总一人？你不在那财务直报有何意义？"

"我老太婆身子不好,本准备做了今年,明年就退的,"老柜俯首帖耳于兴州,"谁知突然出事,不如早下,陪老板喝茶下棋。"

"郑总现在还能下棋？"协之真生气了,这老柜平日最为老板着想,今日何以一反常态？"你还知道下棋？我们每个人都是一粒棋子,安在最重要的位子上,退了这位子就失了,你不会不明白吧？"

"老柜若真困难,我留下来再做一段,若对方同意的话。"中浩本意为协之让路,促谈判成功,不想牵出个老柜退休的事来,见郑总揪心,于心不忍。

"咳,你们怎么还没懂呢？"老柜急了,"我意思是我比他大,我都没退,他也不要退。我连后备人都有了,只是这个时候,进退都听老板的,我们几个随老板打天下,谁走大家心里都不舒服!"

协之松了口气,兴州那僵硬的表情在一点点碎裂,以目示意中浩坐得更近些。中浩的脸是苍灰的,那圈稀疏的头发也是苍灰的,那个傍晚火烧云背景里颀长而精干的人影清晰起来又渐远了。兴州喉咙一阵干涩,眼角倏尔潮润了,不是兴州变得伤感,中浩为明远做得太多,太辛苦了,现又以自己的退出为明远做最后的奉献,这比即将要签的协议还要使他难受。他们三人,是明远的铁三角,老柜真的老了,中浩要走了,纵然明远回来,拿什么接手?也许自己这代人的使命就此结束了!他痛而悲,永远地躺下了,竟梦想着重振山河的那一天!

他有点知觉的右手颤颤地抬起,中浩抓住,又拉起另一只,两双手叠拢在一起,一颗浊泪毫无征兆地从兴州脸颊滚落,滴落在两双紧贴在一起的手背上!

中浩抿了嘴,强忍着咳,肺里积下的烟尘颗粒怕是永远咳不出了!

"才始送……送春归,又送君归……归去!"兴州先是低哑着,"归去"却顶了高怆的悲音,下面的却又是喃喃而低沉的,"若到江南赶上春,千万和春住……赶上春,千万……和春住!"

一旁的嘉慧抹着眼泪扭头走开了。

(六)

正式的商谈在芜进行。领头的便是久负盛名的李彦士。会谈之前,西装革履的彦士一行拜望了病榻上的郑兴州。一番慰问寒暄,李彦士便直切主题,介绍投资的初衷和经营思路。

"明远病了,我也病了,你们是来救明远的,我会全力支持你们的!"兴州由子健扶着,竭力让自己坐起。

彦士从另一侧相扶:"郑董事长我仰慕已久,明远乃全国民营电业之翘楚,若成功合作,是彦士的荣幸。定当谨记各方期托,恪尽职守,光明致远,不负初心!"病榻上的兴州第一次显出宽慰的笑来。

"明远不能没有郑董事长!"彦士面请郑兴州继任董事长一职。

前期工作已细致深入,双方诚意尽显,明远所拟意见多被对方采纳,中浩去意已决,协之、老柜留任。

协议摆上案头。是夜嘉慧百般劝慰,兴州还是毫无睡意。明远是自己一手带大的孩子,虽大病小灾不断,从小到大没省过心,却从没离开过自己,可一落笔,这心头肉就将由别人领养了!

不签,那明远迟早像自己一样,不知在某个早晨或晚上訇然倒下,难道要明远为自己殉葬?兴州悚然而惊,又怦然醒悟:难道李彦士他们不可以是明远人吗?中浩是上海申新的,协之是宣州的,老柜是芜城的,还有那么多来自四面八方的工友,他们不都成明远人了吗?为什么李彦士他们不能呢?他们承诺不换名号,不变法人。彦士说过:"谈成了,就是同事同人,同声相求,同舟共济,把明远光大,实现您也是所有电业人光明致远的伟大目标!"他羞愧了,为自己的心胸狭窄和目光浅短。

这些学贯中西、执掌过国内一流电厂,也是当今中国最杰出的电业才俊肯屈尊携巨资加入,岂非明远之幸?再说明远自诞生那天起,他便认为它是私产却不可私有,它是一代代工友的,是属于社会的,作为股东和管理层,只是顺天理、从民意,以公心、仁心、恒心做好,而绝不可抱残守缺,让它和自己一起慢慢毁掉!这薄薄的几页协议,不再是冰冷无感的,而是老天对明远的眷顾,冥冥中给了明远一次涅槃再生之机!

兴州大彻大悟,一身轻松,倦意袭来,耳畔竟有轻微鼾声,嘉慧以前是从不打呼的。瞅着几个月便显了老相的妻子,兴州的心像被蜇了一样,他想揽她入怀,可这时才明白自己已成了一个废人!他默念,且先放下,且先舍了,且先离开,一切自会云淡风轻,眼下唯有配合徐大夫,尽快让自己恢复起来。

(七)

彦士的改革大刀阔斧。

管理机构去故鼎新,是真正的股份公司的架构与气势。总经理李彦士,协理庄贤明、协之,设总工程师和总会计师两职,由李氏团队人担任。经理室下设秘书室和工务、营业、总务三科。秘书室内设人事、文书两股,工务科内设机务、电务、稽查三股;营业科内设材料、会计、庶务三股。老柜的财务室成了会计股,老柜从过去的人事、财务、材料、后勤的大总管变成名副其实的会计股股长,年事已高的老柜"闲"了,却也"专"了,石仁还是得力助手。所有科室只对总经理负责,唯会计股可以直接向董事会报告。

运行模式和班次也做变革，四台机器开两台，两班制运行，人员减少，设备轮休，二十四小时供电却恢复了，芜城又是不夜城，形象上加了分。

运营上设置用户、登记、查表、收费四股，用户管理与登记分开，查表、收费各司其职又连环相扣，根除身兼数职而致职责不分、权力过大之弊，里外沟通、徇私舞弊更为不易。

管理层同芜城政、商各界勾连，与各银行和大用户逐渐打成一片。风波后不过半年，发电量跃升全国二等电厂之首，到年底偿清了带来的流动资金，上次欠发的一半股息如数发还到股东手中，这让彦士团队赢得人心，当初对郑兴州发"引狼入室"警告的人，再次佩服兴州的胆识与胸襟。

盛况下不全是叫好声，第一个疑惑的便是老柜。

"不过半年，各方面才有个样子，就急吼吼募股了！"消息未必可靠，老柜例行探望时，还是忍不住说了。兴州眉头跳了一下，老柜接着道："现在位子多得两层楼都不够用了，办公费、管理费比我们那时多一半，趴办公桌子的人多，工资又高，工人待遇也不低，人员成本比过去增了不少！"

"高多少？"这半年多明远风平浪静，又经徐大夫和嘉慧的精心调养，兴州说话利索多了。

"不低于三成！"

"总成本呢？"

"人员减了三成，设备维护成本也有降低，但宿舍扩建、食堂翻新，江浙人的口味多有不同，菜金翻番，总体比过去高两成多。"

兴州无话，只是在凉床上换个姿势。头上短发银亮，竟无久卧病床之人的委顿与芜乱。老柜接了嘉慧端来的汤药，要尽份心力来喂，兴州右手接了。他的右手与右腿恢复了六七成。

这黑乎乎的汤药，兴州歇口气喝了，良久才道："多看，少言！"

当彦士带着每股二十五元，募五十万股的方案来议时，表情已复常的兴州并无吃惊之意。

"洋行巨债虽清，却不过从一只手挪到另一只手，明远的债务并未消失，且第一批主设备已进入老化期，须更换或大修，此外全天供电后，新增用户散及全城，线路设备需投入，还有管理及人工费用也加大……"募股事出有因，且募股的对象也锚定江浙沪富商及散户，"他们手头有余钱，入股吃息观念已久，我们现在势头上,过了此时,反为不美……"

江浙人的思路果然不同。以往都是急用钱才募股,病急方投医,却不知靓女先嫁,他们在明远上升之际、里外一片叫好时募股,且是大手笔,老辣而狠。兴州不免想起那次流产的电费涨价,心痛了一下。

"认一百!"兴州的话短促且令人意外,原以为管理层与以本地人为主的董事会理念大相径庭,这电厂实业与金融并举之路不被认可,可郑董不仅未驳方案一字,还带头认购,董事会通过便无虞了。这郑先生确有过人之处,身子躺着,人却是立着的!

"董事长,这一百股就是两千多,您最近开支又大……"一同来的协之看着嘉慧,他知兴州不当家。

"老头子稳定了,花费少了,上次明远补发的股息还留着,不够再添些。再说这股认了也是治病的呢!"还是嘉慧最懂兴州。

"董事长病了还节衣缩食支持明远,我们更责无旁贷了!"彦士感慨着。兴州目光似落在很远处:"我已老朽,明远就仰仗诸位了!"

(八)

募股大成,经营大进,电量大升,公司归还江浙财团本息力度加大,对新老股东按本付息,员工有保底薪酬,逢年节还有各种福利,年底更有大小不等的奖励,各方关系户也有不菲的红包,每有深落,必有大起,三落三起,明远又呈鼎盛卓然之势。

时值风调雨顺,芜城各业又趋旺兴,兵精粮足的明远本欲乘长风破万里浪,冥冥中却有柄达摩克利斯之剑悬于顶,总于不经意时落下。公司数番起落,领头人也难逃厄运,上次中剑倒下的是郑兴州,而这次竟是不惑之年的李彦士!

负了财团重托和兴州信任的彦士,自接手明远,事必躬亲,又身兼全国民营电业联合会副主席之职,既谋明远,更筹全局,兼办学校,内外诸事,只恨分身无术。虽时有疲乏,彦士却自信在德国学医多年,精通医术,自己又正值壮年,无暇顾及,岂知病魔已悄然缠身。接手明远一年多,宏图大展之际,英才却被天妒,1936年2月逝去的他年仅四十三岁!

不过两年,一个创办了全国二等电厂,并数度使之起死回生的全国民营电业联合会执委,一个学贯中西、四度出任南京等地电厂总经理的全国民营联合会副主席,电业界的两个耀眼明星,一黯一坠!兴州偏过脸,拒嘉慧为他拭泪,他为彦士哭,他为明远悲,他为电业痛!

接替彦士的是与之齐名的沈嗣方先生,时任全国民营电业联合会总干事,也是电业界的风云人物。李彦士任当时江南第一大发电厂——戚墅堰电厂厂长时,他任总工程师,他开江苏电力灌溉之先河,苏锡常地区电力灌溉当时达7.3万亩,为全国之首。

有这样的人来主持明远,给悲悼中的兴州以极大抚慰。

萧规曹随,沈嗣方对彦士的管理理念熟稔而趋同,人事、管理诸多方面过渡平稳。只不过与学者型的彦士不同,嗣方既有着彦士的严谨,又善沟通,时间不长即与员工打成一片,与董事会成员和社会各界的关系也更为融洽。

三个月后他给董事会的首份报告,便力陈拆除明远最早的两台125老机组,有协之的签名。

是这两台机组第一次点亮了芜城,使兴州实业报国之梦初圆。其垂垂老矣,却是明远的功臣,家有一老,如有一宝,虽小病不断,但修修补补,兴州从未有过舍弃之念,一旦拆除,明远便失了许多成色。彦士也曾有过类似的建议,见兴州态度暧昧,便不再提起。

兴州需了解更多,蓦然发觉老柜已一段时间没来了!心中一沉,老柜七十有余,人生七十古来稀,这老柜……

就在嘉慧摇电话去找的当儿,天陡然暗下一块,一瘸一拐的老柜倚在门口,却是笑嘻嘻的:"以后别叫老柜了,叫老拐好了!"嘉慧忙搬了椅子来,兴州手颤抖地伸过来,老柜拉住,依旧不在乎,"前些日子摔了下,差点把老骨头碰散了,亏遇到会接骨的给合上了,快没事了!"

"也不说一声!"

"就怕劳你心思,招呼了石仁缄口。"

"人老怕跌,再说伤筋动骨一百天,可别在外面跑了!"

老柜依旧不当回事:"不碍事的,天天待在家听不见算盘珠子声,憋死了,今天日头好,雇辆黄包车就来了!"

这整日与算盘、毛笔打交道的老柜终究是老了,腮帮子瘪得能放下棋子了,说话拉风车似的,只是目光依然灵动。

"自见面就喊老柜,终把你喊老了!"兴州右手无力地落下,"老伙计,今后下棋的日子少了!"

"你脑子好,我手能动,腿也快没事了,我若退了,日日来,看谁才是明远第一!"

"把身子养好啰!"兴州声音亮起来。

(九)

"人老了,要歇,这机子老了,也要退?"兴州还是聊起那两台和他们同老的机组。

"老板是讲那两台125吧?"如同"老柜"这称呼几十年不变一样,不管兴州是协理、总理还是董事长、总经理、会长,在老柜眼里,他永远是自己的"老板",这"老板"涵盖了上面的一切,却又不仅仅是这些,就像他俩是上下级,可又不是主从那么简单。

"那两台机子确是太老了,每年花在整修上的钱差不多就是它们的利润了。"老柜又是那个老柜了,"三十年前的东西,不少零件洋人也不产了,万水千山地去西洋定做,豆腐盘成猪肉价!"

"退了,电够用?"

老柜从大袄中抖搂出一卷纸来:"老板,我顺道从财务室拿的,这个季度的电量报表,才出的!"不愧跟了兴州几十年,什么时候都跟上老板的心思。

兴州一脸狐疑。虽全天供电,但这几个月电量不大,老柜解释,当下内战不断,税费又多,日本占了东三省,南京政府却忙着"剿共",内外战打作一锅粥,人心惶惶,谁还有心去做生意?能够维持这电量不错了!新经理还是一眼就看出问题了,停了老机子,既甩了包袱,又不影响发电量。

"确实要停了!"兴州是不舍的口气。

"这老机子停了,可卖到小电厂,凑合着能发电,我们也能收回点成本,一举两得呢!"

兴州脸上舒展开来。

老柜却是期期艾艾的,兴州有深意地笑:"想来陪我下棋了?"

"这……"被猜中心思的老柜结巴了,他觉得很对不起老板,又有些失落,真离开明远了,是酸涩的,于人生而言,这不是一段简单的结束与开始,结束的便永远地结束了,可开始呢?不过是大结局前最后一程的开始,是真正地结束了。他眨巴着眼,干涩的眼睑此时潮润了,他是一等一的精明,却几乎很少去思考人生、将来这些玄而又玄的东西,现在有闲了,却又用不着去思考了。

他老实道:"本该再做的,可这跌了,怕误事……"

兴州垂下眼皮:"拖你这么久,对不起的是我,该歇歇了……"

"老板快别说了,是老板和明远让我活出个样儿来,也养活了我和我一家子,这恩下辈子也报不了!"想起几十年来的风雨与共,看眼下躺在竹床上的老板,老柜心绪难平。

"没有你和那些工友,也就没有明远。我有明远高兴,可有了你们更开心,照顾好自己和家人,有空就来明远和我这里坐坐,我们都有闲了!"兴州有时竟觉得老柜是另一个自己。

"会计室主管,是不是让石仁顶上?他人稳重,各方关系也处得好,业务早交给他管了。"

"你相中的人不会有错!"准了老柜的告退,自然备下替代之人,记得嗣方也说过石仁可堪大任,安庆之行,若不是他的细心和专业,自己说不定已魂归他乡了!

老柜长松了一口气,终于可以歇下了,且是圆满而放心地退。兴州看着他,他望着兴州,两人看不够似的,夕阳在他们身上笼起一层光,暖暖的,柔和的,晚风飘逸起他们的白发,银亮亮地耀目。

十八　明珠蒙难

（一）

　　1937年,时局再现惊天之变,七七事变爆发,灾难深重的中华民族再度陷入国破家亡境地。在此之前,敷谋不止一次提醒兴州做好准备,汪夫子也从上海带话:你是芜城和安徽商会会长,又是明远董事长,目标大,行动不便,且不掌管具体事务,宜早离芜!连老迈的刘"铁口",见了嘉慧也捎言,让他"采菊东篱下,悠然见南山"。

　　"别芜城易,可离开明远难!"嘉慧叹气。"铁口"不知是赞是叹:"先生太过认真,与自己斗一辈子,还与天斗一辈子,可犟不过命啊!"不久这"铁口"和这招摇了半个世纪的算命幡子便无踪了。

　　局势愈加恶化。七七事变不过月余,日军就占北平、侵河北、袭山西,北方大地一片狼烟;另一路重兵攻陷上海,从浙江、江苏两路向国民党首都南京包抄。作为京畿之地的芜城,已风声鹤唳。10月中旬,数十架日军战机突袭芜城湾里军用机场,国民党军队疏于防范,军机悉数被炸,连跑道也毁坏殆尽!街上越来越响的抗日口号和越发多的逃难之人,使江城惶恐不安,江浙的员工有家回不得,本地员工也人心悸动。

　　兴州和嗣方议定,越是战时,生产、供电越须如常,绝不能随意停电,特别是夜晚,以助军队抗日,稳定市面人心。石仁已将银行的现款大部分提出,换作现洋和支票,一部分付了浙沪银团的欠款,余下作了工资和遣散费分发。兴州还让人同由美国人创办的弋矶山医院方面联络,必要时疏散员工及家属入院避难。

　　12月5日始,日军60余架飞机连续五天对芜城空袭,湾里机场沦为废墟,轮船码头血流漂杵,千年长街浓烟漫漫,中山路、吉和路差不多成了瓦砾场……

兴州静静躺着,如惊天爆炸不存在似的。嘉慧紧紧搂着老四、老五,奶奶又瘸着腿到神龛下,喃喃自语,燃三炷香,伏身三拜。那香味却被呛鼻的硝烟味遮隐了,渐渐地,那青凛凛的气味盈起,让心静了。奶奶七十多了,除了那腿瘸得厉害些,岁月似乎在她身上没留下多少痕迹。嘉慧松开老四、老五,也燃香膜拜,那硝烟味渐渐散了。子健守着兴州,老二、老三被安排在另一间屋子。他们已做最坏打算。

协之一身烟尘地进来,说嗣方已领一批江浙员工离芜了,厂里还有二十多人坚守着,不过遣散费已发。下面的消息让人窒息:芜城城隍庙,这一有文字记载的我国最老的城隍庙被炸作废墟,长街李鸿章四弟开的大典当铺,存当的财物悉数烧尽,张恒春店面被炸去一半,库房尽毁,燕窝、银耳、鹿角等价值三四十万的药材付之一炬,吉和街、四明路、车站等已成焦土,更惨的是英商怡和号客船在靠码头时被炸,一千多位旅客毙命,血水染红了江面……

"应是内鬼指引,要不怎么炸得那么准?"协之愤然。兴州鼻子哼了两声:"日本人在芜经营这么多年,没内鬼就奇怪了!"大轰炸前几日,八玉传话,只要兴州不给国民党军队供电,可保明远和他家无虞。若不应,炸弹可不长眼!兴州则回应:"只要他们缴费,就得供电!"

"会不会连电厂也炸?"嘉慧担忧着。

"日寇什么事做不出?我让石仁带余下的工友今晚就撤到弋矶山医院,城里国民党兵跑得一个不剩,军公教人员逃得更早,再发电难道迎接这帮强盗?"协之忧戚着,"董事长不走,日后定有麻烦!"

"你已安排妥当,作为现职人员,也应尽快离开,至于我,走不了,也不会走的!"兴州是不容置疑的口气。嘉慧急了:"即便我们不走,五个孩子也没必要守着,城里不设防,日本人进城是早晚的事,他们可什么都干得出来的!"卢奶奶也劝:"君子不立危墙,留我看门就够了,他们能把我一个老婆子怎么样!"

协之黯然:"晚了!城外都是鬼子,只有江面还没封锁,可江上所有的船都被国民党征走了,一条小划子也找不到!"

"这国民党自己溜得快,对一城百姓却一点活路都不留!"嘉慧着急又气愤。

"那就不走,看八玉要唱哪出!"兴州话音未落,便是惊天的爆炸声,屋子的家什都震得跳起,里屋的两个孩子惊叫着跑出来,那佛像摇晃着差点跌下。协之将两个孩子搂在怀里,对兴州道:"全聚在这里也不行,我带两个孩子到同庆楼暂避。"此时有急急的敲门声,门外是一身精悍打扮的石仁。

"你不是带人去弋矶山了,怎么又回来了?没碰到炸弹皮吧?"协之一脸的疑惑与关切。石仁拍下身上的灰土,应是他的伶俐才躲过这一劫:"已安顿好了,听说董事长没走,就赶来了!"

"董事长不肯走,就是走也迟了!"协之搓着手。

"要走就今晚,我就是为这事来的!"屋子一下静了,"有条小船,不过只能容下三四个人。"

"够了,我和老头子留下,周经理带着几个孩子走!"嘉慧喜出望外。

"董事长不走,我岂能走?"协之力辞,"作为明远唯一的留守经理,我不可走!"

"周经理留下反为不美,日本人要恢复生产,你当如何?"石仁分析道,"不如你带着几位小兄弟回老家暂避。至于董事长和夫人,我再想办法!"

"你有办法?"协之像不认识石仁一样看着他。石仁避开了,微笑着:"就这样办吧,走一个是一个,没时间了!"

嘉慧从里间提了两个包袱,又用毛巾包了几根芋头,看来早备下了。

子健不舍地看着病榻上苍老的父亲和一边的母亲,还有自小把他带大的奶奶,等待他们的凶多吉少,作为家中长子,他不想离开。兴州生气地挥下手,嘉慧跺脚道:"再不走就走不了了!"又嘱咐道,"跟着周叔叔,带好两个弟弟,我们也会去的!"子健噙了泪,倏地跪下,咚咚咚磕三个响头,拐着包出了门。

街道空无一人,远远近近是燃烧着的大小火堆和令人窒息的焦糊味儿,石仁、协之一前一后,夹着子健和老二、老三朝着青弋江与长江交汇处的中山桥疾走。

起风了,长街似条火龙,李家当铺还在燃烧,唯有中间的一点是静的,那是满江春大药房,几日前被炸弹夷为平地,听说死伤十多口……

江风瑟瑟,寂寥无人,一只小划子静静地泊在桥档下,窄而陡的台阶通向那里。一行人借着火光小心下到江边,一个草帽压着眉头的中年人迎上,与石仁无言地握手,把他们引进这小而窄的船舱。石仁挥别:"放心走吧,路上听这位兄弟的!"中年人竹篙一点,小划子无声地滑脱江边,在冲天的火光中悄然向长江口驶去,不用多久,他们便可到达新四军的防区。

十八 明珠蒙难

紧张中,没人问及石仁是如何搞到这只珍贵的小船,又怎么能通过国民党和日本人的重重封锁安全出境的。他们信直觉,信他的诚信与机警。

(二)

翌日一早,这座瑟瑟寒风中的江南古城,被插上血红的膏药旗,由汉奸引路,日军十八师团及伪满洲军藏山旅的铁蹄踏遍芜城大街小巷。虽无任何抵抗,可在师团长鸠占雄大佐的屠刀下,仅在江边,就有近2000名逃难的市民被杀戮,浮尸滚滚,江河呜咽!而在占领后的十天之内,又杀戒大开,大小棺材铺售罄闭门,大量尸首弃之街头,红十字会只得将他们拉到医院,挖大坑掩埋;魔窟中,强征的数百名慰安妇被日寇日夜奸淫,不甘受辱的妇女跳窗而亡……

在血腥与呻吟中,一场盛大的晚宴在旧日的政府大礼堂喧嚣开场。满面春风的八玉以驻芜领事的身份宴请那些杀戮累累又欲壑滔滔的疲乏军官。卖力搜罄城内各色交际花,舞女及稍有姿色的妓女也被汉奸们拉来充数。汽灯雪亮,酒肉池林,八玉神采飞扬地举杯穿梭在各酒桌之间。酒至半酣,鸠占雄推开怀中烟媚舞女,抽出腰刀,脚蹬马靴,弯腰撅腚,左右舞动钢刀,咿咿呀呀地叫着,随的是阿波舞的节奏,又猛地立住,一把扯开瘫在椅子上的舞女的亵衣,手蘸浓酱汤汁,在舞女雪白的背上,草就"武运长久"四个污黑大字,引得一片跺脚喧嚣。八玉蹙了一下眉头,将鸠占雄引至一条桌前,上有纸笔,似笑非笑,说:"芜城乃京畿之地,又是江淮重镇,皇军破之,该留下墨宝以志此日,长我皇军志气,灭中国威风!"

鸠占雄乜了八玉一眼,心道,这皮笑肉不笑的家伙以为我一介武夫,怕是忘了我是东京帝大的毕业生,家族汉学深厚,俳句和汉诗极为拿手。他眼珠一转,落到那祖传宝刀上,那是他出征前长辈所授,嘱他立功以效天皇。此次出征,攻城略地,死在这刀下的中国人不计其数,他将笔锋在刀锋上老辣地一抹,瞥了眼五官错位、污迹满身的女人,摇笔便成:

<blockquote>
以剑击石石头裂,
饮马长江江水竭。
我军十万战袍红,
</blockquote>

尽是江南儿女血!

"好诗! 尽显皇军霸气! 非将军不能成诗也!"八玉鼓掌,字虽干硬无体,这诗却惊着他了,"明天我就把将军的题字和诗作发到芜城报纸头版头条,还要将您的大作刻在芜城人最神圣的中山纪念堂前,作为皇军攻占芜城的纪念,让中国人瞻仰我大日本的文治武功!"鸠占雄掷笔冷冷道:"谢领事阁下,皇军进占已十多天,还无电可用,这可是大大地不便!"过了八玉这道诗文坎,鸠占雄更傲慢了,"我们有一万多皇军,空军、陆军还有海军,没有电力,通讯、指挥、情报大受影响,你不会不明白电对军事和帝国士兵的重要吧?"他并不给八玉申辩之机,"没有电,一片黑暗,有违天皇共荣宗旨,再说你不是要求不炸那个叫什么明远的电厂吗? 可就是这个结果?"

颐指气使的鸠占雄没把自己这个领事放在眼里,对他多年的苦心经营非但没一句肯定,反在众人前屡作羞辱,八玉恼意顿生,不过眼下军事第一,还是以忍为上:"将军所言极是,明远技工被皇军神威震慑,早四散奔命,我已电告国内,不日将有技手前来,到时明远就完全在我大日本帝国掌控之下了,这也是我不炸明远的目的。"明远终入彀中,八玉不免得意,鸠占雄更为不快:"领事先生说的是以后,我说的是现在,三天内必须送电!"见鸠占雄傲慢且决绝,八玉只得自我转圜:"技工不好找,不过董事长可跑不了,明日一早就去他家!"

"去他家? 哼,让他来宪兵队! 三天之内不发电,就用这个和他说话!"鸠占雄晃着腰刀。八玉连连摆手:"不可以的,他是个瘫子,且他不是一般中国人,我们打过多年交道,还是我来处理,保证三天之内大放光明!"

"阁下在此多年,办法一定比我多!"鸠占雄换作揶揄的口吻,转瞬又恶狠狠的,"不管什么人,只要是中国人,不为我用,必为我杀!"啪的一声,那刀拍在近乎赤裸的女人背上,那女人已是惊厥失声了。

八玉一挥手,汽灯全灭,只剩几支鬼火般的蜡烛在摇曳,乐声凄厉疯狂,官佐们等不及地扑向抖缩一团的女人,群魔乱舞,污言兽行。

(三)

急剧的拍门声和吼叫声打破了小院的沉寂,兴州知该来的一定会来。他让嘉慧妈带着两个孩子到楼上,自己坦然倚卧。这躺椅是大老李让人定做的,可倚可躺,胜过竹床多多。

门被砸开,一干鬼子、汉奸凶煞煞地闯入,殿后的是八玉。兴州双目微闭,禅心若水,八玉倒不在意,嘿嘿奸笑:"我知道郑董事长此时最不想见的人就是我了,斗了几十年,你瘫了,话都说不囫囵了,明远也是我大日本的了!谢你劳神费力地把明远建了又扩,给了我们大日本一个新电厂,哈哈……"

"无——耻!"两个字清晰地从兴州嘴里吐出,八玉狂笑戛然而止:"还能说话?能说话就好!"八玉脸上的横肉拧作一团,"我是奉芜城最高日本司令官鸠占雄将军指令,限你两天之内全城恢复供电,必须召集你的工人立即上班,迟了别说我不讲情面!"

"先生,他这样子怎么去找人?再说工人早跑了。"嘉慧不卑不亢道。

"郑董事长的本领我是领教过的,他要办的事,一定办得到!"八玉换了副腔调,"你们中国人有句话,叫不打不相识,我们道虽不同,但不妨碍我对郑先生的敬重,你这样聪明的人不会不知道,明远的烟囱不够醒目?明远的厂房比满江红的店面小?可这么多天却没一颗炸弹下来,还有,"八玉弯下腰,油嘟嘟的嘴脸覆压下来,"不瞒你说,郑先生是早已上了名单的,可这些天有人骚扰没?我做这些,纯粹是出于敬重和多年的友情,中国要是你这样的人多了,也不至于这样。中国人没志气,内战、内乱倒在行,分分合合几千年,改朝换代只为做皇帝,实不配占有这么多大好河山,所以由我们日本人来共治共荣。至于郑先生,一定会得到皇军的重用的……"见兴州脸色黧黑,呼吸越发急促,又做悲天悯人状,"抛开其他不说,电厂停了,员工没饭吃,股东没利分,芜城也漆黑一片,于公于私都没好处……"这八玉不愧混洋行的,里外有理。

"老头子多年不问事了,这些人未必听他的,而且就是工人找到了,维修设备、启动机器,没个十天半个月也不行!"

"看在夫人面子上,宽限一天!"八玉奸笑着掏出一张花纸,抖开,"我们大日本皇军已任命郑先生为明远董事长兼总经理,继任芜城商会会长,即日起生效!"

兴州神情淡淡的:"我一废人,岂敢受此重任?多谢了!"八玉黑了脸:"姓郑的,别不识抬举,一个战败国的人是不配谈尊严的,更无条件可讲!"见兴州并无反应,一挥手,几个鬼子楼上楼下翻箱倒柜起来,楼上传来孩子的哭喊和嘉慧妈的斥责声,嘉慧不顾一切地要冲上去,却被一把亮闪闪的刺刀拦了,一番搜刮之后,两个孩子被鬼子从楼上推着跌跌撞撞走下来,嘉慧一边一个紧紧搂住,怒视着日本人。

八玉从嘉慧怀中揪出老四,拎着耳朵狞笑着:"模样还挺俊的嘛!你们不知道吧,码头上有个叫王天成的中药老板,竟敢不给皇军药材,他的十六岁儿子被皇军砍了头,脑袋就放在他家的中药柜台上,头上还戴着你们中国人最喜欢的绒帽,嘴里还叼着一只烟袋,是不是很有趣啊?!"八玉的声音阴森可怖,"这是不准任何人动的!一旦发现不见了,哪怕移动了一点,整条街上的人都得死,一条街上的房子都得烧光……"他对兴州冷森森地笑,"你不想这孩子也这样吧?"嘉慧拼力推开八玉的手:"别碰他们,大人的事,孩子知道什么?"

"哦,那就找大人吧!"他那张油乎乎的大饼脸差不多凑到嘉慧鼻子上,嘉慧厌恶地别过头去,八玉却淫笑着,"夫人虽不年轻,不过还是比一般俗妇有味道多了,皇军可是大大地喜欢啰!"兴州牙关紧咬,愤颜怒目。八玉得意扬扬,这个当初无数次拒绝他,与自己斗了大半辈子的人,已彻底躺倒,而且家被抄、妻被侮、子受辱,明远也终落入手中,他完完全全打败了这个高傲、极难对付的中国人,他享受着胜利的快感。

可再看,这郑兴州竟淡然了,那眼光是讥屑的、嘲讽的,甚至是可怜的,却比刚才那愤怒的眼神更有力量,更戳心,让他想起昨夜鸠占雄欺侮那个可怜的舞女来,他无趣乃至心虚了,觉得躺着的是自己,而郑兴州却是顶天立地了!

八玉蓦然又愤怒了,气冲冲道:"明天要看到聘书上你的签字,否则你就是第二个王天成!"他指向日本兵,笑得瘆人,"明天就是他们来拜访了,一定会让你们难忘的,如果执迷不悟的话!"临走掏出一张印有鸠占雄涂鸦的报纸,扔到兴州的病榻上,"受教吧!"

(四)

夹着烟尘和咸腥味的寒风下半夜卷了冷雨来,院门口两个维持会的汉奸可没料到这一招儿。

"里面早没声了,我们孬子一样守着!"

"队长有话,不得离开半步!"

"他搂着女人快活,哪顾得上我们兄弟风吹雨淋的?再说这一个瘫子、一个瘸子,老的老、小的小,跑哪去?不如到柳春园子暖和暖和!"一个歪戴着呢帽的黑影摇晃着离开了,剩下的一个缩到门洞里。一个影子身轻如燕翻过院墙,一轻一重地敲门后,大门便开了……

石仁送走三个孩子后又返回兴州家,虽未能说服兴州离开,却也定了接头暗号、密道逃生等应对之策。那天电话不通,石仁预感有事发生。这石仁来芜不久,又深居简出,外界对他不熟,他佯作路人经过,见岗哨森严,料知不妙。及至下午,那两个挎盒子炮的汉奸还寸步不离地守着,更觉事情比想象中的严重,好在他早和老柜议了分散转移的方案,当即去了同庆楼。这程经理正为郑老板担忧,满口应了,说有间密室,可藏两人。老柜那边更简便,他在河南有套旧舍,打扫一下便可入住。

石仁按着兴州的指点,移开神龛,便是道暗门,打开进了夹墙。石仁背着兴州,嘉慧搀着母亲,中间是两个孩子,不远处便有了一丝亮光,那是镂空的花窗,石仁用力拽下,便是个临巷的洞口……

停在暗处的几辆黄包车,载着他们一东一西疾去。东去的沿着陶塘跑了大半圈,一口气到了同庆楼侧门,等候着的程裕有引他们上了三楼大包房内的隔间。另一路悄无声息地到了老柜的一个亲戚家。

石仁长长出了口气。

这间七平方米不到的密室,是三楼最后端包厢与走廊对面的储物间连起隔出的,大老李把廊墙砌得与包厢里墙平齐,密室是贯通南北的狭长空间,走廊里鹰眼也看不出。包厢轩敞,不承想俗不可耐的半裸美女画后,稍用巧力,暗门便开。一床、一椅、一桌,再无转圜余地,倒是临了湖,几根木条隔的气窗,被爬山虎密密地遮掩。当初兴州打趣大老李:"莫不是你金屋藏娇用?"大老李粗声大嗓的:"我看中了,娶了做小就是了,哪用得着这偷偷摸摸的?倒不定谁能用得着呢!"没想今日落魄至此。

程老板置了碗、毛巾、水瓶等物,连夜壶也备下,若不是小了点,真可以躲进小楼成一统了。

"虽是鬼子、汉奸常聚之地,但灯下黑,风声再紧也查不到这里,郑老板宽心住,只是憋屈些!"裕有又指着石仁,"我不便常来,今后送饭、传消息就靠石先生了,他现在是同庆楼新来的跑堂。"兴州才注意到,石仁肩上搭了块毛巾,一副跑堂的势子。

"刚才没把那位师傅累坏吧?"那大个子拉得又快又稳,嘉慧还惦记着。

"他就是砸盆子的黄大个子,力气大着呢,也很可靠!"石仁笃定的口气。施仁得仁,黄大个子兴州是信得过的,不过石仁怎么联系了他,又为何这样信他?再想到他在战火连天、四面围困的绝境中把几个孩子送走,施巧计从鬼子眼皮底下把自己救出,还有他的神秘身份和推荐人夫子,兴州更觉他绝非常人。

"这些天难为你们了,要不是你们,我不敢想象今天怎么过!"天已透亮,一想起昨日禽兽般的八玉和鬼子兵,嘉慧不由得后怕。

"吉人自有天助,小日本穷兵黩武,与世界为敌,久不了!"晨光中石仁眸子灿亮。

(五)

兴州才安顿下,弋矶山医院那边却有不祥消息传来,明远一名暂避的工人被汉奸发现,他以陪家人看病为由搪塞过去,但显然已被怀疑,不断有形迹可疑的人来此打探。自兴州神秘消失,八玉和汉奸掘地三尺地搜,弋矶山医院自然是被怀疑的重点对象之一。石仁让工人深居简出,但百密一疏,遣散费支出殆尽时,难免不生内乱。

是夜,一群荷枪日军围堵医院大门,嚷嚷着要医院给他们接电,可医院的自备发电机功率太小,色让院长解释半天日军才悻悻离去。石仁又得到消息,日本技师二十余人已在前往芜城的途中,不日便可到达。

"找个恰当时机,让他们回明远,要保证安全!"兴州言语缓慢,却是深思熟虑的,"接电不过是个借口,是敲山震虎!"

"我也有此想法,日寇占领已成事实,短期局面恐难改变,硬抗和躲避都不是好办法,可由色让院长出面,与日本人谈,在保证安全的前提下,让他们下山。"石仁又道,"大部日军已离芜,复电更多的是为百姓和社会。要在日方技术人员到来前下山,争取主动。"

"当初说人跑了,现在又冒出来,不怕日本人翻脸?"嘉慧为工人担忧,又觉得日本人会找医院的碴儿。石仁笑了:"这八玉工人没抓到,连行动不便的董事长也没看住,在军方丢了老脸,现在有了一批技工,喜欢都来不及,少不得把这

十八 明珠蒙难 | 295

事作大功吹嘘一番,哪会治他们的罪?更不会找医院的麻烦。即使是日方技工到了,也少不了这些熟练的中方员工,他们又不是抵抗人员,军方也不会为难他们的。"兴州觉得还是谨慎些:"即便日方承诺了,也应分批下山,晚上要回来,家属也留在那里。"

"可进可退,工人也易接受,董事长虑事周密!"石仁透过窗上细隙眺望湖对岸的明远,"老明远的人在,这明远就还是我们的!"兴州喃喃的:"是的,明远还是我们的!"他看着谜一样的石仁,"你打算去哪里,回明远吗?现在的明远可不一样了。"已隐约猜出他的身份的兴州,既愿他回去,又忧他安全,他已是兴州最倚重的人。

"董事长在这里一天,我就做一天跑堂!"这里老明远的人不少,石仁混杂其中,不会引起怀疑,"若董事长同意的话,以后有机会我还想回明远,我想他们也需要财务方面的帮手。这岗位更清楚他们掠夺的一举一动,也给董事长多条知晓明远的渠道。"

当那股熟悉的混杂煤尘味的晨雾从窗棂飘来时,兴州一个激灵挣扎着起来看。嘉慧吃力地将他挪到椅子上,将他的大半个身子支撑在靠窗的桌子上,他的目光顺着那巨大的六角形烟囱慢慢向上,一抹黑烟缭绕,明远的机器又转动了!兀的一点猩红刺痛了他的眼睛,他努力睁大眼,真真切切,粗大的烟囱上,斜插着一面膏药旗,在烟尘里奋拉着!

"明——远!"兴州栽倒在椅子上,又连同椅子歪倒在地上……

"必须让董事长离开这里了!"石仁看着昏沉沉的郑兴州,说了早已有的主意:最好回老家,那里还没被日本人占领,山重水阻,日寇一下子到不了那里,这多山之地对日本人战略意义不大。

"是的,这里虽安全,可万一被发现,同庆楼上上下下都会遭殃,再说工人已复工,又有你们在,再待下去意义不大,天天看着烟囱上的膏药旗,不利于他的康复。"嘉慧还担心着四散的孩子的安全。

"可前几天吃饭的汉奸还议论呢,说是八玉让守好城门,清查户口,他们之间一定要有个胜负!"裕有忧心道。

"这次是全家一起走,老柜的房子也有人在窥探。"石仁似下了决心。裕有疼惜地捏着兴州已无多少知觉的手:"郑老板病情反复,不管多难,一定寻个万全之策。"

半个月后的一个早晨,一辆卡车隆隆地开到南门城关,在稀拉的进出城关的人中尤为显眼。大肚子班长瞄一眼特别通行证,冲副驾驶的程裕有一点头,做了个放行的手势。这是同庆楼去山里的采购车,十天半个月总得出次城拉货。一个笑面虎般的家伙凑过来挤眉弄眼:"往常出城的车子是空荡荡的,刚才我瞄了眼,上面鼓鼓囊囊的,说不定有点油水呢?"

"你净想好事,人家老板带点城里东西进山有啥大惊小怪的?有皇军的通行证呢,是你我可以查的吗?当官的还有皇军天天在那吃香喝辣的,你聪明过头还是脑子坏掉了,净想着发财?"看着慢慢起动的汽车,他大声训斥着。这半月隔三岔五就被程老板邀去喝两盅,大肚子班长早和程老板他们成了朋友,他倒怕这同庆楼的车不夹带些私货呢!

一个"十三四岁,往外一丢"的游子,于古稀之年挈妇将雏惶惶归。

十八 明珠蒙难 | 297

十九 魂兮归来

（一）

　　故乡在，家舍却无。芜城明远的大老板、名震江淮的安徽省商会会长，在老家竟无一砖一瓦的私产，族人将正放寒假的兴州小学最好的三间教员宿舍腾出，赤身归来的兴州一家方有安顿之所。抗战期间物资奇缺，山环水阻之地，族人却置齐了生活必备品。

　　枕山、面屏、环水，熟悉的乡音与气息，兴州似回到久远的从前，嘘寒问暖淡了街头的哭喊呼号，又有一家团聚之喜，他一度忘了明远，忘了自己的病痛。可兴奋渐去，兴州因念明远之失，旧疾渐重，嘉慧和五子因奔波惊吓和水土不服腹泻发烧，老四体质本弱，又被恶煞般的八玉恐吓，当夜说起了胡话，这些日子东躲西藏，一路颠簸，更高烧不退，口出癔语。

　　协之请的县城最好的郎中，并无仙风道骨，连袖口也是破的。老者逐一施诊，搭脉老四时，眉心跳一下，嘉慧的心似被什么蜇了一下。轮到嘉慧时，她婉拒了。必须有个"健康"人，那只能是自己了。老者连开六张方子，只是兴州那张斟酌再三。

　　"芜城好多大药房被炸了，关卡重重，交通不便，有几味药本地配不到，只好用其他药替代了！"老者叹口气。

　　"老四……？"嘉慧惴惴的。

　　"万不可再受惊吓！"老者并无多言，去兴州榻前嘱咐后告辞，诊费却坚辞不收。

　　嘉慧又一如过去那样煎药熬汤了。以前是渐渐恢复的老头子一人，现在是一加五了！厨房一溜排开六只药罐，每只贴有编号，先中火煮开，再小火煎，得熬个把小时,药未煎好,又得择菜做饭了。这饭菜也马虎不得,要清淡却不寡淡,让并无多少积蓄的嘉慧愁肠百结。

嘉慧每个毛孔都贮了药味,直至来年春上万物苏醒,蚊虫竟不沾身。好在子健吃了两服药便复原,老二、老三也不再发烧拉稀。

艰难中1938年的春节临近了。偏安于重峦之中的山乡,不断有年猪的叫唤声,零星的炮仗声里,有了孩子们的追逐嬉闹声。

这是他们一家在老家过的第一个春节。季节的笙歌依旧动人,厨房摆满了邻人送来的鱼肉糕点。兴州病情反反复复,老四也时好时坏,年三十这天,嘉慧还是把药罐刷净收了,她要停药三天。

嘉慧的徽菜已做得像模像样,且是正宗的徽州食材。子健在厨房给嘉慧打下手,一种馥郁的膏香,在轻寒的空气里氤氲不去,除老四,其他几个不时探头探脑,往日的长吁短叹换作了兴奋的叽叽喳喳,再过个把时辰,就是万家灯火、酒菜飘香的年夜饭时刻了,劳作一年的乡人们围炉而坐,品尝着最质朴却是最正宗的徽菜,享受这辛苦一年的犒赏,而历经巨大变故和痛楚的兴州一家,也在连绵不绝的爆竹声和暖黄的菜油灯里,煎焯烹煮,除旧布新……兀地,一阵低沉而巨大的嗡嗡声把嘉慧的心攫住,那惶恐的记忆之门暮然打开,惊惧间,剧烈的爆炸声在犟岭响起,紧接着又是两声巨响,离得更近了,几处茅屋有烈焰腾起,人们无头苍蝇一样乱跑,女人哭,小孩叫,鸡飞狗跳。

日本鬼子的飞机撵到这里了,且是在这样的时刻!嘉慧丢了菜刀,仓皇去兴州床边,拂了他苍青脸上的浮尘,又跌撞着赶到孩子们的房间,子健已把兄弟几个拢在腋下,嘉慧急上前把他们扯开:"都快分开,躲床档里!"唯有老四不动,她吃力抱起,一个趔趄差点跌倒,她的心和老四的身子一样沉,双膝一软跌坐下来,怀里的老四软塌塌的,头无力地耷拉着,嘉慧忙把手放在他鼻子下面,气息几无!

"四儿!四儿,你怎么了?"嘉慧撕心裂肺地大哭起来,更猛烈的爆炸声响起,屋子颤动起来,她扑在老四身上,昏了过去。

(二)

四子就葬在学校对面的犟岭上,嘉慧整日对着山头垂泪,茶饭不思,孩子们

十九 魂兮归来 | 299

也悒悒的，须得换个环境，且开春后开学，教员宿舍不可再占用。日军占领芜城前，兴州已汇了一笔款子，足保学校一年之需。城关医疗条件比这里稍好，消息也畅通得多，他依旧放不下明远。

可本不厚的家底，又被鬼子抄了个底朝天，加上匆忙出走，连换洗衣服都没带全，在县城安家近乎奢望。

"不行我再做点小生意，孩子大了，能跑腿了。"渡过年关劫难，兴州又开始操持一家生计来。这日协之探望，说了自己的打算。这持续的皖南大轰炸，协之宣城的产业也毁于一旦，他虽为明远大股东，可明远被占，股票一文不值，便在县郊开了二十亩山地糊口，当然，作为县党部监察委员、财务委员长的他还有点工资。

协之知道兴州定下的主意不会轻易改变，但这战时的生意，一个健全人未必能做好，且不说是个半瘫的老人，便劝道："你在学校里的那笔钱，用点也误不了孩子上学，学校缺钱，我可以以财务委员长的身份，给学校拨款，这也是制度允许的；粮库也可支取一点口粮，你是粮库的设立人，粮本是你的，现在没谁比你更符合条件了。"

"万万不可！"兴州拉下脸，"孩子的钱不可妄动，我郑兴州还没到从孩子身上打主意的地步，至于粮库支粮，更是假公济私！"半响，又缓和了口气，"你济我多次，还要养活一大家子，就别操我的心了。租房子的钱我还有，真不行嘉慧还有点首饰，也能当点钱。"

"这点钱就留着吧，吃饭、看病，还有做小生意哪样不花钱？"早在兴州回绩溪时，协之已在县城看中了舒家巷的一处房子，一大三小，闹中取静，只是房租贵了点。

协之出面，房主听说是租与郑兴州，虽家具一应俱全，租金却减了半。协之付了半年租金，帮兴州搬了进去。

县城消息灵通了许多，晚上昏黄的灯光里，常有从芜城撤离的故旧看望叙旧，不仅多了些活气，兴州也觉得离明远近了一步，心情开朗不少，身子稍有好转，真的做起布匹生意来。子健按他指点，摸到一些生意门道，在抗战的艰难岁月，算是有了糊口营生，后子健又谋了个教职，一大家子终有了一个稳定的收入来源。

（三）

八玉近来的癖好之一就是坐在兴州的办公室桌前，看那高大六角烟囱喷吐粗黑的煤烟，那是帝国的滚滚财源。他摇晃着肥胖的身子，惬意地听着这破藤椅吱吱呀呀的叫唤声，舒适得浮起。这舒适，是几十年积攒下的，还可消化几十年。以占有者的眼光看明远，他对郑兴州是满意甚至是有敬意的，换作任何一个人，明远撑不到现在，且厂子刚扩建，主设备一流。现在煤炭是低价从淮南强拉来的，支出大头就是工人的薪金了。即便与中方技工做同样的事，但来自大日本帝国的技手（技术员），工薪是中国同行的数倍。他们佩少尉衔，在车间颐指气使，在街头连日本兵见了也立正敬礼，这是他八玉的明远，它的主人配得上这样的尊敬。

刺刀让人规矩。电费无人敢欠，窃电几近绝迹，顽劣横行的青皮、二刁蛋及市侩、恶棍，无一不到期就把电费奉上。之前郑兴州微涨电价沸反盈天，现在电价翻番，却无人敢说个不字。即使是驻军和军政机关电费全免，仍有大笔盈余从明远流出。

可八玉心里还是硌硬着。听说郑兴州已安全地回到了老家，八玉对明远不过是占领而没有征服，那个叫嘉慧的女人的眼神是冷而鄙视的，他后悔没有更进一步，原想他们是溜不掉的。现在要把明远当郑兴州的女人，可劲地蹂躏，像那晚鸠占雄作践那个中国女人一样，他有种不可名状的满足与快慰。

为迅速接管明远的账务，及弥补财务人员不足，原财务人员石仁留任。作为财务室唯一的中国雇员，石仁躬行谨饬，做的是烦琐的登记入账等杂务。日人的账务既简单又复杂。各种报表极简，只重视盈余数字，且这数字很少留迹账面上。但以日本人的细致和认真，每笔细小的进出都细致记录，且要统计到各明细账册之中，不可有一点粗疏，石仁溺在数字里，却只见一斑，恰是日方所希望的。日籍员工一律日语交流，可他们并不知道石仁大学也修过日语，从这海量且似无关联的数字和他们的对话中，他便可估出个大概来。大笔资金不断被转走并用于侵略中国的战争，石仁血一次次上涌，脸上却是迷糊恭顺之态，对方觉得他不过是混口饭吃的无脑中国人，连明远员工，也因他主动留下且恭顺地"帮"日本人做事而改变了对他的印象。只有中共南京市委的同志，才知他的底色。

作为兴州绩溪同乡的石仁出身望族,与胡适老家仅隔座山峁,与胡妻江冬秀是远亲。父辈在芜经营一家叫满江春的大药材行,在日机第一次大轰炸下便中了一颗炸弹,众多亲友连同药材行葬于火海中。

学业优秀的他,却不是一只书虫,而是北大有名的学运分子,因了胡适这大伞罩着,多次有惊无险。抗战风云起,生物系毕业的他被组织安排在上海开办医药公司,为新四军购买了大量禁售药材,还研制了一种止血新药,用于伤口止血。正待深耕,组织却派他回老家,通过夫子的关系进了明远,但他并不以老乡的名义与兴州走得过近,不显山露水地开展芜城地下工作。按照中共南京地下市委"了解分化、联系职工群众、开展一般活动"的指示,他将朱军秘密发展为党员,培养了发电车间祖斌等入党积极分子,还在芜城两大工人协会——黄包车协会和纱厂协会中发展党员,参与营救兴州的黄老大和另一位黄包车师傅都是党员。

白色恐怖下,组织又要求他"长期潜伏、积蓄力量,以待时局变化"。而眼下芜城各种矛盾特别是与占领者的矛盾激化。即便是过去从未发生过工潮的明远,也群情汹涌。日本人占据各科室管理岗位不说,车间的中国工人,同工不同酬,稍不如意便被斥骂,乃至拳脚相加。朱军所在的线路队,领队谷夫打骂工人更是常事,且以调戏侮辱妇女为乐,对看不顺眼的路人就是一耳刮子,被打的人还得对他低头哈腰!

那叫野田的精瘦老头,是明远日方的领头,一副高冷莫测的样子。

(四)

血雨腥风一年,刺刀铁蹄下,市井抗争之声渐息,颇有"共荣"之象。日伪借此大做文章,轮番上演"庆祝"好戏,高潮就是伪政府大礼堂举办的庆祝晚会,群丑登台,论功行赏。组织上要求配合新四军的袭击,明远电厂准时停电。

"这个不难,礼堂边上有个专用配电站,到时给弄坏了,或者干脆让新四军扔颗手榴弹,保准这一带没电!"晚上石仁以下棋名义把朱军和祖斌、张通如邀来,祖斌第一个发言。

"配电站离政府近,不远就是座炮楼,周围是片开阔地,袭击人员难以靠近,撤不了。另外鬼子这段时间肯定会加强对配电站和线路的守卫,稍有不慎,袭击计划就泡汤了!"石仁显然现场勘察过。

"把通往礼堂的那条线路铰了,到时候大礼堂那片都没电,撤退也方便。"朱军是老线路了,对全市线路了如指掌,剪线更是拿手好戏。石仁搔了下脑袋,仍觉不妥:"这等于给鬼子指明了撤退方向,鬼子机动能力强,两条腿跑不过四个轮子,且铰线这事最终会疑查到我们头上。还有真打起来,往哪撤、怎么撤都是随机应变的。"

"那晚正好我值班,设法把锅炉弄坏,现在是单机单锅炉运行,锅炉坏了便全歇,鬼子就变成瞎子了!"通如干脆来个釜底抽薪,"大不了出事我一跑了之,反正也不想在日本人手下干了,为他们卖命还受气!"

"车间有日本技手,门口有武装岗哨,都乌眼鸡样地盯着,那几天只怕更紧,不说你下不了手,就是破坏了也未必走得脱!"朱军也谨慎起来,通如手里的棋子半天落不下来。

"举棋不定啊。"石仁并不相催。兴州离开后,这副棋便从老柜传到他的手上,耳濡目染,没事时石仁也喜欢走两步,又发现这是聚会的好由头,就新配了棋盘,这棋便是一番新景象了。

通如棋力不输石仁,只是心思全在他那方案上,局面被动,看似落点不少,细究却处处有暗门子,又被朱军说乱了心思,便走了步闲棋。石仁并不出手,转向对祖斌道:"你上次不是说有台锅炉异响,一直带病运行吗?"

"是吹风设备出了问题,若是以前早修了,现在日本人只用不修,我们也糊一天是一天!"话一出口,祖斌愣了一下,恍然道,"你不是在打它的主意吧?"石仁笑眯眯地看着他俩:"都几十年老技师了,办法一定比我多,就看你们的了!"说完将黑马在通如的老将斜角立定,老将左右受掣,只得上下游走。朱军笑了:"躲了马腿,又送炮口!"通如抬头,不知对方何时炮架中路,打自己一个措手不及。

"你这是'明修栈道,暗度陈仓',重来、重来!"

"说得好,到时候你俩就明修栈道,来个暗度陈仓!"石仁把棋子一推,"我们再议一下,看这棋究竟怎么个走法!"

（五）

庆典鼓点愈密，枪炮声愈稠。新四军及友军在繁昌、南陵一带展开系列攻势，繁昌县城五次争夺，毙寇千余。外围风声鹤唳，城内愈加粉饰，大小店家不得歇业，梨园票半价，街巷刷满了花花绿绿的标语，街头充斥着媚日演出。骑着高头大马的军人扬威于闹市，隔三岔五便有凄厉的汽笛响起，光怪陆离的市井中遍布恐怖气息。

电厂的日籍技手和主管也打足精神，对中方员工却是少有的和善，只是门口加了双岗，对进出的中国工人严查细验。

庆祝大会本已准备就绪，可当日下午，鸠占雄突令把原定在伪政府大礼堂的会址改为司令部所在地的中山大礼堂，外人更难混入，且配电站就在日军兵营里，使得石仁的"电厂停电与配电站破坏"的双保险变成电厂停电这唯一选项，不及再聚，石仁单线联系，让通如、祖斌分头准备。

车间这边也突发变异，野田把对机械一知半解却暴戾的谷夫从线路队调到车间，这个在战场上被中国军队炮弹震得脑震荡的退役少尉，对中国人仇恨刻骨，一旦头疼发作，便要打骂中国人出气。这里没了大街上随意打人的自由，可谷夫一旦喝了酒，就是人见人怕的活阎王。野田此时调他，用意不言自明。

石仁没有也无法改变计划。通如和祖斌是上下班，这两天一直悄悄加大水量，使水位处偏高状态。陶塘水流不畅，冬天水质更差，曾因水质问题管道多次锈蚀，管壁早已斑痕累累。水位一高，负载加重，噪音也更大。谷夫虽有疑惑，但祖斌和通如解释是锅炉吹风问题，锅炉吹风是老"病"了，日本技手也无奈，且现在大修也来不及了。

野田调谷夫本意是恫吓这批不臣之心的中国人，好应付这闹剧般的庆典，不想锅炉间的高温、高湿和高分贝噪音，让脑子有伤的谷夫如坐针毡，难以久持，不得不靠酒精麻醉，对越来越大的锅炉噪音不甚敏感。

晚上通如接班，祖斌眨眨眼，示意按计划进行。有个醉醺醺的谷夫在，日本技手也不愿在此多停留，交班不久，锅炉过滤器便有蒸汽喷出。通如"观察"了一会儿，才磨蹭着拿起检修工具，扯下歪在椅子上打盹的谷夫，指手画脚比画一番。谷夫此时酒也吓醒大半，瞪着血红的双眼，劈头一巴掌，早有防备的通如灵活地跳开了。谷夫大怒，弃了这越来越大的喷气声，寻了根铁棍劈头盖脸地抡过来，被野田约束着，他几天没打人了，蓄积的力与怒都在这根铁家伙上。通如自然又躲，猫戏老鼠般，谷夫火气盖过那咻咻的喷气，提着铁棍踉跄地追，猛听得"八嘎"一声断喝，抬头见是野田一双喷火的眼睛。这瘦小老头似有种魔力，高大的谷夫立马萎了，咣当一声铁棍落地。

不知因锅炉还是谷夫寻衅，野田得了报告便赶来，他顾不上谷夫，赶到锅炉间，也是倒吸一口凉气，一边叽叽哇哇让技手抢险，又以与年龄极不相称的速度向办公楼奔去，那有直通司令部的电话！

待野田小跑着回来，锅炉间已雾作相对人不识。

"经理，必须立即停炉抢修，用备用炉！"通如大声道。

"开备用炉！"野田瞥了通如一眼，那眼神令通如通身过电一般。几个日本技手应声去了二号炉。蒸汽已不再从过滤器泄出而是从炉膛直喷而出，这是极险的信号，也许就在下一刻，炉膛就会爆裂，威力不亚于一颗炸弹，不仅价值数万的锅炉报废，在场的人也将尸骨无存！

"野田君，赶快熄火吧！"技手战栗地请求，"经理先生，快请停机！"谷夫肃立如桩。所有人屏息静气地注视着野田的嘴，虽然可能听不清，可这嘴唇只要翕动一下，不管说什么，紧张得快崩溃的人们立马做停机操作。

野田若老僧入定，通如明白这无为便是为，他在争取时间！哪怕给司令部那边多供电一分钟，自己和现场这些人灰飞烟灭也在所不惜！延迟一点，备用锅炉启动时间就多一点，停电时间就缩短一点！

已有一丝火苗裹着烟气嘶嘶地从炉膛喷出，灼热的气浪让众人不由自主地后退了一大步。野田低了头，通如立即奔前去，众人也明白过来，一齐动作，停煤、停风、关闸……

迫在眉睫的爆炸险情被排除，全城瞬时陷入黑暗，野田轻叹一声，不管不顾地走了，留下一个落寞、瘦小的背影。

几分钟前虽已得报，可鸠占雄此时正在主席台上大谈繁昌大捷、中日"共荣"，谁也不敢贸然上去打断，只好一边到处寻汽灯，一边盯牢会场。这临时会堂只有个宽轩的场面，堂皇的后场凌乱不堪，虽有两三盏破旧汽灯，汽油却无觅处。灯泡眨下眼便熄了，蒙了一下的卫兵随即冲上台，可比不上刺刺冒烟的手榴弹快，接着又是一颗，有几颗在台下人群中炸开，众人夺路溃逃，相互践踏，出口处子弹噼啪,几只手电光柱乱晃,被乱枪打落,待大批日军赶来,袭击者已不见踪影。

"盛宴"变丧宴,多名日军官佐及汉奸伤毙,被卫兵扑倒的鸠占雄却躲过一劫,可他那把祖传的、浸染无数中国人鲜血的腰刀被弹片崩断,飞起的刀刃扎在胳膊上,他的右手永远丧失了提握功能,再不可肆意杀戮了。更让他气恼的是,就在当晚,粟裕率领的新四军夜奔数十里,袭击了距芜城不到十公里的一个重要据点,前后不到二十分钟就结束了战斗,伪军一个连被全歼,带队的营长因当晚参加鸠占雄的宴会而留了条命,不过在会场被炸伤了腿。

后来坊间传闻中,这场夜袭被绘声绘色地演绎成多个版本,给血雨腥风下的江城百姓以慰藉和鼓舞,也使敌伪顽恓惶不安。

鸠占雄不久调离芜城。

(六)

野田一身石棉装,径直到灼热的锅炉前,一猫腰钻进去。通如试下炉口的热气,至少有四十摄氏度,炉膛温度就更高了,赶紧让人用水管向炉膛喷水,也套了石棉服,又用水浇了个通透,一猫腰把脑袋伸了进去,密闭的炉体令人窒息,出汗如浆,裸露处碰到炉体,疼得发痒。通如猫在炉口,打着手电,与野田配合默契。

炉内壁多已变形,炉膛开裂,水管结垢腐蚀,通如后怕了,倘若迟一分钟,甚至十来秒,说不定就炉毁人亡!他对一声不吭查看的野田感到心情复杂,坚持到最后一刻,不唯技艺高超,更胆识过人。

野田出炉,对几个日本技手吩咐着什么,精湿的通如晕乎乎朝洗澡间走,在拐角处被人一把扯住,是祖斌!

"石同志让你快离开,跟我走!"通如遽然清醒了,随祖斌绕到宿舍后面的围墙根,祖斌塞给他一个小包,"这是你的衣物,还有石仁给的经费,你马上到大昌,墙外有人接应!"通如踩着他的肩晃悠悠地升上墙头,一辆黄包车已停在路边,一个高大身影跑来,接住跳下的通如,夜色中拉着他一溜小跑着离开了。

通如离去不过几分钟,大队日伪军就把本已被军管的明远围住,除当班人员外,包括石仁在内的中国工人全被看押在食堂,野田在内的日籍人员也轮流到二楼会议室接受讯问。

这些中国工人本欲被带往宪兵队,当不见了重要当事人张通如,案情似乎大白,鸡飞狗跳闹腾一番后,放人收兵,电厂还等着这些人换班。看着慢吞吞走向宿舍的石仁,祖斌与朱军对下眼色,也混在人群中回去了。

(七)

"当、当,当——"熟悉的两短一长敲门声。作为财务人员,石仁享受住单间的待遇,虽是一排末尾最小的房间,却给他的活动带来诸多便利,他以下棋打牌的名义多次召集党员和积极分子开会,这敲门声就是暗号。

石仁皱了眉,说了近日少联系,难道有急事?还是……墙上是半裸的女星画报,衣架上是最流行的雪灰色大氅,当然少不了那副角质象棋。他把那本《廊桥遗梦》展开摆在床头,抹了一下油光锃亮的分头,吹着口哨打开了门。

是野田!

"不速之客吧?"野田脸上僵硬,语气却温和,中国话也地道。

石仁侧身伸右手,弯腰做了请的姿势,脑子中急遽搜索野田与自己交往的点滴,可只有一片空白,他惊疑着:野田缘何突访?又怎知接头暗号?……

"不知大驾光临,屋子太乱了!"石仁把书合起放到一边,又欲拿走桌上象棋。野田止住了:"中国文化博大精深,象棋也为我所好,闻听石君棋艺高超,故而冒昧请教!"

"岂敢、岂敢,不过是打发时间而已。"他洗杯泡茶,是皖南名茶毛峰,野田眉目少有地舒展开。

"听说原来的郑老板喜爱下棋,你们一定切磋过吧?"野田摆棋很熟,看得出不仅常下,且是个快手。

"下过,还不止一次,我棋艺不精,输多赢少!"

"哈哈,他是'象棋第一'嘛!"连郑老板这雅号都清楚,不知他还有什么不知道的,事已至此,走一步看一步好了。

"他是我敬佩的人,只可惜他再也不能弈棋了!"野田出手,不过是惯常的跳马,可攻可守。

"他比我幸运,他有五子,我只有两个,都效忠天皇了!"

"您是位不可多得的电力专家,却是一个不幸的父亲!"石仁用象兑了拱过来的卒,刚才失了方寸,丢一马两卒,门户洞开,对方完全可以长驱直入的,他不明白野田何以踌躇不进。

"郑先生也很不幸,他一子死于大轰炸,才七岁!"

"是太不幸了!"野田落子无声,且是步闲棋。

野田的车、马在石仁腹地左冲右突,老炮坐镇中间,石仁左推右挡,不时施以冷炮,敲掉对方一两个火力点。

野田似不经意问道:"张君棋力如何?"石仁陡然一惊,果然火力试探了,便迎上去:"先生是说来此下过棋的张通如吧? 棋力在我之上,只是行棋急点,有时坏了大局。"

"坏了厂里的大局?"野田的目光能刺到人心里去,但只是一瞥,又落回棋局上。

"坦率地讲,他下棋是冲动些,但厂里的,倒是于各方都有交代。"石仁拂了下油亮头发,笑了。

"这说法有趣,看来得奖他,只是找不到人了。"

"害得先生这大岁数还钻炉膛,奖就不必了,不过这也是您让我敬佩的地方!"

野田举子不定,最后退回半场:"他让我钻了炉膛,黑漆着出来,还让我背着'对天皇不忠'的罪名回去,"他嘴角挑起,牵起深深浅浅的皱来,"我的人也'黑'了。"

"什么? 先生要回国?"石仁真的吃惊了,"就为这事? 您处置有何过错?"这位刻意与部属保持距离的老头蓦然亲切起来,强占既成事实,换了他,或许下任更差。

野田苦笑:"我是抱了成仁之心的,军方认定我管理不严,让明远混入新四军。"他瞟了一眼石仁,"有人怀疑还有同伙,我否了!"又换了副嘲讽表情,"要不是我两子都战死,他们定会怀疑我是赤色分子!"石仁心下一沉,又一热:"您是我最尊敬的日本人,我想许多善良、正义的人会感激您,明远也会记得您!"

野田垂下头,鬓已星星也:"我是给孩子们赎罪来的! 熟读中国唐诗宋词,尤喜欢李白先生的诗,向往诗中山川景物,却从未想以这种方式来中国,满眼惨绝啊!

"从上海一路过来,触目惊心！李白先生在当涂、天门山的遗迹处遗尸狼藉,狼烟纷纷,我们日本人干的啊！虽不能违抗当局,但良心不许我再做错事！"

　　"有先生这样良心和正义的人在,风暴再强只能肆掠一时,孕育了唐诗宋词的中华大地还会诗意盎然的！"石仁给野田斟茶,殷殷道,"中国人有句古话,'善有善报,恶有恶报',野田先生回国,我们失去了一位良友,但能善始善终,安归故里,也不失为一种福报！"

　　石仁似乎忘记该谁走子了："先生热爱中国文化,喜读李白,这位大诗人在芜城一带留下不少足迹,明天我陪您去转转,毕竟您来中国一趟不易。"野田干枯的脸上现出一丝苦笑："谢石君美意,此时去拜谒诗仙,怕是侮辱了他。再说战事频发,我岂有游趣？"他放低声音,"我已上军部黑名单,你不宜和我在一起！"

　　石仁竟一时词穷："野田先生,这棋还没下完呢……"

　　"我已知结局了！"野田打断他的话,"多你一马一炮尚赢不下你,现在你我旗鼓相当,能和就不错了！"说罢起座,在门口又似不经意道,"有另一批人要来,围墙也加高了,石君勿要随便找人下棋了！"石仁一鞠："山高水长,先生一路顺风！"

　　翌日一早,野田便悄然离开明远,搭乘大丸号回国。站在二楼尽头野田空落落的寝室门前,石仁发现他的窗子正对着自己宿舍门口,也许这就是他当初把这间宿舍拨给自己的原因,毕竟对财务室唯一的中国人,他要日夜置于自己眼皮底下。石仁庆幸又自责,换了第二人,自己还能站在这儿吗？这默然离去的老人,有着现在日本人最缺的良知和道德,是喧嚣杀伐世界的一股清流。他真诚地为野田祈祷。

　　石仁有所不知,在野田回国的大丸号上,还有一个落寞的身影,便是在芜经营数十年、对日本天皇忠心不贰的八玉！因了这次事件,被褫夺公职,他不介意,甚至不惧被押回审判,只是忠心被侮、大业未竟让他憋屈不甘,看着渐渐远去的芜城,他以一个肥胖老人少有的迅捷跨越栏杆,在看管士兵和众人的惊叫中没入浊浪中……

十九　魂兮归来 | 309

二十　星陨州暗

（一）

　　山中无历日，寒尽不知年，转眼是 1941 年春。有嘉慧悉心照料和大夫调理，更有家乡山水的滋哺及亲友的抚慰，兴州一度回春，听闻明远停电夜袭、国共联手抗日，更觉河山光复、明远收回之望不远，他常和协之及滞留家乡的常梦飞等商议重整明远之策，与石仁也有联系。

　　可震惊中外的皖南事变爆发，皖南丛山深处的枪声，给了病榻上筑梦守望的兴州以最后一击，延至中风第七个年头的兴州已油尽灯残。奄奄之躯，自觉难以等到国家光复之日，复国兴业梦碎，便失了最后一丝精气。这年春节，日机又在绩溪县城上空轮番轰炸，天天狼烟四起，日日哀号不绝，明远大股东之一、协之好友、著名徽商洪荣章子侄二人被炸死，一个是洪氏家业的接班人，一个是已任区长的政界新秀，洪荣章受此打击，不久便含恨过世，不过六十七岁！

　　兴州闻之大恸，大有兔死狐悲之哀。

　　大轰炸不仅毁了兴州最后的救命稻草——布草店，也一次次刺激兴州极脆弱的神经和愈加狭窄的血管，四肢知觉全无，言语不清。大夫号脉后，退至外间，神色愀然："怕是药石难济了！"转而又安慰嘉慧，"这也是他，别人挨不到今朝的！"

　　"药还是在吃的。"见大夫迟迟不动笔，嘉慧不甘心。这大夫的药单越发地短了："这是温阳保命的，好歹过了这个年吧！"

　　兴州又奇迹般地挺过一个夏天。

　　六张嘴，不是吃饭就是喝药，靠子健每月那点教书碎银，自是入不敷出，虽有协之和众亲友接济，远在芜城的石仁和老员工也捎来钱物，但嘉慧谢绝的多，这年头一粒米过三关,谁家都不易。

只是有一人的礼不能不收。这天,门口有人扶进来一老者,那老者进门便拜。细看竟是二狗子李二。兴州黯淡的眼里有了光。李二被明远除了名,临走时,兴州给了他三十块银圆,他拿了这钱回县城买了个铺子,做起了小生意,倒也衣食无忧,后来娶妻生子。这扶他进来的便是他的儿子。

兴州不知道的是,李二此时肝病已久,自知时日不多,闻听老板回来,拼了命让儿子带他见上一回,圆了他最后一个心愿。不久便先兴州而去。

兴州拖着病躯,一家搬到了租金更低廉的当铺巷。贩夫走卒、引车卖浆者聚居之地,终日熙攘,至夜不休。

这样的嘈杂逼仄于兴州更为不利,不过已不重要了。万木萧萧,兴州委顿枯槁,吞咽功能渐失,米粒难进,连水也只能点点滴入,身子轻得子健一抄手便能抱起。无力回天,倒静了,将后事又琢磨一遍,他要在自己头脑清醒时安排好。

后事倒也简单。无钱也不必厚葬。墓葬之地倒是现成的,便是止原公墓。徽州"七山一水一分田,一分道路与庄园"。徽人崇文重教,更重风水,即便客死他乡,也多停丧不葬,徽州在各地的同乡会所,多有专处作停灵之用,待机运回故里厚葬。浪费本已金贵的山林土地,而穷人则连块安葬先人之地也难觅,多葬村头路边。这公墓原是兴州、汪夫子及四十二位绩溪开明士绅为节省土地、移风易俗在十多年前倡导修建的,"止原公墓"四字是胡适先生的手笔,胡先生还撰写了《绩溪新建公墓启》以昭彰。作为倡导和出资人之一,兴州当时想着叶落归葬于此,现在倒真遂了心愿,有众多乡邻陪伴,便不寂寞,算是葬得其所了。

归期在即,剩下孤儿寡母,这辈子除亏欠父母,就是月萍和嘉慧了!他将追月萍而去,留给嘉慧的,除了大小四个孩子,还有一堆债务,不过四十多的她,背驼面苍,俨然一乡下老太!一天煨两次中药,八年了,她熬的中药就该盛满半个陶塘了吧!久病少情,可三千多个日日夜夜,嘉慧朝钟暮鼓,敬奉若初!

耳边是嘉慧的呼唤,悠远如在天际又近在耳畔,把他又唤回,鼻息间又是那苦涩的药味。一切如云烟,只是这唤声没变,永远是她的"阿宝",一个永远不老、不离的"阿宝"!他大恸,一股生的渴望泛起,多想再搂她入怀,闻一闻发髻间那股洗不尽的中药味,更欲抬手,抚平她脸上的皱痕,让笑靥重开,他还想……可不能了啊,他什么也不能,连应她也不能了!他所做的只是不再张嘴,这

二十 星陨州暗

样多少能减轻她的辛劳,能为她做的唯有这点了!

他又昏迷了,迷蒙中,却见次廉含了烟斗坐在了身边!程董事长不是已经归去了,就在他离开芜城的第二个年头?原来是假的!让兴州意想不到的还有坐在轮椅上的老柜,哦,连佝偻了身子的中浩也来了!

"程董事长,我郑兴州无颜见您啊,我把明远丢了!您再领着我们干吧!"次廉不言,那一口接一口的烟遮了面目。

"老板,明远已回来了,我们也都回来了,我们还要给老板拟重建计划呢!"老柜喜道。

"是的,小日本跑了,石仁交接的呢,只是机器多损坏不堪!"中浩喜中有忧。

"快扶我起来,我要跟着程董事长到芜城,我们一起去明远!"兴州喊着,却不见了次廉,连老柜、中浩也不见了影子……

"醒了,终于醒了!"蒙眬间,声音都静了,协之、梦飞,还有士范的面孔,怎没见次廉及老柜、中浩?不过有石仁!

"石仁,石仁……"兴州喃喃的,唇边有一缕暖湿,嘉慧在喂水,他靠水在维持着。他竭力地抿了,大多顺着嘴角滚落,如大滴的泪。他更清醒些,眼前麻麻一片人影,似乎明白了,他竭力躬起身子,子健一把抱起,让父亲倚靠偎着自己半坐起来,兴州眼里有光,又坐起了!

"爸,叔叔、伯伯们都看你来了!"兴州努力显出一丝笑,吃力地点头又摇头,眼睛死死盯着空茫的远处,那是芜城的方向,似用尽了最后的气力:"明……远,我的……明远!"头一歪,大片的黑向他扑来……

"爸!爸爸!"

"老头子啊,你怎么丢下我们走了啊!"

"郑老板!"

"董事长!"

门外鞭炮气味呛人窒息,室内跪倒一片。

兴州双目不闭,梦飞率众人跪地三拜,覆下兴州的眼睑。

这一年,他七十又四!

（二）

　　兴州虽嘱丧事从简，但消息传出，自发吊唁致哀的各界人士络绎于途，挽联花圈层叠于道。

　　三日之后，嘉慧按计划出丧。这日一早，铳声数响，唢呐齐鸣，鞭炮喧天，郑氏子孙披戴着长长白布，随棺向城郊五里之外的止原公墓逶迤而行。前头快到公墓，后尾才出城关，队伍中，有一挽联方阵，殊为特别，沿街夹道再送兴州一程的人群中，不少断文识字之人，不免念出声来。

　　"工业先导，爱国爱乡。"领头的一副笔力遒劲，字大如斗，这是夫子的笔墨。

　　"高风传乡里，亮节照后人。"乡梓敬其为人。

　　"创明远、兴大昌，实业兴国志高远；斗顽匪、拒日酋，一腔正气昭日月！"众人追思仰慕。

　　而这副无疑是子嗣的了，更显情真意切："思久常望白鹤飞，慎终不忘先父志！"

　　……

　　引导挽联方阵的是石仁。他是所有芜城明远员工和处弥留之际老柜的代表。本已风烛残年的老柜得知兴州噩耗，一病不起，一个月后追兴州而去！石仁几易其稿，挽联虽不甚工整，也算差强人意：

　　　　尽瘁鞠躬　　一息尚存志不懈
　　　　光明致远　　后继有人恨无遗

　　止原公墓占地十余亩，于城郊丘陵之阳，潺潺流水绕前，高岭重山于后，地迥天高，绵延广大。有墓道十六条，墓道两侧植参松翠柏，秋风吹过，松涛簌簌，平添几分悲肃与庄重。每墓穴两平方米，为预制水泥棺木埋入式结构，以青砖钢筋构底，墓前设拜台，两侧筑有徽派飞檐翘角灵屋一间，专供亲属祭祀之用。公墓有专人看护。

　　公墓不似想象中的简陋，嘉慧心里多少安慰些。这里灵山秀水，风景佳绝，一众先人老友在此，定不寂寞；且距离不远，便于探望，他也可俯瞰县城，满眼人

二十　星陨州暗

寰,红尘不远。风清气朗之日,目光可越葱茏的犟岭,眺望百里之外芜城明远那高高的六角烟囱⋯⋯

可一想到与自己血肉相亲、感情笃深的"阿宝"长眠在这冷冰冰的水泥黄土之中,阴阳相隔,永世不见,嘉慧死死拦着正缓缓移入墓穴的棺木,拼命拍打着伴以撕心裂肺的恸哭,她为阿宝悲,也为自己哭,更是向这个世道鸣不平。众人一掬悲怆之泪,鞠躬再三!风入松,似在喊魂,化宝盆里,火旺起来,饱满的元宝,一点点瘪下去,发黑、发灰、发白,作了余烬,热力与风将灰烬激荡起来,翩翩如蝶,有一些飞得高远,却被山风卷向不可知处。

簌簌秋风里,嘉慧颤抖如一片落叶,揽起她的子健也颤抖起来。

(三)

料理完兴州的后事,嘉慧便失了主心骨。夫君、稚子永留这绿水青山中,每处山水、每个曲径小巷,都贮满痛苦的记忆。待下去徒增悲伤,且生活无着,便动了回芜的念头。虽然瘸腿奶奶两年前已过世,但芜城才是自己的故乡,也是孩子们的未来。

夫子劝道:"现在不宜回芜,且不说芜城凶险莫测,眼下有件大事要办,免误了孩子青春,再说这也是兴州遗愿。"特从上海赶回的夫子,这几天一直陪着他们。

"子健二十过五,这彭家女子也二十三了,不可再拖了!"介绍人协之也提醒道。

"这事我挂记着呢,就是回芜,也先把这大事办了,只是眼下心里乱糟糟的,你们给定个日子吧!"两年前由协之牵线,子健与县城彭家女儿结缘。彭家做的是竹木生意,近年日寇封锁,生意渐落,但家道还算殷实,女儿彭懿知书识礼。兴州在世时定下这门亲事,可病入膏肓,无法操办,便拖下了,当地习俗,此时不婚,三年后方可嫁娶。

"我看就在腊月,一则有几个月准备,二则待嫁的女儿不作兴留娘家过年的。"石仁也赞同协之道:"如此安排最好,若要回芜,明年开春为好。虽说鸠占雄和八玉都溜了,但日本人还盘踞着,明远情况也较复杂,我怕对几个小兄弟不利。"

"喜事就定在腊月,具体日子找人看下,至于回芜时间,听石仁的消息再说。"见嘉慧并无异议,夫子又遗憾道,"当初嫂子的喜酒错过了,这大公子的喜酒也是等不到了,过几天得回上海,不知嫂子还有没有要交代的?"嘉慧也动了情,如果说兴州点亮了明远,这汪先生便是点亮兴州心灯的人,是兴州那辈不多的密友了,便道:"汪家兄弟,这次承情千里迢迢地来送兴州,真正的手足之情!"她的目光转向孩子们,"还真有一事相求,也是兴州在世时的意思。"

"是带孩子到沪上求学?老哥在信中和我说过,我来之前也联系妥了,毕竟上海那边教育要好些,不知是哪个?"

嘉慧又喜又悲:"老大要成家了,老二念高中,老五子铭太小,只有老三子强了。到那边若不是上学的料,就在你店里谋个差事。"

"嫂子放宽心,我会把他当作自己子侄一样的!"夫子显然早有安排,"先让子强打好基础,再考一个好的电力大学,既是子承父业,也是将来国家发展所需!"此时的夫子也已华发满头了。

第二天一早,嘉慧领了子强去止原拜别,便随夫子上了长途汽车。巧的是兴州当年外出,也是十三岁,天道轮回,同一个地方、同样的岁数、相同的一幕!只是梦想已大不相同,兴州是去外面讨生活,子强则是去大上海上学求发展,他头上定有一片湛蓝的天!当看到贴在玻璃窗上孩子的脸时,母亲的泪终忍不住了。若兴州立在身边,景象自是不同。

一旁的石仁也挥手作别,这一别,不知何时重逢。

送走爱子,嘉慧不顾众人劝阻,又去兴州坟前,细细哭诉许久,惹得子健和其他同行之人一齐悲戚起来。

子健和彭懿婚期定在腊月十八。嘉慧少不了把这喜讯告与兴州。这郑家老了人不久,又值旷日持久的战争时期,虽是名门,但并不大办,不过有协之等人操持,婚礼热闹喜庆,儿子壮实俊朗,媳妇温婉大方,当一对新人跪拜膝下时,嘉慧不免喜中有憾,若是兴州在侧,该何等圆满与欣慰!

原本孩子成婚后,嘉慧就要回芜的,但既做了儿女亲家,彭家无论如何都不让嘉慧孤儿寡母此时离开,石仁也劝其暂缓回芜,嘉慧只得又待下来。这彭家给孩子一处县城最好的房子做婚房,劝嘉慧一起住,好相互照应。嘉慧拗不过,退了当铺巷的房子,和儿子、儿媳合住一处,一人肩上两盏灯,几个活泼泼的孩子,又将嘉慧的日子照亮了。这一住便三年,猖獗的日寇举起了血淋淋的手,已升格做了奶奶的嘉慧携了儿、孙,终于回到阔别八年芜城的家!

(四)

接替野田的竟是谷夫。

朱军将消息报告石仁,工友都紧张着,日本技手也反应不一。

"这鬼子不知怎么想的,找了个猪头三当头儿!"石仁瞅着棋面,半晌道:"我看这很好啊!"

"就这还好?"朱军不解地看着石仁。

石仁果然有自己的道理:谷夫军人出身,又懂点技术,关键是他对中国人冷酷,发自内心地恨,是电厂这种军管企业最合适的头儿了,当初用了搞技术出身又有文化的野田才叫失误呢!临了石仁带了笑道:"若没他,我们那计划完成得了?"

"你是说谷夫比野田更好对付?"朱军多少松了口气。石仁虽比自己小几岁,但他就像那高挺的铁塔,自己便是那"风雨线",自愿被串起栉风沐雨,并不仅因他是上级派来的领导。他常把石仁与郑老板比,性格、处事风格和志向不尽相同,所处位置也不一样,但让他常有一个错觉,石仁就是另一个郑兴州,都是独领风骚,能成一番大业的人!

石仁继续道:"野田是有所为,有所不为,只要用心,少有破绽的。谷夫是为所欲为,军方用他,定有所图。我们近期少活动,对刚进厂的那几人多留心,慎接触,特别提醒祖斌,顶替通如的朱一和与他上下班对接,定要谨慎!"

谷夫上任的头件事就是将兴州用了几十年、野田留用的旧桌椅换掉,重新置办了泛着殷红血光的宽面高桌,可坐可躺的皮椅,宽展的双人沙发。在"光明致远"条幅的原处,粘上"武运长久"四个大字,张牙舞爪,下置一刀架,搁一把长长弯刀。谷夫常着军服,左右劈杀一通,此时便是锅炉再爆也不可打扰。他还有一癖好,不论何人进门,须如军人一样立正报告,姿势或声音敷衍,定被呵斥着重来一遍。

当然,他更喜欢折腾中国工人。中国工人饭食一周难见一丝荤腥,小餐厅的日人却顿顿鱼腥肉香;夜班都是清一色的中国工人,没补贴不说,连夜宵也取消了。工人饥肠辘辘忙活到天明,又累又困免不了打个盹,谷夫幽灵一样现身了,轻者一大耳刮子,重者皮带劈头盖脸地抽,看着倒地抱头的工人,他神经质般狂笑。

空气燥热膨胀着,沾满烟尘的脸膛上是双双红通通的眼,连做线路的朱军都嗅到一股仇恨的气息,日本技手对谷夫不满的调门也越来越高,石仁却一再要求冷静。

这日午后,石仁去谷夫办公室送报表。这事本轮不到中国人,不过财务室的日本人本就对这整日醉醺醺的谷夫没好感,出这样大的事故不降反升,对他以军代政、装腔作势的作风更是厌恶,一些不重要报告的送递便交与石仁。

正待敲门,却听得里面有说话声。只是声音太小,贴近了也只听到"幺西、幺西……太君放心"等语,这声音不熟。有椅子挪动和脚步声,石仁快速退到楼梯口。这谷夫不仅把办公室变豪华了,还把原来的财务、生产等科室全赶到一楼,二楼除了他的办公室,便是一个大会议室,东头改成自己的卧室,还有一个勤务员室,只是眼下找不到合适的勤务员,二楼独他一人。

拿着报表的石仁低头上楼,一个鸭舌帽檐压得很低的高个儿匆匆下楼,余光只看个背影,帽檐下箍着一圈长发。

(五)

周末午餐惯例是萝卜加点肥肉的,可这次只有几块萝卜,一咬还是半生的,一周一次的一点荤腥也不见了,米饭霉味冲鼻。每打出的一勺饭菜,都像是往烟气越来越浓的炉膛加的一锹煤,只等那一点火星子了。祖斌刚从窗口接了饭,冷不防被人将饭碗泼到地上,正回头找人,叭的一声,又一只碗连饭带菜扣在地上,打饭老头吓得躲开了。

和祖斌轮班的朱一和一脚踏在凳子上,双目瞪圆:"今天谁也不许吃!从今儿个起罢饭!"

"连猪食都不如,不吃了!"

"吃这个,哪有力气铲煤?"饭一碗碗扣在桌上、地上,有人不解气,冲进灶间把哆嗦一团的做饭老头拎出来,便是一顿拳脚,乒乒乓乓桌椅一顿乱砸,积怨在宣泄。闹不清挎着腰刀、拎着皮鞭的谷夫何时进来的,明晃晃的刺刀前,众人极不情愿地停下来。

谷夫狂躁地走来走去,军靴锃亮,眼睛血红,兀地从人群中扯过朱一和,这朱一和倒是怒目的,却被一个过背摔在地上。谷夫又抓住祖斌的领口,一脚踹在地上,祖斌猝不及防,痛苦地捂着胸口,大口喘气,人们惊叫着后退,又被刺刀逼回。谷夫抡鞭如风,打得朱一和祖斌满地翻滚。

谷夫似乎累了,扬着带血的鞭子狞笑着:"谁的,再闹事!"那鞭子却猝然抽在祖斌头上,祖斌惨叫一声昏过去。

倒地的朱一和蜷了腰,两手护着脑袋,很专业的样子,有长发从指间露出来,刺着石仁的眼。

石仁明白上次的事还没完,一切都为今天铺垫着。虽是个阴谋,却也不能眼睁睁地看着自己的同志受折磨。这谷夫曾在朱军的线路队待过,该有些交情,可朱军求情,师出无名,反会怀疑上他,自己呢?不过是与这屠夫接触过几次而已,又有什么理由止住皮鞭呢?

"谷夫先生,这两人良心大大地坏了!"趁着谷夫喘气的工夫,有人上前一步,一个大大的鞠躬,"太君,我是他们的班长王世襄,我管教不严,我大大地有罪!"又是个一鞠到地。

"你要干什么?!"谷夫带着血腥气的鞭子在他脸上摩挲着。王世襄谦恭地笑:"太君,这两人一个下午班,一个晚班,打坏了这锅炉就没人值班了!"众人猛醒般一齐求情。谷夫似乎意犹未尽,又补了几鞭子:"必须上班,否则死啦死啦的!"

少有这样解气的谷夫陷在办公室宽大的皮椅里,回味着和朱一和珠联璧合的演出,王世襄的出现让这出戏有了意外的转折,也让朱一和少挨了几鞭,他捏着自己发紧的太阳穴,想这王世襄事故前还在线路队,是自己调他任这个班长的,当不属怀疑对象,纯属"友情出演"。他看了眼被扔在一边的那带血的鞭子,最大的怀疑对象祖斌昏死无人救,可见明远并无系统的共产党组织,要不就是对手更能沉住气。这祖斌似不扛打,他该没胆量参与此事,谷夫嘴角浮起一抹淫笑来。

没人知晓他对祖斌那一口吴侬软语、肤白貌美的妻子何等垂涎。当初是自己特批一间宿舍给他们的,理由是一家三口且祖斌上夜班在外居住不便,看着千恩万谢的美人,他的目光早把她的衣服剥了个精光。今天选择祖斌,当然是疑他与那事有染,也为了今晚的行动,下手格外地狠。今夜让他带伤上班,正是下手良机,说不定这个美人还求自己开恩呢!

就在谷夫醉醺醺踹开祖斌家门的一刹那,电灯唰地亮了,一条从未见过的黑狗扑来,接着就是女人尖叫和小孩的哭喊。所有中国员工宿舍的灯瞬间亮了,人们沉默地围聚来。那狗死咬着谷夫的裤管不放,几次险些把他扑倒,若不是哨兵赶到,谷夫不是被狗咬伤,就是被这些愤怒的中国人乱棍打死!

(六)

翌日,祖斌一家从明远消失了,有人说是回浙江老家了。谷夫一拳砸在桌子上,怎么就没料到这招呢!陆续有人告假,等他觉得不对劲时,已有六七人离开。谷夫严令一律不准假,可一夜之间,又跑了五六个!都是锅炉、汽轮机和机修的技工,谷夫又气又急,日籍技手顶班不说,连生产等科室人员也要抽去顶岗。

没查出新的线索,还把明远搞得鸡犬不宁,差点运转不灵,谷夫被军部一顿好训,还未还过魂来,一个报告又让他头大:主汽轮机叶片裂纹,且是那台最大的1520千瓦发电机!

头疼欲裂的谷夫疯狂地挥舞着钢刀,对着满是煤尘的空气一顿劈杀,到处是敌人,到处是嘲笑的嘴脸,比弹片横飞的战场还险恶!在战场上征服不了中国人,这小小的电厂,一上任他就精心布局,也一再受挫,这时他才觉得那瘦小的野田比自己高明百倍。

眼下最迫切的当然是解决这叶片问题,可连个真心商量的人也无,中国人自不必说,日本同行也都等着看他的笑话。换叶片吧,这设备是西欧的,且不说第二次世界大战正酣,是否有现成的叶片难说,就是有了还得漂洋过海运来;若用日本自己的,匹配与否不知,还得花费不少,也不是十天半月就能运到。若这台当家大机组停了,不仅二十四小时供电成了泡影,十二小时也未必能保证,就得挨军部的耳光了!可拖下去,极可能是机毁人亡的大事故,他的结局比野田还惨!

不过谷夫自有谷夫的法子:战场上有独臂士兵、跛腿武夫,这中国的电厂,就不能有缺了叶片的汽轮机?反正中国人的设备,坏了不可惜,不如砍了这伤损的叶片,顶多出力小些,只要不停机即可!他为自己这个惊世骇俗的新发现自鸣得意,用刀在空中猛力一挥,做了个痛快的劈杀动作,技手们却惊呆了:不可,切切不可!这不仅出力减小,时间一长发电机就毁了!

技手们暗骂谷夫是个瞎指挥的草包,谷夫却一脸不屑,书呆子只知道技术,难道忘了这是中国人的厂子?他瞥了眼墙上的"武运长久"几个嚣张的字,不知何时那"久"字挨了一刀,少了一捺,站立不稳,倒像个"夕"字了。他曾嘲讽中国的什么"光明致远",却没料这"武运"也是夕阳西下,难以长久了,他不由得气馁,却更一意孤行,带了恨意和畅快。

砍去一叶的汽轮机,犹人被卸去一臂,元气大伤,出力仅为最高时的一半,且故障频频,只可开开停停,有时全城竟一半地域无电可用,"皇道乐土"变成漆黑一片。

作为明远主管机构的日本华中水电株式会社,顶住军部压力,解除了谷夫的职务,远在缅甸战场的鸠占雄向这个老部下伸出援手,深陷明远泥淖的谷夫如蒙大赦。只是这谷夫投奔鸠占雄不过三月,据说两人就一起被出自芜城的抗日远征军名将戴安澜率部击毙,这两个罪恶多端、沾满了中华儿女鲜血的刽子手终得到应有的下场!

二十一　风云际会

（一）

石仁不再是孤军作战。上级决定成立中共芜湖地下特支，石仁任副书记，设明远、大昌和黄包车等党小组，朱军、黄大个子和已转正的通如分别为小组长。

"我们应乘这次斗争胜利的东风，在厂里积极发展党员和积极分子，把明远建成一个红色堡垒！"谷夫溜了，组织在扩大，朱军觉得该趁势有番作为。

"我走了，祖斌也离开了，明远党组织的力量薄弱啊！"对明远情感笃深的通如也觉得理该如此。石仁却不这么看，朱一和、王世襄等人形迹可疑，那批派来的人底细尚未全部摸清，日伪和国、共各方蒙面缠斗，谁先掀面纱谁便暴露。且明远待遇比其他厂矿优厚，谷夫被撤换后，矛盾有所缓和，不可盲动，党的工作不能局限于明远，要放眼全局。

"革命要因势利导，高潮后通常是低潮，而不一定是高潮迭起。作为组织的所在地之一，明远颜色不能过红，谷夫的作为表明，日伪对上次的停电事件的追查并未放松，我们要以静制动。"

根据上级指示和芜城现状，支部制定组织纪律，对党员严格要求：每名党员要绝对服从组织领导，每人都担负散发传单和张贴标语的任务，每人每月至少要同工人、知识分子谈话一次，按时交纳党费。支部又对工作进行了布置：工作的重点对象是学生、知识分子和黄包车夫、纱厂工人；在农村，对于基础条件较好的芜湖县万春圩及繁昌、南陵等敌占区，要选适当时机进行组织的恢复和发展工作，逐步形成一个统一的、严密的芜城地下党组织。

鉴于当前日寇穷途末路、狗急跳墙、多个党组织被破坏的严峻形势，上级对这个刚成立的特支又做了特别规定:除支委之间及组长联系外,不得与基层党员直接联系,党员之间及上下级也只可单线联系,领导成员的住址严格保密,必要时更换。

（二）

接替谷夫的是华中水电株式会社武汉总部下派的吉田茂雄。此人留有日本人少见的大鬓发,却无日本人常见的小胡子,宽大玳瑁眼镜后是浅浅而宽泛的笑,常着浅色西服,配深紫色领带,说是学者更合适。随他而来的,是个花枝招展的粉黛丽人,见人便鞠躬,是对让人感觉稀奇的夫妇。

办公室军刀之类的自然不见了,不过那豪华桌椅却保留。

卧室倒是承了谷夫那间,卧具等全换了,大箱小箱是从武汉携来的,时髦自不是这内陆码头所能比,让人惊奇的居然有架雅马哈钢琴。周末晚上,这浓稠的、呛人鼻息的烟霾里便有叮咚的琴音穿过,与电机雄性轰鸣全然不同的音调,再粗粝的人听了也熨帖而安静下来。琴声悠远而欢快,常拖了惆怅的尾音,从那些异国人的心田深深地划过。

有了吉田的榜样,日籍技手的妻女纷纷渡海而来,最不济的也就地包个女人,"共荣共享"起甜蜜日子来。每周末这二楼会议室厚实的窗帘后,便有各种节奏的琴声和时大时小的尖叫声泻出,流泻的灯光也是粉色的。

这些女人被吉田安插至多个科室,他那叫惠子的粉红佳人去了财会室。不过是工资花名册上加个名字,那高高的木屐从未踩过楼下财务室的门槛,虽不过一层之隔,她那不菲薪资却都由石仁送交吉田签收的。怪不得这些日本人婆子在机声隆隆、烟笼尘扬的电厂也快活无比。

石仁两次见朱一和从吉田办公室出来,一脸悻悻的样子,也见他人模狗样地去蹭东洋人周末的场子,要不半途而返,要不吃了闭门羹。这朱一和便失了神,目光涣散,常摩挲着那条条鞭痕,把唾沫愤愤砸在地上。

不知是雅马哈琴声唤醒了日本人的生活情趣,还是日本婆子更讲究,在他们的诸多不适应里,最不堪的便是不能痛快地沐浴了,温泉浴、混浴,几乎在浴池泡大的他们,对中国这种蜻蜓点水似的盆浴越发不堪忍受,这是种把享受当罪来受的洗浴!更别说还使用那不洁的湖水!只有大户人家才打井取水,虽然电厂后来也有了水井,可不论湖水还是井水,都得肩挑手提。他们不洗发痒,但洗比不洗更不洁。

日本设在中国的经济侵略机构,水电属同门。华中水电株式会社下派的吉田,对自来水业务不陌生。十万人口的芜城,没自来水他不惊讶,毕竟是落后的中国内陆;历任没有作为,也许无暇,抑或无意,这更显出他的不同。让他遗憾和痛惜的是,没有自来水,收入少一大块,也是对皇军的极不负责! 每日征战,竟不能痛快洗浴,且是在湿热的中国南方!

吉田很快释然。占据纱厂的日军兵营建有自来水厂,纱厂临江,日军强占一艘轮船,以船上 3.73 千瓦立式锅炉做取水动力,用三分水管送至纱厂,又推倒一座厂房,建一套日产 50 吨的小型制水系统,已够兵营用水之需。

以吉田专业的眼光,这系统简陋且不堪用。在江边开挖沉淀池、上套中等规模自来水系统,再引自家电力取水,成本低廉,动力无忧。吉田另有盘算,由明远经营自来水,既省去军方麻烦,可满足城内各军政机关和其他兵营的用水之需,还可向中国人出售以获利,为多赢之举。相对于发供电系统,自来水的技术相对简单,中国劳工稍加培训即可操作。

三个月不到,一座小型自来水厂——芜城第一座自来水厂便告建成,又敷设管道枝蔓开来。不仅驻扎在裕中纱厂的大批日军可敞开了用,赭山的日军司令部、铁山的日军军官宿舍以及江边的日本洋行和其他军政机关,都用上了白花花的自来水。电厂的洋婆子们更是近水楼台,开通的首个晚上,不是周末,会议室却张灯结彩,轻歌曼舞至夜深。东洋鬼子大概折腾了一晚,第二天石仁见他们一个个哈欠连天,吉田的大鬓角却谨严有度,纹丝不乱。

明远的供电又悄然增至十八小时,随时可恢复到二十四小时,吉田不想有叶片再添裂纹,且军方并无不满,便不把事做满。至于市民及百业之需,自不在考量之中。

这不表明他不重业绩。连吃败仗而戾气愈重的军方对明远的要求已不再是水电保障,更视明远为机泵,尽吸江淮膏腴,供"圣战"之需。可前两任特别是谷夫破坏性使用,设备几近极限,吉田不会冒险拼设备,更不会傻傻地去投资改造,包括他在内的三任执掌者,在这方面有意无意地达成共识——提价! 他微笑着授意属下一个方案:电价提百分之十。众人先惊后喜,这意味着他们及妻子的薪金又要涨了。半年后电价又加一成! 普通用户剧降,诸多商户又点起蜡烛来。用户虽减,盈利反增。

至于自来水,吉田心情也颇为复杂,既觊觎富人口袋的银子,又觉得他们不配享有日本人一样的待遇。于是定了严苛的供水规则,水价畸高,十万民众之城首批开户者不过寥寥六户!

文明伴物质和技术进步而生发,自郑兴州孜孜矻矻把电力引入江城,这古老商埠刮起了一股现代工业革命的旋风,人们瞥见了一抹文明的曙光。可文明不是施舍的,文明的背后是暴力和血腥,所谓的文明人,无非是更有经验、更加聪明的野蛮人罢了。当其他还原地踏步、沉湎过往时,卑微而孱弱的人们是无法"享受"另一个世界的"文明"的,越来越少的电力用户和寥寥无几的洁水用户,不过是利益交媾的野种,与文明无关。

(三)

接任不过一年,气象一新,军方和上级嘉奖不断,吉田却把这些奖章、证书什么丢进抽屉,转身拥着惠子舞之蹈之去了。最爱在傍晚携了美人,到不远的江畔,长空寥廓,落日熔金,只有中国的江河才有这样浩渺的气势,江流如一具诱惑而驯服的胴体,仰躺着、蠕动着,一艘艘日本巨轮傲然犁入,翻起雪白的浪花,发出了震人心魄的啸叫……这是幅多美的画面啊!

江心处有鱼如豚腾跃,他知道这是"微笑天使"江豚,那金色的涟漪道道扩散开来,又一点点被渐浓的暮色吞噬了。吉田陶醉地吻着惠子,惠子也热烈地回应着他。这里只有日本的货轮,其他的都被赶走或炸沉了。虽远离日本本土,但仍是日人的天下。货轮运走的是各种原料,中国虽穷苦,却不贫乏,这里的东西似乎永远运不完,特别是铁矿石;而运来的,则是日本的各种轻工产品。中国人虽对日本人没好感,但对便宜而又精巧的日货并不拒绝。

他注目那庞然大轮,摇头哂笑,何必忙忙碌碌、来来往往?这里不就是大日本一部吗?到底是怯懦啊!

日残鸥飞,江流莽莽,莫名地想起了"梁园日暮乱飞鸦"这句来,战局愈加不利,虽江面红得瘆人,可这落日迟早要被这沉默的江流吞没,自己便是那惶惶的"乱飞鸦"了吧?在中国人心中,他们永远是强盗和侵占者,这自然包括了明远的创始人郑兴州。吉田把明远改作华中水电株式会社芜城营业所,厂房、设备中所有明远的痕迹悉数被抹去，但中国劳工还言必称明远，芜城几乎无人称呼水电株式会社芜城营业所。吉田不恼。他微笑着给他们加了工资，虽然不多，还改善了伙食，允他们每周一天的假，外出也不严加限制，门口的哨兵在他力谏之下也撤了。水电合于一处，真有人作祟，几个拿枪的兵是阻吓不了的，上次的事便是明证。

他满意自己的"仁"，围墙外抗日风潮起落不定，墙内的明远水静风平。他对有着军方背景的朱一和"查剿"共产党的建议并不热衷，对军方的相关要求也多敷衍甚至暗中抵制。共产党不过疥癣之疾，不抓不痒，挠急了就发炎溃烂，严刑峻法会适得其反。如果军方是武的话，这里更适合"文"，中庸怀柔，这是中华文化的精髓，也是治厂的良方，中国人得用中国的法子治，让他们觉得大日本治下的日子比以前好，逆反的自然就少，相反有些人特别是一些半通不通的文人，会觉得是日本人给他们带来了幸福和文明，会从心里崇拜甚至皈依日本。即便明远有国共背景，但缺了支持，没了土壤，也会和那个郑兴州一样，在人们的心目中慢慢淡去。在街上他听到那些黄皮寡瘦的孩子嘴里蹦出日语单词，总会赏给他们糖果，他和惠子的口袋里总少不了糖果。现在芜城的学校都设日语教学，这些孩子才是"共存共荣"的希望所在！

（四）

同庆楼二楼临湖的雅间，石仁正和一个年岁相若的男子"把酒临风"。这中山装穿得周正的是他老乡、北大法律系同学赵昌明。石仁做文教系统工作时遇上的，昔日的同学已是某校教导主任。他乡遇故知，不由分说被拉来这里。

十余年的交情像眼下的陶塘，水清，却不易看透。"遇故旧之交，意气要愈新；处隐微之事，心迹宜愈显；待衰朽之人，恩礼当愈隆。"《菜根谭》言之谆谆。

聊起北大生活，特别是与同乡胡适先生的交往，两人的话题密了。

"记得适之先生家的一品锅？"昌明仰起脸。

"那怎忘得了？这辈子最好吃的菜了！同庆楼怕也做不出那味道呢！"石仁眼也亮了。

"那次你生日，江师母亲自下厨，那一品锅才算正宗，我昌明也跟着沾光呢！"

一饭之恩,让石仁他们心生温暖。

那两尺口径的大汤锅,也只有胡先生这交游广泛的人家才置备。师母主厨,文火煨三四个钟头,连炉子带锅一并端上,真正的王者至尊:一层鸡、一层鸭、一层肉、一层冬笋,中间蛋饺隔开,最底下是萝卜、白菜,一般七层,最多可达十八层! 十八层地狱? 不,是十八层美食天堂! 十多年了,那香气还在他们魂魄里袅袅不散。

"现在这一品锅都叫胡氏一品锅了,只因胡适先生爱吃,他名气又大,所以就传开了!"昌明显然没少吃。

"是师母厨艺高超,在北京文艺圈里吃出了名气。"石仁补充。

"我记得还有只大砂锅,里面有只三斤重的老母鸡、三四斤重的蹄髈,还有三十六只鸡蛋,那鸡蛋是我这辈子吃过最香韧的了……"石仁津津有味地回忆着,细节越来越丰富,眼前的菜寡淡了。

"胡先生对我们这些无名后辈关爱有加,江夫人更把你当娘家兄弟,连我都嫉妒呢!"

"对你也不薄啊,每次吃饭都叫上你一起的。"石仁解释道,"我们老家是近邻,还有点亲戚关系,胡先生特别是江夫人老乡情结重,在千里之外的北京遇着了,当然格外亲切!"

与往事干杯,两人距离拉近不少。不等石仁打探,昌明主动介绍自己近况来,情绪低落得判若两人:"眼下日本人和汉奸当道,我这个主任当得不咸不淡,难教少导,尸位素餐!"他语带愤懑,"教的是奴化教材,学的是日本礼仪,长此以往,国将不国,孩子也数典忘祖了!"

"人在屋檐下,低头顺势,少安毋躁为好!"长期的地下工作,让石仁养成了谨慎的态度。

昌明不以为然:"听说美国已对小日本宣战,苏联又要出兵,日寇节节败退,连芜城也只剩下了城区,四县都是国共天下!"昌明兴奋之情溢于言表。石仁笑了:"你这当年法律系的高才生,还那么一腔热血!"

"哪次学潮不是你冲在前头? 要不是胡适先生,你不知死伤几回了,现在的你,更不会甘于现状吧?"石仁心中一怔:"何以见得?"

"这还需多说,你家的故事谁人不知?"

石仁家人在芜城开的满江春大药房,与张恒春难分伯仲,明暗里竞争着。

有年张恒春采买了大批药材,正适连绵阴雨,药材发霉,张恒春不肯将就,损失十多万大洋,元气大伤,有人暗中煽动满江春,趁机搞垮张恒春,一店独大。满江春没受蛊惑,降价销售置对方于死地,反给了张恒春一万现大洋,帮张恒春渡过了难关。这让幕后指使者八玉怀恨于心,日军大轰炸的第一天,石家的满江春大药房便被炸塌,多人葬身火海,张恒春也被烧得片甲不留。昌明相信如此国仇家恨,当年的爱国青年石仁一定不会淡定处之。

石仁愤然道:"我学生物的,在此世道并无大用,委身明远只为稻粱谋,不过我石仁绝对与日寇不共戴天!"

"这才是我原来的好同学、好老乡!干了这杯,我有话和你说!"昌明一仰脖干了,这让石仁讶然,过去他滴酒不沾的。

"告诉你吧,我已加入国民党,不久要调走。仁兄若无其他打算,不如与我携手,以兄之才,定能做一番大事来!"

本欲统战于他,却没想被统战,好在抗日目标是一致的,石仁便搪塞道:"我这人你知道的,对官仕无趣,所以才皈依生物,学古人悬壶治病,最不济也可以继承家业,做做药材生意。"昌明讪讪道:"不为良相,便为良医,若能这样,便也不辜所学了。"

石仁满了杯:"一别经年,这杯既是接风又是送行酒,相信老弟此去,必宏图大展,救民于水火!愚兄不才,但驱逐日寇、兴我中华之志不敢忘怀,他日相见,再煮酒论英雄!"

(五)

1945年8月下旬,新四军收复了繁昌,使铜陵、繁昌、南陵三县抗日根据地连作一片,对江重要码头裕溪口也被攻克。日本已宣布无条件投降,但得到国民党不得向新四军缴械指令的日军,盘踞城内,负隅顽抗。

胶着之际,一支三十人的侦察排潜入城内,石仁要协助侦察员摸清敌方兵力变动、武器装备、番号等情况,必要时袭扰敌人。

当务之急是为他们寻一个安全落脚点。

石仁与朱军、黄大个子商议,竟一时找不出既大又安全的住处来。明远宿舍不行,同庆楼也不宜。

黄大个子喜道:"花园街十九号,我的邻居!"

"对啊!郑老板的宅子,闲置多年,这楼上楼下住个几十人没问题!"朱军也觉得没有比这更合适的了。

这是扇沉重得打不开的门!董事长一家离开十年有余,看门的卢婶去世也四五年了,门锁锈迹斑斑,院子里那片竹子兀自青绿,这里应没被人破坏和注意。对不住了,没经你们的同意,我们就擅自做主了!不过以郑老板和婶子的正义和爱国之心,借他们的爱居打日寇,一定乐意的。

室内的一切石仁熟悉而亲切,只是霉浊味甚重。开窗通风,楼上下清扫,石仁当夜就领着侦察排住进来。他们不仅是各种打扮,还有装作残疾的,武器由潜伏的内线提供。

朱军、老黄、通如各随一个小组,化装成小贩、车夫或路人,对各处日伪军情况侦察打探,打入敌伪内部的同志也把布防、武器配备等情报传出。攻城部队得到情报后,9月22日,除西边的长江天险阻隔以外,新四军从城北的四褐山、城东的神山、城南的南关三个方向同时进击,潜伏的侦察排在地下党组织帮助下四处袭扰,芜城内外,枪炮声一片。敌人丢弃大量枪械战马后,龟缩到城中心的一个狭长地带。眼见新四军将一鼓作气拿下芜城,国民党第二军的二〇三师、第四军的二师呈钳形之势蓦地出现在我军背后,城内日伪军也趁势反扑,新四军腹背受敌。与南京不过百公里的芜城是国民党心腹之地,为不影响抗日统一战线大局,避免与国民党正面硬抗,根据"向北发展、向南防御"的战略部署,在浴血奋战三天两夜后,新四军主动撤出阵地。

10月10日,国民党二〇二、二〇三师进占芜城,日伪军万余人缴械投降,经受八年的蹂躏和掠夺后,这江南明珠、悠久商城又回到国人怀抱!

收复之夜,芜城灯火通明。

(六)

枪炮声日隆日近,军方先是保电,后又令毁机!保电犹可,毁机则大可不必,也很难做到。天皇已下降诏,此时毁机,于战何益?这些年大日本从中国索取无数,又何必在乎这几台老破机器?工人暴动起来,身无寸铁的日本技手和家属咋办!军方的双手都快举过脑袋了,55挺重机枪和数万发子弹交给新四军以求苟且，军人偷卖战马、枪支成风，全是副末日之态，这几台老掉牙机器可是我们安全返乡的通行证，留了，说不定中国人还感恩不尽呢！再说到处是虎视眈眈的中国员工，在变天之际，还能毁得了他们命根子般的机器？吉田抚了下大鬓角，苦笑中带了不屑，发布此命令真乃愚蠢至极，自己断不会理睬的。

惠子却舍不得那钢琴，虽是日军占武汉时的缴获品，可是正宗的日本货。
"就留这里好了。"
"留下？他们会弹吗？"惠子惊讶里带着鄙夷。
"那该如何？带不了，总不能砸了它吧？"吉田笑得有深意，"劳烦夫人把琴擦拭干净，留下曲谱，他们会照着弹的。每一次美妙的声音，都会让他们心存感激的，也愈加珍惜，这来自大日本的美妙音器，他们一百年也造不出来！"
"哦，我明白了，亲爱的，你好伟大，你总是那么与众不同！"惠子眼里对夫君又多了一分敬意，她扑进吉田怀里，却没感觉到他的身子是僵硬的。
"你把这个厂子留下来，也有这个意思吧？不过，我们还是要走了！"惠子声音中透着无奈与不甘。他第一次发现惠子已不是当年的她了，妆容虽精致，但泄了气的她脸上是惨白的，一坨肉挂下，牵出圈圈椭圆的皱来，他不无同情。她的家乡是个濒海的山乡，一切都赖大海的馈赠，那里除了杂树野草，便是常年袭扰的台风了，她是难以回去了！
"还会回来的！"望着惠子慢慢离开的背影，吉田自言自语。食不果腹者的灵魂也是孱弱的，国家亦然，不会就此改变自己的命运。他取下那深色玳瑁眼镜，眯眼望着远处，却并不聚焦，也许我们一离开，这个国家又打成了一锅粥。国共势若水火，国民党对共产党比对我们日本人还仇恨，那我们就暂时退出作壁上观吧，也许要不了多久，我们就会回来，也许是带着枪炮，也不一定，可用的武器很多，我们一定还是座上宾！

架上深色玳瑁眼镜，吉田茂雄再次笑了。惠子说自己鼻梁挺如秀峰，戴这眼镜最有风度了，那个也厉害，那今晚就再厉害一次吧，可刚才惠子的身子却让他腻歪了。

（七）

吉田把技手和家属分批疏散回国。吉田坚持独自留下交接。他有种别样的感觉,像奸污了一个人的老婆八年,现在和她夫君谈归还一样。谈什么呢?他一个大大的鞠躬:你夫人真不错,这些年为我尽心尽力,现在她伤痕累累,希望你好好待她哦!哈哈!他极少笑出声的,虽然他脸上一直挂着笑,仿佛没有别的表情似的。

他让石仁拟份财产报表。这人虽对自己恭敬有礼,却是职业性的,和那些寡言的中国人不一样,朱一和曾提醒要注意,他一笑了之。直到现在,厂里风平浪静,而这就够了,征服一个国度易,可折服一个醒着的灵魂难。

他厌恶淋漓的杀戮。那血只会让更多的人觉醒而仇恨,再说中国人四万万之众,杀得尽?唯有让尊崇膜拜的灵魂附着更多的躯体,才能不战而屈人之兵。"随风潜入夜,润物细无声。"中国人老早就告诉了我们怎么征服对方,只可惜双方都没好好读书。

交接没想象中的专业和不堪,这让期待着的吉田多少有些失落。那个带着三名技正的安徽省建设厅官员夏祖荫先生,简单地瞄了眼清单,便置于一边,恭敬有加地和他攀谈起来,虽然有时也凛然一下。他们的角色互换了,吉田竟有些不平了,当初我方还让郑兴州当个傀儡董事长,多少有点尊重原主之意,这夏先生的随员竟无一是董事会的,虽残山剩水,可不妨先纵情享受一番,看对方喜笑颜开的样子,分明怀了久占之心,便觉得耻于与伍了。

吉田离开几天后,石仁接组织通知,让他结束芜城的工作,到沪接受组织培训。内战一触即发,中共迫切需要一大批新型干部。作为高学历又历经长期基层锻炼的年轻干部,上级对他重点培养,以便将来在国统区发挥更大的作用。而赵昌明也早在几个月前就被国民党抽走强化训练了,国共双方都在为即将开始的殊死之战准备着。

二十二　艰难发还

(一)

　　小日本投降了,嘉慧一家终于回来了!

　　经过中山路整条街的热闹,转入这熟悉的老巷子,这热闹就忽然静止了,打开院门,墙根生着厚厚的苔藓,一直延伸到院子里,由墨黑退晕为青绿,与院子里的那丛乱清风的竹子接上了,不过是出了趟远门,一切又都续上了。

　　跨进家门的那刻,嘉慧的心便定下来。这屋老相了,细看却还是原来那个样子,日本人翻箱倒柜的一幕似有又似无,老头子似在楼上躺着,厨间溢着若有若无清凛的药香,往昔的气息郁积屋角梁间,因了他们的回来,一切又活了过来……

　　"老头子,我们回来了,奶奶不在了,但添了儿媳和孙女,又是一家三代了!"烛台还在,香烟缭绕,嘉慧默念着,身上潜着佛性。她累了,散了架子一样累,便在儿媳妇刚铺好的床上睡去,这一睡便小半月,每日靠彭懿和子健喂几口药汁。半个月后颤巍巍起了床,自此吃斋念佛,一如卢婶的日子。

　　明远的事却毫无头绪。

　　蒋介石政府一手"军"——大肆招兵买马、磨刀霍霍,又一手"经"——接收大员满天飞地接收"敌产"。与日伪关涉的产业,都以"逆产"之名被强征。这些"敌产",除日寇强征百姓修建的兵营碉堡外,绝大部分是日伪从百姓手中掠夺的不动产和实业,仅因日伪住过或经营过,便打上"敌产"的标签,接收大员们就照收不误了。他们渔获愈多,愈念着日伪的好,若不是日本人的强占豪夺,哪有他们的中饱私囊、威风八面呢!夏某人对吉田的恭维与笑是发自内心的。

　　在芜城乃至安徽的"敌产"中,明远的含金量无疑是最高的,也是各方争夺的重点。近水楼台先得月,最终还是安徽省建设厅抢在中央政府经济部之前,力压芜城地方政府强行接收,并迅速改名"芜城水电厂",他方接收大员不能染指,更与明远的股东们强行割裂。

更让协之、子健愤懑的是,夏祖荫这个中央大学的毕业生,却也承了日本人的衣钵,对明远设备只用不修,还在短短几个月内,安插亲友五十多个,加上大小官吏的指派,员工膨胀一倍,做行政勤杂的多过生产检修的主业人员,效率更为低下。夏某人心动一念:令新老用户一律交纳电表保证金,不交便断电!明远现已摇身一变为官企的电厂,此令一出,便榨取民财三十余万大洋,一群人肠肥脑满,至于这笔巨款如何归还,自不在他们考虑之中。

(二)

明远回归无期,大昌也因"敌产"之名被封!

子健出离愤怒了:"不必再去求爹爹、拜奶奶地找这些吃人不吐骨头的赃官了,白日旗下无青天!"合肥、南京连轴跑,吃了无数闭门羹,看够了白眼,听够了官腔的子健泄气了,也看透了,"不如和他们打场官司,把事儿摆到台面上说,看他们怎么出这个丑! 就是厂子要不回来,也要让百姓看看老蒋'法理治天下'的真实嘴脸!"

"走后门找人都行不通的事,打官司更赢不了! 一旦官司定了,撕破脸面不说,也彻底断了后路。"协之明白,和流氓政府说理,无异于对牛弹琴。明远和大昌的股东特别是大股东,在芜城多是有头有脸的,这些人都转圜不成,打官司更是希望渺茫。若要出口气,让他们出出洋相,也未尝不可,再说除此之外还有更好的办法吗?

两案自呈上,如之前所料,迟迟未见回音。

"不等了,组织股东到法院门口请愿!"子健不达目的不罢休。协之却道:"他们脸皮厚着呢,压根儿不在乎什么请愿游行,南京街头哪天没请愿游行的? 再说现在镇压汉奸、肃清共产党风头正盛,随便给安个'汉奸''共匪'的罪名,就够我们喝一壶的了,说不定他们正等着我们这样做呢!"

"还是你想得周全,不过也不能不了了之。"子健建议,"搞个股东签名请愿,再不答复,就向报界公开,这样他们多少有点压力。"

"这倒可以一试,不过真要是打起官司来,可得要有准备!"协之从子健身上看到他父亲那股不服输的韧劲,对这热情和执着不可一味否定,只不过他这"有准备"的话,并不仅指证据材料。

子健的法子果然见效,不几天便收到地方法院的受理通知书,不过打开一看,仅大昌一案,且开庭时间还要另行通知。

又是一番等待和催促,地方法院勉强答应开庭。当日协之、子健等早早来到法庭,携了各项证据材料。可法槌一敲,既不许原告申诉,被告更不必作答,却先传唤"证人"!子健一众人睁大眼,这诡诡然出来的"证人",居然是日本侵占期间伙同日籍技术员野松平一同经营的韩国人李秋亭!

曾学过火柴制作技术的野松平,被大昌聘作技术员,日寇占领芜城后,他反客为主,与韩国人李秋亭狼狈为奸,共同霸占了大昌。一家中国人辛辛苦苦创办的厂子竟由一个敌国篡夺者来定归属,这也太荒唐了!法官却一本正经:"原告诉状本庭已经阅过,但据被告申诉,这大昌火柴厂有史以来就是中日合办,芜城沦陷后,因中方董事逃遁无踪,改由日本人野松平委托韩人李秋亭独资兴办,现本庭已将证人传来,可当庭对质!"

被告方省建设厅接收大员朱耐寒胜券在握的样子:"现人证、物证俱在,我看你们还是尽快收回申诉吧!"另一接收大员崔某凛然道:"举市尽知的敌伪财产,政府加以没收是完全应该的,你们怎么还申请发还呢?可笑至极!"

子健愤怒着要申诉,可刚举起一沓厚厚资料,法官就一锤敲停:"下面是证人举证时间,不得打扰证人!"子健哑然,只许被告说话,却不准原告申诉,这还是法庭吗?

这李秋亭果然颠倒黑白做起"证"来:"……八年我们不仅是独资经营,而且还本着'中日友好'的良好愿望,对中方少数董事付了很多津贴……如今中国政府将大昌作为日产没收是毫无疑问的!"

"你们是一派胡言!"子健终按捺不住,高高擎起那沓资料,"大昌是我父亲和众多中国股东创办的,也是中国人经营的,野松平不过是聘请的日籍技术员而已!他和这个李秋亭利用日军侵占芜城之机,合谋夺取了大昌……"

"你这是一家之言,有关大昌来历,证人早有证言!"法官慌忙打断了他。

"他是敌人,是篡夺者,不能做证人!"

"当!当!"法槌敲得更粗暴了:"不许污蔑证人!再说就是藐视法庭,赶你出去！"协之拉下子健的手，不必再做无谓的抗争了，这是国民党的私庭，绝非说理之地，只是走走过场，用嵌了刺刀的法槌宣布一下早已定下的结论而已。

（三）

　　转眼便是 1946 年春节。半年下来，路路不通，处处碰壁。可收回明远，既为利益，亦是正义，时间迁延，越来越多的人坐不住了，春节过后，梦飞、协之等借拜年之机，聚在子健处，再次商议起来。

　　父亲和老四病逝，两个兄弟先后去外地读书，家里一下空了许多。母亲老了，腿脚不便，便搬到楼下奶奶原来的房间，子健夫妇住在楼上。

　　明远诸事一般都在此商议，方便又保密。每当此时，嘉慧总是忙里忙外，这不又提着水壶续水来了。子健去接，嘉慧不让："倒茶递水这些小事，我还是做得的。"见众人愁苦个脸，便道："虽说民国这些年了，可地方官府的路不通，公堂又不讲理，不如像老戏文里讲的，进京告御状，反正南京也近。"

　　"告御状？妈，那是戏文，南京那些官府连门朝哪开我们都摸不着，更别说他们还是官官相护！"

　　"子健可别这么说，老嫂子的话真还有些道理的。"梦飞摸着短髭，若有所思，"芜城的法子穷尽了，省里的路子也难走通，何不依老嫂子之言，去南京一趟？只是这告御状可不是打官司。"又对嘉慧道，"老戏文也有道理的，要不有那么多人听？到了大地方，利益不一样，柳暗花明也不可知。"

　　"我不过一句闲言，当不得真的。"得了肯定，嘉慧倒不踏实了。

　　"老嫂子'闲言'，是金口箴言呢！"现为南京政府党部专员的常梦飞深谙国民党官府内幕，"当今做事，你想当面锣、对面鼓说理，可你的锣声再响，能惊得着一个装聋子的？最后给你个一锤定音，倒显出他们的堂皇正大来！"见子健、协之深以为然，梦飞继续道，"既然他们喜欢暗黢黢的，我们便循着这道上走。南京政府经济部有个苏浙沪皖区敌伪产业审议委员会，疏通一下，此事或许还有转圜！"

　　"常专员指的这条路，我看不妨一试！我也有个想法，"协之道，"诸位可曾想过，这明远收不回来，除了我们，还有谁急？"

　　"我明白了，沪浙银团！"子健顿悟。协之微笑着："这沪浙银团是江浙沪大资本家和青洪帮投资的,明远收不回,他们的贷款也就收不回,我们同为受害方!"见众人点头,又道,"这青洪帮与蒋介石是什么关系?这沪浙银团与出身浙江的蒋介石可有瓜葛?常专员这路走通了,再借他们之力,明远回归之路就柳暗花明了!"

梦飞当仁不让:"我在政界还有些朋友,我来联系苏浙沪皖区敌伪产业审议委员会,协之和子健去浙江找沈嗣方,双管齐下,不信明远不回!"

"妈,此事成了,您可是大功一件呢!"子健和母亲开起玩笑来。

"或许是郑董事长见我们束手无策,托老嫂子说出这计策来!"梦飞也打趣。

嘉慧招呼众人吃点心,一转身,又在神龛前拜了三下。

众人吃着点心,又推敲起上访的细节来。梦飞有经验:"口说无凭,到了南京,得有阴阳两手,舍得银子,还得有个呈文之类的东西,有理有据才上得了台面!"协之趁热打铁:"证据已齐备,只少份呈文,正好都在,不如现在就写!"

子健展纸磨墨,梦飞口述要点,协之凝思片刻,百般滋味凝聚笔端,殷殷期望倾于纸上,庶几洋洋洒洒三千余字的申诉书一气呵成,在概述明远创业之艰辛、三起三落之曲折经历及夏氏强行接收之经过后,重点落在收回的理由上:

本公司主持人因电灯为公用事业,影响战时社会秩序,乃冒险支持,延至敌军入境之日始撤退。八年以来,无与敌伪合作者,对于国家抗战可谓尽职尽责。依据收复区敌伪产业处理办法第四条第一项之规定,应速发还;本公司股东尽小资本商人,被敌侵占八年,损失惨重,股东忍痛牺牲,义无反顾,无非信政府抗战必胜,旧业必可回收。倘政府迁延时日,不予发还,于情于理均不可通;自来水厂部分虽敌侵占后扩充,但其资金完全取自供电之收入而非另有投资。故自来水厂产权应属本公司股东所有,与其他敌伪投资举办之事业完全不同,自应一并交由本公司执管,以补充八年来本公司不可数计之损失。

最后一行更是长撇大捺,气势大张,似明远人殷殷之期:"鉴准迅予审议,早日发还,毋任咸祷!"

"至情至理,情理并茂!"梦飞大赞,对子健道,"给各位董事传看,若无意见便签名盖章,多印几份分发,以造舆论。"

（四）

苏浙沪皖区敌伪产业审议委员会不过是国民党经济部所设一临时机构，若论其权限，如其名称所示大得吓人，全国敌伪产业最集中的苏浙沪皖都属其管辖。只是所聘人员多从各处临时借聘，除工作人员，委员会的几个头头脑脑多不坐班，好不容易凑拢开次会，也议而不决，即便有了成议，也需相关省、市落实，他们并无执法权，成立至今，函电倒是发了不少，成事却寥寥。明远一案安徽方面已接收在先，要把吞进嘴里的肉吐出来，没有相当的好处谁做这恶人？几个头脑碍于常梦飞是旧交，议了几次，但涉及安徽建设厅这实权部门，又为成案，两方函件来往，笔墨官司打得热闹，无非是些表面文章，两三个月过去，仍在"审查"之中。

常梦飞自然明白。自己资历不浅，可自参加南昌起义，便被蒋介石不待见，且南京政府党部专员不过是个虚职，借此身份申诉，要成功不知猴年马月。再拖下去，这电厂就被夏某糟蹋完了。

这委员会主任、副主任是个肥差，是使了真金白银才得的，都指望着翻本呢。因此当有"小黄鱼"递来时，不过推挡一下就揣了，那动作是行云流水、一气呵成。至于手下那班办差的，也不好得罪，除车马费外，还得抽大烟、喝酒、逛妓院，哪里肮脏去哪里，反正他们就是群脏货，到了这些场合，臭味相投，如醉如痴。

真金白银出手，加上沪浙银团暗中使力，拖了半年多的明远返还案，半个月后便云开见月。7月中旬该委公函便到，滤去前面的虚言陈词，核心不过寥寥数言："本会第九十二次审议会决议：……产权准予发还，增溢部分收归国有，待作价后该公司可优先购买……"众人又喜又忧，明远虽名义上归还，可要得到一个完整的明远，也就是说要把以明远资财投资建设的自来水厂一并返还，那明远还得出资购买，要在他们股东身上再搜刮一次！

"这帮贪官，暗里得了好处，明面又要表功，面子、里子都有了，这世道、这政府！"常梦飞一掌拍在公函上，愤愤的。

"能这样就不错了！"嘉慧打气，"老明远不是回来了吗？从狗嘴里能吐出来，谢天谢地了！常委员你们是大功一件！"说完又给菩萨添了三炷香。

"这公函是有了,可各种交接手续,省、市各级批文,还不得层层设卡,雁过拔毛?单就这水厂评估的事,就大有文章可做,水深着呢!"多年与官府打交道的协之,深谙其道。

"这里里外外跑腿的事我来办。"子健请缨,"不过场面上的事,还有劳二位,特别是常专员,他们还是吃这一套的!"

"协之你看,子健也学会滑头了!"梦飞对协之笑着,又点上一根烟,"该出面时我会与他们周旋。这些小鬼,吃相难看得很呢,一点怠慢了,睚眦必报!既然大钱都花了,小处就不必心痛了,越早完结越好!"

"只要面子给足,里子厚实,他们反而好对付!"经过这些日子的磨炼,子健算是看透了。

(五)

"明远回归在即,由谁经营?"子健的目光已落在明远收回后的经营等诸多问题上。

"你是大股东,你的意思呢?"梦飞是越来越看重子健了。

"我想还是由沈嗣方先生做总经理。"子健显然思考过,"一则我们与银团有约,虽然他们弃厂离开,但属不可抗拒的因素。二则沈总经营有方,还有这次明远回归,他们也是出了力的……"

"子健说得在理。明远被鬼子占了八年,这损失我们认。但同银团的合同还要履行。政府无道,官员失节,可我们做生意、办实业的,什么时候都不能失了道义。道义永远,光明才永远!我想郑董事长在的话,也一定会支持这个决定的!"梦飞一席话说得人们频点头。

"董事会也得等到他们来方可组建,人数、比例还是以维持原样为宜,当然还得双方协商并经过股东大会。"子健这一提议也得到众人赞同。

1946年9月,被日寇侵占八年又被国民党"接收"一年多的明远才回归明远股东怀抱,那青春的明远已老态尽显、百病缠身,随欢庆锣鼓重返明远的沈嗣方,也笑不出来。办公楼破败,桌椅残缺,随处可见日本人、国民党留下的陈渍污迹,厂房更是油污遍地下不去脚。而让他锥心般疼的是,那台功率最大的汽轮机竟被砍去了一个叶片!汽轮机、锅炉及各类大小设备,无一不带病运行。

偌大的明远,除了一堆欠费单,账面上竟无一分钱的流动资金,眼前密密麻麻的两百多人,已被欠薪两个月……

这还是明远吗?

可明远又是以前那个明远,郑兴州已去,风骨却在,在蒙受近十年的巨大损失且支付不菲的赎买成本后,明远人仍在履约。新任董事长常梦飞及董事会放手由沈嗣方组建管理班子,他宽慰,却不轻松。这压力,既是明远的,更是银团投资人的。

经过一系列讨论和数个不眠之夜后,沈嗣方开具了明远复兴的"药方":

恢复原来的管理架构及制度,续聘协之为副经理,子健任总务科长;另设一厂务主任,协助处理日常事务;召回流失的管员和技干,对现有人员甄别后精减。

全力清欠,增收节支,扩充流动资金,滚动发展;暂不增资扩股。

对汽轮机、锅炉做深度保养,待资金到位时大修;扩大自来水厂产量,引自来水作锅炉用水。

利用好董事会和股东的社会关系,与各界融合交流,精准作为,挽回形象,也为电费回收、打击窃电和电价调整做铺垫。

……

半年后,各项设想渐成现实,供电时间从六小时延长至十二小时,一年后又实现了二十四小时供电;1947年春节,股东们又见到了久违的股息,噩梦十载,终有了个丰足年。就在这一年,民营的明远电费首次上涨,不仅汽轮机等设备得以大修更新,还建了阅览室,扩建了食堂,翻盖了宿舍……擦去污垢与铅华,明远神韵犹然。

二十三　风云激荡

（一）

石仁回芜已是两年后,密会了协之、子健,婉谢了他们再回明远之邀,他现在的身份是芜城安源医药公司老板。

1947年,解放战争已经从战略防御转向战略进攻,国共处大决战的前夜,对国民党统治区的工作已愈显重要与急迫。2月,中共华东局成立国民党统治区工作部,简称国区部。鉴于芜城的战略地位,国区部专门成立了皖南工作组,将曾在皖南和芜城工作过的方向明、石仁等同志派往芜城。他们的任务除开展与白区的贸易工作外,主要是做国民党上层人士的工作,策动国民党部队和地方官起义,建立与皖南游击区的交通联络,为芜城乃至皖南的解放做准备。

自新四军七师解放芜城未果,芜城地下党组织大部分随之撤离。这南京的京畿之地,芜城各路特务云集,斗争形势异常复杂严峻。1946年中共南京地下市委曾派党员秘密活动,不久被破坏,数十人被捕,党的地下工作一度停顿。组织上考虑到明远已被安插进国民党及三青团人员,且坐班制也不利于工作的开展,便据石仁所学专业和其家族开办满江春药房的历史,授命石仁在芜创建安源医药公司,不仅有利于工作的开展,还可为组织筹购急需的药材。

组织规定,三人分开活动,单线联系,住址常更换。

安源药房很快开张。张通如做了药房伙计。石仁原本拟兼营西药,但西药被政府和特务机关严格把控,遂听从子健劝告,专做中药批零生意。一则是家族的老本行,二则批发药材可开通各地的渠道。石仁虽未表明身份,但子健对石仁的身份早已心知肚明,心照不宣更好。

石仁通过子健、协之和常梦飞以及家族的亲朋故旧,广结人缘,他的北大硕士生的名头和家族满江春的好声誉,让他在芜城政、商圈中名气渐显,这"药王"之后,志向不凡,现重操旧业,欲重振家族雄风。他也在觥筹交错中摸清了芜城军警特宪的大致情况,筹到一批前线急需的西药,持了同庆楼程老板弄到的特别通行证,顺利地将这批药材送到了皖南根据地。很快他又以同样方式,把党组织在上海联合国救济会购买的两部电台转运至皖南,还帮助将几批在上海、南京白区暴露了的同志转移到皖南根据地。

可药房还是出事了!

(二)

晚上八点左右药房关门,这是组织上定的规矩。几天前通如绩溪老家有事,石仁准了他的假,顺便让他打探路上的情况。

这天晚上听到敲门声时,一贯谨慎的他以为通如回来了。蓦然意识到情况不妙时,门闩已拉开,几个黑影一拥而上,领头的竟然面熟,是王世襄!

"这不是王兄吗?急着抓药?"

"少装蒜!我们打交道都十年了,可逮着你了!可惜张通如跑了!"王世襄对手下吆喝,"带走,有话到宪兵队里讲!"

石仁被抓的消息,如当年满江春义助张恒春和满江春被炸一样,轰动芜城。方向明等同志当即做了应急处置,急议营救办法。不过宪兵队不是芜城本地人,一般人很难探出虚实,子健也是通过梦飞才多少了解一点情况,石仁当夜即被提审,且动了刑。

子健心急,却一时难觅良策,又不能胡乱找人商议,随嗣方回归的祖斌找到他。被王世襄从皮鞭下"救"过的祖斌,知王世襄是淮北人,有个半瞎的老母随他到了芜城。祖斌告诉子健,王世襄对母极孝,每月工钱总一分不少地上交,自己过得像个苦行僧似的。

"此人极少与人交心,很少人知道他整日想些什么,没想竟是宪兵队的特务。不叫的狗才会咬人,石仁先生怕是凶多吉少,得快些想个办法才好!"祖斌也快沉不住气了。

祖斌的事子健听说过,如今他急切找到自己,可见与石仁关系不一般,子健有了底,主意也有了。

就从王某这孝处入手,且这两人都曾为明远员工,便师出有名。按花名册地址,提了糕点的子健和祖斌找到一条闹中取静的小巷,王家占了巷子一头,门脸不大,里面却有乾坤,是座小二层带院子的宅子,陈设讲究,还有个身形略胖的小保姆。看来这小子没少捞。

王母身板硬实,说话中气也足,不时撩起黑不溜秋的围裙擦下烂边的眼。听说来者是明远前董事长的大公子,料有大事,撩起围裙把椅子擦了又擦,又让那女子上茶。子健把情况说个大概,又动情道:"我知道世襄兄也是职责所在,可主审和被审的都曾是我明远的人,说出去我面上无光,毕竟有同人之谊,得饶人处且饶人。且这石仁不过是个生意人,被人诬陷也未必可知,若世襄兄弟能通融,他家属也愿意花钱消灾!"见王母脸上的同情不像是装的,子健又压低声音,"老太是见过世面的人,两边打来打去,指不定谁输谁赢,何必赶尽杀绝?多留条后路保平安哦!"

"这小畜生,怎做下这伤天害理的事来!"王母又撩起围裙来擦眼,"天天说要为党国效忠,可也不能好歹不分,工友也抓,作孽呢! 都是我小时候没管教好,大公子可要多担待!"

"老太可不要气坏身子,王兄当初是我的班长,冒死在日本人的皮鞭下救过我,可是个好人啊,可能入坏伴了。"祖斌的话给了老太一个台阶。

"这孩子苦出身,他爸死得早,他投军到了汪精卫的保安团,后又投了国军,可还是没走上正道啊!"老太一边摇头,一边叹苦,歇下又道,"郑老板放宽心,我这儿子啥都不好,可我的话多少还听的,今晚我好好问问他,他就不为我瞎眼老娘也要为他媳妇肚子里的孩子想想!"子健这才恍然,刚才以为是小保姆的女子竟是他老婆,这年龄也差得不是一点点,看来王世襄在宪兵队的日子很惬意。

"不管咋样,明日定有回话!"老太话音不高,却不拖泥带水。

第二天一早,不等子健上门,老太雇了黄包车到了明远:"郑老板,此事真怪不得我儿哦!"

原来这事就出在最近那批药材上。送往皖南根据地途中,药材在敌我拉锯区不小心被敌掳去,送药人没受住严刑逼供,招了药材供货点,这才有了那晚的一幕。

"我儿不知抓的是老板厂子里的人,不过人抓了他也做不得主了。"老太的话真真假假,子健并不在意。

"石仁认了？"

"世襄讲这人骨头硬，打死只说自己是个卖药的，不晓对方是谁，药材送去哪里。"子健听了疼惜又敬佩，不认就有希望。

"是啊，他可不就是个卖药的？石仁在明远可是个规矩人，他家以前开满江春药店，更是有口皆碑，平日做生意，难免有得罪人的地方，有人栽赃陷害也未可知！"

"啊，他就是满江春的后人！那可是难得的大好人啊，定是被人讹上了！"老太气咻咻的，用一方手帕擦着眼，"郑老板你不晓得啊，我骂他一晚上，还跟他说了，不管是不是共产党，人在你手里，你上有老、下有小，就不要作这个孽！"

"他怎么说？"老太欲言又止，见子健神情殷殷，才吞吞吐吐道："我儿说了，在宪兵队一旦与共产党的事儿挂边，就没有好办法，上上下下打点，没几根'小黄鱼'是不行的。"

这王氏母子既想做好人，又想顺手捞点。子健早有准备，且不说自己对共产党非常有好感，是政党中的一股清流，就凭当初石仁救了他一家，这恩是多少钱也报不了的，不过若应得太快，反为不美，便挠头道："这可是一大笔钱啊，我要和他家亲友商量后才能回话。"为稳住他们，又道，"我想只要人能出来，钱该不是大问题，他家以前是做生意的，听说他有个亲戚在北京做大官，石家能人可不少……"子健双管齐下，让王世襄不敢轻举妄动。老太也急了："郑老板你们尽快作议，我儿说了，人在他们手里就好办。此事宜早不宜迟，就怕夜长梦多！"

就在子健准备第二天赎人时，王家当夜派人传话，说案件已移送南京，人也连夜被带走，他们已无能为力了。

（三）

一夜无眠。那战火熊熊之夜带他脱离虎穴的人，此刻深陷狼窝！

明知再去无望，第二天一早，子健还是把王世襄堵在了门口。

"郑老板，快请坐！"一身戎装的王世襄，对昔日的"老板"还算礼貌。

"老板一定是为石仁的事而来。"王世襄一副无奈的样子，"人真的被带走了，就在昨晚！"

"昨晚他家人来求了一晚上,我只好来你这里再看看。到了南京,可就要遭大罪了!"

"郑老板,都怪我立功心切……"王世襄一漏嘴说了实话,抓人前他知是石仁,在明远已看出端倪,但那时一心对付日本人,自己才会挺身而出,此一时,彼一时,自己虽有迟疑,但还是做了周密筹划。

王世襄浮泡眼肿的脸上看不出有多大悔意,嘴里宿酒的臭味更令子健一刻也不想多待,可此时石仁说不定正惨遭毒手,他脑子飞快地转着,心中倏地一亮:这人被逮走了,可证据还得芜城方面提供呀!他便佯装随意问道:"你们从他那里查到些什么没有?"这本是秘密,可看在昔日"老板"的面上,又有老妈在旁,王世襄迟疑了一下还是说了:"除了些书信,就不过是家常日用物品了。"子健松了口气。这王世襄却好奇:"这石仁与胡适家是不是亲戚?他们的通信不少呢!"子健一激灵,石仁在家中摆了与当今大红人胡适这么多书信,莫非是为自己设一道护身符?!

"老哥呀,你有没有把这些信交给他们呢?"一想到可能对石仁有利,子健对王世襄的称呼也变亲切了。

"当然没有,交上去会牵涉胡适先生的。"没想到这王世襄大局观还挺强,子健好气又好笑,正色道:"兄弟呀,这你就错了,胡适先生是蒋总统的大红人,自然不会有问题,但你把这信交上去,对石仁可有用处,至少可以少受皮肉之苦啊!"王世襄一拍脑门子:"是这理呀!我咋没想到这层呢?"

"今天就该送过去,越快越好!"一旁的王母催促着。

"好,我今天就派人送过去!"

"什么派人?就你自己跑一趟!你那些手下不顶事,到了大场面话都说不圆!"王母说了子健的心里话。因抓了共产党重要人物石仁,王世襄已升为宪兵队副队长,有些愧疚的他只得点头应承。

子健从怀里拿出一条"小黄鱼":"兄弟,这是石家一点心意,万毋推辞!"这显然出乎王氏母子意料,人已带走,钱收得尴尬,谁知是不是昔日"老板"自己拿的呢?子健捉了王世襄的手:"这东西是给你到南京办事用的,能空口说白话?"王世襄这才揣进口袋了。

这黄澄澄的东西还真威力强大,王世襄又透露了条重要消息:有人发现他那伙计疑似从明远电厂逃走的张通如,此人极可能是共产党,现正缉拿,此事若

二十三 风云激荡 | 343

坐实,那石仁便成死案,谁也翻不了!他看了子健一眼:"千万不要说我讲的,要不麻烦就大了!"

"兄弟既是给了我薄面,又留情昔日工友,谢你还不够,岂会随便说出去!"

"多谢郑老板!以后混不下去了,还想在老板那里找口饭吃呢!"场面上的人,钱拿了,各方面都不想得罪。

张通如被留在了皖南游击队,芜城自此不见了他的身影。

关押石仁的南京首都宪兵司令部看守所,系重犯羁押地,进来的莫不九死一生。这里的特务对付共产党要犯最有心得。石仁这样念过大学的知识分子,若对簿公堂,未必是其对手,说不定还当众出丑;若大刑伺候,这些皮薄肉嫩的知识分子便难扛住,大多只求速死,他们偏天天折磨,让这些要犯痛不欲生,最后不得不招。石仁被押到当晚,便上了大刑。

打手横肉暴筋,却专业心细,用一根细细的油麻绳将石仁捆牢吊起,那全身骨节便如断了一般。正当石仁疼痛难忍时,两个光膀子的家伙抡起浸了水的皮鞭劈头盖脸一顿猛抽,石仁虽皮肉开花,却不吭一声,更别说求饶了,皮鞭不像是打在血肉之躯上。

遇着了硬骨头,他们有更狠的招。

一个攥住石仁的头发猛地向后一扯,石仁痛得失声张口,另一家伙将一罐辣椒水兜嘴灌入,几乎点滴不漏!外面皮开肉绽,细麻绳勒骨,里面五脏六腑火烧火燎,特务行话把这招叫"里焦外嫩",很少人能挺过这一关。石仁一连被他们折磨了两个晚上,鼻息微弱,嘴里却不吐一个字。

"真是个'石人',不疼不痒不吱声!"特务们悻悻地又把他扔进冰冷的牢房。

第三天晚上,听到铁门哗啦一声响,石仁知道又要去受刑了,此去便是鬼门关,怕是有来无回了,便拼尽最后一点力气扶墙站起,他不想最后时刻表现出一点软弱可怜相,可来人只是打听他与胡适的关系。

一缕希望之光在石仁眼前闪过,他知道那些书信起作用了。此案绝对连累不了蒋介石的大红人胡适,便如实告之。得知他们是亲戚关系,与江冬秀信上说得一致,特务们态度大变,不仅没再对他用刑,连审问都免了,饭菜也改善了许多。

子健听说后既痛心又后怕,若没了这信件或信件迟一天到,后果就不堪设想了。看来只有继续打"胡适"这张牌才救得了石仁。他的想法与方向明他们的营救思路一致。

（四）

石仁被捕，特别是被押解南京后，国区部同志非常焦急。在北大参加抗日游行曾被日本宪兵队逮捕，现又落入国民党宪兵队手上，那时石仁不过是热血青年，而此时作为共产党要犯的他，定然不会被放过，说不定被秘密枪杀，然后来个查无此人，国民党宪兵队死不承认，外界也无可奈何。现在雨花台每天都有革命志士被这样秘密杀害。

国区部派人到雨花台暗察，又通过内线了解案情，敌人疑石仁是中共重要人物，一心从他身上寻突破口，绝不轻易作罢。国区部分析，若由组织出面营救，会适得其反。石仁徽州老乡和亲友高官众多，由他们特别是胡适夫妇出手更佳。他们想到了寓居上海的著名爱国民主人士程士范。他与石仁是同乡，曾任邮政储金汇总局副局长、贵州省政府顾问等职，主修过淮南铁路，同情革命，和共产党关系密切，长子程龙和侄子王子野都是中共党员。他与胡适不仅是同乡，且关系不一般。

石仁与程士范在兴州葬礼时多有接触，大有相见恨晚之意，其子程龙与之关系密切，遂结下忘年交。听闻石仁被捕，还吃了不少苦头，士范扼腕连连，即便没有共产党之托，也不会坐视不管。他当即修书，恳请胡适之先生务必援手。石仁弟弟赶到上海，国区部当即让他给江冬秀写信。多点发力，终见成效，石仁不再被刑审，还由宪兵队看守所转至陆军看守所，后解往水西门外陆军监狱，允许家属送衣服，每月可探视一次。地下党组织又以石仁伤重不能行动为由，给他争取了一名"轻犯"照料，这"轻犯"也是共产党员，石仁与党组织联系上了。

各方营救愈紧，国民党疑虑愈深，明松暗紧，软硬兼施。这日监狱来了位气度不凡的"大人物"——国民党北平市党部吴主任。吴某是石仁老乡，又是他从小学到大学的"资深"同学，与石仁私交颇厚。吴某一见石仁少不了嘘寒问暖，说到动情处还掏了雪白手帕擦泪，说的话也全为老同学所虑："老兄在此遭罪，不如放弃政治，做点学问多好！"

"我本无政治信念的，都是他们强加的！"

吴某自知失言，又强装笑脸："哈哈，我也是道听途说的，不得当真。"转而又慨然道，"石兄在北大学习生物学十分优秀，又到德国深造，听说还开发了一种新药，对医药贡献极大。当前党国正在复兴，急需各方面人才，以老兄之才，何必在此受罪？不如到北平特效药研究所做研究员，你若答应，即可随我出去！"

这名为北平市党部主任，实则为C.C系大佬的吴某，终道出此行的真正目的。所谓的特效药研究所，是C.C系头子陈果夫一手所创，打着药物研究的旗号进行特务活动，石仁心知肚明："承蒙吴主任厚爱，这么多年颠沛流离，我学的那点东西早忘光了。到了这里，脑子又被打坏了，整天浑浑噩噩，哪还能搞得了什么研究？"吴某被抢白得有些下不来台，一旁的特务呵斥道："吴主任千里迢迢专为你而来，别不识抬举！不答应就老实在这里待着吧！"

"关也好，杀也好，听你们的便，我绝不会为虎作伥的！"吴某见他心意已决，便冷冷道："那石兄就好自为之吧！"随后拂袖而去。

其时特务已发现石仁在上海过往活动的踪迹，更信他是条大鱼，铁了心要撬开他的钢牙铁嘴，可来自胡适等人的压力又让他们有所忌惮，这劝降的人来了一拨又一拨。

这日探视的本家长老，说的是绩溪方言，更是自家人的私话："你这样下去，胡先生也帮不了你，不如先假装答应，人出来了，你想去哪里就去哪里，想做什么就做什么，哪怕是到皖南游击区也行。"石仁想也没想就拒绝了："不！只要答应了，就是示弱！就是投降！我决不干！"

"你怎么这么梗呢！"来人急了，祭出他的经验来，"假意答应，出来再说嘛！你这样下去，只有……"

"你好糊涂！"石仁截断他的话。对于不合作的结果，他自然明白，可已视死如归的他，把信念和荣誉看作比生命还重，断不会答应敌人的条件和利诱，但也理解家人的一片好心，便用绩溪话剖析起来："这是敌人的诱降计，一旦应了，他们会大做文章，外面知道谁真谁假呢？"见来人有些理解了，又用官话大声道，"告诉他们，要放我出去，便让我堂堂正正出去；不放我出去，就不用再耍花招了！"

（五）

王世襄收了钱，自然卖力，虽当天把新"证据"送到南京宪兵队司令部，说是有了新证据,呈一副邀功的势子,却是皮鞭下救了石仁,对抓捕张通如也是出工不出力。但营救石仁,王世襄的作用到此为止。子健又回了趟老家,拜访江冬秀的家人,石仁的家属也不断给北京的胡适夫妇去信。

亲友的嘱托与时局的不妙,让胡适夫妇有关"石头"的话题频密起来。这日晚上,江冬秀又抱怨起胡适:"时局这样紧张,国民党要撤退了,石头的性命可能不保,你不能再拖了!"

"我也想过办法,可石头软硬不吃啊!"

"不管怎样,人关了快一年了,夜长梦多!"见胡适还在为难,江冬秀加重语气,"石头万一遇到不测,你就没面子了,我也无法回去面对亲友了!"这话算是戳了他的痛处。

"你不要说了,石头的事我会尽力的!"

半个月后,久拖不决的石仁案终于开庭。中央大学著名法学教授、戴大律师亲为石仁辩护,特种刑庭主审法官又"恰巧"是石仁同学。法官正襟危坐,律师雄辩滔滔,台下满是石仁亲友和爱国民主人士。控辩双方你来我往,好不热闹,主审不时拉个偏架,辩方攻势凌厉,控方招架无力,一步步败下。几天后便有判决书下达,果然是"事出有因,查无实据,准予取保释放"。国区部指派南京党组织的外围人士做了保人。

石仁终于磊落地站在冬天稀薄的阳光下!他伸出不太灵便的手,想够一够暖阳,却打了一个响亮的喷嚏,把缠积的毒菌和秽气冲个七零八落,他身形屡弱却衣着齐整,稀落头发下的双目犀利而澄澈。

身后这阴森的陆军监狱里,以及宪兵队的牢笼里,还囚了多少同志?又有多少同志从这里、从宪兵队的魔窟里永远地去了?他有一刻恍惚,太阳穴跳痛着,那是宪兵队留给他的,每当情绪激动时都会发作。

这天离1948年春节不过三天!

春节后,应石仁请求,他再次回到芜城。作为国民党首都南京的京畿之地,此时芜城重兵压境,碟影重重,国民党为挽救败局,正调兵遣将,做着划江而治的美梦。上级给石仁他们的任务仍然是做好宣传和策反工作,只是这任务现已经变得非常紧迫了。

二十四　山穷水尽

（一）

　　1948年中期，明远偿清了沪浙银团近二十万元的欠债及利息。这勒了多年的绳索终究被解除，可明远还未及喘口气，又陷入更深的泥淖里。

　　首先是金融动荡，法币贬值。为支撑濒于崩溃的经济和极大的内战消耗，该年8月，在内战中高开低走的国民党开展了对全民的金融战，发行金圆券以替代法币，将民间黄金、白银和外币强制换成金圆券。货币如纸，物价连涨，连中产也被洗劫一空，国民经济空前大动荡，累及各业。

　　明远电费两月一收，好不容易收来的电费已贬值大半。时局动荡，礼崩乐坏，政府及大小官吏用电不缴费已是公开的秘密；对地痞流氓、黑恶势力，不仅不敢收他们一毛电费，逢年过节还得送礼上门，平日还以慰问"顾问"的名义孝敬"车马费"；至于市侩宵小，偷窃电已半公开化。

　　让沈嗣方、周协之更揪心的便是燃煤了。尽管淮南铁路直达对岸裕溪口，但蒋氏政权一心内战，煤矿开工不足，又调度不公，明远电煤并无保障，且一日一价，不得已常以柴油替代。

　　外压大，内乱生。部分股东对债务清偿后沈氏继续执掌的合法性质疑不断，明远每况愈下之势加大了质疑声势。嗣方腹背受击，又身兼多职，难再分心明远，退意遂决。董事会虽勉力挽留，嗣方仍于这多事之秋挂印而去，至此执掌明远五年之久的沪浙银团退出明远舞台，固本清源、除弊兴利乃至鞠躬尽瘁，电业风云人物李彦士、沈嗣方功绩昭昭！

　　子健被推至潮头，他却不是依靠祖荫之人，坚定地拒绝了。父亲病中曾有所嘱："所创不等于所有，所有不等于所持，所持不等于所管。明远私营却非私产,遇事谨慎,要懂进退!"当时他不甚其义,过后才有觉悟,更敬父亲思想深邃和大公情怀。不论学历、名望还是其他,子健自觉执掌明远欠缺甚多,非常之时须有非常之人,那些呼吁自己、力推自己的,多是与父亲情感笃深的老明远人,越是这样,越不可辜负了他们。他也有一丝惶恐与忧虑,社会动荡、内忧外患,即便能力胜嗣方、盖彦士,怕也无力回天。

他要听一个人的意见,没想到这来无影、去无踪之人突然现身,他就是石仁!

纵是街市寥落,同庆楼依旧是酒幔茶墙,比以往任何时候都更热闹了,真正是前线吃紧,后方紧吃。只是现在的芜城早已不是后方,市面却出现了一种虚浮的太平,军政大员、大小流氓特务等各色人等推杯换盏,烹鲜买醉,仿佛明天便是末日一般。这城头大王旗变幻,同庆楼却旺气腾腾,名声越来越响了。

石仁约见的地点还在二楼的小包房。石仁还是那个观点,越是军警宪特会集之地越安全,再说子健这样的老板出入这样的场所,别人见了也无妨,当然,石仁是从后面小门进的。

简单的三菜一汤,程老板拿来了一瓶酒,石仁推了。

"真这样想的?我倒觉得你是个合适的人选呢!"

"做个太平官还凑合,要在这内外交困中闯条生路来,强我所难了,这点自知我还是有的。"石仁遗憾之余却对子健高看一眼。

"还有合适人选?"

"常董事长社会事务多,又常驻南京,他也无意做这总经理。"

"协之呢?"

"周副经理业务熟,又是明远老人,做总经理最合适不过,只是岁数大,这段时间哮喘病又犯了,本人是坚辞的。"石仁明白,电厂待久了,吸入烟尘多,易犯这病。

"也有人觊觎这位子,可心术不正,明远不可交到这些人手里!"子健所言不虚,明远大位空缺,各方势力在推自己的代言人。

自南京大刑后,石仁饭量大减,用汤拌了饭,才勉强吃下半碗,又呃逆不止,辣椒水对肠胃的伤害已难逆。子健痛惜,做他们这行,处处紧张,还饥一餐饱一顿的,他明显瘦了。

一湖之隔的明远让石仁揪心。这明远是郑先生及几代人的心血,也是芜城的象征,说不定将是今后一段时期国共主要角力场所之一,更是未来芜城重要的基础产业,一定要把它交给可靠的人,他为这事才找子健的。子健是大股东,又是兴州之子,自幼受进步思想影响,这次甘冒风险救助自己,忠勇睿智,已经受了考验,是组织上考虑的总经理的热门人选。只是子健意已决,他多少有些遗憾。

有嗡嗡声时隐时现,那是电机在隔湖吟唱,那突兀的烟囱,挑着星月……很少人知道这不过是虚像,也许在不长时间甚至几天后,芜城人一觉醒来,习惯性拉灯绳时,已无电可用,这高挺的烟囱像截长长的烟灰随风而坠!

绝不可让这样的事发生!

"子健,我倒有个人选。"

"谁?"

"程士范!"

"程叔叔!"子健眼亮了,"我也想过他,可他远在上海啊,且不说他是否愿接这烫手山芋。"

"这边同意了,可以做他的工作,相信他会答应的。"

"那最好不过了!他做过企业,又有政商经历,深孚众望,主修过淮南铁路,与煤矿关系不一般……没有谁比他更合适的了!"子健比石仁还高兴,"我父亲在世时,常说此人可堪大用,知他执掌明远,父亲在那边也放心了!"石仁不无感慨:"那次董事长到安庆见他后,兴奋大半夜,说他是徽州又一奇骏,还为他不能为明远所用而憾,这次若能来,算是遂了郑老夙愿!"

(二)

摆在程士范眼前的困难和复杂局面比他设想的大得多:人员芜杂,冗员难裁;电煤不足,价格飞涨;设备老旧,备品稀缺;窃电猖獗,欠费严重。旧债虽清,却又因亏损和流动资金短缺而债台高筑。明远又陷入新一轮死循环。煤矿上的朋友告诉他,国共于淮海陈兵百万,今后可能划江而治,煤炭有断供之虞,让他趁早另做准备。

明远便如裂痕处处的汽轮机叶片,不定哪一天就会叶断机毁!

那年与兴州安庆一晤,彼此叹赏,英雄相惜,那时他觉得他们是两股道上跑的车,只相近却不会并轨。现临危受命,对电力较陌生的他,既无妙计摧锋于正锐,更少良策挽澜于既危,倒是执念在心,绝不可让这个倾注了兴州及几代人心血、目前安徽唯一一家还在运营的电企倒在自己手里,他痛苦地向董事会递交了辞呈,在他接手明远三个月后。

作为自己的落脚点之一,石仁常来子健这里,单门独院,嘉慧阿姨待他如子,每次来都像回家。只是听了这消息,沉稳的石仁也吃惊不小。当初选程士范,是组织上慎重考虑才定的,也是明远股东属意的人选。以他的名望和才能,可以让明远在这个风雨飘摇的世道存活下来,还能给组织上以很大帮助,他们有意把明远变成工作组的一个活动据点。

"知道是什么原因吗?"士范刚接手,组织上便没给明远这边安排任务,原想等他忙过开头一阵后再与之详谈,没想到竟出了这样的事!

"程总压力太大了,觉得弄不好对各方不好交代。"子健总结道。

"大环境这样,神仙来了也没办法,要不浙江方面的人也不会走。"听了子健的介绍,石仁眉头倒舒展了,"目前情势,能让烟囱冒烟就万幸了,重要的是保住明远不关门!"见子健点头,石仁态度越发坚定了,"尚未到山穷水尽的地步,就是山穷水尽了不是还疑无路嘛!办法还是有的,不管从哪方面讲,明远都必须存活下去,程总也必须留下!"

"一定又有锦囊妙计了吧?"子健给石仁续水,石仁深嗅着,他的偏头痛愈重了,需浓茶提神。

他让子健坐得更近些:"一则你们董事、股东对明远的预期要降低,二则要多支持和配合,股东、董事和程先生要合作形成一个整体,齐心协力。"

"我几次提议推迟发息,现在是非常时期,把明远保住,才是最大的红利!"石仁很高兴子健有这样的觉悟,觉得他深得兴州遗风,将来一定是自己的好帮手。

"光这样还不行,还必须帮他。"

"我们也一直想办法,可那么多问题,从哪着手?"石仁呷了口茶:"明远永远的难题是资金!通货贬值,钱不值钱了,可花钱的口子却越来越大,只能开源节流!"这问题程先生当然清楚,子健想知道石仁的"药方"。

石仁的"药方"只有三个字:找政府!

"政府不增加苛捐杂税、找我们麻烦就烧高香了,还敢去找他们?再说找政

二十四 山穷水尽 | 351

府又能解决什么问题?"子健对石仁言听计从,可对政府素无好感的他对此计颇有微词。

"让政府掏钱自然不可能,不过它嘴大,可以出政策呀!"

"出政策?"子健似有所悟,又摇头,"我父亲不就是倒在找政府的路上……"子健有些说不下去了。石仁动情地拍拍他的肩头:"这次也许不一样!"他表情神秘,"你和程总约一下,去见那个新来的赵市长,我也陪着去,只不过我是作为你们的秘书。"

"这里有什么玄机吧?"

"这市长是我同学,不过几年未见,所以我们明天见机行事。"

(三)

石仁再次来芜不久,赵昌明便揣着张市长委任状衣锦还乡,石仁知道后先是兴奋,以他们的交情,即使不能将其争取过来,也可在敌我争斗激烈的芜城,给我方赢得一个宽松的环境。可作为国民党首都京畿之地的第一长官,他还是过去的那个昌明吗?"资深"同学、北平市党部吴某的嘴脸蓦然浮现,他也不能忘记那个"同事"王世襄,也许"杀熟"才是他们翻身往上爬的捷径。即便昌明初心未泯,可芜城特务如云,眼线众多,贸然求见,不仅暴露了自己,说不定还连累了他。于是他便有了这一箭双雕的主意。

因了士范的名头和子健的人脉,总算得了机会。石仁戴了副眼镜,一副斯文秘书的样子。

着哔叽中山服、梳偏分头的赵市长,正襟危坐,脸上挂了笑,却没一丝温度。这些天来,借拜访之名求助的工商文卫各界太多了,除了陪他们叹一番苦经,解决不了任何问题。国之将倾,人心已散,市长这个烫手的职位最终落在他的头上,他没一点功成名就的欣喜,反有被架在火上烤的感觉。树倒猢狲散,破鼓万人捶,治安、保卫诸多难题让他无暇也无力过问民生,只能敷衍后礼送出门。尽管他知道来客的不凡和明远的重要,可自己这个临危受命、连手下薪水也愁着能否发齐的市长,帮不了他们一星半点忙,相反还需要他们多重配合,要不也不会浪费彼此的时间,当然还有自己的表情。

及至见到他们身后戴着眼镜的石仁,他的笑一瞬间僵住了,欠着的身子摆了几下才在这市长宽大的椅子上坐稳。这昔日的老同学,最终和自己分道扬镳,走上了不同乃至对立之路,他不仅是共产党,还是共产党的重要人物!听到消息时不免惊讶,而后又释然,便为自己当初一厢情愿劝人入道而自嘲。

石仁不时在本子上记着点什么,恪守秘书职责。程经理大叹一番苦经后,昌明便起身把他们让到外间的会客室,这是少有的举动,秘书将茶杯恭敬地摆到每个客人面前,然后拧开了自来水笔。

秘书少有地记满了两页,每个字都给士范他们意外的惊喜:新来的市长不仅答应政府带头缴纳电费,还许电价每月调整一次!不是一年,也不是半年,是每月!赵市长还应允:"若物价波动太大,可半月一调,在政府备案即可!"这就是说何时调价、幅度多少全由明远做主了!

打击偷窃电、保护电力杆线,程总和子健所期待的,市长都有所应诺,政府能做的也就这些了,士范用保供电作了感谢,他们不好再耽搁市长的时间,又有几拨人在等了,桌上电话也催命般地响。临别时每人都拿了张写有市长办公室电话的名帖,昌明客气道:"随时欢迎联系!"

士范的脸色依旧是凝重的,但眼里有了希望,心里也多了些底。石仁多次与他交心,还把组织的指示转达给他:"支持他在国统区活动,明远做得越好,越有利于地下工作!"来芜前中共已将士范的儿子程龙派来芜城。他明白自己的双重角色,既要保住明远,还要为国区部芜城工作组的工作出力。以他对时局的观察,长江之战可能是国共最后大决战,紧邻南京的芜城肯定是主战场之一,这使他明白坚守的意义和责任。

有双重目光交织着:一重是兴州的,自己敬重的明远创始人;一重是组织上的。他敏感地意识到,那天赵市长释出那么多利好,并非看在自己面子上,背后定有共产党的力量。石仁作为局外人,为何与自己同去?虽不清楚他们之间的关系,但石仁的背景自己是明了的,他对自己也没有掩饰,士范有种直觉,明远已不同于以往,绝非他一人在苦撑。

他见识了另外一面的明远。

静下的他便有了条理。

经营不可亏。依每月的物价指数和发电成本,确定电价和调整电价次数;电费优先发放工资、支付电煤预付款。

员工保生活。裁减冗员后,分技术、管理、帮工、学徒等不同等级和岗位,设保底薪。一般管理人员，底薪为 55—75 元，技术员 100 元，技术主管可拿到 160—200 元，差不多是总经理的三分之二了。底薪再乘以每月的物价指数，即便是基层员工也能维持一个家庭基本生活开支了。

工资一月一发，物价却一日三涨，他脑子一转，有了应对之法。

明远有两台"万国牌"大卡车，不运煤时闲着，而市面上却短缺这样的运力。让工人每月出工资的十分之一，公司补贴同等资金作流动资金，对外承揽业务，生意想不到地红火，所得利润分红，旺时每月可得股金数倍，可保员工生活无虞。

电价攀扯住物价，偷窃电者被绳之以法，冒用政府等公家用户享电费打折之利的投机行为收敛，明远账面竟有了盈余，便有了几次不大的分红。明远这条帆破底漏的小舟，遇着顺风，竟有了段乘风逐浪、快捷顺遂的航程。

（四）

翌日，石仁打名帖上的电话时，那头的赵昌明仿佛等待已久了，略作寒暄，便约晚上老地方见。

还是他们首次见面的雅间。石仁刚点了菜，昌明便到了。

时间是最好的显影剂，两人已显影，却又有点模糊。

与首次见面的兴奋不同，这再聚首虽有点忐忑，但更多的是期待。

面对咕嘟冒着香气的胡氏一品锅，石仁擎杯在手："朝云暮霭，翻转流年，哪里分别，又从哪里开始！"昌明一口干了："石兄受苦了，这酒该我敬你！"石仁却不当回事："都过去了，幸得众人之助，特别是胡适先生一家。"

"胡先生是蒋先生的红人，与共产党政见迥异，你们共产党人也感谢他？"石仁听出弦外之音，依旧微笑着："我们共产党人是有情有义的，对支持和帮助过我们的人，绝不忘恩负义！再说胡先生是国学大师、学界领袖，我们共产党人对他是心怀敬意的。"时间不允许石仁再去春雨渐润，且听刚才昌明的话里已露出些苗头，便推心置腹道，"共产党有句话，叫'革命不分先后'，蒋家王朝逆历史潮流而动，必被国人抛弃，是抱残守缺，做旧政权的陪葬品，还是顺应历史，反戈一击，站到人民和革命的队伍中来，老兄可要掂量清楚哦！"

这昌明虽做了市长，但已非太平时期的市长可比，自嘲是个"维持会长"。

昌明目睹战局急转直下，深知国民党大势已去，又自视甚高，不轻易听信人言，更不会轻率做出决断，此时石仁再现，他的共产党员身份，竟让昌明有种期待感，那天不仅给明远大开绿灯，还给了他们名帖，果然心有灵犀，石仁第二天便联系了。

对这二人宪兵队魔窟、受尽折磨却信念弥坚的老同学，他曾百思不得其解，共产党用什么魔力吸引了众多富家子弟背叛自己的出身，且让这文弱书生变得石人样百毒不侵、宁死不从？又有多少投了国民党的青年才俊，变得庸俗不堪、蝇营狗苟、腐败堕落？现在多少有些懂了，是国民党的烂，是共产党的光明正义。追随国民党越久，触目惊心的内幕见闻越多，在这大染缸里，只有比旁人更黑、更无耻、更丧心病狂，才可出人头地，虽然也有些像自己这样的，可终究会被裹挟着腐烂。他痛惜却不无遗憾，大众已给了国民党太多的时间和资源，但它给百姓的只有痛苦和绝望。国民党已沦落为一个人的党，一个代表了大资本财阀的少数人利益的政党，不是改良就可新生的。此时还为独夫民贼的蒋某人卖命，不仅愚钝，实乃不仁不义。

见昌明若有所思，石仁索性把话挑明："我们共产党对你很器重，认为你同流不合污，没血债，还为百姓、社会办了不少好事、实事。再说你这市长也不是你愿意去做的，但是个好官！"石仁压低声音，"我这次的任务之一，就是帮老同学一把，希望你认清形势，和我们站在一起，并运用手中的权力，为人民、为革命、为解放多做工作！"

虽有所悟，昌明却依旧谨慎："贵党对我之褒扬肯定，赵某受之有愧，蒋介石之国民党已穷途末路，为他们卖命，无异于助纣为虐，不过……"昌明目光游离，"这路线之选，实乃大事，容我三思，我要同家人商议。但可以保证，我在位一日，绝不做有损共产党、有害百姓之事！"

石仁知道不可一蹴而就，但听这口气，有了七八分把握，便道："能做到这两点，你已是共产党的朋友了！至于你的决定，可以再等等，不过时间已不是很多了，相信你这北大法律系的才子一定能够看透时局的，也相信你一定会正确抉择的！"

劝一个人与当初抱了很深信念及情感投入的政党割袍断席乃至反戈一击，哪怕有了深刻的醒悟，过程也无疑是痛苦的，得有个过渡期。不过石仁眼下有一事需他帮忙，也可借机试探一下。

"有个女同志,在上海刚出狱,能否在芜城给找个工作?"昌明略一思索:"我给她在教育局挂个督学头衔,再发个证,进出芜城都没问题!"

"这就谢谢了!"石仁举杯,昌明忙摆手,石仁知道他须注意形象,说不定晚上还有公务,再说自己也不能再喝了。各包房猜拳行令之声渐息,老程敲门进来,告之外面人已散尽,两人便分头离开了。

珠流璧转,在隆隆的枪炮声中迎来了1949年元旦,辽沈战役硝烟散尽,淮海、平津战役也近尾声,国民党人心惶惶,怙恶不悛者深感末日来临。工作组借势宣传与策反,国民党军政官员多做两手准备,暗中与中共联系,赵昌明也下定了弃暗投明的决心,年三十晚上,他将单身在芜的石仁邀至家中过年。

年夜饭后,昌明支开家人,与石仁守岁,他给石仁新沏了一杯茶,恳切道:"我决心已下,家人也同意,请求组织节后把我家人送到屯溪游击区,以免后顾之忧!"

"我代表党组织欢迎你,从此我们就是同一战壕里的战友了,也为老同学找到一条报效国家的光明之路而欣喜,这是今晚芜城最值得庆贺的事!"石仁以茶代酒,"一夜连双岁,五更分二年!"昌明与他心有灵犀:"爆竹声中一岁除,春风送暖入屠苏!"两人相视而笑。夜未央,但迎春的爆竹已迫不及待地响成一片,若浩浩春潮。

在这喧天的鞭炮声里,政府内部特别是芜城安保情况渐渐明晰。

"政府实权部门多由我亲信掌管,听我调遣!"

"保安团呢?"这是石仁关切的。

"保安团有三个营,500多人,装备也不错。我兼任上校团长,第一、第二营营长都是我的亲信。"

一个团,昌明可控三分之二,大局无虞了。

"你工作很细致。这些部队打仗不一定行,但维持地方秩序绰绰有余了,组织上也就放心了!"石仁还是提醒他,"目前革命形势大好,但国民党顽固势力也在做垂死挣扎,执迷不悟者也势必会孤注一掷,重点要盯住队伍,以免出意外。另外,这里我们也不能多见面了,你租住的这户人家主人认识我。"

"下次怎么联络?"初入共产党阵营的昌明有些紧张,他明白一点纰漏即可铸成大错,特别是在这去旧迎新之际。

"明远电厂的程士范是我们的人,下次见面开会就在他家。明远等涉及民生的企业和程先生等一批民主人士,要多加支持和保护!"

"明远是芜城的象征,不论是维护稳定还是迎接解放,这些实业和民主爱国人士,我都会妥加保护的!"昌明肃正道。

送石仁步出大门时,天已破晓,昌明朝屋子里喊道:"孩子们起来,放开门炮了!"

(五)

明远却是越来越难了。最致命的是电煤。仅从1948年7月到10月短短四个月,煤价从每吨700万元狂涨到9000万元,电价上涨不及一半,预付款制取消,只按发煤时的价格计,矿方规避了物价上涨的风险,但对明远来说,等于变相涨价,若不是士范的面子,就连这价格的煤也未必能买到。

仅电煤涨价一项,略有盈余的明远顿作巨亏,税费不减反增。除原有的营运税、盈利税、土地税等税种外,又增加了城防、桥梁、码头建设等捐,还有劳军费、城防费、自卫费、保甲费等十余种临时收费,当局犹嫌不足,发明了亘古奇闻的薪资税,发工资也得按比例交税……真正的"民国万税"了。每日一开门,各路收费人员挥舞各种税费单据,少则几万元,多则几十万元,冲进士范办公室吵闹不休。

战云低垂,军队密布,不过军方用电从不交费,公司还得捐钱送物慰劳,昌明亲自协调也无果;一度收敛的偷窃电行为又猖獗起来,仅欠费和偷窃电就让明远利润损失近半!多发多亏,若停产,军界则以破坏战备和社会治安问罪,明远再循借贷经营的死路。

士范与协之、子健议了对策:全城停供日电,只供夜电,此举不会招致"破坏社会治安"之罪,又可减少近半供电量;增购汽油和劣质煤,补电煤之不足;上书政府电价半月一涨……

晨雾暮雪,江风如刀,古街深巷,行人寥寥,日杂小店,一灯如豆,不少人重回洋油、蜡烛时光。裕丰纺织厂再启蒸汽机发电,诸多实业又以人工操作,若非脑后缺根大辫子,疑似回到晚清,甚至连晚清也不可比。那时口袋里的几文钱能混个肚儿圆,可现在钞票一到手,似烫手山芋,得飞奔着去用掉,要不便是一捆废纸!

这天,已为副经理的子健拿着一份公函,气咻咻地进了士范办公室:"看看!军公警用电不给钱,税务、工商、学校减半收,现在报社也赖账了,这社会还有一个要脸的吗?"

士范见怪不惊:"时局快崩溃了,这些专政机关、政客如走狗惶惶不可终日,命且难保,何来道德脸面?不如批了!"

"批了?"子健愤愤,"报社电费也免?整日为国民党吹喇叭、抬轿子,终于没人听了,报纸办不下去了,把流氓底儿露出来了!"士范冷笑:"他们可不就是一群流氓,只是打着政府的旗号、披着文化的外衣,你不答应试试?第二天明远的谣言就满天飞,这时节说好话没人听,可说坏话却灵着呢!弄几封读者来信,或者干脆明火执仗,来个'本报讯'什么的,就造谣你又能拿它怎么样?"他深叹一声,"现在民不聊生、人心惶惶,都急着找一发泄口,舆论引导到公用的明远身上,兴风作浪,我们就会被推至风口浪尖……可别小看了报纸,能量大着呢!"士范走南闯北,见识多,看得深。子健悟道:"怪不得这公函口气冷硬,原来人家是'笔如刀'啊,明远现在是小绵羊,人人都薅一手,靠一点点企业电费维持着,若有一天他们也不交,我们就彻底没戏了!"士范却笑得大有深意:"物极必反,这样的日子该不久长了!"

(六)

士范家的会频密起来,有的会不仅不避他,还邀他参加。今晚这会不仅有各区县地下负责人,国区部芜湖工作组的三位同志也悉数到场,士范也被邀。按惯例,士范让夫人和儿子程龙在楼下望风。

方组长简明的开场白后,首次参加这样高规格会议的赵昌明介绍城防情况:国民党成立城防五人组统管城防,组长是京沪杭警备总司令部派来的中将特派员张力化,赵昌明和安徽省第六行政专区保安司令刘格非等四人为成员。这貌似不起眼的城防小组,操控的可是芜城战前一切生杀予夺大权。赵昌明有所不知,五人之中,包括组长在内的三人都是共产党内线,由于特殊时期的纪律,他们互不知情。

方组长十分器重他:"你手里有一千多杆枪,又兼军事法庭庭长,生杀大权在你手里!"又给赵昌明露底,"为你这个重要的位置不失,组织上已在国民党安徽省政府上层活动,确保大军渡江前,你的位置不会动!"

"哈哈,我这个国民党的市长,要靠共产党来保了!"昌明话音刚落,众人齐笑了。

"他这个市长也是冒了风险的,常为保护我们的同志和爱国民主人士与国民党顽固派斗智斗勇,前两天还做了件大好事呢!"石仁对昌明微笑着,"给大家说说吧,也是让大家多加防范。"昌明摆摆手:"些许小事,不值一提。这些天特务们鬼鬼祟祟搞了一个近百人的大名单,说名单上的人不是货真价实的共产党,就是共产党的同情者,要我同意批捕,以图肃清城内共产党和不合作的民主人士。"他看着士范,"也有你的大名呢!"

"呵呵,我也上榜啦?赏金多少?少了可不行,明远正缺钱呢!"士范一本正经。

"我发火道:'你说他们通匪,有的还是共党分子,有证据?他们都是有头有脸的人,捕风捉影地抓,岂不是人为制造混乱?'"

"他们今后再报呢?现在风声越来越紧,国民党会狗急跳墙,这里特务又多。"有人担心。

"若风声太紧,或者他们真的拿出什么证据来,我就先下手为强!"他意味深长地看着士范,"先把你们聚在一起,有我的士兵守护着,到时候说不定要委屈一下你老兄了!"

"名为拘留,实为保护,这招高!"石仁赞道。士范呵呵地笑:"我现在身心俱疲,到里面正好歇歇,还能躲债,求之不得呢!"

"明远日子不好过,是眼下大势所迫,你任重道远啊!"方组长关切道。

"我还撑得住,只是明远已奄奄一息了!"士范便把那些问题简要说了,最后道,"明远除了收电费那两天账上有点钱,其余都空空如也,这月的煤钱、下月的工钱都没着落呢!"

"有什么考虑没有?"石仁也着急起来。他知道明远困难,可没想已经到了快揭不开锅的地步。

"还能有什么办法?只能靠赵市长了,要不把我抓进去,要不就给我帮忙!"

"又要涨价?"赵昌明有些为难,"上次半月一涨,工商各界抗议纷纷,我可是费了老大劲才摆平的。"士范摇手:"这次不是涨价。再说涨价他们不交也等于零!"

"程总又有什么新点子？"赵昌明有些紧张。士范却笑了："市长大人不必紧张，只需你一个电话即可。"

士范的法子简单实用，却带些强迫。原想多办点抵押贷款，但银行要么不贷，要么利息奇高、手续烦琐，他想昌明以市长身份打个招呼。

"这个好说！"昌明舒口气，"这些行长还是听我的，再说你明远都是优质资产，有什么好担忧的！"不过昌明还是多操了心，"眼下环境如此复杂、恶劣，你抵押了能收回？"

"哈哈，这你赵大市长就不懂了吧，我是等着解放军帮我收回来呢！"众人都笑，反应过来的昌明也笑了："以前只知程老板是精明生意人，今日方知是个了不起的政治家，算的是政治经济账。也罢，大不了再做次恶人，让银行放点血，这钱用于民生比打内战强多了！"

石仁根据方组长的要求，对工作进行细化：一是让赵昌明把两个亲信营换防到市区，由赵亲自指挥调动；二是要他严密关注米市动向，芜城是全国四大米市之一，也是国民党军粮的重要供给地，要调查清楚四大家族和国民党军队在芜采购情况及军粮存放点，设法阻止外运；三是确保党员和进步人士安全，维护好地方秩序。

石仁又对赵、程二人道："你们要紧密合作，保持联系。赵市长要把明远电厂、裕中纱厂、大昌火柴厂及各砻坊保护好，特别是明远电厂，与百姓生活、生产及社会治安关联极大，确保不被破坏。赵市长要有专门的保护措施，明远也要成立护厂队，一有情况，民团要立即赶到！我们一定要让芜城亮堂堂地迎解放，迎新生！"

（七）

明远终又抵押贷款36亿法币，融得金圆券700万元。士范将其中大部分购买电煤，国共最后决战很快在长江一线展开，划江而守的局面一旦形成，有钱也买不了煤。剩下一小部分，一半发放工资、购买各种必需品，余下的一点便做了流动资金。

形势如士范所料。三大战役失败，国民党将剩下的残兵败将一股脑摆在长江沿线，做划江而治的美梦。作为防御重点之一的芜城及附近，便有二十军、六十六军和一〇六军等部队叠床架屋防守,江上还有二十多艘大小兵舰组成的江面第四防区,这便是整日吹嘘的固若金汤的水陆纵深防线了。

长江已成天堑,电煤是彻底断了,国民党第七绥靖司令部以江防和治安为名,严令不得停电,原料问题却要自行解决!

士范知其不可硬抗,便向绥靖司令部申报,在江边开一口子,与江北通商做生意,由军方监督,却被严词回绝。士范叹息:"巧妇难为无米之炊啰!"协之等也郁结无语,子健的拧劲却上来了:"无论如何,就不让明远歇了,不为国民党,只为一口气!我们定要做个'巧妇'!"士范苦笑:"怎么做?画饼充饥?"

"哎,这一讲我倒想起来了,听郑董事长说过,油饼火力旺,可用来烧锅炉,只未试过,说不定这'饼'真可充饥呢!"协之兴奋道。

"油饼可烧锅炉,那理论上讲,木炭的燃烧值也高,皖南这些东西都不缺,价格也不高。"士范知是无奈之举,却不妨一试,"若成功了,可真是解了燃眉(煤)之急了!"

"呵呵,那我们从西洋进口的洋锅炉就成杂食大胃王了!"子健苦笑。"谁让它命不好,来到这多灾多难之地,又遇到天下最不讲理的政府呢!"协之也为它叫屈。

"这个即使成功,出力也大打折扣,用不了多久,锅炉就会'消化不良'。当务之急还是节流,唯一办法就是分区停电!"士范提出要少供。

"分区停电?"这新名词让"老电业"的协之和子健讶然,听了士范解释,他们才恍然。

"'七绥'同意?"协之心中没底。

"我看不如叫分区送电好听些,反正就这点电,答不答应无所谓!"子健的一字之变,这方案听起来顺耳多了。士范有个周全之策:"路灯不停,军政机关、兵营再装个机关,停电时只要一按,便可供电!"

"说来说去,不过是停普通百姓的电罢了,不过这也是没办法的办法了!"看着一根接一根抽烟的士范,作为负责营运的副总,协之也别无他法。

这分区送电的当夜便出了大事。

这天夜深,刚入睡的士范被急切的电话铃声惊起,一般这时不会有电话,一听果然是大事,值夜班的子健急告,军警处一队士兵把明远员工打伤了,说停他们电了,其实是他们不懂操作,又不听我们解释……

"人怎样了？"士范打断了他。

"已送弋矶山，出了不少血，大夫说暂不会有生命危险，现场聚了不少工人，大家情绪激动。"

"比小日本还凶！"说话的一定是个"老明远"。

"打不过共产党，就拿我们出气！"

"给他们装了开关，教他们八遍，可他们连按一下这么简单的操作都不做，不问青红皂白就打人，土匪不如！"

"我们熬夜为他们发电，他们还把我们往死里打，我们不干了！"

"不干了，再也不为国民党卖命了！"

大摊鲜血刺激着工人，工人们既害怕，更是愤怒，协之、子健不断安慰，也平息不了工人的火气。急急而至的士范见有不少夜班工人竟脱岗聚集，情况危急，命人清扫地上血迹，又跨上台阶上高声道："工友兄弟们，刚才发生的惨案，无理之至、无耻至极！"总经理与他们同仇敌忾，也只稍稍缓下他们的怒气。

首要的是理气疏怨，为现场降温。

士范先平静了，指着漆黑的夜："我十分理解各位的心情，不过，我们是在为他们发电吗？我们是为了城里的百姓，没有路灯，这班土匪更胆大包天，四处骚扰抢劫！"他又指向几乎空荡的车间，"诸位再想想，现在车间无人，出了问题，亏的是谁？我们要拿他们的过错来惩罚自己吗？"他继而道，"兄弟们别忘了，这明远是我们安身立命所在，这机器是我们吃饭的家伙，一旦机器坏了，我们今后怎么办？你们的家小怎么办？"见众人慢慢回到现实中，士范压低了声音，"他们手里有枪，硬碰硬吃亏，但我想这样的日子不会久的，我们才是这里的主人！"

"把我们的人打了就这么算啦？"

"是啊，他们想打就打，谁还敢上班？"

要他们给明远一个交代，无异于与虎谋皮，但他程士范必须给工人一个承诺。

"我马上向滋事部队交涉，向政府、警察局报告，要求部队约束好士兵。另外赵市长已经应诺派兵来保护我们，相信这样的事件再也不会发生，若再有类似事件，我领你们罢工！"

工人默默散了，车间又恢复了往日的秩序，士范噔噔上楼，展纸提笔，万千愤慨奔涌笔下。

陆军一〇六军部、安徽省第六专保区、市政府、市警察局：

煤荒严重,加以机器负荷过重,不得已分区送电,以冀延光明,唯保地方治安与军警用电,路灯仍维持照明,军警机关特安装开关,一旦停电,推上即可。

士范文不加点："今日零点,负荷已至顶点,无奈分区送电。尽管已经告之,孰料该处并无人操作,以为线路故障,本公司接电话后,立即派员前往检查。但该处周队长却带武装士兵,驾车到本公司兴师问罪。"文到此处,士范握笔的手有些抖了,他揸了墨汁,笔画又粗又重,"来者荷枪实弹,气势汹汹,严词责问,虽值班员婉言解释,他不仅不理,反令士兵子弹上膛,以枪托将其击倒,又用刺刀捅伤,犹不住手,五花大绑押去稽查处问罪!"一个感叹号变成了一团墨迹。

士范深吸了一口烟,情绪稍有平静："武装警士,子弹上膛,如临大敌,枪打刀扎,本公司员工目睹此情形,群情惶恐,激愤不已,人人自危,纷纷逃避,几酿全市黑暗!虽经劝导安抚,员工仍惶恐不安,若此情形继续,员工生命不保,将难以保证供电!"

"程总好笔头,递上去多少能收敛些的。"协之道。

士范掷笔一叹："怕也是一纸空文,没有下文!"

子健一语道破："他们在,才是最大的不安全!"士范余怒未消："等天亮了,我再给赵市长打电话,让民团尽快到位!"他又嘱咐子健,"护厂队的事要抓紧,由你负责,要日夜值班巡视,安全上的事,靠自己才稳妥!"

（八）

同庆楼二楼的小雅间,昌明一见石仁便道："这几日都在等你电话,也托士范给你话了!"石仁不紧不慢："赵大市长,什么急事啊?"刚完成国民党第四江防区安东舰队起义的和谈工作,舰长承诺大军渡江时不向我军开火,并即时宣布起义,渡江一大障碍被清除,石仁心情和畅,对越来越近的危险浑然不知。

"你切不可再抛头露面了!今天下午,那几人又来我办公室,说找到了你是共产党的证据,点名要抓你!"

"什么证据？虚张声势罢了！"

"你活动范围那么大，外出又频繁，找你一点证据有何难？"话毕，昌明掏出一沓材料，"自己看吧，你活动的轨迹他们比你都清楚，只不过始终没见着你的接头人，否则当场就动手了！"石仁大略翻看一下，有自己多幅侧面和背面照片，看来被盯好久了。

石仁明白虽被开释，但他们不死心，背后有无数双眼睛，便倍加小心，白天极少外出，特务们看到的都是自己居常生活，仅凭这些也奈何不了自己这只"死老虎"。只是一忙起，免不了百密一疏。

"多谢昌明兄提醒，今后定格外小心，若有急事，可与我弟弟联系，他的地址你是知道的。"

程经理亲自端来饭菜，菜不过两样，米饭还有些发黑，略有歉意道："市面上已买不到大米了，这是以前存下的，只能凑合着吃了！"

"程老板还屯了米，别的店都关门了！"做过"跑堂"的石仁理解他眼下的苦衷。

"军队云集，粮食紧张，不过这里不可断粮，过几日便有办法！"

"市长变地主了？"程老板一离开，石仁便问。

"不仅是地主，还是个大地主呢！"昌明喜形于色。

"嗯，有故事，讲来听听！"

士范家会议一结束，昌明即与几大粮商打招呼，没自己的指令粮食一律不许外运。可偏在此时，南京方面运粮的军舰靠港。他一边虚与委蛇，称芜城粮食有限，只够本地军民食用，若强行调运，影响士气民心，这责任担当不起，一边好酒好肉招待，令他们不好翻脸。

"最后拖着空船回去了！"石仁抢先道，二人开怀大笑。

他们又就芜城敌情、明远安保诸事再作推敲，临了石仁言之谆谆："大军渡江指日可待，芜城战略位置重要，国民党顽固派可能会垂死一搏，斗争非常残酷，老同学你责任重大！"终于听到大军即将渡江的佳讯，昌明也早有准备："社会治安、明远电厂及爱国人士保护、文书档案封存等各项事务，都有安排，这几日自会勤勉尽心，请组织放心！"

（九）

护厂队很快建立,子健领头,朱军和祖斌各领一个小队,共二十余人。队员是精细挑选的,身世清明,思想进步。他们手持棍棒,臂勒红箍,日夜轮班巡查,外有赵昌明的民团定时巡逻,一度惶乱的明远又安定下了,士范也松口气,石仁却有隐忧。

朱军暗下调查,两百多名明远员工中,国民党员、三青团分子,还有做过军、警、伪职的人员就过五分之一,这些人多思想顽固,有的对共产党和新社会十分仇视,他们利用一些人对共产党的不了解,对即将建立的新社会做恶意宣传,以引起工人对新社会的恐惧和不满。石仁觉得不必草木皆兵,但须将其作为重点人群监视,调离重要岗位。

若有针对明远或者其他厂矿的破坏计划,作为五人城防小组重要成员、芜城市长赵昌明当知晓,但昌明并无这方面的消息。也不排除另一种情况,那些南京、合肥及其他地方各派各系的特务见昌明态度暧昧,便绕过地方自行其是。如此,说明特务们已准备孤注一掷了,明远和众多民主人士陷入极大危险中!

找谁打听这方面的机密情报呢?石仁与子健商议,唯有王世襄这条路。当晚子健即到王家,却扑个空。王母翻着烂眼边诉苦,儿子夜半归家是常事,还酒气熏天的,"脾气大得很,我的话不管用了,待会儿你代我讲讲他,郑老板的话他还是听的"。

子健决心不见人不回,打足精神与老太聊家常,掌握了王世襄更多近况。显然这家伙还为国民党卖命,又不甘与这个行将灭亡的政权一同覆灭,自觉做了很多与共产党为敌之事,以后一定没好下场,只是妻已临盆,他丢不下老母孕妻,这让王世襄烦躁异常,常以酒浇愁。

十一点多了,王母揩烂眼边更勤了,子健欲告辞,却听得砰砰的敲门声和嘈杂的话音。

"混账东西回来了,一准又喝多了!"果然是一身酒气的王世襄,他被几人架着磕磕绊绊进来,见了愠怒的老母,清醒了许多,忙打发几个手下走了,待见了子健,便彻底醒了,脸上却不无欣喜之色。

子健黉夜来此,必有要事,若他再立一功,也许能将功补过。因此当子健打听有无针对明远的破坏计划时,王世襄诡秘一笑,凑近压低了声音,一股酒气直冲子健面门:"好像听说过,这是绝密的,一般人不知。"见子健不语,又赶紧道,"不过凭我在系统里的关系,要打听不是难事。且若有行动,宪兵队不能没一点风声!"那酡红的脸上是凛然的,"明远也曾是我安身立命之处,郑老板又是我的贵人,上次石先生之事已很对不起了,这次若明远有难,我绝不袖手旁观,明日就去打探,有消息我随时报告!"临了又是自己人的口气,"我这里以后少来,有人盯的,我家有电话。"

这些日子厂区气氛神秘,三三两两地交头接耳,饭堂里也是三五人一堆叽叽咕咕,外人靠近,就转移话题或散了。石仁决定主动出击,引蛇出洞。

翌日晨,厂区墙壁、树干、小径上,张贴及散落着红绿宣传单,众人传看,有的念出声来:"亲爱的工友们,污浊黑暗的日子将要过去了,随之来临的将是全中国的解放,而和解放俱来的是全面新建设,凡是真正爱护祖国、人民的都应毫不犹豫地担负时代给我们的使命……"

"大一点,耳朵被机器震聋了,听不见!"有人着急地喊。念的人清下嗓子:"解放这一天快来了,为了维护祖国机器、工业的命脉,我们要立即组织起来,保护全市光明的动力。如让国民党匪军破坏,芜城便陷于黑暗,我们将失业!"

"是啊,机器被破坏了,就砸了我们的饭碗!"

"明远就是我们的家,机器就是我们的命根子,谁破坏我们就和谁拼命!"积极分子发声,引得一片附和。

"立即组织起来吧!保护我们的电厂!保护我们的机器!像济南、开封等地的工人阶级一样!"

"现在是时候了,起来吧,工友们!"

此时冒出个阴阳怪气的声音:"嘿嘿,好大的胆子啊,连共产党的传单也敢念,还这样大声,当心抓起来吃牢饭!"说话的独眼叫胡大瞎,曾是国民党军队的连长,因在"反共"战场被炮弹皮崩瞎了一只眼,硬塞进了明远。虽说做后勤,可仗着"功"高,他不干正事却管天管地。见他又不省事,有人揶揄道:"国民党有工夫来抓人?我看是在盘算着怎么跑路吧!"更有人愤愤:"国民党的兵祸害我们还少吗?这些龟孙子敢来,新老账一齐算!"胡大瞎那颗独眼珠子瞪得要掉下来,手指一通乱点:"几十万国军守着,江防固若金汤,你们几个鳖孙想反了不成……"众人哄笑着散去,只余气咻咻却找不到发泄对象的胡大瞎。

这局面是石仁所希望的,不仅分清敌友,还能使工友们认清形势,让他们知道共产党就在身边。工友们觉悟了,这护厂工作就好做多了。他准备再印一批传单和读物在大街小巷散发,让敌人不战自乱,也让百姓安心,静待解放。

(十)

公元1949年4月21日,注定是个载入史册的日子!这次随城头改变的,不是大王旗,而是千万万国人的命运,也翻开了明远新篇。

晚八点,万里长江第一渡在芜城率先进发,安东舰队按与石仁事先约定,避开江面渡船,朝对岸胡乱开炮。蒙在鼓里的江防司令大发雷霆,可他与海军不属一个军种,待层层上报至海军司令桂永清处,安东舰已宣布起义了!所谓立体纵深的长江防线瞬间土崩瓦解。自狄港渡江的部队向南穷追猛打,守军望风披靡,芜城成了座孤城,岌岌可危。这与当初国民革命军顺江而下万众迎送乃霄壤之别,嘲弄历史的总被历史嘲弄。

"天地风霜尽,乾坤气象和。历添新岁月,春满旧山河……屠苏成醉饮,欢笑白云窝。"只有叶颙的《己酉新正》最适合此时石仁的心境,虽记不全,却吟哦有声,无数仁人志士为之奋斗的革命就要胜利了,曙光在前!

改天换地日,明远新生时。在炉膛炭火袅袅难继之际,一舟引得万帆,红旗漫卷如画,半个世纪前的一点灯火终迎来一个灿然光明的春天,众多和明远一样嗷嗷待哺的实业的命运将彻底逆转!

不过芜城还在国民党控制之下,整日枪声不断,街上不时有军车隆隆驶过,也许此时是国民党顽固派最后疯狂之时。程士范、协之、子健聚在会议室,护厂队整装上岗,锅炉、汽轮机等重点设备都有积极分子看守,门外有荷枪实弹的士兵在巡逻,石仁知道这是昌明派来保护的警备队。

电话倏然响起,在短暂的沉寂中格外刺耳。士范拿起听筒又捂住,轻声道:"是赵市长!"大家陡然紧张。赵昌明极少往明远打电话。

昌明口气甚急:"目前市面较乱,有人要趁火打劫,要严密防范,确保军政用电!"众人还未反应过来,昌明又急急道,"要肃清厂内共产党分子,一个不留,上头有令,对共产党组织人员,抓了立即枪毙,务必警惕!"昌明还提醒,"对共产党的亲属也要盯防,一有异常,立即报告。"

士范又把通话内容复述一遍,石仁解读道,是敌人狗急跳墙了,根据他的判断,要对明远趁火打劫的应该是特务,说不定内部有他们的人,到时候来个里应外合。

士范看着石仁:"后面说的是你,说不定已经知道你隐藏在明远,还有你弟弟肯定被监视起来了。"

"抓到就枪毙,你现在极危险。到南京还有两班火车,我叫人带你上车,保证安全!"士范抓起电话就要安排,石仁按住了:"明远没事,我就安全,组织上安排我驻点明远,这节骨眼上绝不能离开!"石仁眉头紧蹙,"现在最要紧的是找到隐藏在明远内部的破坏分子,那是明远的心腹大患,留给我们的时间不多了!"子健有急智:"把那些国民党、三青团和有过军、警、宪历史的人全看管起来,对他们的宿舍进行搜查!"

"这办法是好,可涉及面大,人心惶惶反为不美!"协之道。

"非常时期,管不了那么多了,救明远要紧!"石仁看着士范,"程总你看这样如何?车间由护厂队和积极分子掌控,其余人员待在宿舍不准外出。管理人员成分复杂,以安全为由通知他们放假。"

"也只能这样了!"士范掐灭烟头,"我们几个人不能在一起,协之到车间,子健看住宿舍,我找地方把你藏了,如果这里有特务的话,说不定你已暴露了!"

"明远的事就按程总的意见办,至于我,我自有办法。"石仁看着子健,"你给王世襄家里打电话,再摸下情况!"

"这个时候他会在家?"子健迟疑地拨着号码,居然通了,是王母的声音。听说是子健,王母猛着客气一番,说儿子不在家。"我儿让我告诉你,说现在药店都关门了,看郑老板那边可能买到眼药水,我眼睛有一只快看不见了!……"老太对子健很信任,抓着话筒说个没完。

石仁对放下话筒的子健道:"带两个可靠的人,把胡大瞎抓起来严审,一定有线索!"众人一愣,又都明白了。

胡大瞎交代,明远确实潜伏着一个国民党的三人破坏小组,他是成员之一。子健派朱军和祖斌带人将他们控制起来,还在他们的宿舍中发现了两个爆炸装置,据交代,特务们有两套方案,先是让他们内部破坏,若不成便从外面强攻!

"何不将计就计,把主机停了,让他们觉得破坏已得手,这样就不会再打明远的主意了!"随子健一同回来的朱军建议道。

"明远不能停电!"石仁沉吟有顷,"现在人心惶惶,若再黑灯瞎火,国民党那些游兵散勇还不趁火打劫?再说特务的破坏活动军方未必知情,若停了电,军方恼羞成怒,不定会怎样。"石仁还有个没说出的理由,那就是明远的灯光绝不能在革命胜利的前夜熄灭。

士范有所悟:"破坏分子已被控制,不如让工人依旧上岗,护厂队集中在门口和围墙巡视,我再给昌明打电话,让他加派人手守护!"

"如果只是特务破坏,没了内应应有所忌惮;若军方下场,那只有破釜沉舟干一场了!"石仁说罢便与众人一起研究下步对策来。

这日夜间,芜城军车滚滚,人喊马嘶。翌日晨,大街小巷一片空寂,各路特务随守军跑个精光,各种破坏和抓捕计划遂成泡影。昌明亲领警备队上街巡查,枪毙了一个抢劫商店的散兵,确保城区秩序不乱。23日中共三十军进城,昌明集中队伍,将武器弹药和政府财物、档案等进行移交。

芜城终迎来了彻底解放!

二十五　光明致远

（一）

当芜城人敲锣打鼓迎大军入城时，明远存煤仅能维持五天了！

在二街原国民党中央银行三楼的一间办公室内，刚成立的军事管制委员会主席——一位头发花白的老者握着石仁的手，半是欣喜半是怜爱地注视着这个面容清癯却精气十足的老部下："每次见你，都精神得像上了发条样的。"

"报告首长，这叫革命人永远年轻！"老者朗声笑了，递来一杯茶，指着沙发道："坐下说。你这身子受过日本人的大刑，挨过国民党的鞭子，可别再累坏了，新一程革命又开始了，亟须你这样的人才啊！"石仁的声音湿湿的："首长更要注意身体，芜城人可离不了您！"

"原想革命胜利了，能放松一下了，却没料事更多更繁了，连歇口气的工夫都没有啊！"不远处明远的烟囱吐着淡淡的白烟，装点着芜城贫瘠的上空，首长神色严峻了，"芜城就剩两个半烟囱了，明远存煤不够五天所用，一断电，市面难稳，国民党特务就会趁机造谣破坏，形势就不妙啰！"

石仁没想到主席连明远的存煤量都记着，心中一热："有首长在，明远一定能渡过难关，芜城一定不会停电！"首长淡然一笑："哪有那么大神奇哦，干革命靠的是大家，再说铁打的营盘流水的兵，南边蒋匪未清，我们还不能留下来安心搞建设！"

"您还要带队南下？"石仁噌地立起。老首长那口气也是不舍的："打了这么久的仗，又做了多年地下工作，这里还是我的故乡，我也想留下来搞建设，可谁让我们是革命军人，又是共产党员呢！"首长把石仁按在沙发上，"眼下还不是谈这个的时候。今天找你来，是给你新任务的！"他给石仁续了茶，"组织上准备让你去明远当军代表,同时负责党的工作,有意见和困难没有?"没等石仁回答,老首长又道,"像你这样的大知识分子,受党多年的培养,经受了各种考验,是党不可多得的人才,本有更重要的职责要你去担当。"老首长停下,远眺那已变作赭色的六角烟囱,"不过你也清楚,电力对一个城市特别是刚解放城市的稳定和发展有多重要!考虑到你在明远多年,到岗立马能起作用,最后还是定了你。"

"请首长放心,我一定完成好组织交给我的任务。我对明远情况熟,又有很深的感情,要把我放到别的岗位我还不一定乐意呢!"

"嗯,这就好!"老首长告诉他,已向南京军管会打报告,要求紧急调拨1500吨煤,这两天就到,到时候拨一部分给明远,另外让财经部给明远500万元贷款,以解燃眉之急。

"有了煤和资金,明远就没问题了!"市军管会刚成立,千头万绪,资金更十分紧张,上级组织对明远如此垂顾,他激动中更觉责任重大。

"小石啊!哦,不能这样叫了!"

"在老首长面前,我永远是小石!"首长揸开五指将花白的头发向后篦着:"习惯难改啊,可现在与以前不同了。"他拍下自己的额头,"我们从地下工作者变成了城市的管理者,地位、职责都不一样了,工作方式方法也更不同。毛主席在七届二中全会上作了重要指示:'党的中心工作重心由乡村到了城市','围绕生产建设这一个中心工作并为这个中心工作服务',我们首要的是恢复生产,贯彻中央'发展生产、保障供给'的总方针,把握好'发展生产、繁荣经济、公私兼顾、劳资两利'的政策,处理好各种关系,特别是与资本家的关系,团结一切可以团结的力量,化消极为积极,把生产搞上去……"

"首长的指示就是我们工作的方向,我要带领大家学习毛主席的讲话,贯彻党的七届二中全会精神,把'发展生产、保障供给'放在首位。明远是民营企业,唯有'公私兼顾、劳资两利',汇聚各方积极性,明远的炉火才会烧得旺旺的!"

"这样做就对啰!"老首长感慨系之,"芜城当年大小不下百家企业,现在只剩下明远、裕中和益新这'两个半烟囱'了,它们是芜城工业的种子,也是经济发展的命脉,还凝结着芜城人追求进步、冀求发展、实业救国的情怀和理想,难得啊!"老首长似对明远情有独钟,"特别是明远,创办人可是位了不起的爱国实业家,郑老先生要夜如昼、月永圆,追求的是没有污浊、黑暗的光明世界,同我们消灭黑暗的旧社会、建设光明的新世界殊途同归。你是大知识分子,想想是不是这个理呀?"

浸润明远多年的石仁,对以郑兴州为代表的电业人的远大志向和高洁操守感同身受,打心里尊崇他们,对子健、协之更引以为知己和朋友,但少与自己毕生奋斗的伟大的共产主义事业相联系,也没从这个角度和高度去看待明远、分析他们。

"还是首长站得高,看得远。虽然我们的方式、思路、出发点不同,但爱国为民、追求进步、向往光明的理想是一致的。不同的是他们走实业报国之路而已。"见老首长颔首微笑,石仁继续道,"以明远这么多年的曲折历程和我的切身感受,不难得出这样一个结论:只有连接到共产党这台威力无比的巨大发动机上,明远才能光明永远;要救中国,最终只有社会主义!"

"不愧是北大才子,什么东西一到你这里,马上上升到理论高度!"老首长十分满意这结论,又大有深意道,"你这结论目前只是一半得到验证,"他期待地看着有些惊讶的石仁,"社会主义我们刚开始搞,在全世界历史也不长,能不能救中国,强国富民,得需要继续奋斗甚至牺牲;社会主义能不能百业兴旺、光明到永远,就看我们和后继者的努力了!"

(二)

1949 年春夏之交,长江又一次野性勃发,地卑而湿的芜城连日暴雨,江水倒灌,内河漫溢,城乡复成泽国。经济初现复苏势头,明远的电量依旧上不去,负荷不及平日的一半,一台机不够,两台机又余冗,且全日供电,耗费大增。城市初定,遗存的窃电之风仍大行其道;即便是装表用户,也以种种理由拖欠不交,最可笑也是最堂皇的理由竟是共产党不能让百姓家黑灯瞎火!

明远水电并举,机构臃肿,人员庞杂,国民党残余分子拉帮结派,里戳外捣,导致发电效率低下,存了很大的政治及安全风险。

"不能坐等电量上来。"军代表石仁在明远微妙的管理格局中不再谦让,"增收不了,就精减人员以节支!"

士范有自己的担心:"我接手就察觉人浮于事、开支巨大等弊端,可这些年越减越多。政府讲稳定,精减得裁人,裁下的都是有背景或调皮捣蛋的,把这些人推给政府或社会,会不会是不安定因素,给政府添负担?"协之也有顾虑:"许多人都是老明远了,把他们推出去,于情不合。"子健却道:"现在是新社会了,不必畏首畏尾,只有一个标准,能干想干、要求进步的才可留下。"

"进人容易裁人难,但不裁不行,共产党不养闲人,明远也不允许有懒汉,更不能有人煽风点火搞破坏!"石仁原则下有温情,"但怎么裁,裁下的人怎么办,我们得合计好,再报董事会和政府批准。"

支委会议了方案:裁减的对象应是原国民党员、三青团员、担任过伪职的人员以及旧政权、股东或三亲四友塞进来"吃闲饭"的。这些人多无一技之长,又淤塞在机关,管理及勤杂人员竟超一半!对裁下的人员,不可全推向社会,经政府甄别后,安排去其他工厂,年轻人还可进行学习培养,愿意回乡的发路费……

方案在董事会通过,政府亦支持。当石仁以军代表身份做动员时,会场掌声热烈,这是以往精减时从未有过的,一些想借机闹事的人低头息心。动员会结束后,八十多人没领到绣有自己名字的红袖标,便没了进入厂门的通行证,这意味着他们已不是明远的一员了。

(三)

精减只是石仁员工改造计划的一部分。历经三朝四代的明远各种关系盘根错节,最大的结便是根深蒂固的员工与老板的隶属关系,尽管郑兴州处处求一个"仁"字,却难改其本,现在要解绑这种人身依附关系,使之变作平等的同事关系,进而让员工当家做主。

破除思想上无形的藩篱比制度上的改革更难,唯有建立党、团及工会组织。

明远内部党的活动影响深远,只不过多为对敌斗争,且极为隐蔽,在迎解放时的护厂和对敌斗争中,涌现出了一批积极分子,加上已有的三名老党员,上级决定恢复中共明远党支部,石仁任书记,朱军和祖斌为支委,支部又从入党积极分子中确定了第一批三名入党对象。继之又组建工会与共青团组织。

新建的党群组织与根深蒂固且黏性极强的各派别相比,稚弱得多,一明一暗做对峙状。

虽已精减了一批不法分子,但仍有国民党员十一人、三青团员九人、反动组织皖南工作队队员三人、各种帮会分子十三人,其中不乏在上述组织中担任过一定职务的人。

如果说这些反动派是"死老虎",与明远伴生的宗派团伙却是股不可小觑的力量,长久地糅合与凝练,形成了地域特色明显的三派:徽派、沪浙派和合肥派。

徽派基本以资方及与资方有特殊关系的职员为主体,掌控着厂里的领导权和经济权,称作当权派;沪浙派以李、沈带来的技工为主,把持了技术部门,实力也不容小觑;三派中势力最弱的是合肥派,以炉前工和煤工为主,但因其弱小,也更团结和讲义气。

"不过两百人的厂子,被各种政治团体和宗派肢解得四分五裂。面上死水微澜,甚至和气一团,内里却大有丘壑,明争暗斗,潜下的国民党异己分子,一有风吹草动,便在各派之间挑拨,挑动群众斗群众,对明远新型员工队伍的建立、管理和安全生产等方面都是障碍与隐患,甚至是严重威胁!"支委会上,石仁表明消除帮派的决心。

"'三帮一派',一派危害大,三帮消除难。"负责调查的朱军,拍着一沓调查卷宗,做了结论。这个第一批被兴州录用且被看重的技校生,算得上明远的老员工了,对明远知根知底。

"国民党这最大的反动帮派都被我们打败了,还在乎这几个小虾米?"祖斌不以为然,"扫帚一到,灰尘自会跑掉!"他说话的时候,臂上的肌腱一鼓一鼓的,似满涨的革命激情。

"有些问题,不是热情和铁腕就能解决得了的。"朱军还是那么冷静,"即使是对国民党残余分子,也得师出有名,人家没说乱动,怎么出拳?"

朱军分析:"三个帮派,最早的已几十年了,当初形成也是有原因的。有的派系还涉及主要管理人员和董事会成员,牵一发而动全身,处置不当,负面影响大,若国民党残余分子煽风点火,在安全上搞点事,既是生产事故,也是政治事件。现这三个帮派风平浪静,既不与我们对抗,也不消极怠工,你大张挞伐,可有群众基础?"

"就这样缩手缩脚任其发展下去?"祖斌气促。石仁发现,自从上次食堂事件后,祖斌有些急躁了,朱军是愈加成熟了。

"你们说得不无道理,扫除'三帮一派',需分类施策!"石仁觉得辩论已越来越接近问题的症结。

"什么是分类施策?"石仁细加解释,"要分清敌我矛盾和人民内部矛盾,性质不同,对策也不同。对于国民党残余分子,可用教育与专政相结合的办法,至于那三派,则属于人民内部矛盾,宜教育分化。"

石仁打开徽州派的调查卷宗:"这徽州派的主角在董事会,沪浙派和合肥派的头头儿也都是管理部门或车间负责人,贸然出手,混淆了两类不同的矛盾,如朱军所言,会造成混乱,让不法分子有可乘之机。另外,不论是常梦飞、周协之还是子健,都是爱国人士,对革命有程度不等的认同,有的还对革命有贡献,是我们团结合作的对象,而不是我们的敌人,不属于敌我矛盾,我们一定要把握住这个原则。"

"我们说'三帮一派',但谁见过他们成立的片言只语?有何帮规密约?不过是约定俗成的东西,贸然出手,弄不好是铁拳砸在棉花上——白费力!"石仁这话似对着祖斌说的。

"石书记这一分析,我才发现这事情不简单,这敌我矛盾分析法,把复杂问题变清晰了!"祖斌似有所悟。

"我也是受到你们的意见启发的,"石仁言语铿锵,"更是循了毛主席的教导和党的政策。我们当家做主了,一翻脸把过去的朋友当敌人,是无情寡义,不得人心,是增加了反动派的力量,是我们的敌人所希望的。明远是民企,要摆正位置,配合资方与行政把这个家当好。至于破解帮派问题,"他呷口茶道,"我想是双管齐下,上下结合。上面我来做董事和管理层的工作,毕竟目标是一致的,解决帮派问题,目的是更好地发展,为了政令畅通和员工团结,不是针对哪个人,更不是要整谁、打倒谁,我想他们一定会理解和支持的。"

"上面的解决好了,群帮无首,自然散了。"祖斌快人快语。石仁笑了:"不是那么简单的,下面也很关键,不过就有赖你们两位了。"

石仁边剖析边布置:"为何有帮派呢?还不是过去环境恶劣,生存艰辛,工友为保护自己,不得不抱团取暖?少数人宗法思想严重,蓄意引导和组织,已违背了初衷,很多人是被利用了,沦作倾轧的工具,有的还做了帮派争斗的牺牲品。所以一方面要在工人中开展团结合作的宣教,多组织联欢、体育比赛等群体活动,让员工多接触、多了解、多融合,营造一个团结互助和风清气正的氛围,另一方面就是困难帮扶,条件许可时,厂里和工会把员工的生老病死等困难逐步解决了,让组织成为他们的靠山,让企业成为他们的保障,团伙帮派就失去了存在的基础,也无存在必要了。还有人把持不放,我们可以采取包括谈话、岗位调离乃至开除等组织措施……"

"先划分敌我,继之'分类施策',再而'上下联动',环环相扣,步步紧逼,定能破了这'三帮一派'!"朱军会心地笑了,祖斌更是信心满满,石仁一口气说了这么久,颞角又痛了,他喝口茶润嗓,他要把自己近来的学习心得与他们分享。要做好工作,支部这个战斗堡垒十分重要。

"民国推翻了清政府,百姓依旧是伙计,有钱人还是东家,官吏还是老爷,洋人还是洋大人,这样的革命换汤不换药,推动不了社会进步,自然得不到劳苦大众的支持和拥护。历朝历代的所谓造反,有其革命性,但根本制度和观念没变,多很快变色,不过是换一批人坐龙廷而已。"

石仁话锋一转:"我们共产党人是为天下百姓谋利益,就是要推翻剥削阶级的统治,把工人、农民从地主、资本家手里解放出来,使他们从延续几千年的东家、伙计的关系中解脱出来,斩断他们身上的精神枷锁,翻身解放,当家做主。这解放的不仅是人,也是生产力,这是社会主义制度优越性之所在,是共产党革命不同于以往任何革命的地方!"石仁目光邈远却坚定,"被解放了的劳苦大众,明白只有共产党、只有社会主义才是靠山;从仆从关系解脱出来的员工,明白了自己才是企业的主人,他们自会激情满怀地投身社会主义革命和建设,这样社会主义新政权才得以巩固,革命才能从胜利走向胜利;明远只有经过这样脱胎换骨的改造,光明才可永远!"

石仁不是布置工作,而是激情澎湃地宣讲党课,也不只是支委几人,而是面对着千万的同志。这是一个极有斗争经验又深具革命理论功底的共产党人的深刻感悟,言辞精妙,气象万千!

(四)

资金之困不再,燃煤之忧亦无,发供两旺,定时分红,平静的日子蕴在院子那葳蕤的青竹里,摇曳间便是1951年的金秋,兴州离开整十个年头。忌日这天,嘉慧早起,默默在佛龛前燃上三炷香,一阵爽爽的秋风,堂屋弥散青凛凛的檀香。

嘉慧喃喃:"老大和老五在明远上班;老三大学毕业,去了东北一家电厂,也是子承父业;老二大学毕业后,喜欢做个'孩子王'。哦对了,你孙女也上初中了……"泪眼婆娑中,玻璃相框中的兴州笑吟吟的。

嘉慧倏地醒了:"现在明远有政府帮扶,不为钱愁,不为煤愁,不为卖愁,只愁个'发'字!"说起明远,嘉慧话就密了,"政府还给分红派息,叫什么……哦想起来了,叫'四马分肥',就是股东、工人、政府、企业四家分配,收入稳当着呢!对了,还有件大事要和你说呢,听说政府要搞公私合营,就是你常讲的,政府、股东共管,明远再不用以前那样烦神了……"

长长的香灰蓦然坠落,香火闪亮,嘉慧一惊,仰首四顾,唯青烟袅袅,并无人影笑面,擦眼细看,仍是不见,便明白老头子高兴了、放心了,乘烟霭去了。

缅怀追远间,有人登门,竟是石仁,跟着子健。嘉慧脸上有一丝慌乱,新社会不讲迷信,这香烛灼灼的,让石仁为难了,又暗暗责怪子健事先不打个电话。石仁接了茶,却不落座,在兴州遗像前,深深地三鞠,也取了三炷香,燃起插上。

"伯母身体好吧? 最近有点忙,来得少了!"

"妈,石书记推了好多事来的,说今天日子特别!"嘉慧怜爱地看着石仁:"工作这么忙,就不必来了,看你头上也有白发了,可不能光顾着工作,你家人不在身边,就把我这里当家好了,我这老太婆子也想和你说说话。"老太太兴奋,把早上的一幕说与石仁听,末了道,"是不是老头子听了这么多好消息,乐呵呵地走了?"

"妈,你就是老迷信,人走了,还能现身?"石仁微笑着:"这叫精诚所至,思念至极便有幻觉。有时我也觉着郑老那双眼在头上盯着,想惜力都不行呢!"

"明远现在是最好的了,股东没有不夸的。中午不走了,吃个便饭!"见石仁犹豫,嘉慧不高兴了,"知道共产党规矩多,不喝酒,粗茶淡饭总可以了吧!"迟疑间,院子里脚步杂沓,是梦飞、士范、协之和几位董事来了,一一到兴州遗像前鞠躬默哀。

这座小楼他们并不陌生,许多大事、难事都在这里议的,遗存着太多明远的过去,见证了明远兴衰,已是明远的一部分。

"现在与解放前是霄壤之别! 不缺钱少煤,更不必为募股增资烦神,政府都包了,可惜郑老没等到这个好光景啊!"睹物思人,已是安徽省第一届人代会代表的常梦飞唏嘘不已。士范也感慨:"要不是解放了,明远就成历史喽,你们也当不成股东,当然,我这个末任经理也成了明远的罪人,不仅对不起诸位,百年后也无颜见郑老啊!"

"政府好,这军代表、书记更好,诸事周全,各方关系顺畅,明远自然平稳

二十五 光明致远 | 377

顺利。"

"梦飞这话在理,有人怕军代表占我经理的权,可石书记诸事放手,还处处维护我,清理国民党残余、整顿'三帮一派',得罪人且风险大的事,都做得平稳公正,现在人少了,电量反增,安全上也没出事,哈哈,我做的太平官呢!"

协之接话:"人少了,设备更旧了,可在新社会,做得更好了!"负责生产的协之,似乎更有发言权,"举个例子,张全顺这名老技工各位过去应没听讲过,旧明远时他只做分内事,老闷一个,这次社会主义劳动竞赛,他领着几个年轻人攻克了二号机超负荷的顽症,仅一项每年节煤500吨!"

"这样的事何止一件!"众人啧啧叹赞中,子健说了件更牛的事,"朱保初过去不过是个做粗活的工人,解放后学技术,自己捣鼓着硬是把损坏了快二十年的电压调整器修复了,生产安全了,还优化了锅炉操作,煤耗由解放前的每度电2.19公斤降到1.28公斤,整整低了41.5%!"

"啊,这得提高了多少效益啊!"

"要是以前煤耗也这么低,郑老板也不至于为资金跑瘫了……"

"说到底,还是共产党得人心啊!"

一直谦逊笑着的石仁此时才插上话:"明远能有现在的大好局面,原因有三:政府倾力支持,股东高风亮节,经理层和员工协力同心。明远不再为资金、原料发愁,员工也不必为工作外的事分神,这样的明远想不发展都难。至于我个人,不过是把党的政策落实了,协助管理层做了一点工作而已。"

石仁的话质朴在理,众人有疑惑或顾虑自然一吐为快,最关心的当然是传得风风雨雨的公私合营的事了。

出现不理解甚至刺耳之语也在所难免,毕竟要"稀释"他们的股权,"共享"他们的治权,涉及切身利益乃至子孙后代的权益。本打算只是听听意见的石仁,改了初衷,在一番热议后,又以他惯有的微笑开场,语气却是坚定的:"没有郑先生那辈人,就没有明远;没有诸位,明远也不可能支撑到解放!"

作为军代表又是老明远人,石仁更愿以理服人:"我理解诸位对合营的态度,不过也请换个角度看,是谁在明远奄奄一息之际,调煤拨款无偿援救?没有政府的真金白银,明远是何种境况应不言自明吧?循个常例,该又是我们股东四处募银扩股却不得的时候吧?"

石仁依旧笑吟吟地说:"政府不仅在资金、物力上全力支持,还在政策、经营环境上予以诸多帮助。明远的问题市军管会领导亲自过问，各位不难发现，现在偷窃电的少多了，电费不交的没有了，架设电线、整治线路等也没干扰了，平心而论，我们付出的并不比以前多，工作却比以前舒服、顺心，为何盈利也高了，分红派息也多了？还不是背后有政府那只无形却有力的大手托着！

"政府出手，出发点并不在于股份，不过若不出手，各位怕是连个股东也做不成了吧？若有了政府这个不倒的股东，明远今后就再也不会为资金、煤炭难题焦虑，也不存在其他各种非经营方面的问题，政府和股东共管共治，明远才能光明到永远……"

"石代表的话我看在理呢！"石仁话一落音，嘉慧就赞同道，"我是个老太婆子，没多少文化，可明远这一路是怎么过来的，想必大家都清楚，吃了多少苦暗，才赢得一点光明！老头子年三十还在外面找钱呢！"嘉慧的声音沙了，又亮了，"现在明远不仅没倒，还越来越旺，全因了政府这个大靠山。公私合营，政府来为明远当家，为我们股东分忧，我们少烦神还可以拿利息吃红利，哪里不好了？我老太婆子第一个赞成！"

"伯母，此事还只是宣传阶段，虽然政府有意让明远在全市第一家合营做个表率，但还是要大家自觉自愿，有商有量。"

"今早我同老头子商量过了，老头子点头了！"见众人惊诧，嘉慧又把早上之事说了一遍。子健赶紧笑道："老年人旧习改不了，不可当真！"士范却不这样看："虽说是迷信，不过若以郑老板的襟怀和志向，公私合营会第一个赞同！"

常梦飞也道："公私合营是大趋势，也是件政策性很强的工作，政府一定会照顾到各方利益的。石书记说了，此事还有赖大家自觉自愿，还有时间慢慢商议，今天就不再聊这个话题了。"这时小彭从厨房过来对子健低声道："饭菜好了，问奶奶是不是吃饭了？"嘉慧便招呼："各位说了一个上午的话了，留下吃个便饭，顺便尝尝我儿媳妇的手艺，她的徽州土菜做得可比我强多了！"彭懿红了脸："我只是把菜烧熟了，味道却不敢说了，可不敢与奶奶烧的比！"

（五）

新中国成立后，对个体农业、手工业实行合作化，对资本主义工商业采取"公私合营"等方式，变生产资料私有制为生产资料公有制，打牢社会主义制度的经济基础。在舆论强力宣传、政策积极引导下，在无法满足越来越大的需求且自身无力发展的情势下，明远的公私合营已箭在弦上，这是董事会第三次商议了。

"今天该有个结论了，不能总议而不决。"一开始董事长常梦飞就定了调。酝酿已半年，形势逼人。

梦飞再次阐明政策："我想诸位已熟知，明远由公私两家共同执掌，董事会保留，职责不变，公方派经理，董事会任命。"

"那公司究竟谁说了算？"

这问题反复议，梦飞不免懊恼："决大事当然是股东大会！"

"那董事会呢？"听闻要做决议才参会的胡董事再问。

"董事会依旧行使自己的职权。"见他还要问个没完，有人没好气道，"你要那个管理权其实没什么用，过去几十年都在我们手上，可明远还不是几起几落，差点关门！几朝几代了，我们名义上都是明远主人，也按股份制公司运作，做得了企业的主，可何曾掌控过企业的命运？以后共管了，少操心，还能年年分红派息，做梦都没有的好事呢！"

胡董事不为所动："原来股东分红派息，现在为什么要'四马分肥'？"协之有些听不下去了："胡先生你也是老股东了，这么多年你分了多少心里该有个数吧？几年不分红，还要增资扩股的事少吗？"

"胡董事有所不知，这'四马分肥'与过去差不多，所得税、工人工资、企业公积金和股息四分天下，过去分红也是要扣除税金、工资再留下公积金后，剩余的才可分红的，实质是一码事，叫法不同而已。"有人解释。士范却不这样看："不是差不多，而是差很多！"见众人惊诧，便笑道，"看看解放前的电量，再看看现在的电量，一周要顶过去一月，是不是差得多了？！"

"可我们这么多设备、资产，全被'公有'，这共产党也未免霸道些了吧？"角落里一个声音瓮声瓮气的，一顶瓜皮帽遮住了他的半个脸。此人原是江北的一土财主，却不是土财主的见识，积了钱不买地，却投到实业上，明远他最为看好，且只买不卖，竟买成了个不大不小的股东。偏管不了自己那不争气的儿子，在乡里欺男霸女，怙恶不悛，解放后被镇压了，家里的田产也被"共了产"，现在城里的投资也要被"共产"，此人气自不打一处来，这话该是憋久了。

梦飞虽不喜他的阴阳怪气，不过对他的遭遇却同情，少不得开导他："明远是公私合营,但你的资产还在,要不你凭什么分利吃息?程总也说了,说不定拿得比过去还多呢。再说要不是共产党,这明远在不在还两说,那你的投资才真打了水漂呢!还有,"梦飞觉得这才是重点,"共产党不是来共我们的产,它是拿出真金白银的,按出资额算股的!"老头把瓜皮帽子又拉下些,嘟噜着说了什么。显然他并没完全被说服,静默中不乏支持者。

"历明远三朝,作为一个老臣,我对明远也是有情感的,这一下子公私合营了,我心里也是没着落的。"说这话的竟是协之,众人不知他葫芦里卖的是什么药。他话锋一转:"我搞了几十年的基建,现在管生产,明远这点家当我闭着眼也数得出来。这里头没外人,我就给各位数落数落,免得有人睁眼说瞎话!"他把小杯茶汤吃了一大半,摆出长篇宏论的势子来。论年岁和在明远的资格,超过他的不多,说的又是大家关心之事,众人无不摆出洗耳恭听的样子。

"先说大件,那就发电设备吧!"协之从口袋里掏出个小本本,看样子是有备而来,"锅炉800千伏安(一、二号)2座,600千伏安(三号)1座。一、二号锅炉是1930年装备的,运龄二十一年;三号锅炉更老了,1928年投运,连头带尾二十四年了。一般锅炉使用以二十五年为大限,明远用的陶塘水循环,杂质多,易结垢,二号锅炉损坏过,三台锅炉中最长的使用期限也过不了三年!"

"啊,是这样,真没想到!"

"锅炉投资大,不管是修还是换都得花不少钱。"

"要在过去,又得股东掏了!"

协之才报第一项,会议室里便不平静了,土财主的瓜皮帽也推到脑门上,眼神也是惊诧的。

"周经理,下面直接说还有多少使用年限就好了,我们信你!"有人急着知道其他设备情况。

"好,那我就简单些。"协之此时一副老学究模样,"透平发电机2部,分别为640千伏和1520千伏,前者已用二十四年,后者也用了二十一年。这两台机器日本人只用不修,国民党只用不养,寿命大打折扣,撑死了也就再用两三年!"

协之翻着他的小本本:"再看下输配电设备:配电站14座,大小变压器30台,多为抗战前装备;杆线全长55公里,铁塔2座,水泥柱341根,木杆1962根,这些设备运龄多三十年朝上,已不堪再用,亟待更换;地下电缆9公里,多处腐坏,修理后勉强可用九年,不过电缆不论是修还是换,投资可不是一星半点儿;

二十五 光明致远 | 381

还有就是财务状况……

"这个就不必再说了,财务状况大家都清楚,解放前夕,账面上不仅没一文钱,还欠了银行巨债,工人几个月没领工资,燃煤仅够五天……"

"这些烂账说了只会让人心里更不痛快。"梦飞打断了他,不服气的多泄了气,"细枝末节的不说也罢!"原本以为这么多年明远多少还有些家底,可扒开了看,多是些不值钱快报废的玩意儿,若不顺势公私合营,这两年内就得掏大把银子!董事自然"懂事",账算得比谁都精,除了共产党,怕没哪个冤大头来当这个大股东。既然不过是堆破铜烂铁,趁现在还有点价值,靓女先嫁,要不烂在手里一文不值。

梦飞开始点名表态,后面还有事要议。

"子健,你是大股东,你先说说吧!"

"我就冒昧说两句,不对的请各位前辈多指教!"子健清下嗓子,不知是有点紧张还是觉得兹事体大,"大家都关注明远的资产,却多少忽略了明远的责任!"他明白有人对此并不以为然,既亮了观点,就该大大方方地说下去。

"当年我父亲那辈人创办明远时,既逐利,也求义,办电不唯求财发家,也是为了服务社会,实业报国!"梦飞、士范等人的目光也凝重起来,眼前的子健越来越不同了。

"新社会是一日千里,明远电力早不敷使用,政府等着我们公私合营,好对明远投资改造,扩大生产。可我们瞻前顾后,一拖再拖,政府不得已投巨资建马芜线,把南京电力引来芜城,目前已占芜城电力的大头!作为芜城唯一的电企明远,被边缘化了,作为一个明远人,我愧疚!作为明远,它已经失职了!"

子健说话音不高,却似有千钧之力:"若迟迟不合营,政府不能无休止等下去的,社会也不能停下来等待我们不发展,政府有钱有地,完全可以再建一个大电厂。政府是好心留给我们一个机会,抓着了便是共同发展,放弃了便是弃儿,那时我们几个抱着破落的明远敝帚自珍、孤芳自赏?且政府的电厂一旦投运,定是大机组、大马力,我们处处落下风,想抱残守缺都不可得!"

人们渐渐地坐直了身子,诸董事眼里,这子健便是以前的兴州,却又不全是。

"我们只求自己的利益最大化,不讲点社会责任,心中无道,行之不远矣!"子健看着梦飞,"至于我的态度,我妈早说过,愿意公私合营,越早越好,这对各方都有利!"

梦飞环视众人:"子健说得极有道理,也表了态,开了个好头。我也明确我的态度,同意公私合营,越早越好,力争成为全市第一家!"非大股东的士范,觉得该说两句:"周副经理的资产通报,抖了我们明远的老底子,子健的话更在理,为人做事,得义、利兼顾,所谓势不可用尽,财不可赚尽。"他放低了声音,"据我所知,子健所说的新建电厂并非空穴来风,当然也不是一两年就能建成,当断不断反受其乱,不如第一家合营,变被动为主动,政策上也有优惠。公私合营是大方向、大趋势,不可逆转的!"

协之笑道:"其实我的意思已明了,就明远这点资产,还是和政府合营的好!"几个大股东投了赞成票,诸董事多表态支持,连胡董事也识趣起来,土财主奄拉着脑袋一言不发。目光都聚着,土财主翻下眼皮:"都等我吧?我没意见,不烦神还拿钱,这日子神仙也比不了,咋能不同意呢!"梦飞不理会他的怪话:"好了,现在全部赞同,我们终于有一个结果了,下面我们再议下公私合营的条件……"

(六)

每至年底,免不了念旧迎新,明远是把几十年的新老账兜底翻了,算得辛酸苦辣,却也干净服气,上下多静心欢悦地迎新。

是年12月12日,又是一个明远值得纪念的日子。这天,私营明远电气股份有限公司与芜城市政府财政局签订了"公私合营协议书",这芜城第一份"公私合营协议书",其开宗明义:

> 为发展芜城水电事业,在人民政府领导下,有计划地配合国家经济建设,甲方(芜城市财政局)、乙方(私营明远电气股份有限公司)同意,由甲方投资现金,与乙方合营,并将国营自来水厂与私营明远电气公司合并经营,由双方商定公私合营协议:
> 名称:公私合营芜城明远水电股份有限公司。
> 股本:甲方54.82%,乙方45.18%。
> 股息:由合营后公司章程规定,章程未修改前,由董事会商定。

日期：1951年9月11日为公私合营日期。

机构：董事会成员十三人，董事长及董事会人员组成由双方商定；设经理一人，副经理两人，由董事会协商聘任，报政府备案。

这是芜城第一份也可被称为范本的公私合营协议书。正因如此，对诸如董事长、总经理、投资金额等敏感问题都未明确。

只是人事这盖头迟迟未揭，给不同版本的人事安排提供了传播空间。常梦飞继任董事长，总经理必为政府指派，功高誉清的程士范如何安排？有版本传士范仍为总经理，公方派一实权副经理，兼任副董事长，可两虎共笼，难免互伤；又有传言，作为大股东，公方不会放弃董事长之位，更有人言之凿凿，公私双方谈崩了，才没公布……

最终的结果既出人意料，细想却是意料之中。

董事长由新董事会选举产生。公方虽占大股，又有市财政局负责人和石仁等数人进入董事会，但仍推私方常梦飞为董事长；在众人瞩目的总经理人选上，私方主动让出提名权，石仁出任总经理，原总经理程士范，因有功于革命，又深具管理才干，从明远调出，先后出任安徽省政府委员、省工业厅厅长要职。经石仁提名，董事会票决并报政府备案，协之任生产副总，子健为分管经营、后勤的副总。

还是原来的明远，可又不是原来的明远，石仁从幕后到台前，是两方满意的人选，也是众望所归。之所以未及时公布，只在等程士范工作安排。

庆祝公私合营成功及送别士范的酒会，安排在同庆楼三楼的一个大包房。石仁感慨良多。程老板已荣休，菜品也与过去大有不同，奢华渐去，返璞归真。众人情意融融又恋恋不舍，隔着满湖碎金，对岸便是明远的一楼灯火，星空下烟囱吐着的烟竟然是一团团的白色，笃定而悠然。

多像一管粗大的笔，锋指蓝幽幽的天宇，本想写点什么，却只是点着、点着，像省略号，又如逗号，再看却是句号，石仁的心咯噔一下。

十多年前，兴州从这楼上那小隔栏中这样凝望着，那是他生命里对明远的最后一次凝望，自己搀扶着，兴州颤抖着久视不去……虽在最近的一次改造中密室已不存，兴州的痕迹越来越少，但石仁几乎干枯了的泪腺还是潮润了，那"里焦外嫩"的身子此刻有些不胜重荷起来……

那幽深夜空里连缀一线的烟,其实是个破折号,那后头的需要自己这辈人接力续写。

（七）

作为军代表的石仁,将二楼西头曾作为起居室的小间稍加改造,从仓库里寻张旧桌子,再扯根电话线,便觉得是间不错的办公室了。他将士范那间宽大的办公室安排给子健,子健不肯,石仁力劝:"我怕寒,西头暖,协之也不愿再动。再说这曾是你父亲的办公室,没谁比你更合适了。"

对私方标志性人物子健的安排,不仅有着对郑氏一家特别是兴州的敬意与感恩,也是对逐渐浓厚的不尊重私方思潮表明的一种态度。一些工人兄弟特别是新党员、团员,政治热情高,情感朴素,不分青红皂白地把资本家一律划到反动剥削阶级一边,对资本家后代也是一棍子打死,违反了党的总路线精神,造成公私隔阂乃至对立,他在党、团员会议上要求拨乱反正,更以此举来表明他的立场和主张。

公私合营厂级领导依旧是一正两副,私方人数占多,正职却是公方多,是一种平衡,也是一种制衡。明远历次改朝换代,免不了对二级机构动番手脚,虽有改良,却也存了新的弊端,且因了时势环境的不同,二级机构的改革势在必行。石仁综合了协之、子健及党、团还有工会的意见,设计划科以加强公司发展的计划和水电工作的协调,务虚更务实;增稽查室,内查财务,外督营销服务,对服务作风的投诉越来越多,过去那套官商作风须扭转;健全党、团和工会组织,政治与群团工作须臾不可放松;鉴于城区扩大,用户增多,增加线路和水务两个工区……明远共设一个发电车间、两个工区、六个科室,机构精简却高效。

作为明远的老员工,他深知过去大股东之间、董事会与管理层之间、派别之间因利益、观念甚至地域的不同,常议而不决、决而难办;科室职责不明,推上诿下,看人办事。这除了二级机构设置及职责方面的问题外,与人员的安排配备不当也不无关系。

私方人员专长傍身,却流弊甚多,能力平庸,可树大根深。帮派虽不存,但管理层特别是私方董事的关系依旧盘根错节,而经过培养锤炼的积极分子,已崭露头角,他们对旧有人事不满,新旧冲突不断。

石仁视工作态度、业务水平、思想素质诸要素,正、副职公私搭配,但不求平衡;除少数品行不端者外,管理人员多予以留任,选拔了十多名有一定业务水平的积极分子到管理部门……

　　新的矛盾也由此派生。科室过去多由各派别把持,尚留不少陋习,新人要给老人打水、买早点、点烟甚至擦皮鞋,一不如意则刁难训斥。新来的多根正苗红、朝气蓬勃的有为青年,与老派的水油般互不相融,石仁的方法还是举办政治学习与集体活动。将资方董事、管理人员混编到各学习小组,一起学习、讨论和恳谈,自我剖析与批评;文体活动中,为共同的胜利拼力、呐喊。情感上接近,认识上提高,党团员在思想上、生活上关心帮助,私方不再保守他们的专业知识和管理经验,石仁的"文火旺油",将这酸腐、辛辣两味翻炒出一盘风味别致的"佳肴"来。

　　工资改革则为明远这列快车再添旺火。

　　经过一年的去暗疾、畅脉络、强心肌,半百明远活力渐生,管理层因势利导,劳动竞赛和技改并举,变故障检修为事先检修;加大投入更换设备和杆线;以用电负荷调整替代原来的分区送电,解决高峰时电力不足的问题……

　　不到两年,明远成本降一半,利润增三倍,电价降六成,供电范围扩大一倍,并向农村输送电力,推动了农村合作化运动的发展。

　　让石仁更欣慰的是人的转变,众多"老明远"同明远一样涅槃新生。

(八)

　　这天一早,子健就到石仁办公室,双手递过一沓写着密麻麻的字的纸:"石书记,我要入党,这是申请书!"

　　"哦,你要入党?"石仁心中一动。

　　"我虽出身不好,可这念头由来已久了,不管行不行,我都要向组织表明心迹!"

　　"谁规定了什么人不能入党?我不也是资本家出身?"石仁拉过一张椅子让子健坐下,"谈谈为何入党,就是你入党的想法!"子健挠着头:"这上面写着呢。"

　　"都写出来了,还不好意思说?"石仁并非有意为难他。

子健深吸一口气："从记事到现在，我经历了日伪、国民党和共产党新政府几个时期，日伪时明远被侵占，国民党时明远九死一生，共产党来了，明远才如日中天。不论是明远还是我的家，也不论是我的小家还是我们民族这个大家，没有共产党就没有这一切，有了新政府才一切欣欣向荣！"子健的声音灿亮起来，"这几年政治学习和大家的帮助，使我对共产党有了新认识，共产党员是为大多数人而活着，为共产主义而奋斗。这与我自小受教的理念有许多共同之处，却伟大崇高了许多，这样的人生追求比只为钱活着更高尚，也更有意义，我以成为这伟大组织的一员为荣，以为这伟大的目标奋斗乃至牺牲而自豪。还有一点嘛，"子健迎着石仁的目光，"就是你给我们的榜样。从当初你和组织救了我和我全家，到你受尽酷刑而不屈，及后来对明远的改造，我深深感到共产党的神奇和伟大，不自觉地以你为学习的榜样，行动的楷模。"

石仁微微颔首，冷不防地问："公私合营时，有没有犹豫和矛盾？"子健有片刻的卡顿，还是坦然道："有！"

"弯子又怎么转过来的呢？"子健本想说个一二三四条来，但觉得老这样不好，便笼统道："本性使然，更有教育培养。"

"这说法有意思，仔细说说看。"

子健坐直了身子："自小家庭教师就给了我革命思想启蒙，父亲也不止一次地告诫，'所创不必所有，所有不必所持'，又说'一人之明远，明而不远；众人之明远，才光明致远'。父亲之言不敢忘，而让我彻底转变观念的，还是你——石书记！"他怕石仁打断他，加快了语速，"在我辗转反侧时，我想到了你，一个富家出身的子弟，又名校毕业，却投身革命，身陷囹圄命都不保，这又是图了什么？从你和众多共产党员身上，我知道了该追求什么，看淡什么。再说明远今天的一切都是共产党给的，明远这棵小苗，有党和政府的雨露，才能长大，也只有依靠政府，才能光明永远，父辈所追求的理想才得以实现……我彻底豁亮了。"

"郑老是位伟大的爱国实业家，他不仅点亮了江淮大地上的第一盏电灯，而且教育和影响了数代人，他的创业精神和爱国思想值得我永远学习，也是明远永远的财富！"石仁感慨着又转向子健，"看得出来，你加入中国共产党，不是一时冲动，也非顺应潮流大势，是深思熟虑的，我为你有这样的进步而高兴，郑老若泉下有知，一定欣慰有加。"

石仁肃穆起来："申请只是入党的第一步，组织要对你做严格的审查和考验,只有真正信仰共产主义、对党忠诚、为革命理想不惜牺牲的人才能成为我们的同志,希望你继续学习马列主义、毛泽东思想,'斗私批修',出身不能选择,思想可以转变,要不断改造世界观,发挥模范带头作用,早日成为一名真正的共产党员!"

"石书记,请相信,我一定能够经受住各种考验!"一股热血在子健身上奔涌着。

"工作还要大胆些,既和基层打成一片,又敢于负责。不要合营了,就缩手缩脚,你负责用户这块,担子不轻啊!"

"谢谢石书记的提醒。过去给你用电是看得起你,根本谈不上服务,不是衙门的衙门作风。新社会了,有些人积习难改,我也缺少这方面的意识,责任在我,我带头改!已有了一些措施。"石仁还是响鼓重敲:"现在城区范围和供电范围都扩大了不少,工业发展尤快,对用电的要求和保障也越来越高,切不可以过去的旧观念、老办法来应付了!"子健把前些时候研究的杆线改造、24小时抢修等新的服务手段作了介绍,石仁最后道:"作为一个党员,不仅思想先进、作风过硬,工作也要成为模范,相信你会越做越好的!"

不仅子健这样自小受家庭环境熏陶又受石仁言传身教的人积极要求进步,而且不少出身富家、经历复杂的资方董事及大小股东,甚至参加过敌伪反动组织的,通过"三反""五反"运动和总路线教育,思想都有程度不一的转化,董事长常梦飞将一年的股息全购买了公债,股东周其仁多次要求退回股息,说凭自己的双手可以养活自己,不再当剥削阶级;众多资方人员主动搬出了明远的公房,而子健做得更彻底,他向组织要求退股!

(九)

"这怎么能行呢?这是你们的正当收益,不可随便剥夺的!"子健这阶段各方面表现可圈可点,社会对明远的服务美誉不断,不过此举多少出乎石仁的意料。

"石书记,"子健显然是认真的,"这股份是上辈人留的,我拿股息就是不劳而获,真正的剥削阶级了,且我有工资,一家人开支够了,国家正处经济困难时期,作为一个积极分子,该为国分忧!"见石仁不松口,子健又搬出嘉慧,"这也是我妈的意思,她说过去明远差不多都是郑家的,可郑家也没过上几天舒心日子,我爸死在筹钱的路上,四子也夭折了,直到共产党来了,几个孩子才都有了工作,家里样样称心,做人讲良心,不能贪得无厌……"

"伯母身体可好?现在工作多了,看伯母少了!"石仁内疚起来。

"谢谢书记关心,她现在除记性差点,其他都好。她常念叨着你呢,说共产党救了明远,你救了我们一家老小,要我们永远跟你走。"

"伯母深明大义,每每关键时总站出来支持政府。至于我所做的,既是组织的安排,也是一个有良心、有正义感的人应做的,请代我问她老人家好,得空一定去看老人家!"

涉及退股,石仁又严肃了:"你各方面的进步大家有目共睹,但退股这事,缓缓为好。"见子健难掩失望之色,便耐心解释,"你是厂级干部,又是入党培养对象,对政策应是了解的。现在公私合营政策是明确的,两方利益都不得侵害,你退股,岂不是公股吃了私股?"

"我是自愿的啊,是奉献!好多人不是把字画、古董瓷器什么的都奉献出来了吗?"石仁摆手:"不是一回事。你的股份是父辈含辛茹苦点点积攒的,是劳动和创造所得,子女继承合理合法,政府有义务和责任维护你们的利益。还有,你这一开头,其他股东特别是大股东是不是有压力,捐还是不捐?会人心惶惶,影响公私合营大局。再者你说自愿的,不明真相的人还以为是受胁迫,有人借此生事,政府会被动,甚至还会背黑锅……"

"照这么说,我这股捐还是不捐,还由不得自己了?"

"也不能这么说,但在政府出台新的政策之前,我们还不能接受这样的捐赠。"

捐股之风就此息于青蘋之末,一度张皇的人心收稳了,明远安定,生产日上,经营扩张,各行业以明远为标杆,积极开展公私合营改造工作,芜城工商业呈现少有的繁盛局面。

经市委研究,成立中共芜城水电公司党委,石仁任党委书记,朱军任副书记兼工会主席。是年12月,石仁荣任市工业局局长、党组书记,明远电厂党委书记由朱军接任,子健任厂长,周协之年满退休。而在这之前,表现优异的子健等七人的入党申请被批准,子健如愿成为一名共产党员。

（十）

　　平静的日子总是匆匆的，到 1958 年，发电量比 1949 年增加 2.42 倍，标准煤耗低 45%，厂用电率降一半，线损率减少 80%，电网建设提速，引来各方电力，售电量增加了 8.36 倍。当初的一点灯火，已从长街亮遍了鸠兹大地，老根新篁，明远呈烈火烹油之盛。

　　灼灼其华，内质危如累卵。

　　各业齐跃进，电力需求井喷。而历经了半个多世纪风雨的明远垂垂老矣，一、二号锅炉超期使用，屡修屡坏，三号锅炉也近报废期，因近市中心，周围已无地可扩，一个投巨资在市郊四褐山建新电厂的规划通过评审，第二年便告建成，一期两台机组，容量 6000 千瓦，二期新增四台 12000 千瓦机组，芜城发展有了新的强力引擎，明远也终于有了后继者。子健一则以喜，一则以忧，油尽灯残的老明远或将永远停机了！

　　新电厂建成翌年，熊熊燃烧了半个多世纪的明远炉火，因了安徽省电管局一纸沉甸甸的批文而最终熄灭！尚有余力的发电设备远征内蒙古，为小三线抗旱再献余热。

　　人去机空的明远老厂房，遗下铁锈与机油混合的厚重而黏滞的味道，周遭倏然寂静，再无生气与灵魂……子健蓦然伤感起来，时日如烟，往事不可历历，潮润眼里，那个年三十晚上的场景如昨，在自己的搀扶下父亲一步一回头；久久伫望着那高高的烟囱，这是他最后一次从办公室离开，自此再也没踏入明远大门！

　　子健的目光黏着那依旧高挺的六角烟囱，永别了！可这承天接地了半个世纪的老烟囱，仍不坠青云之志，仿佛只要他这曾经的主人一声号令，便会云蒸霞蔚，又似尽责的老兵，守望着这片电力热土，更似一位阅尽沧桑的老者，西风夕阳里回望半个世纪的岁月风云……

　　一只手轻轻搭在他肩上："在发思古之幽情？"子健有点恼了，他把所有人都打发走了，把自己交给这空旷的厂区，也把这历经三朝的明远留给自己，陪这老暮明远最后一程，最不希望的就是有人打扰了，窥见他内心最脆弱的一面。一扭头，却惊喜不已："石局长，石书记！"

"我来有会儿了,没打扰你,我也想一人在这静静,再闻闻烟尘的味道……"

"我陪你再转转吧!"

"不了,再溜达下去,我俩心里都不好受。"

"去我家坐会儿,你可好一阵子没来了,我妈可念叨了!当了市委副书记,没时间串门了吧?"子健打趣道。

"才到市里,得从头学起,我的性格你知晓的,大小事不糊弄,还真有点忙,今天再不来明远可就永远见不着了!伯母那里你代我问好,忙过开头这阵一定去看她老人家!"石仁歉意道。

"去我办公室吧,过几天要拆了。"这栋熟稔的小二楼,明远最年长的建筑,不知何时,楼道角落里结了蛛网,墙上是深深浅浅的颜色,每道颜色,都是一个朝代,有先辈和他们过去的影子,每面墙细听都有历史的回音。

这间稍大点的办公室到子健手里后,复归兴州那时的样子,一张古意的方木桌,是兴州的旧物,吱吱呀呀的老藤椅已作古,墙上那幅"光明致远"的字被江南经年的潮气侵蚀,一些黢黄的水迹蜿蜒,棱角处的笔墨漫漶模糊,只是气韵依旧。

两人肃然。

"你还喜欢走两盘?"石仁的目光落到那已没了盒盖的象棋上,"当年和伯父可没少下!"

"有闲总喜杀两把,要不来一盘?"石仁看表:"此时该有一次对弈来作别,可身不由己,下次吧!"摩挲着黢黑的棋子,对子健道,"你知道你父亲有个'象棋第一'的雅号?"

"人家让棋的,不是他最厉害。"子健有些不好意思。

石仁摇头:"伯父的棋善攻能守,一般人还真不是对手,棋艺比他高的,也被气势震慑了。下棋得有种争胜的锐气,其他事也一样!"石仁目光又落到墙上那条幅上,"他之于棋,亦之于明远,只争第一!"回头看子健,"知道明远的精神?"不待子健回答便脱口而出,"三个词:责任、创新,还有一点就是执着,通俗点就是不服输!"

"这不服输也含在他的行事包括走棋中。"子健若有所悟。

"勇于担当的民族大义,敢为人先的创新精神,光明致远的不懈追求,这是郑老及一代代电业人的特质和禀赋,也是影响深远、流传永久的明远精神!"石仁的眼神深邃旷远，子健肃穆起来。

"可他最终还是倒下了，明远也将消失。"子健黯然。

"他是被反动政府和国内外敌人及黑恶势力联手打倒的，郑老的命运也是明远乃至中国实业的命运，却也证明只有社会主义才能救实业，才能救中国；郑老倒下，但没有失败，他是明远也是中国电业重要的创建者之一，他那'光明致远'的信条，是电力行业永恒的追求和宗旨；明远的责任、创新和执着精神，不仅是电力人，也是社会主义建设者们所不可或缺的，将永远传承下去！"

石仁的太阳穴又痛了，却没停下的意思，他激励子健："明远的部分载体或将消失，但子健你知道吗？"他右臂向前画一个大圈，仿佛要把目之所及都囊括了，"这里推倒后，将建座五层的办公大楼，是即将成立的皖南供电局本部，服务范围不仅是芜城的一市三县，而且是皖南的大片区域，也涵盖你的老家绩溪。你看，四褐山电厂骨干是明远的，而将成立的皖南供电局是明远供电部分的延伸和扩展，明远的精神在传承，明远的事业在延展，明远不是在发扬光大吗？"

窗外的烟囱似高耸着身子远眺，似与芜城第二代烟囱睇眄传情。

子健为明远的瑰丽前景激动，却不无惭愧："作为郑氏子孙，我竟没把明远精神总结一下，陷在这残垣断壁里，郁结不化，岂知机器有寿冥之日，但明远事业和精神传承无涯。"

"这样想就对了！"石仁还告诉他，"市里已研究了，对于明远股东，赎买政策不变，明远员工除了随朱军调入四褐山大电厂外，余下的作为皖南供电局的骨干，继续为芜城电业做贡献。这里除作为皖南供电局的本部外，还将建成一批宿舍，供电厂职工居住……"

"政府对我们股东仁至义尽，对员工的安排妥帖周至，一座老明远，分蘖发电和供电两部分，机组大了几倍，供电区域差不多覆盖了皖南，是更'明'更'远'了！"子健被石仁描绘的电力远景所鼓舞，觉得自己又年轻起来。

"你的去处，几天后便有文件下达，我提前透露一下……"

"我听凭组织安排，发电、供电都是'电'，哪都行！"

"不，你有更重要的岗位，是工商联的负责人。"

"什么？搞了大半辈子电，让我去工商联？"子健显然没心理准备。

石仁笑了："别认为这工作不重要，我们多方考量后才定下你的。郑老也曾出任商会会长，且做了番轰轰烈烈的大事来，万民称颂，你也算是子承父业了。

至于电厂,还有子铭小弟嘛!"

石仁亲切地拍着子健的肩:"知道为何选你？是希望发挥你的声望和经验,带领全市工商业完成社会主义改造,把你放在这更高广的平台上,要把明远的公私合营经验传播好,将明远的精神光大,为工商业发展做贡献。工商业不发达,何以国强民富？我们眼里不应只有一个明远,秉承了责任、创新和执着精神的明远人也不能局限在电力这一行业,这是郑老的遗愿,更是社会建设的需要,也是光明致远的一部分……"

要离开了,子健对眼下的一切更是眷恋。他摩挲着这郑家两代人伏案数十载的老桌子:"我想带它回家,前两天收破烂要拖走,我不想它变成柴火,就留下了。"

"这里要拆了,好多明远的老物件可留下,以后有条件办个明远博物馆。"

"博物馆？好主意！有个地方放着,明远精神就有了实物载体,更有利于传承!"

"这副象棋可留,同桌子一样珍贵呢!"石仁挑出一"黑马",擦去凹处的灰垢轻轻放回原处。

"还有这幅字,虽不是汪老的原迹,可也深得其中三昧,又很有些年头,也值得珍藏!"说起汪老,子健心下一沉,这位父亲的挚友、明远的缔造者之一,前不久已溘然长逝。

"和我想到一起了,就是看到它才有建馆的念头,这幅字就是馆名,也是馆魂,可要收好了!"对汪老,石仁更是含了敬意。

石仁抵着椅背:"你比我年轻,我扶你上去!"子健小心翼翼地将匾取下,石仁接了,拭去灰尘,似闻出翰墨青凛凛的香来。

大门口,一辆绿色吉普停在那里,一个秘书模样的人张望着。

"就此告辞吧,怕是市里又有事了。代我向伯母问好,改日拜访!"年近六十的石仁与子健的手又一次地握在一起,夕阳下,一头飘逸的银发。什么时候石仁竟华发满头了？子健怔怔的,要撵上去,告诉他保重身体,可吉普已绝尘而去。

石仁到底没能兑现他看望嘉慧老太的诺言。就在此后不久,结束会议深夜回到家的他,遽然倒地,便再未醒来！这位传奇的革命人物,一位真正的共产党员,明远精神家园的重要创建者之一,倒在了前行的路上,实现了他为共产主义

二十五 光明致远 | 393

理想奋斗终生的誓言！

　　一年后，嘉慧也度过了她坎坷不凡人生之路的最后一程，在一个秋风送爽的黎明无疾西归，寻离她二十余年的夫君去了！梦飞、士范和子健，经"文革"之乱，少不了被冲击，好在并无大碍，都得以安享晚年。年岁最小的子铭，在拨乱反正后的清明盛世，旁搜远绍，作电力志以记之。

尾　声

　　仲秋,日斜影长。已易名为镜湖的陶塘,此刻浓稠而凝重,细浪如纹,似有满腹的心思。
　　游船点点,禁锢一夏的游客用翻飞着的桨和喧哗向这沁着凉意的湖水致意,稚朴的鸭头、高昂的龙头,各种搞怪俏皮,可湖水依旧慵懒着,不再如往日那样浪花贴着船头追逐嬉闹。
　　这是2018年的深秋,湖平若镜,宛若一百一十年前的那个秋天,一群人去了岸边的荒冢茅屋,立了高堂亮舍,惊天撼地的轰鸣打破亘古洪荒与寂寥,高挺的烟囱如剑一般刺云穿月,城亮了,湖明了,黯然千秋的心旌摇荡起……可今秋,那些每日必访的熟客却多手执柳丝,怔怔凝望,落寞寡言。
　　他们的心事,她心中明镜似的。
　　——这由兴州画线打桩的明远村也拆除了,将建芜城轻轨的起始站,自小在湖边嬉戏的熟客渐少,可天南海北的生客一时间多起来,徜徉流连,喁喁而诉,再掬一捧水,洗却一路征尘。她辨析出他们是身上曾有过的煤尘味,听得懂他们的方言,江北的、江浙的,更多的是古徽音。
　　这批客人从东北远道而来,簇拥其间的老者东北腔里带着古徽音的尾子,一个涟漪,又辨出沪语吴音来。
　　细浪迈着碎步赶来,这千年的灵湖激动了,不错,是子强三爷归来了,郑兴州儿辈中唯一的健在者,他华发满首,身子尚健,步子却是轻的,怕惊动了什么。
　　自那焦土夜乘小舟匆匆去,又从老家辗转到上海求学,毕业后正赶上新中国成立,子强便投身东北电力建设了,其间曾几次回芜,这次是和明远告别的。
　　他昨夜几乎未眠,这里几无老明远的遗迹,可又无处不是明远的影子,百年前明远一盏孤灯,现已是经纬天地的电力热土,若父老泉下有知,该是"泪飞顿作倾盆雨"了吧!

整修后的镜湖更欣荣，却不失老陶塘的况味，杨柳依依，烁日熔金，千秋都在这波光粼粼里，有好消息要诉之这千年灵湖呢。兴州学电的重孙女莹莹研究生毕业放弃一线城市，自愿回到安徽，到芜城电力，从祖辈梦开始的地方起步，而另一个喜事儿他却拿不准要不要说了，莹莹的同学——石仁的孙子石磊已被芜城电厂录用，听说两人还有那么点意思呢。

　　回首明远旧址，楼群参差，明远电力大楼耸立其间，车水马龙，旺气腾腾。

　　他似见一列列轻轨呼啸驰向远方，又披着艳阳诗意归来，老人迎风流泪了，神情却是暖的。

2023 年 10 月 25 日
安徽芜湖

后　　记

　　参加工作不久，我即被抽调参与《芜湖供电志》的编纂工作，盛世修志，我在一页页泛黄的档案中探寻着历史。我喜欢历史，所有的盛世繁华都是有根的，从那带了霉浊味的纸页中，我窥见了百年历史深处的一束光，那是点亮江淮大地的第一盏电灯，那灯火点亮过去，照亮未来，更烛照着我，却也让我不得宁静，觉得必须为之做点什么。

　　2024年，创作中的这部长篇小说被中国电力作家协会确定为"深入生活、扎根人民"的重点选题之一，安徽省作家协会高度关注，中共芜湖市委宣传部、市文联给予大力扶持与关心，系统内外的专家同人不遗余力地鼓励与帮助，近日它终于呱呱坠地。在此向所有扶持、帮助该书创作、出版的单位和个人致以衷心感谢，向撰写序言的安徽省作家协会副主席，著名作家、评论家李云老师和题写书名的安徽省文学院院长、省青年书法家协会主席戴瑞老师，以及安徽出版社等致以深深谢意！

　　《光明到永远》这部长篇小说，通过描写点亮江淮大地第一盏电灯的"芜湖明远电灯公司"的兴衰浮沉，以全景式叙述的笔法，展示了从清末到当代芜湖乃至安徽百年电力历史画卷，以明远电灯公司求生存、求发展为明线，以公司党组织和进步工人革命活动为暗线，相互交织，展现了以郑兴州为代表的民族资本家筚路蓝缕、愈挫愈奋的创业精神，实业救国的爱国情怀和坚贞不屈的民族大义，揭露了清朝末期的落后、日寇的凶残和国民党的腐败。

　　小说更是通过对石仁等一批共产党员形象的着力塑造，以及党组织、进步人士对民族资本家的影响和帮助，数次拯救明远于危难，使这家安徽最老、最大，也是唯一一家迎接新中国成立的电厂，数落数起，最终迎来了新生，使"光明到永远"这一宏愿成为现实，再次证明了没有共产党就没有新中国，就不能让企兴业旺的真理。

电力是社会发展和文明进步的基石,电力与经济社会的变革发展既相互依赖又相互作用。这部长篇历史小说,既有纵横全局的宏大叙事,又从电力这一主线生发开来,对电力及电力主要人物涉及的芜湖近代经济、政治、军事及社会发展变革的重大事件,特别是中共党组织在明远及芜湖革命斗争历史,钩沉索引,浓墨重彩,淋漓笔墨中也勾勒出当时的风土人情、社会百态。一部电力史,也是一部社会发展史,一部可歌可泣的革命斗争史,将电力人的光明与革命者的光明交融弥合,同频共振,以达"光明到永远"的共同目标,乃本书主旨之所在。

这部长篇小说计25章,约45万字,从清末到21世纪初,时间跨度约百年。人物众多,事件繁博,史料传说芜杂,真伪并存,主要人物多已作古,遗属星散,知情者稀,真迹遗存少。写作中寻专家、查档案、访故里,我被那片光引着、鼓舞着,四处奔走。援引多重史料仔细考证,对主要历史事件多维度分析,厘清发展脉络,力求以贴近历史的真实和缜密的逻辑经得起历史的检验。当然,艺术上的真实并不完全等同历史上的真实,它表现得更多的是某种人性的真实,或是某种历史规律的真实,不可简单地对号入座。一部长篇小说,在人物塑造、情节设置、细节描写等方面有与历史背景、人物命运相呼应的艺术创作,是必然的,也是必要的,这是历史写作的文学性追求,比起坚硬的历史非虚构写作多了柔软的质地。

历史不应被忘记。衔命而作,已知其难,然不畏难,耳顺之年为完成这部作品的"天命",心破名缰利锁,耳顺是是非非,青灯黄卷,无一节暇,披肝沥血,五修其稿,以峭拔的姿态和坚定的目光,雕刻着、守护着那束光。沉湎于这厚重的历史中,与书中的人物同悲喜,即便是书写苦难,不少笔墨仍然是明快的,着力赋予劳动者和创造者以更多的亮色与欢快,多维度地刻画人物,文字是节制的,情感真挚却含蓄。

然搜孤穷考,仍不免有遗珠之憾、难辨之伪,只求大节不虚,大道光明,在"千年未有之大变局"和社会动荡浮沉中,力图突破表象之所见,还原历史的本相,探求历史的客观规律,谛听历史前行的跫跫足音,成就思想理念之形象建构。

怀光而行,方可行稳致远,若这些文字能给您一点光、一点思考与感悟,我想传薪者一定是欣慰无比了。

汪成友

2024年6月